中国国家博物馆馆藏文献研究系列丛书

# 解放区唱本

王春法　主编

北 京 时 代 华 文 书 局

中国国家博物馆馆藏文献研究系列丛书——解放区唱本

## 编辑委员会



## 编辑团队

# 总　序

王春法

中国国家博物馆馆长

中华文化源远流长，积淀和标识着中华民族最深层的精神追求，为中华民族生生不息、发展壮大提供了丰厚滋养。卷帙浩繁的古代典籍文献既是中华民族智慧和心血的结晶，是先人留给我们的珍贵文化遗产，也是中华文脉绵延数千载的历史见证，具有独特而重要的历史文化价值，对研究历史、传承文明、弘扬民族精神有着不可替代的重要作用。整理和研究这笔宝贵财富，深入挖掘和提炼其中蕴含的深厚文化内涵，古为今用，推陈出新，并将这份珍贵文化遗产传承弘扬下去，对于有效发挥文化遗产教化功能，繁荣新时代社会主义文化事业，具有十分重要的历史意义。

中国国家博物馆是代表国家收藏、保管、研究、展示、阐释能够充分反映中华优秀传统文化、革命文化和社会主义先进文化代表性物证的最高机构，其前身是 1912 年 7 月成立的国立历史博物馆筹备处，所接收的第一批藏品中即包括国子监旧藏图书。经过一百多年的积累，现今中国国家博物馆共计收藏古籍善本和近现代珍本文献 25 万余册，主要来自原中国历史博物馆和中国革命博物馆旧藏，以及通过组织购买、个人捐赠和机构拨交等方式入藏的历史文献，其中有相当数量的稀见珍本。例如：列入国家古籍珍本名录的元明刻递修本《十三经注疏》、历代各种刻本及朝鲜活字本《资治通鉴纲目》、原藏于圆明园的《四库全书》文源阁本《南巡盛典》、清大红绫本《实录》、清内府写本清代首部新疆地方志《钦定皇舆西域图志》、清初抄本顾祖禹《舆图要览》、道光四年（1824）稿本洪守一《瓯乘补遗》和光绪间抄本吴汝纶《深州志・河渠志》等等。更为难得的是，有些古籍还经过名家收藏并留下了大量题跋和批校，使这些文献的历史价值、学术价值和收藏价值进一步叠加。另外，馆藏清代和民国时期的未刊稿本，如两册《曾幕文牍》、两册《翠薇山馆日记》以及严复评点的《春秋左绣》《三国志》《日知录》《昌黎先生集》《渔洋山人精华录笺注》《渔洋山人古诗选》《惜抱轩今体诗选》等七种，更是丰富、补充和还原晚清民国历史文化情节的难得资料。

近代文献典籍是中国国家博物馆文献收藏的一大特色与突出优势，数量可观，形态种类十分丰富，不仅有咸丰三年（1853）由基督教伦敦布道会在香港出版的刊物《遐迩贯珍》、1916 年 8 月—1928 年 6 月刊行的《晨报》完整本等稀见珍本，而且还有大量珍稀政治性出版物和党史文献，包括不少各解放区刊印的剧本、话本、鼓词等文学艺术作品。比如，《刘巧儿告状》《三打祝家庄》和歌曲集《春草集》等。在当时各解放区文化环境十分险恶的情况下，这些出版物的发行量本就十分有限，存世已属难得，能够历经百劫而保存至今，无论从哪方面说其价值都是弥足珍贵的。

习近平总书记指出，每一种文明都延续着一个国家和民族的精神命脉，既需要薪火相传，代代守护，更需要与时俱进、勇于创新。文物承载灿烂文明，传承历史文化，维系民族精神，是历代留存的宝贵遗产，博物馆在文物保护、整理、研究和传承方面负有不容推卸的责任。2017 年，中国国家博物馆正式启动了馆藏文献研究系列丛书编纂工作，旨在通过对国家博物馆馆藏各类文献的全面梳理，筛选一批具有独特学术和文化价值的重要文献，开展多元而深入的专题研究，以期更好地促进学术繁荣、助推文化传承和服务现实社会。编纂出版中国国家博物馆馆藏文献研究系列丛书，就是深入贯彻落实习近平总书记关于“让收藏在禁宫里的文物、陈列在广阔大地上的遗产、书写在古籍里的文字都活起来”的重要指示精神、服务社会主义文化强国建设、增强文化自信的具体举措，其学术价值和历史意义不言而喻。

当前，全体中华儿女正在勠力同心地为实现中华民族伟大复兴的中国梦而努力奋斗。作为一个以培育和践行社会主义核心价值观、强化中华民族文化自信为己任的国家级文化机构，中国国家博物馆将坚持以习近平新时代中国特色社会主义思想为指导，统筹规划并深入开展馆藏研究，通过编纂出版丛书等实际举措，不断拓展历史文化资源获取路径，持续不断地将高水平的科研成果呈现给公众，努力让社会各界从丰富多彩的历史文化遗产中源源不断地汲取智慧和灵感，推动中华优秀传统文化创造性转化、创新性发展，为建设社会主义文化强国作出新的更大贡献。

# 前言

魏丹

中国国家博物馆收藏有近现代文献典籍共计15余万册。在近现代珍本文献中，有一批抗日战争时期各抗日根据地和解放战争时期各解放区刊印的歌曲集、剧本、词书等文艺小册子。总计300余种，500余册。这些小册子时代气息浓厚，特点鲜明。

其一，拥有广泛的作者群。其中既有基层的农民、普通战士，也有解放区自己培养的作家，同时也不乏来自沦陷区、国统区，享有盛名的专业作家。

其二，拥有广泛的读者群。有些纸质粗糙、印制工艺简单，显然是为剧团排练临时印制的排演本；有些印刷精良，作者、出版者、印数、售价等信息详尽，明显是作为供人们阅读欣赏的文学作品而出版的。

其三，作品品类繁多、艺术形式多样。有歌曲、地方戏、秧歌剧、快板书、大型歌剧等，题材涉及部队、农村、家庭、邻里之间、拥军爱民、土地改革等诸多方面。作品中既有地方作家创作的民间小戏，也有专业作家创作的《血泪仇》《白毛女》等名作。

其四，纸张与印刷方式五花八门。纸张既有粗糙的土纸，也有光细的机器制纸；印刷方式有铅印本、蜡版油印本、石印本；装帧上有竖排、横排，有平装、线装，甚至还有未裁开的毛边本。

其五，出版地域遍及各地。抗战时期主要出版地为陕甘宁边区、晋察冀根据地等。解放战争时期，随着战争进程的推进，出版地域从东北地区一直扩展到南部边陲。

其六，出版时间跨越抗日战争时期与解放战争时期. 印有出版时间的文献，其出版时间从1941年到1949年，还有一些没有刊印出版年代。

目前图书馆界习惯将辛亥革命之后至中华人民共和国成立前夕印刷出版，且流传稀少的文献典籍，统称为新善本。新善本同样具历史文物性、学术资料性和艺术代表性，且随着历史的发展，其版本的稀缺性、资料的珍贵性、文献的文化艺术价值，愈发地凸显出来。

文物见证历史。中华人民共和国成立之前各个时期的革命文献是革命文化的重要组成部分，是中国共产党领导全国各族人民争取民族独立人民解放、国家富强人民幸福的历史见证。上述抗日战争时期各抗日根据地和解放战争时期各解放区的唱本，是在中国共产党的领导下，各阶层文艺工作者创作的，是以艺术形式团结群众、鼓舞人民、振奋革命精神、激发斗争意志、打击敌人的有力武器，体现了中华民族强大的文化创造力。这种独具特色的革命文化，在中国共产党领导中国人民实现民族独立和人民解放的伟大斗争中，发挥了独特作用，作出了重大贡献。

为了弘扬革命传统，发挥革命文化在新时代社会主义文化强国建设中的作用，我们组织研究力量，对馆藏上述各时期唱本，进行系统的整理研究。其中，书籍版权信息以版权页为主要依据，无版权页的书籍以封面、封底信息为依据，由于版面所限，本书未收录全部版权信息图片。在整理研究过程中，我们从歌曲集、戏曲、秧歌剧、歌剧、曲艺等类型的唱本中，精选出 143 种，对其编者、出版者、版本、编辑出版背景、主要内容、艺术特点、传播情况、历史作用等，进行重点研究，并和研究论文一起汇集成书，作为提供给进一步研究者的参考。

由于水平所限，疏漏不确之处在所难免，敬请专家学者以及广大读者批评指正。

# 目 录

**戏　曲**

**秧歌剧**

**歌　剧**

## 曲　艺

# 延安文艺座谈会后的戏剧改造
## ——以《中国人民文艺丛书》收录剧目为中心

隆　文

**内容提要：**1942年5月，毛泽东在延安主持召开文艺座谈会并发表《在延安文艺座谈会上的讲话》，坚定地指出了无产阶级革命文艺的方向，即文艺要为工农兵群众服务。整风运动后，在《讲话》精神指引下，广大戏剧工作者深入工农兵群众，向工农兵学习，思想面貌发生了深刻变化。通过发起轰轰烈烈的新秧歌运动、改革旧剧、实现话剧民族化新常态、创造民族新歌剧等方式，解放区戏剧工作者创作出一大批与时代主题结合，反映革命战争和人民生产、生活，具有鲜明民族风格，为群众喜闻乐见的作品，将戏剧创作和演出推进到一个崭新阶段。本文以1949年5月出版的《中国人民文艺丛书》所收录剧目为中心，述析延安文艺座谈会后的戏剧改造及其深远意义。

**关键词：**《中国人民文艺丛书》　戏剧改造

根据毛泽东同志的指示[1]，1948年春夏，由时任中共华北局宣传部长周扬主持，柯仲平、陈涌、康濯、赵树理、欧阳山等先后加入的编辑组，开始在河北省平山县编纂中国解放区文学发展史上第一部大型丛书——《中国人民文艺丛书》（以下简称《丛书》）。《丛书》选编了1942年延安文艺座谈会后和解放战争时期，文艺工作者及一部分工农兵群众、一般干部创作的各种优秀的与较好的文艺作品，包括戏剧作品27种，通讯报告7种，小说16种，诗歌5种，曲艺作品2种，共计57种。

延安文艺座谈会后的文学创作当中，最为发达的莫过于戏剧。[2]《丛书》中收录的戏剧作品数量最多，篇数约占全书一半，题材内容涵盖现实斗争生活的方方面面，基本呈现出《在延安文艺座谈会上的讲话》（以下简称《讲话》）发表后戏剧创作的崭新风貌。《丛书》收录剧目如下：

①小型歌剧（秧歌剧）类5种21部，包括《兄妹开荒》（含《兄妹开荒》《动员起来》《夫妻识字》）；《牛永贵挂彩》（含《牛永贵挂彩》《刘顺清》《张治国》《大家好》《模范妯娌》《红布条》）；《货郎担》（含《小姑贤》《买卖婚姻》《货郎担》《算卦》《钉缸》《“神虫”》）；《王克勤班》（含《王克勤班》《两种作风》《杨勇立功》）；《宝山参军》（含《喜相逢》《宝山参军》《沃大娘瞅“孩儿”》）。

②歌剧类6种，包括《白毛女》《刘胡兰》《王秀鸾》《赤叶河》《改变旧作风》《不要杀他》。

③新编戏曲类7种，包括《逼上梁山》《三打祝家庄》《血泪仇》《穷人恨》《保卫和平》（又名《一家人》）《大家喜欢》《红灯记》。

④话剧类5种8部，包括《把眼光放远点》（含《把眼光放远点》《粮食》《打的好》《反“翻把”斗争》）《李国瑞》《李闯王》《过关》《团结立功》（又名《裴振刚》）。

以上23种42部戏剧作品，于1949年5月出版，同年9月后，该套《丛书》又陆续出版了《无敌民兵》《红旗歌》《战斗里成长》《炮弹是怎样炼成的》4种戏剧作品。1949年7月，在北平怀仁堂举行的中华全国文学艺术工作者第一次代表大会上，该套《丛书》曾作为解放区文艺成果发给参会全体代表。

我馆收藏有《丛书》戏剧类作品共20种（图一），全部为1949年5月第一次出版印刷（缺少《不要杀他》《三打祝家庄》《过关》3种和1949年9月后出版的4种），版权页编辑者为“中国人民文艺丛书社”，出版者、发行者均为“新华书店”，且有版权，品相完好。

## 一、走向“为工农兵服务”的创作道路

全面抗日战争爆发后，延安成为抗日民主根据地的中心。短短几年间，包括大批专业戏剧工作者和热爱戏剧的青年学子在内的大批进步文化人，从沦陷区、国统区，甚至海外，投奔到延安。他们与陕北的革命戏剧工作者汇合成一支可观的艺术力量，为延安革命戏剧运动的兴起和发展注入了活力。

图一：《中国人民文艺丛书》戏剧类20种，1949年5月第一次出版印刷，中国国家博物馆藏

1938年春，考虑长期抗战的需要，中国共产党继建立起政治和军事方面的干部学校后，又发起创立了鲁迅艺术学院（以下简称“鲁艺”），以培养文艺干部，充分发挥文艺工作的战斗作用。在鲁艺分设的文学、音乐、美术、戏剧四个系中，以戏剧系力量最强。从成立到1942年，戏剧系先后演出了50余个剧目，并且，在其带动和帮助下，延安及陕甘宁边区的戏剧运动很快被推向高潮，局面十分活跃。此外，在中共创建和领导的其他各敌后根据地中，戏剧活动也随着根据地的建立和扩大广泛开展起来，普遍地掀起了抗日救亡戏剧活动的热潮。

然而，欣欣向荣的背后，是包括戏剧在内的很多文艺界人士，仍然保留着城市小资产阶级知识分子旧有的思想感情、生活方式和艺术趣味，在新的环境和艺术创作中，普遍地存在着与解放区特殊斗争现实脱离的偏向，甚而在言行上都和群众格格不入。例如，鲁艺搬到桥儿沟新校址后，农民的场院就在旁边，但很多教师几乎从不和他们往来，而是整天坐在窑洞里看果戈理的小说、戏剧，研究别林斯基的论文，幻想一朝成为作家、理论家。对此，前方文艺工作者批评他们说：“堡垒里的作家为什么躲在窑洞里连洞门都不愿意打开去看看外面的世界？提高是否就是不叫人看懂

或‘解不了’？”[3]

1939年至1942年，各抗日根据地兴起搬演大后方以及外国剧作名家大戏、沉醉于钻研戏剧艺术技巧之风，出现“专门讲究技术，脱离现实内容，脱离实际政治任务来谈技术的倾向”[4]。抗日烽火正炽，前方需要的面向现实斗争生活、短小精悍的剧目，却被热衷搬演“大戏”、搞“关门提高”的戏剧工作者认为是“小玩意”“下里巴人”而不屑一顾。鲁艺戏剧系主任张庚就曾尖锐地指出：“整风以前，在延安和敌后的一些地方也曾经为了普及工作编过一些‘小调剧’，也是以民间小调来插入小剧中的，但是写的人、演的人、看的人（文化界的观众）都不重视它，认为它是普及的东西，可以草草写成，草草演出，草草看过的”，他们“以为普及工作就是把工作做得简单一些、马虎一些、粗糙一些的意思；认为老百姓不能接受什么细致的东西。至于有没有必要向老百姓学习呢？在那时，相当大一部分戏剧工作者的脑子里所存在的，不是有没有必要的问题，而是老百姓那里根本没有什么可学的问题”[5]。

针对当时延安以及其他抗日根据地文艺界普遍存在的由于轻视工农兵、脱离群众，不能与其取得文化上真正认同的倾向，经过大量调查研究，1942年5月，毛泽东在延安主持召开文艺座谈会，并发表《在延安文艺座谈会上的讲话》，坚定地指出了无产阶级革命文艺的方向，即文艺要为工农兵群众服务，号召文艺工作者深入工农兵，“思想感情和工农兵大众的思想感情打成一片”[6]。《讲话》使文艺工作者的思想豁然开朗，对表现工农兵的革命斗争和生活的重大意义有了新的理解。作为参会者之一，鲁艺实验剧团导演水华曾不无感慨道：“听完我感觉很对啊，当时的环境是抗日战争，我们在延安尽看到扎羊肚子手巾的赶牲口的农民、梳那样头的农村妇女，还有劳动英雄、八路军战士，是应该为他们服务，演出给他们看。但他们看不懂，我们也没怎么接触他们。鲁艺是个小圈子，大家都在围墙里面，我们很少出去，很少与群众有交结，觉得主席讲得对。”[7]30日，文艺座谈会结束后，毛泽东亲临鲁艺向大家讲话，并风趣地将坐落在桥儿沟的鲁艺叫作“小鲁艺”，把人民群众丰富的斗争生活比喻为“大鲁艺”，鼓励大家走出“小鲁艺”，投身到文艺创作的源泉——“大鲁艺”中。

面向工农兵大众的创作方向，成为文艺发展的必然趋势。经过整风，广大戏剧工作者统一在《讲话》精神下，深入农村，走进工厂，下到部队，向工农兵群众学习，思想面貌发生深刻变化，创作出一大批与时代主题相结合，反映革命战争和人民生产、生活，具有鲜明民族风格，为群众喜闻乐见的作品，将戏剧创作和演出推进到一个崭新阶段。

## 二、在与现实斗争和民众生活的结合中实现变革

（1）新秧歌运动点燃乡村社会的革命热情

中共领导下的大部分根据地，多处于偏僻、贫穷的山区和乡村，经济发展水平低下，文化极其落后，农民识字率低。例如在陕甘宁边区，除城镇外，乡村方圆数十里内常常没有一所学校，“反映在文化教育上，就是封建、文盲、迷信和不卫生”[8]。农民没文化、文盲多，势必影响对中国共

产党方针政策的正确理解和贯彻执行，而“要创造一个新民主主义的社会，在满是文盲的国度里是建立不起来的”[9]。为此，中国共产党高度重视乡村文化建设工作，在加快发展乡村文化教育的同时，将文艺看作是“一种很有力量的宣传训练组织的手段”[10]而大力促进乡村文艺的发展繁荣，以提高广大农民的文化水平，唤起他们的政治觉悟和革命热情，从而引导他们积极投身抗战建国的伟大事业中。《讲话》和文艺整风后，最先以崭新姿态开创戏剧新局面的是新秧歌运动，它以农民所熟悉的、生活化的乡村艺术形式，掀起了一场波澜壮阔的群众性革命戏剧运动，成为艺术与政治结合的典范。

秧歌是盛行于我国北方广大农村中，一种既歌又舞、活泼生动、富有表现力和感染力的艺术形式。陕北农民喜欢闹秧歌，“锣鼓唢呐哇一声，扭起秧歌拧烂脚”即生动形象地描绘了当地农民酷爱扭秧歌的动人情景。由于秧歌是封建宗法的乡村社会产物，所以其内容不可避免地带有旧的封建思想、伦理道德、迷信色彩和男女调情等成分，而且“把群众当做小丑，悲剧的角色，牺牲品”[11]。1943 年春节，鲁艺的王大化、李波、路由、安波等人，在利用陕北民间秧歌旧有形式基础上，舍弃其中惯有的丑角脸谱和男女调情舞姿，赋予赞美劳动生活这一明朗健康的新内容，创作出“第一个新的秧歌剧”——《兄妹开荒》（图二）。该剧根据当时边区家喻户晓的移民劳动英雄马丕恩、马杏儿父女积极开荒生产的模范事迹改编而成，以活泼红火和诙谐幽默的表演风格，歌颂了翻身农民在边区大生产运动中高涨的生产热情，以及通过辛勤劳动创造出“吃的也好来，穿也穿的暖，丰衣足食”的新生活真实图景。由于新秧歌剧充满了“中国过去的戏剧所没有过的一种愉快、活泼、健康、新生的气氛”[12]，因而立即引起轰动，老乡们看了《兄妹开荒》后都说：“我们是劳动人，就爱看这个劳动戏；这些戏能开脑筋，能鼓劲，不像有些戏看不看都不要紧。”[13]《兄妹开荒》演遍了延安，作曲安波在《一段美好的回忆》中写道：“观众也一场比一场多”“待至秧歌队走进了广场，一座巍巍的人山便赫然地从平地竖起。广场上围成丈把厚的人墙……”[14]还有些老乡，甚至背上干粮、水壶，秧歌队走到哪里，他们跟到哪里，一连看上几天、几场。《兄妹开荒》在杨家岭演出后，毛泽东看后点头称赞：“这还像个为工农兵服务的样子！”[15]

声势浩大的群众性新秧歌运动，迅速在以延安为中心的陕甘宁边区开展起来，“从 1943 年农历春节至 1944 年上半年，一年多的时间就创作并演出了三百多个秧歌剧，观众达八百万人次”[16]，随后，新秧歌运动很快推广、流传，内容丰富、

图二：鲁迅艺术学院秧歌队演出秧歌剧《兄妹开荒》，王大化饰兄，李波饰妹，1943 年春节。

形式多样的秧歌剧创作和演出，如雨后春笋般出现。“因为新秧歌运动差不多和边区广大农村的生产自救、变工互助、改造二流子、识字扫盲、减租减息、锄奸反霸、反对封建迷信活动等同时兴起，各地政府部门都把新秧歌运动直接纳入宣传教育工作的范围”[17]，所以，新秧歌剧的创作题材特别丰富，几乎触及群众斗争、生活的各个领域。

《动员起来》是一出以夫妻争论的形式，表现二流子张拴转变后要参加政府提倡的变工互助生产，而婆姨却担心吃亏的故事。该剧在安塞县真武洞演出时，引发观众强烈的共鸣。当张拴婆姨提出不愿参加变工的理由时，观众中就有人议论说：“她有道理，变不成哩。”接着，张拴耐心讲道理后，又有人跟着议论道：“他有道理，变成哩。”对“变不成”或者“变成哩”，观众们一直跟随着剧情争论到最后。当村长把变工互助生产的好处解释清楚后，一个观众说：“婆姨是个旧脑筋，解不下变工的利益，村长拿新脑筋给她转换了。”这个戏在孟家湾演出后，观众们反映“看不厌”，让文工团一定再演一次，干部们说：“你们闹这一次秧歌，顶我们开一个月的会，变工的道理他们都一满解下了。”[18]观众追逐剧情的同时，也是其自我求知、自我改造的过程。此时，新秧歌已不仅仅被群众“当作单单的娱乐来接受，而且当作一种自己的生活和斗争的表现，一种自我教育的手段来接受了”[19]，“往往一些秧歌剧中肯定的结论，即成为人民大众生活的指针”。[20]

秧歌下乡与乡下秧歌的相互结合和相互促进，有力地推动了农村戏剧运动的蓬勃发展，乡村业余秧歌队以空前数量和规模活跃于城市集镇以至偏僻山村，他们既是表演者，同时又是戏剧的创作者。以晋冀鲁豫边区为例，1946年，仅太岳22个县就有临时性的秧歌队2200多个。年关闹秧歌时，黎城胭脂村一多半的村民都参加了秧歌队演出，包括小学生、民兵、妇女，以至六七十岁的老汉，成为一个大秧歌队[21]。轰轰烈烈的新秧歌运动带来了群众性秧歌剧创作的新局面，其中，就产生了很多基于本地或本村斗争和生活而创作出的优秀作品。山西左权（原山西辽县）下庄村李世昌、靳小三、尚恩宽集体创作的秧歌剧《“神虫”》，通过一个思想封建迷信的老农在蝗灾面前对自己可笑行动的自我否定，反映了翻身农民从愚昧落后的旧思想中解脱出来的觉醒过程。著名作家赵树理曾在《谈群众创作》一文中写道：“及至看了些群众写的剧本，我才又发现些我们的笔墨还不曾走到的新世界……山西辽县人写了个小剧叫《神虫》……，写他那地方遭了蝗灾，大家正打蝗虫，有个老头却在那里用符咒来镇蝗虫，最后看见自己的符咒不顶事，就拿着画了符的木板参加到群众队伍里打起来，也是没有费很大气力就写出一个老年人的思想转变。这些都是以说明群众各人有各人的社会生活圈子，合起来比我们的生活圈子大得多。”

新秧歌是边区人民的新艺术，这场从延安兴起而深入持久发展，并随着解放大军的胜利步伐传遍全中国的新秧歌运动，其规模之大，气势之盛，影响之广，前所未有。解放战争时期，秧歌剧（小型歌剧）以反映部队生活和军民关系题材最为突出，像《王克勤班》（晋冀鲁豫军区文艺工作团、六纵文艺工作队集体创作，周宗华、张立友、史超、江涛执笔、吴毅作曲，1946年）《杨勇立功》（白华编剧，一鸣、彦克、牛纯仁、李文学作曲，1947年）《红布条》（苏一平，1947年）《宝山参军》（王血波、王莘，1947年）等等，都在部队和群众中起到了很好的宣传和教育作用。

（2）旧剧革命划时期的开端

戏曲是具有悠久历史和独特风格的戏剧艺术形式之一，社会基础深厚，“它渗透到中国社会的各个角落，与芸芸众生中的每一种人——不论贵贱贫富，不论士农工商，不论男女老幼，不论识字不识字——都密切接触”[22]，由于覆盖面广，又寓教于乐、感染力强，因而社会影响力巨大。传统戏曲一方面为广大群众所熟悉和爱好，另一方面，在长期的历史积淀中，“一般地又是旧的反动的统治阶级用以欺骗麻醉劳动群众的一种阶级斗争的工具”[23]，因此，“改造旧剧，是和创造新秧歌殊途同归的，其目的，也是要从此走向新形式，走向表现新的生活内容，或对旧时代的新的看法”。[24]

新秧歌运动的蓬勃开展，加速了对传统戏曲的改革步伐。在毛泽东“推陈出新”方针的指引下，经过不断自我修正，传统剧种获得了现代化的发展，其中，成就显著、影响广泛的当属平剧（国民党统治时期，北京改称为北平，故京剧亦称平剧）和秦腔。

1943年秋，中央党校大众艺术研究社率先进行大胆改革尝试，集体创作排演新编历史剧《逼上梁山》（图三，杨绍萱、刘芝明、齐燕铭等执笔），使戏曲舞台出现了革命新气象，树立了旧剧革新的榜样。该剧取材于《水浒传》中林冲被逼上梁山的故事，根据旧戏曲中《林冲夜奔》改编而成，塑造了林冲和一批反抗者的英雄形象，揭示出“官逼民反，不得不反”的主题，热情讴歌了人民群众在推动历史前进中的根本性作用。从思想内容到艺术形式上，《逼上梁山》全面突破了以往所有同一题材的戏曲作品，呈现出崭新的面貌，因此，在延安上演后颇受欢迎，引起轰动。毛泽东在致杨绍萱、齐燕铭两位编剧执笔者的信中，热

图三：中央党校大众艺术研究社演出新编平剧《逼上梁山》，主要演员：金紫光、王连瑛、索立波等，1944年元旦。

情肯定并高度评价道："历史是人民创造的，但在旧戏舞台上（在一切离开人民的旧文学旧艺术上）人民却成了渣滓，由老爷太太少爷小姐们统治着舞台，这种历史的颠倒，现在由你们再颠倒过来，恢复了历史的面目，从此旧剧开了新生面，所以值得庆贺。郭沫若在历史话剧方面做了很好的工作，你们则在旧剧方面做了此种工作。你们这个开端将是旧剧革命的划时期的开端，我想到这一点就十分高兴，希望你们多编多演，蔚成风气，推向全国去！"[25]《逼上梁山》上演之时，正值抗日战争艰苦时期，国民党反动派对外妥协、对内镇压、反共反人民的面目暴露无遗，因而，这部林冲被逼投奔梁山走上革命道路的新编历史剧作，对抗日战争的现实斗争具有明显的教育意义，它启示人民认清国民党反动派卖国投降的本质，抛弃幻想，积极投身抗日救国的革命洪流。

《逼上梁山》的创演成功，极大鼓舞和增强了戏剧工作者改革旧剧和创作新剧的信心。1945年初，延安平剧研究院又编演了新平剧《三打祝家庄》（图四，任桂林、魏晨旭、李纶执笔）。此剧同样取材于《水浒传》，描写梁山泊起义军三次攻打地主武装盘踞的祝家庄，体现出农民革命战争中调查研究、各个击破、里应外合的一整套策略思想。《三打祝家庄》演出后，使观众"心中引起了一种强烈的学习政策的愿望"[26]，部队也根据它学习攻打城市的战略战术，从而有力地配合了我八路军、新四军在抗战中收复敌占区城市的斗争。从1945年2月公演，到1947年中共撤离延安，《三打祝家庄》共演出了50—60场（每场分两天演出），此后，在各解放区及全国解放后，各剧团总共演出约1500场[27]。

陕甘宁边区的旧剧改革蔚成风气。马健翎等领导的陕甘宁边区民众剧团，运用西北人民喜闻乐见的地方剧秦腔、郿鄠曲子戏等形式，先后编写演出《血泪仇》（马健翎，1943年）《大家喜欢》（马健翎，1944年）《保卫和平》（又名《一家人》，马健翎，1946年）《穷人恨》（马健翎，1947年）等几十个具有政治意义、配合各种任务、反映现代生活的剧本，为传统戏曲走向革命化、大众化开创了新路。从1938年至1946年，民众剧团"走过190余个村镇，演过1475场戏，平均一天半演一场，观众260万人"[28]。就像团长柯仲平所说，这些利用旧剧编演的现代戏，"不但不使人觉得陈旧，反而觉得很有些新鲜"[29]，《血泪仇》是一出反映陕甘宁边区和国统区"两种社会两重天"的新秦腔，该剧曾被山西蒲州梆子、中路梆子及河北梆子等很多地方剧种以及秧歌剧移植，在各解放区一再演出，屡演不衰。其他地方剧种，例如在江南新四军活动的地区，越剧冲破了剧本内容创作、导演手法、布景转换、演员思想改造等四大难关进行了改革[30]，其中，描写地主和农民对立关系的越剧现代戏《红灯记》（柳

图四：延安平剧研究院演出新编平剧《三打祝家庄》，主要演员：张一然、阿甲、牛树新等，1945年2月。

夷，1945 年），即是成果之一。

（3）话剧迈进表现工农兵的新时代

话剧是“五四”文学革命中从国外移植而来的一种现代戏剧艺术形式，与我国传统戏剧在思想意识、表现方式以及审美观念上都有着很大不同，而且自传入后，由于政治、经济、文化等原因一直囿于都市之中，其演剧内容大多局限于城市市民和知识分子阶层，形式上也是欧化的，与广大农民的欣赏习惯存在着较大距离。其时，话剧工作者也曾创作过一些反映工农兵现实斗争生活的剧目，然而“其中的人物——从语言到情趣——大多是穿着工农兵服装的小资产阶级知识分子；另外一些则是经过作者头脑变了形的工农兵形象”[31]，话剧一直没有真正表现出工农兵的生活和思想情感。

伴随着戏剧文化运动的洪流，话剧工作者开始出征在实现话剧民族化、大众化的创作演出道路上，自觉深入到火热的革命斗争生活中积累素材，又从传统戏曲和秧歌剧、新歌剧中汲取营养，克服洋教条、舞台腔，“创造了一种生活化的朴素的表演作风”[32]。特别是在解放战争时期，“随着剧作家的战斗步伐，话剧艺术之花开遍了解放战场的山野田间，绽放出更多战斗性、艺术性均佳的艺术之花”。[33]

在与工农兵群众的密切结合中，话剧反映的内容和描写的对象，都发生了巨大变化，工农兵形象开始走进话剧艺术天地，成为舞台上的真正主角。特别是一些利用真人真事编写的剧作，由于迅速及时地反映了新的社会现实下性格鲜明的人物形象，具有生活本身新鲜、生动的特色，因而平易朴实、感人至深。话剧《李国瑞》（图五）（杜烽著，1944）根据真人真事创作，“以转变的战士形象作为作品的主要人物，这在根据地的戏剧创作中是有开创意义的，从而拓宽了题材领域”[34]。1944 年，剧作家杜烽以普通一兵身份入伍到晋察冀第四军分区三十团侦察连。在帮助连队开展文化活动之余，杜烽和战士们打成一片，结识了不少战士朋友，李国瑞便是其中之一。李国瑞本来是第四军分区某部“灯塔连队”的一名“新兵老战士”，参军六七年来一直自由散漫，屡犯纪律，“调到哪里，哪里讨厌”。1943 年，在部队开展的整风运动中，连队指导员带头改变军阀残余作风，和李国瑞交心恳谈。感动之下，李国瑞配合指导员拿下了特务，还坦白了自己差点被特务鼓动开小差的情况，并最终转变思想，成为“分区坦白模范”和先进战士。杜烽了解后深受感动，以李国瑞从落后转变为先进的故事为题材，创作了五幕话剧《李国瑞》。初稿完成后，杜烽将剧本读给李国瑞听了一遍，李国瑞用自己的语汇对其中的很多对话进行了纠正，从而使剧中的

图五：晋察冀军区抗敌剧社演出话剧《李国瑞》，刘文清饰李国瑞，胡可饰指导员，1945 年。

李国瑞语言生动，个性鲜明，富有部队生活气息。修改之后，再次读给他听，李国瑞满意地说：“挺好，你真把我们战士的劲头抓住了。”[35]

《李国瑞》一剧由抗敌剧社首演后，反响甚大，不仅“反映了我们的部队所进行的阶级教育、民主教育的卓越成效，同时反过来又推动了部队的教育”[36]。干部群众看后说：“像这样的剧本，演出一次，不见得比开一次政工会议差”；“早看了这个戏，我们连上那些落后分子早改造了，回去以后，一定学习这种领导方法，突击改造落后分子”。[37]

中国传统戏剧注重故事情节的完整描写，而现代话剧则强调选取富有代表性的时间和空间集中表现。为了让话剧在表演节奏和语言运用等方面合乎工农兵群众的欣赏习惯和艺术趣味，解放区话剧工作者进行了大胆探索。十幕话剧《团结立功》（一名《裴振刚》，鲁易、张捷，1947 年）是描写一个自由散漫的老战士转变为战斗英雄的故事。该剧在剧本的结构形式上打破陈规，“全部采用‘全本连台’形式，二幕前后的戏交替着，克服一般话剧幕间等待时间，从开始到剧终，可以毫不间歇地一直演完”[38]，从而减少了暗场交代，增加了表演部分，使全剧构成一个前后对应的整体，让观众看来自然明白，易于理解。在语言运用上，解放区话剧摒弃了传统话剧书面化、舞台腔的台词风格，无论人物独白还是对白，都朴素平易，自然亲切。而方言、土语、俗语的普遍运用，一下子缩短了观众与话剧艺术之间的距离，让观众倍感亲切。《反“翻把”斗争》（李之华，1946 年）反映了土地改革中，东北农民为了反对地主阶级“翻把”（“翻把”，东北土话为掰腕子，意喻复辟夺权）阴谋而进行的胜利斗争。作者在剧中运用了大量像“翻把”一样的东北方言，并且在创作过程中“写出一部分就念给房东听……生活习惯、风俗语言，有不对的地方即时就能得到他们的纠正”[39]。该剧以活生生的东北农民形象和浓郁的乡土色彩，紧紧扣动观众的心弦，对当时正在进行的土改运动起到催人深思的教育效果。

经过艰难曲折的历程，解放区话剧以鲜明的时代特色和浓厚的生活气息，使这种外来的艺术形式和本土人民的生活内容逐渐融为一体，迈进表现工农兵群众的新时代，直接配合和推动了现实革命斗争，发挥出政治宣传的巨大作用，在中国话剧发展史上谱写下光辉篇章。

## 三、以《白毛女》为代表的民族新歌剧诞生

新歌剧是与旧歌剧（即传统戏曲）相对而言的。20 世纪 20 年代，受西方歌剧影响，黎锦晖创作的儿童歌舞剧，被视为中国歌剧的雏形。全面抗战后，鲁艺师生兼用西洋歌剧手法和民歌旋律，在延安创作演出了歌剧《农村曲》《军民进行曲》等，迈出了新歌剧创作的第一步。不过，这些作品尚显幼稚，在音乐与戏剧、形式与内容的结合上都不熨帖，是“‘山上来的’和‘亭子间的’结合的产物”[40]。

轰轰烈烈的新秧歌剧运动，为新歌剧的创作开辟了广阔道路，小型秧歌剧的繁荣，推动了大型作品的创作。1944 年 5 月，西北战地服务团将一个流传于河北北部的民间传说——“白毛仙姑”的故事带到延安。1945 年 1 月，鲁艺院长周扬建

议将其改编成新型歌剧，作为对中共“七大”的献礼剧目。该剧采用集体编演的方式，由贺敬之、丁毅执笔编剧，马可、张鲁、瞿维、焕之作曲，王大化、舒强导演，“剧组采取‘流水作业’的方式，即贺敬之写完一场后，作曲者就谱曲，由张庚、王彬审定，交由丁毅刻写蜡纸印出，再由导演和演员试排，每幕完后总排，请鲁艺师生、干部群众和桥儿沟老乡观看并评论，边写作边排演边修改”[41]，经过“不断的尝试，不断修改”，仅用三个月，大型歌剧《白毛女》即创作完成。

歌剧《白毛女》是我国民族新歌剧发展的里程碑。透过主人公喜儿的悲惨身世，该剧集中表现了“封建黑暗的旧中国和它统治下的农民的悲惨生活”，以及“在共产党领导下的新民主主义的新中国（解放区）的光明”[42]，第一次提炼出“旧社会把人逼成鬼，新社会把鬼变成人”的深刻主题，影响深广。这种以“白毛仙姑”传说与政治化主题相结合的叙事模式，使《白毛女》一剧充满了浪漫主义和现实主义的双重色彩，对启发民众的政治觉悟和阶级意识，激发其斗争情绪，具有很强说服力，从而实现政治价值与艺术价值的统一。

歌剧《白毛女》（图六）以河北地区流行的戏曲、民歌音乐为基调，“创造性地吸收了民族、民间音乐素材，借鉴西洋歌剧的创作经验，并在歌剧音乐的戏剧性和性格化方面做了大胆而有益的尝试”，因此人物的音乐形象既丰满又统一，“具有鲜明的民族风格和中国气魄”[43]。在语言上，对白采用了大量新鲜、活泼的大众口语，民间谚语或歇后语，如“穷家难舍，热土难离”，“箸帚疙瘩刻猴，人没人样，模没模样”，等等，淳朴自然，乡土气息浓厚。结构形式方面，全剧以喜儿的遭遇为线索，采取顺叙的方法，结构单纯，扣人心弦。而且，幕与幕之间衔接紧密，前后照应，完全符合中国百姓的欣赏习惯，为人民大众所喜闻乐见，“是歌剧民族化、戏剧现代化的相互融合的一种新探索”[44]。

1945年4月，《白毛女》在延安正式公演，一连演出三十多场，受到群众的热烈欢迎。6月10日，《白毛女》为中共“七大”代表进行了专场演出，毛泽东等中央领导同志也来看了戏，深受感动。次日，中央办公厅传达了“七大”代表和中央书记处的三条意见，即：主题很合时宜，黄世仁应该枪毙，艺术上是成功的。周恩来也指出：抗日战争即将胜利，阶级矛盾必将上升，动员广大农民为自身的解放而斗争十分必要。1946年1月，剧组在刚解放的石家庄演出，依旧连演三十余场，反响强烈，盛况空前：“每至精彩处，掌声雷动，经久不息；每至悲痛处，台下总是一片唏嘘声……散戏后，人们无不交相称赞。”[45]随后，《白毛女》在各解放区相继演出，如“在冀中能起作用的农村剧团在一万以上，而演出过《白毛女》

图六：鲁迅艺术学院演出歌剧《白毛女》，王昆饰喜儿，张守维饰杨白劳，1945年4月。

的就有约五千”[46]，在革命文艺十分发达的胶东农村，“每个村都演白毛女，每个村子都不止一个演白毛女的姑娘”，每当演到斗争黄世仁这场戏时，台上台下同声高呼“枪毙黄世仁”[47]。《白毛女》说出了穷人的心里话，群众也不断地从中提高认识，汲取力量，并转化为改造社会的实际行动。青年们看完戏踊跃报名参军；战士们把“为喜儿报仇”的誓言刻在枪托上。在解放战场的进军中，在解放区的土改运动中，《白毛女》所发挥的巨大的感召和激励的力量都是空前的。

以《白毛女》为代表的民族新歌剧的诞生，标志着中国歌剧发展到一个崭新阶段，极大地激发了解放区戏剧工作者和群众的创作热情，逐渐成为各文艺团体创作和演出的重心，涌现出《王秀鸾》（傅铎编剧，艾宝惕、小流、王韬、之家作曲，1945 年）《改变旧作风》（高介云、张万一、梁栋云、陈忠贤、陈凤祥、李模集体创作，1946 年）《赤叶河》（阮章竞编剧，梁寒光等作曲，1947 年）《刘胡兰》（魏风、刘莲池、朱丹、严寄洲、董小吾编剧，罗宗贤、孟贵斌、黄庆和、董起、李桐树、王左才作曲，1948 年）《不要杀他》（刘佳作词，张非作曲，1948 年）等许多优秀剧目，生动展现出解放区发生的翻天覆地的深刻变化，具有浓厚的时代气息和强烈的现实意义。在解放区，歌剧的影响力大大超越了话剧和戏曲等其他戏剧形式，出现中国歌剧创作的第一个高峰，为新中国歌剧的发展奠定了基础。

## 四、结语

法国戏剧理论家布伦退尔曾指出，“一国戏剧兴起的时刻正是一个民族的意志十分高昂的时候”[48]，也往往是戏剧艺术发展的高峰所在。从 1937 年全面抗战爆发到 1949 年中华人民共和国成立，解放区戏剧是沿着苏区时代“红色戏剧”开辟的道路，在中华民族争自由求解放、民族气节坚定、意志倍加高昂之时，于血与火的革命战争中锤炼成长起来的新型戏剧。其“在内容上和形式上，已经逐渐创造出来新的风格，形成了新中国新戏剧的雏形”[49]。

以 1942 年延安文艺座谈会的召开和毛泽东《讲话》发表为分水岭，红色戏剧分为前后两个阶段。如果说《讲话》发表前，延安及各解放区的戏剧活动以激发全民抗战热情，表彰誓死不当亡国奴的豪迈气概，内容及形式适应抗战形势发展为旨趣的话，那么在《讲话》和文艺整风后，由于有了明确的“为工农兵服务”的创作指向，在汲取中外戏剧艺术精华基础之上，经过彻底改造与重塑后，“通过戏剧这种特殊的形式，对普通民众起到世界观、价值导向和政治觉悟超越其他形式艺术的影响”[50]。

红色戏剧在宏阔的领域内，以新的主题、新的人物、新的形式和语言，真实、生动地反映和记录了民族、民主革命战争进程。一出出为群众喜闻乐见的剧目，活跃了文化生活，推动了文化建设，并为抗日战争和解放战争的胜利提供了强有力的精神武器。统观《丛书》所收录的 46 部戏剧作品，农民题材 21 部，军队题材 10 部，军民关系题材 10 部，工人题材 2 部，历史题材 3 部，工农兵群众在舞台上“如在社会中一样取得了真正主人公的地位”[51]。从人民英雄刘胡兰、王克勤到劳动模范刘顺清、张治国，以及由落后转变为先进战士的李国瑞、裴振刚，等等，这些新人物形象，标志着中国戏剧艺术掀开了崭新篇章，鼓舞激励着广大人民群众在中国共产党的领导下，不断开创崭新的世界，谱写崭新的历史，塑造崭新的自我，一如周扬所说："这是真正新的人民的文艺。"[52]

注释：

1. 参见艾克恩主编：《延安文艺史》，河北教育出版社2009年版，第571页。
2. 参见胡可：《解放区戏剧的发展与〈讲话〉》，《中国戏剧》1992年第3期。
3. 参见高新民、张树军：《延安整风实录》，浙江人民出版社2000年版，第229页。
4. 参见《解放日报》1943年3月27日。
5. 参见张庚：《谈秧歌运动的概况》，《中国解放区文学书系文学运动·理论编一》，重庆出版社1992年版，第554页。
6. 参见毛泽东：《在延安文艺座谈会上的讲话》，《毛泽东选集》（第三卷），人民出版社1991年版，第865页。
7. 参见舒晓鸣：《水华访谈录》，《北京电影学院学报》1993年第3期。
8. 参见李维汉：《回忆与研究（下）》，中共党史出版社1986年版，第566页。
9. 参见《解放日报》1941年6月4日。
10. 参见陕西师范大学教育研究所：《陕甘宁边区教育资料·教育方针政策部分》（上），教育科学出版社1981年版，第31页。
11. 参见艾青：《论秧歌剧的形式》，《艾青全集》第五卷，花山文艺出版社1991年版，第419页。
12. 参见张庚：《解放区的戏剧》，《中国现代文学史参考资料》（1942年—1949年），高等教育出版社1959年版，第137页。
13. 参见曹欣：《忆农民谈秧歌》，《中国话剧运动五十年史料集》（第三辑），中国戏剧出版社1963年版，第119页。
14. 参见安波：《一段美好的回忆》，《人民音乐》1962年第6期。
15. 参见艾克恩编：《延安文艺运动纪盛》，文化艺术出版社1987年版，第419页。
16. 参见苏一平、陈明主编：《延安文艺丛书·秧歌剧卷·前言》，湖南人民出版社1985年版，第2页。
17. 参见刘建勋著：《延安文艺史论稿》，陕西人民出版社1992年版，第22页。
18. 参见《枣园文艺工作团的秧歌》，李春兰编：《文艺的群众路线》，冀鲁豫书店1947年版，第97—98页。
19. 参见周扬：《表现新的群众的时代——看了春节秧歌以后》，《周扬文集》第一卷，人民文学出版社1984年版，第440页。
20. 参见迪之：《对秧歌的几点意见》，《延安文艺丛书·舞蹈、曲艺、杂技卷》，湖南文艺出版社1988年版，第85页。
21. 参见朱穆之：《"群众翻身，自唱自乐"》，河北省文化厅文化志编辑办公室：《晋察冀 晋冀鲁豫乡村文艺运动史料》，1991年，第178页。
22. 参见路应昆：《中国戏曲与社会诸色》，吉林教育出版社1992年版，导言第1页。

23. 参见周扬：《新的人民的文艺》，《周扬文集》（第一卷），人民文学出版社1984年版，第527页。
24. 参见张庚：《解放区的戏剧》，《中国现代文学史参考资料》（1942年—1949年），高等教育出版社1959年版，第144页。
25. 参见毛泽东：《毛泽东文集》（第三卷），人民出版社1996年版，第88页。
26. 参见《〈三打祝家庄〉开始公演很有政策教育意义》，《解放日报》1945年3月1日。
27. 参见马少波、章力挥等主编：《中国京剧史》（中卷），中国戏剧出版社1999年版，第949页。
28. 参见钟纪明等：《军民热爱的民众剧团》，《文艺报》第12期，1949年7月21日。
29. 参见柯仲平：《介绍〈查路条〉并论创造新民族歌剧》，《陕甘宁边区民众剧团艺术纪实》，西北大学出版社1993年版，第22页。
30. 参见柳夷：《越剧大众化和改进越剧的尝试》，《中国人民文艺丛书·红灯记》，新华书店1949年版，第88—94页。
31. 参见杜峰：《杜烽剧作选·后记》，中国戏剧出版社1984年版，第391页。
32. 参见张庚：《解放区的戏剧》，《中国现代文学史参考资料》（1942年—1949年），高等教育出版社1959年版，第142页。
33. 参见欧阳山尊、苏一平主编：《延安文艺丛书话剧卷·前言》，湖南人民出版社1985年版，第2页。
34. 参见葛一虹：《中国话剧通史》，文化艺术出版社1990年版，第312页。
35. 参见杜烽：《〈李国瑞〉写作前后》，《中国人民文艺丛书·李国瑞》，新华书店1949年版，第5页。
36. 参见周扬：《新的人民的文艺》，《周扬文集》（第一卷），人民文学出版社1984年版，第517页。
37. 参见杜烽：《〈李国瑞〉写作前后》，《中国人民文艺丛书·李国瑞》，新华书店1949年版，第6页。
38. 参见鲁易、张捷：《中国人民文艺丛书·团结立功·附记》，新华书店1949年版，第127页。
39. 参见李之华：《〈反"翻把"斗争〉的创作过程》，《东北日报》1947年7月17日。
40. 参见李伯钊：《关于新歌剧》，《新歌剧问题讨论集》，中国戏剧出版社1958年版，第321页。
41. 参见李满天：《歌剧〈白毛女〉诞生记》，《团结报·文化纵横》2015年8月8日。
42. 参见贺敬之：《〈白毛女〉的创作与演出》，《中国人民文艺丛书·白毛女》，新华书店1949年版，第182页。
43. 参见丁毅、苏一平主编：《延安文艺丛书·歌剧卷·前言》，湖南文艺出版社1988年版，第3页。
44. 参见李满天：《歌剧〈白毛女〉诞生记》，《团结报·文化纵横》2015年8月8日。
45. 参见艾克恩主编：《延安文艺史》，河北教育出版社2009年版，第399页。
46. 参见张庚：《解放区的戏剧》，《中国现代文学史参考资料》（1942年—1949年），高等教育出版社1959年版，第138页。
47. 参见艾克恩：《延安文艺回忆录》，中国社会科学出版社1992年版，第184页。
48. 参见[法]费·布伦退尔：《戏剧的规律》，《编剧艺术》，文化艺术出版社1986年版，第10页。
49. 参见张庚：《解放区的戏剧》，《中国现代文学史参考资料》（1942年—1949年），高等教育出版社1959年版，第139页。
50. 参见陈佳：《中共意识形态教育的成功范例——抗战时期陕甘宁边区的戏剧运动考察》，《红广角》2016年第11期。
51. 参见周扬：《新的人民的文艺》，《周扬文集》（第一卷），人民文学出版社1984年版，第514页。
52. 参见周扬：《新的人民的文艺》，《周扬文集》（第一卷），人民文学出版社1984年版，第512页。

# “咱们的剧社”——从铁血剧社到群众剧社

孙 睿

**内容提要：**抗日战争时期和解放战争时期，为了加强文化建设、促进军民合作、向群众宣传中国共产党的各项政策，一大批大大小小的剧社涌现在全国各地。诞生在晋察冀边区的铁血剧社便是这众多剧社中的一员。它创立于1938年4月，最初名为“铁血剧社’。经历了抗日战争的洗礼，在战争中学习、成长，又走过了解放战争时期，一直秉持着为群众服务的宗旨；以向群众宣传党的政策、传播文化为己任。先后改名“晋察冀边区群众剧社”“华北群众剧社”，被人民群众亲切地称为“咱们的剧社”。

**关键词：**铁血剧社　晋察冀抗日根据地　群众剧社

## 一、我们叫铁血剧社

平山县位于冀西太行山麓，滹沱河流贯全境，晋察冀抗日根据地作为模范抗日根据地，平山县是其中的模范县。

1937年10月，八路军进入平山。平山县委为开展抗日救亡宣传，组织了一支少年先锋队。1938年1月，平山县青年抗日救国会正式成立，在时任青救会主任齐一丁的倡议下，县委建立了一支由青救会直接领导的文艺宣传队。

因受苏联小说《铁流》的启示和影响，文艺宣传队创立之初打算命名为“铁流剧社”，恰逢根据地报纸上出现了“铁血抗战”的口号，最终定名为“铁血剧社”[1]，由王植庭任社长。王雪波（又名王血波）、赵维林、尹铁屏、范血锋、曹景斌、魏力平、齐先义、秘怀书、张血新、曹火星、封立三、张德宽、韩科、齐学琴、白瑞采等人成为剧社最早的成员。

最初的成员大多数为十二三岁、十五六岁的小学生，王植庭、王雪波、赵维林、封立三等年龄较大，上过中学或师范，齐学琴是东黄泥的小地主，塔雅村的白瑞采是北京朝阳大学学生。

他们没有受过专业的艺术培训，没有现成的剧本。凭借一身“铁的意志和热血”自编自排，仅通过四五天时间的排练，便于4月24日在洪子店村西大戏楼上进行了第一次演出，这也标志着铁血剧社正式成立。

没有经验，没有受过专业训练并没有影响他们对抗日救亡的热情。他们结合自身经验，根据当地的斗争故事，创作出不少文艺作品。话剧《一个逃跑的游击队员》《脱了羁绊的女性》《井陉的一幕》，哑剧《鬼子、汉奸、亡国奴》《小放牛》都是这一时期的作品。（图一）

## 二、咱们的剧社

1938年，日军对晋察冀边区展开了第一次秋季大扫荡。铁血剧社的成员们扛起幕布，带上锣鼓，

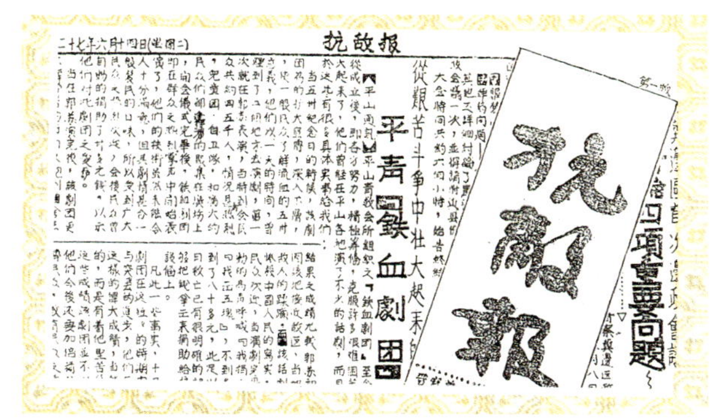

二十七年六月十四日(星期二)

抗敵報

平青鐵血劇團

從艱苦斗爭中壯大起來

图一：1938 年 6 月，晋察冀边区《抗敌报》关于铁血剧社演出的报道。

跟着县机关转移并就地开展文艺宣传活动。

孟家庄区元坊村是县机关转移的第一站，也是县北部的山区，在剧社到来之前鲜有文化活动。剧社来到这里以后，迅速地写标语、出墙报并突击排练了话剧《无名小卒》和《认贼作父》。演出引起了整个孟家庄区的轰动，远近村庄的村民都来看戏。剧社以这样的形式鼓舞平山群众团结起来斗争、复仇，为人民渡过艰苦的反扫荡提供了极大的支持。

秋季反扫荡结束之后，王植庭调任县青年抗日救国会主任，王雪波任社长，剧社迁至下槐村。

为配合征收公粮，剧社在十月赴南甸区进行巡回演出。同时，为配合民校运动的展开，除《无名小卒》和《认贼作父》之外，剧社还编演了史国章编剧的《不识字的害处》。南甸区巡演结束后，剧社成员们又赶往西南部山区进行演出，每到一处，他们晚上演戏，白天到各村写标语、画墙画并组织募捐。

剧社成员们顺着滹沱河逆流而上，沿路开展文艺工作，最终达到了滹沱河上游的大镇——小觉镇。在小觉镇，剧社遇到了从冀中调来的特务团光复剧社和由延安来到晋察冀的西北战地服务团。这些文化水平较高、经过专业训练的剧团和艺术家们的演出与其艺术形式让铁血剧社的各位成员耳目一新，大开眼界。他们意识到自己工作中有待提高的地方，也从中吸收了不少宝贵的经验。

日军夏季扫荡开始之后，剧社成员分散到各地做战地动员、坚壁清野。共产党开展扩军运动之后，剧社成员又加入到扩军动员工作中。

1938 年、1939 年两年间，铁血剧社走遍了滹沱河畔的每一个村庄，将抗日救亡的歌曲传唱到平山县的每一个角落，被广大群众亲切地称为“咱们的剧社”。正是依靠着来自群众的募捐和平山县委的支持，1939 年发洪水时，边区的县剧团大多数都由于经济困难而纷纷解散，唯独铁血剧社得以保留，成功渡过难关。[2]

## 三、去华北联大学习

1939 年秋，华北联大（以下简称联大）从延安跨过封锁线来到晋察冀边区。为了提高艺术水平，县委决定，铁血剧社集体到联大文艺学院学习。此时的剧社吸收了不少新鲜血液，人数已达 30 余人，但由于活动范围限制，剧社成员清一色均为平山本土人士。到联大学习前，为表示抗战到底的决心许多同志纷纷改名，铁夫、铁屏、血波、血川、血明、血星、火星这些名字就是这一时期的产物。

剧社先后随联大到达张家川、下庄和土岸村，与冀中新世纪剧社、晋东北大众剧社、冀中火线剧社、平西挺进剧社、先锋剧社共同演出、共同学习。剧社成员也分散到文学、戏剧、音乐、美术各系系统地学习导表演艺术、剧作法、舞台装置、化妆、发声、视唱、作曲、指挥、素描、木刻等文艺理论和专业知识。经过在联大半年的学习和实践，剧社成员学习了大量的新鲜知识和先进经验，在业务和政治意识上都有了长足的进步和提高。

1940 年 9 月随着学习结束，剧社迁回到平山县委驻地下槐村。在吸收了联大分配的郑见、张志道、李春龙三位同志后，剧社走向专业化、正规化，由王雪波任社长，郑见任副社长，下设立戏剧队、舞蹈队、音乐组和美术组。

## 四、分散到群众中去

1939 年 10 月，剧社按照指示进入回舍游击区，在距离日军据点不到五六里路的地方搭建舞台进行演出。工作人员分散到附近的村庄写标语、教唱歌，将“中国共产党万岁”“坚持抗战到底”的大字标语写到了敌人堡垒的对面。12 月，日军进行冬季“扫荡”，剧社分成三个小队，分别加入营里、蛟潭庄、孟家庄三个地区的反扫荡活动，不少同志在这次的斗争中学会了埋地雷、掷手雷等军事技术，增加了新的技能。

1941 年 1 月，国民党发动第二次反共热潮，为了抵制内战、反对投降，剧社成员分散到各区，在当地建立了 30 余个农村剧团、几十个秧歌队，成功在全县境内掀起了声讨国民党的高潮。

1941 年 5 月 1 日，在东黄泥召开的铁血剧社建社三周年纪念会上，几位地方领导对铁血剧社过去三年所作出的贡献给予了如下评价：“三年来，铁血剧社与平山的青年儿童肩并肩、手拉手地前进……它是平山青年儿童文化娱乐的发起者、推动者，它把戏剧灌进了乡村，鼓舞着平山青年和广大人民的战斗勇气向前迈进！”它“不仅是大众化的地方剧社，而且是个地方工作队。是平山的一支铁的乡村艺术子弟兵，一群新文化的年青的钢铁战士”。“铁血剧社是五专区民众剧社中最早成立、也是最好的一个。三年来它在文化艺术战线上的努力苦干，已经有了不可磨灭的辉煌的成绩，已经密切地配合了边区抗日根据地的创造与发展的整个过程。”社长王雪波也提出：“我们要更进一步深入群众、接近群众、面向群众，把艺术交给大众，把自己的文艺运动与广大人民的群众斗争密切地结合起来，并在现有基础上进一步提高剧社的素质和艺术质量，为新民主主义的文化、为争取模范地方剧团而奋斗！”

8 月底，不死心的日寇又一次发动了秋季“扫荡”，企图对边区进行“三光”政策，剧社成员高度分散到群众当中，依靠着人熟地熟跟日本侵略者进行周旋，在平山众多惨案中留下了零伤亡的傲人成绩。“扫荡”结束之后又配合群众收割残留庄稼，鼓励动员群众团结起来重建家园。

在完成组织交代的各项任务的同时，剧社也不忘艺术创作，在反内战宣传周及建社三周年活动中两次发起创作运动。曹火星同志在这一时期开始尝试作曲创作，王雪波也在这段时间创作了不少的剧本，剧社画报《铁血画报》就在这一时期诞生，剧社在斗争和实践中迅速成长。

## 五、“艺术至上”不是我们的追求

1941 年前后，边区“演大戏”之风兴盛。不少著名的大剧团都纷纷演出各类中外名著。曹禺的《日出》《雷雨》，果戈理的《巡按》《婚事》

以及托尔斯泰的名剧都被搬上了边区的舞台。

这些艺术成分极高的戏剧在很大程度上满足了边区干部与群众的文化生活需求，也受到了不少的好评和追捧，对提高边区戏剧艺术质量提供了很大的助力。

这些先进的、文艺的艺术形式和概念对剧社的成员造成了很大的意识上的冲击。不少同志对此类作品表示羡慕和向往，但是由于环境原因无法亲自将这些东西搬上舞台，也无法从主体观众处获得足够的反响。部分同志甚至因此对自己和自己的工作产生了怀疑，认为自己没有才能，认为自己的工作需要改进却又找不到方向。组织上对此相当重视，并通过王昭同志和地委宣传部长胡开明同志传达了“咱们是地方性群众剧团，要提高技术，但不能勉强向大剧团看齐。要老老实实为群众服务，保持大众的作风，要大力开展农村文艺活动，密切联系现实斗争，在实践中和群众一同提高。争取抗日战争的胜利，这就是我们的前途”的指示。

1942年5月延安文艺座谈会后，整风运动兴起，剧社成员与干部一起学习整风文件，以整风精神总结检查工作。干部们组织剧社进行文艺整风学习，肯定了以群众为主体、以抗战胜利为目标的剧社精神，检查了“文艺至上”所造成的不良影响。1943年4月，为了进一步明确剧社为群众服务的方向，剧社正式更名为“群众剧社”。（图二）

## 六、走出平山县，服务晋察冀

1943年7月，群众剧社成员分散进入阜平县，开展纪念抗战六周年和打退国民党第三次反共高潮群众文艺活动。阜平县大沙河和胭脂河畔各个村庄都留下了剧社成员的足迹。

9月，剧社越过拒马河，跨越了敌人的封锁线来到了平西新解放区，学习毛泽东《在延安文艺座谈会上的讲话》之后，分三组分别开展工作。赵冀平、曹火星、张血明等到房山、涞水、涿县新区参加减租运动；杜立亚、张学新、康天佐、齐玉珍等赴涞水香风崖等村参加查租反霸斗争；王雪波、王苹、秦征、张利民、封立三、顾品祥等来到昌平、宛平、房山游击区开展政治攻势。[3]

12月，三个小组集中在玉斗村交流合作，集体创作了三幕话剧《王瑞堂》（图三）和小歌剧《纺棉花》，曹火星同志创作的《没有共产党就没有中国》（后改名为《没有共产党就没有新中国》）

图二：认真学习。王雪波、张学明、韩孟震等在读书。

（图四）也开始在边区传唱。

在玉斗村举办了大型乡村文艺训练班之后，1944年初，剧社又分散进入易县、满城、徐水等县，举办了小型的乡村文艺训练班。6月至8月剧社在城南庄参加了整风，9月为准备反“扫荡”转移至平山小觉区，10月回到阜平。12月，为准备参加边区第二届群英会，剧社联合创作排练了大型歌剧《过光景》（王雪波、田野编剧，王莘、刘沛、火星等作曲），自1945年1月的群英会首次表演后，开始在边区各地巡回演出。此时的剧社已扩充至60余人，王莘担任剧社副社长。

## 七、解放战争时期的群众剧社

1945年8月15日，日本宣布无条件投降，剧社进入张家口，经历晋察区委短暂的领导后重新调归边区抗联领导。

同年12月，剧社再次分为两个小组，分别由王莘、东方、王雪波和曹火星率领，一队进入北平郊区十三陵发动群众进行锄奸反霸清算斗争，一队在平绥线东线敌我交界处开展政治攻势。1946年3月迁回张家口。

1946年7月，剧社分别进入涿县桑干河畔、温泉屯、察北地区参加土改。

10月剧社随领导机关回到老解放区阜平，文艺工作围绕在“反对内战”的方向上展开。

1947年5月，土改复查开始，剧社的工作重心重新回到“土改”上来。（图五）

1948年5月，晋察冀和晋冀鲁豫两大解放区合并，华北人民政府成立。剧社划归华北中央局宣传部领导，改名“华北群众剧社”。

## 八、走进天津，新中国，新剧社

1948年12月，剧社由平山县出发，向天津进军。1949年1月，以天津市军管会第一宣传队的名义正式进入天津，曹火星同志创作的《没有共产党就没有中国》在进入天津后被传唱，群众反映歌词中有不妥之处后改名为《没有共产党就没有新中国》。

图三：三幕话剧《王瑞唐》（第二幕）。

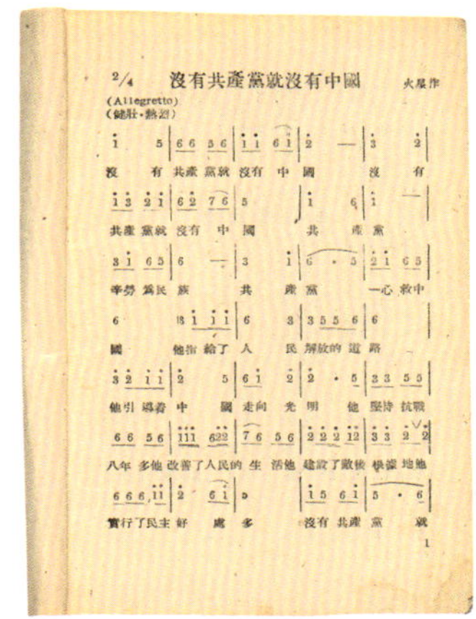


图四：曹火星创作的《没有共产党就没有中国》(后改名《没有共产党就没有新中国》)。

图五：土改时，王雪波、曹火星、东方、张学新合影。

图六：1949 年 10 月 1 日，参加天津市大游行，庆祝中华人民共和国成立。

1949 年 7 月，剧社与同进入天津的第三宣传队合并，1950 年 5 月改名“天津群众剧团”，团长由刘文卿担任，天津音工团从由剧社独立分出。1951 年 5 月，“天津群众剧团”与 1949 年 7 月成立的“天津市工人文工团”合并，成立天津人民艺术剧院。方纪任院长，王雪波、何迟、王莘为副院长。下设话剧团与歌舞团。（图六）

从铁血剧社到群众剧社，从平山县到天津市，13 年的时间里，剧社创作剧本 90 余个，歌曲 100 多首，正式演出 1200 余场[4]、其他演出不计其数。他们凭借着自身“铁一般的意志和一身热血”，扎根群众，艰苦奋斗，在斗争中学习，在实践中升华，为抗日战争的胜利，为新中国的成立作出了极大的贡献。

注释：

1. 参见《铁血剧社的创建和成长》，本书编委会编：《齐一丁纪念文集》，北京电子工业出版社 2004 年版，第 92 页。
2. 参见《文艺战线子弟兵——铁血剧社——群众剧社简介》，张学新著：《想起那火红的年代 论解放区文艺及其他》，天津社会科学院出版社 2000 年版，第 159 页。
3. 参见《边区群众剧社》，孙进柱、王大林主编，保定历史文化丛书编辑委员会编：《保定抗战文化》，北京方志出版社 2005 年版，第 334 页。
4. 参见《群众剧社》，范泉主编：《中国现代文学社团流派辞典》，上海书店出版社 1993 年版，第 541 页。

# 从馆藏秧歌剧本看抗战时期的革命文艺与政治

高轶琼

**内容提要：**抗日战争时期以马克思主义为指导的文艺运动的目的，是建立马克思主义中国化的革命意识形态。以秧歌剧为代表的文艺作品，通过其展示过程向受众普及革命意识形态，进而带领民众参与"革命"，成为"革命"的一部分。在这个过程中，"文艺"由抽象概念向"革命文艺"的实践概念转变，意识形态在不断展示的过程中产生了质的飞跃，从而转变为政治运动。在这里，革命文艺展示的过程即成为政治运动本身。

**关键词：**秧歌剧　文艺　革命文艺　马克思主义中国化

## 一、秧歌剧的内涵

"文艺"一词，语出《大戴礼记·文王官人》："有隐于知理者，有隐于文艺者。"其意指人的撰文和写作能力，这一概念一直延续到清末封建制度的终结和新文化运动的兴起。就其字面意思而言，"文艺"一词指文学和艺术，英文翻译为'Literature and Art'。然而，"Art—艺术"本身就包含有文学、绘画、建筑、音乐、雕塑、戏剧等多重含义。[1]在现代生活中，"文艺"的含义多指向文学和表演艺术的集合，其中表演艺术比例比文学要大很多，比如现在有人自称是文艺工作者，在大多数情况下是指从事音乐或舞台表演工作。在抗日战争时期，文学表述和舞台上的表演艺术在"文艺"中所占的分量则在伯仲之间。

本文所讨论的秧歌剧指1942年文艺整风后，延安文艺工作者深入工农兵生活，向民间学习，创作出和传统秧歌完全不同的新秧歌剧，这些秧歌剧从形式上看是传统秧歌的延续和发展，但内容上反映的是根据地内所建立的新社会中人与人之间的关系，以及人们与自然相互关系的变化。传统秧歌创作采用的是中国传统音乐"选曲填词"的模式，曲调多以郿鄠曲牌、道情、陕北戏曲及民歌的曲调为主[2]，具有非常强烈的陕北地域风格，而所填的"词"则是表演者信手拈来，或者根据一个主题自编自唱。新秧歌剧是在话剧的基础上添加唱词，唱词是固定的，少有改动。其中唱词的曲调用简谱标示音阶、音调，音乐表达淡化传统风格，突出剧本故事内容。新秧歌剧以传统秧歌的形式为基础，加入"五四"以来新的艺术要素，形成了传统与现代相融合的表演形式。秧歌剧剧本是在以上表演形式的基础上衍生出的一类新型剧本。作为记录唱词的剧本，其内容既包括文学形式的文字内容，又包括唱词需要的曲调、音阶；在表演者将唱本内容转化为舞台形式时，又在表演的同时融入舞蹈动作，使得秧歌剧本又外延出歌舞剧本的部分特征。在这种新型剧本中，表面看来是话剧剧本和唱词唱本相结合，传统地方艺术与西方艺术创作理念相结合，但其背后的意义则远不止如此。

传统秧歌无论是在唱词和曲调上都具有很强的弹性，也就是说没有指定的框架，充满了浪漫主义色彩。秧歌剧以剧本的形式，固定了秧歌的唱词，标示出固定的音阶和音调，以便演唱者能够演唱规定的腔调，这种做法虽然便于掌握和传播，但是在制定规则的同时也限制了演唱者的创新能力。话剧等现代戏剧作为一种外来的文艺形式和秧歌剧结合，提供了秧歌唱词所处的语境，这既是一种限制又是一种创新。秧歌剧是集演唱和舞蹈（秧歌演唱者的肢体动作表达，明显要比普通歌曲的肢体动作更接近于舞蹈）于一体的一种表演形式，这种表演形式与话剧结合，其目的不仅仅是中西文艺结合或者文艺形式的丰富，而是为了秧歌剧能够更好地表达其文艺内涵。这种限制和便利、限制和创新的内在张力，不仅存于新秧歌剧本中，在根据地的所有其他艺术形式的唱本中都可以找寻得到。这样的张力不是凭空出现的，而是在抗日战争与解放战争特定时代政治背景下产生的一种结果。

## 二、馆藏秧歌剧本分析

中国国家博物馆藏秧歌剧本共计 35 本。剧本创作时间跨度为 1943 年至 1949 年（见图一），出版地点分布很广泛：山东、山西、晋绥边区、陕西、河南、冀鲁豫根据地、东北、云南宜良（见图二）。创作内容涉及生产运动、军民团结、保卫边区、妇女解放等多方面（见图三）。

1942 年《在延安文艺座谈会上的讲话》（以下简称《讲话》）发表之后，新秧歌运动在根据地迅速发展。标志事件为 1943 年 2 月 9 日鲁艺 150 人的“大秧歌”表演，表演人物主要为工农兵，领头标志为镰刀斧头，表演形式充分展现了革命文化的特征。自此陕甘宁边区各种秧歌队相继成立，如中央党校秧歌队、西北文艺工作团秧歌队等。这些演出团体组织了很多场次的表演，如“延安文化界劳军团和鲁艺秧歌队 80 人赴金盆湾、南泥湾等地劳军”[3]，这些活动使秧歌剧迅速普及。1943 年至 1945 年这段时间为秧歌剧发展的高峰时期。为响应《讲话》的号召，1943 年末，中共中央西北局认为延安的秧歌运动已经普及，要求鲁艺等五个专业团体分别深入乡村为战士与老乡演出，把新秧歌运动普及到乡村中[4]。如馆藏秧歌剧本《周子山》《刘顺清》《钟万才起家》《女状元》《冯光琪》就是这一时期所创作的。[5]之后 1944 年 8 月，陕甘宁文教委筹委会与西北局文委召开座谈，提出了组织推动群众秧歌活动，做到一个区一个秧歌队，主要由老百姓自己创作。[6]这直接促使秧歌剧在 1944 年到 1945 年达到一个创作出版的高潮。馆藏秧歌剧本从 1944 年至 1945 年出版发行数量最多，明确时间记录的有 9 本，经查证的有 3 本，共计 12 本。1945 年春节，延安的秧歌队组织了秧歌大拜年活动，各个秧歌队以向中共中央领导和群众拜年的方式演出秧歌剧目，伴随着新年的气氛，整个陕甘宁边区都沉浸在热闹的情绪中。毛泽东说：“我们这里是一个大秧歌，边区的 150 万人民都闹着这个大秧歌，敌后解放区 9000 万人民，都在闹着打日本的大秧歌，我们闹得要将日本鬼子打出去，要叫全中国四万万五千万人民都来闹。”[7]毛泽东的讲话

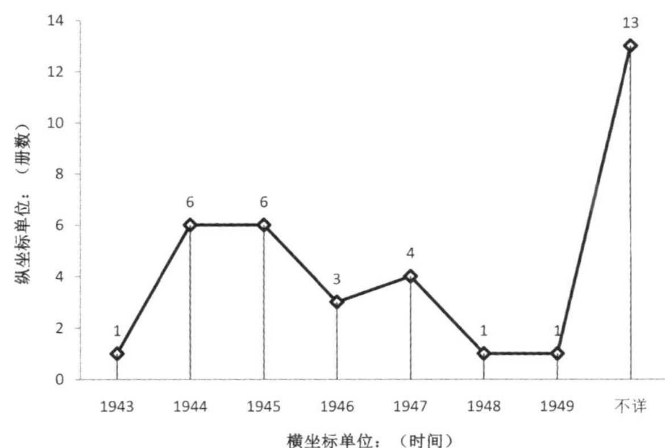


图一：以创作时间分类

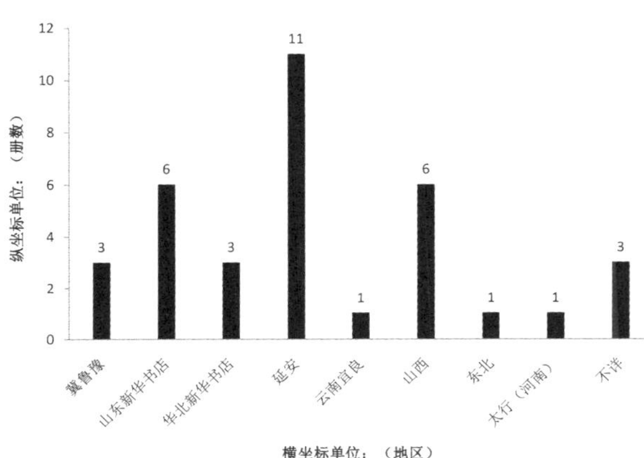


图二：以出版地点分类

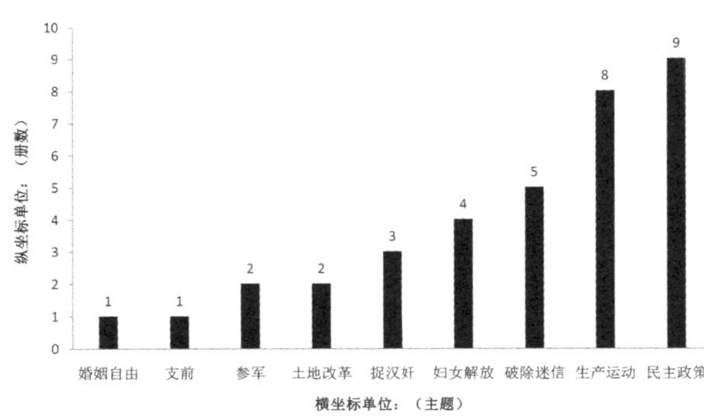


图三：以作品题材分类

表明，秧歌剧通过其展示的过程，在群众中埋下“闹秧歌”就是跟随共产党“闹革命”的意识，为边区的群众勾勒出一个从延安到全国的抗日蓝图。

从创作内容来看，馆藏秧歌剧本的内容涵盖了多个方面：参军、支援前线、捉拿奸细、土地改革、生产运动、民主政策、妇女解放、破除迷信、婚姻关系。其中数量最多的就是破除迷信、生产运动、民主政策。事实也证明这三方面是和群众切身利益关系最密切的方面。如《钟万才起家》这部秧歌剧，一经演出就引起了很大的轰动。这部剧的主人公是一位真实存在的人物。钟万才作为观众看了这个剧的预演，该剧在县里演出时，他场场不落，当剧中人物由坏变好的时候，他自豪地承受别人的注视。这样台上台下的呼应，对群众的教育效果非常明显，每一个人都会在心里想：看看人家，二流子变好，我该怎么办。[8]在秧歌剧的演出中，这样的效果比比皆是。秧歌剧通过生动的唱词、舞蹈、表演演绎了一个个生动的故事，在这个过程中，群众感同身受成为故事的一部分。群众从“看革命”到成为革命的一部分，从看舞台上的呈现到从自己身边发现，从看别人如何“革命”到自己参与革命，这个过程就是意识形态的转变，意识形态的积累就转变为政治的觉醒，进而参与到政治运动中去。

## 三、文艺与政治

秧歌剧本根植于根据地和解放区，其创作必然和根据地与解放区的政策与生活息息相关。以馆藏秧歌剧《偷洋芋》为例，这部秧歌剧的创作背景就是在陕甘宁边区，国民党政府对根据地经济封锁，再加上自然灾害，人民生活困苦，基本生存得不到保障。这部作品的创作目的是引导绥德农民响应根据地的政策，在艰苦生产生活背景下，自力更生、努力劳动、不偷懒、不增加多余的生产资料消耗，一切要以保证口粮为生产前提。《偷洋芋》一剧中设置有三类人物：第一类为正面人物，积极响应边区生产政策，听从共产党的领导；第二类为中间人物，是剧中主角，是戏剧的矛盾中心，政治觉悟左右摇摆，但是最终认识到错误，重新回到了共产党的领导下；第三类为反面人物，是共产党政策打击的对象。这种人物与情节设定简单，使观众一看就懂。通过简单的是非观念、敌我矛盾的设立，以文艺展示的手段直观地展现了共产党争取大多数，团结一切可以团结的力量，打击少数反动对象的统战政治策略。

在表达方式上，秧歌剧本多使用贴近生活的语言，如秧歌剧《纺织好》中夫妻俩之间相互称呼就是使用平顺当地方言，俩人语言诙谐，时而泼皮，时而亲昵，使观者能产生亲近之感，被故事所打动。由此可见，以根据地和解放区的现实情况、政治的导向、军事的胜负、经济生活的种种为依托所创作的秧歌剧不但反映了政治、战争、经济、阶级斗争等方面的矛盾与冲突，更为重要的是，向人民群众宣传了矛盾的解决办法——积极响应共产党的政策与主张，坚持共产党的领导。

诸如此类的创作特征为这一时期文艺作品所共有，即文艺作品以马列主义为创作立场，以深入群众合理有效的方式进行展示。如秧歌剧通过本身的文学表达、歌舞表演等综合的演出形式，尽可能地对受众在心理上和视觉上形成冲击。这种文艺的表现形式目的就是向人民群众普及中国共产党的政治主张、革命斗争思想等一系列党的理论，以期打破旧思想的桎梏，同时建立新的意识形态——马克思主义中国化的革命意识形态。1938年在党的六届六中全会报告中，毛泽东提出："马克思主义必须和我国的具体特点相结合并通过一定的民族形式才能实现。马克思主义的伟大力量，就在于它是同各个国家具体的革命实践相联系的。对于中国共产党人来说，就是要学会把马克思主义理论应用于中国的具体环境。成为伟大中华民族的一部分而和这个民族血肉相连的共产党员，离开中国特点来谈马克思主义，只是抽象的空洞的马克思主义。"这就意味着，中国共产党的领导人清晰地认识到，马克思主义发展的必然之路就是与中国革命的具体实践相结合。在具体的实践过程中又必然与中华民族的历史、文化、思想相整合。那么马克思主义中国化的实施过程就是要宣传中国共产党人所领导的共产主义的文化思想，即"共产主义的宇宙观和社会革命论"[9]。相对于"五四"之前由资产阶级领导的文化运动，中国共产党的文化思想是中国的新文化运动，是新的文化革命，服务于中国共产党所领导的政治理念。革命文化塑造了革命意识形态，通过革命文化的宣传形成了革命文化的文艺队伍，与政治、军事革命队伍一起进行中国共产党领导下的中国革命。在这样的框架下，革命文化提升到了与政治革命、军事革命同等重要的地位，革命文化就是中国共产党的文化思想，是马克思主义在中国传播的重要方式。

早在中央红军时期，中国共产党就非常注重

在文学艺术领域对马克思主义思想的传播，通过革命文化宣传的文艺运动培养了一批具有革命传统的文艺队伍。例如著名的战士剧社前身就是红四方面军的宣传队[10]。1929年《古田会议决议》：“红军宣传的任务就是扩大政治影响争取广大群众。由这个宣传任务之实现，才可以达到组织群众、武装群众、建立政权、消灭反动势力、促进革命高潮等红军的总任务。红军宣传工作是红军第一个重大工作。若忽视了这个工作就是放弃了红军的主要任务，实际上就是等于帮助统治阶级削弱红军的势力。”[11]从会议文件就可看出，中共中央对革命文化宣传的意义与作用是非常明确的。1936年中国共产党建立陕甘宁边区，中共中央所在地延安成为中国革命的政治中心与文艺中心。初到陕北，文艺宣传队伍给当地人民群众带来了各种文艺演出。丁玲在《延安文艺丛书》的总序中写道：“记得1936年冬天，我初到苏区陕北定边的时候，第一次见到了红军宣传队的表演，他们在乡村的土台上表演‘红军舞’‘网球舞’‘生产舞’。战士和当地农民群众，都看得很有趣，觉得很新鲜，其中很多是模仿苏联红军的，很多乐曲也是从苏联内战时期红军歌曲移植来的，但歌词是中国的，歌唱中国革命。”红军宣传队的舞蹈表演来源于李伯钊、危拱之从苏联学习带回来的《工人舞》《乌克兰舞》，这些舞蹈带有明显的苏联式审美。还有一些文艺作品是宣传队整理改编了当地的山歌小调，使之成为“一种战斗的、乐观的、浪漫的热烈情趣，真使人心醉”[12]。红军宣传队善于将中国共产党政治宣传的内容与民间艺术相结合，使之形成一种更为亲近群众的宣传方式。

1937年中共中央在延安召开党的全国代表大会，会议批准了遵义会议以来党的政治路线，为迎接全国抗日战争的到来做了重要准备——国共第二次合作抗日民族统一战线的确立。此时根据地与国统区的壁垒被打破，根据地的文艺活动开始引起外界的关注，各种文艺团体相继成立。如中国文艺协会、西北战地服务团、陕甘宁边区文化救亡协会、鲁迅艺术学院、人民抗日剧社、民众剧团、战斗剧社等。尤其是鲁迅艺术学院的成立，在之后的战争时期对马克思主义文艺的发展起了重要作用。发起人毛泽东、周恩来、林伯渠、徐特立、成仿吾、艾思奇、周扬共同发表《鲁迅艺术学院创立缘起》一文，“艺术——戏剧、音乐、美术、文学是宣传鼓动与组织群众最有力的武器。艺术工作者——这是对目前抗战不可缺少的力量。因之培养抗战的艺术工作干部，在目前也是不容稍缓的工作”[13]，文中明确指出艺术是有力的武器。

1938年，毛泽东在中国共产党第六届中央委员会扩大会议上发表了《中国共产党在民族战争中地位》一文，文中指出：“马克思主义在中国具体化，使之在其每一表现中带着必须有的中国特性，即是说，按照中国的特点去应用它而代之以新鲜活泼的、为中国老百姓所喜闻乐见的中国作风和中国气派。”[14]在当时中国范围内，僵化教条地传播马克思主义明显收效甚微。要使老百姓能都接受中国化的马克思主义，就要采用使其易理解的方式传播，其中利用文艺作品来宣传，无疑是一个有效途径。

1942年中共中央在延安召开延安文艺座谈会，毛泽东发表著名的《讲话》一文。《讲话》的发表是基于现实的历史背景、政治军事和文艺的发展需求。1939年至1942年日本帝国主义的持续侵略和国民党政府的“消极抗日、积极反共”使根据地政治、军事情况恶化，为此中共中央在各根据地开展了一系列对应措施，如生产自救、精兵简政、减租减息等，确保了根据地的继续发展。而文艺界则在意识形态方面出现了不同的意见，焦点在于文艺是否要以马克思主义为指导思想，“文艺不应有任何功利目的，文艺与抗战无关”[15]等言论甚嚣尘上。毛泽东在《讲话》中阐明了文艺的地位：“一切文化或文学艺术都是属于一定的阶级，属于一定的政治路线。无产阶级的文学艺术是无产阶级整个革命事业的一部分。党的文艺工作是服从党在一定革命时期内所规定的革命任务的。文艺是从属于政治的，但又反过来给予伟大的影响于政治。”并且《讲话》，确立了文艺为工农兵服务的方向及文艺工作者与工农兵相结合的发展道路。“工人、农民、士兵和城市小资产阶级，这四种人就是最广大的人民大众。我们的文艺，应该为上面说的四种人。就必须站在无产阶级的立场上”，“中国革命的文学家艺术家，有出息的文学家艺术家，必须到群众中去，必须长期地无条件地全心全意地到工农兵群众中去，到火热的斗争中去，到唯一的最广大最丰富的源泉中去，观察、体验、研究、分析一切人、一切阶级、一切群众，一切生动的生活形式和斗争形式，一切文学和艺术的原始材料，然后才有可能进入创作过程”。《讲话》明确地阐述了中国共产党将马克思主义理论与文艺相结合，以文艺为实践宣传马克思主义的立场，指明了文艺发展的方向。文艺作为“革命文化”的普及手段，被提升到了政治的高度，而文艺作品受到政治的影响，成为自然而然的事情。

《讲话》一文中的“文艺”一词产生了变化，《讲话》指出“工作对象问题，就是文艺作品给谁看的问题。……各种干部，部队的战士，工厂的工人，农村的农民，他们识了字，就要看书、看报，不识字的，也要看戏、看画、唱歌、听音乐，他们就是我们文艺作品的接受者”，这里的“画”也可以作为一种静态的舞台表演来看待。也就是说，《讲话》中“文艺”的内涵已经由文学和艺术转变为文学和表演艺术，这与1925年鲁迅在《论睁了眼看》中提到的“文艺是国民精神所发的火光，同时也是引导国民精神的前途的灯火”的含义有了根本的转变。这种转变不仅是简单的概念转化，而是文艺作为一个抽象的概念向实践的概念转变。

这一实践则是在政治要求下完成的——文艺为政治服务。为政治服务的文艺概念也不再泛泛指文学表述和舞台表演，而是指以马克思主义为指导，以表现革命文化为目的的革命文艺。

秧歌剧作为文学和表演艺术的有效整合，是政治要求文艺作品普及和提高革命文化的表现形式之一，同时也是革命文艺种类中最为高效的方法。不同于悲剧使人深省、喜剧使人欢乐、唱歌使人情感得以抒发，秧歌剧最根本的任务是意识形态的普及。这种普及的过程，不仅仅是展示给受众剧本所想要表达的含义，更重要的是使受众将自身代入其中。也就是说当时文艺作品不仅是在展示“革命文化”，同时也使得受众“革命化”（revolutionize），使受众演化为革命的一部分；

不仅告诉民众什么是革命，同时也通过文艺作品带领民众革命。正如上文中提到的，革命文艺展示是文学和表演艺术在政治需求下的实践。这一实践过程既是意识形态的普及，又是领导群众革命的政治运动，意识形态在革命文艺展示的不断重复和深化的过程中发生了质的飞跃，之后再转变为政治运动。在这里，革命文艺展示的过程即成了政治运动本身。

注释：

1. 丹纳著、傅雷译：《艺术与哲学》，浙江人民美术出版社 2017 年版，第 18 页。
2. 王冬：《抗日战争时期延安秧歌剧研究》，南京艺术学院，2010 年，第 49 页。
3. 艾克恩：《延安文艺运动纪盛》，文化艺术出版社 1987 年版，第 431 页。
4. 张庚：《回忆延安鲁艺的戏剧活动》，《抗日战争时期延安及各抗日民主根据地文学运动资料》，1983 年，第 462 页。
5. 周扬：《表现新的群众的时代——看了春节秧歌以后》，《抗日战争时期延安及各抗日民主根据地文学运动资料》，1983 年，第 278 页。
6. 艾克恩：《延安文艺运动纪盛》，文化艺术出版社 1987 年版，第 529 页。
7. 艾克恩：《延安文艺史》，河北教育出版社 2009 年版，第 442 页。
8. 周扬：《表现新的群众的时代——看了春节秧歌以后》，《抗日战争时期延安及各抗日民主根据地文学运动资料》，1983 年，第 279 页。
9. 毛泽东：《新民主主义论》，人民出版社 1975 年版，第 47 页。
10. 刘凤邻：《一支政工轻骑队》，《中国人民解放军历史资料丛书——文艺史料选编（红军时期）》上册，第 257 页。
11. 古田会议决议：《红军宣传工作问题》，1929 年。
12. 丁玲：《延安文艺丛书》，湖南文艺出版社 1988 年版，总序第 4 页。
13. 毛泽东、周恩来：《鲁迅艺术学院创立缘起》，《抗日战争时期延安及各抗日民主根据地文学运动资料》，1983 年，第 446 页。
14. 毛泽东：《中国共产党在民族战争中地位》，《毛泽东选集》第二卷，人民出版社 1991 年版，第 535 页。
15. 艾思奇：《谈延安文艺工作的立场、任务和工作》，《抗日战争时期延安及各抗日民主根据地文学运动资料》，1983 年，第 161 页。

# 晋西北抗日根据地的“七七七”文艺奖金活动概述

魏　丹

**内容提要：**“七七七”文艺奖金是1944年中共晋绥边区为纪念抗战七周年，推动边区文学创作而设立的文艺奖金。活动要求作品内容以反映对敌斗争、减租生产、防奸自卫为主，在形式、语言、构图、音调方面力求通俗易懂。在123件应征稿件中，《新旧光景》《大家好》等作品获奖。此后获奖作品由吕梁文化教育出版社统一出版。中国国家博物馆藏有其中7部获奖作品。

本文分析了“七七七”文艺奖金设立的基础，介绍了馆藏7部获奖作品，阐释了“七七七”有奖征文在当时的作用与意义。

**关键词：**“七七七”文艺奖金　解放区文学　晋绥边区

## 一、晋西北根据地的建立为文化建设奠定基础

（1）晋西北地区战略位置独特

晋西北地区东起同蒲路北段，与晋察冀根据地相邻；西至黄河，与陕甘宁边区隔河相望；南至汾（阳）离（石）公路，与晋军驻区（当时的国民党第二战区）毗邻；北至清水河，与大青山区连接。由于地理位置特殊，这里既是陕甘宁边区的屏障，也是抗击日军进攻的前沿，同时与国民党晋军驻区相邻，斗争与合作并存。各方势力交错，其地理位置具有特殊的战略意义。

（2）文化建设需求迫切

该地区地处山区，交通闭塞，文化发展水平非常落后，各村庄里识字的人寥寥无几，文盲比例较高，广大农村几乎是一个文化荒漠。这种状况，同争取中华民族独立、反击日寇的封锁和侵略的现实状况，是完全脱节的。因此，在抗日根据地开创和发展时期，普及社会教育，提高广大农民群众的文化素养，就成为共产党各级组织和抗日民主政府的一项重要任务。

（3）晋西北地区根据地建设需求迫切

第二次国共合作全面实现后，为贯彻中国共产党“全面的全民的抗战”路线，深入敌后开展游击战争成为抗日斗争的迫切需求。中共中央经过认真研究分析，决定把山西定为开展游击战争的出发地，以此推动华北地区的敌后游击战争。这一决定，成为开辟晋西北抗日根据地的根本原因。

晋西北与陕甘宁边区隔黄河而望，地势险要，山脉纵横，境内山地丘陵居多，得天独厚的地理条件为开展游击战争提供了天然的优势。

1937年9月初，国共两党达成协议，由八路军一二〇师师长贺龙、政委关向应率领主力部队东渡黄河，挺进山西抗日前线。由于战事不利，中央指示一二〇师争取转入晋西北涔山等地区活动，打开抗战局面。1938年3月，一二〇师在国

民党友军和广大抗日民众的配合下，粉碎了日军对晋西北的“五路围攻”，为晋西北根据地的开创奠定了基础。

山西长期处于地方实力派阎锡山的掌控下，随着八路军一二〇师入驻山西，晋西北地区就出现了两种政权——隶属于阎锡山的国民党地方政权和中国共产党领导的抗日民主政府；两种军队——阎锡山领导的晋绥军和中国共产党领导的八路军、新四军为主的抗日武装。至1938年初，晋西北根据地初步形成，成为晋绥抗日根据地的组成部分。晋西北抗日根据地的开辟为晋西北抗战文学的兴起奠定了基础。

（4）丰富的自然资源为文化建设提供物质保障

晋西北地区主要依靠农业发展经济，沿河与较暖地带主要生产糜谷、高粱、黑豆，较冷地带以莜麦、山药蛋为主。[1]该区域地广人稀，山林茂密，畜牧业较为发达，差不多每个村庄都有几个大羊群。[2]自然与经济条件虽然不算优厚，却能为根据地的建设提供一定的物质基础。

## 二、“七七七”文艺奖金活动缘起与评选

1942年毛泽东《在延安文艺座谈会上的讲话》中提出了文艺要为工农兵服务、为人民大众服务的方针。为响应这一号召，文艺工作者们纷纷下到基层，扎根群众，深入生活。奔赴晋西北的文艺工作者用文艺的手段宣传抗日思想、宣传统一战线政策，创作出了一大批优秀作品。

1944年，为鼓励根据地文艺工作者的创作热情，纪念“七七”抗日战争爆发七周年，同时响应毛主席《在延安文艺座谈会上的讲话》的方针与号召，晋绥边区文艺界发起“七七七”文艺奖金征文活动，并在《抗战日报》发表了《缘起与办法》。其目的是希望“晋绥边区文艺界同志，互相勉励，在思想上，在文艺创作上，来一个彻底的转变，坚决贯彻毛主席的方针，为纪念抗战七周年，为赞扬广大工农兵群众英勇事迹而创作”。

征文活动启示刊登在1944年3月2日的《抗战日报》上。奖项设置三类：小说报告文学、剧本（包括话剧、梆子、郿鄠、秧歌及新型歌剧）歌曲、连环画与年画三个类别，各类别设甲等一名奖金三千元，乙等二名，奖金各二千元，丙等三名，奖金各一千元。

创作要求：“（一）在内容上，应以今年根据地的三大任务：对敌斗争、减租生产、防奸自卫为总的方向，题材必须以工农兵为主要对象，并须贯彻毛主席《组织起来》的精神。在一定的题材里希望能把组织前和组织后的生活对比写出。（历史题材的作品，符合以上精神者，亦欢迎。）（二）在形式、语言、构图、音调上，必须力求通俗，能为工农兵群众懂得。不通俗者不取。”征文活动对作品的要求，体现了根据地减租减息运动的开展和毛泽东提出的文艺大众化思想。

为保证征文活动顺利进行，晋西北抗日根据地文联负责人亚马指出，“文化艺术工作和战斗结合，和劳动结合才是真正实现‘面向现实，面向工农兵’的现实主义的文化艺术新方向”，“我们要用文字、表演、歌唱和画面等文学艺术形式，把根据地突出的、平凡的大小角落，活生生地和盘写出”。[3]《晋绥日报》还发表了一些文艺工作者响应号召、积极行动起来的消息。[4]

评选结果刊登在1944年9月18日的《抗战日报》上，同时委员会将评判标准一并刊登出来："第一，是政治内容，即是否正确反映当前晋绥边区的三大任务和实际生活；第二，是否能够普及；第三，技术的好坏。""在评判过程中，发现剧本一类，可当选者较多，为使不有遗漏，以资鼓励起见，该会遂决定将剧本奖金名额扩大一倍，即甲等二名，奖金各三千元，乙等四名，奖金各二千元，丙等六名，奖金各一千元。至于歌曲一类，应征者亦不在少数，但水平一般都差不多，无甚突出者，该会经慎重研究，选出六首较好者，不分等级优次，一律各给奖金一千元。至于散文类，因无最优作品，故甲等从缺。"

聘请林枫、吕正操、张平化、张稼夫、汪小川、周文、王修、肖扬、杜心源、亚马、樊希骞为评审委员。"七七七"文艺奖金委员会，自公布征文启事以来，应征者甚为踊跃。委员会共征集文艺作品123篇，入选作品29篇。该会评判委员会，曾先后举行三度会议，择其较优者，反复加以评判。关于歌曲，由该会临时聘请的五位专门从事音乐工作的同志一再评议，然后提交评判委员会作最后评判。（原载《抗战日报》1944年9月18日）

该会原定于"七七"七周年纪念日公布获奖作品，因种种原因，曾宣布展期于1944年9月18日公布。获奖作品由吕梁文化教育出版社编辑为《"七七七"文艺奖金》丛书铅印出版。这套书籍印制规整、精美，整套书范式统一，每册书最后一页为"七七七"文艺奖金获奖作品名录（图二、图三）。

## 三、国家博物馆藏"七七七"文艺奖金作品情况概要

国博藏有"七七七"文艺奖金获奖作品7部（图一）。分别是：《大家好》《新屯堡（一名张初元）》《开荒一日》《提意见》《打的好》《大家办合作》《张初元的故事》，均是1944年12月由吕梁文化教育出版社出版。封面印有"'七七七'文艺奖金获奖作品"字样。

《大家好》（新型秧歌），戏剧类甲等奖作品之一。华纯、刘五、郭瑞、韩国集体创作，华纯执笔，杨戈作曲并编曲。全书共24页，第1页至第22页为剧本，第23页至第24页为图画的注解。

其主题是描绘在根据地里军队、民兵、老百姓是如何紧密地联合在一起战斗、生产、生活。剧本包含很多话剧成分，对生活细节的描绘细致生动、贴近现实，对农民生活以及他们和军队关系的自然而细致的描写充满全剧，使全剧满溢着真实的生活气氛。

《张初元的故事》（通俗故事），散文类乙等奖之一，新华书店晋西北分店发行，作者马烽，竖版右开，20页，第20页为土话的注解。书脊上有修补痕迹，修补书脊的纸张上有手写体书名。封面有红色椭圆形"华北新华书店编辑部"章，书籍内页有紫红色格式修改批注，推测是曾以此书为底本进行再次排版印刷的编辑笔迹。

《新屯堡》（一名《张初元》，山西梆子），戏剧类乙等奖之一，作者马利民，竖版右开。全书包含人物表2页，剧本正文76页，土话注解2页。封面有红色长方形"邯郸地委会图书室戏剧"、红色圆形"鲁西北日报图书馆书"章各一枚。

图一：国家博物馆藏“七七七”文艺奖金获奖作品

三「七七七」文藝獎金委員會三
委託本社出版本屆獲獎作品
目錄如下

**戲劇類**

◀甲等獎金作品▶

「大家好」（新型秧歌劇）……莎莱、劉五、郭瑞、韓風集體創作。莎莱執筆。楊戈作曲並編曲。

「王德锁减租」（一名「減租生產大家好」）（郿鄠）……西戎、孫千、常功、盧夢集體創作。

◀乙等獎金作品▶

「新舊光景」（歌劇）……董小吾、楊戈等集體創作。楊戈執筆。董小吾、安春振、楊戈、肖紀作曲。楊戈編曲。

「[illegible]家莊戰鬥」（話劇）……嚴寄洲作。

「張初元」（一名「新屯堡」）（山西梆子）……馬利民作。

「開荒一日」（郿鄠）……嚴寄洲作。

◀丙等獎金作品▶

「三個女婿拜新年」（新型秧歌劇）……王炎作。安春振作曲並編曲。

「提意見」（新型秧歌劇）……王子羊、項軍作。

「打得好」（話劇）……成蔭作。

「大家辦合作」（道情）……常功、胡正、孫千、張習明集體創作。

「勞動英雄回家」（新型秧歌劇）……王炎、劉[illegible]

图二：“七七七”文艺奖金获奖作品目录（一）

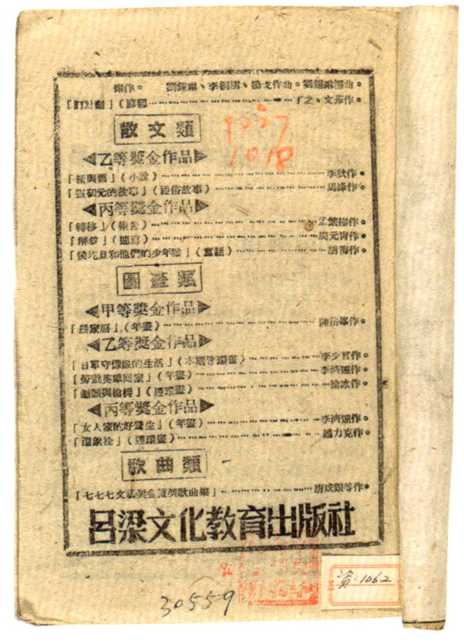

劇作。劉錫麟、李樹楷、徐文作曲。劉錫麟編曲。

「打[illegible]」（郿鄠）……于之、文非作。

**散文類**

◀乙等獎金作品▶

「新與舊」（小說）……李欣作。

「張初元的故事」（通俗故事）……馬烽作。

◀丙等獎金作品▶

「轉移」（報告）……孟紫揚作。

「解夢」（速寫）……周元青作。

「侯玉旦和他們的少年隊」（童話）……胡海作。

**圖畫類**

◀甲等獎金作品▶

「農家曆」（年畫）……陳岳峰作。

◀乙等獎金作品▶

「日軍守碉堡的生活」（木刻連環畫）……李少言作。

「勞動英雄回家」（年畫）……李濟遠作。

「鍘刀與槍桿」（連環畫）……徐冰作。

◀丙等獎金作品▶

「女人家的好醫生」（年畫）……李濟遠作。

「溫象拴」（連環畫）……趙力克作。

**歌曲類**

「七七七文藝獎金獲獎歌曲集」……唐成銀等作。

呂梁文化教育出版社

图三：“七七七”文艺奖金获奖作品目录（二）

《张初元的故事》和《新屯堡》都是以“劳武结合”楷模张初元为原型创作的。张初元，男，晋绥边区宁武县新屯堡农会主任，少年时期给地主放羊、揽工。1940 年参加农救会，1942 年秋敌人在张初元所在村附近扎下据点，三天两头出来抢粮。张初元为使生产与战斗两不误，1943 年初首创“劳武结合”经验。具体办法是民兵参加变工互助组，平时与群众一起生产，战时民兵参加战斗活动，变工互助组保证民兵家中不误生产。在民兵掩护下还开展了秋收、冬藏，使农业生产得到了很大的恢复和发展，自从组织了变工互助，不但节省人工、多产粮食，也加强了村民对粮食的保卫力度，1944 年第三届劳动英雄大会上张初元被选为特等劳动英雄。

马烽根据边区劳动模范张初元劳武结合的事迹，创作出通俗故事《张初元的故事》，获散文类乙等奖。本书被界定为“通俗故事”，其实就是借鉴传统章回体的小说体式创作的通俗小说。[5]“七七七”文艺奖金征文活动在晋西北是破天荒的壮举，身为文艺工作者的马烽也跃跃欲试，根据以往的采访经验，他决定以边区特等劳模张初元为原型。一方面，张初元“劳武结合”的英雄事迹深深感动了他；另一方面，马烽在宁武县政府驻地与劳模大会期间分别与张初元进行过几次交谈访问，原本就有写一篇访问记的打算，因报纸篇幅的限制，且已有记者写过，因此才没有动笔。借着这次征文的机会，马烽将采访笔记、宁武县报送劳模会的材料与报纸上关于张初元的文章详细看了几遍，拟了个提纲就着手创作。他按照张初元本人的出身经历，用朴实的群众语言实录，一共写了一万五千多字，十多天就写完了，题名为《张初元的故事》。“完稿后首先拿到张初元所在的村里让群众审查，还经常把稿子读给驻地的农民听，请他们帮助修改。”[6]

这本小书虽然结构技巧还显粗糙，但内容真实、通俗易懂，反映了边区一个普通农民怎样被党培养成长为英雄的。故事具有很大的社会教育作用，语言通俗自然，地方色彩浓厚，博得了广大群众的喜爱。[7]

《开荒一日》（郿鄠），戏剧类乙等奖之一，严寄洲作，全剧分三场，全书共 22 页。扉页有说明，指出“这个戏，适合在广场演出（舞台上亦可），不需用布景，后面挂一块布，有上下场就行了”。无需繁复的舞台布置，非常适应战时演出团体在各地区演出。“剧中的曲子，都采用郿鄠调，曲谱因印刷条件限制，只得从简。”

严寄洲在本次征文活动中有两部作品获奖，即描写贺龙在晋西北指挥的一次有名的战斗故事的六幕话剧《甄家庄战斗》，和表现部队进行开荒自救的秧歌剧《开荒一日》。这两部作品演出后得到好评，都荣获晋绥边区“七七七”文艺奖金。

《提意见》（新型秧歌剧），戏剧类丙等奖之一，作者为王子羊、项军，横版左开，全书共 7 页，剧本中穿插有曲谱，第 6、7 页有附注，是故事背景的介绍和演员演出时的注意事项。

根据本书附注，剧本取材于实际生产活动，是“卫生学校在 ××× 村生产的实际情形，做了片段介绍，在人物上变更了一下”。

全剧只有两个角色，村长贺占奎和马政委。×× 部队到该村帮助村民开荒地搞生产，通过军民两个多月的努力，荒地开完了，庄稼种上了，上级命令将部队调回。村民借军民联欢会欢送部队的同志们，马政委找到贺村长，要他给八路军提意见，贺村长思来想去，想到的都是八路军一心帮助农民，不给百姓添麻烦。但是政委一定要村长提出意见，村长就提了三月二十七，五个同志给二秃子家开荒地，下雨了也不休息，直到每个人都淋得像“水鸡”，一点不爱惜自己的身体。马政委还要求村长在会上一定要提出八路军的缺点。两人对话语言简单质朴，八路军征求意见，村长想到的都是他们的好处——免费给村民看病、发药，不辞辛苦帮助农民开荒种地，充分体现了“军队百姓一家人，父母兄弟一样亲”的军民鱼水情。

《打的好》（话剧），“七七七”文艺奖金戏剧类丙等奖之一，成荫作，全书共13页，扉页标注为“小型报告剧”。

剧本曾刊于1945年2月2日延安《解放日报》，并被收入湖南人民出版社1985年8月《延安文艺丛书》（话剧卷）。剧作生动反映了边区人民智打敌特、掩护八路军干部的情景，用喜剧的手法嘲弄敌人。

话剧作为一种外来的戏剧形式，它的创作发展规模相较新秧歌运动和新歌剧的创作要小很多。成荫所作《打的好》是早期少数赢得好评的话剧之一。它采用喜剧的形式，将严肃的内容题材与轻快的表演形式相结合，在艰苦岁月里，更加坚定了军民取得战争胜利的信心。[8]

《大家办合作》（道情），戏剧类丙等奖之一，常功、胡正、孙俦（封面印为“千”）、张朋明集体创作。全书共45页，第1页至第44页为剧本，第45页为注解。

1944年春节前夕，胡正被调回晋绥边区文联所属“七月剧社”第三队（即创作队）工作，“七七七”文艺奖征文开始时，抗日战争已经从僵持阶段进入战略反攻阶段，解放区减租减息运动达到一个新的高度，为配合当时的运动，创作队领导希望胡正与同在创作队的常功、孙谦、张朋明合作一部反映解放区减租运动的剧本。四人在一起讨论了几天，拟定提纲后分头写作，再互相修改、统稿，完成了道情剧《大家办合作》。剧本上演后深受根据地军民欢迎，演出场次近百场，逾十万人次观看。[9]

此剧在文艺界也引起了较大反响，边区《抗战日报》曾刊发文章，给予高度评价。西戎曾评价是“从边区群众经济生活中的一个小问题——合作社展开的。它是以现实生活、经济政策、艺术性三者的紧密结合，来显示了群众生活向上的健康、愉快情调和经济生活各方面的图景的剧作”[9]。

## 四、“七七七”文艺奖金作品对解放区文化建设的意义

首先，本次有奖征文活动中征集到的作品内容丰富多样，既反映了当时时局下的政治任务，又反映了人民群众的对敌斗争、减租斗争；既反映了敌后根据地蓬勃的生产运动，又反映了战斗和生产中八路军的英勇顽强；既反映了人民在新社会的成长发展，又反映了敌后根据地军民团结亲如一家的深厚感情。

其次，结果公布后，晋西北地区有条件的剧

团都排演获奖剧本，积极演出，使得剧目在广大干部群众中迅速传播开，这是对晋西北抗日根据地文化建设与戏剧运动成果的集中展示，彰显了晋西北抗日根据地戏剧运动的发展与兴盛。

第三，采用奖金激励的方式，在抗日根据地的文艺发展过程中是史无前例的。它以奖金激励的方式激发了文艺工作者的创作热情，鼓励文艺工作者积极投身文艺创作。

第四，本次有奖征文活动参与者踊跃投稿，数量繁多、种类多样的作品体现了晋西北地区革命文艺发展取得的成就，展示了文艺工作者深入群众、扎根农民的学习成果。

注释：

1. 刘欣、景占魁：《晋绥边区财政经济史料选编》（总论编），山西人民出版社 1986 年版，第 492 页。
2. 岳谦厚、张玮：《黄图 · 革命与日本入侵》，书海出版社 2005 年版，第 8 页。
3. 亚马：《谈文艺与群众结合问题》，《抗战日报》1944 年 5 月 6 日第 4 版。
4. 翟旭超：《晋西北抗日根据地抗战文学的兴起和发展研究》，陕西师范大学，硕士论文，2014 年。
5. 郭国昌：《奖励机制的转型与延安文艺体制的确立》，《中共党史研究》2015 年第 4 期。
6. 杨品著、李玉明总主编：《山西历史文化丛书》（第 12 辑）《人民作家马烽》，山西春秋电子音像出版社 2004 年版，第 6—9 页。
7.《马烽的生平与创作》，《山西大学学报》1981 年第 3 期。
8. 张庚：《回忆延安鲁艺的戏剧活动》《中国话剧运动五十年史料集》（第三辑），中国戏剧出版社 1963 年版，第 1—20 页。
9. 张玉立主编：《汾水长流：胡正图传》，北岳文艺出版社 2014 年版，第 28—29 页。
10. 西戎：《〈大家办合作〉评介》《抗战日报》1944 年 6 月 6 日。

# 抗日根据地和解放区唱本编印形态浅析

宋　现

在长期的摸索与实践之下，中国共产党在抗战和革命思想宣传方面积攒下大量的成功经验。音乐作为天然能唤起人们内心激情的艺术形式，是革命宣传的重要组成部分。尤其是歌曲，充满战斗精神的、结合了本地群众生活和传统艺术特色的、针对各种职业和年龄等人群的歌曲，往往能深入人心地引发广大军民自发传唱，成为政策的口头宣传员。

除了口耳相传外，为了更好地发挥音乐尤其是通俗歌曲的宣传效果，抗日根据地和解放区各类文化单位，包括部队政治部、学校、剧社等文艺团体和文艺工作者协会等，也常将比较重要的或是新创作的歌曲结集成册，以便教学和宣传工作的开展。除了具有一般歌曲选集的共同特征，如词曲混编、部分歌曲附有音乐唱法指导等，这些歌曲集作为承载解放区音乐宣传功能的文献资料，由于编印出版所处环境的特殊性，往往还带有抗日根据地和解放区独有的特色，如排版和用料等方面常常明显体现出节约物料的精神、印刷装帧的因陋就简和创新应用等，这些处理方式有时看似“不够标准”，却恰能体现解放区文化工作者在艰苦条件下与人民大众的团结与亲和。

从国家博物馆收藏的抗日根据地和解放区革命文献中，我们选取了54种歌曲集，从开本、用纸、装帧、印刷等多个方面做了分类梳理和分析，结合外观形态和数字统计等多种方式，希望能够更直观清晰地展现解放区唱本的编印形态，进而帮助广大读者更好地理解这些音乐书籍在革命宣传事业中的重要意义。

需要说明的是，纸质文献尤其是歌曲集这种体裁为通俗文艺作品的文献，编印之初更多注重的是其宣传和教学等实用目的，可能并没有考虑到传世和保存问题。即使军民读者非常爱护，这些歌曲集的装帧用料和流通使用当中的保护也不会如重要经典书籍一样。所以这些通俗歌曲集的留存与否和完残状态具有很大的偶然性。鉴于此次分析的样本规模，我们得出的比例数据等数字可能无法准确代表所有抗日根据地和解放区歌曲集的情况，但是从这54种歌曲集的梳理分析中，我们仍然可以得到一些对解放区歌曲集形态特征的初步认识。

## 一、出版时间、地点概况

本次研究所选取的54种歌曲集均为1940年以后出版的，年代上属于解放区根基较稳的时期，客观上给唱本提供了较好的保存条件。

这54种歌曲集中，有明确出版地的共计45种。我们将这45种歌曲集按照出版地接近的原则划分为几部分以供参考（见表1）。从出版地区分布统计简表中，我们了解到，中国国家博物馆所藏的解放区歌由集的来源比较广泛，覆盖了大江南北，其中尤以晋察冀地区和山东根据地的数量为最多，

| 出版地所属地区 | 歌曲集上标注的出版地 | 歌曲集种数 |
|---|---|---|
| 晋察冀 | 吕梁、漳北、冀中、冀东、晋绥 | 17 |
| 陕甘宁 | 延安、陕甘宁边区 | 5 |
| 华北 | 天津、北京、华北 | 4 |
| 山东 | 胶东、渤海、鲁中 | 11 |
| 西南 | 云南、滇桂黔边 | 4 |
| 东北 | 哈尔滨 | 3 |

表1：出版地区分布统计简表

陕甘宁、华北、西南、东北等地区出版的歌曲集也都有入藏。

## 二、外部形态特征

书籍形态特征中，最基本的就是印刷方式和装帧形式这些外部特征。下面从印刷、装帧、开本等方面对这批抗日根据地和解放区歌曲集进行梳理分析。

（1）印刷

印刷方式直接关系到印制书籍时的物质条件。这批抗日根据地和解放区唱本在印刷方式上分为铅印、石印、油印三大类。前两类分别需要铅印机和石印机，即较好的设备支持。尤其铅印机，设备要求高，难以自制，多为革命前辈通过各种途径购买或缴获。石印机来源也类似，如太行区胜利报石印厂先后购得的石印机和缴获的印刷用石板。[1]但石印的设备要求比铅印略低一些，在印刷用石板等部件上，抗日根据地和解放区军民研发了部分替代品。油印的技术和物资要求最低，场地和人工要求也简单，但是在印刷数量和质量方面缺乏优势。在这样的条件下，抗日根据地和解放区文化战线上的人们发挥主观能动性，创造了一些新的技术和设备，如1943年留守兵团的饶孟文同志基于石印机原理发明新式油印机[2]等等。

本次选取的54种抗日根据地和解放区唱本中，有36种为铅印，14种为石印，4种为油印。铅印本字体规整，很容易判断。石印本和油印本的区分，我们通过学习有关印刷知识、向经验丰富的老专家请教等方式，从印制字迹的形态和渗油情况以及印刷质量等方面着手，逐一仔细进行了辨认。

进入解放战争时期，广大解放区已经有了较好的物资条件，不但铅印广泛应用，且有较精美的印刷成品，而且往往使用多色印刷，40种歌集的封面使用了两种或更多颜色套印，其中《解放歌声》和《淮海战役组歌》两种还应用了精度要求更高的照片印刷，成品图片清晰，效果上佳。除了物资条件的反映之外，这也是解放区军民对艺术追求的体现。

值得特别说明的是，我们在几种油印歌曲集的辨认中，惊喜地发现了解放区军民在有限条件下的技术创新，如油印本《战斗歌选》（第一集）和石印本《盘江曲》的同页套色印刷。我们知道，无论石印还是油印，对于套色印刷的经典处理方式，都是按颜色划分区块并制备多件蜡纸或石版，有多少种颜色就需要使用多少份蜡纸或石版。这样的套色印刷，如果出现操作的不精确，更换蜡纸或石版时对应有偏差，色彩的叠套可能发生图案的割裂或重叠，但不会发生图案拼合无偏差情况下的颜色转移。以《战斗歌选》（第一集）的套色实物为例，通过仔细观察，我们发现，这本书进行多色套印时，红、绿、黑各色油墨的覆盖范围往往发生偏移，但文字和图案的笔画线条绝无拼合失当处（如图一、图二所示）。这说明，在印制这份多色印刷品时，并没有使用多张蜡纸，而是采取了在同一张蜡纸不同区域滚刷不同颜色

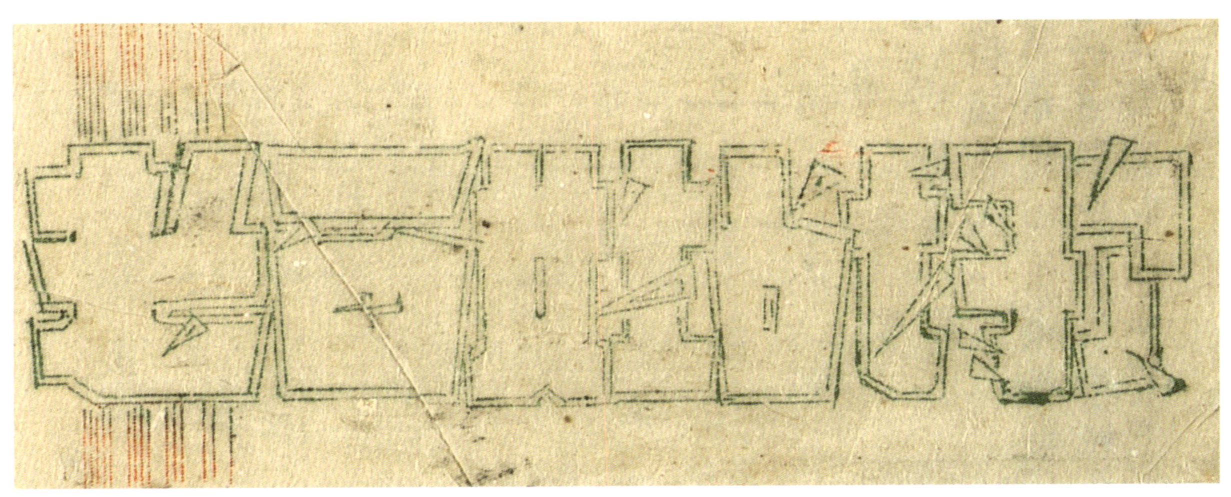

图一：单版套色印刷示例 A（艺术字的绿色扩散到红色线条图案部分，但线条对接拼合顺畅）

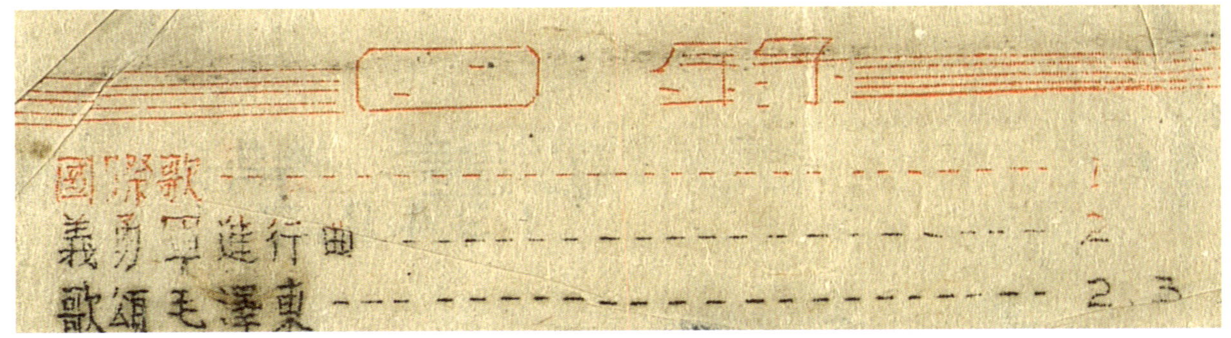


图二：单版套色印刷示例 B（目录标题的红色扩散到本应是黑色的第一行和第二行字上缘，但文字笔画衔接准确，排版没有偏移）

油墨的方式，达到了多色印刷的效果。这种操作显然能节约蜡纸开销，在物资相对匮乏的情况下，体现了解放区军民的节约精神和创新智慧。

（2）装帧

这批歌曲集作为实用的普及读物，没有采用精装的实例。36 种铅印本用纸有精有粗，但均为平装。部分石印本（6 种）也是普通平装。由于普遍厚度较低，这些平装本或用铁钉简单固定并加装封面，或用胶剂简单粘合（其中相当一部分已经年久失去黏性，书页散落），没有统一刷胶加厚纸封的“较精致”平装本。油印本和剩余的石印本（8 种）则采用更为简化的装帧，我们称之为“草订”。这些“草订本”不用双面印刷，而是仅在草纸上单面印制图文，然后将印制图文的一面朝外对折，全部书页备齐后，前后加封面（往往也仅是同样的对折草纸甚至未对折的单层草纸），以独边为书口、散边为书脊，在散边一侧统一穿孔，以线绳或纸捻草草固定，便成为一册。“草订本”往往省略了后续的对书册边缘切齐步骤，成为“毛边书”（普通平装唱本中也有毛边书但较少，如《大众歌曲集》第二集）。这些简中之简的装订本，显然对装帧的设备、材料和人工技术要求更比普通平装书要低许多，可以提高歌曲集印制发行的效率。这批歌曲集中，共计 13 种，采用了对页草装，7 种没有使用特别的封面纸，而是直接用与内页相同的草纸封装，7 种为毛边书。

值得注意的是，我们发现这些唱本中，《大众歌集》和《胜利歌曲》这两种，是铅印、石印混合印制的。这两种歌曲集的共同特点是：目录页和前言后记等“附加内容”使用铅印，而具体的“正文”即歌词和曲谱部分则使用石印制版。结合历史情况推测，可能是在当时的条件下，由多个印刷厂合作分工印制了同种（也可能是同系列）书籍的不同部分。或者可能因为歌曲部分涉及到曲谱的排版，曲谱排版与纯文本排版相比有较强的特殊性，对铅字的需求差异较大，所以使用手写制版的石印印刷，在同时拥有铅印和石印设备的印刷厂中，可能是更方便的处理方式。

（3）开本

我们将 54 种歌曲集的尺寸信息进行了统计（表 2），从而发现，54 种歌曲虽然有相当一部分的装订方式并不完美符合“标准”的书装模式，但尺寸方面仍有较强的规律性。

其中 45 种的长度浮动在 15.5cm 至 21.5cm 之间，尤其集中于 17.5cm 至 19.0cm 附近。宽度则在 11.0cm~14.8cm，尤其集中于 12.0cm 至 13.5cm 附近。这大致就是 32 开本成品尺寸（18.4cm × 14.0cm）。另有 3 种尺寸较大的，其中《解放歌声》（25.6cm × 18.1cm）较符合 16 开本尺寸（26.0cm × 18.5cm）。[3]6 种尺寸较小的，长边在 15cm 以内，短边不足 10cm，是为了方便军民学唱者随身携带的手册型歌本。

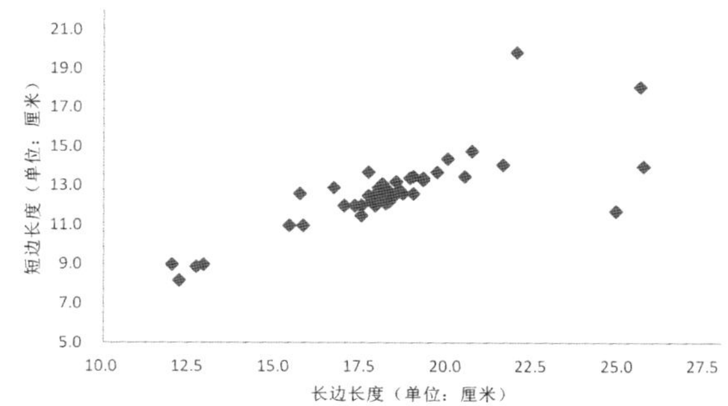


表 2：书籍开本尺寸分布

另外，我们发现这54种歌曲集中有43种为一般图书中较普遍的竖开本，11种为横开本。在尺寸较大或较小的“特殊尺寸”唱本中，横开本所占比例似乎更高：6种手册小本中有4种为横开，3种大开本中有2种为横开。在用纸尺寸相同的情况下，横开本的书页折行较少，对于需要大量印制曲谱符号的歌曲集相对有利，读者照谱学唱时也能够减少换行带来的停顿。尤其是袖珍手册本，以横开本的方式，可以在同一行中争取到与两倍大竖开本接近的曲谱长度，这是很大的优势。

除了将部分歌本印装为横开之外，我们还发现了两种歌集在竖开本中采取了较灵活的处理方式：《解放歌声》（第四集）在词曲内容的印制上，根据歌曲长短的不同，内页分为横式和竖式两种不同方向的印刷；《群众歌集》（第二集）则对较长的歌曲采取了特殊处理，加装较长的横式印刷折页的方式，将实际长度超过普通书页范围的附页折叠收缩，具体使用时可临时拉开阅读。

阅读和翻页方向方面，54种歌曲集中的48种均为新式的横排的左开本，仅有6种为右开本。其实在当时，由于人们的文化习惯影响，竖排右开的传统排版方向还是有一定市场的，但曲谱的印刷与文字不同，必须使用横排右行的排版，所以整本图书相应成为横排右行的左开本是大势所趋。故而即使在这6种右开本图书中，也有一半是横排本。《群众歌集》（第二集）仅在扉页题词处应用了文字竖排，另有2种便携型小开本手册使用了“部分竖排”的文字排版方式，并非如常见的歌本一样直接将歌词列在曲谱下混排，而且先将所有歌词排印出来（竖排左行），标注所用曲调，然后在歌本的后半部分统一排印曲谱（横排右行）。这也是一种有趣的尝试，但是似乎更适用于歌曲的曲调均为当地传唱广泛的熟悉调式、学唱者主要学习新词即可的情况。如果是新谱的曲子，如此词曲分离，在学习和演唱时需要反复前后翻开比对，并不方便。所以这种分离编排的方式应用似乎并不广泛，54种歌集中仅见此2种。

## 三、编辑组成

（1）收录数量

需要补充说明的是，这54种歌集中的《大众歌曲集》（第一集）是关于歌曲创作和传播的纯理论文章合集，由于它的内容和本次课题密切相关，而且同系列第二集即是普通歌曲集，我们没有拆分这套“歌曲集”。在讨论收录歌曲数量的时候，排除掉仅有理论文章的这一种，我们观察其余53种，得到表3。

我们发现，这批歌曲集中，81%（43种）的收录歌曲数量不超过30首。收录10到20首歌曲的歌曲集比例尤高，约占43%。这样十几首歌组成的歌本，厚度比多数图书要薄，方便携带，收录歌曲数量也适中，从宣传教唱的角度看，教学难度不高，操作容易。一些成套成系列、单册出版时间很接近的歌曲集，每册也多维持在十几二十几首的规模，可能也是基本同样的考虑。

（2）版权信息标注和目录

从目录页版权页等附页组成方面，我们可以看到，1940年以后的唱本已经开始注意基本版权信息如出版时间和编著者、印刷及发行单位等信息的标注。这些版权信息的清晰标识给我们的收

| 收录歌曲数量 | 相应歌曲集种数 |
|---|---|
| 1~10 | 6 |
| 11~20 | 23 |
| 21~30 | 14 |
| 31~40 | 7 |
| 41~50 | 3 |
| 超过 50 首 | 0 |

表 3：单种歌曲集收录歌曲数目统计

藏登记、整理及后续的研究提供了非常重要的线索。54 种唱本有 22 种在比较明显的位置如封三或封底等处有标注，有的已经具备了单独的版权页，信息完备，相当规范。其余唱本也常在封面底部或边缘等处做简要的出版者和出版时间标注，完全看不到任何版权信息标注的本子往往是由于原封面封底或扉页等重要组件缺失的严重残缺本。

作为歌曲集，一部书中往往包含数首至数十首歌曲，为了便于翻检查找，目录在这类图书中的作用是不言而喻的。从这部分歌集来看，目录的编制和应用也相对完备。54 种书中有 51 种包含了或繁或简的目录（其中《献给七大》实为庆祝中共七大召开的演出节目汇集，封面上的节目次序单在功能上实际相当于歌曲集的目录）。有的目录页还做了特别装饰，如《歌唱解放区》的目录页绘有精美图案。还有 3 种书的目录编制精细，不仅列出歌曲和页码，还按照主题内容或歌曲来源等做了进一步分类，如春草社《歌曲集》将所录歌曲分为翻译之部、转载之部、创作之部三大部分，《大众歌曲集》（第二集）则按音乐特征和演唱方式分为五声音阶的、六声音阶的、七声音阶的、对唱的、轮唱的、合唱的六类等。而未编制目录的《小曲子》《农村小曲》《人人学爆炸》三种歌曲集分别收录了 15、14、7 首歌，很可能是由于体量较小，直接翻检也不会带来太多不便，于是省略了目录页，同时节省了编辑和印刷的人工及物料消耗。另外，似乎巧合的是，这 3 种歌曲集都是横版印刷的右开本，其中两种包含了大量插图，整体形制与民间流行的连环画册接近，所以目录的省编也可能是继承了民间通俗读物编印上的自由风气。

（3）其他

除了目录和版权信息等基本项目之外，我们发现，这批歌曲集中有 10 种含有前言、序言，3 种含有跋语、编后记等形式的引介和总结短文。这些前言后序的加入，是歌曲集编者对编写目的和所面对的读者群体认识更明确的体现。

此外还有一个细节。这些歌曲集，即使是刷印质量较好的，也往往体现着节约精神。如一首歌曲印完之后，若页面未满，多接续印制下一首歌，力图节约，减少纸张的浪费。这54种唱本中仅有8种在一首歌曲印完纸面仍有空余的情况下另起新页，而且这8种书也往往尽量通过排版规划让页面达到满排或接近满排，或在空余处印制演唱技巧说明、宣传语、小插画等，空间利用率很高。

除了节约之外，我们还发现，抗日根据地和解放区军民在有限条件下并不放松对艺术的追求。如《大众歌声》这份油印本，印刷、纸墨条件都不理想，所用纸张薄而且透，封面也没有使用彩色，仅有黑色油墨，然而黑白两色的封面却充满设计美感。不仅如此，这本歌集中每首歌曲的标题都设计成了各不相同的艺术字体，个别页甚至配了小插画或精美页缘图案以作装饰，非常用心。

以上就是我们梳理中国国家博物馆所藏抗日根据地和解放区歌曲集外部印装形态和内部编辑特征之后得到的一些情况。从这些特征中，我们发现，这些作为通俗艺术读物的歌曲集，不仅充分体现了革命乐观主义和开源节流精神，还是革命文艺工作者利用有限条件发挥无限创造力的证明。这批歌曲集在节约资源和改进技术的同时，还很好地兼顾了艺术方面的要求，针对广大解放区军民群众，灵活应用色彩和插画等形式，是优秀的音乐宣传作品，可以想见，这样的优秀作品曾在革命事业中发挥非常重要的作用。

注释：

1. 参见齐峰、李雪枫：《山西革命根据地出版史》，山西人民出版社2013年版，第232页。

2. 参见陶贤都、李浩鸣：《中国科技新闻史》，湖南大学出版社2012年版，第190页。

3. 标准开本尺寸取自明兰等：《书籍设计》，北京交通大学出版社2014年版，第31页。

1

# 歌曲集

“九一八”事变爆发后，全国各阶层人民纷纷要求抗日救国，涌现了一批优秀的抗战歌曲。“一二·九”运动中，北平学生集会、游行，高唱抗战救亡歌曲，成立了各种各样的歌咏组织，并在各校开展救亡歌咏运动。自此，全国规模的抗日救亡歌咏运动蓬勃展开。救亡歌声响彻街头巷尾、工厂农村，人们不是为了唱歌而唱歌，而是为了唱出民族反抗情绪，为了开展救亡运动而歌唱。

这一时期著名的爱国音乐家聂耳、冼星海、吕骥、贺绿汀与爱国诗人田汉、光未然、施谊等创作了大量救亡歌曲，除了比较正式的歌曲，还产生了许多地方小调填词与地方小调改编的音乐作品。这些歌曲主题鲜明、朗朗上口、易于教授传唱。

为了便于在广大工人、群众、农民间传播，同时也为了缓解解放区文艺作品匮乏、广大地区群众无歌可唱的困难，各解放区的文艺工作者将这些歌曲搜集起来，集结成册。这些歌曲集在边区文化程度与乐理知识较为薄弱的群体中流传，为抗战歌曲的传播、普及作出了贡献。

鉴于各抗日根据地和解放区条件简陋，这些小册子规格不一，普遍印制粗糙，装帧简单。印刷形式以油印居多。篇幅从十几页到上百页不等，辑录曲目数量差异较大，有些简单的歌曲集，只印有书名和收录的几首歌曲；有些书籍收集的歌曲书目较多，并将歌曲分门别类；还有一些附带有唱歌常识、口诀或歌唱方法的指导内容。

# 《人人学爆炸》（小曲子第三本）

《人人学爆炸》（小曲子第三本），吕梁文化教育出版社出版，民国三十年（1941）4月出版，定价20元，12.7cm×8.9cm。封面为红、蓝两色套印。每对页1页码，全书共12页，收录7首歌曲、4首曲谱。

晋西北边区大部分为偏远的农村地区，经济发展落后，人民文化水平较低，因此提高边区人民的文化、思想和政治觉悟就显得尤为重要。本书主要为配合抗日、生产、冬学工作，开展宣传教育活动。书中收录的歌曲在广大民众中传唱，对群众政治素质的培养和道德观念的提升，具有深刻的意义。

本书收录歌曲有《人人学爆炸》（张友作词）、《闹生产》（刘育鸿作词）、《妇女上冬学》（修明作词）、《种棉小曲》（平野作词）等7首歌曲，并附有《走西口调》《送大哥调》《崔大嫂拜年调》及《南调》4首曲谱。

吕梁文化教育出版社，创建于1940年初期，是晋西北抗日根据地唯一的出版社。该社没有印刷厂及发行系统，所有编好的书、报稿件都是由吕梁印刷厂排印，美术作品则是由洪涛印刷厂承印。印好的成品，统一由新华书店西北分店包销。[1]

歌曲《人人学爆炸》歌词："过罢大年是新春，新的任务要实行，（甚的新任务咧？）毛主席，有命令，对敌斗争要加紧，开展爆炸挤敌人。（对，开展爆炸，咱们挤敌人！）"这首歌采用问唱形式，括号里的词就是提问内容。歌曲用董成拜年调或崔大嫂拜年调来演唱。书中注释每段第四句后面加"哎嗨咿呀嗨"，最后一句末尾加"咦呦嗨"。从歌词中可以感受到当时开展的"爆破运动"，在抗日战争中所发挥的巨大威力。

1940年1月，毛主席发表的《新民主主义论》推动了抗日根据地的社会工作，促使冬学运动得到了迅猛发展[2]。《妇女上冬学》歌词写道："能织布来会纺纱，不会识字害死咱，粮票当成路条看，五十块票票当十块花。"歌曲宣传妇女走出家门参加冬学，反映了在抗战时期边区妇女通过参加识字班、冬学、夜校等形式提高文化水平。

撰文：付小红

注释：

1. 马烽：《战争岁月出版忙——琐谈吕梁文化教育出版社》，《新闻出版交流》1994年第5期。

2. 参见张晋：《抗战时期晋冀鲁豫边区冬学运动研究》，郑州大学，硕士论文，2015年。

图一：《人人学爆炸》（小曲子第三本），民国三十年（1941）4月出版。

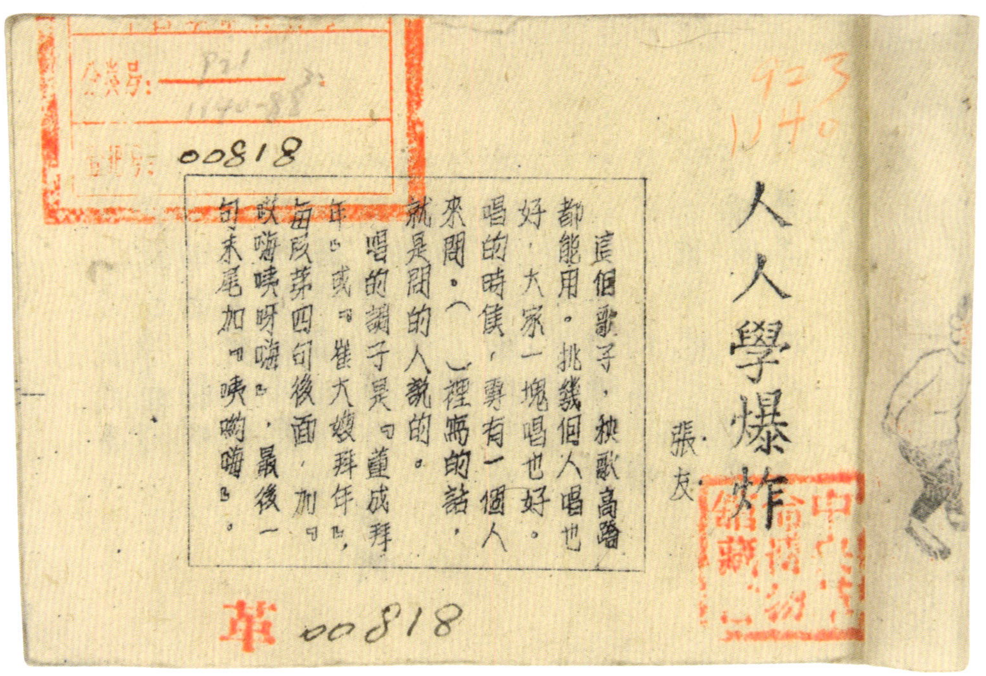

人人學爆炸

張友

這個歌子，秧歌高蹺都能用。挑幾個人唱也好，大家一塊唱也好。唱的時候，要有一個人來問。（ ）裡寫的話，就是問的人說的。唱的調子是「蓮成拜年」或「崔大嫂拜年」，每段第四句後面，加「咳嗨咦呀嗨」，最後一句末尾加「咦喲嗨」。



图二：《人人学爆炸》歌曲注释，作者张友，注明了此曲在秧歌、踩高跷时演唱的人数，以及演唱时需要用的曲调。图载本书首页。

# 《大众歌曲集》（第二集）

《大众歌曲集》（第二集），胶东联合社出版，出版时间不详，20.0cm×14.4cm。封面脱落，全书共31页，收录歌曲27首。

胶东联合社成立于1938年6月，根据中共胶东特委指示由分散在蓬莱、黄县（今龙口市）、掖县（今莱州市）等抗日根据地的出版部门联合成立。1938年8月与胶东《大众报》合并，直至1945年10月成立胶东书店，胶东联合社撤销。[1]此时正值抗日战争从被动走向主动、从反扫荡走向大反攻的转折时间，也是抗日战争最艰苦卓绝的时刻。胶东抗日根据地的文艺活动开展最早也最为活跃，抗战文艺工作者充分利用各种文艺形式，传播抗日思想，动员群众团结一心抗战到底。

本书将收录的歌曲按照音阶和演唱方式分类。其中五声音阶8首，如《负伤战士歌》（张曙作）；六声音阶5首，如《春耕歌》（时玳词，希嘉曲）；七声音阶5首，如《抗战女工》（安娥词，江定仙曲）；对唱2首，如《延水谣》（熊復词，律成曲）；轮唱3首，如《军歌》（陈原词、黄迪文曲）；合唱4首，如《风陵渡的歌声》（洛宾作词及曲）。

本书有两首名为《春耕歌》的歌曲，两首歌曲歌名相同，词曲作者不同。第一首为时玳作词、希嘉作曲。“希嘉”是瞿希贤使用的笔名之一。瞿希贤，著名作曲家，抗日战争期间创作谱写了许多宣传抗日、唤醒民众的歌曲。这首《春耕歌》创作于1938年，是瞿希贤创作的第一首歌曲，采用了江南民歌的风格，焕发了民族音乐新的活力。[2]另一首为集体作词，孙慎作曲。这首歌曲创作于1938年浙江金华，歌词创作应为歌曲研究会。[3]孙慎，作曲家、音乐理论家。抗日战争爆发后，孙慎参加了共产党领导的战地服务队，辗转于上海、江西、武汉、韶关、柳州等地，这首歌曲正创作于这一时期。这两首《春耕歌》都是以抗战为背景，以人民群众劳动生活为题材，以群众熟悉的语言宣传抗战思想。

《老百姓上岩洞》，副标题为岩洞教育歌。这首歌曲的创作者为新安旅行团。新安旅行团成立于1935年10月，是中国共产党领导下的爱国救亡儿童团体。自创立之日起，新安旅行团从淮安出发，途经江苏、上海、北平、甘肃等22个省市，以艺术表演等形式从事抗战动员活动，历时17年，被称为“中国少年儿童运动史上的一面旗帜”[4]。1938年，新安旅行团的少年儿童在著名教育家陶行知的倡议下，在桂林组建了岩洞儿童合唱团宣传“岩洞教育”。“岩洞教育”就是在桂林人民群众到岩洞躲避日军轰炸时，向大家教唱抗日歌曲和讲解抗日故事来启发鼓励群众。[5]这首歌正是在这样的背景下创作并传唱的。

《负伤战士歌》创作者张曙是我国作曲家、音乐活动家[6]，原名张恩袭，“张曙”这个名字是1933年其加入中国共产党后，由田汉为他所取，意为“出生曙光”[7]。张曙一生创作抗战歌曲近百余首，其作品恢弘大气、铿锵有力，充盈着饱满的战斗精神。他尤其善于汲取民间音乐特色，创作出贴近群众心声的音乐。其中尤以田汉作词，张曙作曲，纪念台儿庄会战的歌曲《洪波曲》最为出名，传唱最广。1940年在其逝世两周年的纪念会上，周恩来说："张曙先生之可贵在于和聂耳同为文化战线上的两员猛将。"本书所载的这首作品是张曙创作的最后一首歌曲，1938年12月23日晚，张曙连夜创作了这首歌，却在第二天与小女儿牺牲在日军对桂林的轰炸中。[8]

撰文：高轶琼

注释：

1. 李强，刘晓焕：《山东境内最早出版的整风运动文献——〈整风〉》，《春秋》2012年第3期。
2. 尚建：《瞿希贤音乐创作心理研究》，东北师范大学，硕士论文，2003年。
3. 李毓辉：《孙慎群众歌曲创作研究》，《当代音乐》2017年第1期。
4. 蔡洁：《"民族解放小号手"——新安旅行团》，《人民政协报》2017年9月28日第11版。
5. 冯明洋：《浩歌声里请长缨》，《中国音乐学》（季刊）2002年第2期。
6. 黄胜泉：《中国音乐家辞典》，人民出版社1998年版，第1107页。
7. 黄敏学：《洪波一曲壮国魂》，《百年潮》2016年第9期。
8. 陆璎：《浩歌声里请长缨》，《当代广西》2008年第4期。

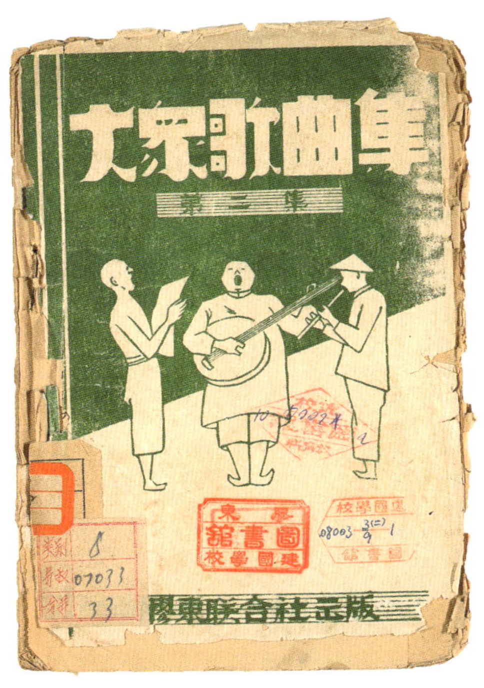


图一：《大众歌曲集》（第二集）胶东联合社出版，出版时间不详。

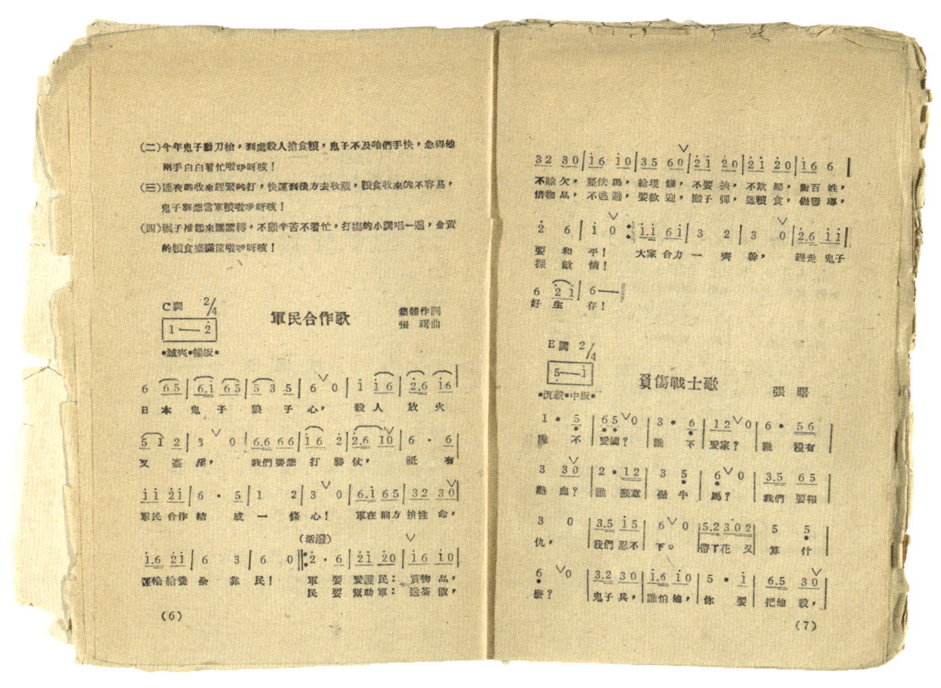


图二：歌曲《负伤战士歌》，张曙作。图载本书第6—7页。

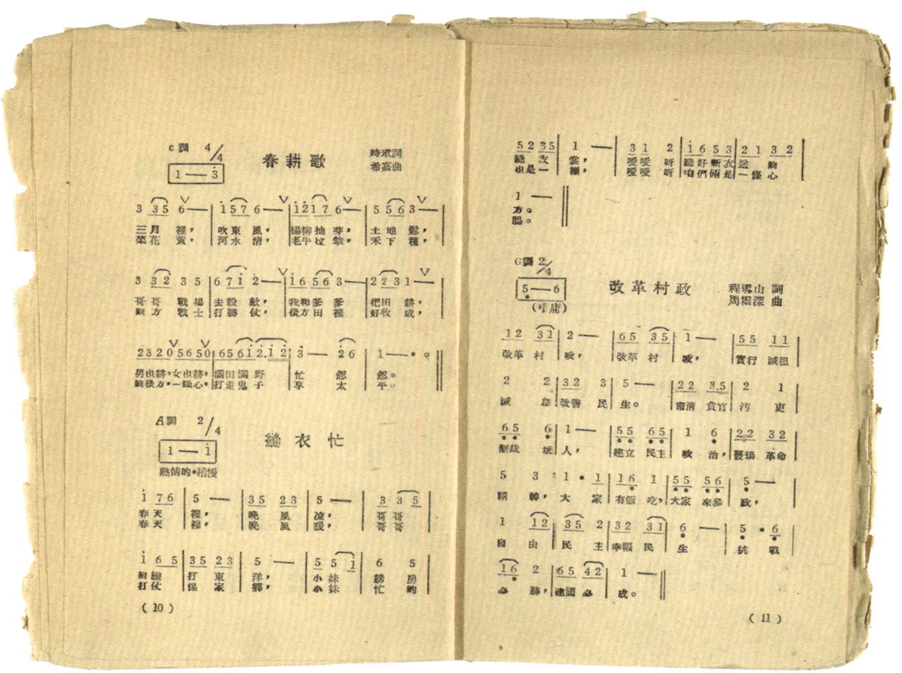


图三：歌曲《春耕歌》，时玳词，希嘉曲。图载本书第10—11页。

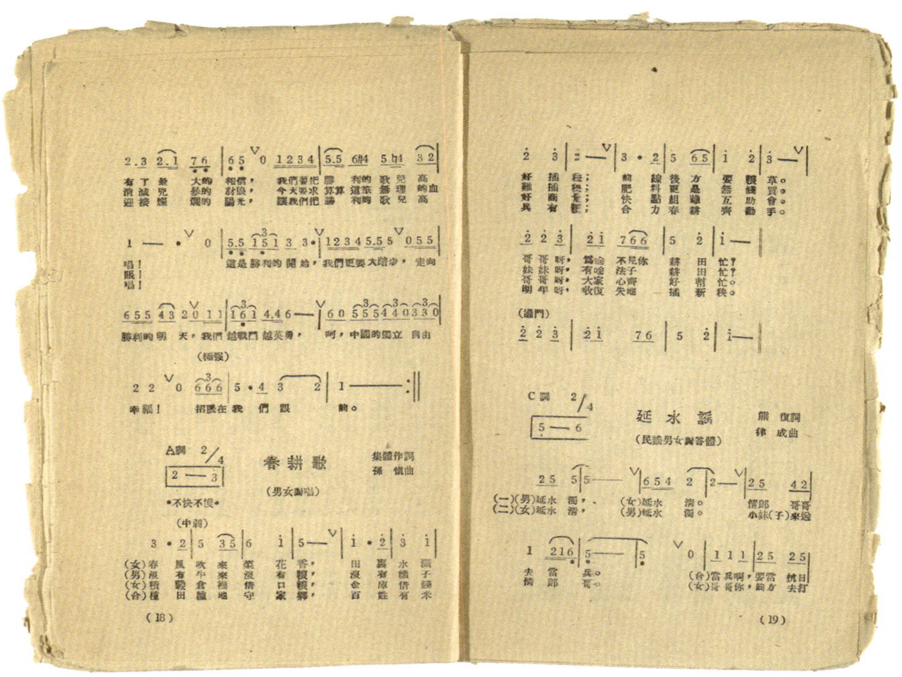


图四：歌曲《春耕歌》，集体作词，孙慎曲。图载本书第18—19页。

# 《新秧歌集》

《新秧歌集》，鲁艺秧歌队编，铅印，华北书店发行，1943 年 5 月出版，17.8cm × 12.2cm。全书共 37 页，收录歌曲 30 首。本书封面、封底为后补配。

编者在前言中写道："1943 年，需要我们歌唱的事情太多了！"这一年，苏联红军取得了斯大林格勒战役的胜利，为世界反法西斯战争的最终胜利作出了巨大的贡献。中国人民也废除了不平等条约，在中国共产党的带领下，在全国各地开展了轰轰烈烈的大生产运动。这本歌集就是以此为契机而出版的，其中收录的歌曲都是鲁艺秧歌队在庆祝红军胜利、歌颂劳动英雄等演出上表演过的，集中反映了当时全国各地在共产党的领导下军民一心、共促生产的热烈场景。

本书收录的歌曲有《拥军歌》（安波作词，马可作曲）、《军民一条心》（赵七星作词，采石作曲）、《还是边区好》（董慎五作词，张鲁作曲）等 30 首歌曲，部分歌曲后有演唱形式的附注或说明。

其中，既有以歌颂人民、歌颂劳动为主要内容的《船夫歌》《运盐小调》，也有歌颂战争胜利、歌颂战斗英雄的《庆祝红军反攻胜利》《唱英雄》等歌曲；既有表现拥政爱民、军民一家亲的《拥政爱民公约歌》《一家人》，也有反映组织劳动力、改造二流子的《王小二开荒》《二流子转变》等。总的来说，它从内容上体现了毛主席的文艺方向——和群众结合，而在形式上吸收了民歌、民谚、旧秧歌剧、地方剧、话剧的成分，成为老百姓喜闻爱唱的调子。[1]

秧歌这种传统的民间艺术形式，在特殊的历史背景下被赋予了崭新的时代内容，焕发出了绚丽夺目的光彩。它不仅从艺术实践上真正解决了文艺民族化、大众化的问题，还为中国民族新歌剧的发展积累了丰富的经验，奠定了坚实的基础。[2]

撰文：戴畋

注释：

1. 甘肃省社会科学院历史研究所编：《陕甘宁革命根据地史料选辑》（第五辑），甘肃人民出版社 1986 年版，第 368 页。

2. 甘肃省社会科学院历史研究所编：《陕甘宁革命根据地史料选辑》（第五辑），甘肃人民出版社 1986 年版，第 223 页。

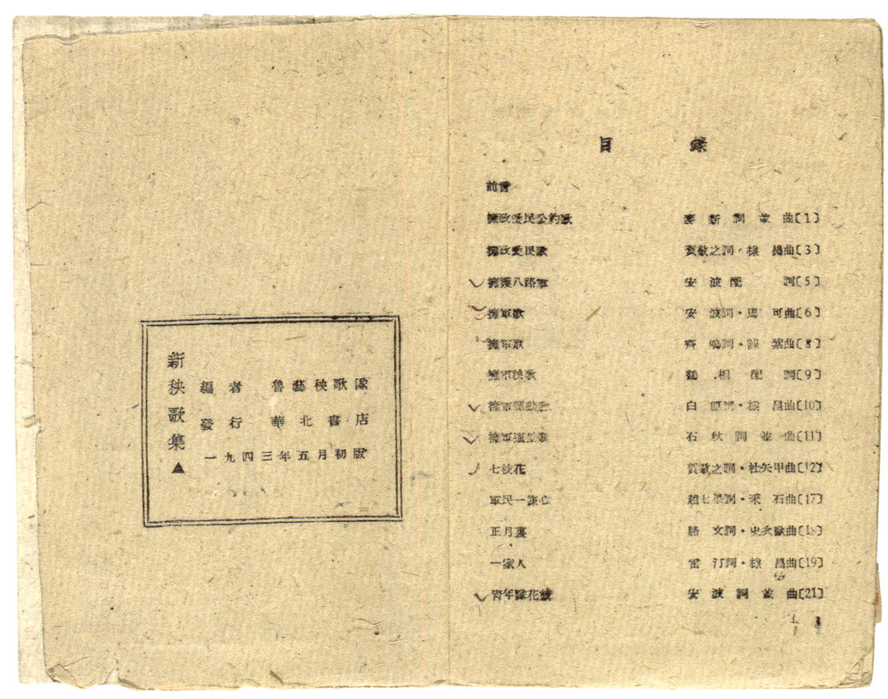

新秧歌集▲

編者　魯藝秧歌隊

發行　華北書店

一九四三年五月初版

目錄



1

图一：《新秧歌集》版权信息与目录页首页，鲁艺秧歌队编，1943年5月出版。

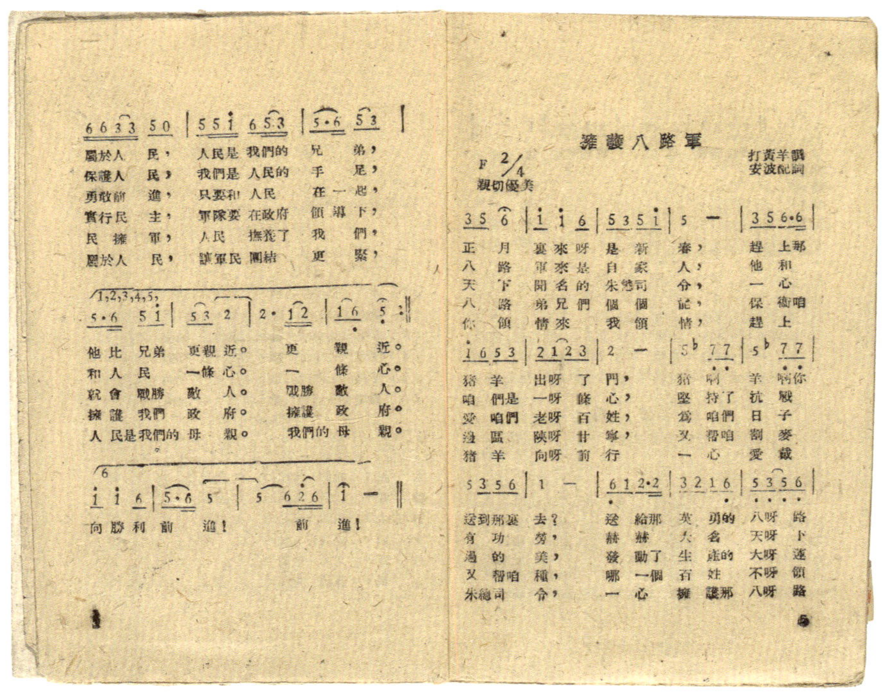



图二：歌曲《拥护八路军》，由打黄羊调改编，安波配词。图载本书第4—5页。

# 《歌曲新编》

《歌曲新编》，望尘编，漳北书店发行，油印，1943年9月出版，18.4cm×12.5cm。每对页2页码，目录页及尾页为单页，全书共27页，收录歌曲29首。

本书封面贴有“太行长治中学图书馆歌剧类No.84”的标签，表明此书曾被长治中学图书馆收藏。“长治的地理位置十分重要，历来为兵家必争之地。抗日战争时期，中共中央北方局和八路军总部等领导机关曾长期驻扎在长治，这里成了华北抗日战场的中心。”[1]这也印证了长治地区收藏抗战文化作品正是迎合了战时文化宣传需求。

本书收录的歌曲有《拥护共产党》（朱容作）、《爱护八路军》（维屏作）等拥军爱党的歌曲，有《反对明汪暗汪小调》（海啸作）、《打倒汪精卫》（星海曲）等痛斥汪精卫出卖祖国的歌曲，还有苏联名曲《唱吧红色的子孙》以及西班牙民歌《一个年轻的兵》。

其中歌曲《左权将军》是一首辽县小调，歌曲歌颂了左权将军一生积极抗战，激励老百姓团结起来报仇雪恨，通俗易懂，易学易唱。由于口头流传，不同书刊收录的歌词唱法略有不同。因左权将军牺牲于辽县，为纪念他辽县改名为左权县。小调是“左权民歌的主体部分，是左权民歌所特有的一种曲调形式。它的曲调简单较短，而且唱词内容题材丰富多样，既有抒情的，也有叙事的，而且音乐情调也很丰富，既有幽默的，也有讽刺的，既有轻松愉快的，也有心情凝重的”[2]。

书中收录的歌曲曲调及节拍标注清楚，并且标出了演唱时应该表现出的情绪，如《拥护共产党》（朱容作）、《生产歌》（朱容）、《八路军来了》（张桐词）等歌，清楚标明了歌曲的唱法；《左权将军》（辽县小调）注有创作背景等信息；《向前》（刘光填词、桃花扇曲）配有插图，插图与歌曲内容紧密相关，抗战军民手握武器向敌方前进的图画充满强烈的战斗气氛，增加了歌曲的感染力。

本书的出版发行，用文艺的方式鼓舞和激励着抗日军民的革命热情，激发了八路军战士和边区人民的抗日斗志，在精神层面上起到了拥党拥军、积极抗日及反对卖国投降的宣传、教育意义。

撰文：赵琳

注释：

1. 参见朱美娜：《抗日战争时期长治地区的报刊研究》，兰州大学，硕士论文，2015年。
2. 参见史玉秀：《歌唱山西民歌精粹——山西民歌之左权民歌》，《黄河之声》2012年第3期。

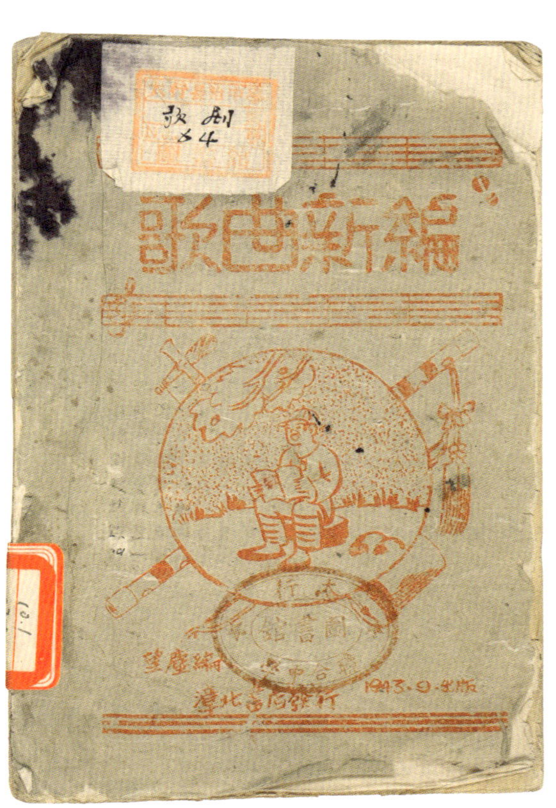


图一：《歌曲新编》，望尘编，1943年9月出版。

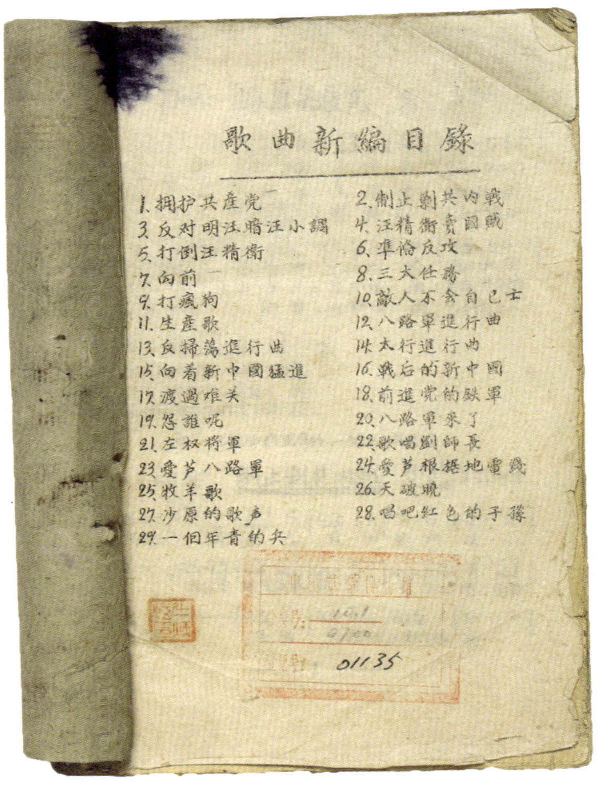

歌曲新編目錄

| | |
|---|---|
| 1、拥护共產党 | 2、制止剿共内戰 |
| 3、反对明汪暗汪小調 | 4、汪精衛賣國賊 |
| 5、打倒汪精衛 | 6、準備反攻 |
| 7、向前 | 8、三大任務 |
| 9、打瘋狗 | 10、敵人不会自己亡 |
| 11、生產歌 | 12、八路軍進行曲 |
| 13、反掃蕩進行曲 | 14、太行進行曲 |
| 15、向着新中國猛進 | 16、戰后的新中國 |
| 17、渡過难关 | 18、前進党的鉄軍 |
| 19、怨誰呢 | 20、八路軍来了 |
| 21、左权将軍 | 22、歌唱劉師長 |
| 23、愛护八路軍 | 24、愛护根据地電綫 |
| 25、牧羊歌 | 26、天破曉 |
| 27、沙原的歌声 | 28、唱吧紅色的子孫 |
| 29、一個年青的兵 | |

图二：《歌曲新编》目录，刊登了本书收录的29首歌曲，目录下方有红色正方形“牛炳炫印”与红色长方形中国革命博物馆藏书章各一枚，目录左上角有蓝色墨渍。

# 《农村小曲》

《农村小曲》，胡季委、柯蓝作，笑俗、刘迅画，新华书店出版，定价7元，横版，右开，1945年出版，12.2cm×9.0cm。封面为红色单色印刷，书名左侧绘有三个人物形象：左侧是一个人的背影，此人手拉胡琴；中间是一个站立的人物，此人正在唱曲；右侧是一个人坐在板凳上吹奏笛箫类乐器。正文内页为黑色单色印刷。封面有蓝色圆形"华北新华书店资料科图书"章一枚。全书共65页，收录歌曲14首，附有曲调说明的曲谱8首，如《陕北秧歌调》《打黄羊调》等。

陕甘宁边区，这里经济落后，是中共中央革命根据地，也是支援抗日的总后方。1942年12月，毛泽东在中共中央的西北局高干会议上作了《经济问题与财政问题》的报告，全面部署了陕甘宁边区和抗日根据地的生产运动，掀起了轰轰烈烈的大生产运动。[1]为了提高边区人民的思想觉悟，促进农民积极参与生产劳动，延安的文艺工作者创作了大量描绘大生产运动的歌曲，宣传发展生产对兴家致富、支援抗战起到的重大作用。

本书收录有《农户计划歌》(柯蓝作词)、《组织起来》(胡季委作词)、《保护庄稼歌》(戈西作词)等歌曲，每首歌曲都配有画家笑俗、刘迅创作的插图。

书中第一首歌曲《农户计划歌》运用《陕北秧歌调》做调子，以秧歌载歌载舞的形式，生动地表现了根据地轰轰烈烈的大生产运动。

1943年11月29日，毛泽东同志在中共中央招待陕甘宁边区劳动英雄大会上发表了题为《组织起来》的讲话。讲话指出边区当时在经济上组织群众的重要形式，就是合作社。[2]歌曲《组织起来》歌词："毛主席的号召大家听，组织起来一条心，互相帮助人手多，众人合作成圣人，变呀变工队；卖呀卖工队，合作生产好得很！"它描绘了边区政府调剂农村劳动力，鼓励成立互助组，发展合作社的景象。

柯蓝为当代著名作家及诗人，他的散文《深谷回声》1984年被改编成电影《黄土地》，影片荣获瑞士第38届洛迦诺国际电影银豹奖，在国际国内都产生了极大影响；电影文学剧本《铁窗烈火》获得第一届"百花奖"；他的《话说长江》解说词，在亿万观众中引起强烈的共鸣。[3]

撰文：付小红

注释：

1. 参见杨继萍：《陕甘宁边区军队生产运动研究》，延安大学，硕士论文，2015年。
2. 方建斌：《陕甘宁边区农业政策与实践研究》，西北农林科技大学，硕士论文，2012年。
3. 参见彭晓：《让生命永远年轻——记诗人作家柯蓝》，《文史精华》1995年第9期。

图一：《农村小曲》，胡季委、柯蓝作，笑俗、刘迅画，1945年出版。

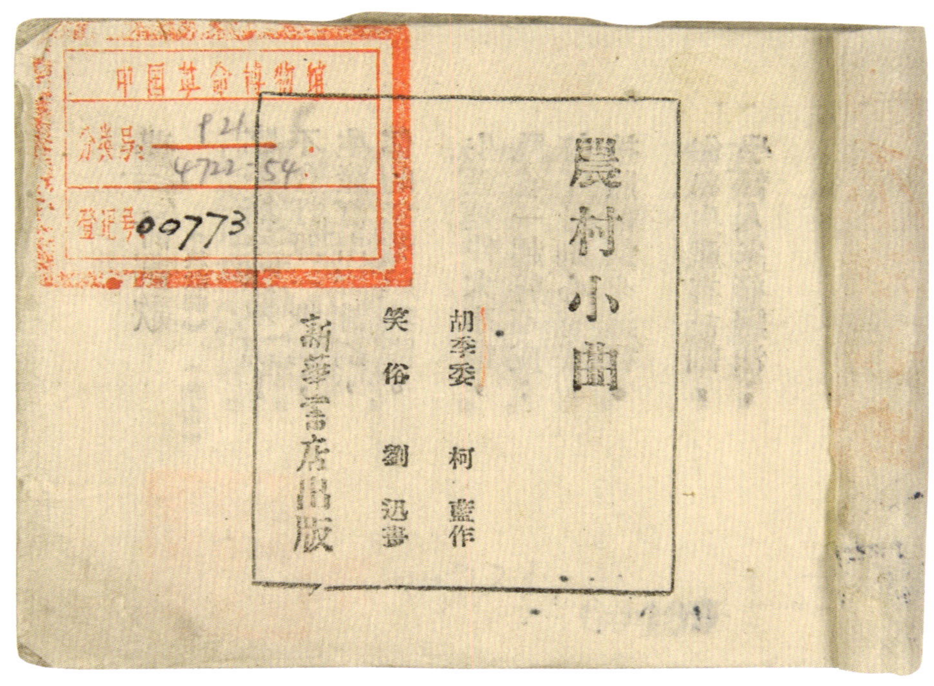


图二：《农村小曲》版权页，刊有本书责任者、出版单位。左上角有红色长方形中国革命博物馆藏书章一枚。图载本书扉页。

# 《战士歌集》

《战士歌集》，耀南剧团印行，蜡版油印，三眼草订，仿线装毛边书，1945 年 4 月出版，纸质粗糙，18.0cm×12.5cm。每对页 1 页码，全书共 5 页，收录歌曲 11 首。

本书封面、目录页及正文最后一页为红色油印，其余页面为黑色油印。正文后附有红黑双色套印的儿童杂志征稿启事及该杂志第 31 页至第 34 页。内容包括：表情儿歌《大家去玩耍》及每句歌词对应的动作要领；儿童手工艺《松果能做什么玩艺》《剪影三幅》；儿童漫画《昨天三叔对我说："勤上坡慢赶集，出门背着粪篮子"》《老百姓们武装起来保卫秋收》。这些反映出根据地在环境动荡、设施简陋、经费匮乏的情况下，仍坚持普及小学教育并发行适合儿童身心特点的革命读物，抵制日伪教育文化的蔓延。[1]

本书收录有《中国反攻有依靠》（那沙作词、作曲）、《青年好汉去参军》（晓人作词，苏尼作曲）、《英雄赞》等 11 首歌曲。

书中第五首歌曲《英雄赞》创作于 1943 年，由陈陇（原书为陈龙）作词，劫夫作曲。劫夫原名李云龙，1937 年赴延安开始研习作曲，1938 年底到晋察冀边区后，创作出数十首脍炙人口的佳作。1941 到 1943 年底，日军集结重兵对边区反复进行疯狂、残酷的"扫荡""蚕食"和"清剿"，妄图摧毁中国共产党领导的抗日力量。边区军民艰苦斗争，浴血奋战，保卫并扩大了晋察冀这块"模范的抗日根据地"[2]。劫夫始终和边区群众一起斗争，一起生活，他们顽强战斗和英勇牺牲的精神、可歌可泣的英雄事迹，激励他"用他的全部心灵去歌颂他们"，"他为这些英雄人物所写的歌，就是一座永远不会倒塌的纪念碑"。[3]

《英雄赞》运用人们喜闻乐见的民间音调，炉火纯青地塑造出有血有肉的抗日英豪群像，"以最真挚的情感和最优美的曲调，抒发了人民对革命英雄的崇敬与热爱"[4]。歌曲不胫而走，流传广泛，"成为人民群众对敌斗争的锐利武器和召唤胜利的鲜红旗帜"[5]，解放后入选《劫夫歌曲选》《民族歌魂——中国抗日战争救亡歌曲集》。

撰文：隆文

注释：

1. 参见王士花：《山东抗日根据地的国民教育》，《枣庄学报》2016 年第 3 期。
2. 参见谢忠厚，肖银成主编：《晋察冀抗日根据地史》，改革出版社 1992 年版，第 484 页。
3. 参见吕骥：《在战斗中产生的歌曲》，《劫夫歌曲选》，春风文艺出版社 1964 年版，第 2 页。
4. 参见陈志昂：《抗战音乐史》，黄河出版社 2005 年版，第 159 页。
5. 参见王健青，冯建男主编：《晋察冀文艺史》，中国文联出版公司 1989 年版，第 497 页。

图一：《战士歌集》，耀南剧团印，1945 年 4 月出版。

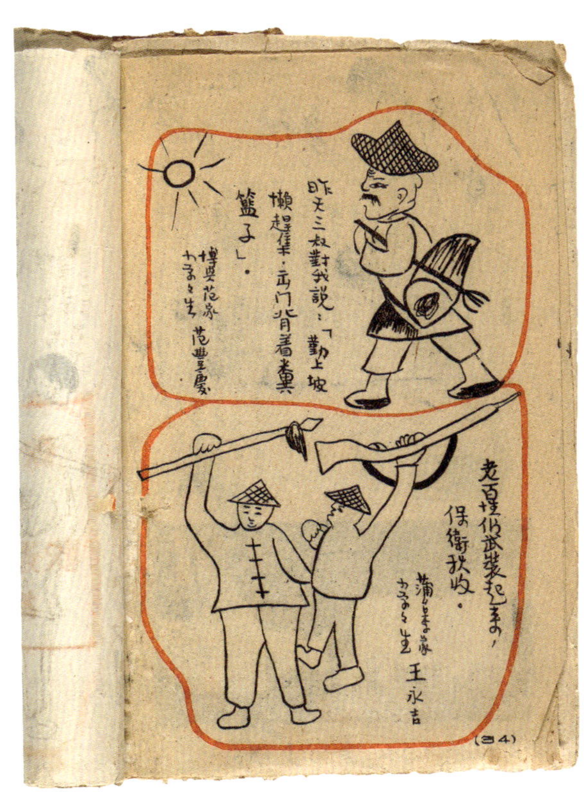


图二：《战士歌集》内双色套印插画。图载本书第 34 页。

# 《歌曲集》

《歌曲集》，春草社编，《春草》丛书第一册，石印，左开，1945 年 7 月出版，17.7cm × 13.7cm。每对页 2 页码。封面有红色圆形“山东省立建国学校胶东分校图书馆”章一枚。首页前有勘误表，封底脱落。以《国际歌》《苏联国歌》为首（无页码），其后分为三部分，每部分独立编排页码，分别为翻译之部（共 9 页 5 首歌曲）、转载之部（共 34 页 20 首歌曲）、创作之部（共 25 页 15 首歌曲），共收录歌曲 42 首。

本书出版时正值争取抗日战争胜利的关键时期。这一时期，文艺工作是教育群众、发动群众的重要手段之一，各级地方都非常重视，培养了大批文艺人才来开展文艺运动和提高文艺水平。“春草社”便是在这个时期成立的，名称的由来起自白居易的诗：“野火烧不尽，春风吹又生。”[1]

本书收录的歌曲中除卷首的《国际歌》《苏联国歌》外，共分为三编。第一编是几首著名的外国歌曲，如《朝曲》（莎士比亚作词，舒贝尔特作曲）、《海上哨兵》（伊顿纳耶夫斯基作曲）。第二编大部分是作者从苏北出版的先锋歌集和苏中出版的前奏及民谣中选取出来的，如《收获》（林因作词，何士得作曲）、《日落西山》（田汉作词，张曙作曲）。第三编则是作者本人的习作，如《我们是世界的创造者》《打井小调》等共 42 首歌曲。部分歌曲后有附注或说明。

据本书后记《致读者》一文，可知陈志昂是本书编辑者之一。陈志昂生于革命家庭，父亲是老共产党员，受家庭影响，1938 年他便投身革命队伍，战争年代在胶东解放区从事文化工作，后历任北京人民广播电台副台长、中央电视台艺术指导等职务。从 1942 年起，先后创作了《竖琴》《春雷》《解放之歌》等大量反映时代和民族心声的诗歌与音乐作品，是我国现代音乐史上一位卓有成就的诗人和作曲家。[2] 本书收录他的作品有《我们是世界的创造者》《打井小调》《仲秋泪》（恨姑作诗）等 15 首歌曲，其中《仲秋泪》是以诗谱曲的形式创作而成的。

撰文：王立伟

注释：

1. 参见王亚平：《永远结不成的果实》，文化艺术出版社 2014 年版，第 98 页。

2. 参见冷甘、余信芳：《勤奋笔耕 著作等身 战斗歌声 鼓舞军民——陈志昂艺术创作 60 年座谈会在京举行》，《文艺理论与批评》2003 年第 6 期。

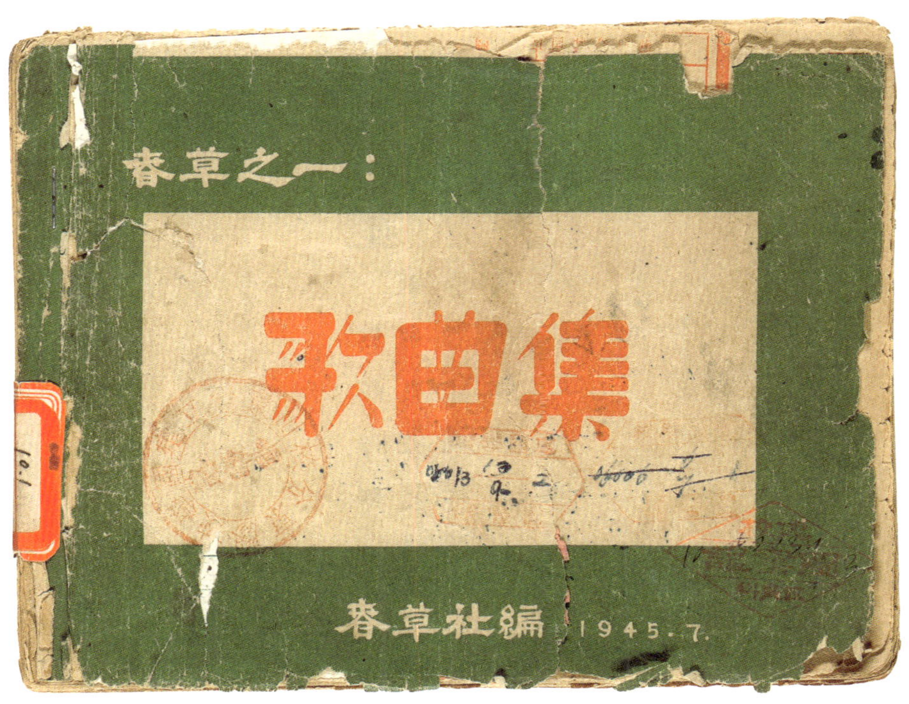


图一：《歌曲集》，《春草》丛书之一，春草社编，1945 年 7 月出版。

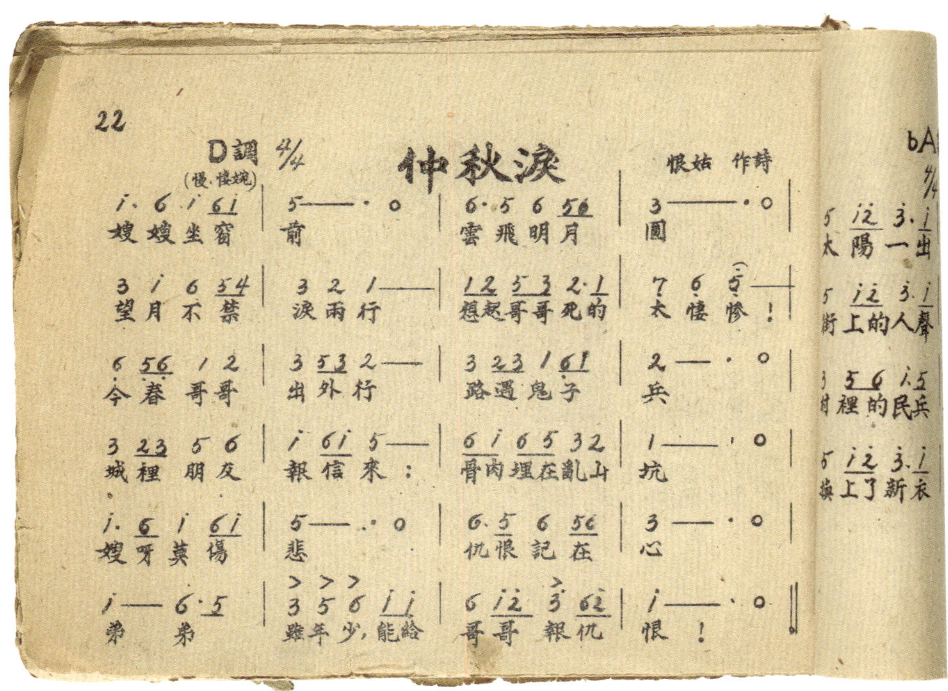


图二：歌曲《仲秋泪》，由恨姑作诗。图载本书第三部分第 22 页。

# 《解放歌声》（第一集）

《解放歌声》（第一集），中华全国音乐界抗敌协会察冀分会编辑，新华书店晋察冀分店印行，定价20元，1945年9月出版，25.6cm×18.1cm。全书共12页，收录歌曲15首。

《解放歌声》于1945年9月在河北张家口创刊。以“集”的形式出至1945年11月（第2集）后停刊。1946年7月（第3期）复刊，改由晋察冀音乐社编，期数续前。1948年1月（第4期）迁至石家庄出版，晋察冀边区音乐协会编，期数仍续前。[1]

新华书店晋察冀分店成立于1941年5月，业务上受延安新华书店总店指挥，行政上受晋察冀日报社领导，抗日战争时期和解放战争时期，书店主要是经售报社印刷出版的报刊和图书。[2]

本书收录的歌曲有《同盟国进行曲》（萧维西亚克伊奇作曲，刘良模译词）、《八路军进行曲》（乔木作词，律成作曲）、《子弟兵战歌》（蔡其矫作词，卢肃作曲）、《没有共产党就没有中国》（火星作）等15首歌曲。部分歌曲后有附注或说明。

其中《子弟兵战歌》歌词是蔡其矫在1943年创作的一首诗。蔡其矫，中国著名诗人、散文家，8岁随家人侨居印尼泗水。1938年瞒着家人离开印尼辗转到达延安，1940年加入中国共产党，“在艰苦的斗争环境中，蔡其矫获得许多创作的生活经验，凭着对党的无限忠诚和执着的事业心，创作了大量反映抗日民族气节的诗篇和歌词”，“1943年在晋察冀军区举行征集军歌的运动中，蔡其矫写了《子弟兵战歌》，这首歌通俗易唱，富有战斗力，立即被选为广泛传唱的军歌”。[3]

本书封面手书“鲁艺，前干组全体同志，任虹”，推测此书曾被鲁艺收藏使用。鲁迅艺术学院文艺工作团，简称“鲁艺文艺工作团”，1939年3月10日成立，陈荒煤任团主任。1937年“卢沟桥事变”后，延安的文艺工作者积极投身于前方的文艺宣传工作。鲁艺顺应形势，于1939年2月开始着手组建到前方工作的文艺团体。[4]

任虹（1911年—1998年），原名常学墉，笔名一心。戏曲家、音乐家、口琴演奏家。中国儿童艺术剧院创始人。1940年赴延安，加入鲁迅艺术文学院，先后任鲁艺音乐系助教、教员，鲁艺音乐工作团演出科科长，音乐研究室研究员。[5]

撰文：黑梦岩

注释：

1. 刘晨：《民国时期艺术教育期刊与艺术教育发展》，团结出版社2010年版，第169页。
2. 参见齐峰，李雪枫：《山西革命根据地出版史》，山西人民出版社2013年版，第52页。
3. 参见中共晋江市委党史研究室：《晋江华侨抗日救国史话》，福建人民出版社2009年版，第166页。
4. 王巨才：《延安文艺档案》，太白文艺出版社2015年版，第632页。
5. 参见高慧琳：《群星闪耀延河边 延安文艺座谈会参加者》，人民文学出版社2012年版，第94—95页。

图一：《解放歌声》（第1集），封面写有"鲁艺 前干组全体同志 任虹"字样，中华全国音乐界抗敌协会察冀分会编，1945年9月出版。

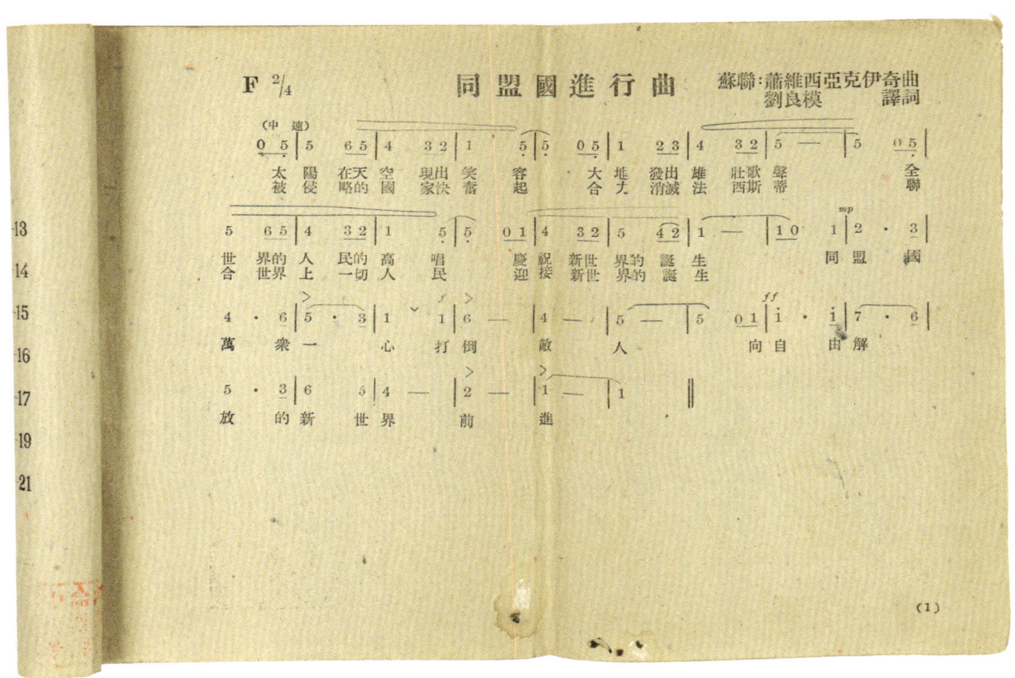


图二：《同盟国进行曲》，［苏联］萧维西亚克伊奇作曲，刘良模译词。图载本书第1页。

# 《新中国新歌集之壹》

《新中国新歌集之壹》，胶东新华书店编，胶东新华书店印行，石印，1945年9月出版，17.5cm×12.0cm。全书共32页，收录歌曲29首。附正误表，缺失半页。

封面左下方钤“山东省立建国学校胶东分校图书馆”圆形印章。原封底缺失，图书馆利用旧借书证重新装订。封三填有读者姓名、编号、证件印制日期（1946年8月）及《借书规则》，钤有与封面相同的朱文圆形章。封底为图书名称表格，包括类别、书名、分名、借还日期、备考等五个项目，已用蓝色墨水钢笔填写九行读者借还信息。由此可见解放区条件艰苦，物资匮乏，纸张紧缺。

山东省立建国学校胶东分校创立于1942年，隶属胶东行政公署，1948年更名为华东财办工矿部工业学校。历经沿革，1998年并入淄博学院，2001年3月与山东工程学院合并组建山东理工大学。[1]

1945年8月15日，日本投降，八路军胶东部队随即用一个月时间收复了除青岛、即墨县城之外的所有胶东土地。胶东抗日根据地是山东省面积最大、人口最多的根据地，为全国抗战胜利作出了不可磨灭的贡献。其多种形式的群众文艺活动也开展得最为有声有色，发挥了宣传抗战、团结人民、鼓舞士气的重要作用。[2]

本书收录了《新中国》（冼星海作曲）、《万万人齐欢唱》（谷音作词，江甫作曲）、《我们的家乡光复了》（愈同作词、陈志昂作曲）等29首歌曲，表达了中国人民收复失地取得抗战胜利后的喜悦之情。

其中第四首歌曲《1945年前奏曲》，原名《1942年前奏曲》（又名《和平光明前奏曲》），作于1941年末。词作者鲁军为鲁迅艺术学院华中分院文学系学生。曲作者为贺绿汀。1941年，作曲家贺绿汀赴苏北抗日根据地，在新四军鲁迅艺术工作团，开办音乐干部训练班，言传身教，普及作曲技术理论。贺绿汀在《敌后散记》中回忆：“为了使他们了解合唱作品的各种复杂的结构，我创作了一部由鲁军作词的《1942年前奏曲》。当时国际情况有很大的变化，英、美、中、苏联合向德、意、日法西斯反动派进攻，预示法西斯反动派即将灭亡，这就使大合唱的内容在曲体组织上有混声合唱、女声合唱，又有女高音的花腔和男声伴唱，还有各种转调。学员们从实际演唱过程中了解了整个合唱曲中各种复杂组织。大家对这首作品很有兴趣，学习得也很认真。”[3]作品首演即获得陈毅等领导的高度赞扬和新四军官兵的热烈欢迎。1945年，贺绿汀根据形势发展的需要将歌词作出相应的调整，更名为《1945年前奏曲》，即《新世纪的前奏》，讴歌反法西斯胜利，呼唤世界和平。《1945年前奏曲》是贺绿汀在抗战期间创作的唯一一部大合唱，也是体现其艺术风格与技巧的代表作。它旋律华美，曲式严整，和声丰满，具有海顿、莫扎特式的古典风味，同时又气势磅礴，形象鲜明，优美动听，堪称中国现代音乐中的精品。[4]

第25首歌曲《中华民族好儿女》（许晴词，孟波曲），作于1941年。当时日寇和汪伪政权正对苏北进行残酷“扫荡”，企图摧毁新生的抗日民主根据地。鲁迅艺术学院华中分院剧作家许晴，为配合我军反扫荡创作了这首歌词，不久即在带领学员转移时壮烈牺牲，时年仅30岁。教务科长、作曲家孟波在突围中幸存，为歌词谱曲。作品既吸收了西洋音乐技法，又保留民族音调特色，在根据地广为传唱，“其明亮激越的音乐旋律，永远震撼人们的心灵”[5]。

撰文：隆文

注释：

1. 参见《山东工业大学史》编写组：《山东工业大学史1956—2005》，中国文史出版社2006年版，第277页。
2. 参见王喜红：《胶东抗日根据地的文艺活动建设及其现实意义》，《烟台职业学院学报》2016年6月，第22卷第2期。
3. 参见贺绿汀：《敌后散记》，江苏人民出版社1992年版，第85页。
4. 参见陈志昂：《抗战音乐史》，黄河出版社2005年版，第176页。
5. 参见顾耿中：《新四军华中抗日根据地音乐戏剧活动概述》，《盐城师范学院学报》2015年10月第35卷第5期。

图一：《新中国新歌集之壹》，胶东新华书店编印，1945 年 9 月出版。

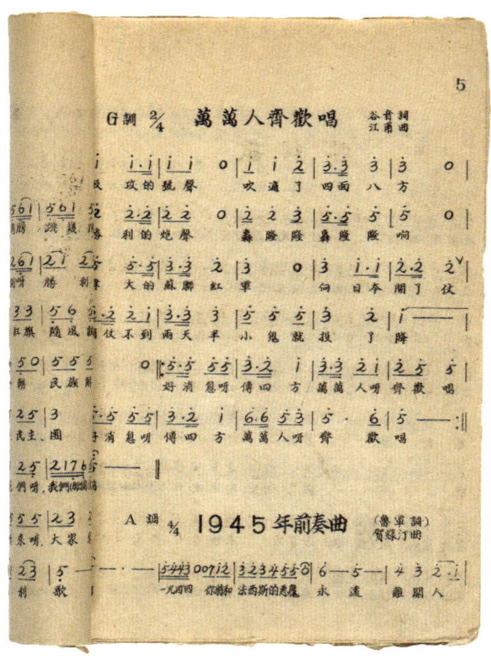


图二：歌曲《万万人齐欢唱》，谷音作词，江甫作曲。图载本书第 5 页。

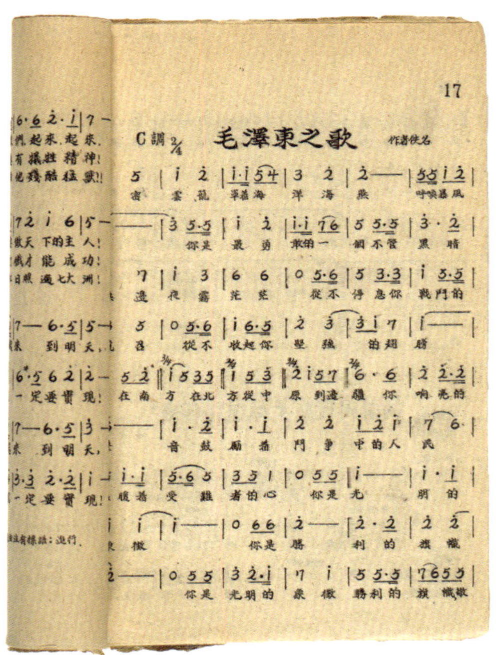


图三：歌曲《毛泽东之歌》，词曲作者不详。图载本书第 17 页。

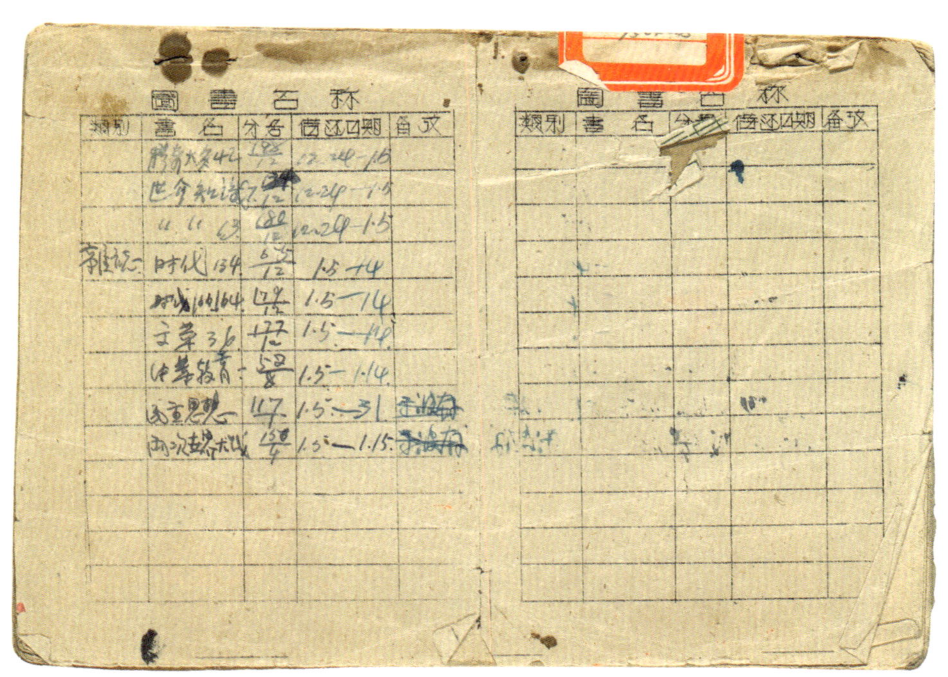


图四：《新中国新歌集之壹》后制封底（原封底缺失），内容为读者借还信息。

# 《胜利歌曲》

《胜利歌曲》，横版，1945年9月印，19.0cm×12.6cm。全书共32页，收录歌曲27首。

本书收录的歌曲有《劳动英雄张福贵》（牧桥曲）、《民兵生产歌》（马少波词，孔健飞曲）、《山东大捷》（克林克词，汉卿曲）、《劳动的人们最光彩》（云屏词曲）、《追悼阵亡将士》（田间、史轮、巍峙配词）等27首歌曲。

其中《胜利进军曲》和《前进人民的解放军》两首歌词都是虞棘创作的，通过歌词，能够感受到作者内心的力量和饱满的热情。虞棘，原名于家骧，字德骥，著名戏剧家。1934年毕业于山东省立第九中学。在校期间曾创作话剧《新旧家庭》，初露戏剧才华。毕业后回乡任小学教师，一面教书，一面刻苦学习有关戏剧知识，利用课余时间组织师生排演戏剧节目。几年的自修、实践，使他在戏剧理论、戏剧文学、导演、作曲、演奏、绘画等方面有了较深的造诣。[1]《胜利进军曲》的歌词“勇敢的前进！前进！！前进！！！去和日本强盗清算这八年的血债”，这句歌词的三个前进后面依次多加了一个感叹号，表达了作者在创作此句时激动的情绪。战争时期，虞棘“创作实践的最大特色是与时代同步，反映现实生活的重大斗争，具有强烈的时代精神。他善于体察和抓住当时军民最关心的课题，表达广大军民的强烈愿望和要求。当时，战争是中心，一切为了前线，一切为了战争的胜利。他的创作活动，全部围绕这个中心”[2]。

书中歌曲《追悼阵亡将士》，是一首对阵亡将士表示追思悼念的歌曲，歌词给人一种庄严又沉重的仪式感。“1938年冬，武汉、广州相继沦陷，杭州艺专、南京励志社和许多文化名人经贵阳往西南转移。经中共地下党贵阳县委负责人谢凡生同意，以‘筑光音乐会劳军演奏会’名义做了第二次统一战线的联合公演。开演时，‘筑光’300人分三排站在合唱台上，演唱《追悼阵亡将士》歌：‘你们在光荣里安息吧，抗战火焰正在高扬……’”，在场听众无不肃然起敬。[3]

撰文：张晓菲

注释：

1. 莱州市政协文教和文史委办公室编：《永远记住》，人民日报出版社2005年版，第92页。
2. 莱州市政协文教和文史委办公室编：《莱州文史资料 第十六辑 专辑 张家洛文稿》，2004年，第386页。
3. 参见王巨才主编：《延安文艺档案·延安音乐 延安音乐家》，太白文艺出版社2015年版，第239页。

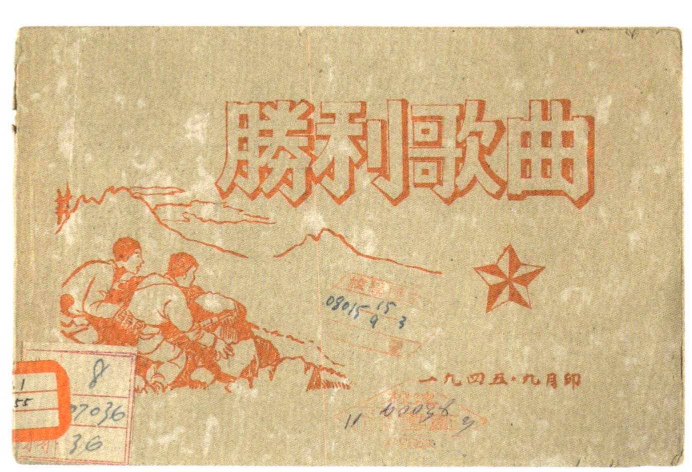


图一：《胜利歌曲》，1945 年 9 月印。

## 勝利歌曲目錄



3—6 F調 **勝利進軍曲** 2/4 虞棘

堅强，有力

图二：《胜利歌曲》目录页及虞棘创作的歌曲《胜利进行曲》。图载本书扉二与首页。

# 《解放歌声》（第二集）

《解放歌声》（第二集），中华全国音乐界抗敌协会晋察冀分会编，新华书店晋察冀分店印行，铅印，1945年11月出版，18.4cm×12.7cm。全书共11页，收录歌曲20首。

本书收录有《八路军纪律歌》（晋察冀军区政治部编写）、《拥政爱民公约歌》（张非曲）、《勇敢！勇敢！再勇敢！》（夏篁作词，罗浪作曲）、《愉快的劳动》（罗东作词，王莘作曲）、《向胜利挺进》（侯金镜作词，刘均作曲）等20首歌曲。部分歌曲后有附注或说明。

其中歌曲《张家口是我们的家乡》用朴实无华的词句抒发了百姓们对故土的热爱，痛斥了侵略者的罪行。1945年8月10日到11日，朱德总司令向八路军、新四军等抗日武装发出了向敌人猛攻、扩大解放区的命令，由此吹响了解放张家口的号角。在反攻的过程中，军民团结一心，一致抗敌，仅仅用了不到一个月的时间就解放了张家口。随后中华全国音乐界抗敌协会晋察冀分会为了纪念张家口的解放，编写了《张家口是我们的家乡》，于同年11月出版。[1]

张非创作的《拥政爱民公约歌》，是为宣传拥政爱民运动谱写的歌。歌曲易学易唱，曲调节奏依歌词的自然节奏而作，通达流畅，明白犹如叙说，在拥政爱民运动中较易流传。[2]

撰文：黑梦岩

注释：

1. 张家口市总工会工运史研究室：《张家口工人运动史1902—1949》（上），1990年，第117页。
2. 王剑清，冯健男：《晋察冀文艺史》，中国文联出版公司1989年版，第485页。

图一：《解放歌声》（第二集），中华全国音乐界抗敌协会晋察冀分会编，1945年11月出版。

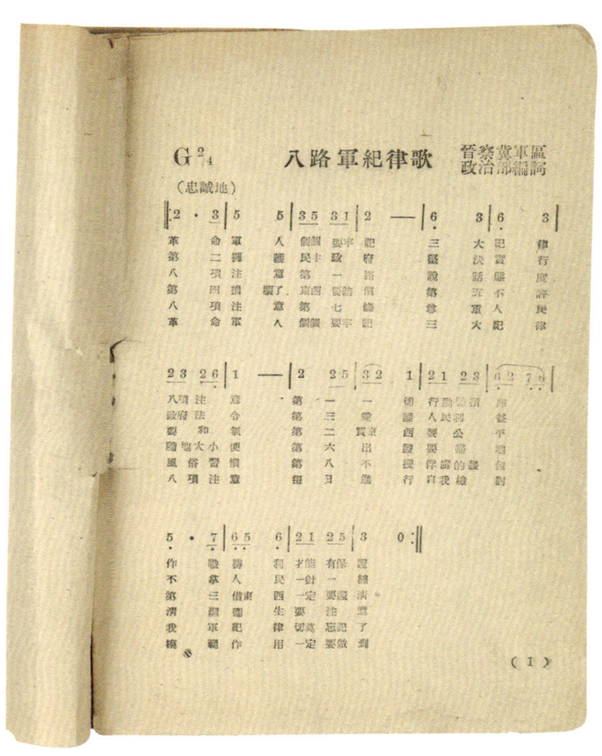


图二：《八路军纪律歌》，由晋察冀军区政治部编词。图载本书第1页。

# 《歌曲选集》(第一集)

《歌曲选集》(第一集),威海卫市文协主编,铅印,1945 年 12 月出版,19.0cm×13.5cm。全书共 34 页,收录歌曲 29 首。本书无封底页,目录后有正误表一页。

编者在前言《写在前面》中说:“八年来,沦陷区的同胞们、青年同学们,受着法西斯强盗们残酷的奴化统治,不能说话,更不能自由歌唱。为此在共产党八路军解放我们之后,在胜利的年关春节之际,为了使青年同学们、同胞们,能自由快乐地唱出我们的胜利和幸福来,所以初次编印了这个《歌曲选集》”。

本书收录的歌曲有《这是延安的号声》(夏牧作词,沈亚威作曲)、《勇敢队》(李增援词,章放曲)、《新四军军歌》(集体作词,何士德曲)等29首歌曲。内容多是宣传、歌颂抗战的伟大胜利,反映胜利后大众呼声的歌曲。部分歌曲后有演唱形式的附注或说明。

选集中的第十六首《民主进行曲》,是一首使用聂耳创作的《义勇军进行曲》,由陶行知重新填上具有时代背景歌词的歌曲。最早刊载于 1945 年 8 月 22 日重庆《新华日报》第四版。

《义勇军进行曲》是进步电影人拍摄的抗战影片的主题曲。1935 年,日本侵略者加快了侵华的脚步,东北沦陷已近四年,华北形势危如累卵,面对国家与民族的危亡,为了激励国人在外侮面前勇敢、坚强、团结一心共赴国难,表达中国人民对日本侵略者的强烈愤恨和反抗精神,电通影片公司出品了由田汉、夏衍编剧,许幸之执导,袁牧之、王人美、谈瑛等人主演的影片《风云儿女》。《义勇军进行曲》是这部影片的主题曲。

《义勇军进行曲》由田汉作词,聂耳谱曲。歌曲整体流美、雄壮而有力。电影在 1935 年 5 月底上映后不久,6 月 1 日,电通公司出版的《电通画报》第二期推出了《风云儿女》特辑,特辑在“还我山河”的大字标题下首刊《义勇军进行曲》全曲。电影的放映与刊物的刊出,使这首爱国歌曲迅速风靡全国,成为抗战的首选歌曲。

1945 年 8 月 15 日,日本投降的消息传到重庆,万民腾欢,大家站在马路上高唱《义勇军进行曲》。[1] 在这个庆祝中华民族艰苦抗战最终取得伟大胜利的日子里,陶行知先生抑制不住自己兴奋的心情,当天就利用耳熟能详的《义勇军进行曲》的曲调,填上了新词,教大家传唱。[2]

撰文:赵迎红

注释:

1. 陶行知:《行知歌曲集》,北京人民音乐出版社 1983 年版,第 81 页。
2. 陶行知:《行知歌曲集》,北京人民音乐出版社 1983 年版,第 81 页。

图一：《歌曲选集》（第一集），威海卫市文协主编，1945 年 12 月出版。

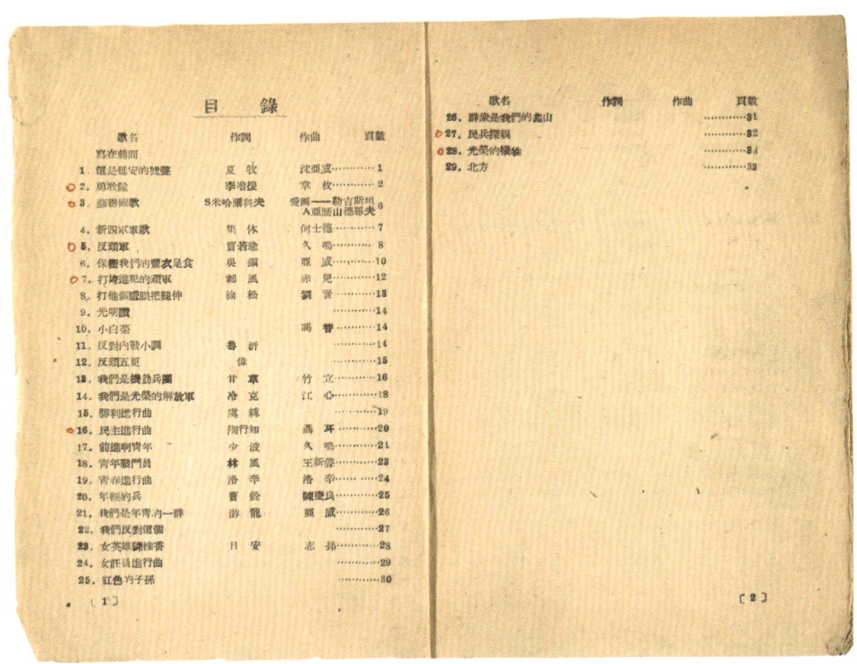

目錄



〔1〕　〔2〕

图二：《歌曲选集》（第一集）目录，刊登了本书收录的 21 首歌曲及词曲作者。图载本书目录页。

# 《群众歌集》（第一集）

《群众歌集》（第一集），晋察冀边区行政委员会编审委员会编辑，晋察冀边区教育阵地社出版，新华书店晋察冀分店发行，铅印，1945年12月出版，18.1cm×13.1cm。全书共31页，收录歌曲20首。

本书前言《见面的几句话》中提到日寇宣布投降的喜讯，传遍了边区的城镇和乡村，传遍了全中国和全世界。“然而国民党反动派想独吞抗战胜利的果实，用百多万大军，想来淹没解放区，想把解放区的人民和全国人民又拖到饥饿和黑暗的泥坑中去。”为了顺应时局的变化，也为了真实地反映出劳苦人民的心声，文艺工作者们也把创作重心从反抗日寇的残暴侵略上转移到抵制内战、反对国民党反动派独吞抗战胜利的果实和支持共产党、呼吁实现和平建国的方向上来。

本书收录的歌曲大致包含三个主题：有以《没有共产党就没有中国》（火星作）、《毛泽东之歌》［春桥词，芦萧（卢肃[1]）曲］为典型歌颂中国共产党、歌颂毛泽东同志为主题的歌曲，有《反对国民党打内战》（陈清漳作词，河北民歌）、《坚决自卫战》（田野词，王莘曲）等以抵制内战和反国民党为题材创作的歌曲，还有如《庆祝胜利》（贺敬义作词，刘帆作曲），反映抗战胜利之后人民心中喜悦之情的歌曲。

本书以《没有共产党就没有中国》为第一首歌曲，是目前已知刊登有《没有共产党就没有中国》曲谱的最早的书籍。“1943年初，蒋介石授意，陶希圣执笔的宣传册子《中国之命运》出版。他们在书中宣称‘没有国民党，那就是没有了中国’……”[2]1943年10月，曹火星同志在北京创作了《没有共产党就没有中国》，把自己对共产党的热爱、对蒋介石“没有国民党就没有中国”狂论的愤怒付诸笔端。[3]1949年初，曹火星随部队进入天津，被通知进城后暂不要唱《没有共产党就没有中国》这首歌。因为部分民主人士反映歌中“没有共产党就没有中国”的歌词不妥，因为没有共产党的时候早就已经有中国了，不能说“没有共产党就没有中国”，然而群众却反映不能不唱，后来有人提议在“中国”两字前面加上一个“新”字。于是，《没有共产党就没有新中国》传唱开了。[4]

撰文：孙睿

注释：

1. 易人编著：《江苏文史资料 优美的旋律飘香的歌 江苏历代音乐家》（第50辑），1992年，第242页。
2. 文乙：《歌曲〈没有共产党就没有新中国〉诞生前后》，《党史纵横》2016年第12期。
3. 参见易人编著：《江苏文史资料 优美的旋律飘香的歌 江苏历代音乐家》（第50辑），1992年，第242页。
4. 参见顾育豹：《一位生前树碑的作曲家》，《下一代》2001年第5期。

图一：群众歌集（第一集），晋察冀边区行政委员会编审委员会编辑，1945 年 12 月出版。

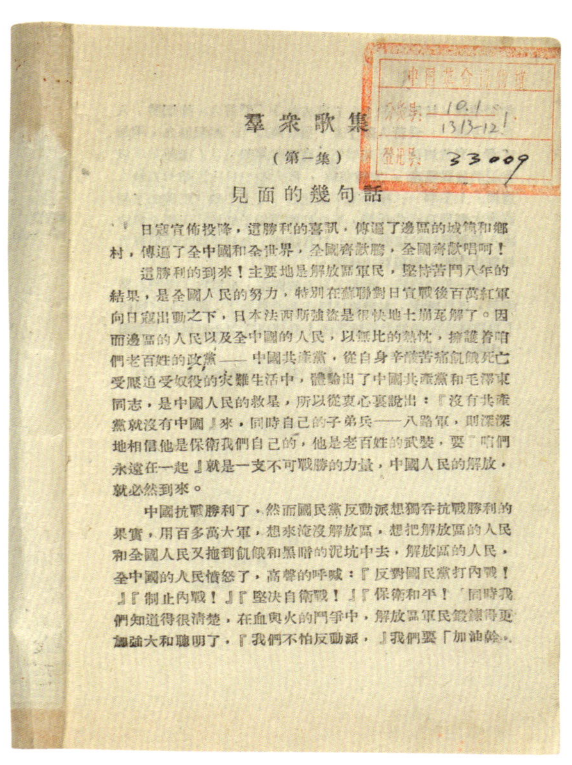

羣衆歌集

（第一集）

見面的幾句話

日寇宣佈投降，這勝利的喜訊，傳遍了邊區的城鎮和鄉村，傳遍了全中國和全世界，全國齊歡騰，全國齊歡唱呵！

這勝利的到來！主要地是解放區軍民，堅持苦鬥八年的結果，是全國人民的努力，特別在蘇聯對日宣戰後百萬紅軍向日寇出動之下，日本法西斯強盜是很快地土崩瓦解了。因而邊區的人民以及全中國的人民，以無比的熱忱，擁護着咱們老百姓的政黨——中國共產黨，從自身辛酸苦痛飢餓死亡受壓迫受奴役的災難生活中，體驗出了中國共產黨和毛澤東同志，是中國人民的救星，所以從衷心裏說出：『沒有共產黨就沒有中國』來，同時自己的子弟兵——八路軍，則深深地相信他是保衛我們自己的，他是老百姓的武裝，要『咱們永遠在一起』就是一支不可戰勝的力量，中國人民的解放，就必然到來。

中國抗戰勝利了，然而國民黨反動派想獨吞抗戰勝利的果實，用百多萬大軍，想來淹沒解放區，想把解放區的人民和全國人民又拖到飢餓和黑暗的泥坑中去，解放區的人民，全中國的人民憤怒了，高聲的呼喊：『反對國民黨打內戰！』『制止內戰！』『堅決自衛戰！』『保衛和平！』同時我們知道得很清楚，在血與火的鬥爭中，解放區軍民鍛鍊得更加強大和聰明了，『我們不怕反動派，』我們要「加油幹」

图二：群众歌集（第一集）前言《见面的几句话》，图载本书首页。

# 《小曲子》（第二本）

《小曲子》（第二本），边区群众报社主编，柯蓝编撰，成英、文秋插图，向隅（原书误印为“向偶”，经考证应为“向隅”[1]）、荣枚配曲，铅印，1946年出版，18cm×12.6cm。全书共63页，收录歌曲15首，附曲谱22个（目录页误印为“附曲谱二十一个”）。

《小曲子》（第二本）国家博物馆藏3册，封面红色图文，内页黑色图文。本书第1页至第44页为书中收录15首歌曲的歌词，没有曲谱。每首歌标注有曲调名，歌词后附有与歌曲主题契合的插图。第45页至第63页为22首曲调简谱，每个曲调配一首歌词，部分不同曲调配有相同的歌词，如《信天游（申家沟）》《十月怀胎（陇东）》配词均为《河水清朗朗》。相同的曲名在不同的地区旋律也不尽相同，如书中陇东与绥米地区名字同为《信天游》，曲调却截然不同。书中收录的小曲子语言朴实、内容十分贴近农村生活。

边区群众报社成立于1942年2月18日，谢觉哉任社长。作者柯蓝曾在陕甘宁边区群众报社担任记者、主编。柯蓝，笔名亚一、木人，原名唐一正，湖南长沙人，共产党员。1936年参加民先队，1937年毕业于长沙第一师范，同年10月与二姐夫向隅经西安奔赴延安，入陕北公学、鲁艺学习。毕业后在陕甘宁边区文化协会工作，任延安《群众报》社记者、主编。在八路军五师学兵队期间，一次唐一正护送负伤的大队长到前方医院就医。在医院，他结识了女卫生员柯蓝，两位有着共同文学爱好的青年很快坠入爱河。离开医院时，柯蓝随唐一正奔赴前线。不久后在一次掩护伤病员转移时柯蓝遭到日军伏击壮烈牺牲。唐一正为了纪念刻骨铭心的初恋，1939年向组织正式申请改名为柯蓝，并一直沿用至他生命的终点。[2]

1939年柯蓝被边区政府保安处保送到鲁艺文学系学习，在这里柯蓝结识了从前线回来的美术系学生王文秋，之后两人热恋、结婚。王文秋正是本书插图作者之一。1941年柯蓝调到《边区群众报》副刊当编辑，由于整个报社只有七名工作人员，柯蓝有时也会下乡采访新闻，回来写新闻消息，有些就会写成通俗的小曲子。[3]

本书配曲者荣枚即唐荣枚，是柯蓝的二姐，向隅的妻子，女高音歌唱家、音乐教育家。向隅，作曲家、音乐教育家，原名向瑞鸿。1931年到延安鲁迅艺术学院任教，兼任研究室主任、副系主任等职。向隅、唐荣枚夫妇与吕骥是鲁艺成立初期音乐系仅有的三位教员[4]。

本书收录有小郎回家调《双喜临门》、绣荷包调《河水清朗朗》、秧歌调《合作社歌》等15首曲目和21个曲谱，每首歌曲后都附有插图。22个曲谱有一些为同一首歌配了不同的曲调，如《合作社歌》配有《伞伞秧歌调》《珍珠倒卷帘调》，《刘志丹调（又名打宁夏）》《巧女子纺线歌》配有《舅舅夸外甥调》《杨叶梅调》。

由于边区出版条件简陋，出版人员文化水平参差不齐，书籍中有一些排版印刷的错误。扉页为版权页，登记信息为“小曲子（第二本）”，而封面错印为“小曲子 第一本”，其中一册可以看出有后来修改的痕迹，将“第一本”的“一”上面加了一个短横，更改为“二”。书中第59页《太平调（巧女子纺线歌）》误印为《太平调（巧女子纺线线）》。

撰文：魏丹

注释：

1. 参见中国艺术研究院音乐研究所资料室编：《中国音乐书谱志 · 先秦——1949年音乐书谱全目》，人民音乐出版社1994年版，第76页。
2. 参见王幅明：《天堂书屋随笔》，大象出版社2014年版，第64页。
3. 任文主编：《永远的鲁艺》（下），陕西师范大学出版总社有限公司2014年版，第202—214页。
4. 吕品，张雪艳著，赵季平丛书主编：《延安音乐史》，太白文艺出版社2012年版，第431页。

图一：《小曲子》，边区群众报社主编，柯蓝编撰，成英、文秋插图，向隅、荣枚配曲，1946年出版。

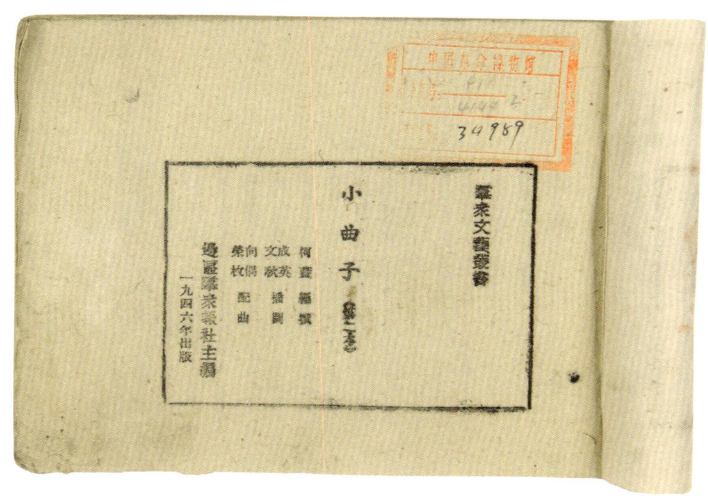

群衆文藝叢書

小曲子

何青編撰

成英 文秋 插圖

向偶 柴枚 配曲

邊區羣衆報社主編

一九四六年出版

图二：《小曲子》版权页，其中配曲者“向偶”为印刷错误，实为“向隅”。图载本书扉页。

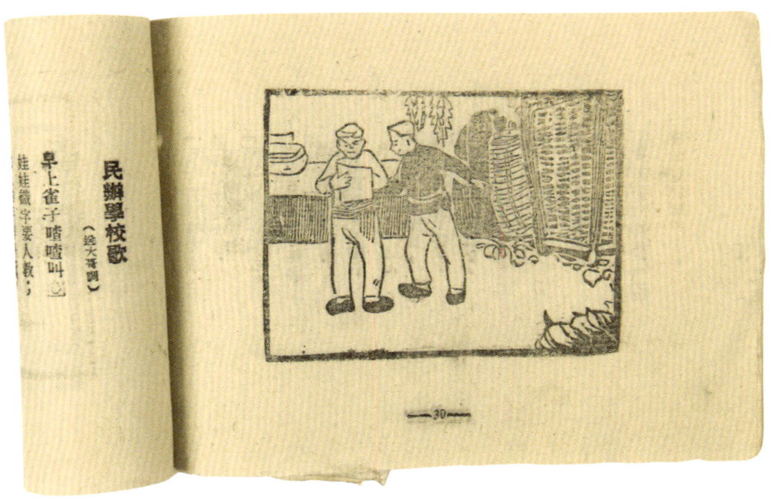

民辦學校歌

上雀子喳喳叫，

娃娃識字要人教；

—30—

图三：歌曲《把咱的计划看一看》配图。图载本书第30页。

# 《大众歌声》

《大众歌声》，山东省文协编，山东新华书店出版，山东新华书店发行，定价贰元，1946 年元月出版，18.5cm × 12.6cm。全书共 22 页，收录歌曲 22 首。

本书收录的歌曲主题丰富：有宣传军事反攻的《大反攻》（王杰词，泉水曲），有鼓励生产支援前线的《多打粮食送前方》（梁泉词，汪清曲），有提倡参军的《俺送哥哥上战场》（昂歌词，水金曲），有鼓励战斗的《勇敢勇敢再勇敢》（那沙），有宣传政策的《城市政策歌》，也有宣扬军队形象的《我们是光荣的解放军》（冷克词，江心曲）等歌曲。

本书第一首歌《大反攻》由王杰作词，泉水作曲。泉水本名傅泉，与王杰同为中国人民抗日军政大学一分校政治部文化艺术工作团成员。[1]1945 年抗日战争胜利后，朱德总司令命令八路军、新四军向大城市进军，接受日军投降。这首歌曲的创作正是依托这样的背景。歌曲简单明快、直抒胸臆，点出了反攻的方针策略即向“南京、北平、青岛、济南”这些大城市进攻，沿“铁路、公路”切断敌人的运输线路，以便最大限度地获取抗日战争的胜利果实。

歌曲《勇敢勇敢再勇敢》由那沙作词、作曲。那沙，原名林澄思。歌曲创作于 1945 年 8 月山东莒南某村，当时那沙在八路军 115 师政治部宣传队，也就是著名的“战士剧社”，任剧社教员。[2]

撰文：高铁琼

注释：

1. 王印泉，蒙沙编著：《凝固的音符：李淦纪念文集》，解放军文艺出版社 2003 年版，第 116 页。
2. 常连霆主编：《山东党史资料文库》（第 19 卷），山东人民出版社 2015 年版，第 61 页。

图一：《大众歌声》，山东省文协编，1946年元月出版。

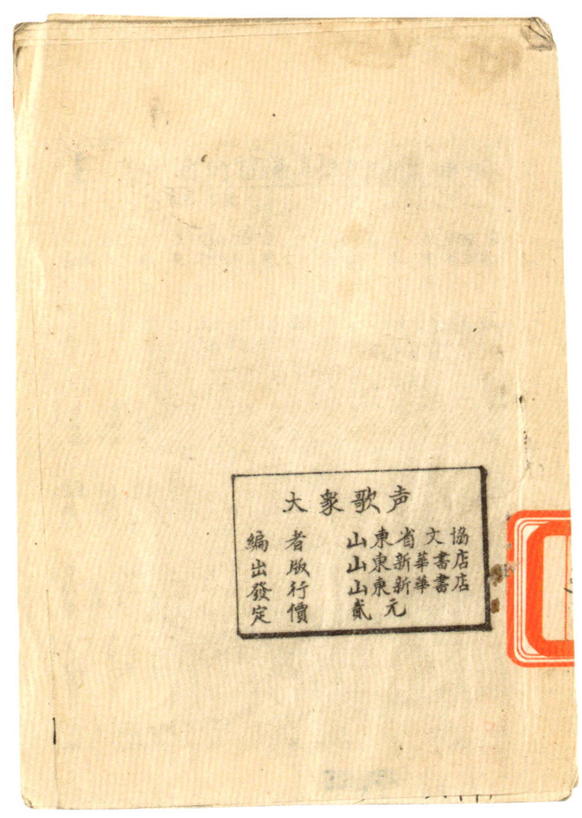

大象歌声

編者　山東省文協
出版　山東新華書店
發行　山東新華書店
定價　貳元

图二：《大众歌声》版权信息。图载本书封底。

# 《群众歌集》（第二集）

《群众歌集》（第二集），晋察冀音乐社编著，晋察冀边区行政委员会教育阵地社审定，新华书店晋察冀分店发行，铅印，1946年6月初版，18.5cm×13.2cm。全书共33页，收录歌曲20首。

晋察冀根据地自1937年11月创建，以其光辉业绩被党中央誉为“模范抗日根据地”。其文化建设也堪称模范，尤其音乐文化建设流光溢彩，音乐文化活动异彩纷呈，音乐创作走向繁荣，音乐骨干人才辈出，音乐刊物雨后春笋般涌现。其业绩卓著，影响深刻，不仅为中华民族抗战伟业作出不可磨灭的贡献，也为中国现代音乐谱写可歌可泣的壮丽篇章。[1]本书在前言中详尽介绍了出版背景：“我们以无限的兴奋和欢欣，来迎接伟大的‘七一’和‘七七’！（1946年7月1日是中国共产党成立二十五周年纪念日，7月7日是抗战九周年纪念日。）为了隆重而热烈地纪念他，特编写此册歌集，作为我们亲切的献礼！——晋察冀音乐社 晋察冀边区行政委员会编审委员会敬献。”

本书收录的歌曲大致可以分为三个主题：以《万岁！中国共产党》（周游词，力夫曲）、《解放区进行曲》（贺敬之作）和《献花（献给咱民主政府）》（徐明词，火星曲）为典型的歌颂中国共产党和解放区的歌曲；以《制止内战》（徐亮词，夏河曲）、《斗争到底》（刘茄词，罗浪曲）和《保卫人民的解放区》（丁里词，张非曲）为代表的反对国民党、反对内战的歌曲；还有以《工人解放大翻身》（张达观作）、《修路工人歌》（白卫词，马可曲）和《实行工拨工》（子南词，巍峙曲）为典范的歌颂工人的歌曲。

抗战时期由于物资贫乏，出版业不发达，很多歌曲依靠口头传唱传播，会出现同一首歌不同版本的现象。本书中《万岁！中国共产党》一歌就属于这种情况。此首歌曲是1941年5月为纪念中国共产党20周年而作，最早以《万岁，中国共产党——“七一”纪念歌》为题发表在《晋察冀日报》上，后经白国贤回忆整理后，谱曲设计上略有改变。[2]本书在此歌后也附有说明：“此歌原作于1941年，我们今天歌唱它时可将二十年改为二十五年——编者。”书中所记载的简谱曲谱与《晋察冀日报》上发表的五线谱原版一致[3]。

撰文：孙睿

注释：

1. 参见王玉苓：《论晋察冀抗日根据地的音乐文化建设》，《沈阳师范大学学报（社会科学版）》2010年第6期。
2. 参见董宏宇：《晋察冀抗日根据地歌曲作品中“同歌异版”现象分析》，《沈阳大学学报（社会科学版）》2012年第14卷第6期。
3. 参见董宏宇：《晋察冀抗日根据地歌曲作品中“同歌异版”现象分析》，《沈阳大学学报（社会科学版）》2012年第14卷第6期。

图一：《群众歌集》(第二集)，晋察冀音乐社编著，1946年6月初版。

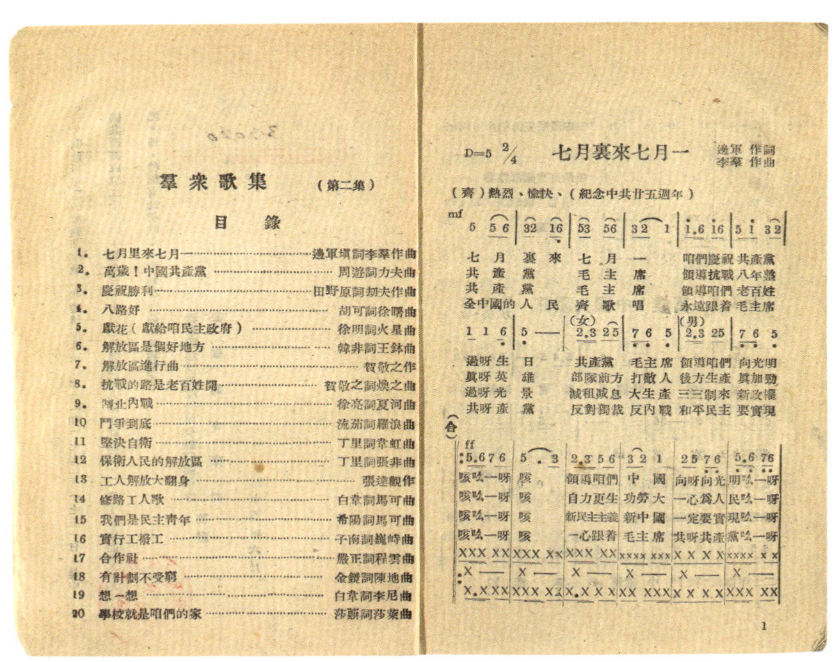

羣衆歌集 (第二集)

目　錄



D=5 2/4　七月裏來七月一　邊軍 作詞　李羣 作曲

(齊)熱烈、愉快、(紀念中共廿五週年)

七月裏來七月一 咱們慶祝共產黨 過呀生日 共產黨 毛主席 領導咱們 向光明

共產黨 毛主席 領導抗戰八年整 真呀英雄 部隊前方 打敵人 後方生產 眞加勁

共產黨 毛主席 領導咱們老百姓 過呀光景 減租減息 大生產 三三制來 新政權

全中國的人民齊歌唱 永遠跟着毛主席 共呀產黨 反對獨裁 反內戰 和平民主 要實現

(合)

咳吆一呀 咳 領導咱們 中國 向呀向光 明吆一呀

咳吆一呀 咳 自力更生 功勞大 一心為人 民吆一呀

咳吆一呀 咳 新民主主義 新中國 一定要實 現吆一呀

咳吆一呀 咳 一心跟着 毛主席 共呀共產 黨吆一呀

1

图二：《群众歌集》（第二集）目录与首歌《七月里来七月一》。目录刊登了本书收录的20首歌曲名与作者。歌曲《七月里来七月一》，边军作词，李群作曲。图载本书目录页与首页。

# 《解放歌声》（七月号第三期）

《解放歌声》（七月号第三期），晋察冀音乐社编，新华书店晋察冀分店发行，新华印刷局印刷，发行量5000册，石印，中华民国三十五年（1946）七月一日出版。每对页2页码，全书共35页，18.1cm×12.7cm。收录歌曲21首。封面有蓝色椭圆形“晋察冀军区晋察冀画报社政治部”章和红色圆形“解放军画报社图书馆”章各一枚。

全书以周巍峙作《纪念伟大的人民音乐家——聂耳同志》文章为开篇。最后附《工人歌咏运动之开展》（王莘，火星，血明）《怎样在部队进行教歌》（韦虹）《怎样喊拍子》（李元庆）三篇文章及通讯《在平绥路沿线》。

本书收录的歌曲有《咱们的领袖毛泽东》（贺敬之作词，焕之作曲）、《庆祝七月节》（贺敬之作词，李群作曲）、《铁匠工人歌》（希阳作词，矢甲作曲）、《骂特务》（霍希扬作词，李群作曲）、《何大妈》（白韦作词，李群作曲）等21首歌曲，部分歌曲后有附注或说明。

其中《骂特务》《何大妈》两首歌曲是我国音乐教育家、作曲家、音乐编辑出版家李群于1945年前后在张家口地区创作完成，其创作目的是宣传好人好事以开展拥军工作，同时揭露敌伪势力，并实践“革命文艺走向新解放区”的精神。[1]

李群，1925年生于天津，1938年随母亲奔赴延安，后在人民音乐家冼星海的鼓励下，进入延安鲁迅艺术学院学习，成为音乐系最小的学员。1942年完成学业后与当时在音乐系任教的李焕之结为伉俪，双双投身革命文艺事业。解放后，她先后在中央音乐学院音乐工作团、中央民族歌舞团、中央民族乐团任音乐创作员，一生创作各种形式的声乐作品达300多首，如《春光明媚的祖国》《在祖国和平土地上》《快乐的节日》等。许多作品真实地反映了时代的生活和人民的心声，深受广大群众喜爱。[2]

撰文：王立伟

注释：

1. 参见郭文林：《旋律的诗：中国当代儿童音乐家传略》，四川文艺出版社2002年版，第239页。
2. 参见蔡梦：《挥之不去的记忆——记作曲家李群》，《人民音乐》2004年第12期。

图一：《解放歌声》（七月号第三期），晋察冀音乐社编，中华民国三十五年（1946年）七月一日出版。

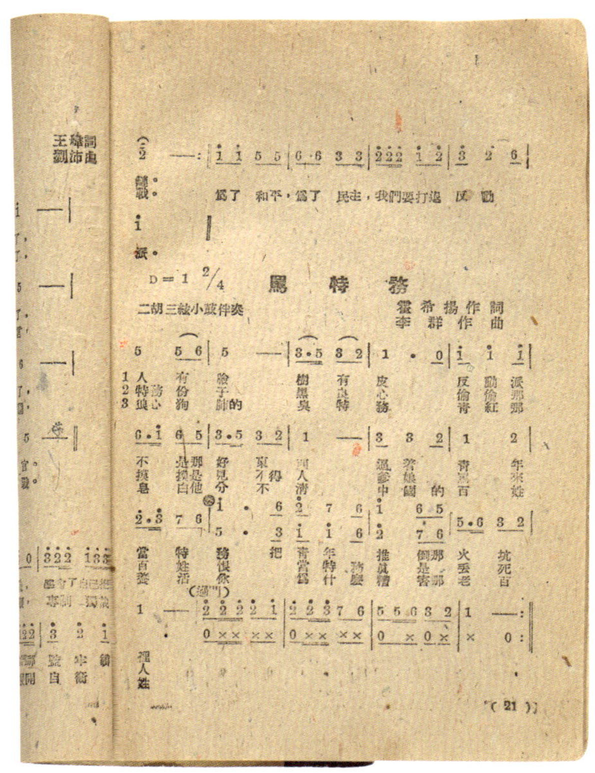


图二：歌曲《骂特务》，由霍希扬作词，李群作曲。图载本书第21页。

# 《自卫战歌》（全一册）

《自卫战歌》（全一册），耀南宣传队编，渤海新华书店出版发行，渤海新华石印厂印刷，1946年10月出版，17.3cm×12.0cm。全书共15页，收录歌曲17首。

基于民间文艺活动的特点与当时的实际情况，中国共产党充分以民间文艺为载体对广大民众进行了广泛的社会动员。[1]其中耀南剧团的文艺战士们在渤海解放区产生了较大的影响，他们创作了大量结构严谨、曲折生动且语言通俗易懂的作品，深受渤海解放区人民的喜爱。

本书收录的歌曲有《今日之歌》（陈建作词，戈悦作曲）、《打退敌人的进犯》（张真作词，崔琳作曲）、《保家园》（孟浩作词，印全作曲）、《要生存》（汉生作词，冯斌作曲）等17首歌曲。

其中歌曲《永远跟着共产党走》，由沙虹作词，久鸣作曲，在1940年创作于鲁中敌后。[2]歌曲语言简明朴素，感情深切，把党的形象比为“灯塔”和“舵手”，表达了中国人民对共产党无限崇敬和爱戴的思想感情。在不同的时期，《跟着共产党走》和《你是灯塔》也曾作为此歌曲的歌名出现在出版物上。[3]

由于历史原因，此歌曲在1949年10月被指抄袭苏联歌曲《光荣的牺牲》而遭到禁唱。后经查证《永远跟着共产党走》与《光荣的牺牲》没有一句旋律相同。经作者向有关部门申诉，终于在1980年1月15日出版的《光明日报》上，刊登了这首歌的词谱和时任北京大学副校长冯定写给作者的道歉信，这首历经30年沉冤的革命歌曲终于得到了彻底的平反。后来人们在其原创地东高庄村的一座草亭内的花岗岩上，雕刻了《跟着共产党走》的词曲及沙虹题写的“永远跟着共产党走”与李子超题写的“你是灯塔”共三块石碑来纪念这首颂歌，这里也成为党员和群众进行革命传统教育的基地。[4]

撰文：王立伟

注释：

1. 李明帅：《解放战争时期山东解放区的文艺动员》，曲阜师范大学，硕士论文，2015年。
2. 钱丹辉：《中国解放区文艺大辞典》，安徽文艺出版社1992年版，第436页。
3. 参见李友唐：《革命歌曲〈永远跟着共产党走〉的一段轶事》，《福建党史月刊》2011年第9期。
4. 参见丁恩昌，丁志刚，丁修茂：《〈跟着共产党走〉创作、禁唱三十年始末》，《山东档案》2001年第5期。

图一：《自卫战歌》（全一册），耀南宣传队编，1946 年 10 月出版。

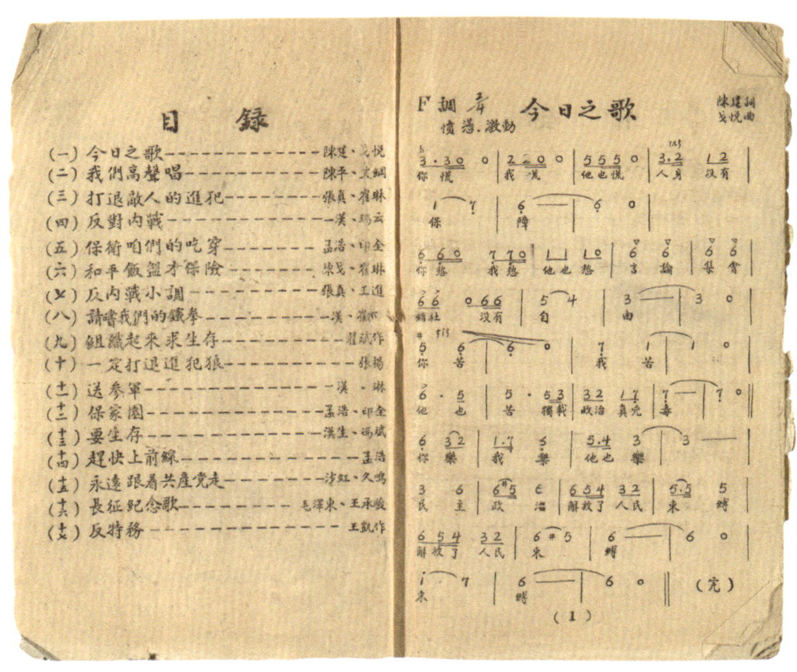

目錄



F調 4/4 今日之歌 陳建詞 戈悅曲
憤慨、激動

(完)

(1)

图二：《自卫战歌》（全一册）目录与歌曲《今日之歌》。目录刊登了本书收录的17首歌曲，《今日之歌》由陈建作词、戈悦作曲。图载本书目录页与正文首页。

# 《新歌选集》（第四期）

《新歌选集》（第四期），新歌选集社编，延安印工合作社发行，铅印，1946年10月10日出版，18.1cm×12.9cm。全书共18页，收录歌曲14首。

当时为响应毛主席的大力倡导，“新华书店、绥德西北抗敌书店、华北书店、延安印工合作社也出版了许多通俗读物，如《冬学识字课本》《农村应用文》《新三字经》《日用杂字》《干部文化课本》《战士文化课本》《新文字报》《西北儿童》以及各种秧歌歌本、年画、农历等等，满足了广大工农兵群众及干部的迫切需要”。[1]《新歌选集》就是为应对边区学校部队缺乏歌曲材料的问题而刊印的，本册为第四期，按月出版，第一、二期为油印，第三期为石印，本期为铅印。

本书收录有《保卫解放区》（一平作词，岳松作曲）、《操心偷咬狗》(韩起祥作词，川镜作曲）、《欢迎常胜军》（一平词，关键曲）、《比一比》（钟纪明填词）等14首歌曲。

其中，歌曲《欢迎常胜军》是为庆祝中原部队胜利归来而作。中原解放区处于国民党统治的核心地带，中原解放区的建立对国民党发生全面内战起到直接抗衡作用，同时又对其他解放区形成了有力的支持。在中共相继签订《罗山协议》《中原临时停战协定》《应山协议》《汉口协议》后，国民党并未遵守停战协定，其对中原解放区的蚕食进攻从未停止。面对这种严峻的形势，中共中央在1946年6月23日给中原局的回电中，明确指示：“同意立即突围，愈快愈好，不要有任何顾虑，生存第一，胜利第一。”26日晚，中原部队开始了艰苦卓绝的战略转移行动。中原部队在6月26日至8月3日37天的战斗中歼敌1.1万余人，同时也作出了英勇的牺牲。最终中原突围保存了主力部队，打响了全国解放战争的第一场战役。[2]

《欢迎常胜军》词作者一平，即著名剧作家苏一平，根据《苏一平剧作选》收录的《自传》可知，苏一平除剧本外也创作很多歌词，从存世作品看，都是根据当时的形势变化和战斗需要而即兴创作的，其中就包括关键作曲的《欢迎常胜军》。[3]“《欢迎常胜军》是1946年为迎接王震大军率军南下远征归来而写，延安南门外人山人海，歌声嘹亮，气氛十分热烈”，当时西北文工团演唱的歌曲大多是用苏一平的词谱的歌。[4]

撰文：魏丹

注释：

1. 袁亮主编，中国出版科学研究所编：《毛泽东邓小平出版实践出版思想探论》，江苏教育出版社1995年版，第27页。
2. 参见杨长青：《中原突围战役的胜利及其意义》，《党的文献》2007年第1期。
3. 艾克恩编：《苏一平剧作选》，文化艺术出版社1990年版，第279页。
4. 王巨才主编：《延安文艺档案·延安戏剧 延安戏剧家》（第2册），太白文艺出版社2015年版，第825页。

图一：《新歌选集》（第四期），新歌选集社编，1946年10月10日出版。

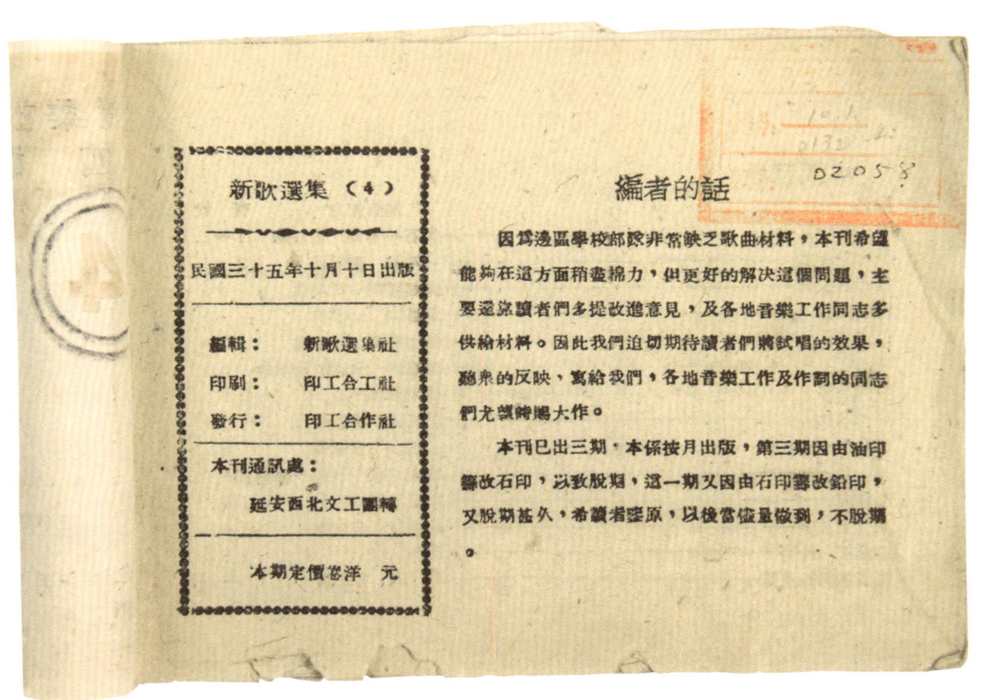

新歌選集（4）

民國三十五年十月十日出版

編輯：　新歌選集社
印刷：　印工合工社
發行：　印工合作社

本刊通訊處：
延安西北文工團轉

本期定價邊洋　元

編者的話

因爲邊區學校部隊非常缺乏歌曲材料，本刊希望能夠在這方面稍盡棉力，但更好的解决這個問題，主要還是讀者們多提改進意見，及各地音樂工作同志多供給材料。因此我們迫切期待讀者們將試唱的效果，聽衆的反映，寫給我們，各地音樂工作及作詞的同志們尤盼時賜大作。

本刊已出三期，本係按月出版，第三期因由油印籌改石印，以致脫期，這一期又因由石印籌改鉛印，又脫期甚久，希讀者鑒原，以後當儘量做到，不脫期。

图二：《新歌选集》（第四期）版权信息与《编者的话》。图载本书首页。

# 《歌选》（第三集）

《歌选》（第三集），渤海军区政治部耀南剧团编，渤海新华书店出版，渤海新华书店经售，民国三十六年（1947）十月出版，17.7cm×12.5cm。全书共35页，收录歌曲32首，另附1首手书《劳动纪律歌》。

本书由耀南剧团全体成员集体创作。解放战争时期，耀南剧团发挥了文艺兵的特殊作用，他们以鲜明的艺术形象和灵活多样的文艺形式，创作出了大量的歌曲，激励抗日队伍的斗争精神，教育人民群众。[1]

本书收录的歌曲，根据其内容大致可分为以下几类：

1. 歌颂领袖、歌颂军队的歌曲。例如本书收录的《多亏毛主席》（瑞云作词、作曲）、《翻身不忘共产党》（吕杰作词、作曲）等。此类型的歌曲，具有极强的凝聚力和核心价值观，是军队以及人民共同向往和奋斗的精神支柱和方向。

2. 动员、鼓舞军民进行战斗的歌曲。例如本书收录的《主人要咱们自己来当》（王志作词，王凯作曲）、《齐心小调》（伟龄作词、作曲）、《斗争歌》（李中言作词）等。此类型的歌曲，具有极强的号召力，鼓舞更多的人投身到革命事业。

3. 反映解放区土改、生产、生活和支援前线的歌曲。例如《不听地主那一套》（张扬作词，王印泉作曲）、《欢欢喜喜分东西》（翟斌作词，李广宗作曲）、《分到这块好庄田》[印全（王印泉[2]）作词、作曲]、《送行》（张扬作词，崔林作曲）等。歌曲反映了战争胜利后人民的生活得到了翻天覆地的改变。

4. 反映人民军队的战斗生活和争取胜利、庆祝胜利的歌曲。例如《齐欢唱》（黄铭作词）、《今回彻底把身翻》（张扬作词，徐焕作曲）等。歌曲用词朴实，节奏欢快活泼有力，表达了战争年代军民一心打胜仗的喜悦之情。[3]

本书中另附手抄歌曲一首《劳动纪律歌》，这是一首陕北民歌，由文三团集体创作（剧团初期曾用名“八路军山东纵队第三支队的文艺工作团”，简称“文三团”[4]）。

撰文：赵天然

注释：

1. 参见罗先哲：《渤海军区耀南剧团纪事》，《文史春秋》2013年第11期。
2. 参见车吉心，梁自絜，任孚先主编：《齐鲁文化大辞典》，山东教育出版社1989年版，第256页。
3. 参见山东省文化厅史志办公室、中国音乐家协会山东分会编：《山东省文艺志资料·音乐专辑》，1990年，第4页。
4. 参见章绍嗣：《中国现代社团辞典》，湖北人民出版社1994年版，第776页。

图一：《歌选》（第三集），渤海军区政治部耀南剧团编，民国三十六年（1947）十月出版。

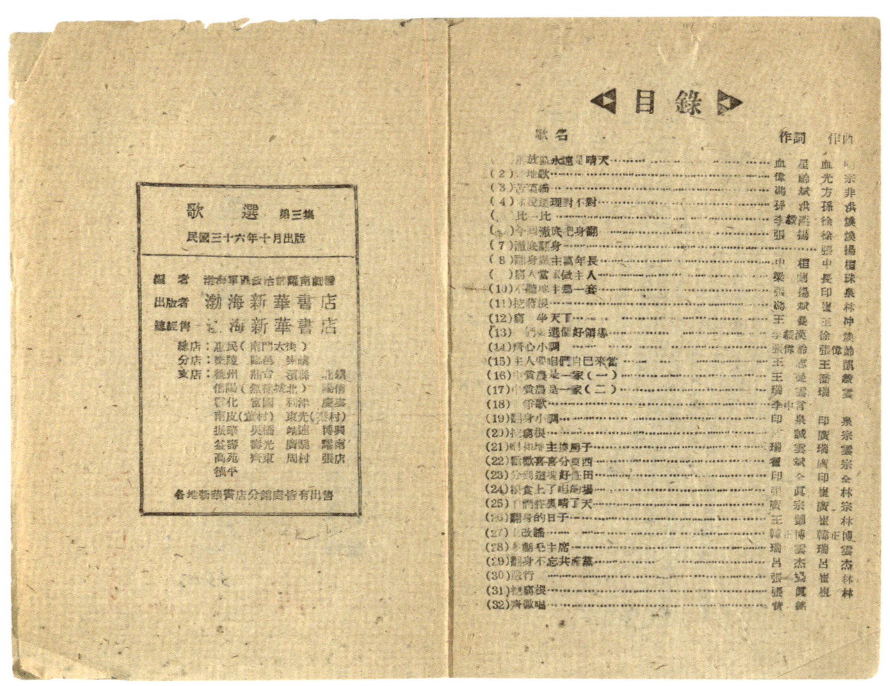

歌選 第三集

民國三十六年十月出版

編者 渤海軍區政治部耀南劇團

出版者 渤海新華書店

總經售 [illegible]海新華書店

總店：惠民（南門大街）

分店：樂陵 臨邑 [illegible]

支店：德州 [illegible] [illegible] [illegible]
信陽（無棣城北） 陽信
霑化 富國 利津 慶雲
南皮（[illegible]村） 東光（[illegible]村）
[illegible] 吳橋 [illegible] 博興
益都 壽光 廣饒 耀南
高苑 齊東 周村 張店
[illegible]

各地新華書店分銷處皆有出售

目錄

| 歌名 | 作詞 | 作曲 |
| --- | --- | --- |
| (1)解放區永遠是晴天 | 血星 | 血[illegible] |
| (2)[illegible]地歌 | 偉齡 | 光宗 |
| (3)苦菜[illegible] | 鴻斌 | 方非 |
| (4)[illegible]說這理對不對 | 孫洪 | 孫洪 |
| (5)比一比 | 李毅濤 | 徐煥 |
| (6)今回徹底把身翻 | 張揚 | 徐煥 |
| (7)徹底翻身 | | 張揚 |
| (8)翻身做主萬年長 | 中相 | 中相 |
| (9)窮人當家做主人 | 梁蘭 | 長珠 |
| (10)不讓地主再一套 | 張揚 | 印泉 |
| (11)挖窮根 | 鴻斌 | 崖林 |
| (12)窮[illegible]坐天下 | 王叠 | 王冲 |
| (13)[illegible]選保好領導 | 李毅濤 | 徐煥 |
| (14)齊心小調 | 張偉齡 | 張偉齡 |
| (15)主人要咱們自己來當 | 王忠 | 王凱 |
| (16)中貧農是一家（一） | 王燮 | 喬毅 |
| (17)中貧農是一家（二） | 瑞雲 | 瑞雲 |
| (18)[illegible]爭歌 | 李中青 | |
| (19)翻身小調 | 印泉 | 印泉 |
| (20)挖窮根 | [illegible]誠 | 廣宗 |
| (21)[illegible]地主搧扇子 | 瑞雲 | 瑞雲 |
| (22)翻歡喜喜分東西 | 翟斌 | 廣宗 |
| (23)分到這塊好莊田 | 印[illegible] | 印全 |
| (24)糧食上了咱的場 | 張真 | 崖林 |
| (25)[illegible]們從來晴了天 | 廣宗 | 廣宗 |
| (26)翻身的日子 | 王鵬 | 崖林 |
| (27)土改謠 | 韓正博 | 韓正博 |
| (28)參觀毛主席 | 瑞雲 | 瑞雲 |
| (29)翻身不忘共產黨 | 呂杰 | 呂杰 |
| (30)遊行 | 張鍚 | 崖林 |
| (31)挖窮根 | 張賓 | 崖林 |
| (32)齊歡唱 | 賈銘 | |

图二：《歌选》（第三集）版权信息与目录。图载本书扉二与目录页。

# 《参军支前歌集》

《参军支前歌集》，冀南书店编辑部编辑，冀南书店总店出版，发行量1000册，1947年11月出版，18.2cm×12.1cm。全书共18页，收录歌曲14首。

本书收录的歌曲有《咱们是为谁当兵的？》（田耕词，洪韻曲）、《歌唱南征将士》（恒软）、《缝好棉衣送前方》（肖贝词，泉水曲）、《蒋介石，你这个坏东西》（舒模原曲，钟华配词）、《打倒蒋介石，解放全中国》（朝江词曲）、《歌唱南征将士》（恒软作）等14首歌曲。部分歌曲有备注说明。

1947年6月党中央指挥刘邓大军挺进大别山开始南征，中国人民解放军进入反攻阶段。歌曲《歌唱南征将士》正是创作于这一时期。歌词"太阳红，红刚刚，南征将士勇气壮，为了人民求解放，保卫和平打倒老蒋"，歌曲节奏明快，歌词通俗易懂，贴近群众生活语言，易于传唱，很好地宣传了军事斗争的方针策略，鼓舞了广大人民群众的士气。

解放战争时期根据地人民群众为前线补给作出了卓越的贡献，无论是棉衣棉被还是粮食武器都是后方的人民群众在不懈地支援。歌曲《缝好棉衣送前方》正是一首鼓励群众支援前线的作品。歌词"妇救会员齐动手呀齐动手，缝好那棉衣呦送前方哪，同志穿上不怕寒呀不怕冷，打垮那蒋介石不废难哪"，其中的妇救会即解放区政府组织的妇女救国会，他们主要为部队准备军鞋、军粮等军用物资，同时照顾伤病员，为解放战争的胜利做出了很大贡献。

歌曲《蒋介石，你这个坏东西》原曲为1942年舒模作词作曲的《你这个坏东西》[1]。这首歌在解放区广为传唱，后钟华重新为本曲配词。舒模，原名蒋树模，作曲家。

撰文：高铁琼

注释：

1. 舒模：《生活——创作的唯一源泉》，《人民音乐》1962年Z1期。

图一：《参军支前歌集》，冀南书店编辑部编辑，1947年11月出版。

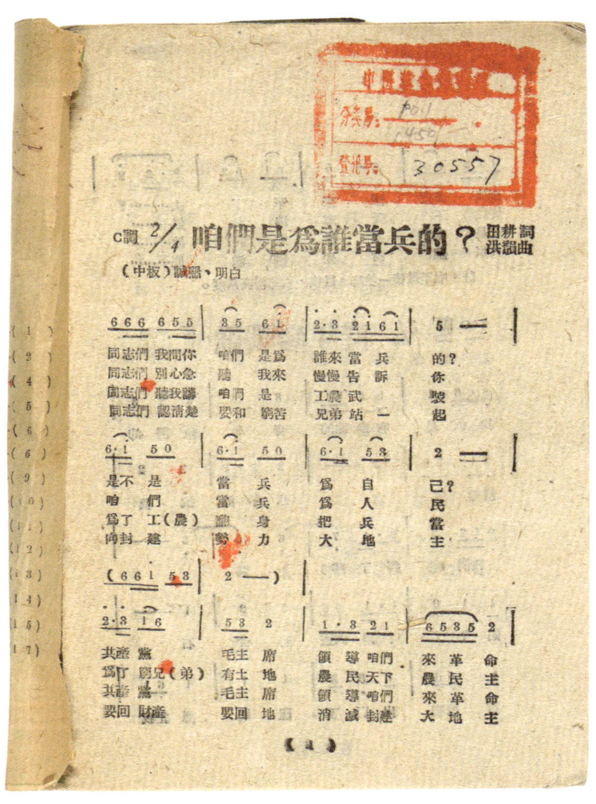


图二：歌曲《咱们是为谁当兵的？》，由田耕作词，洪韻作曲。图载本书第1页。

# 《群众歌声》（大反攻·土改专辑）

《群众歌声》（大反攻·土改专辑），边区群众剧社编，晋察冀新华书店印行，铅印，1947年11月出版，18.2cm×12.7cm。全书共46页，收录歌曲23首。

1947年8月，刘邓大军千里挺进大别山，揭开了解放战争从战略防守转为战略反攻的序幕。同年9月，中国共产党在河北省石家庄市西柏坡村举行全国土地会议，通过了《中国土地法大纲》，宣告我国土地改革运动的正式开始。在本书的前言《写在前面》中介绍了书中歌曲的创作背景：这里二十几首歌是群众剧社的同志，在涞水、涿鹿、宛平参加土地复查工作的产物。因歌曲都是在实际工作过程中创作而来的，难免有些口号化、平板和粗糙，但更加接近实际，农民也爱听，于是在当地流传开来。

本书歌曲分为《大反攻》和《土改》两个部分。第一部分《大反攻》收录有《大反攻》（力三词，云翔曲）、《反攻忙》（学波词，火星曲）等7首歌曲。这些歌曲以口号化的词曲鼓舞着边区的人民以参军拥军的形式，积极参与到战略反攻中来，呼吁人民推翻蒋介石政府的统治，完成全国人民大翻身。第二部分《土改》收录有《团结起来吧庄稼汉》（王波词，王莘曲）、《天下农民是一家》（血星词，刘沛曲）等16首歌曲。其中《王老汉翻身》（火星词曲）、《李二忙翻身》（云翔、血明作曲）和《老两口诉苦》（秦政词，云翔曲）三首为故事歌。

朱志伟在《解放战争时期晋察冀边区宣传民众工作述论》中提出："乡村剧团在演出时与中心工作配合紧密，使得广大的民众在强烈的艺术感染力的影响下，获得了教育，提高了政治觉悟和政治素养，起到了良好的宣传效果。"对于"大反攻"而言，这些歌曲对民众进行了深刻的战争动员，加强了全民的思想认识，鼓舞了群众的斗争情绪，坚定了胜利的信心，也号召了广大的民众大力参军、支前，全体动员起来保证战争的胜利。对于"土改"而言，这些歌曲也起到了"鼓励农民土地改革的决心和信心，教育群众为保卫已得的土地和民主政权而斗争，为国家民主化而斗争"的作用。[1]

撰文：孙睿

注释：

1. 参见朱志伟：《解放战争时期晋察冀边区宣传民众工作述论》，河北师范大学，硕士论文，2007年。

图一：《群众歌声》（大反攻·土改专辑），边区群众剧社编，1947年11月出版。

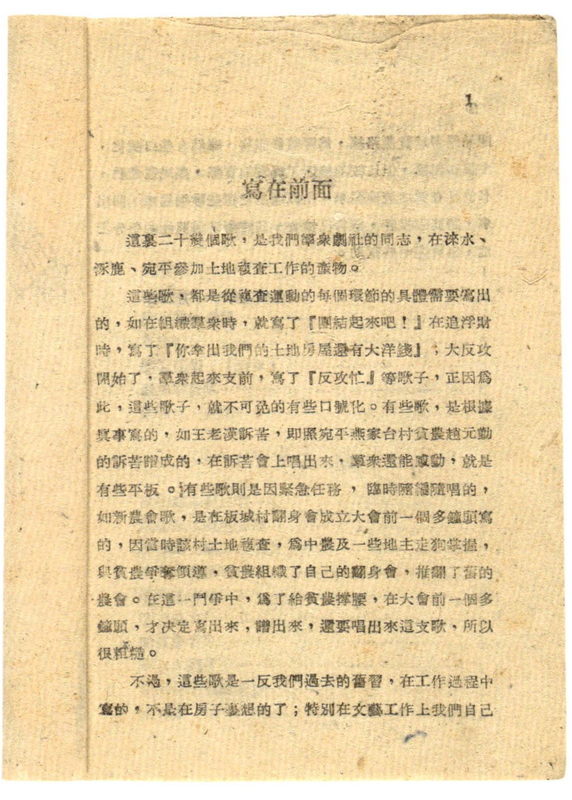

1

寫在前面

這裏二十幾個歌，是我們羣衆劇社的同志，在淶水、涿鹿、宛平參加土地複查工作的產物。

這些歌，都是從複查運動的每個環節的具體需要寫出的，如在組織羣衆時，就寫了『團結起來吧！』在追浮財時，寫了『你拿出我們的土地房屋還有大洋錢』；大反攻開始了，羣衆起來支前，寫了『反攻忙』等歌子，正因爲此，這些歌子，就不可免的有些口號化。有些歌，是根據眞事寫的，如王老漢訴苦，即照宛平燕家台村貧農趙元勳的訴苦謄成的，在訴苦會上唱出來，羣衆還能感動，就是有些平板。有些歌則是因緊急任務，臨時隨編隨唱的，如新農會歌，是在板城村翻身會成立大會前一個多鐘頭寫的，因當時該村土地複查，爲中農及一些地主走狗掌握，與貧農爭奪領導，貧農組織了自己的翻身會，推翻了舊的農會。在這一鬥爭中，爲了給貧農撑腰，在大會前一個多鐘頭，才決定寫出來，謄出來，還要唱出來這支歌，所以很粗糙。

不過，這些歌是一反我們過去的舊習，在工作過程中寫的，不是在房子裏想的了；特別在文藝工作上我們自己

图二：《群众歌声》（大反攻·土改专辑）编者作《写在前面》。图载本书序言首页。

# 《解放歌声》（第四集）

《解放歌声》（第四集），晋察冀边区音乐界协会编辑，新华书店石家庄分店出版，铅印，右开，1948 年 1 月 20 日出版。每对页 2 页码。19.9cm × 13.1cm。全书共 22 页，收录歌曲 22 首。本书依歌曲长短不同分为横式和竖式两种排版方法，封面有“华北联大文艺工作团音乐队”蓝色圆形印章一枚，印章内手写黑色编号 0022。

晋察冀边区是抗日战争时期共产党领导的八路军在敌后创建的第一个抗日根据地。随着根据地的建立，各地方文艺社团纷纷成立，文艺活动也在该地区慢慢地兴盛起来。广大的文艺工作者坚持文艺为抗战服务的方针，大力推进晋察冀边区的文艺运动。他们运用艺术形式宣传鼓舞群众，为边区的革命事业发展做出了很大贡献，对中华人民共和国成立之初的文艺体系形成也产生了重要的影响。[1]

本书收录的歌曲有《没有共产党就没有新中国》(曹火星作)、《共产党领导咱们求解放》(马可、刘炽、关鹤童作词，肖磊作曲）、《活捉蒋介石》（鲁煤作词，张达观作曲）、《国民党十大罪状》（陈森作词，铁山作曲）、《新农会是农民的家》（立三作词，云翔作曲）等 22 首歌曲，部分歌曲后有附注或说明。

华北联大文艺工作团是 1939 年 7 月由陕北公学剧团和延安鲁艺的部分师生组成，下设文学、戏剧、音乐和美术四个组。[2] 成立之初便汇集了如周巍峙、鲁煤、马可等一批著名的剧作家、音乐家、歌唱家和表演艺术家（著名女高音歌唱家郭兰英 1946 年 9 月加入该团）。工作团随华北联合大学进入晋察冀边区后，仍然坚持文艺为工农兵服务，与工农兵相结合的方式，深入群众，联系实际，创作了《欢迎解放军》（贺敬之填词，马可作曲）、《石家庄解放对口唱》（鲁煤作词，周巍峙作曲）等一大批反映当时现实斗争、为广大群众喜闻乐见的作品。其中由贺敬之等改编的歌剧《白毛女》，更为我国新歌剧的发展奠定了坚实基础。经过不断的改革与发展，这支成立于延安、发展在晋察冀边区的华北联大文艺工作团，日后成长为中国乃至亚太地区都具有规模优势和实力的歌剧院团——中央歌剧院，由此开创了中国歌剧舞剧的新篇章。[3]

撰文：王立伟

注释：

1. 参见车璐璐：《晋察冀抗日根据地主要文艺团体概况初探》，《中国校外教育》2010 年第 2 期。
2. 参见郭克俭：《在剧院剧场化转型中成长——1949—1956 年民族声乐发展之轨迹》，《音乐研究》2016 年第 6 期。
3. 参见丁帆：《群星闪耀的集体——忆华北联大文工团》，《党史纵横》1993 年第 4 期。

图一：《解放歌声》（第四集），晋察冀边区音乐界协会编辑，1948年1月20日出版。

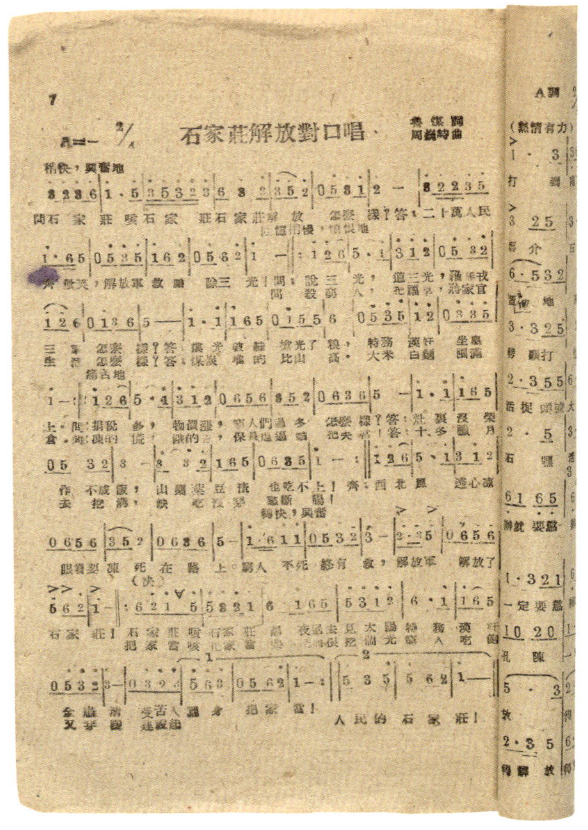


图二：歌曲《石家庄解放对口唱》，鲁煤作词，周巍峙作曲。图载本书第7页。

# 《前线歌声》

《前线歌声》，梅滨编辑，山东新华书店总店出版，油印，1948年2月初版，15.7cm×12.6cm。全书共60页，收录歌曲38首。

山东新华书店的前身是《大众日报》出版部。1942年，中共中央山东分局及其所属党政军机关由鲁中地区转战到鲁南抗日根据地浄埠子一带。根据形势需要，分局宣传部先后在莒南、日照、苍山卞庄等地创办了海滨书局、滨北分局、大众书店。这些书店由当时《大众日报》出版部领导，图书也都是由报社印刷厂印刷出版。1944年3月，《大众日报》出版部开始使用新华书店的名号。同年7月1日，山东新华书店宣告成立。随后，海滨书局和大众书店等单位并入山东新华书店。[1]

《前线歌声》的编辑和出版正值解放战争中期，资源匮乏、战事频繁，但恶劣艰苦的条件没有影响大家的创作热情。本书编后记中写道："爱国自卫战争爆发以来，不少音乐工作者，直接在前方为战争服务，产生不少为战士爱好的歌曲。"

本书收录的歌曲题材广泛：有歌颂英雄模范的，如《歌唱曹文选》（严寒词，梅滨曲）等4首歌曲；有鼓励战斗情绪的，如《功劳颂》（捷明词曲）等20首歌曲；有配合各种政治运动的，如《打倒卖国的蒋独裁》（秋田作）等3首歌曲；有写军民关系的，如《依靠老百姓》（彭彬词，何方曲）等4首歌曲；有写给伤病员的，如《再上沙场》（沸潮雾词，贺绿汀曲）等3首歌曲；也有追悼歌，如《哀悼伟大的战士》（贺绿汀曲，此歌曲专门为黑茶山殉难的王若飞等十三位同志而作）等3首歌曲。

对唱法的专业标注和对歌词的注释体现了编者严谨的工作态度。对唱法的标注如第24页《呸呸呸》（天然词，践耳曲）后注"要随感情唱，不要拘泥于音符的长短——编者"，第33页《两个部队不相同》（天然词，张锐曲）后注"齐唱一段快板一段最后齐唱——编者"，第14页《功劳运动歌》（赖少其词，沈亚威曲）后注，"唱时须热烈些，如不轮唱用锣鼓伴奏也可——编者"，这些标注不仅对演唱者提供了表演指导，也体现了作者的音乐专业性。

书中部分歌曲附有对歌词的注释。如前面提到的《功劳运动歌》后注："'功劳簿'指各连队均有功劳簿一册以便记载各同志的功劳。'功劳跟人跑'指有功劳者，均发功劳证随身携带。即使调动工作也可为上级所了解。'功劳寄回家'指有功劳的同志其事迹可记录清楚，寄回家中保存——编者。"这些注释有助于加深演职人员对歌曲情景的理解，有利于表演者更加深刻生动地诠释音乐作品。

梅滨，原名王履庸，国家一级作曲家，中共党员，中国音乐家协会会员。1921年出生于安徽省含山县。1940年入伍，历任文化干事、音乐教员、文工团长、文艺科长。解放战争时期，创作了大量群众歌曲，其中《祝你健康》《高玉兰》《我的枪》获解放军第二野战军一、二、三等奖。出版有个人作品集《梅滨独唱抒情歌曲集》《梅滨群众歌曲选》。[2] 本书收录了他创作的《我们的旗帜飘扬》《歌唱曹文选》《野战军之歌》等5首歌曲。

歌曲《决战之歌》（沈亚威曲），1947年2月作于鲁南，这是一首在华东战场上广为流传的歌曲，曾作为迷惑敌人的宣传品，散发至前沿阵地。1947年初，国民党军集重兵于陇海线，并调集济南的部队南下，妄图与我军进行决战。华东野战军在陈毅、粟裕、谭震林的指挥下采取各个击破、逐次歼敌的手法，粉碎了国民党军南北夹击，逼迫华东野战军在不利条件下与其决战的计划。一举歼灭国民党军7个师，6万余人，最终取得了莱芜战役的光辉胜利。[3] 这一战役俘敌数量之多、歼敌速度之快，创造了解放战争开始以来的最高纪录，极大鼓舞了解放区军民的战斗士气，增强了胜利信心。

《决战之歌》的词作者绛夫是陈毅同志的笔名。作为华东野战军司令员，在解放战争初期，陈毅深知敌强我弱的形势下，决战并非真意，但是，“把华东变为蒋军的坟墓，让蒋军的进攻就像那泰山的雪，沂水的冰，迎风消解”这种迎接伟大胜利的战斗决心，却充分表现出来了。与之相适应，歌词中气势磅礴的情绪，在沈亚威的曲调中，得到了充分的体现。[4]

撰文：赵春红

注释：

1. 参见山东省出版总社临沂办事处：《临沂风物志》，山东人民出版社1985年版，第106—108页。
2. 李继昌、雷永吉主编：《中国当代音乐界名人大辞典》（第1卷），四川大学出版社1997年版，第142页。
3. 参见上海文艺出版社编：《沈亚威歌曲选》，上海文艺出版社1980年版，第65页。
4. 参见晓河：《在我的大学里——音乐论文集》，中国人民解放军艺术学院军旅音乐研究所2001年版，第66页。

图一：《前线歌声》，梅濱编，1948 年 2 月初版。

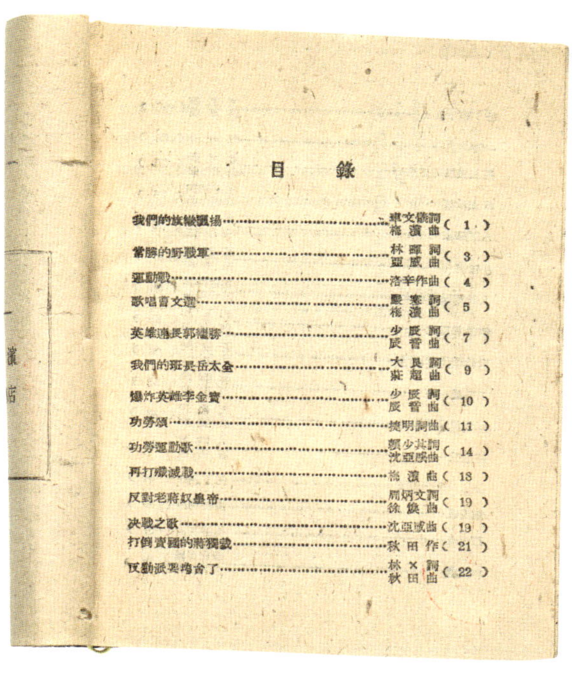

目　錄



图二：《前线歌声》目录第 1 页。

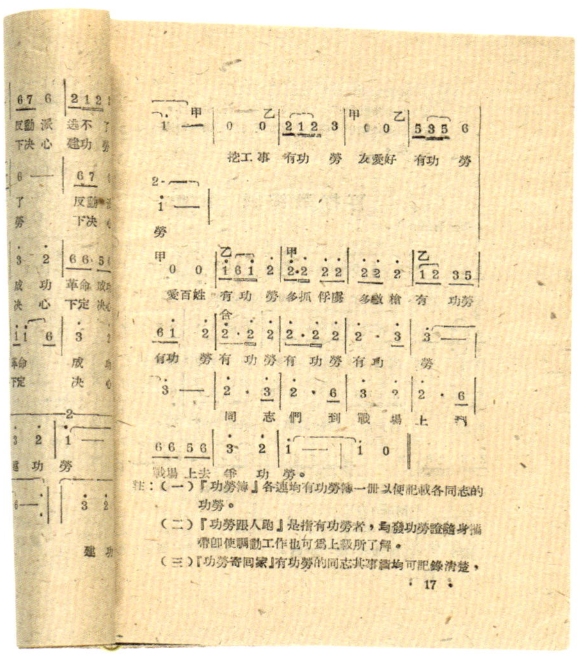


图三：歌曲《建功簿》注释，对歌词中比较有时代特色的词句进行解释说明。图载本书第 17 页。

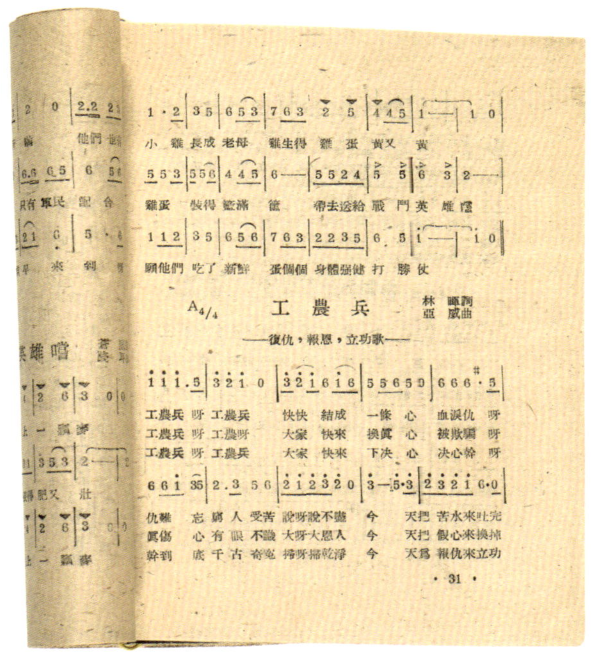


图四：歌曲《工农兵》，由林惠作词，亚威作曲。图载本书第 31 页。

# 《人民歌集》（第一辑）

《人民歌集》（第一辑），人民音乐社编，东北书店印行，第三版第二次印刷，发行量5000册，定价150元，1948年3月出版，18.3cm×12.7cm。封底中间印有由镰刀、斧头、步枪构成的图案。全书共26页，收录歌曲18首。

本书收录了《毛泽东之歌》（卢肃作曲）、《朱德之歌》（赵洵作词，潘奇作曲）、《自卫进行曲》（彦克词曲）、《自卫歌》（聂耳作曲）、《青年进行曲》（田汉作词，冼星海作曲）、《人民的投弹手》（安波作曲）等抗日战争时期革命歌曲18首。

歌集的内容反映了华夏儿女保家卫国和解放全中国的决心。歌集收录歌颂领袖英雄形象的歌曲2首，进行曲4首，自卫歌3首，赶走美军2首，参军歌2首。

其中由聂耳作曲的《自卫歌》，原名《逃亡曲》，是1935年3月电影《逃亡》的主题曲。[1]根据"1936年上海群众歌咏团体负责人联席会议的提议，同年7月出版的《中国呼声》（主编周巍峙）中将此歌改名为《自卫歌》"[2]。歌词"驱逐我们的敌人出中国去！今天是被压迫的民族，明天一定属于我们自己。上前线去！"鼓舞民众拿起武器坚持抗战，坚定人民抗战必胜的决心和信心。根据当时形势的需要，书中收录歌词段落均有修改，歌词："驱逐我们的敌人出解放区，我们是翻身的人民，胜利一定属于我们自己。"改词后的歌曲歌颂了边区人民渴望自由，在中国共产党和毛主席的领导下坚决进行自卫战争的决心。

《青年进行曲》是抗日战争前夕，田汉从事左翼运动以来第一次在银幕上公开使用自己的名字创作的作品。田汉是编剧，也是同名主题曲的词作者，他与冼星海两人的合作相得益彰，尤其在本首同名主题曲中，冼星海以坚定有力的进行曲式谱曲，将田汉热情强烈的感召式歌词表现得淋漓尽致。[3]

撰文：付小红

注释：

1. 参见《聂耳全集》编辑委员会编：《聂耳全集》（上卷），文化艺术出版社1985年版，第228页。
2. 参见《聂耳全集》编辑委员会编：《聂耳全集》（上卷），文化艺术出版社1985年版，第87页。
3. 王思思：《浅谈冼星海的电影音乐创作》，《当代音乐》2015年第15期。

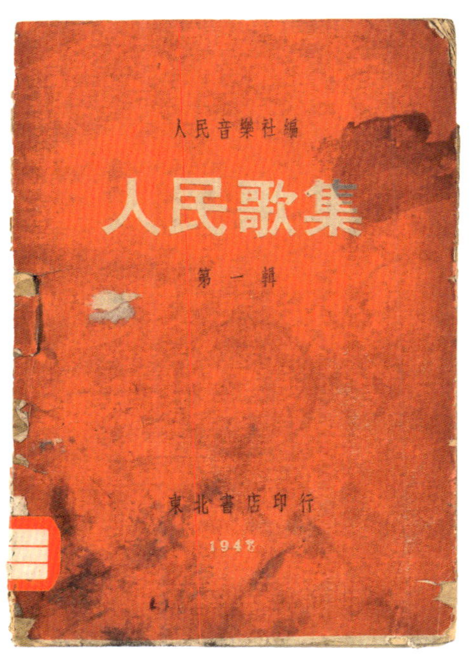


图一：《人民歌集》（第一辑），人民音乐社编，1948年3月出版。

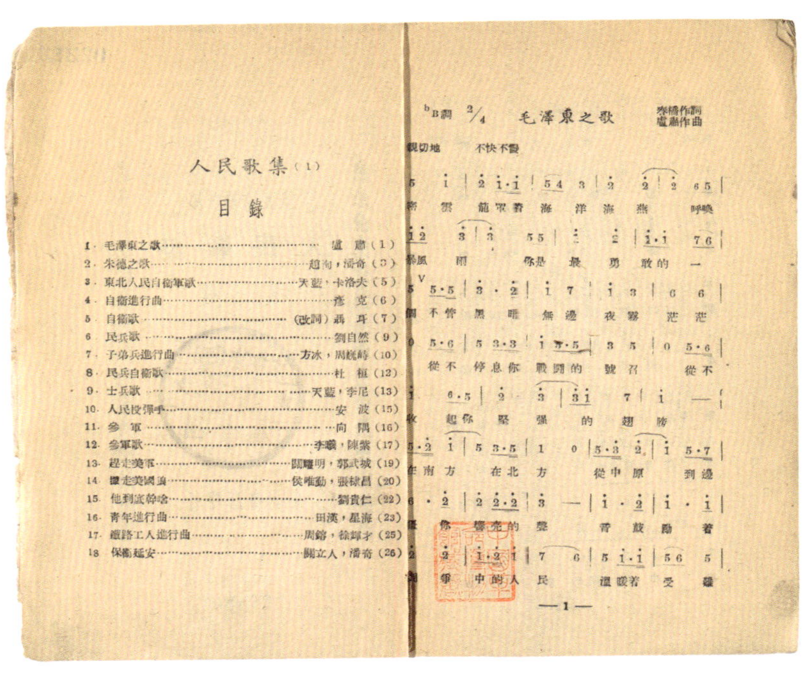

人民歌集（1）

目錄





图二：《人民歌集》（第一辑）目录及首歌，歌集目录刊登了本书收录的歌曲18首，首页为《毛泽东之歌》，春桥作词，卢肃作曲。图载本书目录页及首页。

# 《解放军歌集》

《解放军歌集》，属丛书《鲁艺歌集》（之二），冀察热辽联大鲁迅艺术文学院编，群众日报社印，赤峰东北书店发行，铅印，平装，1948年5月初版，18.0cm × 12.7cm。歌曲部分共23页，收录歌曲21首。歌曲前有编者前言及目录。

这部歌集出版正值解放战争时期，如编者前言所述，“我人民解放军正在艰苦英勇的战斗……我们的军队正是如此如饥似渴地需要歌唱”，为了“与目前政治军事任务相配合”，选录了“已经较为流行的‘老歌’”和“短时间内赶制的‘新歌’”。

歌集中选录军歌，有鼓舞士气、弘扬革命战斗精神的歌曲，如《攻坚战》（安波词曲）、《庆功歌》（刘才词曲）等；有宣传战斗技术的歌曲，如《学习新战术歌》（牟生词，张祖波曲）、《学习三三制战术歌》（王振耀作）等。此外，本书还录有两首骑兵主题的歌曲《人民的骑兵》（吕西凡词，莎莱曲）和《铁骑兵》（于福忠词，朱景田曲），其艺术创作可能是受冀察热辽军区的地形、作战特点、民族传统等现实因素的影响。

歌集中收录安波同志四首作品：《攻坚战》《四大技术歌》《打倒蒋介石，解放全中国》和《三猛歌》。安波，原名刘清禄，山东牟平人，早年即投身学生救亡运动，1937年奔赴延安，其后进入鲁艺音乐系学习，并留校任教务科长和研究员，创作了《拥军花鼓》《兄妹开荒》等流传广泛的歌曲和秧歌剧。1945年后安波在冀察热辽地区领导开展革命文艺工作，创作《人民一定能战胜》大联唱等重要作品，1949年春又带领冀察热辽鲁艺师生赴辽宁开辟东北地区革命文艺事业。中华人民共和国成立后，安波为大型音乐舞蹈史诗《东方红》担任编导和音乐组长，1964年调任中国音乐学院院长。[1] 安波在民间音乐的收集整理方面有大量实践经验，“他创作的歌曲听起来跟民歌几乎没有两样。但内容是新的，情绪是新的，音调也有了新的发展”[2]。除歌曲创作和编选外，安波还热心培养新的音乐创作人才，有《秦腔音乐》《怎样创作歌曲》等音乐理论与创作指导专著。安波去世当年，中国音乐学院编订了《安波同志生平年表和遗作目录（初稿）》。

撰文：宋现

注释：

1. 参见沈显惠：《革命战士人民歌手》，纪念著名革命音乐家安波诞辰七十周年活动委员会：《安波纪念文集》，春风文艺出版社1987年版，第11—12页。

2. 李焕之：《纪念民族新音乐开拓者和组织者安波同志》，《人民音乐》1986年第1期。

图一：《解放军歌集》，冀察热辽联大鲁迅艺术文学院编，1948 年 5 月初版。

魯藝歌集之二

# 解放軍歌集

1948·5·初版

## 目次



## 新三大紀律八項注意歌

東北軍區政治部

2·3 | 5 5 | 35 31 | 2 0 | 6 3 | 6 3 |
革命軍人 個個要牢記 三大紀律
23 26 | 1 0 | 2 2 | 32 1 | 21 23 | 62 76 |
八項的注意 第一、一切行動聽指揮
5·1 | 65 6 | 21 23 | 20 :|
步調一致才能得勝利

2 第二不拿群衆一針線　人民對我擁護又歡迎
第三一切繳獲要歸公　自私自利紀律決不容
3 八項注意件件要做到　時時刻刻切[illegible]了
第一說話態度要和好　不許罵人開口就[illegible]
4 第二買賣價錢要公道　按照市價分文不能少
第三借人傢俱用過了　當面交還切莫[illegible]失掉
5 第四若把傢俱損壞了　按價賠償一定要辦到
第五不能打罵老百姓　軍民關係應當要和好
6 第六不能丟壞莊稼　群衆利益決不能糟蹋
第七不准調戲婦女　堅決保持我軍好名譽
7 第八不許虐待俘虜　[illegible]
八項注意件件做到了　模範軍人個個都稱道

〔1〕

图二：《解放军歌集》目录及所收歌曲《新三大纪律八项注意歌》。图载本书目录页与第 1 页。

# 《生产歌声》

《生产歌声》，鲁艺歌集之一，冀察热辽联大鲁迅艺术文学院编，群众日报社印，赤峰东北书店发行，1948年5月出版，19.3cm×13.4cm。全书共12页，收录歌曲10首。

本书收录的歌曲有《种田忙》(塞克原词，牟生改词)、《春耕歌》(莎蕻作词，莎莱作曲)、《节约好》(安波词曲)、《三套黄牛一套马》(骆文作词，安波作曲)、《纺棉花》(骆文填词，莎莱谱曲)等10首歌曲。

赤峰地区是解放战争时期冀察热辽革命根据地之一。1946年10月10日前后，《民声报》与《冀热辽日报》合并出版联合版，后来统称《冀热辽日报》。[1]1947年6月赤峰解放，报名改为《群众日报》，报纸从两版扩大为四版，发行量达七八千份。群众日报社印刷厂在赤峰期间还印刷了20多种书刊，本书就是其刊印的。

本书收录的歌曲主要反映了战时后方农民的生产热情、工作实况及辛勤劳作、支援抗战的奉献精神。边区的群众生活，虽物质财富极度匮乏却遍地歌声。人们保持着昂扬向上、朝气蓬勃的精神风貌，这些歌曲极大地激发军民建设根据地的热情，推动了边区的生产建设。

歌曲《三套黄牛一套马》由骆文作词，安波作曲，发表在1948年5月14日的《群众日报》上[2]。歌曲在东北地区广为流传，反映了解放前后农民生活的巨大变化。1949年进军大西南途中，时乐蒙对《三套黄牛一套马》重新编曲。1950年歌曲在重庆市首唱，1952年北京中国人民解放军八一体育运动大会后，在全国广泛流传。[3]此后，时乐蒙又对此歌改词作曲，改为《生产建设新国家》[4]。

歌曲《纺棉花》由骆文填词，莎莱谱曲，“此曲作于1945年，歌词朴实，旋律优美明亮，富于民间音调，生动再现了劳动的场面。歌曲以清新悠扬的格调，很快传遍大江南北，并被柴可夫斯基音乐学院编入教材”[5]。

撰文：付小红

注释：

1. 参见李锐：《回忆热河办报》，《新闻研究资料》1986年第2期。
2. 骆文：《骆文文集·戏剧》第四卷，长江文艺出版社2007年版，第326页。
3. 晨风主编：《百年中国歌词博览》，安徽文艺出版社2011年版，第214页。
4. 王保安：《音乐创作实用技法手册》，中国青年出版社1998年版，第61页。
5. 骆文，莎莱：《纺棉花》，《音乐天地》2012年第5期。

图一：《生产歌声》，冀察热辽联大鲁迅艺术文学院编，1948 年 5 月出版。

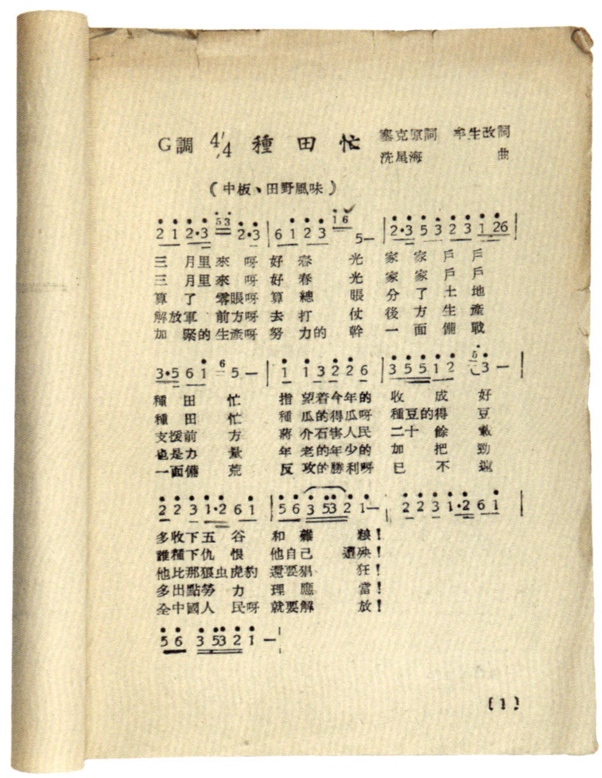


图二：歌曲《种田忙》，塞克原词、牟生改词，冼星海作曲。图载本书首页。

# 《战斗歌选》系列

《战斗歌选》系列唱本，云南人民讨蒋自救军第一纵队政治部编印，国博藏有第一集《老百姓战歌》和第三集（无单集名）。油印，仿线装简订（毛边），横排左开，每对页2页码。其中第一集出版于1948年7月，20.5cm×13.5cm，27页，收录歌曲25首；第三集出版于1949年9月，19.7cm×13.7cm，全书共47页，收录歌曲39首，外秧歌小戏一出。

现存二本《战斗歌选》为仿线装，三眼草订（第一集穿线，第三集为纸绳穿订），边缘未切齐，纸质单薄，整体风格非常朴素。不过值得注意的是，云南人民讨蒋自救军在艰苦条件下仍然坚持对艺术的追求。本书在资源有限的情况下使用了多色印刷技术。其中第一集封面为红绿黑三色套印，内容页大部分为红黑二色（歌曲题目及革命口号为红色，曲谱歌词为黑色油墨），间有一处更正用绿墨加盖；第三集内容页均用黑字，封面及目录页则使用了绿色。不过从第一集内页红黑二色往往互相浸漫的情况来看，当时可能采取了同一书版分区域刷不同颜色油墨的印刷方式以节约成本。另，国博藏本第一集《老百姓战歌》封面有蓝黑色钢笔题语“张□同志把小骡子养得又胖又□□，毛都发亮了。特奖给他这一本书，希望继续努力！政治部7.8”，并有蓝绿色水笔题“1948.于越南何阳县政府”字样，是革命时期军民情谊和国际友谊的见证。

云南地处边陲，新音乐活动开展较晚，但是从五四运动以后，随着历史进程的迅速推进，云南城乡涌现出很多优秀的新歌曲。这些歌曲富有时代精神和战斗力，创作周期短，一般体裁短小，有明确的主题，歌词形象化，善于表现确定的情感内容，如本丛书第一集收录的《农家苦》（丁波词、力丁曲）就是抗日战争时期创作并首先传唱于云南的代表作品之一。民主革命时期云南创作的歌曲，历史跨度广，形式题材多样。尤其值得重视的是，云南作为多民族地区，这一时期有大量民歌被采访、整理、改编、填词，这些工作在推动云南解放的同时，也为民族民间音乐的研究发掘打下了基础[1]。

从书两集均收录《国际歌》《义勇军进行曲》及自救军特色歌曲《纪律歌》（吕梁曲）、《老百姓战歌》（梁红改词）。革命战斗歌曲也占据重要位置，如第一集有《游击队歌》（贺绿汀曲）、《游击乐》，第三集有《会师歌》（史刚词，吕梁曲）、《共产党的队伍真雄壮》等。该系列唱本也重视百姓生活和军民团结，如第一集收录的《丈夫去当兵》（老舍词，张曙曲）、《朱大嫂送鸡蛋》（崔牛词曲）和第三集的《工农歌》、《纺线歌》（朱而作）、《送猪羊》等。第三集最末一出简短的《扭秧歌》为宣传解放的戏曲作品，除人物场景及唱词曲谱外，还附有十幅简明的队形变化图。

从第一集到第三集，我们可以看到选编曲目的风格和主题随历史进程发生了变化。第一集具有鲜明的“倒蒋”主题，录有《蒋介石你这个坏东西》（舒模曲，史刚改词）、《老蒋老蒋》（史刚词，吕梁曲）、《算总账》（云南民歌，史刚填词）等歌曲，其中还有七处相关口号，如“云南人民武装起来 / 抗粮抗税抗兵 / 饿死蒋介石”（本书第8页）等，号召云南人民武装反抗蒋介石的军队；而第三集则更多地蕴含对美好未来的企盼，收有《解放花幸福果》（草田词曲）、《人民解放进行曲》（刘沃驹词，柏坚曲）、《快乐集团》等歌曲，五处口号主题多为号召团结战斗、保卫胜利果实、中苏友好等内容。这样的变化在前述战斗歌曲、军民生活歌曲的选录中也稍可体现。从时间上看，第三集编印之时正处于解放浪潮席卷全国，云南积极谋求和平解放的过程中[2]，这种乐观昂扬是时代赋予的色彩，这种变化是历史进程在文艺作品中的投影。

国博藏两集《战斗歌选》中有两个名字出现频率很高：词作者“史刚”和曲作者“吕梁”。

史刚，即张子斋（1912年—1989年），原名张应皎，白族，云南剑川县人，曾就读于延安的抗日军政大学，1938年到滇军184师从事地下工作，经多年多地辗转于1947年冬参与组织“云南人民讨蒋第一纵队”并担任政委。[3]张子斋文学修养很好，在革命队伍中有“秀才”之称，除我们看到的歌词外，还创作了诗歌、小说、散文等诸多作品，在当时的知识阶层产生了广泛的影响。[4]

吕梁，即高梁（1919年—2004年），云南省大姚县人，抗日爆发后自学音乐并收集整理地方特色歌曲，从事群众工作的同时创作了《赶马调》《小河淌水》《大田栽秧秧连秧》《红河波浪》等宣传抗日的作品，1949年任中国人民解放军滇桂黔边纵队二支队十四团政委，并继续创作了《圭山谣》《盘江曲》《会师歌》等名作。[5]

撰文：宋现

注释：

1. 参见孙维骐：《云岭惊雷民主先声——民主革命时期云南创作歌曲评述》，《民族艺术研究》1989年第6期。
2. 参见李永顺：《云南和平解放的历史启示》，《云南师范大学学报（哲学社会科学版）》1990年第5、6期。
3. 参见杨毓才：《张子斋——白族革命实践家、诗人》，《今日民族》2005年第4期；蒙树宏：《云南现代文学作者笔名闻见录》，《昭通师专学报》1994年第1期。
4. 参见《张子斋文集》编写组：《〈张子斋文集〉序》，《云南社会科学》1992年第2期。
5. 参见赵培波：《云南作曲家群体研究》，《云南艺术学院学报》2015年第3期；音乐周报社：《见证音乐：音乐周报精品文选1979—2009》，同心出版社2009年版，第436—438页。

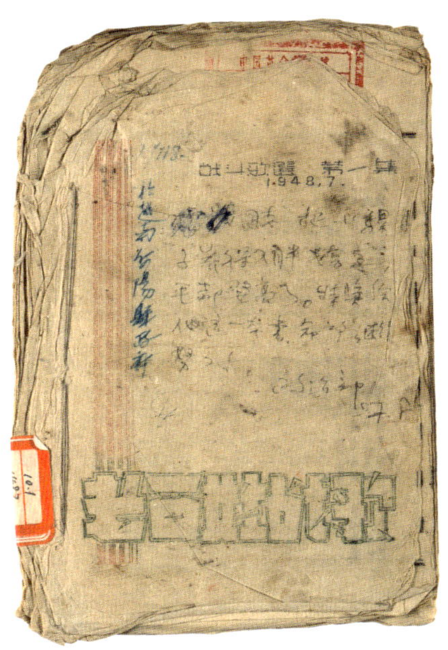


图一：《战斗歌选》（第一集）《老百姓歌集》，云南人民讨蒋自救军第一纵队政治部编，1948 年 7 月出版。本册封面用红绿黑三色油印，并有两种笔迹题语。

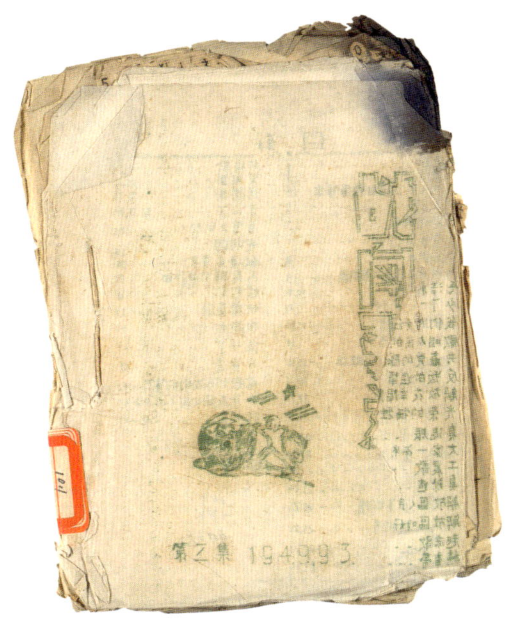


图二：《战斗歌选》（第三集），云南人民讨蒋自救军第一纵队政治部编，1949 年 9 月出版。

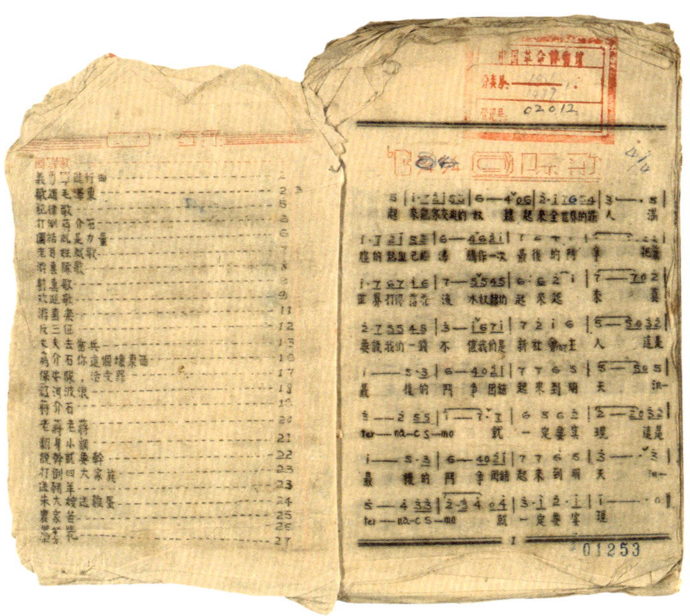

图三：《战斗歌选》（第一集）目录及所录《国际歌》。图为本书目录页及第1页。本册内页用红黑二色套印，各处标题均使用红色艺术字体。第1页有中国革命博物馆藏章。

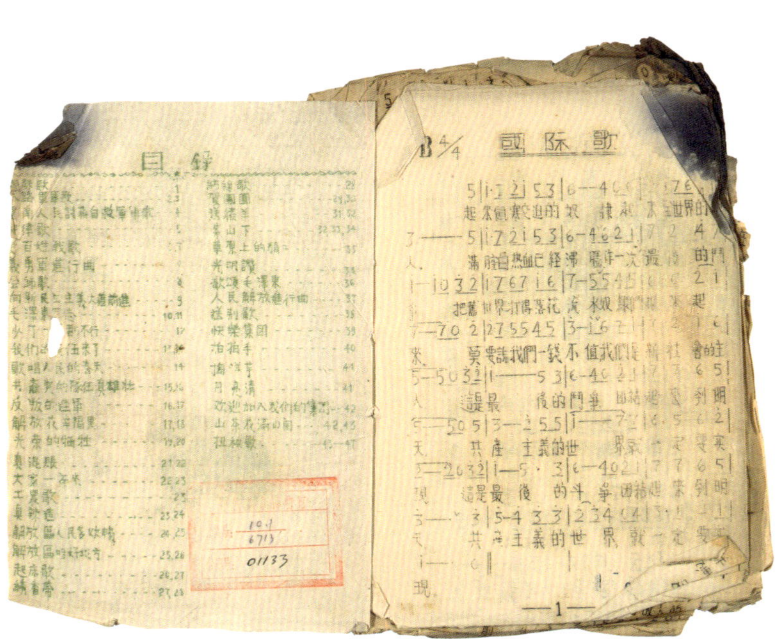


图四：《战斗歌选》（第三集）目录及所录《国际歌》。图为本书目录页及第1页。本册封面及目录用绿色油墨印制，内页为黑色油墨。

# 《胜利歌集》（第一集）

《胜利歌集》（第一集），冀南文艺工作团编，冀南新华书店出版发行，发行量2000册，1948年11月出版，17.9cm×12.0cm。全书共27页，收录歌曲15首。

书中收录的歌曲有《歌唱毛泽东》（孙万福原词，贺敬之修改）、《庆祝胜利》（田野作词，李劫夫作曲）、《活捉蒋介石》（鲁煤作词，张达观作曲）、《参加解放军》（血星作词，刘沛作曲）、《翻身花鼓》（左江作曲，田莊作词）等15首歌曲。可以分为歌颂领袖、宣传参军参战、提倡拥军支前、鼓励生产生活等几个主题。这些歌曲真切地反映了人民群众对党、对领袖、对人民军队的无限热爱和深厚感情。

1945年4月，冀南部队解放了威县、平乡等地区，冀南区党委宣传部决定在方家营镇设立冀南书店总店（后改为冀南新华书店），指派宣传部副部长赵鼎新负责筹备。1945年底，全店共有干部、工人200余人，分别从事编辑、出版、发行、印刷等工作。冀南书店总店有一个印刷厂，只有四台铅印机、四台脚蹬机和八台石印机。在当时设备简陋及纸张供应困难的条件下，印了不少书籍，还出版了《工农兵》《文丛》两种期刊。[1]

书中首歌《歌唱毛泽东》，歌词是根据孙万福创作的诗歌改编的。1943年11月，农民诗人孙万福光荣出席了陕甘宁边区劳动英雄大会，受到毛泽东、周恩来等中央领导的接见，并在大会上创作了诗歌《咱们的领袖毛主席》。[2]后经诗人贺敬之进行润色和加工。歌词："高楼万丈平地起，盘龙卧虎高山顶，太阳出来（就）红又红，太阳出来红又红，咱们的领袖毛泽东，毛泽东。"歌词表达了人民群众对党和领袖的深厚感情，以及对边区新生活的无限热爱。作为农民诗人的孙万福并不识字，他的诗歌都是口述后经过别人笔述才流传开来。此歌经过民间歌手配上陕北安塞传统民歌《光棍哭妻》的曲调开始传唱，一度唱遍了全中国，在中国现当代民歌传承中占有十分重要的地位。[3]

撰文：付小红

注释：

1. 参见赵木村：《回忆冀南新华书店》，新华书店总店编辑：《书店工作史料》（2），新华书店总店1982年版，第23—25页。
2. 参见《边区劳模诗人——孙万福》，励小捷主编：《甘肃60年图志》，研究出版社2009年版，第334页。
3. 参见施咏：《〈咱们的领袖毛泽东〉——"流行歌曲中的中国民歌"之十》，《中国音乐教育》2014年第1期。

图一：《胜利歌集》（第一集），冀南文艺工作团编，1948 年 11 月出版。

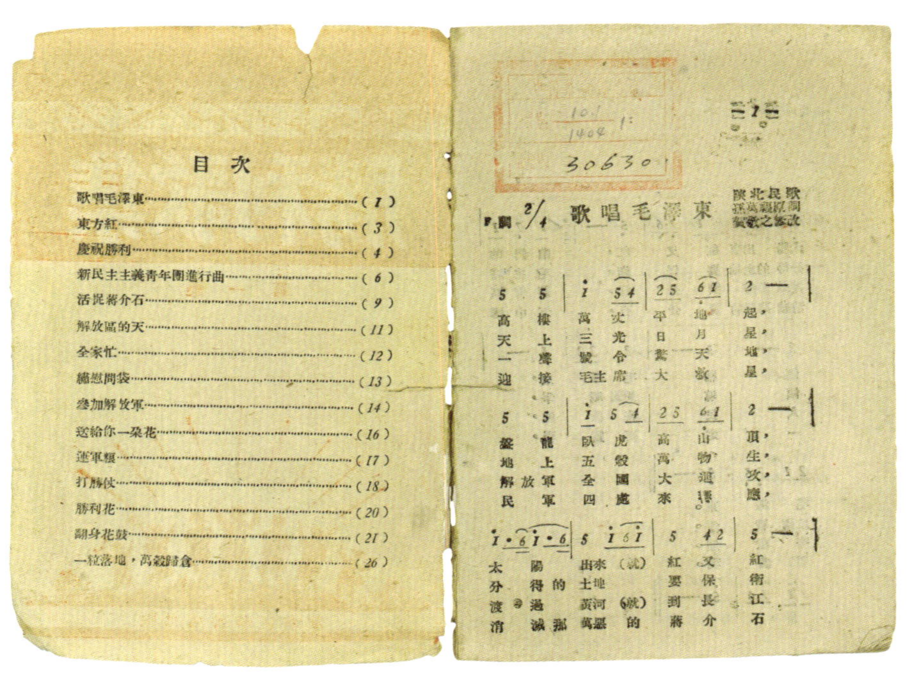


图二：《胜利歌集》（第一集）目录及歌集首歌，歌集目录刊登了本书收录的 15 首歌曲。首页为陕北民歌《歌唱毛泽东》，孙万福原词，贺敬之修改。图载本书封二及首页。

# 《为民主自由而战》

《为民主自由而战》，荒草作词，贺绿汀、刘炽作曲，（哈尔滨）光华书店发行，发行5000册，1948年11月初版，18.6cm×12.8cm。全书共63页，收录歌曲24首。

通过前言知晓书中收录的歌曲是荒草为配合人民解放军当时的任务需要创作的，大部分作于人民解放战争期间，另有一部分是作者在抗日战争期间完成的。作者将写作的这些歌曲收集起来，单印成册，是为了帮助自己今后在歌词写作上取得进步。

书中将收录的歌曲分为为民主自由而战、歌唱人民解放军、生活小唱和演唱四部分。收录的歌曲有《庆祝大翻身》（荒草作词，刘炽作曲）、《四季行军歌》（荒草作词，一鸣作曲）、《为穷人打天下》（荒草作词，杨仃作曲）等歌曲。

其中《学文化歌》是荒草作词、贺绿汀作曲的一首歌。“这首曲子采用了降b调，四四拍的节奏型，篇幅短小，歌词极具有号召力：‘学文化、真正好，会写会算会看报；世界大事全知道，做起事情困难少......’《学文化歌》的艺术特点较为突出，曲式为乐段体起、承、转、合结构，主题为降B宫调式，以同音重复为特征，便于工农出身的干部战士学习；第二句为主题乐句的变化重复；第三句运用民族调式交替转向F宫；第四句转回降B宫调式。尾声将节奏拉长，以表现解放军官兵学文化的坚定决心。该曲的特点在于主题简单，便于记忆；且结构严谨，采用民族调式交替手法，丰富了调式色彩，使乐曲在统一中求得变化。”[1]

本书中许多歌曲是由著名音乐家贺绿汀作曲的，如“《官兵团结一条心》，作于1944年陕甘宁晋绥五省联防军政治部宣传队（简称“联政宣传队”）工作期间；《换工铲地》，作于1944年去南泥湾359旅深入生活期间；《八路军的铁骑兵》（后改名《人民的铁骑兵》），作于1945年，载1945年3月10日延安《解放日报》；《学文化歌》，作于1945年”。[2]后均收录于本书中。

《扫除法西斯》（混声合唱）作于1945年，是为迎接中国共产党第七次全国代表大会而作，歌曲曾多次在延安演唱，并由联政宣传队在大会期间的晚会上以歌舞表演唱的形式演出。

撰文：张晓菲

注释：

1. 徐科锐：《贺绿汀与中国现当代音乐教育》，东北师范大学，博士论文，2012年。
2. 龙旭升：《贺绿汀抗战时期声乐作品演绎探究》，湖南师范大学，硕士论文，2016年。

图一：《为民主自由而战》，荒草作词，贺绿汀、刘炽作曲，1948 年 11 月初版。

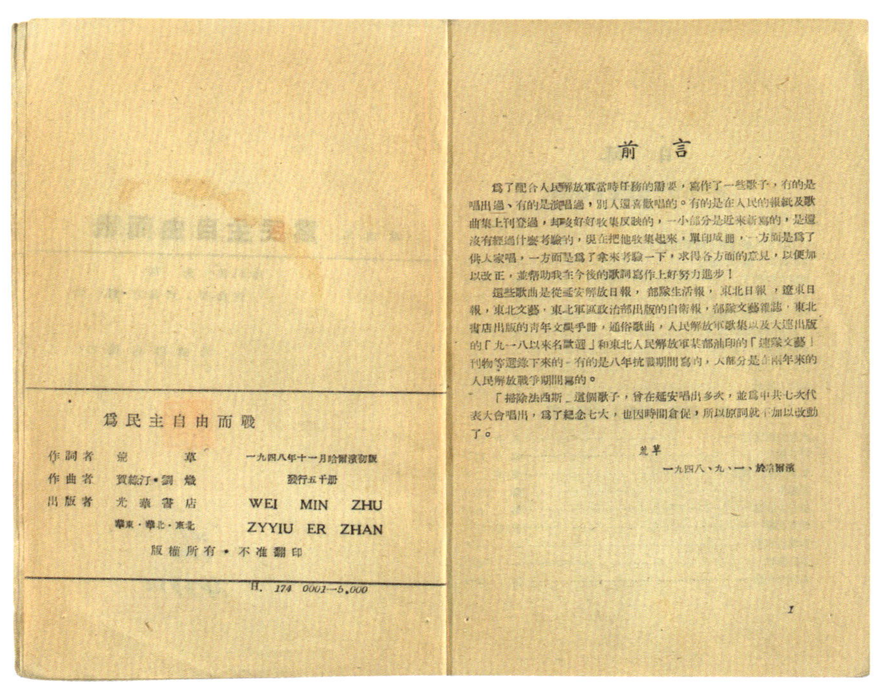

爲民主自由而戰

作詞者 荒　　草
作曲者 賀綠汀・劉　熾
出版者 光 華 書 店
華東・華北・東北

一九四八年十一月哈爾濱初版
發行五千册

WEI MIN ZHU
ZYYIU ER ZHAN

版權所有・不准翻印

H. 174 0001—5,000

前　言

爲了配合人民解放軍當時任務的需要，寫作了一些歌子，有的是唱出過、有的是演唱過，別人還喜歡唱的。有的是在人民的報紙及歌曲集上刊登過，却沒好好收集反映的，一小部分是近來新寫的，是還沒有經過什麼考驗的，現在把他收集起來，單印成冊，一方面是爲了供人家唱，一方面是爲了拿來考驗一下，求得各方面的意見，以便加以改正，並幫助我在今後的歌詞寫作上好努力進步！

這些歌曲是從延安解放日報，部隊生活報，東北日報，遼東日報，東北文藝，東北軍區政治部出版的自衛報，部隊文藝雜誌，東北書店出版的青年文娛手冊，通俗歌曲，人民解放軍歌集以及大連出版的「九一八以來名歌選」和東北人民解放軍某部油印的「連隊文藝」刊物等選錄下來的。有的是八年抗戰期間寫的，大部分是在兩年來的人民解放戰爭期間寫的。

「掃除法西斯」這個歌子，曾在延安唱出多次，並爲中共七次代表大會唱出，爲了紀念七大，也因時間倉促，所以原詞就不加以改動了。

荒草

一九四八、九、一、於哈爾濱

1

图二：《为民主自由而战》版权页及荒草所作《前言》。图或本书版权页与首页。

# 《青年歌声》

《青年歌声》，“青年文化文艺丛书”之一，济南特别市青年俱乐部编，济南特别市青年文化社出版，铅印，1948年12月初版，18.0cm×12.9cm。全书共54页，收录歌曲40首。

济南特别市是一个历史烙印十分鲜明的称呼，这个称呼存在的时间非常短暂。1948年9月16日济南战役打响，24日中国人民解放军大获全胜成功解放济南，并设立了济南特别市，1949年5月，改名为济南市。抗日战争初期，由于山东日伪政府和日军的残酷打压，山东抗日根据地只能以小且零散的形式艰难成长，在一次又一次地粉碎了日军的残酷“扫荡”后，终于在1944年至1945年迎来了抗日战争的反攻，并在战争前线迅速繁荣发展，山东抗日根据地的文艺工作亦然。

本书收录的歌曲主要可分为以下几类：歌颂毛泽东的歌曲，如《人民歌颂毛泽东》（贺敬之词，焕之曲）、《东方红》（陕北民谣，贺绿汀和声）；歌颂解放区的歌曲，如《解放区风光好》（苏风改编，曲荫深作词和声）、《解放区十唱》（陇东民谣）；歌颂解放军的歌曲，如《拥护解放军》（民谣）、《向解放军致敬》（章枚曲）等；少部分反“蒋匪”的歌曲，如《坚决消灭蒋匪帮》（作者不详）；歌颂铁路工人的歌曲《铁路工人进行曲》（周蓉词，徐辉才曲）和庆祝济南解放的歌曲《慰问歌——慰问济南特别市的同学们》（L.L.张捷词，管荫深曲）。

《解放区的天》原名《边区的天是明朗的天》，是秧歌剧《逃难》的主题歌。这首歌歌词仅34字，寥寥数语生动地反映了受苦难的人民逃到了晋绥边区，受到党和政府关照以后感激和快乐的心情，表达了他们对共产党的支持和拥戴，对太平生活的渴望。[1]歌曲曲调原系河北沧州南部、盐山以及冀鲁交界的地区所流行的一首传统民歌，内容是数唱十二个月的。1943年当地人民把它叫作“十二月”。战斗剧社的刘西林同志根据小型秧歌剧《逃难》的剧情需要，把传统民歌《十二月》记录下来，曲调未做任何加工和修改，填了新词，创作了这一首《边区的天是明朗的天》。随着秧歌剧《逃难》的演出，这首主题歌迅速在抗日根据地之间传唱开来。全国解放后，这首歌不胫而走传向全国，歌名和歌词中的“边区的天是明朗的天”被改为“解放区的天是明朗的天”，曲调除增加了几个音符外，其他概无变动。[2]

撰文：孙睿

注释：

1. 孟红：《红歌〈解放区的天〉诞生记》，《党史文苑》2017年第3期。
2. 参见裘实：《〈解放区的天是明朗的天〉的曲词由来》，《人民音乐》1984年6月。

图一：《青年歌声》，“青年文化文艺丛书”之一，济南特别市青年俱乐部编，1948年12月初版。

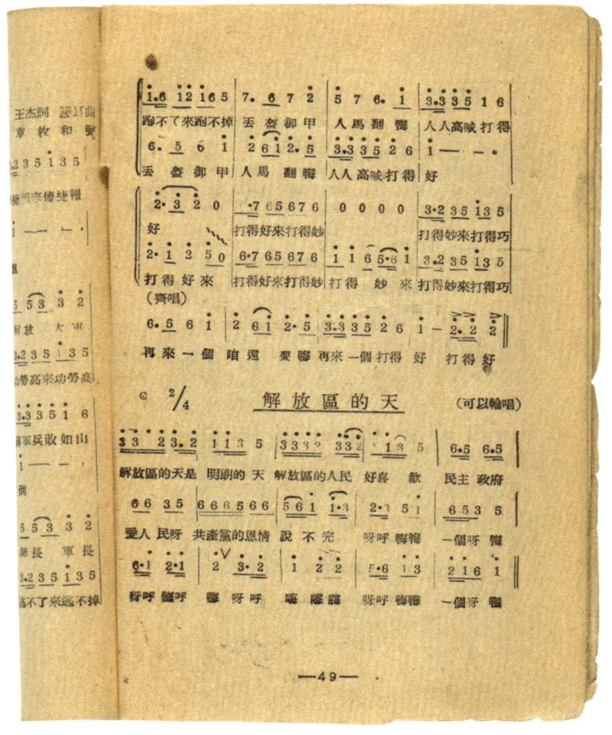


图二：歌曲《解放区的天》，秧歌剧《逃难》的主题歌。图载本书第49页。

# 《工人歌曲》

《工人歌曲》，荆令编著，哈尔滨光华书店再版发行，铅印，发行量5000册，1949年1月再版，18.2cm×12.6cm。全书共46页，封底缺失，收录歌曲35首。

本书出版于解放战争时期。为了在解放区传播马列主义与国民党做斗争，三联书店在哈尔滨建立了哈尔滨光华书店总分店，收录并发行许多具有时代特色的革命歌曲集。[1]

本书收录的歌曲有《国际歌》（狄盖特作曲）、《天上有颗北斗星》（亚薇作词，左丁作曲）、《组织起来》（力鸣作词，鹰航作曲）、《工人之歌》（李伟作词、作曲）、《毛泽东之歌》（无词曲作者）等35首歌曲。这些歌曲唱出了“世界大同，劳工神圣”的口号，讴歌了工人阶级的优秀品质和奉献精神，展现了工人阶级的时代风采和丰功伟绩，颂扬了工人阶级在革命的各个时期所发挥的独特、不可估量的作用。[2]

《毛泽东之歌》，曾产生过比较大的影响，不仅在解放区广为传唱，中华人民共和国成立后也曾流行一时。在晋察冀边区教育阵地社1945年12月出版的《群众歌集》（第一集）中也收录有这首歌曲，词作者为张春桥，经比对后跟本书中的《毛泽东之歌》歌词与旋律都相同，为同一首歌。1950年，中国人民广播电台举办的“评选听众喜爱的歌曲”活动时，该歌曲高居排行榜第二。[3]1951年中华全国音乐工作者协会所作的“1950年全国流行歌曲调查”中，这首歌也高居排行榜第三位。[4]但在1951年2月11日，时任文化部艺术局副局长的周巍峙在《人民日报》发表《略谈歌颂毛主席的歌曲创作》一文中，点名批评了《毛泽东之歌》。一个月后，歌词作者张春桥在1951年3月11日的《人民日报》中刊发了自己的答复。由于“对伟大领袖与迅速发展的人民力量缺乏有力的描绘”“和现在人民的距离很远了”“在文艺创作内容上，没能正确反映领袖与群众的关系”，在文艺创作形式上存在“曲调过于平淡，情感沉郁”等缺憾，这首歌最终从历史舞台中悄然退场。[5]

撰文：赵天然

注释：

1. 参见赵庆骥：《哈尔滨书业志》，哈尔滨出版社1996年版，第18页。
2. 参见伍婧，杨华：《论当代工人歌曲的创作与发展》，《科技资讯》2009年第1期。
3. 参见张达明：《〈毛泽东之歌〉为何被禁》，《文史博览》2016年第1期。
4. 参见张金菊，文世芳：《1951年〈毛泽东之歌〉骤然停播的缘由》，《党史博览》2014年第6期。
5. 参见张金菊，文世芳：《1951年〈毛泽东之歌〉骤然停播的缘由》，《党史博览》2014年第6期。

图一：《工人歌曲》，荆令编著，1949年1月再版。

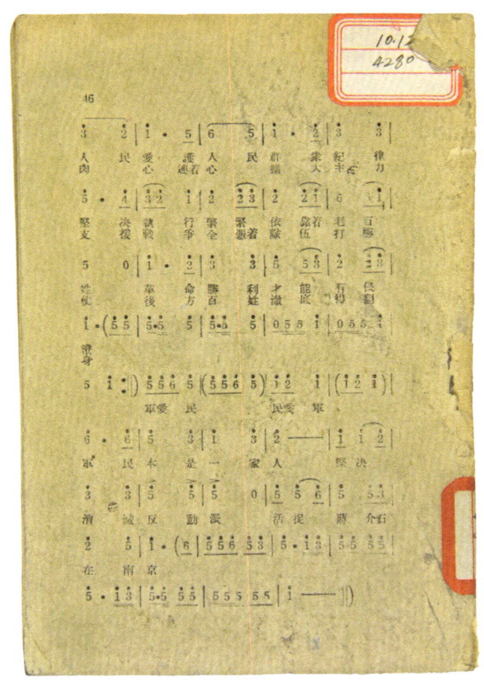

图二：歌曲《拥军爱民》部分内容，林一词，黄准曲。图载本书末页，封底缺失。

# 《解放歌声》（第一至五期）

《解放歌声》（第一至五期），解放歌声社编印，1949 年 2 月至 3 月出版，京华印书社印刷，新华书店发行，共五册，18.3cm × 12.2cm。中国国家博物馆藏有第一至五期。除第一本标为“第一集”外，其他四本都标为“第 × 期”，其中第三期是“妇女歌曲专号”。五本歌集共收录了 94 首歌曲。

解放歌声社在本刊第五期《致读者》一文中写道：“在平津解放之前，《解放歌声》也曾断续地出版过四期，但却不能保持着经常性，现在这歌刊又在北平重新出版”，“平津解放后，……我们这小小的歌刊总算出版了五期了”。这说明前四期在 1948 年 11 月以前曾经出版过，1949 年 2 月至 3 月在北平重新出版，第五期则是在 1949 年 3 月出版的。

本书收录的歌曲，有歌唱共产党解放军的，如：《拥护共产党》《欢迎解放军》《老百姓盼到了解放军》等；有歌唱工人阶级的，如《解放工人歌》《愉快的劳动》《铁路工人歌》等；有歌唱劳动妇女的，如《新时代的妇女》《歌唱妇女解放》《工厂女工歌》等；也有歌唱新青年的，如《新中国青年进行曲》《民主青年》《华北青年进行曲》等。这些歌曲的创作者有我国当代知名的诗人和作曲家，也有集体创作，还有地方小调。如《民主进行曲》的词作者贺敬之是我国当代著名诗人，作曲者焕之（李焕之）是著名的作曲家、指挥家、音乐理论家。《妇女解放联唱》是集体创作的，《歌唱毛泽东》用的是陕北腰鼓调。

《民主进行曲》是李焕之在日本投降的时候看到了贺敬之写的这首词，“读了以后觉得很新鲜、很明朗，把对胜利和建设祖国的热情，都表现出来了”，于是萌生了一种“很明朗、很开阔的音调”[1]谱写出了这首曲子。在此基础上，贺敬之与李焕之在 1946 年 4 月共同创作了《民主建国进行曲》（又名《胜利进行曲》）。这是一首反映了人民群众欢庆胜利和展望新中国壮丽前景的歌曲。[2]两首歌的第一句歌词几乎完全相同。（《民主进行曲》第一句词为“看我们，我们胜利的旗帜迎风飘扬，看灿烂的太阳升在东方。《民主建国进行曲》第一句歌词只少了‘迎风’二字”。）

撰文：王立峰

注释：

1. 李焕之：《怎样学习作曲》，音乐出版社 1959 年版，第 84 页。
2. 徐士家：《中国近现代音乐史纲》，南海出版公司 1997 年版，第 535 页。

图一：《解放歌声》（第一～五期）合照，解放歌声社编印，1949 年 2 至 3 月出版，共五册。

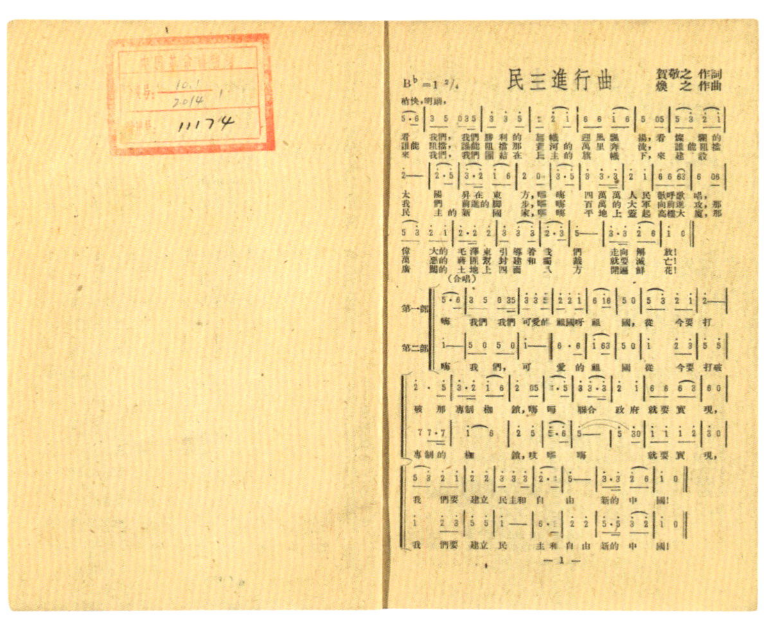


图二：歌曲《民主进行曲》，贺敬之作词，焕之作曲。图载《解放歌声》（第一集）第 1 页。

# 《解放歌选》

《解放歌选》（第三集 红五月专号），新华书店发行，18.5cm×13.2cm。全书共23页，收录了22首歌曲。封底印有人民音乐社启事。

本书在1949年2月至6月间共出版了四集[1]，第一至三集由天津人民音乐社编，第四集由天津人民艺术出版社编。（天津人民音乐社在1949年5月改名为天津人民艺术出版社[2]。）中国国家博物馆藏有第三、四集。

第三集收录有《红五月》（贺敬之词，麦新曲）、《跟着领袖毛泽东》（轻影词，火星曲）、《我们做先锋》（田野词，云翔曲）、《劳动歌》（又名《起重歌》，胡可词，刘沛曲）等歌曲，还收录了两首工人们自己创作的歌：《扛棉花包歌》（中纺二厂工人韩瑞祥词曲，歌焚修改）和《纺纱织布歌》（中纺七厂任青年、陈世奎作）。

《解放歌选》（第四集，职工创作专号），新华书店发行，18.9cm×13.4cm。全书共25页，收录了32首歌曲。封面有手写“华大二团音乐组②”字样。

第四集收录有《咱们工人领头干》（歌焚词，中纺二厂工人韩瑞祥曲）、《纺织英雄歌》（中纺七厂任青年、陈世奎作）、《抬煤歌》（平汉路郑州站抬煤工人联句，曹篮曲）等歌曲，这些歌曲都是职工自己创作的。第四集卷首有孟波写的《介绍职工的歌曲创作》（本书第5页）。

第三集中收录的《纺纱织布歌》与第四集中收录的《纺织英雄歌》作者、内容均相同，为同一首歌。

《红五月》为组歌，共6首，均为贺敬之作词。其余5首分别为《志丹陵》（麦新曲）、《八路军开荒歌》（安波曲）、《赵占魁》（庄映曲）、《吴家枣园太阳出》（马可曲）、《生产大竞赛》（刘炽曲）。[3]这6首歌之间的联系并不紧密，可独立演唱。（第三集中只收录了组歌中的《红五月》一首歌。）

撰文：王立峰

注释：

1. 中国艺术研究院音乐研究所资料室：《中国音乐书谱志·先秦——1949年音乐书谱全目》，人民音乐出版社1994年版，第88页。

2. 天津人民音乐社在启事中写道：“为了进一步满足读者要求，发展新文艺出版事业，特将人民音乐社扩大为人民艺术出版社。”（见本书封底）。

3. 参见贺敬之：《贺敬之文集》（论文卷下），作家出版社2004年版，第144页。

图一：《解放歌选》（第三集，红五月专号），天津人民音乐社编选，1949 年 4 月 25 日出版。

图二：《解放歌选》（第四集，职工创作专号），天津人民艺术出版社编选，1949 年 6 月 18 日出版。

# 《军大歌选》（第2集）

《军大歌选》（第2集），华北军政大学政治部编，铅印，横开本，1949年5月出版，12.3cm×18.1cm。全书共102页，其中卷首含目录3页、前言1页。书中收录文章3篇，歌曲27首，附正误表2张。封面印有蓝色圆形“中国人民解放军华北军区政治部华北画报社”章、红色圆形“解放军画报社图书室”章各一枚。

从编者《前言》可知，本书选编以华北军政大学“全校教职学员同志们”为受众，在“配合教学，以及活跃我们的生活”推广歌曲的同时，也鼓励“经常大胆创作”，并且“不论词、曲、常识、短文、介绍……”，收录范围广泛。这部歌集本身也已经体现了这种兼容广蓄的风格，不仅收录歌曲，还编入三篇文章，覆盖了从革命歌曲的意义到内容、创作到演唱的多个重要领域。吕骥（吕展青[1]）《歌唱我们的英雄队伍》除讴歌“人民解放军是一支英雄队伍”外，对新创作战斗歌曲的内容体裁与音乐形式都提出了建议。柯夫（慕柯夫[2]）《给部队教歌的几点意见》专门针对教战士唱歌一事提出两点技术关键，即“唱歌唱劲”（掌握歌曲的感情与节奏）和“拿准调门”。柏桦《谈谈写歌词》一文篇幅较长，分“歌词是什么”“怎样来写”“怎样才能写得好”三部分系统地介绍了歌词创作方法，每部分又细分要点层次，理论实例兼有，文末标注“改作于四九年红五月月底”以及“经文工团同志及干总政治部主任徐兴华同志提供补充修正意见”等信息。歌曲部分页码自9起标，可能曾计划收录更多歌曲而页码编次未及调整统一。

整体来看本书编者态度比较严谨，不仅标注词曲作者，对歌曲转引来源也多有标注，如26页《打过长江去》（柏桦词，许翰如曲）后注“此歌子在校刊发表以后曾被我华北、华东各野战兵团报纸转载凡六次以上——编者”，41页《庆祝南下进攻大胜利》（柏桦词，新十年曲）“注：此歌经演唱后，现已改为军乐演奏——编者”等；也有唱法方面的专业注释，如前述《打过长江去》除歌曲流传情况外还附注轮唱二部唱某句可不延长而改唱某曲调。书中夹附的正误表为手写油印，2纸3页，校正字词、用语、出处失标等9条（含曲谱勘正30处）。

撰文：宋现

注释：

1. 参见王巨才主编：《延安文艺档案·延安音乐 延安音乐家》（第11册），太白文艺出版社2015年版，第156页。
2. 参见辽宁省文化厅《文化志》编辑部：《辽宁省文化志资料汇编》（第5辑），1991年，第49页。

图一：《军大歌选》（第2集），华北军政大学政治部编，1949年5月出版。

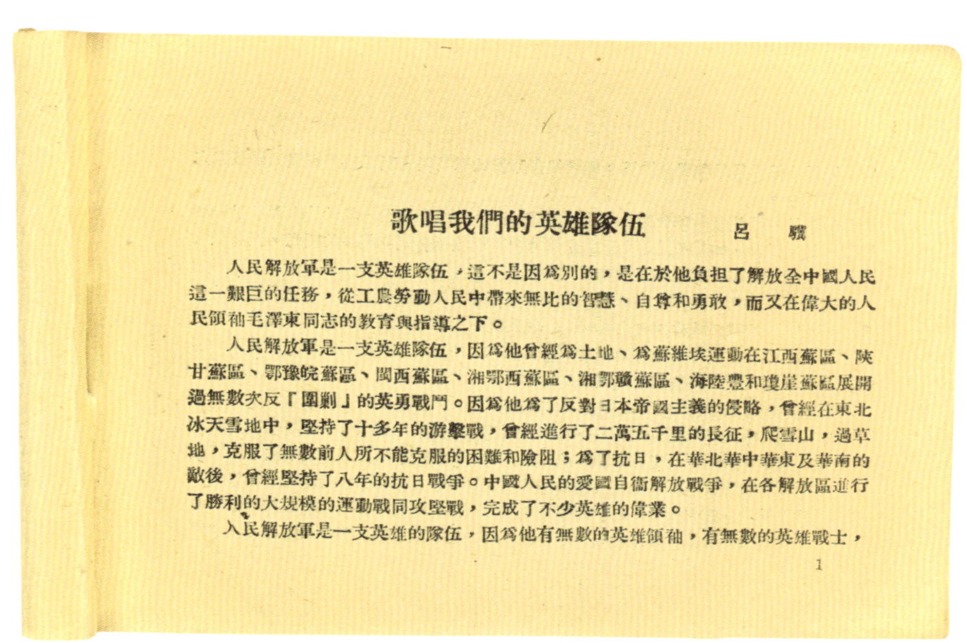

歌唱我們的英雄隊伍　　呂驥

人民解放軍是一支英雄隊伍，這不是因爲別的，是在於他負担了解放全中國人民這一艱巨的任務，從工農勞動人民中帶來無比的智慧、自尊和勇敢，而又在偉大的人民領袖毛澤東同志的教育與指導之下。

人民解放軍是一支英雄隊伍，因爲他曾經爲土地、爲蘇維埃運動在江西蘇區、陝甘蘇區、鄂豫皖蘇區、閩西蘇區、湘鄂西蘇區、湘鄂贛蘇區、海陸豐和瓊崖蘇區展開過無數次反「圍剿」的英勇戰鬥。因爲他爲了反對日本帝國主義的侵略，曾經在東北冰天雪地中，堅持了十多年的游擊戰，曾經進行了二萬五千里的長征，爬雪山，過草地，克服了無數前人所不能克服的困難和險阻；爲了抗日，在華北華中華東及華南的敵後，曾經堅持了八年的抗日戰爭。中國人民的愛國自衛解放戰爭，在各解放區進行了勝利的大規模的運動戰同攻堅戰，完成了不少英雄的偉業。

人民解放軍是一支英雄的隊伍，因爲他有無數的英雄領袖，有無數的英雄戰士，

1

图二：文章《歌唱我们的英雄队伍》，吕骥作。图载本书文章部分第1页。

# 《淮海战役组歌》

《淮海战役组歌》，人民解放军第三野战军政治部文工团集体创作，新华书店出版发行，基本定价1.80元，发行量10000册，1949年7月出版，14.0cm×25.7cm。全书共14页，收录歌曲10首，另附1首《打得好》。

本书在前言中提到，《淮海战役组歌》把十个不同的战斗画面环环相扣，组合在一起。通过歌曲侧面烘托战斗纪实，真实描绘了这个伟大战役中热血沸腾的战斗生活，整理归纳以供各方需要。作曲家沈亚威同志在这部作品中，用热情洋溢的旋律、立意新颖的词句，生动形象地描绘出了淮海战役的整个过程，歌颂了淮海战役中的丰功伟绩。书中前言作于1949年8月1日。而版权页出版日期是1949年7月。

1949年7月，第三野战军政治部文工团二团赴北京参加第一届全国文代会，演唱了《淮海战役组歌》，毛主席亲自到现场，演出结束后，他热烈鼓掌，连声称赞“好得很哪！”之后在周扬同志的关心下，《淮海战役组歌》全谱送印刷厂排印，出版后，由新华书店向全国发行。推断本书付梓排版于7月，成书出版于8月。

本书收录的歌曲有《争取更大胜利》（向憎作词，余频、何方作曲）、《向南进军》（宋珑作词、龙飞作曲）、《乘胜追击》（韦明作词、沈亚威作曲）等歌曲，部分歌曲后有附注或说明。

其中第三首《乘胜追击》中，歌词中提到“不怕困难，不怕饥寒，逢山过山，逢水过水，乘胜追击，迅速赶上，包围它！歼灭它！歼灭它！”歌词质朴的语句，很快在军队中广为传唱、受到好评，迅速成为全军的战斗口号。

沈亚威同志所写的《捷报！捷报！歼灭了黄伯韬》一曲，通过适时反映最新战况，及时捕捉了部队中振奋人心的情绪，表达了广大指战人员共同的喜悦和自豪。

歌曲《挖工事》，生动地反映了战斗外的侧面生活，为了鼓舞同志们克服连续作战的疲惫，在夜以继日地加固工事和抢修战壕时，创作了这样一首凝结军队斗志、鼓舞战士决心的歌曲。在战事发展到最高潮时，面对敌人土崩瓦解的局面，一首《狠狠地打》带动战士们一鼓作气，用生动活泼、富有风趣的词语，引领战局走向全面胜利。

《歌颂淮海胜利》一曲则是在战斗结束后，集合群众智慧和感受集体创作的成果，赞颂了我军在战斗中取得了战略胜利，鼓舞广大军民夺取全国胜利的信心与决心。[1]另外，《淮海战役组歌》中最后附曲的《打得好》一曲，赞扬了毛主席伟大的指导思想，充分肯定了淮海战役在中国革命中取得的巨大成果，表达了全军上下欢庆胜利的喜悦之情。歌曲在演唱中形式多样，集合了集体大合唱、二部轮唱、朗诵、领唱等多种演唱形式，以明快、紧凑、激进的情绪生动还原了战场气氛。[2]

经历了大半个世纪的光辉历程，这组充满英勇无畏、顽强战斗精神的“组歌”，始终与中国人民解放军的历史相伴相随。作为记录战役的战斗之歌，它承载着一段历史的英勇与悲壮，永远留在历史的长河里；作为鼓舞士气的激情之歌，它代表着一种精神，铭记在我们心里根植于时代之中。[3]

撰文：赵天然

注释：

1. 参见张锐：《淮海战役中的火线文艺生活》，《人民音乐》1977年第5期。

2. 参见中共江苏省委党史工作办公室、江苏省新四军和华中抗日根据地研究会编：《老兵话当年》（第十辑），2006年，第542页。

3. 参见姚冰阳：《淮海战役 文物故事》（第五卷），江苏人民出版社2009年版，第319页。

图一：《淮海战役组歌》，人民解放军第三野战军政治部文艺工作团集体创作，1949年7月出版。

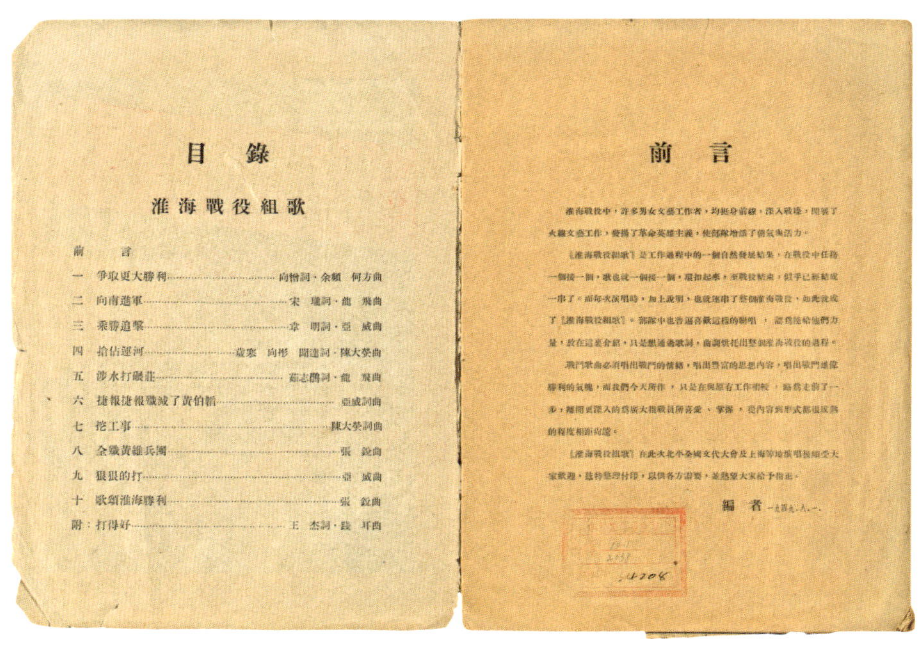

目錄

淮海戰役組歌



前言

淮海戰役中，許多男女文藝工作者，均挺身前線，深入戰壕，開展了火線文藝工作，發揚了革命英雄主義，使部隊增添了朝氣與活力。

「淮海戰役組歌」是工作過程中的一個自然發展結果，在戰役中任務一個接一個，歌也就一個接一個，環扣起來，至戰役結束，似乎已經結成一串了。而每次演唱時，加上說明，也就連串了整個淮海戰役，如此就成了「淮海戰役組歌」。部隊中也普遍喜歡這樣的聯唱，認為能給他們力量，故在這裏介紹，只是想通過歌詞，曲調烘托出整個淮海戰役的過程。

我們歌曲必須唱出戰鬥的情緒，唱出豐富的思想內容，唱出戰鬥雄偉勝利的氣魄，而我們今天所作，只是在與原有工作相較，略為走前了一步，離開更深入的為廣大指戰員所喜愛、掌握，從內容到形式都很成熟的程度相距尚遠。

「淮海戰役組歌」在此次北平全國文代大會及上海等地演唱後頗受大家歡迎，茲特整理付印，以供各方需要，並懇望大家給予指正。

編者 一九四九.八.一.

图二：《淮海战役组歌》目录及前言，目录页刊登本书收录的11首歌曲。首页刊登了编者于1949年8月1日所著《前言》。图载本书封二与首页。

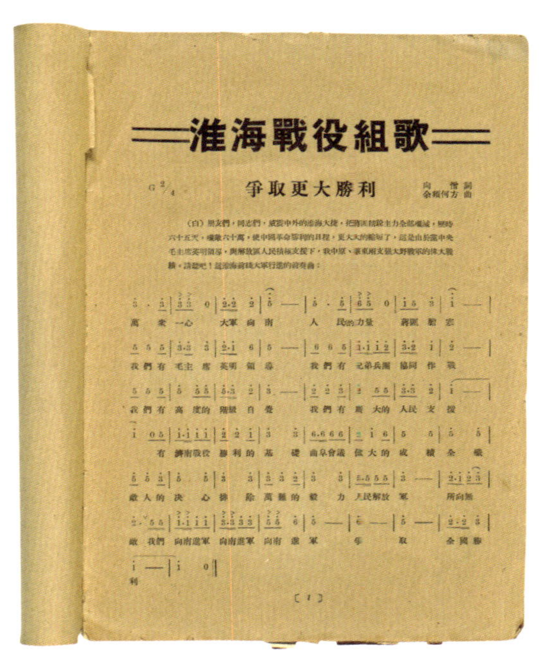


图三：歌曲《争取更大胜利》，向愔作词，余频、何方作曲。图载本书正文部分第 1 页。

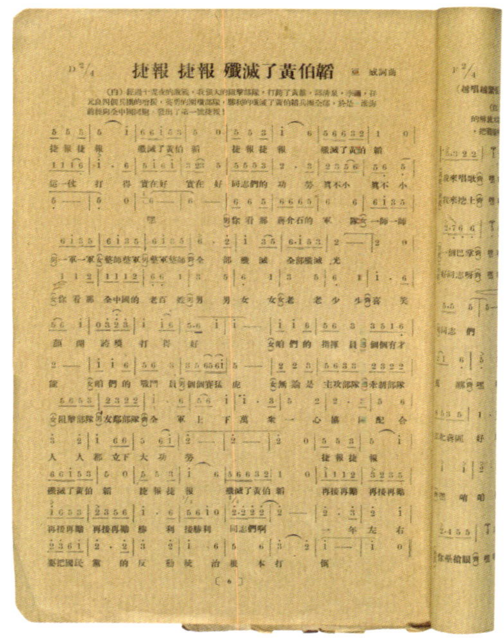


图四：歌曲《捷报 捷报 歼灭了黄伯韬》，亚威作词、作曲。图载本书第 6 页。

# 《解放歌集》（一）

《解放歌集》（一），中国人民解放军滇桂黔边纵队第三支队政治部印发，油印，四眼纸捻草订，仿线装毛边书，1949年8月出版，15.4cm×11.0cm。三色套印，封面为红蓝两色套印，目录页为红墨油印，正文黑色，无页码，收录歌曲16首。

中国人民解放军滇桂黔边纵队，是中国共产党领导的、由20多个民族优秀儿女组成的人民军队。这支部队是由云南全省、广西左右江、黔西南、黔西和广东南路两个团的人民武装会合发展起来的，在解放云南、广西、贵州三省区中立下了不可磨灭的功勋。其中滇桂黔边纵队的文工团负责开展部队政治思想工作，运用文化艺术形式宣传教育部队，活跃部队文化生活，教战士文化课，发动和组织群众，加强军民团结。[1]本书创作于解放大西南的战斗中，总结了战斗经验，抒发了边纵战斗前期取得阶段性胜利的喜悦，鼓舞军队气势，为解放战争取得胜利奠定了基础。[2]

本书收录的歌曲有《约法八章》（马凡陀作词，戈心作曲）、《民族英雄》（贺敬之作词，李焕之作曲）等。歌曲表达了人民渴望得到自由的迫切心情，缅怀在战争中流血牺牲的艰苦日子，不畏艰辛，不怕苦难，勇敢地与一切恶势力做斗争的革命精神，表现出了解放战争取得胜利后人民无以言表的喜悦之情。

歌曲《民族英雄》（原名《朱德歌》）1942年创作于延安，由贺敬之作词，李焕之作曲。本歌采用贺敬之所作的赞颂我党和领袖的《朱德歌》歌词，经李焕之配以浓郁而又生动的民族风格谱曲而成。全曲共五段，分为两个部分。前两段为第一部分，主要通过"那些年头"的回顾，突出和赞美民族英雄对穷苦人的解救和引路作用。第二段侧重写实，通过典型的生活细节进一步表现出当时人们生活的困苦。后三段为第二部分，描绘人民求得翻身解放，走向伟大的胜利，把革命进行到底。这首歌从思想感情到艺术形式，都趋向大众化、民歌化，生动形象地倾诉了云南各族人民对人民领袖的无限崇敬之情。[3]

撰文：赵天然

注释：

1. 参见云南省地方志编纂委员会、云南省文化厅编：《云南省志·文化艺术志》（卷七十三），云南人民出版社2002年版，第598页。

2. 参见郭明近：《战斗在滇桂黔的边纵部队》，《文史春秋》2010年第5期。

3. 参见郭仁怀：《血与火凝成的诗歌——赏析》，黄山书社1994年版，第72页。

图一：《解放歌集》（一），中国人民解放军滇桂黔边纵队第三支队政治部印发，1949年8月出版。

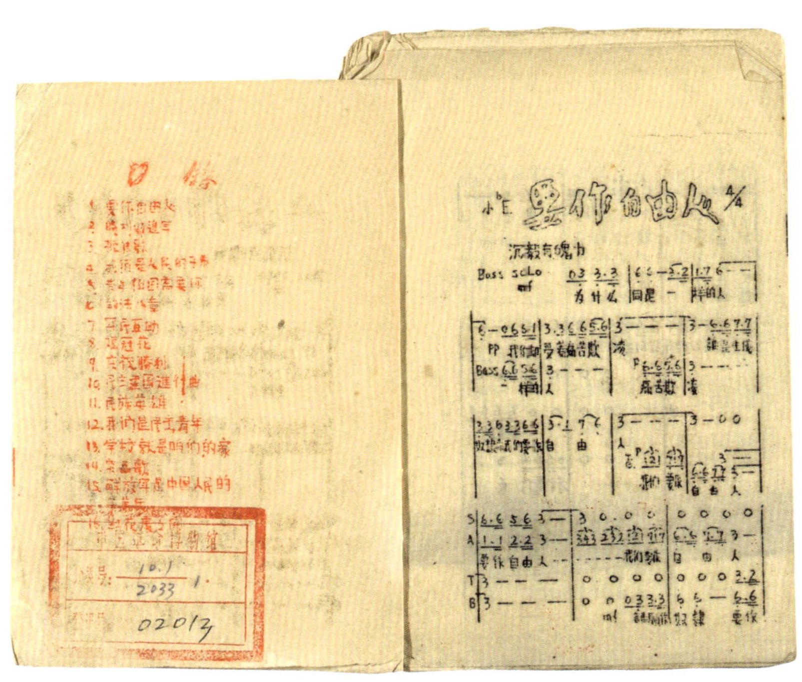


图二：《解放歌集》（一）目录和歌曲《要作自由心》，图载本书封二及首页。

# 《翻身歌集》（2）

《翻身歌集》（2），中国人民解放军滇桂黔边纵队第三支队政治部印发，油印，纸捻草订，1949年8月12日印，15.8cm×11.0cm。全书共21页，收录歌曲7首。

这本歌集出版发行时已临近中华人民共和国的建立，但云南处于祖国的大西南，地域偏远，云南全境在1950年2月24日才得到解放。歌集以艺术的形式，鼓舞人民军队为解放云南全境、巩固新政权、肃清残敌、进行剿匪、土地改革等一系列新区工作乘胜前进。

本书封面与目录为红蓝双色套印。封面上下有蓝色波浪线边框，波浪线中间文字与图案为红色。在《翻身歌集》的书名下，依次印有出版年月、插在地球上的三面旗帜图案、出版单位的名称。本书内页中有部分歌曲结尾处印有红色图案，开本较小，便于随身携带。

本书收录的歌曲有《人民解放军前进》（丁毅作词，若曾作曲）、《胜利秧歌》（马凡陀作词，谢功成作曲）、《解放花！幸福果！》（草田作词作曲）、《献花》（徐明作词，火星作曲）、《不离开共产党》（兰文波作词，王丁作曲）、《我们是人民解放军》（丁毅作词，若曾作曲）、《自由幸福的新天地》（岳邦作词，胡均作曲）。这7首歌曲均较少见于其他出版物。

歌集里由丁毅作词、若曾作曲的歌曲有两首，分别为《人民解放军前进》和《我们是人民解放军》，均为歌颂人民解放军的歌曲。歌曲的曲调铿锵有力，节奏明快，行进感强，演唱时间较长。

丁毅，原名顾康，山东济南人。抗战爆发后参加抗日救亡运动，到山西临汾民族解放先锋队所属动员剧团工作。后不久任晋西北战地动员剧团副团长。1939年任八路军战线剧社副社长。1941年到延安。创作了《刘二起家》《黑板报》等大量秧歌剧，1945年参与了大型歌剧《白毛女》的创作。1946年至1948年，在东北担任西满军区文工团及二纵文工团、三十九军文工团任团长，作有众多歌剧、话剧等作品。1949年至1953年，先后任中南军区部队艺术剧院院长，广州军区文化部副部长。[12]

1948年，歌剧《一个解放军战士》由东北书店出版。1950年，中南新华书店出版了歌剧《我们是人民解放军》，由丁毅、若曾配曲。时间和出版地与剧作家丁毅履历吻合。而且《丁毅文集》中不仅收录有丁毅创作的剧作品，也收录了诗词、歌词及其他作品。可见，剧作家丁毅不仅创作剧作，也创作了一些音乐作品。据此推测，本书中的词作者丁毅，就是当代著名剧作家丁毅。

歌集里的《胜利秧歌》为马凡陀作词。马凡陀是著名诗人袁水拍的笔名。袁水拍，江苏吴县人，肄业于沪江大学。1937年在香港参加文艺界抗敌协会，开始诗歌创作，发表作品。著有诗集《马凡陀的山歌》(2集)、《沸腾的岁月》等作品。曾在《人民日报》、中宣部、文化部等部门任职[3]。

据《中华舞蹈志·云南卷》记载："《胜利秧歌》

是 1949 年初的作品，它歌颂了解放战争中百万大军渡长江的英雄气概。歌曲八月传到滇桂黔边纵队第三支队嵩明游击大队，该队政工队长何力将它配上舞蹈，在该游击队和解放区中传授，很受青年群众及儿童欢迎。该舞以秧歌歌舞为基础步伐，结合歌词做划船、敲锣鼓、放鞭炮等舞蹈动作。舞时，成偶数围圈而舞。八支队也编排过此舞，动作跳法都不相同，这个舞蹈既可自娱，也可表演，表演时穿汉族农民服装。”[4]

此书的出版者为中国人民解放军滇桂黔边纵队第三支队政治部。这支队伍是 1949 年元旦经由人民解放军总司令部命令成立的，庄田任司令员。而边纵的第三支队，是 1949 年 3 月由黔西南和黔西的 15 支游击队组成的边纵罗盘支队改编而来的。[5] 边纵为解放祖国大西南地区立下了不朽的功勋。

撰文：赵迎红

注释：

1. 参见上海辞书出版社编：《中国现代文学词典》，上海辞书出版社 1990 年版，第 367 页。
2. 参见丁毅：《丁毅文集》（第 2 卷），漓江出版社 2015 年版，第 290 页。
3. 参见陈玉堂编著：《中国近现代人物名号大辞典》，浙江古籍出版社 2005 年版，第 966 页。
4.《中华舞蹈志》编辑委员会编：《中华舞蹈志·云南卷》下册，2007 年，第 811 页。
5. 参见郭明进：《战斗在滇桂黔的边纵部队》，《文史春秋》2010 年第 5 期。

图一：《翻身歌集》（2），中国人民解放军滇桂黔边纵队第三支队政治部印发，1949年8月12日印。

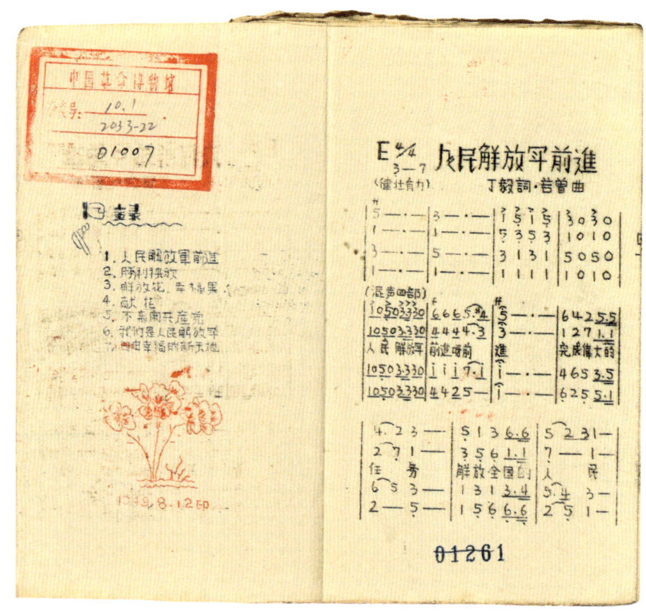


图二：《翻身歌集》目录页与首歌《人民解放军前进》。目录页为双色套印，登载了本书收录的7首歌曲与出版日期，附有花朵装饰画。歌曲《人民解放军前进》，由丁毅作词，若曾作曲。图载本书目录页与正文首页。

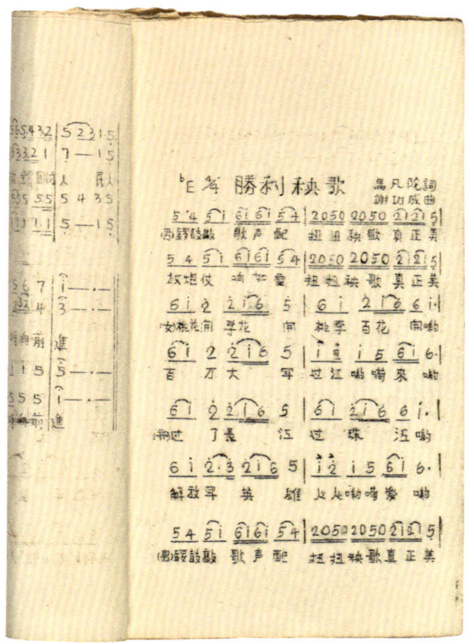


图三：歌曲《胜利秧歌》，由马凡陀作词，谢功成作曲。

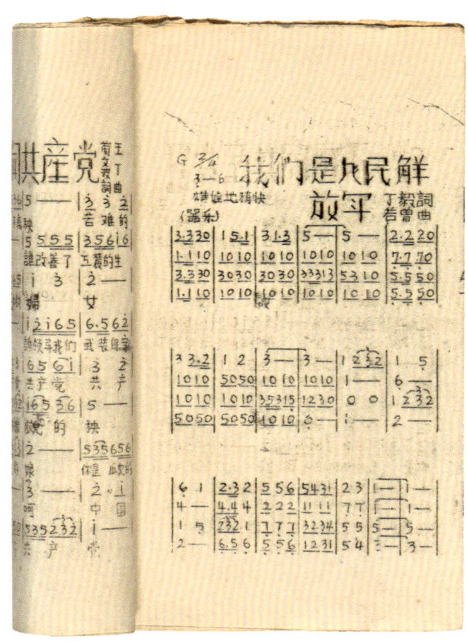


图四：歌曲《我们是人民解放军》，由丁毅作词、若曾作曲。图载本书A（一）页。

# 《盘江曲》

《盘江曲》，《盘江歌丛》第一辑，盘江报社出版，石印，定价0.50元，出版时间不详，21.6cm×14.1cm。收录歌曲12首。我馆现存此版本《盘江曲》两册，其中一册为毛边书，另一册书收录《民主进行曲》的一页缺失。《盘江曲》创作于1949年，且书中收录有声讨国民党蒋介石的歌曲，据此推断，本书出版于1949年解放战争时期。

1942年5月，毛泽东发表了《在延安文艺座谈会上的讲话》，在党和毛主席的号召下，文艺工作迅速展开，“就连当时云南的革命歌曲创作，也在民主革命时期抗日救亡歌咏运动歌曲创作的基础上前进了一大步，涌现了《只有拿枪上战场》……《盘江曲》等洋溢时代激情，充满着昂扬斗志的歌曲”[1]。

本书收录了各种富有时代特色的滇南歌曲，如：以歌颂毛泽东为主题的《毛泽东之歌》（春桥词，卢肃曲）；以鼓舞战士、鼓舞人民不畏大扫荡，积极投身反扫荡运动为创作目的的《奋勇前进》（史刚词，杨放曲）、《反扫荡》（史刚词，吕梁、杨放曲）；以呼吁群众拥护共产党为任务而创作的《上公粮》（史刚词，杨放、吕梁曲）、《送公粮》（吕书轩词，沙青曲）；以反蒋介石为主题，鼓励人民推翻蒋介石统治，拥护新政权的歌曲，《蒋介石跑不掉》（朱子奇词，张鲁曲）、《谁是匪》（史刚词，梁红曲）；等等。

其中第十二首《盘江曲》由史刚词，吕梁、杨放曲，是一首仿冼星海的《黄河大合唱》创作的具有一定规模的大型声乐曲[2]。该曲共有《苦难》《觉醒》和《战斗》三个章节，每一章节前附有朗诵，以大合唱的形式叙述了盘江人民在党和人民军队的带领下，推翻黑暗统治，反抗剥削与压迫，为了自由而奋起战斗的壮烈故事。

撰文：孙睿

注释：

1. 宋朝盛：《坚持“二为”方向繁荣音乐创作》，《民族艺术研究》1997年第3期。
2. 参见孙维骐：《云岭惊雷民主先声——民主革命时期云南创作歌曲评述》，《民族艺术研究》1989年第6期。

图一：《盘江曲》，出版时间不详。

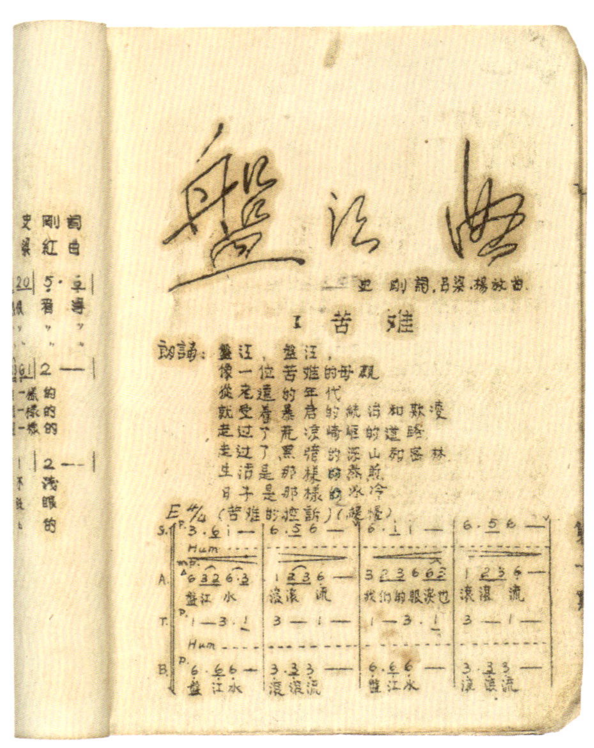


图二：歌曲《盘江曲》，史刚词，吕梁、杨放曲。

# 《连队歌声》

《连队歌声》，冀中军区政治部火线剧社编，冀中军区政治部出版，出版时间不详，9.0cm×12.9cm。全书共47页，收录歌曲16首。

1937年“七七事变”之后，冀中地区组织起一支由吕正操同志领导的抗日武装队伍“冀中人民自卫军”。自卫军于10月成立少年先锋队，从事文化宣传工作。[1]1948年2月，自卫军少年先锋队改名“火线剧团”，王林任团长。同年10月，火线剧团与冀中军区宣传大队正式合编为“火线剧社”，隶属于冀中军区政治部，陈乔、崔嵬等先后任社长。火线剧社的宗旨为“抗日高于一切，一切服从抗日”，服务对敌斗争，他们的演出形式以戏剧为主，包括话剧、歌剧、活报剧、京剧等，也有歌曲、舞蹈、曲艺等其他表演方式。[2]火线剧社的演出在冀中地区发挥了很好的宣传作用，在号召青年参军、主张抗日统一战线、鼓励大生产运动等方面都掀起了革命的热潮，播下了革命文艺的火种。[3]

本书为横开本小册子，形制袖珍，方便随身携带翻阅，编写体例也非常简洁，仅在封面和目录页附简要编著出版信息。目录页与内页歌曲题名及编排顺序等略有差异，推测是在时间和资源比较有限的条件下编印的。此集收录的作品均为军歌，主要面向革命战士发行。另外，本书编写的一个侧重点是指导读者如何演唱歌曲，如《三大纪律歌》《挺进敌人阵地》《活捉王凤岗》（以上未题词曲作者）和《翻身参军灭蒋匪》（羽山词）四首歌曲后均有附注唱法说明，讲解关于分声部轮唱或歌词、节奏、曲谱方面的要求，推断此书用于在革命军队中教唱歌曲，普及革命文艺。

撰文：宋现

注释：

1. 参见陈乔：《火线剧社漫忆》，晋察冀文艺研究会冀中分会：《战火中的冀中文艺兵》，1988年，第45—46页。

2. 参见么书仪等：《中国文学通典·戏剧通典》，解放军文艺出版社1991年版，第844页。中国戏曲志编辑委员会：《中国戏曲志·河北卷》，中国ISBN中心1993年版，第434页。

3. 参见晋察冀文艺研究会冀中分会编：《火线剧社在冀中》，中国华侨出版社1994年版，第1—2页。

图一：《连队歌声》，冀中军区政治部火线剧社编，出版时间不详。

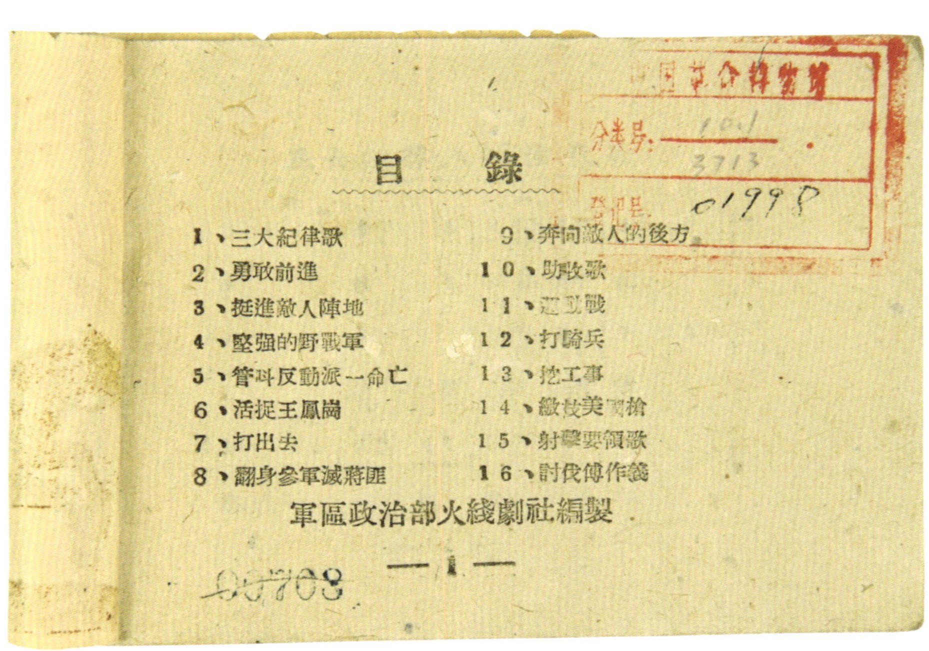

目錄



軍區政治部火綫劇社編製

—1—

图二：《连队歌声》目录页，刊登了本书收录的16首歌曲名，右上角有中国革命博物馆红色长方形藏书章一枚。图载本书第1页。

# 《革命歌》

《革命歌》，红墨蜡版油印，封面为后人重新整理时装配，出版时间不详，8.2cm × 12.2cm。每对页 2 页码，全书共 31 页，收录歌曲 20 首。封面上有手书蓝色“革命歌”三字，其中“命”字为异体字，封面右上角写有红色编号“185”。

本书收录的歌曲有《红旗歌》《反对老婆拖尾巴》《傻瓜歌》《学习歌》《阶级友爱歌》等 20 首歌曲。其中多首歌曲均具有苏区闽北革命根据地的文化特色，歌曲内容多以军队纪律、革命纪律为主，强调“加强纪律性，革命无不胜”对于部队思想建设和作风建设的重大作用。

书中收录的歌曲《反对老婆拖尾巴》，是一首极具苏区特色的作品，歌中唱到“同志们，不请假，不回家，反对老婆呵拖尾巴”，此曲在部队中营造了不请假、不回家的氛围，教育战士不动摇、不逃跑的意志品质。[1]

书中收录的歌曲《傻瓜歌》，批判个人主义自私自利，最终将自取灭亡，教育战士要以革命主义至上，宣传舍小家为大家的革命精神。《红旗歌》号召人们高举革命旗帜，砸开铁锁链，举起刀和枪，参加红军，奔赴战场。[2]《学习歌》和《阶级友爱歌》这类歌曲，专用于部队的思想作风建设。

这些歌曲，歌词通俗易懂，明白如话，曲调一般都运用民歌调式，有浓重的民歌风味，很受群众欢迎。[3]

撰文：赵天然

注释：

1. 参见梁化群：《苏区“红色戏剧”史话》，文化艺术出版社 1987 年版，第 128 页。

2. 参见中共建阳地委党史办公室，建阳地区文化局，共青团建阳地委编：《闽北革命历史歌曲》，中共建阳地委办公室，1983 年，第 3 页。

3. 参见江西省文化厅革命文化史料征集工作委员会等编：《闽浙赣苏区革命文化史料汇编》，江西人民出版社 1997 年版，第 504 页。

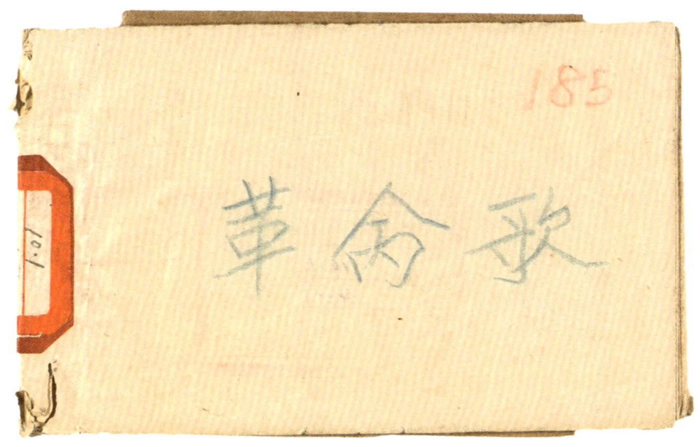


图一：《革命歌》，封面为后配，出版时间不详。

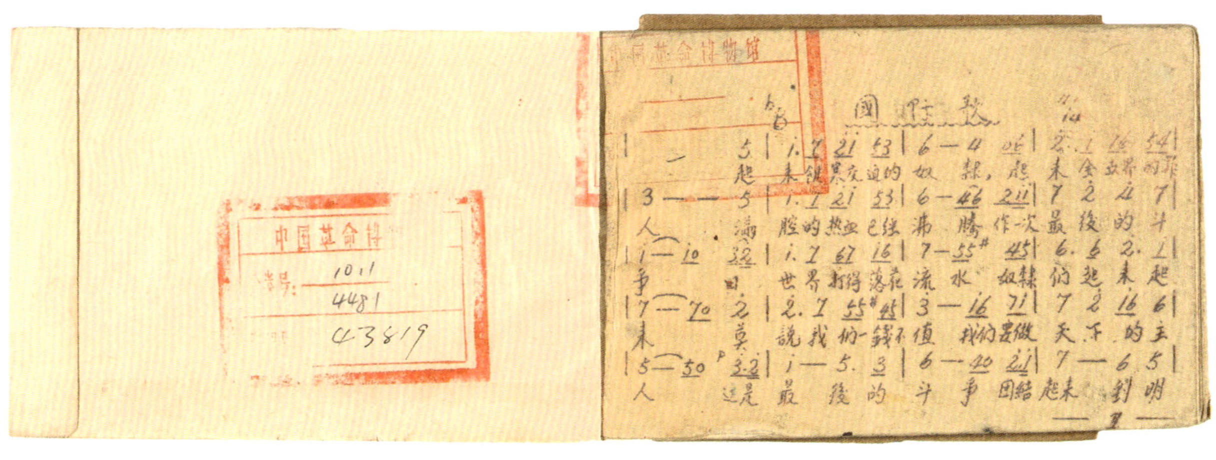


图二：歌曲《国际歌》，红墨蜡板油印。图载本书首页。

# 《七月歌选》（第四集）

《七月歌选》第四集，七月剧社印，油印，出版时间不详，18.7cm×12.6cm。每对页 2 页码，全书共 10 页，收录歌曲 8 首。

本书创作于抗日救国的大背景下，收录的歌曲不多，仅收录了《三唱劳动英雄》（芦梦、苏民、常功、亚欣词，苏民、亚欣曲）、《上冬学》（芦梦词，苏民曲）、《快快上冬学》（胡正词，朋明曲）、《妇女上冬学》（修明词曲）、《拾粪》（胡海词，张玉仲曲）、《练兵习武》（力军词，苏民曲）、《民兵训练》（胡正词）、《劳军歌》（温象栓通讯小组作）8 首歌曲。

歌曲的内容贴近官兵及人民群众的日常生活，极大地鼓舞了前线官兵的士气、工农生产的热情与妇女学习的热情，宣传了妇女解放的思想。如《三唱劳动英雄》等歌曲通过赞颂劳动模范来提高人民的劳动生产热情和觉悟；《上冬学》等歌曲动员劳动人民积极参加冬学以提高文化水平；《练兵习武》等歌曲鼓舞官兵士气、培育官兵的战斗精神；《民兵训练》等歌曲倡导发展群众武装力量。

其中《妇女上冬学》是一首鼓励妇女读书识字的歌曲，歌曲打破了落后的观念和陈规旧俗。“冬学，作为我国北方的一种历史文化传统，因其适应了抗战教育的要求及北方农民的生产规律和中国共产党发动群众、领导乡村的需要而在抗日根据地里迅速发展，并在中国共产党的领导下把传统中只是识字、学文化、讲故事的冬学，发展成了一种发动群众进行全民学习的轰轰烈烈的冬学运动。”[1] 本首歌曲内容与妇女生活紧密结合，歌词简单，易于理解，歌曲虽然简短，却起到了提高妇女们学习积极性的作用。

七月剧社成立于 1939 年 7 月 1 日，剧社因此而得名。剧团“在最初成立的日子里运用晋西南群众喜闻乐见的民间戏曲艺术形式演出，第一次演出便吸引了数千名群众前来观看，由于它是在党的组织下建立的，故领导班子的配备十分严谨，主要领导人的选取都得是具有较高的政治觉悟、知识水平，具有丰富的戏剧演出经验”[2]。

撰文：赵琳

注释：

1. 参见周江平：《抗日根据地冬学运动述评》，湘潭大学，硕士论文，2006 年。
2. 参见任月瑞：《抗战时期晋绥根据地的戏剧运动研究》，山西师范大学，硕士论文，2016 年。

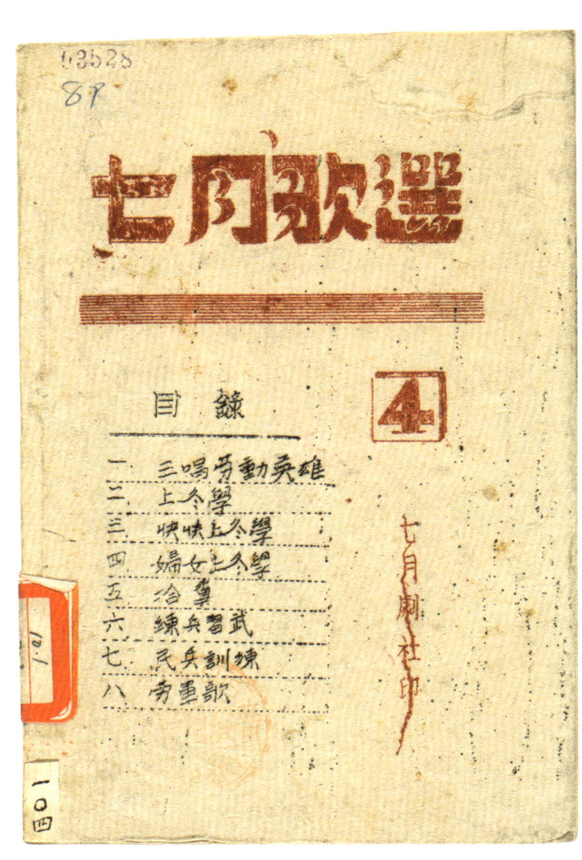


图一：《七月歌选》（第四集），出版时间不详。封面刊登了本书收录的8首歌曲。

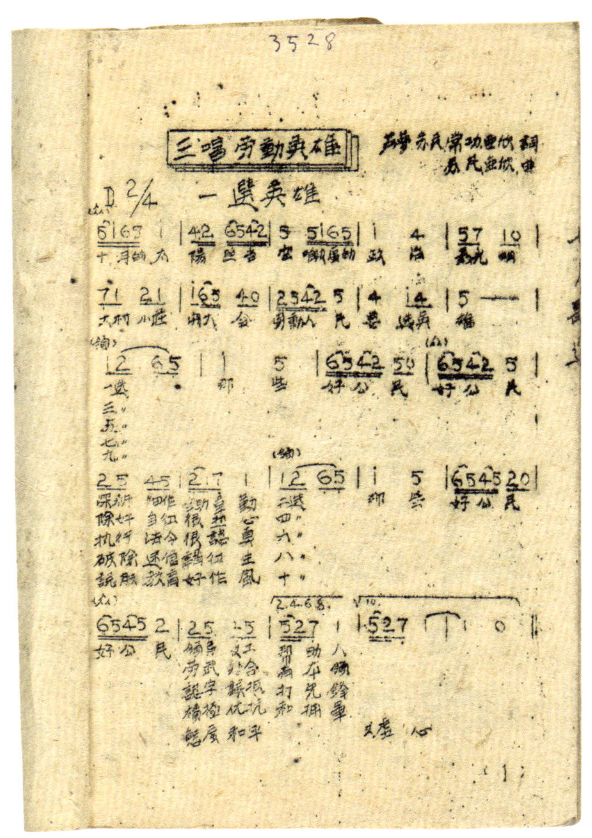


图二：歌曲《三唱劳动英雄》，由芦梦、苏民、常功、亚欣作词，苏民、亚欣作曲。图载本书第1页。

# 《大众歌集》

《大众歌集》，陕甘宁边区音协绥德分会出版，西北抗敌书店发行，西北抗敌印刷厂印刷，定价0.5元，石印，出版时间不详，19.3cm×13.3cm。全书共40页，收录歌曲50首。

绥德西北抗敌书店成立于1938年，其主要任务是“宣传马列主义、毛泽东思想，宣传党的抗日方针、政策，供应抗战书刊，传播新科学、新文化，丰富群众的文化生活，为前后方抗日军民读者服务”。“1940年3月绥德分区成立后，西北抗敌书店接管了国民党印刷《绥德日报》的一台4开铅印机和一台石印机，成立抗敌印刷厂，增加了出版印刷工作。”[1]据本书《编后记》记载，此书始印于1940年7月初，原为纪念“七一七”人民音乐节和革命音乐导师聂耳先生出版。后因印刷困难，拖延了出版，适逢双十节，因此编者认为此书的出版又多了一个纪念第二十九届双十节的意义。

书籍出版时期正值第二次国共合作，书中收录的歌曲，既有歌颂共产党领袖与共产党的歌曲，如《毛主席》（鹤童记谱、记词）、《参加八路军活报插曲》（崔嵬、吕冀创作）、《保卫西北大合唱之三：黄河小调》等歌曲；也有赞颂国民党领袖的歌曲，如《抗日点将》（安波记词）；此外，还有歌唱妇女运动鼓励中国女同胞走上政治舞台的歌曲，如《妇女宪政运动》（一烟作词，刘炽作曲）、《绥德李大娘》（敏夫记词，旋林记谱）等歌曲。

此书排版格式不规范，对于多段歌词的歌曲，有的歌曲是每一段歌词都对应地记在曲谱下，如刘御作词、刘炽作曲的《毛泽东》，张鲁记谱、青阳作词的辽县小调《骂汪小调》等；有的只将第一段词记在曲谱下，其余段落统一排版在歌曲的最后，如安波记词的《抗日点将》、贺绿汀创作的《募寒衣》等。书中第一首歌曲《抗日点将》，是安波根据陕北民歌填词创作的，[2]通过五段通俗易懂的歌词，颂扬了共产党将领朱德、彭德怀、贺龙与国民党领袖蒋介石，表达了人民对国共两党精诚合作共同抵御外敌的赞颂，同时体现了抗日歌曲创作的时代性与民族化取向。

撰文：魏丹

注释：

1. 陕西省地方志编纂委员会：《陕西省志出版志》，三秦出版社1998年版，第250页。
2. 王巨才：《延安文艺档案·延安音乐 延安音乐史》（第14册），太白文艺出版社2015年版，第44页。

图一：《大众歌集》，出版时间不详。

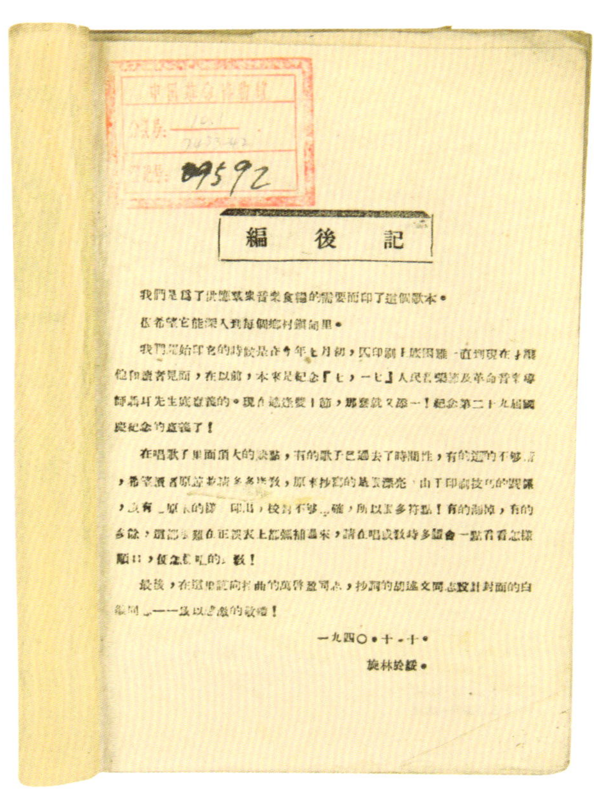

編　後　記

我們是爲了供應羣衆音樂食糧的需要而印了這個歌本。

也希望它能深入到每個鄉村鎮甸里。

我們開始印它的時候是在今年七月初，因印刷上底困難一直到現在才跟各位印讀者見面，在以前，本來是紀念「七，一七」人民音樂家及革命音樂導師聶耳先生底意義的。現在適逢雙十節，那麼就又添一！紀念第二十九屆國慶紀念的意義了！

在唱歌了里面頂大的缺點，有的歌子已過去了時間性，有的選的不够[illegible]，希望讀者原諒並請多多指教，原來抄寫的是很漂亮，由于印刷技巧的關係，沒有[illegible]原來的樣[illegible]印出，校對不够[illegible]確，所以有很多錯誤！有的漏掉，有的多餘，錯誤[illegible]都在正誤表上都無補盡來，請在唱歌教時多體會一點看看怎樣順口，便念[illegible]唱的[illegible]數！

最後，在這里謹向作曲的萬[illegible]同志，抄寫的胡述文同志設計封面的白[illegible]同[illegible]——致以虔敬的敬禮！

一九四〇，十，十。

旋林於綏。

图二：本书《编后记》，作于1940年10月10日。图载本书首页。

# 《歌曲选集》

《歌曲选集》，冀中新华书店出版，铅印，出版时间不详，17.5cm×11.5cm。全书共16页，收录歌曲15首。本书封面中部有红色长方形“冀中新华书店赠阅”章和蓝色椭圆形“华北新华书店编辑部参考室”章各一枚。由红色长方形赠阅章可以看出此书在出版以后，除了由书店销售之外，还有一部分是赠与有关单位收藏的。另外从“华北新华书店编辑部参考室”收藏章可以看出，此书曾经由华北地区多个新华书店合并而来的华北新华书店收藏。这枚编辑部参考室的印章也佐证了当时的新华书店，不但有发行销售的功能，同时也具有编辑出版的任务。

冀中区新华书店成立于1941年7月。[1]此后因抗战形势严酷，书店停办了一段时间。1946年春，中共冀中区为了发展文化教育事业，重建了冀中区新华书店。同年秋冀中新华书店第一分店（后改为旧城分店）在束鹿县旧城镇成立，1947年在任丘县城又建第二分店（后改任丘分店），之后又在高阳设第三分店（后改名为高阳分店）。与此同时，为了扩大出版发行范围，冀中行署教育厅和冀中区的四个分区也相继建立了书店。

本书的版权页上注明了出版发行地点，注明了冀中新华书店高阳、束鹿、任丘三个分店经销发行，没有出版时间。根据冀中区新华书店的变迁历史，1947年冀中区新华书店总店地址在河间县等信息推断，本书的出版时间应在1947年初。

本书收录了三首儿童歌曲：《晋察冀儿童团进行曲》（王莘词曲）、《儿童团歌》（李冰词，李尼曲）、《儿童节歌》（张达观作），鼓励儿童团员们，利用年龄小、不容易被敌人注意的先天优势，帮助八路军、游击队收集情报，侦察敌情，在战争中锻炼成长。

书中第六首歌曲《路是我们开》由安娥作词，冼星海作曲。[2]这首歌曲由特定的劳动音调和节奏构成，表现了工农群众的劳动生活，生动地体现了人民群众丰富的内心世界。[3]

撰文：赵迎红

注释：

1. 参见河北省新闻出版局出版史志编辑部编：《中国共产党晋察冀边区出版史资料选编》，河北人民出版社1991年版，第357页。

2. 周巍峙：《年方九十周巍峙文集1997—2006》（5），中国文联出版公司2006年版，第49页。

3. 李新芝：《毛泽东题词题字珍闻》，台海出版社2016年版，第124页。

图一：《歌曲选集》，出版时间不详。

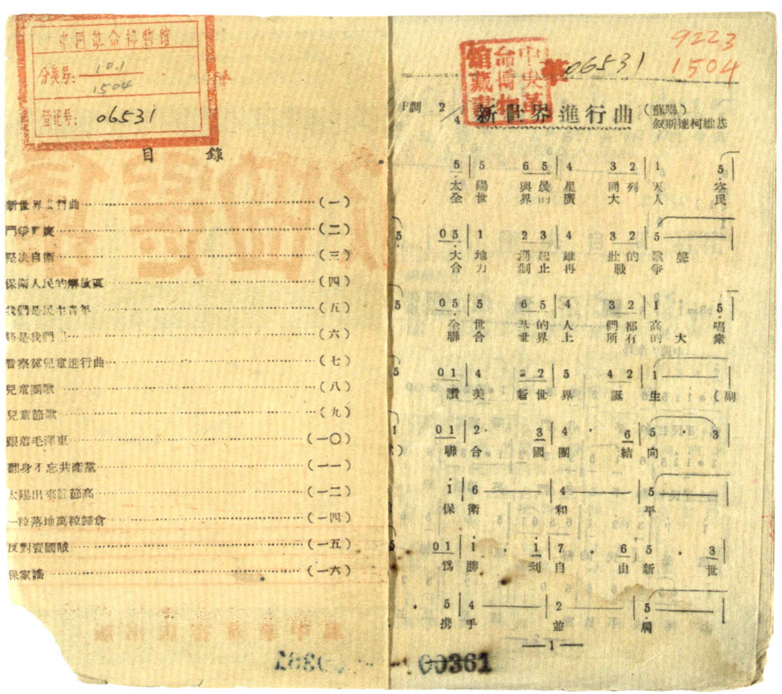

目錄



新世界進行曲

—1—

图二：《歌曲选集》目录及首歌《新世界进行曲》。图载本书封二与第1页。

# 《大家唱》

《大家唱》，鲁中军区政治部宣传部编，出版时间不详，16.7cm×12.9cm。全书共10页，共收录9首歌曲。

本书收录的歌曲有《打倒蒋介石》（可久词曲）、《九月的蚊子到时候》（晓河作）、《看它跑那里》（延安墙头诗，晓河作曲）、《打倒蒋介石》(辛颖词曲)等9首歌曲，部分歌曲有说明。

书中收录有两首同名歌曲《打倒蒋介石》，一首可久作，另一首辛颖作。两首歌曲虽然歌名相同，但旋律与歌词均不同。作者可久通过歌词"为了独裁，你放开了多少爪牙特务，到处横行逮捕，镇压暗杀"揭露了反动统治的暴行，控诉了人民生活的苦难。辛颖创作的歌曲，歌词"只有打倒蒋介石，才有和平，才有独立，才有吃穿"，指明了斗争的目的，鼓励人民追求幸福生活。1947年10月中共中央向全军及全国颁布了《中国人民解放军宣言》，《宣言》正式提出了"打倒蒋介石，解放全中国"的口号，同时还宣布了中国人民解放军的八项基本政策及中国人民解放军67条口号，"打倒蒋介石，解放全中国"位列第一[1]。在解放区的文艺社会动员中，歌曲一直是人民群众喜闻乐见的宣传形式，以这样的方式普及新的政策和方针更易于被大众接受。

歌曲《看它跑那里》《九月的蚊子到时候》作者均为晓河。晓河，原名何同鉴，著名作曲家。《看它跑那里》创作于烽火连天的战争年代，是晓河在连队与战士们一同生活时创作的，当时连队的指战员向晓河提议多创作一些短小精悍的歌曲，应这样的要求《看它跑那里》诞生了[2]。歌曲短小精悍、曲调明快，整个歌曲只有四句歌词："打蒋军还好比吃象棋，吃它的卒子又吃车，把它全盘兵马都吃光，看他老蒋跑那里。"歌词形象生动地诠释了打歼灭战的精神思想，深受部队战士们喜爱，广为传唱。根据本书标注《看它跑那里》歌词来源于延安墙头诗，但在晓河《我的大学里》一文中表示歌词是胶东前线群众的一首墙头诗。同样《九月的蚊子到时候》也是一首短小有力的歌曲，歌词诙谐幽默极具生活化，反映了战时深入浅出的战斗思想教育。

撰文：高轶琼

注释：

1. 参见《中国人民解放军宣言》，晋察冀新华书店1947年版。

2. 晓河：《晓河歌曲选》，上海文艺出版社1980年版，第206页。

图一：《大家唱》，鲁中军区政治部宣传部编，出版时间不详。

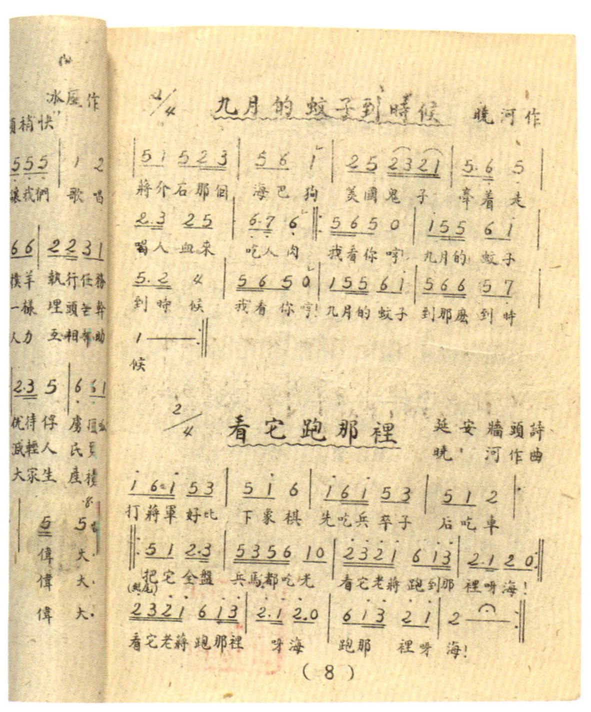


图二：歌曲《九月的蚊子到时候》，晓河作。歌曲《看它跑那里》，延安墙头诗，晓河作曲。图载本书第 8 页。

# 《献给七大》

《献给七大》，演出者：联政宣传队，出版时间不详，17.8cm×12.4cm。本书是联政宣传队庆祝中共七大召开的歌舞、歌剧专场演出节目单。

1945年4月23日至6月11日，中国共产党第七次全国代表大会在延安杨家岭中央大礼堂召开。“为了庆祝大会召开，陕甘宁晋绥联防军政治部宣传队连续演出了3场晚会，其中一场是歌舞、歌剧晚会[1]”，另外两场是话剧晚会。

在本场专场晚会上，联政宣传队演唱了大合唱《献给七大》(集体作词，李鹰航曲)，小调演唱《唱边区》《唱毛主席》《唱毛主席（朱德）总司令》，还演出了歌剧《王木匠进城》《烧炭英雄张德胜》(荒草编剧，贺绿汀作曲)及歌舞《扫除法西斯》(荒草编剧，贺绿汀作曲)等节目。这场晚会受到七大代表的热烈欢迎。[2]据此推测，本书的出版应是1945年4至6月间。

其中《献给七大》这首歌是萧向荣同志作词，“1945年他被选为党的‘七大’代表，为做好参加大会的准备工作，萧向荣提前从部队赶回延安。4月23日，中国共产党第七次全国代表大会正式开幕。萧向荣在参加大会的过程中，写了一篇《献给七大》的歌词，由李鹰航等同志配曲，这首歌成了‘七大’演出的主要节目，联政宣传队立即进行了紧张的排练。5月13日晚，一部叙述中国共产党光辉历史的颂歌——《献给七大》在新落成的中央大礼堂，和‘七大’的代表们见面了。伴着宣传队嘹亮的歌声，代表们回顾了中国共产党领导中国人民走过的革命道路，大家感到非常亲切、非常激动，盈眶的热泪流下脸颊，如雷的掌声持续不断。”[3]这首歌用歌唱的形式总结和歌颂了中国共产党自成立至“七大”以来的斗争历史，受到毛主席、周副主席、朱总司令和与会代表及延安军民的极大好评。歌曲词作者李鹰航，是烽火剧社乐队的奠基人之一。从1939年起到解放战争结束，他以鲁艺、烽火剧社、抗战剧团、部队艺术学校、联政宣传队、东北部艺、哈尔滨大学、东北文教队为基地，为军队、为国家培养了大批的音乐人才，他与著名音乐学家贺绿汀同志“开办乐理讲座、和声讲座和作曲、配器等，不到半年，（烽火）乐队所有成员音乐水平提高了一大步，人人都能为歌剧谱曲，还学会了使用多种乐器”[4]。

《烧炭英雄歌》（荒草作词，贺绿汀作曲）歌颂了烧炭班张德胜以及他所在烧炭队的事迹，“1944年春，边区山地某连才学会烧炭的战士张德胜接到上级的指令，因供铁厂需求紧迫，命他和几位战士于六十天内完成六万斤烧炭生产任务。烧炭组在张德胜带领下日夜奋战，于六十天内烧制出八万两千斤木炭，超额完成了任务，荣获全团“烧炭英雄”与“烧炭英雄组”称号”[5]。

本书无详细版权信息，全书无页码，封底手书“赠送晋绥分局宣传部 联政宣传队”，推断此书曾作为演出节目单被联政宣传队赠与晋绥分局宣传部。联政宣传队是由“延安八路军后方留守兵团政治部文艺工作团，与延安青年艺术剧院于

1943 年 12 月 1 日合并而成的，隶属于联政（即陕甘宁晋绥五省联防军政治部）领导。它的成立使联防军的文艺工作进入一个新的阶段”[6]。

撰文：张晓菲

注释：

1. 李双江主编：《中国人民解放军音乐史》，解放军文艺出版社 2004 年版，第 161 页。
2. 参见李双江主编：《中国人民解放军音乐史》，解放军文艺出版社 2004 年版，第 161 页。
3. 参见宋雯妮，宋绍青：《开国中将萧向荣》，当代中国出版社 2009 年版，第 71 页。
4. 参见李长华：《抹不掉的记忆》，陕西人民出版社 2010 年版，第 644 页。
5.《中国歌剧史》编委会主编：《中国歌剧史 1920—2000》上册，文化艺术出版社 2012 年版，第 153 页。
6. 王巨才主编：《延安文艺档案·延安戏剧》第 4 册，延安戏剧组织、太白文艺出版社 2015 年版，第 680 页。

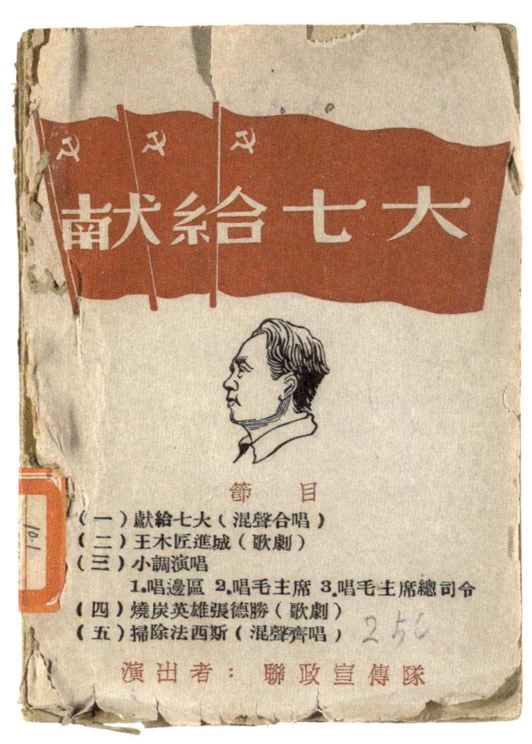


图一：《献给七大》封面，节目五场，演出者：联政宣传队，出版时间不详，推测为1945年4至6月间

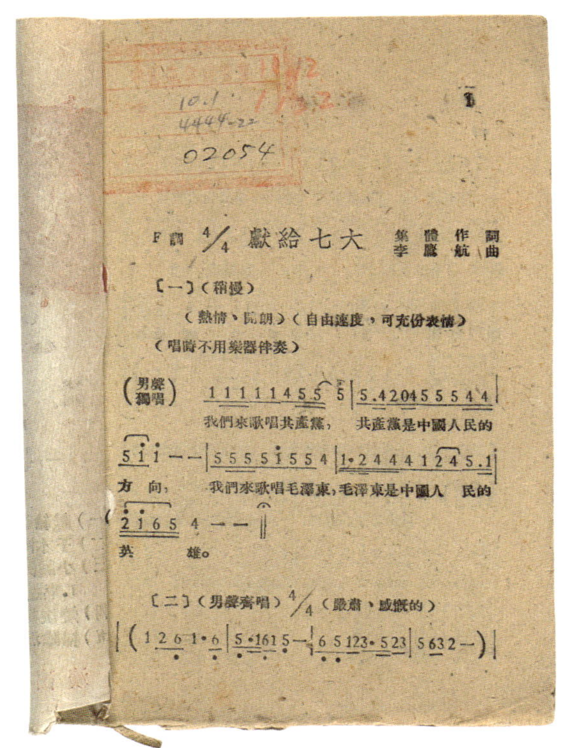


图二：歌曲《献给七大》，集体作词，李鹰航作曲。图载本书第1页。

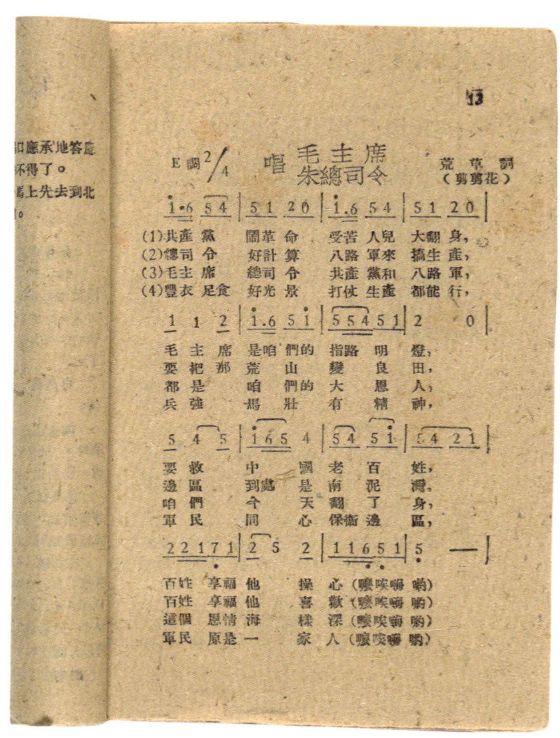


图三：小调《唱毛主席朱总司令》，荒草作词，采用《剪花花》调。图载本书第13页。

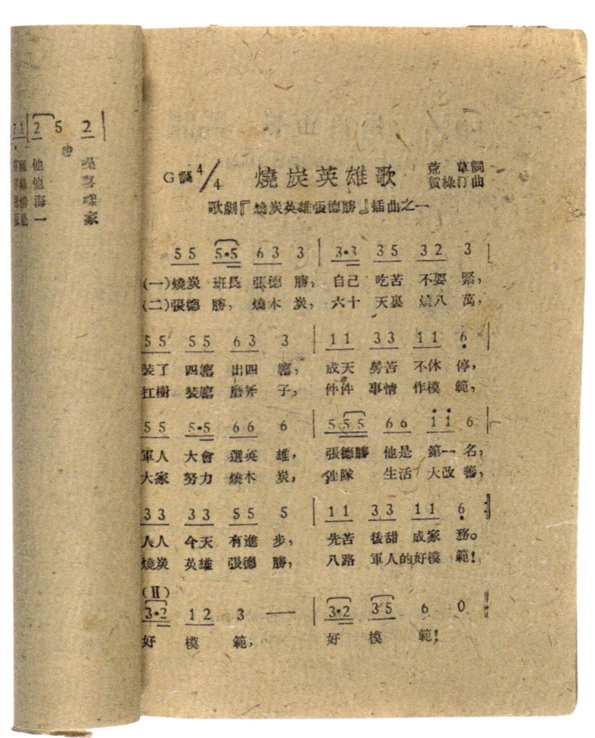


图四：《烧炭英雄歌》，由荒草作词，贺绿汀作曲。此歌曲是歌剧《烧炭英雄张德胜》插曲之一。

# 《解放歌声》（第二集）

《解放歌声》（第二集），冀东军区文工团编，冀东新华书店出版，横版，出版时间不详，17.1cm×24.9cm。全书共11页，收录歌曲11首。封面有蓝色“大众日报编辑部资料室”章和红色“赠阅请交换希批评”章各一枚。

冀东军区文工团成立于1946年4月，其前身为冀东尖兵剧社，团员50余人，负责人为李劫夫、黄河、姚铁等。1947年秋，李劫夫、黄河等一部分人随军改编为南海文工团。该团余者由姚铁负责，重新组建，人员又达到了50有余。[1]

本书收录的歌曲有《打倒蒋介石，解放全中国》（安波作词、作曲）、《望见了北斗星》（陈陇作词，劫夫作曲）、《新青年之歌》（姚铁作词、作曲）、《大军向前进》（录毛主席语录，一鸣作曲）、《我为人民扛起枪》（丁洪词，一鸣曲）等，部分歌曲后有附注或说明。

书中收录有家喻户晓的歌曲《东方红》，这是一首极具陕北特色的民歌。1943年冬，陕西葭县（今佳县）农民歌手李有源（1903年—1955年）依照《骑白马》的曲调编写成一首长达10余段歌词的民歌《移民歌》。《移民歌》既有叙事部分，又有抒情成分，表达了在毛主席、共产党领导下的广大贫苦农民追求幸福生活的喜悦心情。歌曲编成后由李有源的侄子、农民歌手李增正多次在民间和群众集会上演唱，深受人们欢迎。随后延安的文艺工作者将《移民歌》整理、删修成为三段歌词，并改名为《东方红》，于1944年在《解放日报》上发表。《东方红》是在抗日战争期间陕北人民用以表达对领袖毛泽东主席、对中国共产党的感激之情而创作的颂歌，旋律朗朗上口，歌词简单易记，抒情朴实的言语唱出了人民群众对伟大领袖毛主席及其领导的中国共产党的深情。[2]

书中另外一首丁洪作词、张一鸣作曲的《我为人民扛起枪》也深受军队和人民的好评。1948年东北民主联军冬季攻势结束之后，张一鸣和丁洪二人参与文艺表演，看到战士们当场痛哭流涕，主动向有隔阂的同志检讨，大大增加了官兵团结。两人受到战士们的启发，创作了这首关于以“我为人民，人民为我”为主题的队列歌曲，很快在部队中流传起来。这首歌歌词在一定程度上反映了出身贫苦农民的广大战士朴素的思想感情，曲调的旋律、节奏，特别是曲风和民族特点，满足了战士们情感上的需求。[3]

撰文：赵天然

注释：

1. 朝阳市文化局等编：《冀察热辽革命文化史料》（辽宁部分），1992年，第138页。
2. 王凯颖主编：《音乐欣赏》，山东人民出版社2016年版，第48页。
3. 参见李伟：《摇篮情 军旅爱：延安、东北中南部队艺术学校纪念文集》，长征出版社1995年版，第240页。

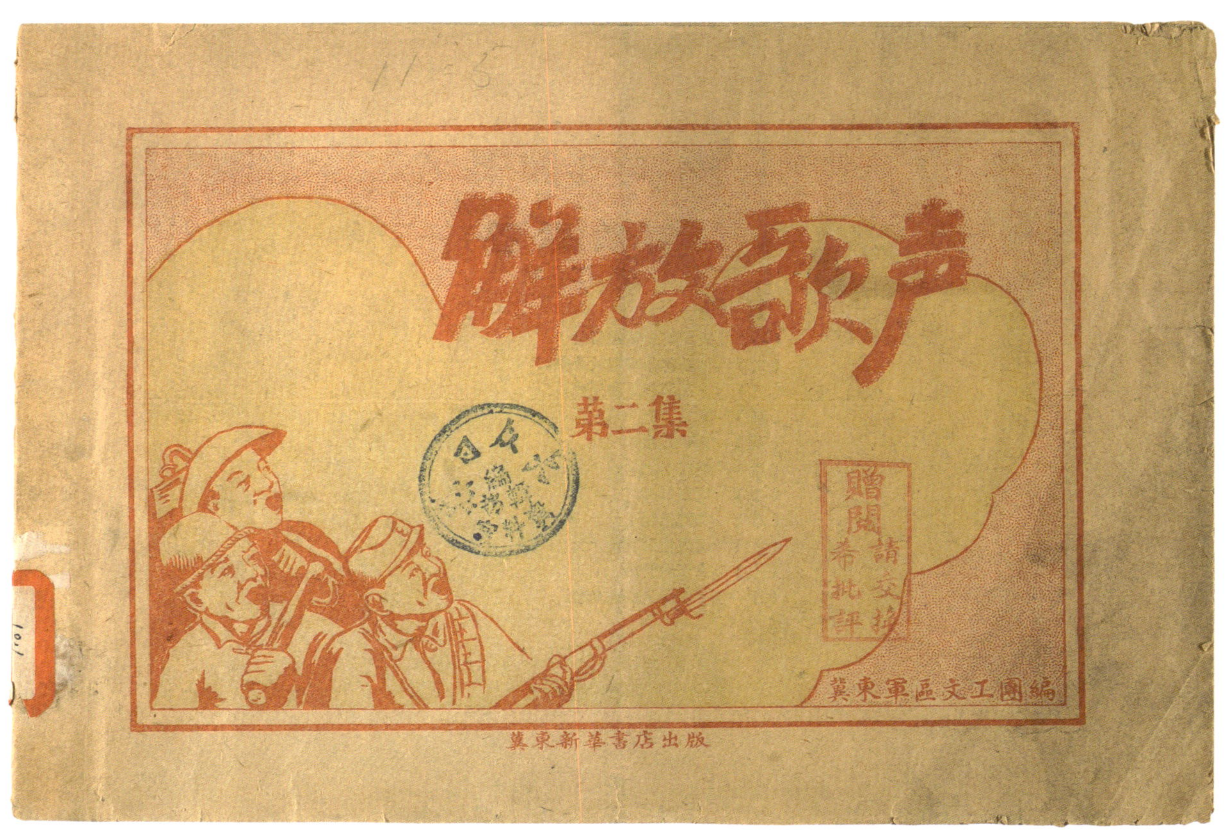


图一：《解放歌声》（第二集），冀东军区文工团编，出版时间不详。

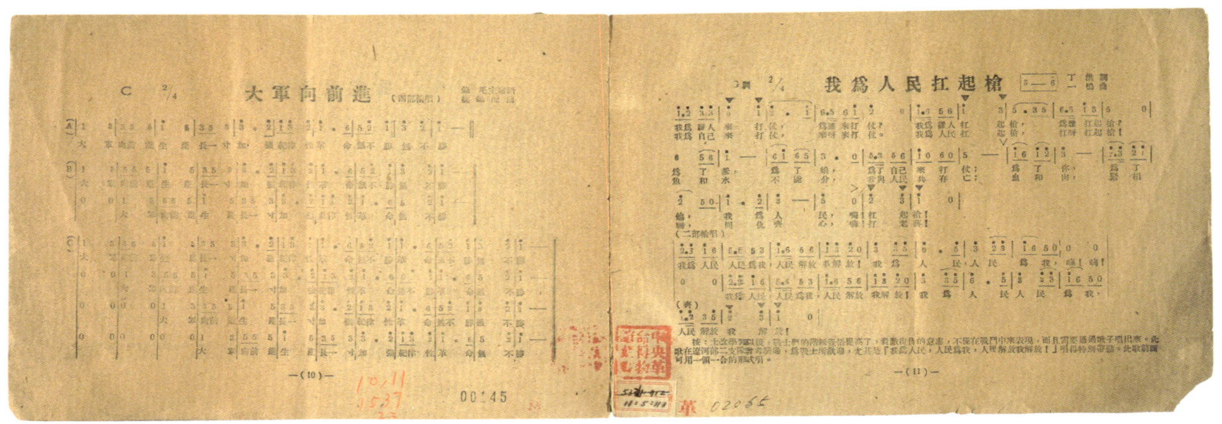


图二：歌曲《大军向前进》与《我为人民扛起枪》。歌曲《大军向前进》，由姚铁配曲；歌曲《我为人民扛起枪》，由丁洪作词，一鸣作曲。图载本书第10、11页

# 《歌唱解放区》（第二集）

《歌唱解放区》（第二集），田晴编，石印，出版时间不详，17.0cm × 12.0cm。全书共 38 页，收录歌曲 37 首。

田晴，1945 年起在冀南分区滏阳师范中学任教，先后担任语文教员、教导主任，发表过诗歌《街头小景》、剧本《出征》、小说《解疙瘩》等。

本书收录有《歌唱解放区》（贺敬之作词）、《生产节约支援前线》（田晴词曲）、《反动派你个祸害精》（胡可作词，张非作曲）、《展开王克勤运动》（李直词，铁民曲）等 37 首歌曲。

其中第五首《展开王克勤运动》（李直词，铁民曲）作于 1947 年。李直，原名李悦之，曾任晋冀鲁豫文工团团员、文艺组员，发表有文艺作品。铁民，原名祝震寰，全名舒铁民，十四岁就参加新四军五师文工团，曾在中原军区文工团、华北人民文艺工作团任演奏员、乐队队长、指挥，亦从事作曲。中华人民共和国成立后，他先后担任歌剧《红云崖》《贺龙之死》、舞剧《牡丹亭》的作曲，曾参与大型音乐舞蹈史诗《中国革命之歌》的音乐创作。[1]

王克勤原为国民党兵，1945 年被俘后加入晋冀鲁豫野战军六纵十八旅，迅速成长为解放军排长、一级战斗英雄、模范共产党员。他首创的“三大互助”（思想互助、技术互助、生活互助）带兵法，在战场上屡建奇功。晋冀鲁豫野战军展开轰轰烈烈的王克勤运动，显著提高了战斗力。1946 年 12 月 10 日，中共中央机关报《解放日报》发表了《普遍开展王克勤运动》的社论，赞扬其“为中国人民解放事业创造了新的光荣范例”，倡导全军学习。各解放区涌现出大批王克勤式的模范班、排和英雄人物，加速了我军胜利的进程。1947 年 7 月，王克勤在鲁西南战役中壮烈牺牲，刘伯承司令员痛惜“蒋介石一个旅也换不来我一个王克勤！”不久《解放日报》专门刊登歌曲《展开王克勤运动》，在大江南北、长城内外广为传唱。[2]

本书封面为绿、黑、红三色套印，简洁美观。其上粘贴 3cm × 4cm 钤“戏剧 · 邯郸地委会 · 图书室”（繁体）朱文印的纸片，表明人民政府对藏书十分重视和爱惜。纸片左侧边缘用蓝色钢笔手写数字“246”，应为图书编号。“邯郸地委会”全称“中国共产党河北省邯郸地方委员会”，成立于 1949 年 8 月。

撰文：隆文

注释：

1. 参见孟建军：《从红小鬼到音乐家——访著名音乐家舒铁民先生》，《乐器》2011 年第 11 期。
2. 参见王贞勤：《王克勤：一名俘虏兵的人生传奇》，《党史天地》2003 年第 1 期。

图一：《歌唱解放区》（第二集），田晴编，出版时间不详。

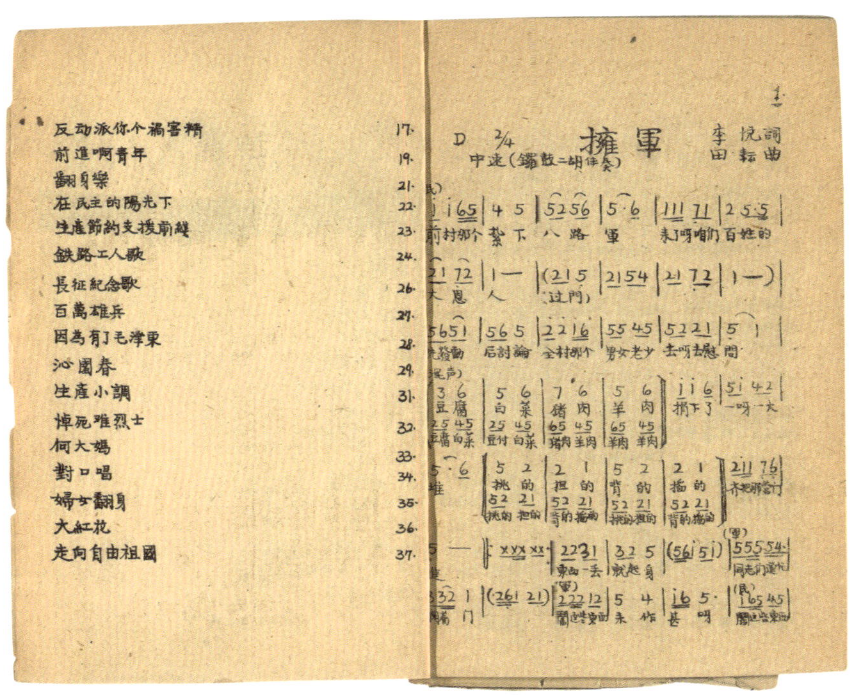



1

擁軍　李悦詞
D 2/4　田耘曲
中速（鑼鼓二胡伴奏）

图二：《歌唱解放区》（第二集）部分目录与首歌《拥军》。歌曲《拥军》，李悦作词，田耘作曲。图载本书目录第2页与正文首页。

2

由于所处地域不同，戏剧的发展也都形成了各自的特色。抗日战争爆发后，以延安为中心的陕甘宁边区和在华北、华东、华中、华南等地的敌后抗日根据地，相继展开了轰轰烈烈的戏曲改革。平剧（京剧）、河南坠子、山西梆子、秦腔等艺术形式都被运用到戏剧改造的文艺形式中，形成了既有地方特色又有时代特征的文学体系。几乎每个边区、部队乃至村庄都有自己的戏曲剧团。这既与戏曲艺术源自民间、在民间有着顽强的生命力与广泛的影响力有关，也与中国共产党领导人对戏曲艺术的高度重视有关。

本书从中精选了平剧、郿鄠、道情、秦腔等多种特色剧种，展示不同地域的戏曲改造成果。

# 《岢岚山》

《岢岚山》（道情剧），第二行政区文联分会编印，1941年1月出版，油印，三眼线订，18.0cm×13.2cm。该剧共5场，全书共10页。

剧中主要人物：唐吉兆，赵旅长，俞华，朱爱国，刘英，王营长，张得胜，等等。

剧情介绍：唐吉兆原是山西省大同县富甲一方的大地主，家产千万，独霸岢岚山，但由于日军占领了大同，家产被日军霸占，只得逃回岢岚山上，心有不甘。唐吉兆的佣人俞华受日军委托，前去岢岚山和唐吉兆谈判，希望联合唐吉兆共同对抗八路军。此时，青救会干部朱爱国与妇救会工作员刘英正在岢岚山上向村民宣传抗日，恰巧遇到唐吉兆一行人，得知他准备联合日本人围攻八路军，不幸暴露行踪，被唐吉兆抓了起来。两人逃出来后，向岢岚山下准备攻打日军的王营长报告了此事，王营长带领八路军一举歼灭了山上的日军和汉奸唐吉兆，取得了岢岚山一役的胜利。

本剧应用了"道情剧"这一演出形式。道情剧，源于道教乐歌，因道士唱乐歌时配以鱼皮筒鼓伴奏，故古时称"渔鼓道情"，[1]是由曲艺式的单唱、对唱、群口唱发展而来的剧种，以唱取胜，并不太注重舞台表演，演员在场上的动作具有很大的随意性。1957年河南太康县道情剧团成立后，才开始讲究表演的程式化，有了一套自成体系的表演模式。总的来说，道情剧基本上借鉴了京剧、豫剧、川剧、昆剧、越调的演艺之长，在不断的实践中逐步建立并丰富着自己的表演技巧。[2]

比较著名的道情剧有《张廷秀私访》《王金豆借粮》和《双拜寿》等，皆为太康县道情剧团的代表性剧目。该剧团在原有剧本内容的基础上，去粗取精，对剧本、音乐和表演等方面进行了整理加工，受到了当时观众的广泛好评。[3]

本剧《岢岚山》是国内进入全面抗战时期，举国上下抗日情绪高涨之时，为向抗日根据地军民进一步宣传游击战持久战的重要性，由第二行政区文联编印并组织演出的，富有人民性和地方色彩，在唱腔、表演方面独具特色。类似的道情剧团，如陕甘宁边区的陇东道情剧团，也开始运用道情剧进行抗日的宣传演出，代表剧目包括《追燕》《枫洛池》《最后的钟声》和《细水长流》等，这些都可以看作是以道情剧反映现代生活为革命服务的良好开端。[4]

撰文：戴畋

注释：

1. 曹海鹰主编：《太康历史文化》，中州古籍出版社2012年版，第446页。
2. 吕自申主编：《道情戏》，河南人民出版社2012年版，第142页。
3. 曹海鹰主编：《太康历史文化》，中州古籍出版社2012年版，第448页。
4. 马少波：《马少波文集卷五·文艺评论》（二），2008年，第215页。

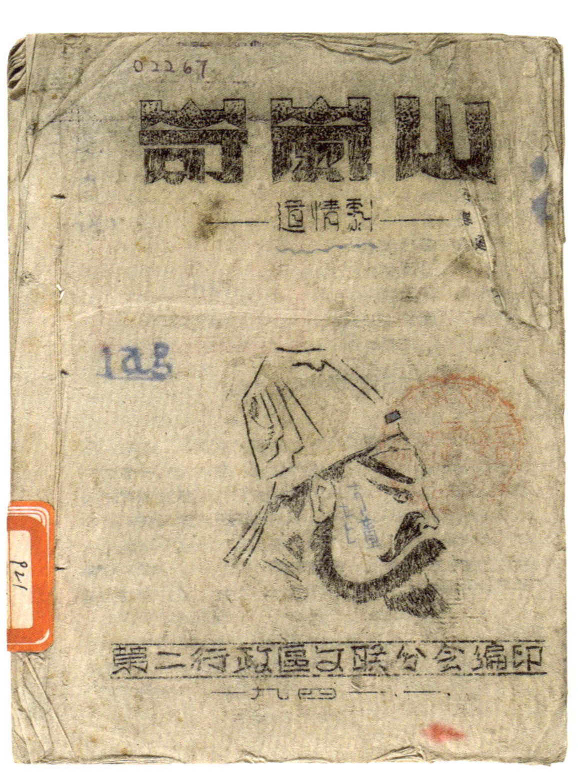


图一：《岢岚山》，第二行政区文联分会编印，1941 年 1 月出版。

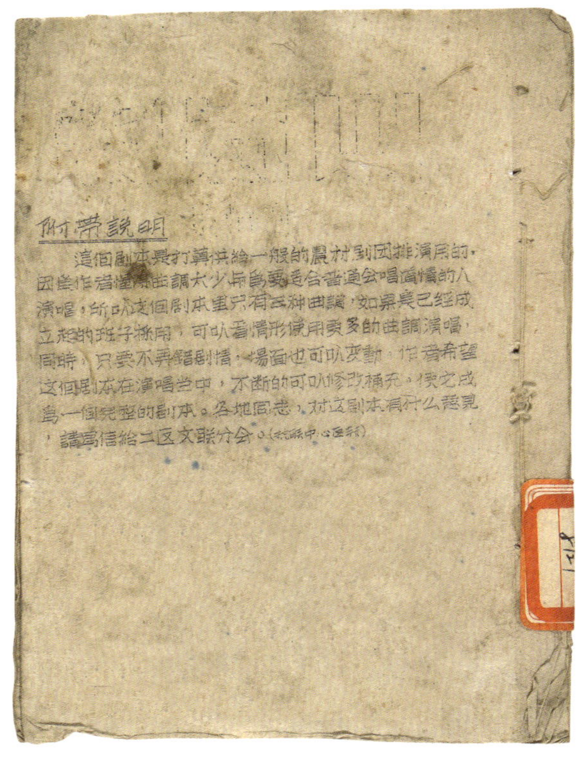

附帶説明

這個劇本是打算供給一般的農村劇团排演用的，因為作者懂得曲調太少與為要适合普通会唱道情的人演唱，所以这個劇本里只有三种曲調，如果是已經成立起的班子採用，可以看情形使用更多的曲調演唱，同時，只要不弄錯劇情，場面也可以变動。作者希望这個劇本在演唱当中，不断的可以修改補充，使之成為一個完整的劇本。各地同志，对这劇本有什么意見，請寫信給二区文联分会。

图二：一段作者的《附带说明》，主要内容为说明本剧可以根据实际情况进行改编。图载本书封底。

# 《难民曲》

《难民曲》，李伦作，延安新华书店发行，1944 年 1 月出版，铅印。17.8cm × 12.8cm。全书共 40 页，封面有绿色带插图一幅。

剧中人物：崔老头，崔志发（崔老头之子），儿媳，狗娃（崔志发的儿子），王保长，高连长，等等。

剧情介绍：1943 年，河南农村大灾荒。贫苦佃农崔老头一家三天没吃饭，孙子狗娃哭着叫饿。儿子崔志发和儿媳外出半天寻找食物，走了十几里地，看见连树皮草根都被人吃光了。为了保全全家的性命，儿媳忍痛提出卖身救全家，但 300 元卖身钱又被王保长抢走，崔家父子万般无奈出走逃荒。

崔家父子离开河南地界，从南方逃来的难民告诉他们西北方有个边区，那里政府照看穷人，有饭吃。在去往边区的路上，崔志发被国民党军队抓去当壮丁，崔老头和狗娃被边区自卫军搭救，送往边区。

在陕甘宁边区农村，崔老头受到妥善的安置。崔志发在押送途中被八路军解救，也来到边区与崔老头、狗娃团聚。

此剧为京剧现代剧，唱做工并重，1944 年于延安平剧研究院首演，采用京剧和经过改革的昆曲唱腔演出。[1]

李伦，原名李维伦，剧作家，文艺评论家，曾用笔名艾三、艾玉等，山东省泰安县人。1938 年 4 月加入中国共产党，先后在陕北安吴堡青训班、延安陕北公学、延安鲁迅艺术文学院戏剧系学习。此后到延安“鲁艺”实验剧团当演员并参加乐队工作。后任晋西北八路军一二〇师三五八旅文艺宣传队队长、延安鲁艺平剧研究团研究科党支部书记、东北京剧实验剧团团长等职。创作的剧作包括《赵家镇》《难民曲》《郑铁区自新》《三打祝家庄》等。其中，表现现实生活的《难民曲》和表现历史题材的《三打祝家庄》在当时影响较大，受到广泛好评。[2]

李伦自从 1937 年参加革命后成为专业戏剧工作者，在担任了领导职务后，努力培养青年剧作家、艺术家，非常支持和鼓励青年人的演出及创作热情。[3]

撰文：戴畋

注释：

1. 焦文彬，王洪锦，童增琪编著：《中国戏曲志·陕西卷》，中国戏曲志编辑委员会编印，1987 年，第 204 页。
2. 中国现代文学辞典编委会：《中国现代文学辞典》，上海辞书出版社 1990 年版，第 317 页。
3. 中国京剧院编：《旧剧革命的划时期开端——延安平剧研究院纪念文集》，中国戏剧出版社 2005 年版，第 675 页。

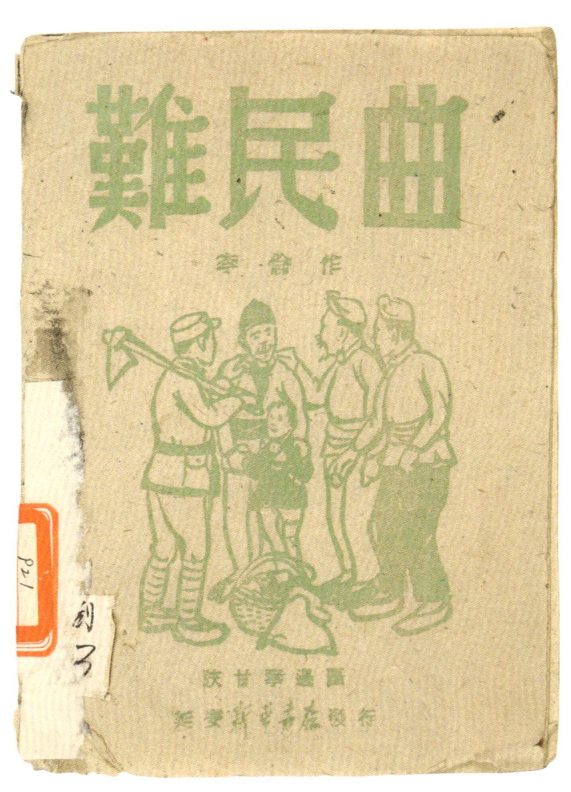


图一：《难民曲》，李伦作，1944 年 1 月出版。

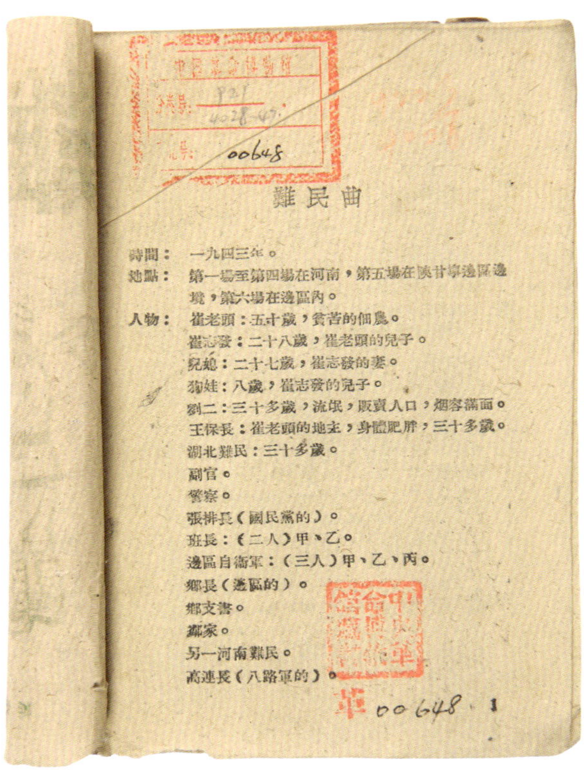

難民曲

時間：一九四三年。

地點：第一場至第四場在河南，第五場在陝甘寧邊區邊境，第六場在邊區內。

人物：崔老頭：五十歲，貧苦的佃農。

崔志發：二十八歲，崔老頭的兒子。

兒媳：二十七歲，崔志發的妻。

狗娃：八歲，崔志發的兒子。

劉二：三十多歲，流氓，販賣人口，烟容滿面。

王保長：崔老頭的地主，身體肥胖，三十多歲。

湖北難民：三十多歲。

副官。

警察。

張排長（國民黨的）。

班長：（二人）甲、乙。

邊區自衛軍：（三人）甲、乙、丙。

鄉長（邊區的）。

鄉支書。

鄰家。

另一河南難民。

高連長（八路軍的）。

1

图二：《难民曲》的时间、地点、出场人物介绍。图载本书第 1 页。

# 《千古恨》

《千古恨》（山西梆子），周文、王修合编，铅印，晋绥边区吕梁文化教育出版社印行，1945年6月出版，17.8cm×13.3cm。本书卷首15页，附曲2页，正文68页，其中第2页至第4页缺失（原始页码标识如此），附正误表1张。封面有毛笔题写赠语“送袁路同志”。

在这部剧本之前，晋绥边区七月剧社亚马同志曾创作同名剧本并进行排演，在其基础上周文、王修二人联系现实抗战工作，重新编写了这部影响力更大的剧本。[1]合编者之一周文（1907年—1952年），原名何开荣，字稻玉，四川荥经县人。他1932年加入左翼作家联盟，抗战爆发后在文艺界开展抗日救亡工作，曾任陕甘宁边区政府教育厅长、晋绥日报社副社长、重庆新华日报社社长等职，代表作有《分》《父子之间》《烟苗季》等。[2]作为优秀的革命作家，他与鲁迅交往多年，也曾与毛泽东通信。[3]周文在晋绥边区为报纸、文艺作品、出版物的通俗化、大众化做出很多努力，如推广口语化的表达、短文短句、以章回小说体编写国际国内新闻等。[4]

另一位合编者王修（1908年—1988年），原名王衍思，又名王鹏，生于山东黄县（今龙口市）。他青年时期积极传播新文化新思潮，“七七事变”后奔赴延安，1938年5月至1941年主编晋西南区党委机关报《五日时事》，毛主席曾称赞该报并两次亲笔题写报头。后来王修主要从事考古文博方面的工作。[5]创作这部《千古恨》之前，王修写过一部山西梆子历史剧本《陆文龙》，是向敌占区宣传的小册子。周文对这部剧本产生兴趣，并提出合作编写以岳飞为主题的剧本。这部《千古恨》就是在周文的倡议下，由王修执笔写作、周文参与商讨和提供修改意见，二人合作完成的。[6]由于周文、王修均不是山西本地人，对梆子戏不够熟悉，剧本完成之后，唱腔及唱词等由七月剧社成员做了必要的调整。[7]

剧中主要人物：岳飞，秦桧，岳云，王氏，金兀朮，等等。

剧情介绍：这部《千古恨》讲述了南宋初年，岳飞领兵抗金，却因宋高宗和秦桧等人阻拦，留下千古遗憾的故事。

卷首有王修所作长序，引用正史传记等资料详细介绍了北宋末到南宋初的抗金过程。序中不仅叙述了重要历史人物如宋高宗、秦桧、岳飞、韩世忠等人的行动，还深入分析了宋高宗等人贪图私欲、弃国家人民于不顾的心理，并联系现实军事、政治局势，认为“很有类于宋朝南渡的当时”（本书第8页），点明这部戏曲的创作用意是以史为鉴、使人民“知道赵构秦桧的一党专政是安心不让抗战胜利的，只有停止这个一党专政，让代表人民利益的人来组织联合政府，才能引导人民到胜利”（本书第11页）。

这部梆子戏篇幅较长，剧情曲折复杂，出场人物较多。卷首《人物特征》列出的非龙套角色即有34人，并简要说明角色行当、妆扮、性格等信息。整部戏共二十场：《岳飞起兵》《大破伪齐》《义军响应》《金人定计》《奸桧回朝》《专权乱政》《大战郾城》《兀朮增援》《计划破敌》《破拐子马》《兀朮败逃》《义军助战》《胜利在望》《兀朮穷途》《东窗定计》《十二金牌》《军民哭留》《望江楼上》《无题》《坚持抗战》。从篇幅和描写的细致程度看，全戏重点在后八场。除了揭露高宗秦桧等人为保自身富贵的嘴脸之外，作者在军民齐心抗金、百姓出人出粮支援前线方面也大力着墨渲染，以在当时的社会引起团结抗战的共鸣。

《千古恨》演出后受到广泛欢迎，据记者穆欣统计，《千古恨》一剧在18个月中演出了1043场。作为配合政治形势教育的一部戏曲，它的社会影响深远，在各地革命干部和群众中引发了热烈讨论，提高了观众的思想认识。《抗战日报》多次刊登消息和专题文章，就这部戏曲进行介绍和评价。[8]

撰文：宋现

注释：

1. 参见冯松，吕光：《“七月剧社”演出新编历史剧〈千古恨〉概况》，《晋绥边区七月剧社回忆录》，1989年，第106页。

2. 参见马洪武等：《中国近现代史名人辞典》，档案出版社1993年版，第438页。

3. 参见傅国涌：《几乎被文学史遗忘的周文》，《无语江山有人物》，广东人民出版社2015年版，第234—236页。

4. 参见马武玲：《周文与晋绥边区的文艺大众化》，上海鲁迅纪念馆编：《周文研究论文集》，上海社会科学院出版社2013年版，第359—360页。

5. 参见王积江：《柿园春秋——先父王修百年诞辰祭》，《辽宁省博物馆馆刊》2008年00期。

6. 参见张岚，王锡荣主编：《周文纪念集》，上海文艺出版社2002年版，第51—52页。

7. 参见冯松，吕光：《“七月剧社”演出新编历史剧〈千古恨〉概况》，《晋绥边区七月剧社回忆录》，1989年，第107页。

8. 参见冯松，吕光：《“七月剧社”演出新编历史剧〈千古恨〉概况》，《晋绥边区七月剧社回忆录》，1989年，第108页。

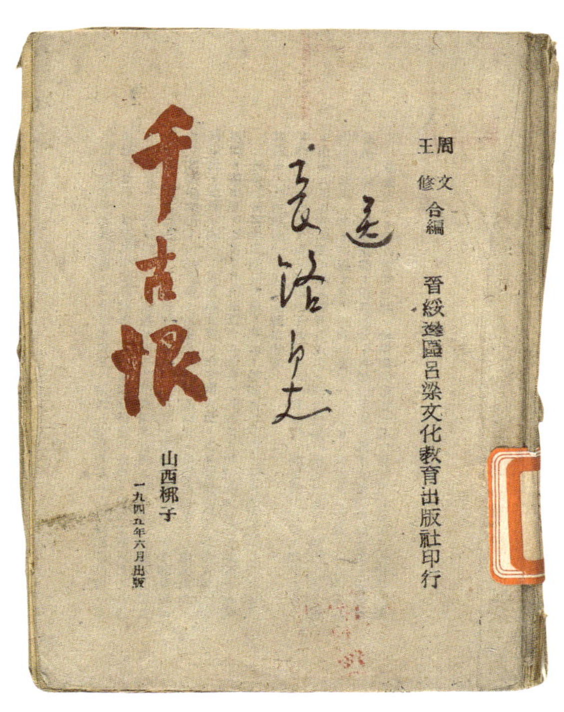


图一：《千古恨》（山西梆子），周文、王修合编，1945年6月出版。封面有题语“送袁路同志”。

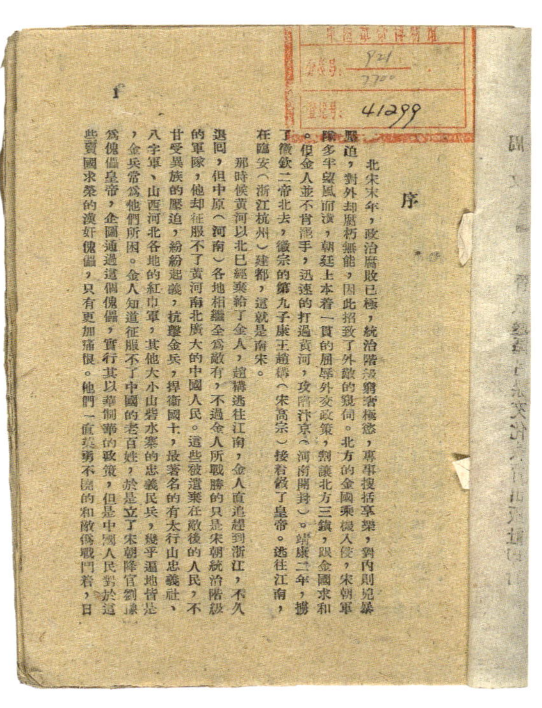

序

北宋末年，政治腐敗已極，統治階級窮奢極慾，專事搜括享樂，對內則兇暴壓迫，對外卻腐朽無能，因此招致了外敵的窺伺。北方的金國乘機入侵，宋朝軍隊多半望風而潰，朝廷上本着一貫的屈辱外交政策，割讓北方三鎮，跟金國求和。但金人並不肯罷手，迅速的打過黃河，攻陷汴京（河南開封）。靖康二年，擄了徽欽二帝北去，徽宗的第九子康王趙構（宋高宗）接着做了皇帝。逃往江南，在臨安（浙江杭州）建都，這就是南宋。

那時候黃河以北已經棄給了金人，趙構逃往江南，金人直追趕到浙江，不久退回，但中原（河南）各地相繼全爲敵有，不過金人所戰勝的只是宋朝統治階級的軍隊，他卻征服不了黃河南北廣大的中國人民。這些被遺棄在敵後的人民，不甘受異族的壓迫，紛紛起義，抗擊金兵，捍衛國土，最著名的有太行山忠義社、八字軍、山西河北各地的紅巾軍，其他大小山砦水寨的忠義民兵，幾乎遍地皆是，金兵常爲他們所困。金人知道征服不了中國的老百姓，於是立了宋朝降官劉豫爲傀儡皇帝，企圖通過這個傀儡，實行其以華制華的政策，但是中國人民對於這些賣國求榮的漢奸傀儡，只有更加痛恨。他們一直英勇不屈的和敵僞戰鬥着，日

图二：《千古恨》卷首序言，王修撰文。该文从历史和现实对照的角度阐明了剧本创作目的，右上角有中国革命博物馆藏书章。图载本书第1页。

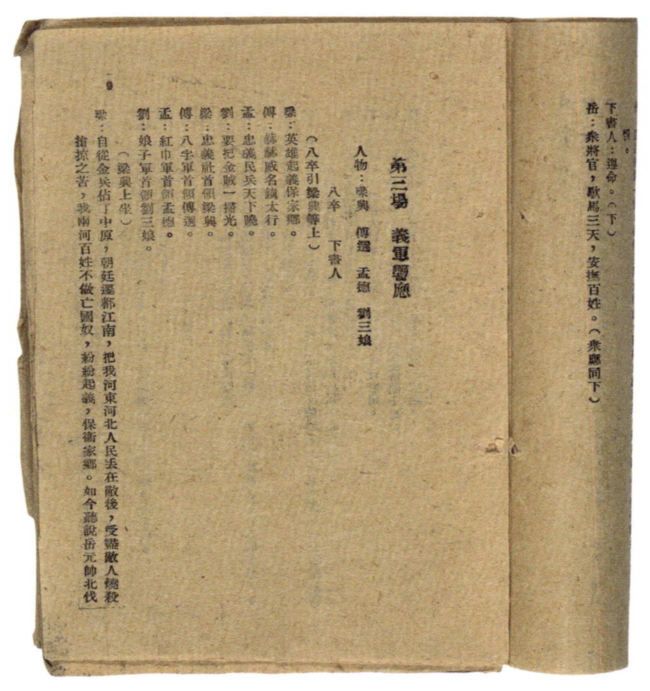

恨。

下書人：遵命。（下）

岳：衆將官，歇馬三天，安撫百姓。（衆應同下）

第三場　義軍響應

人物：梁興　傅選　孟德　劉三娘

八卒　下書人

（八卒引梁興等上）

梁：英雄起義保家鄉。

傅：赫赫威名鎮太行。

孟：忠義民兵天下曉。

劉：要把金賊一掃光。

梁：忠義社首領梁興。

傅：八字軍首領傅選。

孟：紅巾軍首領孟德。

劉：娘子軍首領劉三娘。

（梁興上坐）

梁：自從金兵佔了中原，朝廷遷都江南，把我河東河北人民丟在敵後，受盡敵人燒殺搶掠之苦，我兩河百姓不做亡國奴，紛紛起義，保衛家鄉。如今聽說岳元帥北伐

9

图三：《千古恨》第三场《义军响应》节选。图载本书第9页。

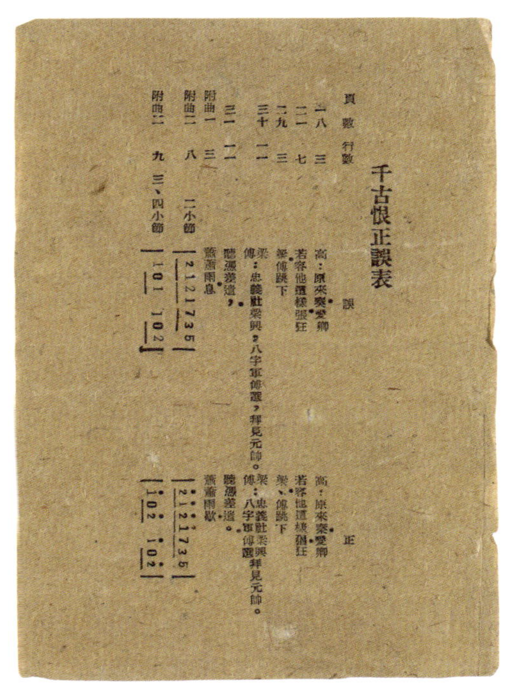

千古恨正誤表

| 頁數 | 行數 | 誤 | 正 |
|---|---|---|---|
| 二八 | 三 | 高：原來寨愛卿 | 高：原來寨愛卿 |
| 二一 | 七 | 若容他這樣張狂 | 若容他這樣猖狂 |
| 二九 | 三 | 梁傅跳下 | 梁、傅跳下 |
| 三十 | 一 | 梁：忠義社梁興，八字軍傅選，拜見元帥。傅： | 梁：忠義社梁興 傅：八字軍傅選 拜見元帥。 |
| 三一 | 一 | 聽憑差遣， | 聽憑差遣。 |
| 附曲一 | 三 | 蕭蕭雨息 | 蕭蕭雨歇 |
| 附曲二 | 八　二小節 | 2 1 2 1 7 3 5 | 2 1 2 1 7 3 5 |
| 附曲二 | 九　三、四小節 | 1 0 1 1 0 2 | 1 0 2 1 0 2 |

图四：书中夹附单页《千古恨正误表》。

# 《张家山》

《张家山》（河南坠子），孟贵斌、崔明鉴作，战斗出版社出版，民国三十四年（1945）十月出版，17.6cm×12.7cm。全书共12页。封面有蓝色手书“235”编号。

崔明鉴为战斗剧社儿童演剧队班长，战斗剧社音乐组组长。[1]“孟贵斌”同“孟贵彬”[2]，战斗剧社儿童演剧队演员，被公认为歌唱家、作曲家，誉为20世纪五六十年代“中国四大抒情男高音”之一[3]。

战斗剧社原名战斗宣传队，历史可以追溯至1927年贺龙领导的独立第十五师，贺龙为了体现师宣传队的战斗性，亲自更名为战斗宣传队。自此经过南昌起义、湘粤边区根据地时期、长征时期，战斗宣传队经历解散和重组后隶属于红二方面军。1937年红二方面军结束长征到达陕西富平县庄里镇，8月改编为国民革命军第十八集团军一二〇师，贺龙任师长。在贺龙等领导的倡议下，战斗宣传队更名为战斗剧社。自此战斗剧社始终活跃在战斗一线，创作了很多优秀的作品。[4]

《张家山》创作于1945年8月17日。日本侵略军开始全面侵华后，河南成为多次战役的一线战场，战火所到之处一片焦土，加之连年的自然灾害，粮食产量急剧下降，甚至绝收，民众生活困苦不堪，发生了百年不遇的大饥荒。河南境内饿殍遍野、流民百万。国民党当局针对这样的情况却没有采取有效的应对措施。军队采取掠佚和绑索的形式补充兵员，有钱人家的子弟交了钱就可以不去打仗，穷人家的子弟只能被逼着上战场，更有甚者，如剧中的故事，有的军官以此为要挟命令老百姓交钱换回自己家的儿子。国民党各级政府在救灾赈灾方面更是中饱私囊、层层盘剥，制造了抗日战争时期的重大政治丑闻。因此种种，国民党当局的独裁统治在河南民众中遭到了空前的抵制，为其灭亡埋下了伏笔。

剧中人物：老汉张万成，老婆，儿子，女儿，国民党军官，马弁，护兵，保长。

剧情介绍：本剧讲述了河南汤阴县张家山一户人家的悲惨遭遇。民国二十六年，面对日本侵略者的进攻，国民党军队丢盔卸甲一路逃窜。败退到张家山的国民党军队肆意抢掠民众财产、随意抓差抓夫为其效命，张老汉的儿子被抓走了。张老汉家只有薄田三亩半，全靠儿子耕田养活一家人。没有儿子就没有了生路。张老汉想去把儿子赎回来。国民党军队的军官一唱一和、一软一硬，要求张老汉交白洋5万元，赎儿子回家。张老汉东拼西凑借了5元银圆送到军队，但是当官的却嫌弃钱少，不顾张老汉的苦苦哀求，棍棒相加揍了张老汉一顿。回到家中张老汉又急又气、一病不起撒手人寰，家里只剩下张婆婆和女儿相依为命。民国三十三年，河南省大旱两年，庄稼颗粒无收，家家户户几乎断了炊烟。国民党政府依旧横征暴敛，地主要租子，保长要钱粮，张婆婆逼不得已只好去卖人厂里卖女儿。人命如草芥，张婆婆的女儿卖了200元。张婆婆拿着卖女儿的钱哭着回家去，一进家门，保长便冲了进来，夺走了钱，还训斥道：“这是200元，还缺150元，限你三天交上来。”张婆婆悲痛欲绝没了活路，最后投了井。至此家破人亡，生离死别。

撰文：高铁琼

注释：

1. 曹钦温：《河北革命将领传》（第2集），海潮出版社1993年版，第363页。
2. 陕甘宁晋绥联防军抗日战争史编审委员会：《贺龙与战斗剧社》，军事科学出版社1997年版，第331页。
3. 王波，李迎：《晋绥风云人物名人英烈卷》，中央文献出版社2007年版，第58页。
4. 严寄洲：《贺龙与战斗剧社》，《中共党史资料》2008年第1期。

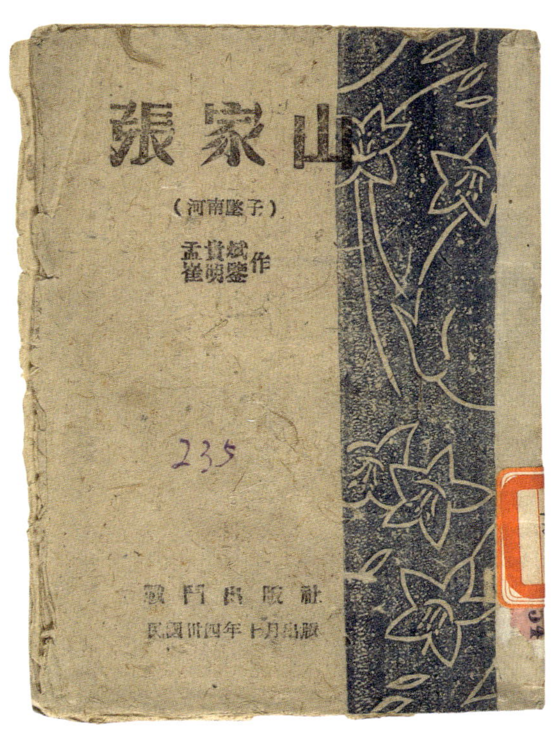

張家山

（河南墜子）

孟貴斌
崔明鑒 作

戰鬥出版社

民國卅四年十月出版

图一：《张家山》，孟贵斌、崔明鉴作，民国三十四年（1945）十月出版。

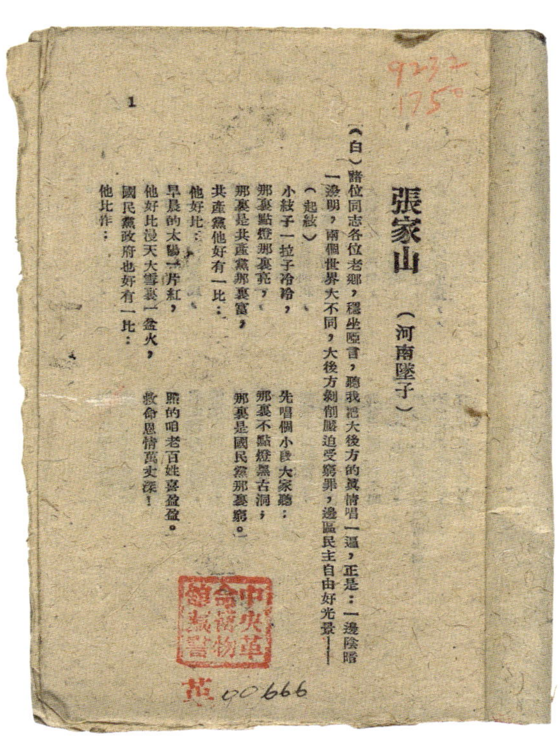

1

張家山（河南墜子）

（白）諸位同志各位老鄉，穩坐啞言，聽我把大後方的實情唱一遍，正是：一邊陰暗一邊明，兩個世界大不同，大後方剝削壓迫受窮罪，邊區民主自由好光景——

（起絃）

小絃子一拉子冷冷，先唱個小段大家聽：

那裏點燈那裏亮，那裏不點燈黑古洞；

那裏是共產黨那裏富，那裏是國民黨那裏窮。

共產黨他好有一比：

他好比：

早晨的太陽一片紅，照的咱老百姓喜盈盈。

他好比漫天大雪裏一盆火，救命恩情萬丈深！

國民黨政府也好有一比：

他比作：



图二：《张家山》开场小段，图载本书第1页

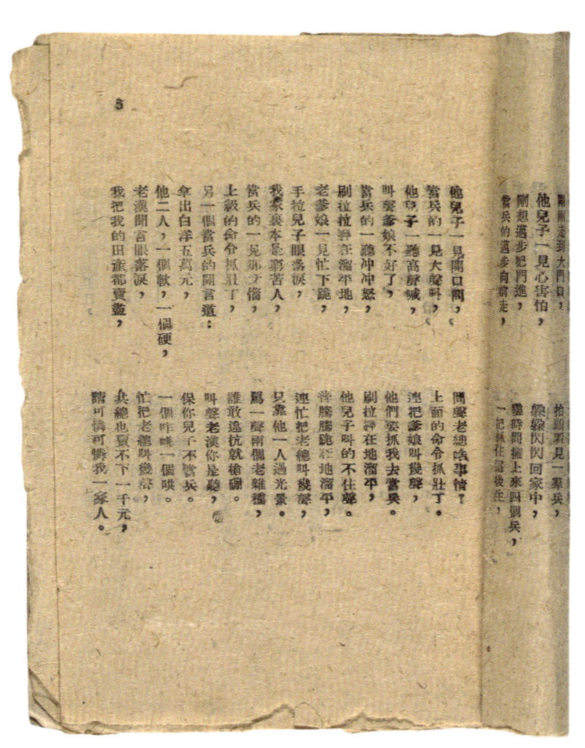

5

他兒子一見開口問， 問聲老總啥事情？
當兵的一見大聲叫， 上面的命令抓壯丁。
他娘子一聽高聲喊， 連把爹娘叫幾聲，
叫聲爹娘不好了， 他們要抓我去當兵。
當兵的一聽冲冲怒， 刷拉拉摔在地溜平，
刷拉拉摔在溜平地， 他兒子叫的不住聲。
老爹娘一見忙下跪， 撲騰騰跪在地溜平，
手拉兒子眼落淚， 連忙把老總叫幾聲，
我家裏本是窮苦人， 只靠他一人過光景。
當兵的一見那才惱， 罵一聲兩個老雜種，
上級的命令抓壯丁， 誰敢違抗就槍礴。
另一個當兵的開言道： 叫聲老漢你是聽，
拿出白洋五萬元， 保你兒子不當兵。
他二人，一個軟，一個硬， 一個咋呼一個哄。
老漢開言眼落淚， 忙把老總叫幾聲，
我把我的田產都賣盡， 共總也賣不下一千元，
請可憐可憐我一家人。

图三：《张家山》剧本节选，图载本书第5页

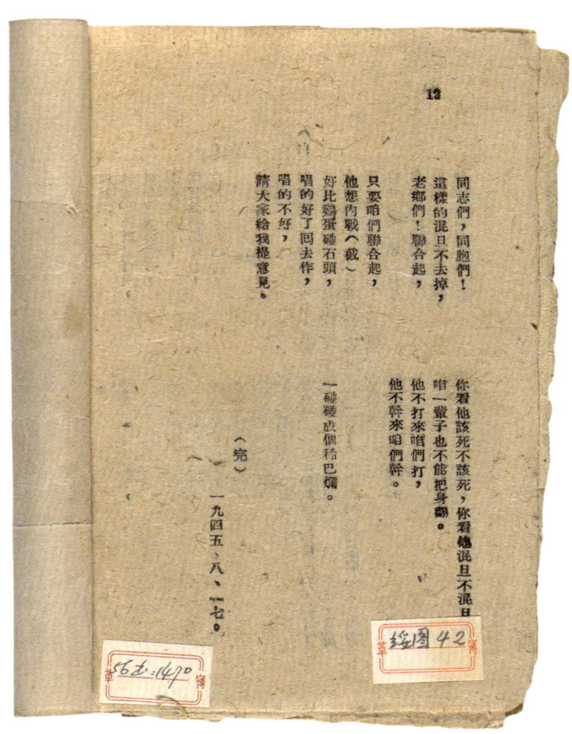

12

同志們，同胞們！ 你看他該死不該死，你看他混且不混且
這樣的混旦不去掉， 咱一輩子也不能把身翻。
老鄉們！聯合起， 他不打來咱們打，
他不幹來咱們幹。
只要咱們聯合起，
他想內戰（截）
好比雞蛋碰石頭， 一碰碰成個稀巴爛。
唱的好了回去作，
唱的不好，
請大家給我提意見。

（完）

一九四五、八、一七。

图四：《张家山》剧本末段，注有剧本完稿时间，图载本书第12页

# 《赵申年》

《赵申年》（唱剧），左权剧团集体创作，华北新华书店出版，定价6元，1945年11月出版，17.5cm×12.1cm。全书共15页。

左权剧团隶属于太行区剧团，是全区十一个剧团中的一个，是“全年集合”型剧团（“区别于农忙回家种田，约有半年，其余半年集中演戏”，以及“全年生产，只有在冬末春初集合演戏”这两类剧团）。[1]

华北新华书店由“华北新华日报社和太行文化教育出版社合并”而成，成立于1939年12月。“华北新华书店由中共中央北方局宣传部领导，是晋冀豫（后晋冀鲁豫）边区统一的出版、发行机关，同时还担负着对太行、太岳、冀南、冀鲁豫各新华书店进行业务指导的任务”。[2]

剧中主要人物：赵申年（26岁，劳动社社长）、江黑女（28岁，申年妻）、李丙心（30岁，村副）、李凰桐（40岁，劳动社副社长）、张爱的（20多岁，妇救主席）、李臭的（30岁，懒汉）等。

《赵申年》共分为七场，原为山西梆子，别的调也可以唱。剧情介绍：出生在左林县土林背村的贫苦农民赵申年，因欠地主的债无力偿还而被地主夺去土地，从此成了地主的长工。抗日战争爆发后，他经人介绍加入了共产党，成了土林背村民兵分队长，领导广大民兵积极对敌斗争及反奸清霸、减租减息开展群众运动。此后，赵申年创办了土林背村第一个劳动合作社，“创造了以劳动质量、劳动强度与劳动成绩相结合的定分计酬办法”[3]。赵申年曾两度被评为劳动模范，他的光辉事迹被广为传颂。

本唱本的最后一页，附有华北新华书店和韬奋书店的广告，以及“支持读者通讯购书”的字样，还写明了从华北新华书店和韬奋书店购书的“十大方便”，可见当时人们已经出现朦胧的自我营销意识。

撰文：黑梦岩

注释：

1. 刘增杰，赵明：《抗日战争时期延安及各抗日民主根据地文学运动资料》（中），山西人民出版社1983年版，第394页。

2. 皇甫建伟，张基祥：《抗战文化》，山西人民出版社2012年版，第248页。

3. 左权县委党史研究室，左权县民政局，左权县教育委员会编：《左权抗日英烈传》，北岳文艺出版社1995年版，第63页。

图一：《赵申年》（唱剧），左权剧团集体创作，1945年11月出版。

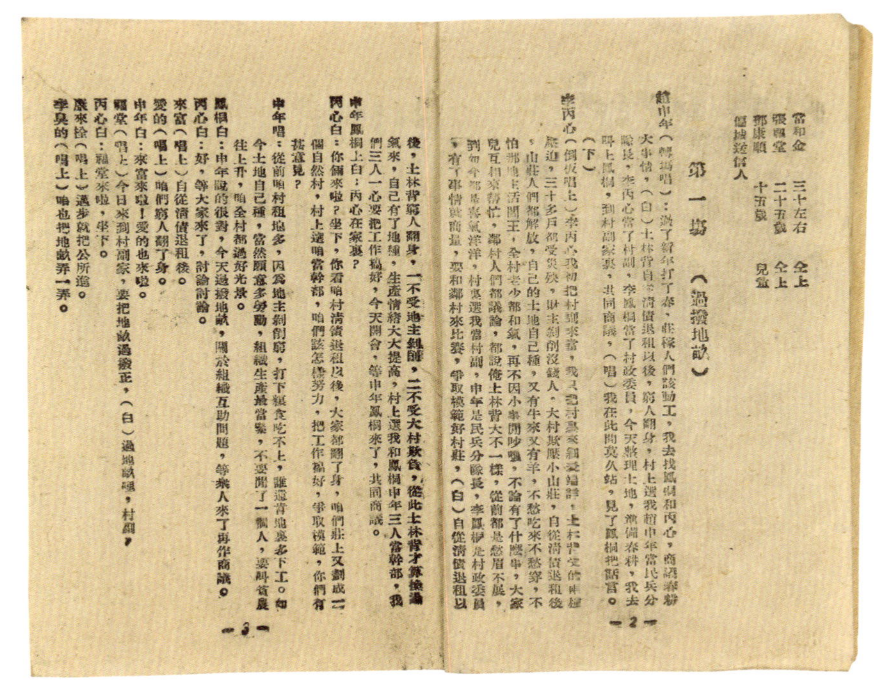

富和金　三十左右　仝上
張福堂　二十五歲　仝上
郭康順　十五歲　兒童
[illegible]人

第一場（過撥地畝）

趙申年（轉場唱）：過了新年打了春，莊稼人們該動工，我去找鳳桐和丙心，商議春耕大事情，（白）士林背自從清債退租以後，窮人翻身，村上選我趙申年當民兵分隊長，李丙心當了村副，李鳳桐當了村政委員，今天整理土地，準備春耕，我去叫上鳳桐，到村副家裏，共同商議，（唱）我在此間莫久站，見了鳳桐把話言。（下）

李丙心（倒板唱上）李丙心我初把村副來當，我只[illegible]，士林背受的[illegible]壓迫，三十多戶都受災殃，財主剝削沒錢人，大村欺壓小山莊，自從清債退租後，山莊人們都解放，自己的土地自己種，又有牛來又有羊，不愁吃來不愁穿，不怕那地主活閻王，全村老少都和氣，再不因小事鬧吵嚷，不論有了什麼事，大家兒互相來幫忙，鄰村人們都議論，都說俺士林背大不一樣，從前都是愁眉不展，到如今都是喜氣洋洋，村裏選我當村副，申年是民兵分隊長，李鳳桐是村政委員，有了事情共商量，要和鄰村來比賽，爭取模範好村莊，（白）自從清債退租以

— 2 —

後，士林背窮人翻身，一不受地主剝削，二不受大村欺負，從此士林背才算換過氣來，自己有了地種，生產情緒大大提高，村上選我和鳳桐申年三人當幹部，我們三人一心要把工作搞好，今天開會，等申年鳳桐來了，共同商議。

申年鳳桐上白：丙心在家裏？

丙心白：你倆來啦？坐下，你看咱村清債退租以後，大家都翻了身，咱們莊上又劃成一個自然村，村上選咱當幹部，咱們該怎樣努力，把工作搞好，爭取模範，你們有甚意見？

申年唱：從前咱村租地多，因為地主剝削窮，打下糧食吃不上，誰還肯地裏多下工。如今土地自己種，當然願意多勞動，組織生產最當緊，不要鬧了一個人，要叫貧農往上升，咱全村都過好光景。

鳳桐白：申年說的很對，今天過撥地畝，關於組織互助問題，等眾人來了再作商議。

丙心白：好，等大家來了，討論討論。

來富（唱上）自從清債退租後。

愛的（唱上）咱們窮人翻了身。

申年白：來富來啦！愛的也來啦。

福堂（唱上）今日來到村副家，要把地畝過撥正，（白）過地畝哩，村副？

丙心白：福堂來啦，坐下。

康來拴（唱上）邁步就把公所進。

李奐的（唱上）咱也把地畝弄一弄。

— 3 —

图二：《赵申年》部分人物介绍及第一场开场部分。图载本书第2—3页。

# 《周喜生作风转变》

《周喜生作风转变》（唱剧），左权剧团皇甫束玉等作，华北新华书店出版发行，1945 年 11 月出版，土纸，石印，右开。每对页 2 页码，全书共 33 页。中国国家博物馆现藏《周喜生作风转变》两个版本，二者内容、出版时间和发行单位均相同。其中一册封面采用红黑色双色套印，封面五行文字，每行一个颜色，交替采用黑红双色印刷，18.5cm × 12.2cm，无定价。另一册封面为单一红色印刷，在封面注有“1935 年 2 月初稿”字样，17.6cm × 12cm，定价 8 元。

左权剧团成立于 1944 年 8 月，原辽县抗日先锋剧团团长、县委机关秘书路云庆为团长，原二民校校长皇甫束玉为指导员。其前身是左权县为庆祝和宣传苏德战争胜利所成立的小学教师宣传队。从成立之初的教师宣传队，到后来的左权剧团，他们自编自演了许多优秀的剧目，如《小二黑结婚》《土林背》《周喜生作风转变》等。内容丰富、形式多样的演出，深受欢迎，为左权县的抗战宣传工作起到了积极的作用。1949 年 4 月，左权剧团宣告解散，随着战争的结束完成了历史使命。[1]

剧中主要人物：政治主任赵来顺（30 岁左右），农委主任周喜生（40 岁左右），村长武来昌（50 岁以上），县农会老杨（35 岁左右），等等。

剧情介绍：村干部周喜生由于文化水平低、脾气倔，工作作风专横不民主，遇事不同大家商量，经常跟群众发生争吵，导致村民上告反映他的工作作风问题。县农会干部老杨等人多次同他谈话，进行认真细致的思想教育，对他触动很大。他决心改正过去的工作作风，做好自己的工作。此后周喜生工作作风大变，受到村民的称赞。村民们主动找县农会，不让撤换周喜生，要他继续领着大伙干。

《周喜生作风转变》创作于 1944 年底或 1945 年初。此剧是为参加 1945 年 3 月太行区戏剧汇演评奖大会而编演的作品。作品生动真实地反映了太行山抗日根据地农村基层民主选举的情况。当时依县委指示，以民主建政为主要内容，选择粟城村的真实事例为素材，由皇甫束玉、赵怀义、杨维山等同志搜集材料、加工而成。由于剧情揭露问题现实，思想性、政策性较强，演出结束后，立即引起了与会同志的热烈议论，取得了广泛的社会影响和良好的政治效果。[2]

皇甫束玉，我国著名的教育家、教材出版家、文艺活动家。他原名瑾，字叔瑜，山西左权人。1937 年参加工作，曾任左权县《抗战报》编辑，晋冀鲁豫边区政府教育厅教材编审委员，此后一直从事教育和教材的编辑出版工作。自 1946 年以来先后编著有《初级新课本》《新辞典》《民校识字课本》等教材。1954 年周恩来亲自签发任命书，36 岁的皇甫束玉出任教育部办公厅副主任。以后的近 30 年，他先后任人民教育出版社副社长、高等教育出版社党委书记、副社长、副总编等职。在 20 世纪六七十年代，两次主持全国高等学校通用教材的编辑出版工作。离休后，还参与编写审定《中国革命根据地教育史》《中共左权县简史》等 20 余部书籍，被誉为是新中国教育出版的开创者和奠基人。在他 80 年的写作生涯中，先后创作了如《左权将军》《四季生产》《周喜生作风转变》等众多作品。特别是他所创作的《左权将军》这首歌曲，风格朴实，在当时几乎一夜之间唱遍太行，唱遍晋冀鲁豫边区，至今仍为山西和河北人民所传唱。[2]

撰文：王立伟

注释：

1. 参见郝红东：《左权县抗战回忆录》，中国文史出版社 2011 年版，第 363 页。

2. 参见郝红东：《左权县抗战回忆录》，中国文史出版社 2011 年版，第 363 页。

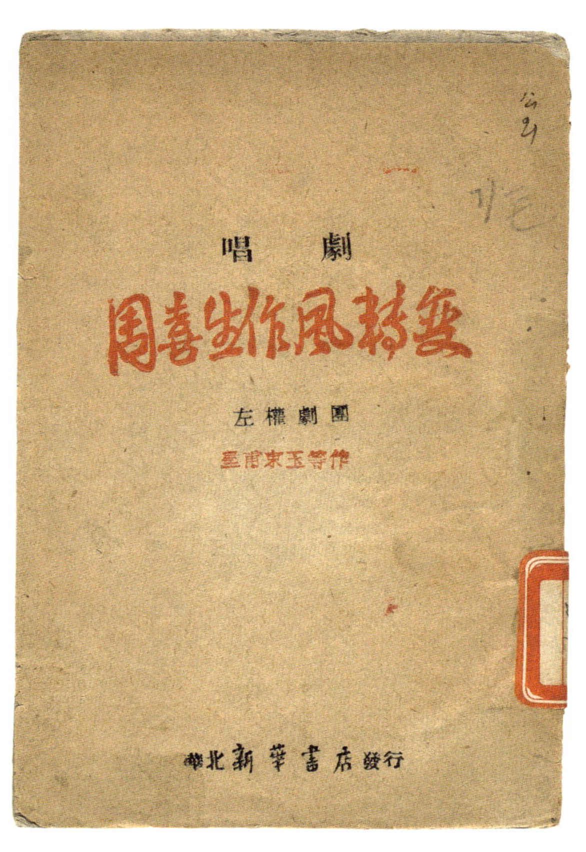

唱劇
周喜生作風轉变
左權劇團
皇甫東玉等作
華北新華書店發行


图一：《周喜生作风转变》（版式一），左权剧团皇甫東玉等作。1945年11月出版。

图二：《周喜生作风转变》（版式一）版权信息。

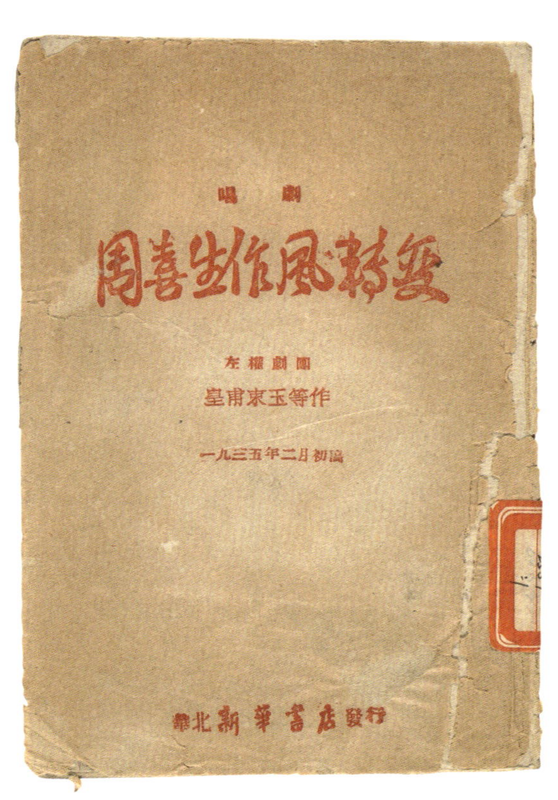


图三：《周喜生作风转变》（版式二），左权剧团皇甫東玉等作，1945 年 11 月出版。

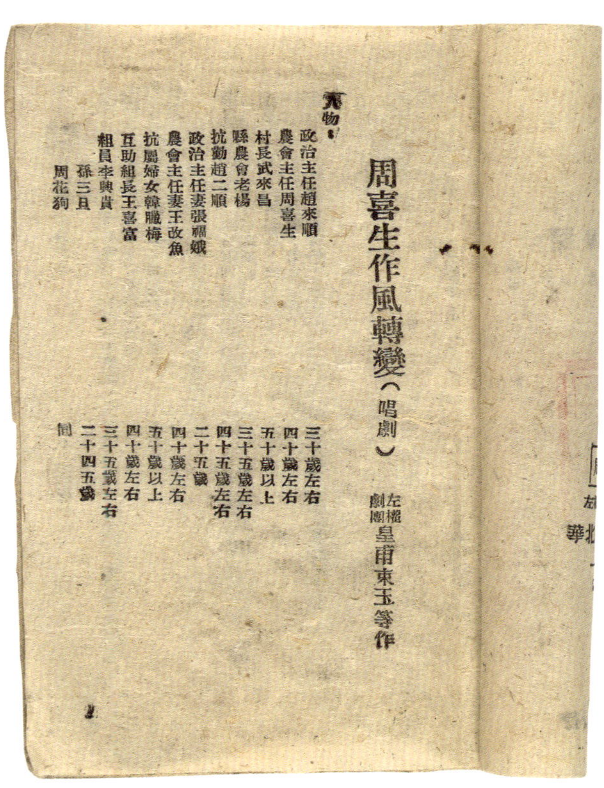

周喜生作風轉變（唱劇）

左權劇團皇甫東玉等作

人物：

政治主任趙來順　三十歲左右
農會主任周喜生　四十歲左右
村長武來昌　五十歲以上
縣農會老楊　三十五歲左右
抗勤趙二順　四十五歲左右
政治主任妻張福娥　二十五歲
農會主任妻王改魚　四十歲左右
抗屬婦女韓臘梅　五十歲以上
互助組長王喜富　四十歲左右
組員李興貴　三十五歲左右
孫三旦　二十四五歲
周花狗　同

图四：《周喜生作风转变》（版式二）人物介绍。图载本书首页。

# 《烂牛肉》

《烂牛肉》（郿鄠），辛酉作、牛文插画，吕梁文化教育出版社民国三十五年（1946）出版。铅印，12.7cm×9.5cm。全书共 26 页，包括 4 页插画。

这部郿鄠剧，剧本创作者为王辛酉[1]。插画者牛文曾就读延安鲁迅艺术学院美术系，为第五届学员[2]。

本剧创作之前，1944 年 10 月的陕甘宁边区文教工作者会议上，毛泽东发表了号召重视中医的讲话："陕甘宁边区的人、畜死亡率都很高，许多人民还相信巫神。在这种情形之下，仅仅依靠新医是不可能解决问题的……如果不关心人民的痛苦，不为人民训练医生，不联合边区现有的一千多个旧医和旧式兽医，并帮助他们进步，那就是实际上帮助巫神，实际上忍心看着大批人畜的死亡。"[3]

这部剧共分五场。这是一部具有教育作用的喜剧，创作目的是向大众普及"生病原是不卫生"以及"有了病，快吃药"（本书第 7 页）、不要迷信跳神烧香等巫术的现代卫生意识，同时配合"毛主席号召中医先生为群众服务"（本书第 9 页）的宣传需要。

剧中主要人物：后牛妈，后牛，李先生，郭老汉，神二婆。

剧情介绍：后牛妈贪图便宜买病牛肉，要给后牛炖食。李先生在田间向乡亲们宣讲科学道理，郭老汉听宣讲后回家，发现后牛妈因后牛腹痛要去请神二婆跳神，劝阻不成。神二婆被请到家，见炖牛肉也一同吃了。后牛妈与郭老汉激烈争吵后仍坚持要请神，请神途中神二婆腹痛发作，最终和后牛一起都由李先生救治。

书中第一、三场末各附一幅插画。第五场是矛盾冲突爆发最集中、喜剧效果最强的一场，是全剧的高潮部分，作者对各个角色的语言神态都做了比较细致的渲染，这一场所占篇幅最大，插画也附了两幅。

撰文：宋现

注释：

1. 参见董健：《中国现代戏剧总目提要（修订版）》，中国戏剧出版社 2012 年版，第 1686 页。
2. 参见杨德忠：《延安鲁艺美术系的招生及学员名单》，任文，《永远的鲁艺》（下），陕西师范大学出版社 2014 年版，第 185 页。
3. 参见《人民日报社论全集》编写组：《人民日报社论全集·全面建设社会主义时期 1956 年 09 月—1966 年 05 月》（3），人民日报出版社 2013 年版，第 148 页。

图一：《烂牛肉》（郿鄠），辛酉作，牛文插画，1946年出版。

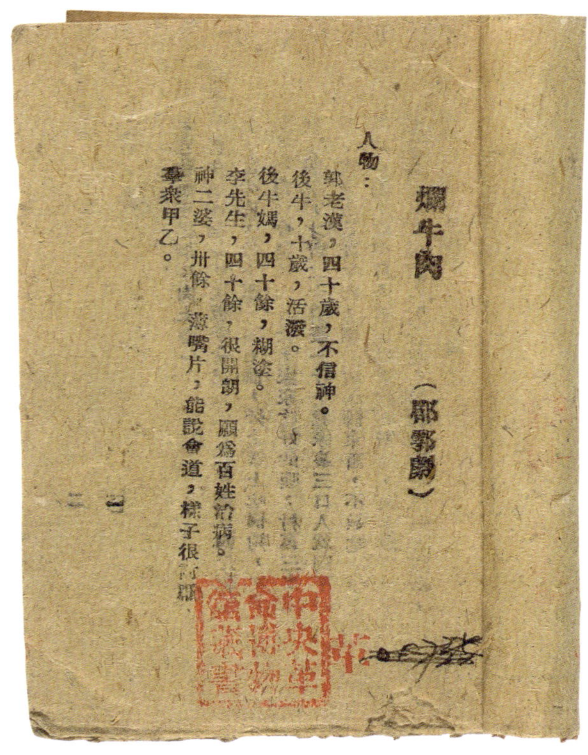

爛牛肉
（郿鄠劇）

人物：

郭老漢，四十歲，不信神。
後牛，十歲，活潑。
後牛媽，四十餘，糊塗。
李先生，四十餘，很開朗，願爲百姓治病。
神二婆，卅餘，蕩嘴片，能說會道，樣子很[illegible]
群衆甲乙。

图二：《烂牛肉》出场人物表。表中角色除名称外，在年龄、性格特点等方面也有提示。图载本书第1页。

# 《保卫和平》

《保卫和平》（秦腔剧本），又名《一家人》，1946年出版，17.9cm×13.0cm。全书共116页，扉页、第5页至第10页及版权页有缺损。本书末页结尾处，有文字注明“健翎一九四六．一．五．脱稿于延安”。封面有《保卫和平》剧本插画一幅，扉页残缺，仅存“《保卫和平》又名《一家人》”剧本名称。

本书版权页残缺不全，残存“健翎”“华书店”等字样。据阿英的《思毅斋日记》（第16卷之四）1947年2月25日日记记载：“借得华北书店刊之鼓词《皇甫其建》（翻身英雄）及《保卫和平》（又题《一家人》，秦腔剧本）各一册回。”日记中的记载与这本书的文字内容、版本等信息相同，而华北书店在1943年10月与华北新华书店合并为华北新华书店。故本书应为“华北新华书店”出版。[1]

为了实现全国和平，1945年国共两党签订“双十协定”，但国民党单方面撕毁协定，制造摩擦，背地里部署兵力，准备发动内战。1945年11月7日，毛泽东在《减租和生产是保卫解放区的两件大事》一文中指出中国共产党当前任务，是动员一切力量，站在自己的立场上，粉碎国民党的进攻，保卫解放区，争取和平局面的出现。[2]这部秦腔现代戏《保卫和平》的剧名也由此而来。

本剧是以当时发生的重大政治事件为背景，着重表现人民群众保卫来之不易的和平局面，向黑暗势力奋勇抗争的精神风貌，具有一定的政治意义。剧本体裁为秦腔现代戏。全剧唱腔曲调高昂，表现了悲壮的场面。全剧共分二十五场，由陕甘宁边区民众剧团首演。

剧中主要人物：解放区农民老田，老田的孙子牛娃，老田的女儿王大嫂，王大嫂的儿子拴虎、女儿玉兰，八路军教导员，八路军班长党占魁，国民党军官唐政训员，国民党班长白老五，老田的儿子田树高，国民党副班长党占雄等25人。

剧情介绍：1945年10月下旬至11月初，老解放区农民老田到新解放区看望失散多年的女儿王大嫂，碰巧遇上了“战事”，在转移八路军教导员过程中，八路军党班长在战斗中身负重伤，被王大嫂藏在地窖里养伤。国民党军的唐政训员下令搜查受伤的伤员，王大嫂被国民党军官白老五询问时，对其破口大骂，白老五下令将王大嫂抓走。老田让孙子牛娃到姑姑家为伤员弄些粮食，在回家途中遇上了国民党军党白班长和田树高，被他们抓走。牛娃被严刑拷打逼问共产党伤员的下落。老田在冒死救牛娃时，发现田树高是自己被抓丁抓走的儿子，老田告诉田树高，牛娃是其儿子，田树高悔恨不已，遂与张三活捉了白老五。党占雄在王大嫂家搜出了党占魁，与堂兄党占魁相认，在堂兄的教育下，决心跟共产党走，消灭反动派。在党占魁的带领下，八路军开始反攻占领了县城，活捉了唐政训员。

“一家人”在这里有多层含义：八路军和老百姓血肉相连，鱼水相亲，如同一家人；弃暗投明的国民党士兵，原本都是老百姓，也是一家人；田树高和党占雄曾经糊里糊涂打了自己的儿子和恩人，一家人认不得一家人，当他们明白过来时，一家人终归是一家人。[3]作者通过描写父子重逢、兄弟相见等一系列亲属关系和矛盾纠葛，在舞台上展现了阶级斗争的风云变幻，揭露了国民党假和平真内战的反动本质。

撰文：付小红

注释：

1. 阿英：《敌后日记》下，江苏人民出版社出版 1982 年版，第 765 页。
2. 李捷主编：《毛泽东著作辞典》，浙江人民出版社 2011 年版，第 269 页。
3. 陈彦主编：《陕西省戏曲研究院理论文集：戏剧研究文选》（2），陕西人民出版社 2008 年版，第 50 页。

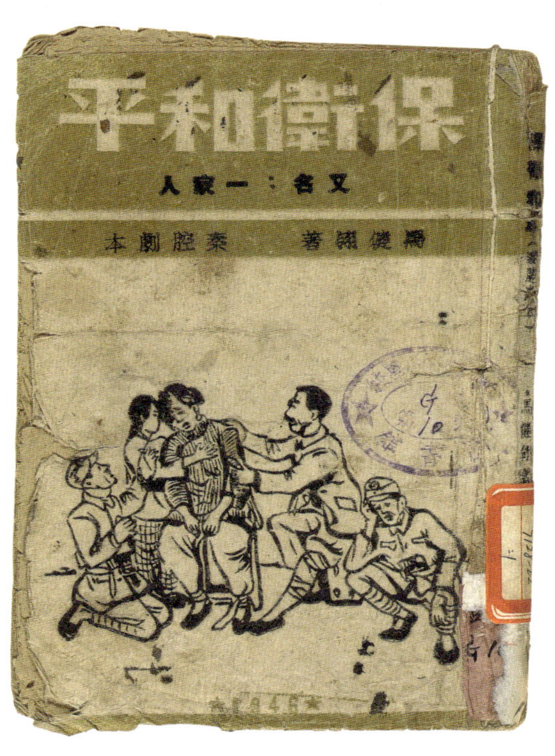


图一：《保卫和平》（秦腔剧本），又名《一家人》，马健翎著，1946年出版。

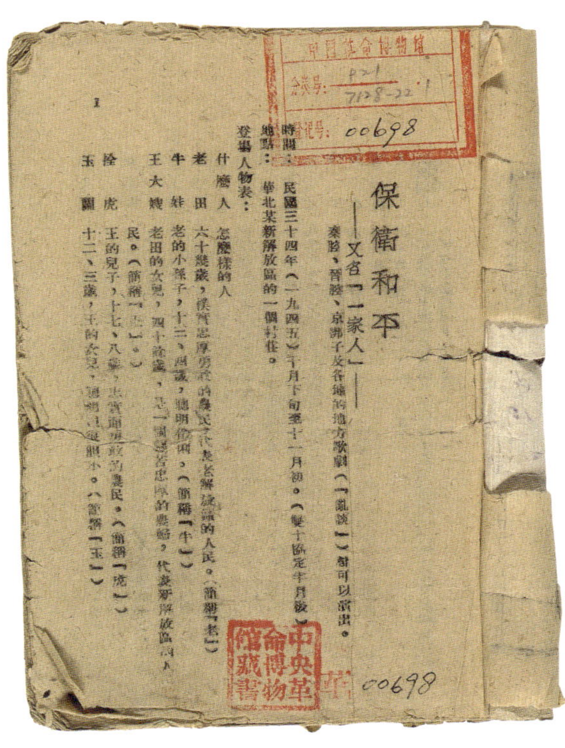

1

保衛和平

——又名「一家人」——

秦腔、晉腔、京梆子及各種的地方歌劇（「亂談」）都可以演出。

時間：民國三十四年（一九四五）十月下旬至十一月初。（雙十協定半月後）

地點：華北某新解放區的一個村莊。

登場人物表：

什麼人　怎麼樣的人

老田　六十幾歲，樸實忠厚勇敢的農民，代表老解放區的人民。（簡稱「老」）

牛娃　老的小孫子，十二、四歲，聰明伶俐。（簡稱「牛」）

王大嫂　老田的女兒，四十幾歲，是一個[illegible]忠厚的農婦，代表新解放區的人民。（簡稱「王」）

拴虎　王的兒子，十七、八歲，[illegible]的農民。（簡稱「虎」）

玉蘭　十二、三歲，王的[illegible]，[illegible]很小。（簡稱「玉」）

图二：《保卫和平》剧本的时间、地点、人物表，及剧本适用于各地方戏种演出的注释。图载本书首页。

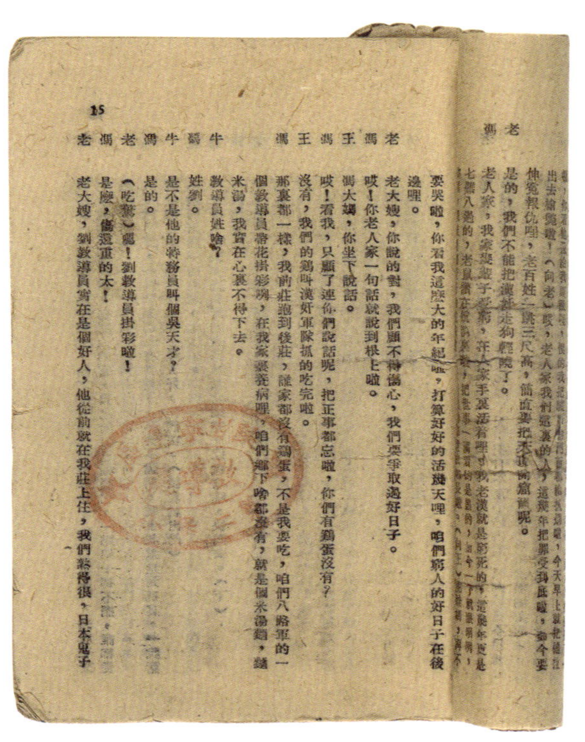

15

要哭啦，你看我這麼大的年紀啦，打算好好的活幾天哩，咱們窮人的好日子在後邊哩。

老　老大嫂，你說的對，我們顧不得傷心，我們要爭取過好日子。

馮　哎！你老人家一句話就說到根上啦。

王　馮大媽，你坐下說話。

馮　哎！看我，只顧了連你們說話呢，把正事都忘啦，你們有雞蛋沒有？

王　沒有，我們的雞叫漢奸軍隊抓的吃完啦。

馮　那裏都一樣，我前莊跑到後莊，誰家都沒有雞蛋，不是我要吃，咱們八路軍的一個教導員帶花掛彩啦，在我家裏養病哩，咱們鄉下啥都沒有，就是個米湯麵，隨米湯，我實在心裏不得下去。

牛　教導員姓啥？

馮　姓劉。

牛　是不是他的特務員叫個吳天才？

馮　是的。

老　（吃驚）哦！劉教導員掛彩啦！

馮　是麼，傷還重的太！

老　老大嫂，劉教導員實在是個好人，他從前就在我莊上住，我們熟得很，日本鬼子

图三：《保卫和平》剧本节选，页面中部印有“陕甘宁边区第二保小教导处”章一枚。图载本书第15页。

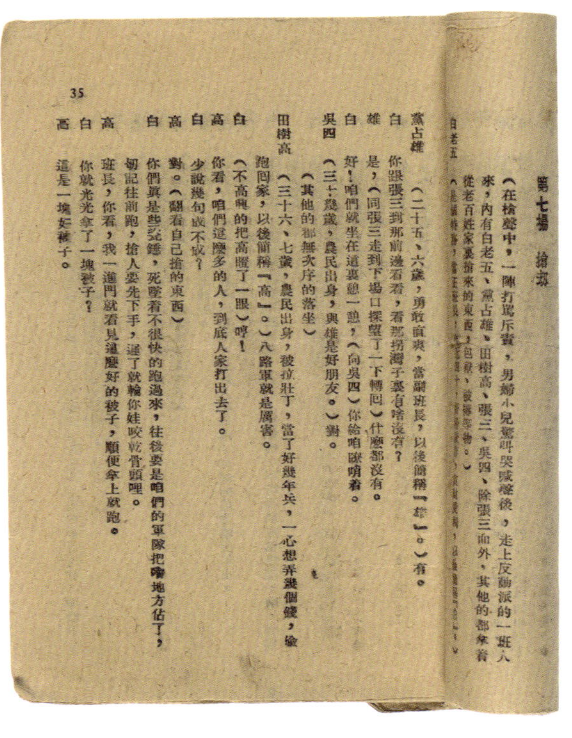

第七場　搶劫

（在槍聲中，一陣打罵斥責，男婦小兒驚叫哭喊聲後，走上反動派的一班人來，內有白老五、黨占雄、田樹高、張三、吳四，除張三而外，其他的都肩着從老百姓家裏搶來的東西，包袱，被褥等物。）

35

黨占雄　（二十五、六歲，勇敢直爽，當副班長，以後簡稱『雄』。）有。

白　你跟張三到那前邊看看，看那拐灣子裏有啥沒有？

雄　是，（同張三走到下場口探望了一下轉回）什麼都沒有。

白　好！咱們就坐在這裏憩一憩，（向吳四）你給咱瞭哨着。

吳四　（三十幾歲，農民出身，與雄是好朋友。）對。

（其他的都無次序的落坐）

田樹高　（三十六、七歲，農民出身，被拉壯丁，當了好幾年兵，一心想弄幾個錢，偷跑回家，以後簡稱『高』。）八路軍就是厲害。

白　（不高興的把高瞪了一眼）哼！

高　你看，咱們這麼多的人，到底人家打出去了。

白　少說幾句成不成？

高　對。（翻看自己搶的東西）

白　你們真是些笨錘，死瞪着不很快的跑過來，往後要是咱們的軍隊把啥地方佔了，切記往前跑，搶人要先下手，遲了就輪你娃咬乾骨頭哩。

高　班長，你看，我一進門就看見這麼好的被子，順便拿上就跑。

白　你就光光拿了一塊被子？

高　這是一塊好被子。

图四：《保卫和平》第七场《抢劫》剧本节选。图载本书第35页。

# 《杜八联群众除奸》

《杜八联群众除奸》（七场曲子剧），邢行型著，太岳新华书店编印，竖排右开，每单页分上下两部分，毛边书，1946年3月出版，17.1cm×12.2cm，全书共28页，最后另附两页主题歌。书名为红色字体，居封面上部，上方有五角星图案，周围饰以蓝绿色马蹄形背景图，背景中有锄头、锤子、镰刀图案。封面有红色长方形“邯郸地委会图书室戏剧”藏书标一枚。

本书版权页出版时间为民国三十五年三月，即1946年3月，而封面印刷出版时间为1947年3月，正误有待考证。

此剧盛行于抗日战争后期和解放战争初期，“由于反封建、求解放思想的兴起，不少业余戏剧班社出现了自编自演的新剧目，邢行型创作的大型时装戏《杜八联群众除奸》广泛演出于黄河沿岸各村”[1]。

“杜八联”是河南省西北地区一个有名的抗日联防组织。“它是由济源县的杜年庄、留庄、马住、寥坞、桥沟、毛岭、太山、杨大庄八个行政村组成，简称‘八联’。抗日战争时期，‘杜八联’人民建立了抗日自卫团武装组织，在党的领导下，利用手中的大刀、长矛、土枪、土炮、石雷等武器，配合我军主力部队先后对敌作战一百五十多次，打死打伤日伪军一百多人，粉碎了日伪军无数次的‘扫荡’和‘清乡’，保卫了‘杜八联’抗日根据地，曾被誉为‘小苏区’的光荣称号。”[2]

此剧取材于杜八联境内，“作者邢行型根据恶霸地主琚立功与伪军团长卫安生暗地勾结，破坏杜八联革命斗争，幸被群众发现，巧侦暗查，最后惩毙了琚立功，这一真实事件通过艺术手法，创作了七场曲子剧。剧本热情歌颂了杜八联军民配合默契、通力除奸的革命壮举，由杜八联文艺宣传队轮番演出于黄河沿岸，颇受群众欢迎。戏中有一主题歌为张见所作，从中可以看出当时新文艺工作者已对曲剧音乐进行了改革创新，同时剧本中所提示的演出方法，说明解放区的舞台上已去掉了‘拣场’这个角色，比较成功地运用了二道幕”[3]。

撰文：张晓菲

注释：

1. 河南省济源县文化局编：《济源县戏曲志》，中国戏曲志河南卷编委会，第30页。

2. 梁文：《“杜八联”抗日斗争史述略》，《史学月刊》1986年第1期。

3. 河南省济源县文化局编：《济源县戏曲志》，中国戏曲志河南卷编委会，第23页。

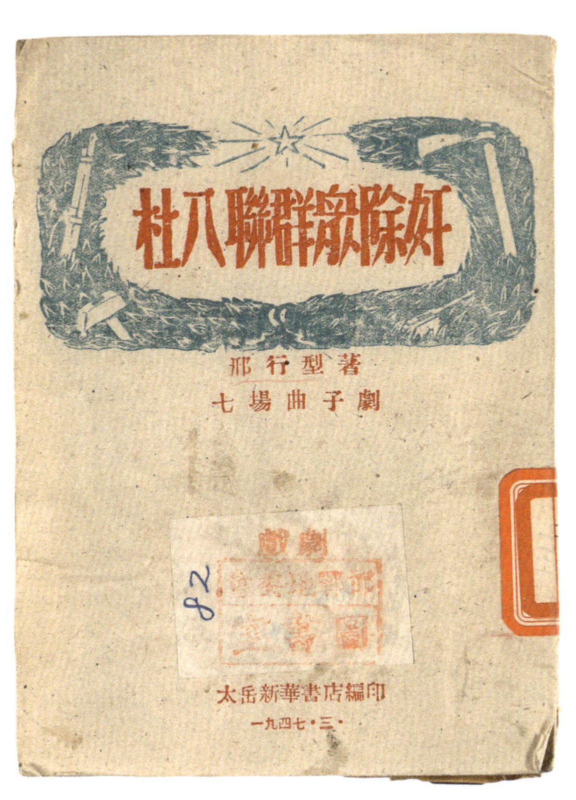


图一：《杜八联群众除奸》，邢行型著，1946 年 3 月出版。

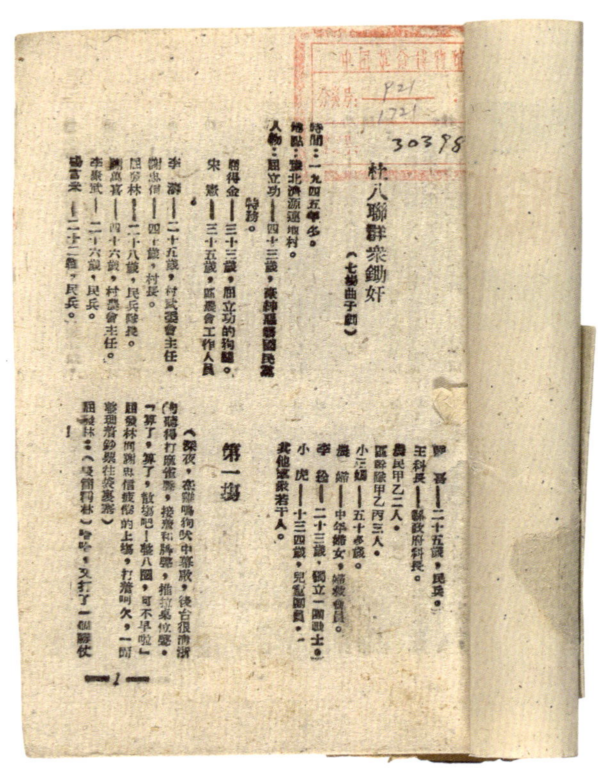

杜八聯群衆鋤奸

（七場曲子劇）

時間：一九四五年冬。

地點：豫北濟源[illegible]村。

人物：屈立功——四十三歲，[illegible]國民黨特務。

屈得金——三十三歲，屈立功的狗腿。

宋　[illegible]——三十五歲，區農會工作人員。

李　[illegible]——二十五歲，村武委會主任。

謝忠信——四十歲，村長。

屈發林——二十八歲，民兵隊長。

謝[illegible]喜——四十六歲，村農會主任。

李聚斌——二十六歲，民兵。

屈[illegible]——二十二歲，民兵。

[illegible]　喜——二十五歲，民兵。

王科長——縣政府科長。

農民甲乙二人。

區幹隊甲乙丙三人。

小三媽——五十多歲。

農　婦——中年婦女，婦救會員。

李　[illegible]——二十三歲，獨立一團戰士。

小　虎——十三四歲，兒童團員。

其他羣衆若干人。

第一場

（深夜，[illegible]雞鳴狗吠中[illegible]，後台很[illegible][illegible]得打麻雀[illegible]，[illegible]和[illegible]聲，[illegible]拉[illegible]位響。「算了，算了，散場吧！[illegible]八圈，可不早啦」屈發林同謝忠信[illegible]的上場，打着呵欠，一[illegible][illegible][illegible][illegible]往[illegible]裏[illegible]）

屈發林：（[illegible]）[illegible]，又打了一個[illegible][illegible]！

—1—

图二：《杜八联群众除奸》开场介绍，描述了剧情背景与剧中人物。图载本书首页。

# 《逼上梁山》

《逼上梁山》（三幕平剧），平剧研究会集体编写，蔡若虹插绘，和平出版社出版，民国三十五年（1946）四月出版，17.8cm×12cm。全书共105页。

本书初稿是杨绍萱同志在1943年9、10月间写的，初稿时只有二十三场，后来杨绍萱同志和齐燕铭、李波、王琏瑛、贺瑞林等同志进行了集体修改。可以说本书是融汇了剧作者、演员和观众多方意见及建议，在不断的修改中共同完成的。书中“主要是增加了以贫苦农民李铁父子等为代表的群众反抗活动，为林冲走上梁山提供了广阔的社会背景，从而较好地塑造了林冲等人物形象，深化了‘人民创造历史’的主题”[1]。

剧中人物：林冲，鲁智深，高俅，陆谦，高衙内，老李，李铁，等等。

剧情介绍：太尉高俅专政腐败，害得百姓民不聊生，流落街头。高俅下令驱逐灾民，禁军教头林冲因为同情灾民而违背了高俅的意愿，高俅很是不满。高俅纵容其子高衙内，为了达到其子霸占林冲妻子的目的，高俅的心腹陆谦献计引诱林冲带刀进入白虎堂，然后将其抓捕发配沧州。高俅想要除掉林冲，陆谦买通了衙役，谋划在发配途中将他杀害。鲁智深暗中保护，大闹野猪林，高俅的阴谋未得逞。高俅得知后又派陆谦前去，陆谦在火烧草料场想要加害林冲时，反被擒获。陆谦告诉林冲，他的妻子被高衙内抢进府中逼迫而死，禁军哗变数次，高俅担心养虎为患，故一心想要害死他，并告诉林冲高俅想要破坏边防，通敌卖国。林冲闻讯后杀死陆谦，毅然决定率众人投奔梁山。

《逼上梁山》是以林冲如何被逼上梁山为主线，但又不是单纯地表现林冲的个人遭遇，“而是通过林冲的遭遇来反映群众的斗争，在林冲遭遇的背后，写出广大群众的斗争和反抗。在轰轰烈烈的群众运动中，林冲在反动统治者的累累迫害的血的教训中，最后依靠群众，与群众相结合，走到了起义人民方面来”[2]。讲古比今，激励广大人民群众团结起来奋起反抗，积极参加到革命队伍里来。

撰文：赵琳

注释：

1. 参见周申明：《毛泽东文艺思想研究概览》，河北人民出版社1992年版，第298页。
2. 参见赵景瑜：《仙龙斋论剧》，中国戏剧出版社1997年版，第150页。

图一：《逼上梁山》（平剧），平剧研究会集体编写，蔡若虹插绘，民国三十五年（1946）四月出版。封面有破损。

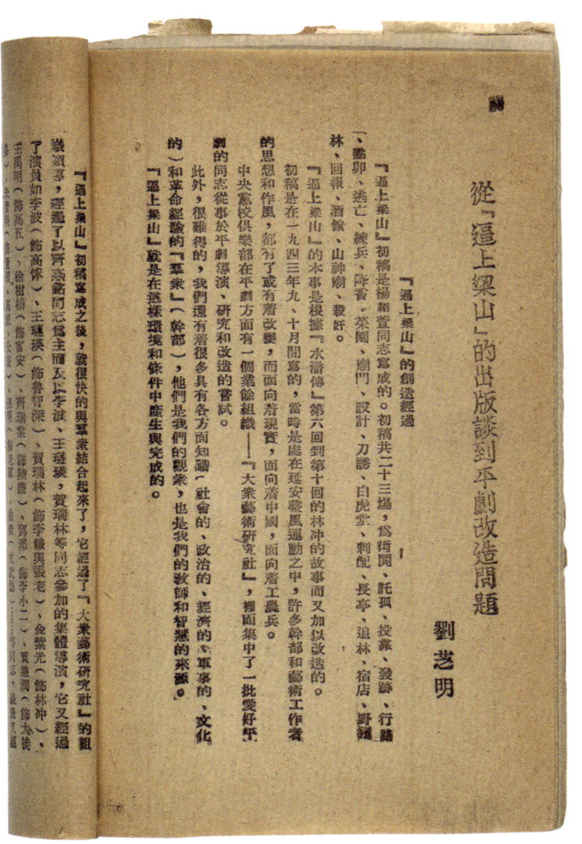

從「逼上梁山」的出版談到平劇改造問題

劉芝明

一

「逼上梁山」的創造經過

「逼上梁山」初稿是楊紹萱同志寫成的。初稿共二十三場，爲街閑、託孤、投靠、發跡、行路、黜卯、逃亡、練兵、降香、菜園、廟門、設計、刀誘、白虎堂、刺配、長亭、追林、宿店、野豬林、回報、酒館、山神廟、殺奸。

「逼上梁山」的本事是根據「水滸傳」第六回到第十回的林冲的故事而又加以改造的。初稿是在一九四三年九、十月間寫的，當時是處在延安整風運動之中，許多幹部和藝術工作者的思想和作風，都有了或有着改變，而面向着現實，面向着中國，面向着工農兵。中央黨校俱樂部在平劇方面有一個業餘組織——「大衆藝術研究社」，裡面集中了一批愛好平劇的同志從事於平劇導演、研究和改造的嘗試。

此外，很難得的，我們還有着很多具有各方面知識（社會的、政治的、經濟的、軍事的、文化的）和革命經驗的「羣衆」（幹部），他們是我們的觀衆，也是我們的教師和智慧的來源。「逼上梁山」就是在這樣環境和條件中產生與完成的。

「逼上梁山」初稿寫成之後，就很快的與羣衆結合起來了，它經過了「大衆藝術研究社」的組織領導，經過了以齊燕銘同志爲主幹及以李波、王璉瑛，賀瑞林等同志參加的集體導演，它又經過了演員如李波（飾高俅）、王璉瑛（飾魯智深）、賀瑞林（飾李鐵與張老）、金紫光（飾林冲）、

图二：《逼上梁山》（平剧）后记《从〈逼上梁山〉的出版谈到平剧改造问题》，作者刘芝明。图载本书第88页。

# 《三打祝家庄》

《三打祝家庄》（三幕平剧），任桂林、魏晨旭、李纶执笔，书籍封面为红绿白三色套印，封面印有绿色唱戏人偶，3 幕 26 场剧。书中附有创作说明、人物表及曲谱。国家博物馆藏有两册，经对比，两册书除版式不同，内容完全一致。

其中 1946 年 6 月版剧本，书名位于封面左侧，责任者与印行者位于封面右侧，竖排右开，新华书店晋察冀分店印行，封面有一枚无法辨识的红色长方形印章，17.3cm × 11.5cm，全书共 242 页。

另一册 1948 年 10 月版剧本，书名位于封面右侧，责任者与印行者位于封面左侧，横排左开，太行新华书店印行，封面有“山西省图书博物馆图记”蓝色印章和“山西省图书博物馆图记”蓝黑色印章各一枚，16.5cm × 11.3cm，全书共 186 页，最后一页附有版权信息。

剧中主要人物：梁山泊主晁盖、宋江，梁山泊头领孙立，军师吴用，马军头领林冲、秦明，祝家庄庄主祝太公，孙新以及孙新妻子顾大嫂。

其中顾大嫂这个人物具有鲜明的性格特征，在她身上体现了主动进攻的精神和强烈的帮派意识，当她得知解氏兄弟蒙冤入狱后，义无反顾地组织劫狱计划，有勇有谋，豪爽仗义，“她与绿林好汉结为知己，这些行为使她呈现出鲜明的个性，与传统女性形象形成鲜明反差”[1]。

剧情介绍：杨雄、石秀等人烧了祝家庄投奔梁山为起因，之后宋江两次带兵攻打祝家庄均以失败告终，此时解家二兄弟下狱，由此孙立、孙新、顾大嫂劫牢上梁山，然后孙立潜入祝家庄做内应，一举攻破祝家庄。

本剧中一方面根据每场斗争的目的、出场人物的不同，讲述了三次相对独立的战斗场面。另一方面又表现了由一个统帅领导的一次大战役的三个阶段，相互之间紧密地联系着，形象地表明了一整套的策略思想，依靠群众，里应外合，利用矛盾等。“当时日本帝国主义在整个太平洋战场上转入战略退却阶段，中国人民的抗战渡过了相持阶段中最艰苦的时期，抗日民主根据地和八路军、新四军也由缩小转而开始扩大，并在各地进行着局部的战役进攻，战略反攻阶段已经为期不远了。在这样的形势下，如何由乡村转入城市，特别是如何夺取敌人占据下的城市，是当时政治和策略上等待解决的问题。因此，像《三打祝家庄》这样，以广大干部和群众喜欢的艺术形式，形象地宣传历史上农民战争的经验，就具有一定的现实意义，该剧在延安上演的一年多时间里，许多干部看了三次以上，不少机关、学校通过它进行策略教育，部队也根据它来学习攻打城市的战略战术，起到了积极的教育作用。”[2]

执笔人之一任桂林在《〈三打祝家庄〉创作回忆》文章中写道：“选取三打祝家庄的题材，也是由于毛主席的启发。那时候毛主席在中央马列学院讲课，讲的是唯物主义辩证法，讲义是一个油印小本，被干部们争着阅读，这就是现在出版的《矛盾论》。在讲述矛盾特殊性的时候，毛主席举例说：‘《水游传》上宋江三打祝家庄，两次都因情况不明，方法不对，打了败仗。后来改变方法，从调查情形入手，于是熟悉了盘陀路，拆散了李家庄、扈家庄和祝家庄的联盟，并且布置了藏在敌人营盘里的伏兵，用了和外国故事中所说木马计相像的方法，第三次就打了胜仗。’”[3]他表示在《水浒传》中有很多唯物辩证法的事例，创作过程中也力求表达毛主席的这个战略思想，不过他认为限于自身政治水平和创作能力，是没有很好地完成任务的。

《三打祝家庄》的封面，“署名为‘执笔人：任桂林、魏晨旭、李纶’。之所以署为‘执笔人’，那是因为这个剧本是在众多各种身份的人员共同参与之下创作出来的”[4]，整体来看，本剧在革命文艺口起到了良好的示范作用，通读书中说明，也能够感受到在创作此剧时，得到了许多优秀人员的帮助，字句谦逊低调，让人感动。

撰文：张晓菲

注释：

1. 尚烨：《〈水浒传〉中“三打祝家庄”的故事论析》，《文学教育》（上）2010年第3期。
2. 俄军主编：《甘肃省博物馆学术论文集》，三秦出版社2006年版，第346页。
3. 任桂林：《〈三打祝家庄〉创作回忆》，《戏剧报》1962年第3期。
4. 李斌：《延安新编平剧与样板戏的雏形——以〈三打祝家庄〉为例》，《中央戏剧学院学报》2010年第5期。

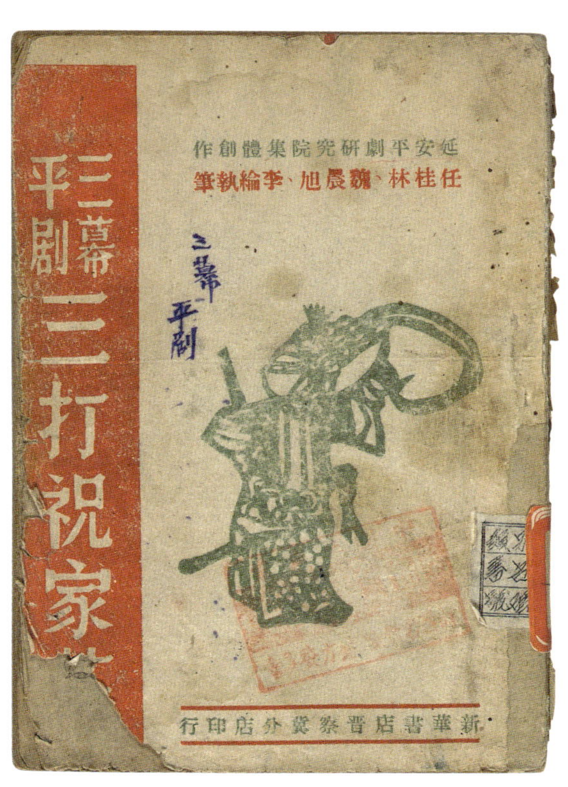


图一：《三打祝家庄》(平剧)，任桂林、魏晨旭、李纶执笔，1946年6月出版。

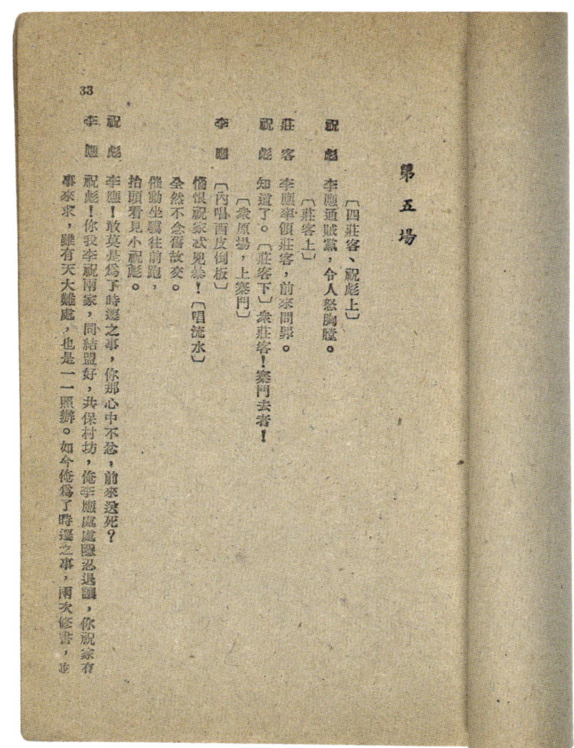

第五場

〔四莊客、祝彪上〕

祝彪　李應通賊黨，令人怒胸膛。

〔莊客上〕

莊客　李應率領莊客，前來問罪。

祝彪　知道了。〔莊客下〕衆莊客！寨門去者！

〔衆原場，上寨門〕

李應　〔內唱西皮倒板〕

惱恨祝家忒兇暴！〔唱流水〕

全然不念舊故交。

催動坐騎往前跑，

抬頭看見小祝彪。

祝彪　李應！敢莫是爲下時遷之事，你那心中不忿，前來送死？

李應　祝彪！你我李祝兩家，同結盟好，共保村坊，俺李應處處隱忍退讓，你祝家有事來求，雖有天大難處，也是一一照辦。如今俺爲了時遷之事，兩次修書，並

33

图二：《三打祝家庄》（平剧）剧中第五场选段。图载本书第33页。

图三：《三打祝家庄》(平剧)，任桂林、魏晨旭、李纶执笔，1948年10月出版。

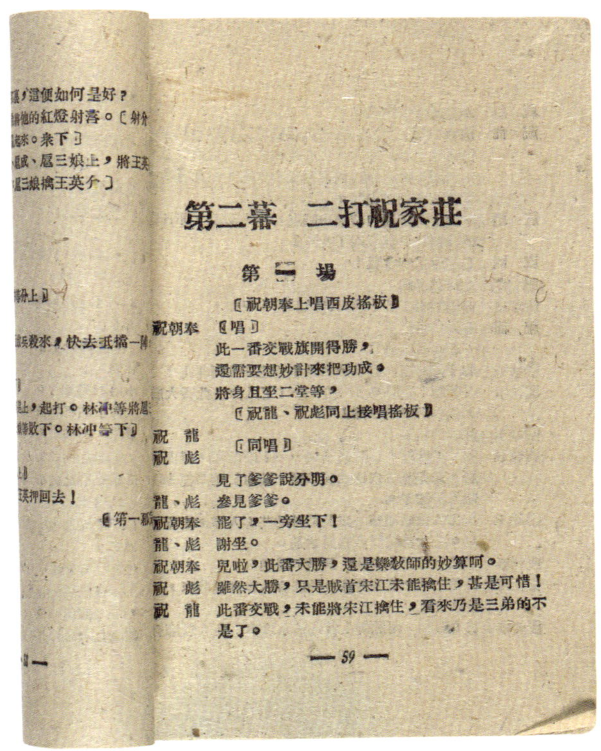

第二幕　二打祝家莊

第一場

〔祝朝奉上唱西皮搖板〕

祝朝奉　〔唱〕
此一番交戰旗開得勝，
還需要想妙計來把功成。
將身且坐二堂等，
〔祝龍、祝彪同上接唱搖板〕

祝　龍
祝　彪　〔同唱〕
見了爹爹說分明。

龍、彪　參見爹爹。
祝朝奉　罷了，一旁坐下！
龍、彪　謝坐。
祝朝奉　兒啦，此番大勝，還是欒教師的妙算呵。
祝　彪　雖然大勝，只是賊首宋江未能擒住，甚是可惜！
祝　龍　此番交戰，未能將宋江擒住，看來乃是三弟的不是了。

— 59 —

图四：《三打祝家庄》(平剧)第二幕《二打祝家庄》第一场节选。图载本书第59页。

# 《刘巧儿告状》

《刘巧儿告状》，袁静著，新华书店出版，1946年出版，17.4cm×12.5cm。封面使用红黑双色套印技术。封面印有黑色美术字“刘巧儿告状”五字，左下印有“袁静著，新华书店出版，1946”字样，右下印有少女半身像一幅，中间部分有蓝黑色钢笔题字“李春杰同志收”字样。题字下有模糊不清的长方形红色印章一枚，印章上有钢笔书“55号”字样。书前有“场目”一页，列第一场至第十一场目次，场目后有人物表一页，列全剧人物表，其后为全剧剧本，全书共64页。

剧中主要人物：刘彦贵（醉鬼，无赖，小商人），刘巧儿（刘彦贵之女，活泼、美丽、秉性刚强，口齿伶俐，边区新型劳动妇女），刘媒婆（半二流子），王寿昌（老财，四十八岁，抽洋烟，拐腿），赵金才（耿直，烈性的老汉），赵柱儿（赵金才之子，茁壮、精干，变工队长），锁娃（十五六岁，调皮鬼，变工队员），老马（四十岁，活跃分子，变工队员），李婶婶（妇女主任，忠实、诚恳、机警），马专员（和蔼、细心、办事认真，人称马青天），老胡（五十余岁，农村中有威望的老汉），乡长。

剧情介绍：刘媒婆受财东王寿昌之托，到小商人刘彦贵家给他女儿刘巧儿说亲。花言巧语的刘媒婆让刘彦贵把巧儿卖个高价，刘彦贵贪图钱财，一口答应，订好初五挂锁（陕西民间订婚的一种礼节）。与巧儿挂锁后两天，王寿昌在街上拦住了巧儿纠缠，说再过三天就要和巧儿成亲。巧儿听后焦急地去找妇女主任李婶婶商量。李婶婶答应帮她，并询问退婚的事，巧儿说她爹说赵柱儿是个“瓜子”（陕西话，傻子的意思）。正说着，柱儿领着山娃、锁柱、老马来帮李婶婶割麦子。巧儿见柱儿勤劳能干，决心要嫁给他。当晚，柱儿割完麦回家，告诉爹巧儿被她爹卖给了王寿昌，三天后就要娶。赵金才听后又气又恼，带着陈娃等到刘家架走了巧儿。刘彦贵歪曲事实到县政府告赵金才。县政府的裁判员判决：刘彦贵有期徒刑一年，赵金才有期徒刑二年，巧儿与柱儿成亲无效。大家对判决不满，联合写禀帖往上递。县政府马专员详细询问了事情的经过，说这事要开大会讨论，让大家多提意见。会上，大家纷纷谴责刘媒婆和王财东，认为赵抢亲也不对，裁判员又征求巧儿和柱儿的意见，最终宣判：赵金才抢亲犯法，禁闭六个月；刘彦贵几次卖女儿，罚他苦工两个月，退还彩礼；没收王寿昌的彩礼；柱儿、巧儿配成婚；刘媒婆由乡长督促改邪务正。这个判决大家一致赞成。

“刘巧儿”原型封芝琴，是华池县悦乐镇张湾村人。封芝琴4岁时被她父亲许给张湾村的张柏儿为妻，封芝琴与张柏儿自小常来常往，感情深厚。后来封家嫌张家贫寒，改将封芝琴许给朱家后生。张家怕这一对美好姻缘被拆散，便按照当地“抢亲”习俗，纠集一帮乡邻到封家抢亲，造成既成事实。事后，朱家以“抢劫民女罪”将此事状告到花池县抗日民主政府的司法裁判处。在新生民主政府辖区竟出此等“抢亲”怪事，影响颇大，司法裁判员未深入调查就召集朱、张、封三家当事人，当庭宣布封芝琴与张柏儿“抢亲”婚姻无效。

封芝琴为实现成婚心愿，决定冲破封建礼教束缚和世俗偏见，找个评理说法的地方讨还公道。她跋山涉水80余里，找到陇东专署马锡五专员要说法，要求马专员为自己申冤做主。马专员对此事进行大量实地调查研究，根据陕甘宁边区政府的施政纲要，撤销了县司法裁判处的判决，在群众大会上宣布封芝琴与张柏儿的婚姻有效，有情人终成眷属。

1944年3月14日，延安的《解放日报》首先在解放区披露了封芝琴争取婚姻自由的事迹，封芝琴由此声名远扬。[1]

1945年，当时为边保剧团秧歌队编剧的陇东中学教师袁静，根据封芝琴的事迹创作了秦腔剧本《刘巧儿告状》。剧本在原故事的基础上，通过重新编排演绎，增加了一些原故事里没有的角色，使整个剧情更具有跌宕起伏的戏剧性，人物形象更加生动丰满，具有陇东乡情民俗，更贴近了百姓的现实生活。剧中人物对白运用陕西方言，民间色彩浓郁，符合老百姓的欣赏趣味。[2]

刘巧儿反对封建包办婚姻、争取自由爱情的精神整整影响了几代人，成为推动妇女解放运动的一面旗帜。

撰文：赵迎红

注释：

1. 参见师宗正、秦斌峰编著：《河西走廊 甘肃》（2），中国旅游出版社2015年版，第148页。

2. 参见王巨才主编：《延安文艺档案·延安音乐 延安音乐组织》（第15册），太白文艺出版社2015年版，第514—515页。

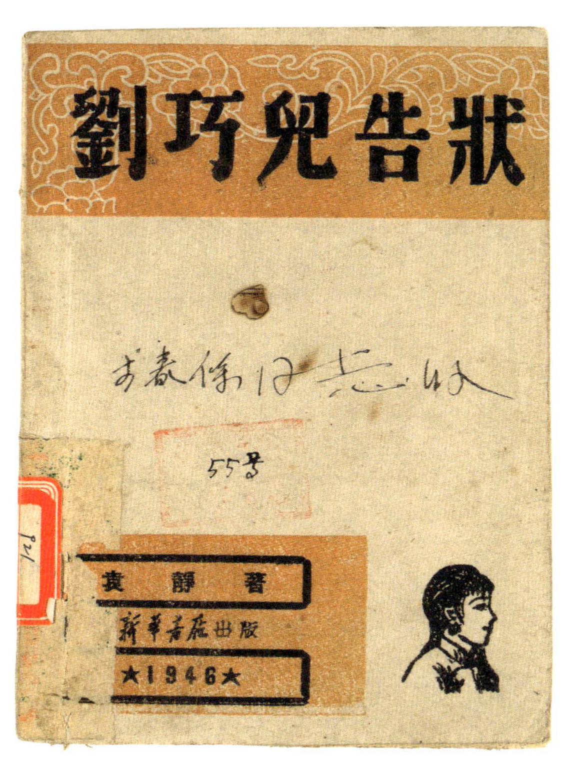


图一：《刘巧儿告状》，袁静著，1946 年出版。

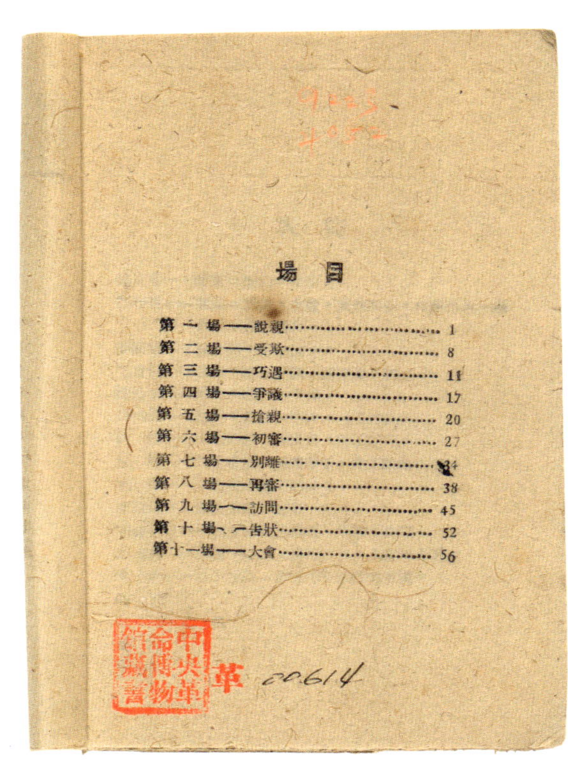

場目



图二：《刘巧儿告状》目录，标注了本剧包含的十一个场次。图载本书目录页。

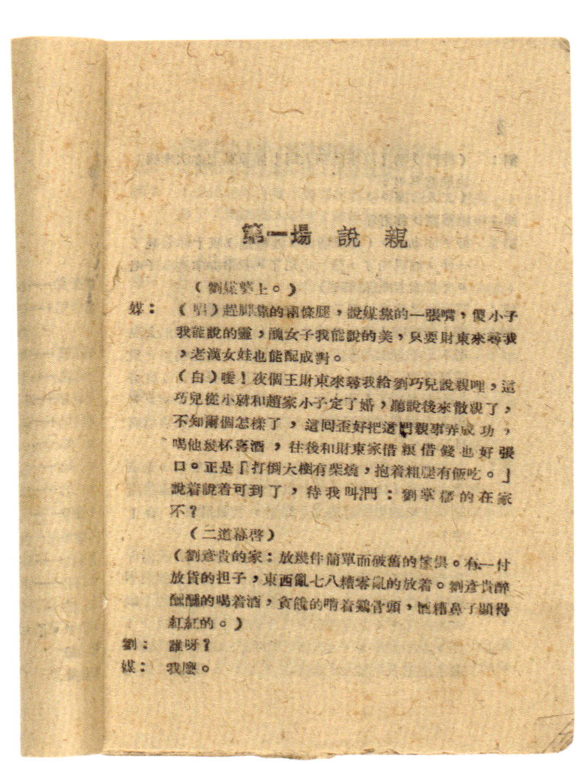

第一場 說 親

（劉媒婆上。）

媒：（唱）趕腳靠的兩條腿，說媒靠的一張嘴，傻小子我能說的靈，醜女子我能說的美，只要財東來尋我，老漢女娃也能配成對。

（白）嘍！夜個王財東來尋我給劉巧兒說親哩，這巧兒從小就和趙家小子定了婚，聽說後來散親了，不知爾個怎樣了，這回歪好把這門親事弄成功，喝他幾杯喜酒，往後和財東家借糧借錢也好張口。正是「打倒大樹有柴燒，抱着粗腿有飯吃。」說着說着可到了，待我叫門：劉掌櫃的在家不？

（二道幕啓）

（劉彥貴的家：放幾件簡單而破舊的傢俱。有一付放貨的担子，東西亂七八糟零亂的放着。劉彥貴醉醺醺的喝着酒，貪饞的啃着雞骨頭，酒糟鼻子顯得紅紅的。）

劉：誰呀？

媒：我麼。

图三：《刘巧儿告状》第一场《说亲》节选。图载本书第1页。

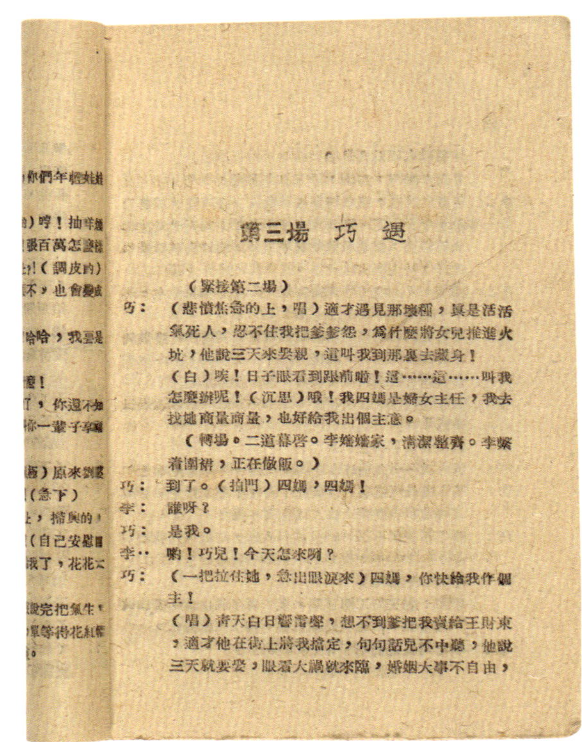

第三場 巧 遇

（緊接第二場）

巧：（悲憤焦急的上，唱）適才遇見那壞種，眞是活活氣死人，忍不住我把爹爹怨，爲什麼將女兒推進火坑，他說三天來娶親，這叫我到那裏去藏身！

（白）唉！日子眼看到跟前啦！這……這……叫我怎麼辦呢！（沉思）哦！我四媽是婦女主任，我去找她商量商量，也好給我出個主意。

（轉場。二道幕啓。李嬸嬸家，清潔整齊。李繫着圍裙，正在做飯。）

巧：到了。（拍門）四媽，四媽！

李：誰呀？

巧：是我。

李：喲！巧兒！今天怎來咧？

巧：（一把拉住她，急出眼淚來）四媽，你快給我作個主！

（唱）青天白日響雷聲，想不到爹把我賣給王財東，適才他在街上將我擋定，句句話兒不中聽，他說三天就要娶，眼看大禍就來臨，婚姻大事不自由，

图四：《刘巧儿告状》第三场《巧遇》节选。图载本书第11页。

# 《小仓山》

《小仓山》（新平剧），周玑璋著，华东新华书店出版，右开本，民国三十七年（1948）十一月初版，17.4cm×12.5cm。首页是版权页，其后是两页目录，目录页排印了全剧的16场目次。目录后开始记页码，共63页，其中第1、2两页为"主要角色之服装"，详细注明主要角色的演出戏服的式样颜色等。

剧作者周玑璋，河北盐山（今海兴）人，戏曲教育家、剧作家。笔名周小星、白鸥。1928年参加革命，1931年任大连《泰东日报》编辑，因撰写爱国文章，曾遭日本特务拘捕。"九一八"事变后南下，在南京铁道部创办《铁路职工》周刊，后任《扶轮日报》编辑。1945年任渤海行署宣传队编辑，编写《小仓山》《精忠报国》等剧本。中华人民共和国成立后，长期从事戏曲创作和戏曲教育工作。任中国戏剧家协会理事、中国剧协上海分会常务理事、上海市戏曲学校校长等职。[1]

剧中人物：李岩（小生），红娘子（武旦），张英娥（小旦），张旺（老生），张氏（老旦），红二（老生），宋治中（丑），赵万户（白脸），王总管（丑），张隆（武净），赵和（武净），王昇（武生），刘恩（武生），李牟（武小生）。

剧情介绍：明末年间，各地连年荒旱，饿死了许多百姓。杞县张旺一家沿街乞讨，张氏饿得走不动，张旺让女儿陪着妻子在此等候，他去大户人家要饭充饥。红家父亲红二因饥饿病倒在草堂，红家女儿红娘子上街借粮。张隆、赵和、王昇、刘恩等饥民在街上相遇，众人饥饿难忍，商量着找杞县富豪赵万户家借粮。赵万户指使王总管提出借粮三个条件：第一件，借一还三；第二件，立下借约，打上手模脚印；第三件，要三家连环铺保。大家对如此苛刻的条件不满，准备抢了赵家。正巧路过的李岩劝大家稍等，他去和赵万户说明情由，求他周济一二，却遭赵万户奚落。李岩把家中余粮分给大家。

开封府县令宋治中派捕头们四下出动催讨钱粮捐税。因红家、张家都没有捐税，红二、张氏及其女儿被带回衙门。路上遇到闲逛的赵万户和王总管，赵万户想将张家女儿纳为妾，张氏坚决反对，被王总管踢死在路上。

张隆、赵和、王昇、刘恩等一干饥民也被带回衙门。宋县令想诬陷李岩鼓动抗捐不交，饥民们不从，遭严刑毒打。红二被带上堂，杨捕头诬陷红二纵容女儿辱骂县令，说红娘子口口声声要造反，将红二打死在堂上。张旺公堂喊冤，告赵万户抢女儿，踢死老妻。郑捕头歪曲事实，说赵万户是为张家出钱还清赊欠，张旺诬陷赵万户。宋县令判张旺掌嘴四十，赶出堂去。红二的女儿红娘子得知父亲被当堂打死，气绝晕倒。醒来后跟大家说有心杀官劫富，大反杞县，大家也愿意随她起义。

红娘子率领大家打进赵府，赵万户从后门逃走，到县衙报告，张旺抓住王总管一刀杀死。李岩提议，大家快走，去小仓山招兵买马，壮大山寨。

赵万户和宋县令合谋，将李岩捕进县衙，严刑拷问，并定下第二天开刀问斩。李岩的兄弟李牟上山求救，红娘子带领弟兄大劫法场。李岩与大家上山会合。李岩向弟兄们发令：军行纪律要严明，哪个大胆骚扰百姓，军法森严不容情。进城后，开公审大会，将赵万户与宋县令处决。李岩提议离开小仓山，找李自成合伙，大家都愿意前往。

1943年，毛泽东的《在延安文艺座谈会上的讲话》正式发表以后，各根据地的文艺作者们在文艺为人民大众服务讲话精神的感召下，积极行动起来，响应党的号召，深入基层、深入部队、深入民间，创作民众喜闻乐见的文艺作品。文艺推陈出新的一种形式是利用传统旧剧改编、新编，创作大量的新编现代历史剧。这种新编戏剧的活动，曾在延安掀起了一个创作与演出的高潮，成功改编并演出的新编历史剧《逼上梁山》《三打祝家庄》就是著名实例。山东省文协为更好地宣传党的方针政策，充分利用民间艺术形式，动员鼓舞抗日军民，提出了“改造旧平剧，创造新平剧”的口号。这个活动一直持续到解放战争和中华人民共和国成立以后，周玑璋创作的《小仓山》就是其中的成果之一。

撰文：赵迎红

注释：

1. 参见中国戏曲编辑委员会编：《中国戏曲志》（上海卷），中国ISBN中心出版社2000年版，第910页。

图一：《小仓山》，周玑璋著，民国三十七年（1948年）出版。

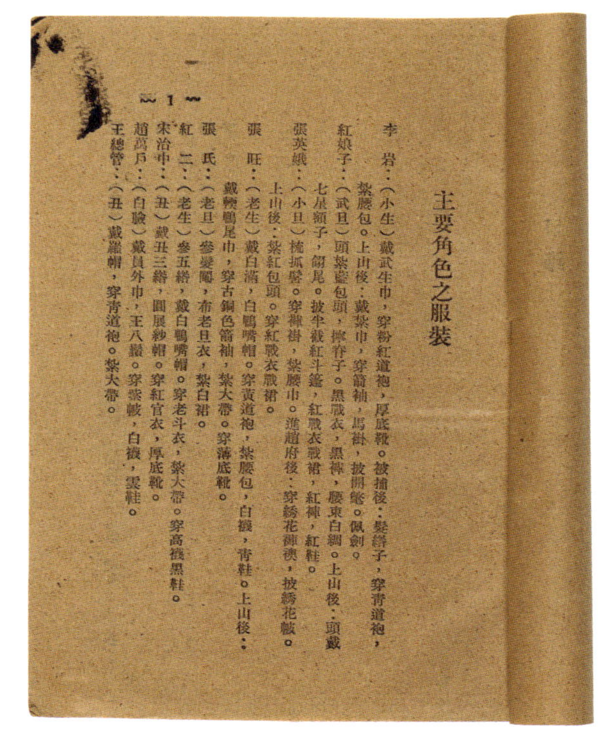

主要角色之服裝

李　岩：（小生）戴武生巾，穿粉紅道袍，厚底靴。被擒後：髮縛子，穿青道袍，紫腰包。上山後：戴紫巾，穿箭袖，馬褂，披開氅。佩劍。

紅娘子：（武旦）頭紫藍包頭，擰脊子。黑戰衣，黑褲，腰束白綢。上山後：頭戴七星額子，翎尾。披半截紅斗篷，紅戰衣戰裙，紅褲，紅鞋。

張英娥：（小旦）梳抓髻。穿褲褂，紫腰巾。進趙府後：穿綉花褲襖，披綉花帔。上山後：紫紅包頭。穿紅戰衣戰裙。

張　旺：（老生）戴白滿，白鶴嘴帽。穿黃道袍，紫腰包，白襪，青鞋。上山後：戴梗鶴尾巾，穿古銅色箭袖，紫大帶。穿薄底靴。

張　氏：（老旦）參髮鬮，布老旦衣，紫白裙。

紅　二：（老生）參五綹，戴白鶴嘴帽。穿老斗衣，紫大帶。穿高襪黑鞋。

宋治中：（丑）戴丑三綹，圓展紗帽。穿紅官衣，厚底靴。

趙萬戶：（白臉）戴員外巾，王八鬚。穿紫帔，白襪，雲鞋。

王總管：（丑）戴羅帽，穿青道袍。紫大帶。

～1～

图二：《小仓山》主要角色之服装，介绍了剧中主要人物的发型与服装。图载本书第1页。

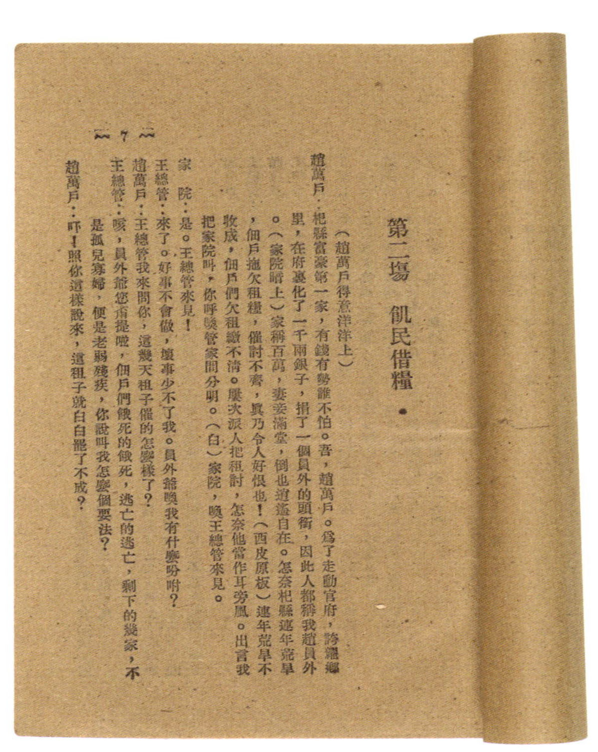

～7～

第二場　飢民借糧

（趙萬戶得意洋洋上）

趙萬戶：杞縣富豪第一家，有錢有勢誰不怕。吾，趙萬戶。爲了走動官府，誇耀鄉里，在府裏化了一千兩銀子，捐了一個員外的頭銜，因此人都稱我趙員外。（家院暗上）家稱百萬，妻妾滿堂，倒也逍遥自在。怎奈杞縣連年荒旱不收成，佃戶們欠租繳不清。屢次派人把租討，怎奈他當作耳旁風。出言我，佃戶拖欠租糧，催討不齊，眞乃令人好恨也！（西皮原板）連年荒旱不把家院叫，你呼喚管家問分明。（白）家院，喚王總管來見。

家　院：是。王總管來見！

王總管：來了。好事不會做，壞事少不了我。員外爺喚我有什麼吩咐？

趙萬戶：王總管我來問你，這幾天租子催的怎麼樣了？

王總管：唉，員外爺您甭提啦，佃戶們餓死的餓死，逃亡的逃亡，剩下的幾家，不是孤兒寡婦，便是老弱殘疾，你説叫我怎麼個要法？

趙萬戶：吓！照你這樣説來，這租子就白白罷了不成？

图三：《小仓山》第二场《饥民借粮》节选，图载本书第7页。

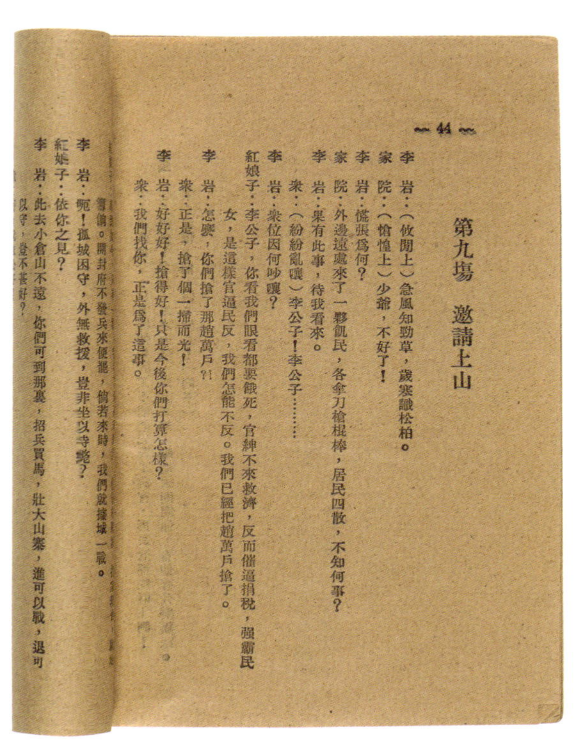

～44～

第九場　邀請上山

李　岩：（攸閒上）急風知勁草，歲寒識松柏。

家　院：（愴惶上）少爺，不好了！

李　岩：慌張爲何？

家　院：外邊遠處來了一夥飢民，各拿刀槍棍棒，居民四散，不知何事？

李　岩：果有此事，待我看來。

李　衆：（紛紛亂嚷）李公子！李公子……

李　岩：衆位因何吵嚷？

紅娘子：李公子，你看我們眼看都要餓死，官紳不來救濟，反而催逼捐稅，强霸民女，是這樣官逼民反，我們怎能不反。我們已經把趙萬戶搶了。

李　岩：怎麽，你們搶了那趙萬戶？！

李　衆：正是，搶了個一掃而光！

李　岩：好好好！搶得好！只是今後你們打算怎樣？

李　衆：我們找你，正是爲了這事。

……準備。開封府不發兵來便罷，倘若來時，我們就據城一戰。

李　岩：呃！孤城困守，外無救援，豈非坐以待斃？

紅娘子：依你之見？

李　岩：此去小倉山不遠，你們可到那裏，招兵買馬，壯大山寨，進可以戰，退可以守，豈不甚好？

图四：《小仓山》第九场《邀请上山》节选，图载本书第44页。

# 《血泪仇》

《血泪仇》（秦腔现代戏），马健翎作，晋绥边区吕梁文化教育出版社翻印，新华书店晋西北分店发行，毛边书，竖排右开，出版时间不详，18.5cm×12.2cm。全书34幕，全书共108页。

马健翎，原名马飞雕，陕西米脂人。抗战前曾任中共米脂县委宣传部部长、延安师范学校教师。1938年之后长期担任陕甘宁边区民众剧团编剧、导演、团长。中华人民共和国成立后，任西北区文化部副部长、西北民众剧团团长、中国作协理事、陕西省戏曲研究院院长等职。著有《马健翎现代戏曲选集》等。[1]

《在延安文艺座谈会上的讲话》发表后，马健翎以极大的政治热情，于1943年9月在延安创作了大型秦腔现代戏《血泪仇》。其以鲜明的阶级感情，反映了国民党统治下和共产党领导下的两个世界，揭露了国民党军阀官僚特务到处压迫剥削老百姓，使其生活在水深火热之中，歌颂了中国共产党领导下的抗日根据地光明幸福的生活，对教育群众、鼓舞军民士气起了巨大的作用，盛演不衰。[2]

书中附有《血泪仇》各个场面简单说明表，即场次、名目、各角色用什么道具；同时附正误表一张。作者在后记中提到，此剧在延安出演后，蒙各方指示，数次修改另提及《血泪仇》为秦腔剧，在各地演出时，可以多采用当地流行而生动的大众语言，但务须斟酌适当，不可乱用。

主要人物：王仁厚（老农民），王老婆（王仁厚之妻），王东才（王仁厚之子），桂花（王仁厚之女），狗娃（王东才之子），田保长，郭主任（联保主任），刘荣（联保主任心腹），孙副官（国民党的副官），黄先生（汉奸特务），县长（边区县长），团长（八路军团长），乡长（边区乡长），等等，总计人数五十二人。另注明：如缺演员，有三十人左右，也能替换演出。

剧情介绍：20世纪40年代初国民党统治区河南某地，灾难不断，赤地千里、颗粒无收。农民王仁厚的儿子王东才被保长抓了壮丁。王仁厚卖了祖坟地赎回儿子，准备全家往西逃难，逃难前去祭祖的路上，王东才再次被国军抓了壮丁。无奈，全家逃到豫陕交界处的一座龙王庙里歇息，夜半，儿媳又遭国军排长凌辱被杀。王老婆悲愤交集一头撞死。王仁厚带着女儿、孙子掩埋了亲人后，经人指点逃到了边区。在当地乡长妥善安置和邻居们的热心帮助下，爷孙三人逐渐过上好日子。

王东才被国民党抓壮丁后被迫当了国民党特务，被派到其父住的村里找特务黄掌柜接上头，受命往井里投毒。其子狗娃因喝了井水中毒，幸好被乡政府医生救活；月黑夜，王仁厚往区里送信回来坐在井边歇脚，被暗中走近预备行刺的王东才认出，父子相认。回到家，王仁厚把别后家门不幸一五一十告诉了王东才。王东才终于明白八路军才是人民的救星。王东才带着复仇的决心，回到国民党队伍中进行策反，打死国民党军官，回到人民的怀抱。

《血泪仇》真实生动地反映了反动统治下人民生活的水深火热，中国共产党领导下人民生活的民主与幸福，新旧社会的鲜明对比，进一步唤醒了千万民众，提高了人民觉悟，为团结抗战、除奸反霸起到了很大的作用。[3]

撰文：赵春红

注释：

1. 参见任文主编：《延安时期的社团活动》，陕西师范大学总社有限公司2014年版，第122页。
2. 参见西安市地方志编纂委员会编：《西安市志》（第七卷），西安出版社2006年版，第539页。
3. 参见《中国歌剧史》编委会主编：《中国歌剧史：1920—2000》（上册），文化艺术出版社2012年版，第158页。

图一：《血泪仇》（秦腔现代戏），马健翎作，出版时间不详。

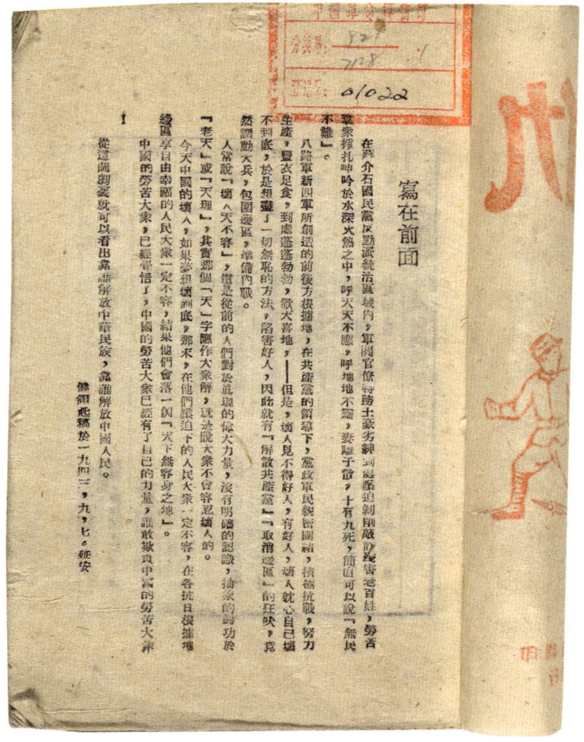

寫在前面

在蔣介石國民黨反動派統治區域內，軍閥官僚特務土豪劣紳到處壓迫剝削敲詐殘害老百姓，勞苦羣衆掙扎呻吟於水深火熱之中，呼天天不應，呼地地不靈，妻離子散，十有九死，簡直可以說「無民不難」。

八路軍新四軍所創造的前後方根據地，在共產黨的領導下，黨政軍民親密團結，積極抗戰，努力生產，豐衣足食，到處蓬蓬勃勃，歡天喜地，——但是，壞人見不得好人，有好人，壞人就心自己壞不到底，於是想盡了一切無恥的方法，陷害好人，因此就有「解散共產黨」「取消邊區」的狂吠，竟然調動大兵，包圍邊區，準備內戰。

人常說「壞人天不容」，這是從前的人們對於真理的偉大力量，沒有明確的認識，抽象的歸功於「老天」或「天理」，其實那個「天」字應作大衆解，就是說大衆不會容忍壞人的。

今天中國的壞人，如果要想壞到底，那末，在他們壓迫下的人民大衆一定不容，在各抗日根據地邊區享自由幸福的人民大衆一定不容，結果他們會落一個「天下無容身之地」。中國的勞苦大衆，已經覺悟了，中國的勞苦大衆已經有了自己的力量，誰敢欺負中國的勞苦大衆

從這個劇裏就可以看出，靠誰解放中華民族，靠誰解放中國人民。

健翎此稿於一九四三，九，七。延安

1

图二：《血泪仇》序言，由马健翎作于 1943 年 9 月 7 日。图载本书第 1 页。

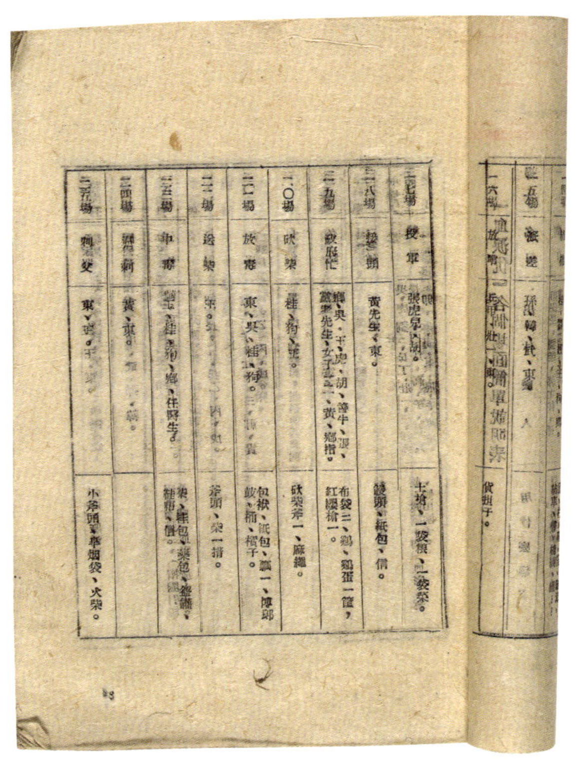

| 場次 | 場名 | 人物 | 道具 |
|---|---|---|---|
| 一七場 | 投軍 | 張虎[illegible]、胡。 | 土槍、一袋[illegible]、一袋[illegible]。 |
| 一八場 | [illegible] | 黃先生、東。 | 饅頭、紙包、信。 |
| 一九場 | [illegible] | 鄉、吳、王、虎、胡、[illegible]牛、[illegible]、[illegible]先生、女子[illegible]、黃、鄉指。 | 布袋三、鷄、鷄蛋一筐，紅纓槍一。 |
| 二〇場 | 砍柴 | 桂、狗、娃。 | 砍柴斧一、麻繩。 |
| 二一場 | 放[illegible] | 東、吳、桂、狗。 | 包袱、紙包、瓢一、[illegible]郎鼓、[illegible]、帽子。 |
| 二二場 | 送柴 | 東。 | 斧頭、柴一捆。 |
| 二三場 | 中[illegible] | [illegible]、桂、狗、鄉、任賢生。 | 柴、[illegible]包、藥包、[illegible]、[illegible]、信。 |
| 二四場 | [illegible] | 黃、東。 | |
| 二五場 | [illegible] | 東、[illegible]、王。 | 小斧頭、旱烟袋、火柴。 |

图三：《血泪仇》场次介绍节选，图载本书第3页。

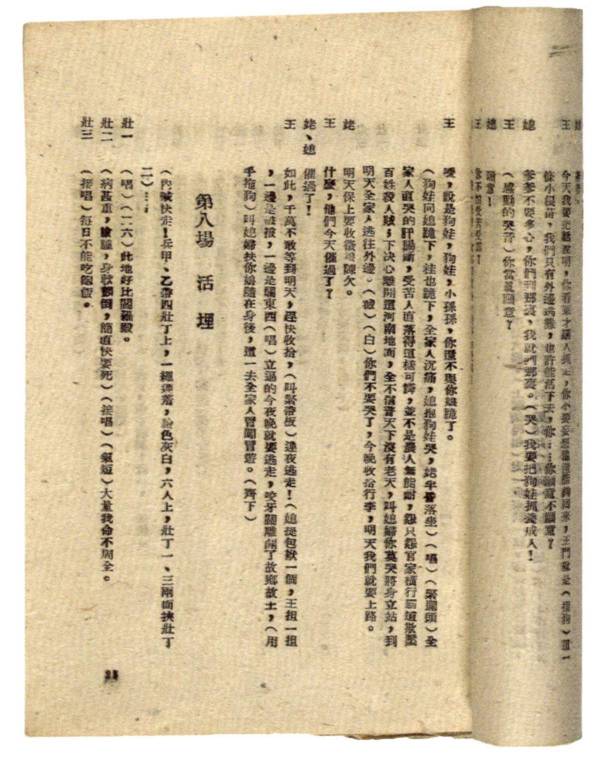

王 唉，說是狗娃，狗娃，小孫孫，你還不與你娘跪了。（狗娃同媳跪下，桂也跪下，全家人沉痛，媳抱狗娃哭，姥半晌落坐）（唱）（緊攔頭）全家人直哭的肝腸斷，受苦人直落得這樣可憐，並不是農人無能耐，怨只怨官家橫行霸道欺壓百姓殺人賊；下決心離開這河南地面，全不信普天下沒有老天，叫媳婦你莫哭將身立站，到明天全家人逃往外邊。（緩）（白）你們不要哭了，今晚收拾行李，明天我們就要上路。

姥 明天保上要收徵地隊欠。

王 什麼，他們今天催過了？

姥、媳 催過了！

王 如此，千萬不敢等到明天，趕快收拾，（叫緊帶板）連夜逃走！（媳提包袱一個，王扭一扭，一邊是破被，一邊是爛東西（唱）立逼的今夜晚就要逃走，咬牙關離開了故鄉故土，（用手拖狗）叫媳婦扶你娘隨在身後，這一去全家人冒闖冒遊。（齊下）

## 第八場 活埋

（內喊快走！兵甲、乙帶四壯丁上，一繩連着，臉色灰白，六人上，壯丁一、三兩面挾壯丁二）……

壯一 （唱）（二六）此地好比閻羅殿。

壯二 （病甚重，臉腫，身軟顫倒，簡直快要死）（接唱）（氣短）大量我命不周全。

壯三 （接唱）每日不能吃飽飯。

23

图四：《血泪仇》节选，图载本书第25页。

3

秧歌剧，也称“新秧歌”，是20世纪40年代在陕甘宁边区解放区产生的一种戏剧形式。秧歌剧作为一种群体性的文艺活动，起源于民间喜闻乐见的秧歌。

它是一种歌舞性、说唱性、戏剧性兼而有之的表演艺术，是文艺“大众化”“地方化”结出的一朵奇葩。秧歌剧是特定历史环境下，民间艺术形式与抗战、革命主题的高度契合，是革命文艺与民间文艺相结合的成果。它反映了人民丰富多彩的斗争生活，发挥了团结人民、教育人民的作用，因此被群众誉为“斗争秧歌”。

秧歌剧形式短小、结构严谨、音乐纯朴，深受广大人民群众欢迎。毛泽东《在延安文艺座谈会上的讲话》的发表为文艺工作指明了方向，陕甘宁边区文艺工作者首先掀起了深入群众、深入生活向民间学习的热潮。以陕北为中心，首先掀起了以秧歌剧为中心的群众文艺运动。

秧歌剧内容取材于生活，表现的是真实的生活情景，经过文艺工作者后期加工改编，契合了毛主席倡导的文艺与工农兵相结合的方针，是战时文化的一种表现形式。文艺工作者经过探索和实践，创作出了一批内容新颖、内容充实的新秧歌剧，如《军民互助》《刘顺清》等。

# 《选举去》

《选举去》，石毅著，铅印，竖排右开，封面页为红蓝双色套印，华北新华书店印行，1943年出版，12cm×8.5cm。全书共35页。

本剧主要讲述了狗娃一家参与边区选举的故事。作者在书后附注中写道，剧本是根据陕北边区地名事物编写的，其他地方若在演出时，可根据实际情况略作改动。[1]

剧中主要人物：狗娃妈，狗娃爹，狗娃，张婆，刘二姐。

剧情介绍：狗娃一家被村民评选为“劳动英雄”，干劲十足。一天，狗娃爸要去参加村长改选的投票，狗娃妈怕耽误生产不想去。这时遇到从邻村逃荒来的张老汉和张婆二人，得知他们因为被保长欺负，丢了田地无法生活，所以逃难而来，这才明白了民主选举的重要性。她又从狗娃爸口中得知好吃懒做的胡秘书也参加了村长竞选，为了让老村长当选，也为了整个村子的发展，狗娃妈一改之前的态度，号召大家“当官是百姓选举的，挑上好人办好事”，和大家一起去选举。

作者石毅，山西省翼城县人，中共党员，曾任太岳军区第八纵队政治部文工队员、71团政治处宣传员等，编写了包括《选举去》等农村秧歌剧，并组织带领宣传队深入部队慰问演出。[2]

《选举去》反映了当时边区人民的选举积极性。经历几年新民主主义的生活，边区人民的政治觉悟提高了。他们踊跃参加选举，许多地方选民到会率达到百分之八十以上，有些地方超出百分之九十，其中不少六七十岁的老人，翻山越岭，不避风雨，赶去投票。同时边区人民也认真地监督政府的工作，个别贪污腐化、欺压群众的候选人被群众揭发而落选，一部分工作作风有缺点的干部受到群众善意的批评，工作努力、作风优良的干部受到群众的衷心爱戴和赞扬。[3]这些关于边区选举的经验和建议，在通过选举加强政府与人民的联系方面，直到现在看来，依然有其可借鉴之处，对我们的生活有着重要的指导作用。

撰文：戴畋

注释：

1. 董健：《中国现代戏剧总目提要》，南京大学出版社2003年版，第1271页。
2. 刘威：《老战士回忆录》，沈阳出版社2011年版，第147页。
3.《延安时期文献档案汇编》编委会:《红色档案——延安时期文献档案汇编：陕甘宁边区政府文件选编》(第9卷)，2014年，第436页。

图一：《选举去》，石毅著，1943 年出版。

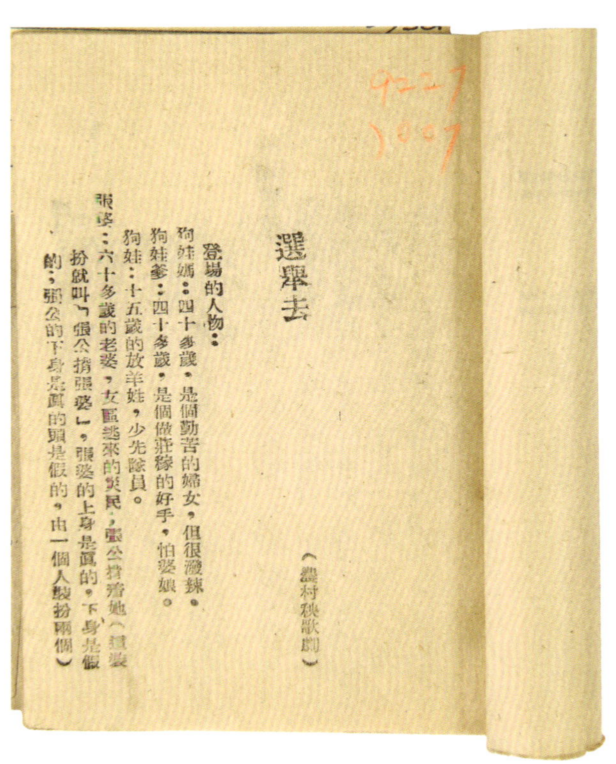

選舉去

（農村秧歌劇）

登場的人物：

狗娃媽：四十多歲，是個勤苦的婦女，但很潑辣。

狗娃爹：四十多歲，是個做莊稼的好手，怕婆娘。

狗娃：十五歲的放羊娃，少先隊員。

張婆：六十多歲的老婆，女區逃來的災民，張公揹着她（這裝扮就叫「張公揹張婆」，張婆的上身是眞的，下身是假的；張公的下身是眞的頭是假的，由一個人裝扮兩個）

图二：《选举去》正文开头，介绍剧中出场人物及主要特征，包括狗娃一家及张婆。图载本书第 1 页。

# 《刘顺清》

《刘顺清》，编辑者不详，“据查阅资料，《刘顺清》编者是翟强，曲作者是张林簃”[1]，延安北关文化沟口印工合作社出版，1944 年 7 月出版，14.3cm×10.2cm。全书共 71 页，第 1 页介绍剧中人物与剧情发生的时间、地点，第 2 页至第 57 页是剧本，第58页至第71页是为本剧所配10首歌曲，有的曲子附有注释，第六曲和第八曲都是男声三部合唱。全剧共分五场，运用了合唱的表演方式。“《刘顺清》秧歌剧是由联政宣传队演出。”[2]

《刘顺清》是一部反映边区军民响应毛主席的号召，积极开荒生产的秧歌剧。剧本取材于三五九旅的大生产活动中特等英雄连连长的模范事迹，通过描写连长刘顺清率领连队战士，克服重重困难开发金盆湾的故事，热情歌颂了军民团结与大自然做斗争开荒生产的革命乐观主义精神。剧本着力刻画了连长刘顺清的坚毅勇敢、不怕任何困难的英雄形象。

剧中人物：刘顺清，指导员，排长，张老汉，李老汉，王铁匠，学徒，战士八人。

剧情介绍：八路军连长刘顺清，接受了开垦金盆湾的艰巨生产任务。他在资金匮乏和没有开垦工具的困难情况下，和战士们想方设法克服困难。通过走访边区群众，得知山上有三口废旧大钟，刘顺清和战士们把大钟抬下山，解决了开垦工具原材料问题。他走遍了附近所有村庄，找到了山里唯一的老铁工和他的徒弟。在老铁工师徒的指导帮助下，全连指战员齐心合力，昼夜加工制作，在惊蛰节前完成了土地开垦工具的制作任务，使部队及时地投入了开荒生产。

联政宣传队是由延安八路军后方留守兵团政治部文艺工作团，与延安青年艺术剧院合并而成。为了提高宣传队的艺术水平，1940 年，烽火剧团在延安鲁艺的帮助下举办了两期培训班共 300 余人。八路军留守兵团决定以烽火剧团为基础，建立一所正规的部队院校。1941 年 4 月“部队艺术学校”成立，之后，又改编为“部队艺术工作团”。1943 年 12 月，部队艺术工作团和延安青年艺术剧院合并，改编为“陕甘宁晋绥五省联防军政治部宣传队”，它的成立使宣传队的文艺工作进入了一个新的阶段。[3]

撰文：付小红

注释：

1.《延安文艺丛书》编委会编：《文艺史料卷》（第 16 卷），湖南文艺出版社 1987 年版，第 1088 页。

2.《延安文艺丛书》编委会编：《文艺史料卷》（第 16 卷），湖南文艺出版社 1987 年版，第 1088 页。

3. 参见刘敏主编：《中国人民解放军舞蹈史》，解放军文艺出版社 2011 年版，第 69—71 页。

图一：《刘顺清》（秧歌剧），1944 年 7 月出版。

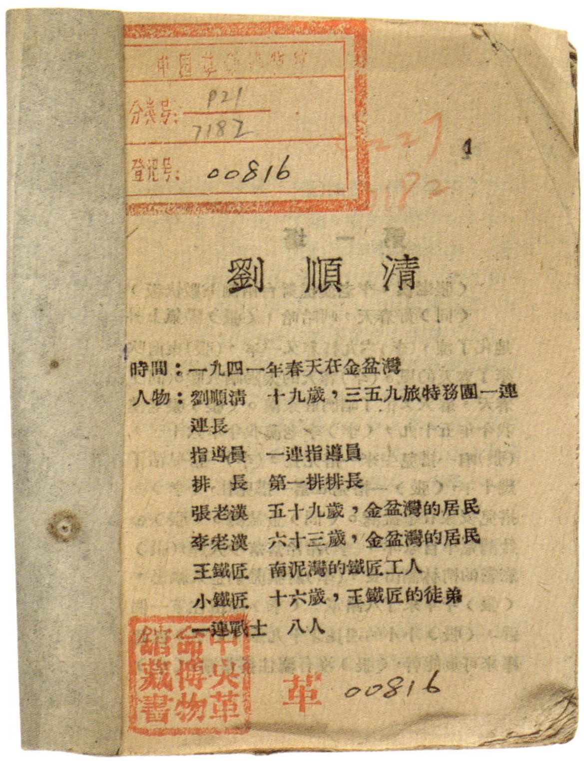

劉順清

時間：一九四一年春天在金盆灣
人物：劉順清　十九歲，三五九旅特務團一連連長
指導員　一連指導員
排　長　第一排排長
張老漢　五十九歲，金盆灣的居民
李老漢　六十三歲，金盆灣的居民
王鐵匠　南泥灣的鐵匠工人
小鐵匠　十六歲，王鐵匠的徒弟
一連戰士　八人

图二：《刘顺清》（秧歌剧）剧情时间、地点及剧中人物介绍。图载本书首页。

# 《周子山》

《周子山》，作者：水华、王大化、贺敬之、马可，配曲：乐濛、张鲁、刘炽、马可，新华书店出版，1944年8月出版，17.8cm×13.0cm。全书共108页，无封底。

《周子山》是根据叛徒朱云山的案件改编创作的，反映了陕北革命的一段历史故事。“剧本在创作和演出的形式上采取了陕北秧歌、土地革命时的民歌及西北民间戏曲（以道情为主）的一些因素，运用了陕北的地方语言，这是在秧歌的基础上加以发展的一种新形式，是用这种新形式表现新的革命内容的新尝试，当时还没有新歌剧这一说法。现在，它和当时的其他同类型的作品一起，已经成为新歌剧发展过程中的作品了。”[1]

剧中主要人物：马红志，周子山，谢玉林，张海旺，牛大海，二老周。

剧情介绍：土地革命蓬勃发展的时候，投机分子周子山事事为自己打算，被敌人渗透腐蚀，叛变投敌，长期潜伏进行破坏活动。以马红志同志为代表的革命积极分子，为了铲除外部的敌人和内部的破坏者，开展了对敌斗争。周子山和二老周在一次搞破坏行动中，被马红志等同志抓获。

作者为了明确地表现出革命与反革命的斗争，将全剧分为五场：“前三场描写土地革命时代，后两场描写统一战线以后。”[2]

本书以秧歌剧这种艺术形式“表现革命与战争，并且表现得那么紧张热烈，使观众自身也仿佛卷在暴风雨当中，随着戏剧中革命的成功和失败的情节变化，而产生出的欢喜或忿怒的情绪，使人爱革命，爱革命的英雄人物，恨革命的敌人和破坏者”[3]。书中塑造的人物形象生动丰满，剧情真实动人，给群众留下了深刻的印象。

撰文：赵琳

注释：

1. 参见水华，王大化，贺敬之，马可：《现代音乐创作丛书（戏剧音乐）——周子山》，音乐出版社1958年版，前言。
2. 参见水华，王大化，贺敬之，马可：《现代音乐创作丛书（戏剧音乐）——周子山》，音乐出版社1958年版，第118页。
3. 参见水华，王大化，贺敬之，马可：《现代音乐创作丛书（戏剧音乐）——周子山》，音乐出版社1958年版，第115页。

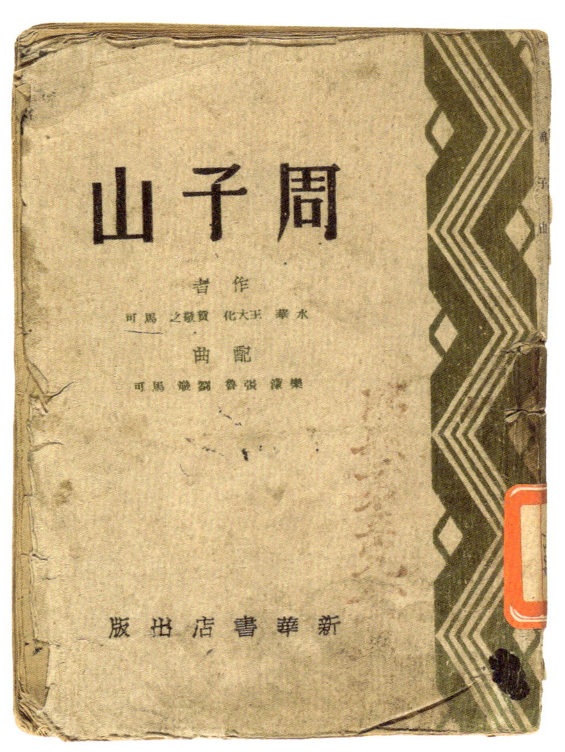


图一：《周子山》，作者：水华、王大化、贺敬之、马可，配曲：乐濛、张鲁、刘炽、马可，1944年8月出版。

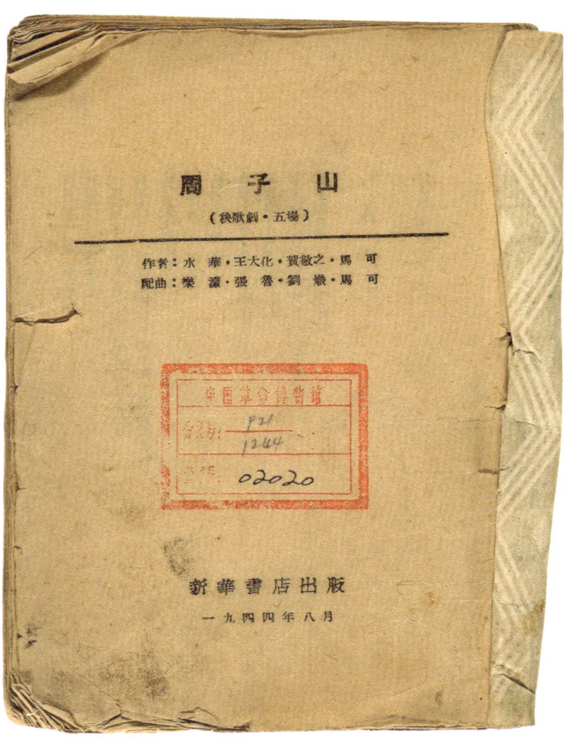


图二：《周子山》扉页，印有红色长方形中国革命博物馆藏书章一枚。图载本书扉页。

# 《参军去》

《参军去》（秧歌舞集），山东省文协编，“戏剧杂耍丛刊”第13集，山东新华书店出版发行，铅印，毛边书，1944年12月出版，20.1cm×13.2cm。全书共20页，共收录秧歌剧4部。

本书封面使用了红、绿双色套印技术，上为红色美术字“参军去，秧歌舞集”字样，中间为红绿套色的男女秧歌舞蹈人形象，右下有数字“13”字样，应为第13集之意。

书中印有“戏剧杂耍丛刊”已出版图书的书目和即将出版图书的预告。已出版的适合冬学及春节的书目有：（5）《减租》秧歌舞剧；（6）《返光镜》独幕话剧；（8）《大家都上学》小调剧；（10）《新年乐》秧歌舞集；（11）《依靠谁反攻》秧歌舞剧；（12）《大秧歌》（秧歌、高跷、旱船、竹马、抬脏官及其他小杂耍）；（13）《参军去》秧歌舞集。预告出版的书目有：（1）《神兵》战斗报道剧；（2）《第一炮》讽刺剧；（3）《光复沂水城》武老二集；（4）《莒城起义》武老二集；（9）《检讨会》街头剧集；（7）《难民刘舆义起家》鼓词；（14）《血汗交流》独幕话剧。

书中收录剧目包括：

1.《参军去》，作者：王力。

剧中主要人物：甲父、甲母、甲妻、甲四人，乙、乙妻、乙母三人，丙父、丙、丙妻三人，村长一人。

开篇是儿童上场歌颂新生活的秧歌联唱，之后众人依次出场。主要剧情为甲父、甲母和甲妻兴高采烈送甲参军。乙妻和乙商量让乙去参军，乙愿意，但乙母反对。丙父让丙去参军，丙不愿意去，故意躲避。最后甲父在村长召集的村大会上发言，感悟了乙母和丙。众人载歌载舞，齐声欢唱，欢送参军者。

剧本后注明，“本剧亦可在广场上和高跷上演出”。

2.《陈大娘送子参军》（三幕剧），作者：艾分。

剧中主要人物：陈大娘，陈子。

剧情介绍：在八路军的帮助下，农民过上了好日子。陈大娘鼓励儿子去参军，儿子听从母亲的教导，参军去解放全中国。陈大娘得到大家的称赞，被评为县里的劳动拥军模范。

剧本后附有说明：在今年春天拥军参军热潮中，各地涌现了不少妇女模范，临沭的陈大娘便是其中之一。因其对将来到的拥参运动，仍有其教育意义，所以翻印发表在这里。

3.《劝郎参军》，作者：艾分。

剧中主要人物有：胡大嫂，胡大哥。

剧情介绍：胡大哥在胡大嫂的支持鼓励下去参军，因心中挂念刚出生的孩子和胡大嫂，从部队又回来了。胡大嫂表示自己能照顾好孩子和家，让胡大哥安心回部队英勇杀敌，积极上进。胡大哥感动地叫胡大嫂“好妻子”，大家也都叫胡大嫂为“好嫂子”。

4.《送哥哥参加主力军》（两幕剧），作者：方前。在第二幕儿童上场唱时，标注了唱词与简谱曲谱。

剧中人物：狗娃爹，狗娃娘。

剧情介绍：过年了，狗娃爹和狗娃娘从丈人丈母娘家拜完年，回家路上，夫妻俩说起老丈人家现在日子好了，不像从前受地主欺负，为了感谢党的恩情，狗娃爹想去参军，得到狗娃娘的赞成。狗娃爹要走了，村里来了很多人送行，狗娃爹说等大反攻胜利了，再回来享受安宁。

本书的最后，刊载了《小白菜调》《劝郎参军》《华口秧歌调》和《打发哥哥上战场调》四首秧歌调的歌词与简谱曲谱。

撰文：赵迎红

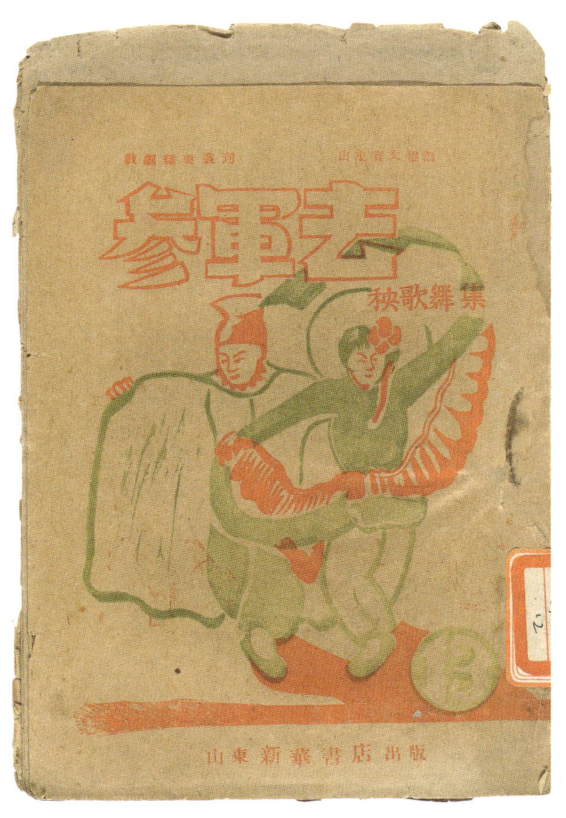


图一：《参军去》（秧歌舞集），山东省文协编，“戏剧杂耍丛刊”第13集，1944年12月出版。

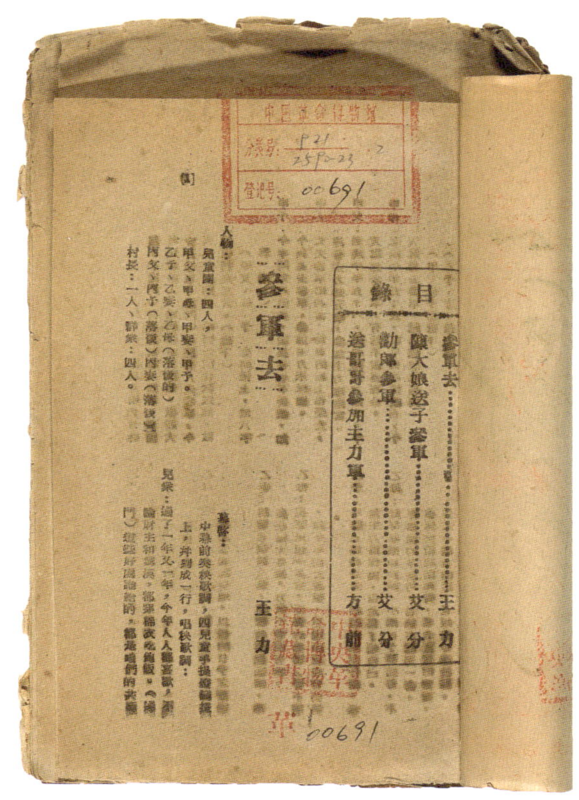


图二：《参军去》首页刊载了本书包含的四部剧目，以及第一部秧歌舞《参军去》开场。图载本书第1页。

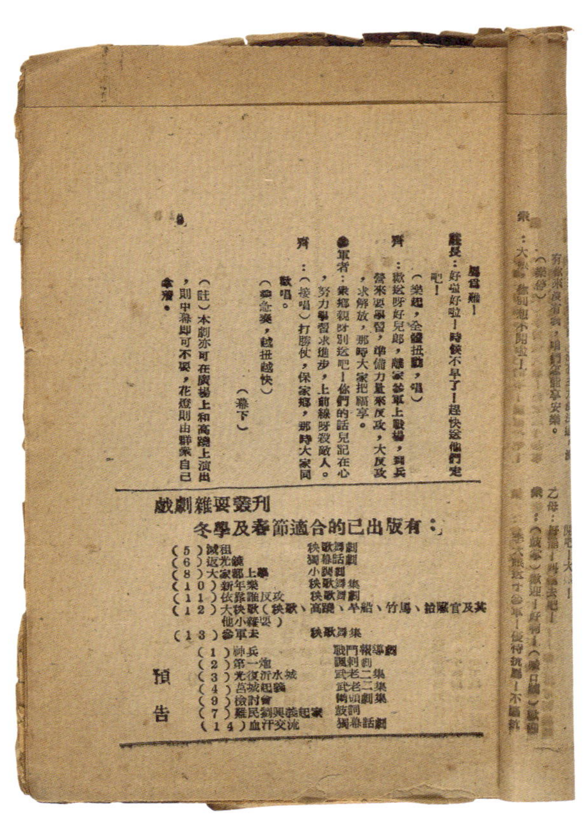

9

隊長：好啦好啦！時候不早了！趕快送他們走吧！

（樂起，全體扭動，唱）

齊：歡送呀好兒郎，離家參軍上戰場，到兵營來要學習，準備力量來反攻，大反攻，求解放，那時大家把福享。

參軍者：衆鄉親呀別送吧！你們的話兒記在心，努力學習求進步，上前線呀殺敵人。

齊：（接唱）打勝仗，保家鄉，那時大家同歡唱。

（鑼急奏，越扭越快）

（幕下）

（註）本劇亦可在廣場上和高蹺上演出，則中幕即可不要，花燈則由群衆自己拿着。

戲劇雜耍叢刊

有版出已的適合節春及學冬：

| | |
|---|---|
| （5）減租 | 秧歌舞劇 |
| （6）返光鏡 | 獨幕話劇 |
| （8）大家都上學 | 小調劇 |
| （10）新年樂 | 秧歌舞集 |
| （11）依靠誰反攻 | 秧歌舞劇 |
| （12）大秧歌（秧歌、高蹺、旱船、竹馬、拾壓官及其他小雜耍） | |
| （13）參軍去 | 秧歌舞集 |

預告

| | |
|---|---|
| （1）神兵 | 戰鬥報導劇 |
| （2）第一炮 | 諷刺劇 |
| （3）光復沂水城 | 武老二集 |
| （4）莒城紀籟 | 武老二集 |
| （9）檢討會 | 街頭劇集 |
| （7）難民劉興義起家 | 鼓詞 |
| （14）血汗交流 | 獨幕話劇 |

图三：“戏剧杂耍丛刊”已出版图书的书目和即将出版图书的预告，图载本书第9页

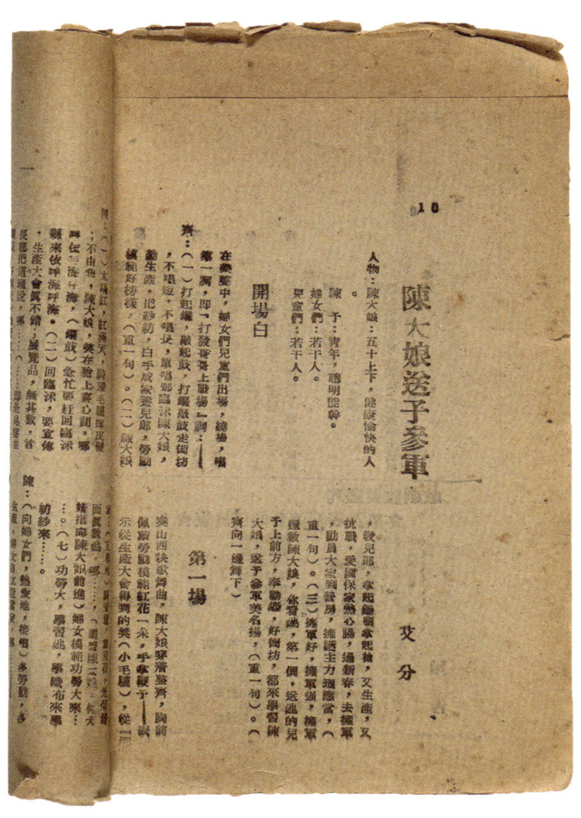

10

陳大娘送子參軍

艾分

人物：陳大娘：五十上下，健康愉快的人。

陳　予：青年，聰明能幹。

婦女們：若干人。

兒童們：若干人。

開場白

在樂聲中，婦女們兒童們出場，繞場，唱第一調，即『打發哥哥上戰場』調：——

齊：（一）打起鑼，敲起鼓，打鑼敲鼓走街坊，不唱短，不唱長，單唱那臨沭陳大娘，勸生產，把紗紡，白手成家養兒郎，勞動模範好榜樣，（重一句）。（二）陳大娘……教兒郎，拿起鋤頭拿起槍，又生產，又抗戰，愛國保家熱心腸，過新春，去擁軍，勸員大家到營房，擁護主力理應當，（重一句）。（三）擁軍好，擁軍強，擁軍模範陳大娘，你看她，第一個，送她的兒子上前方，奉勸她，好街坊，都來學習陳大娘，送子參軍美名揚，（重一句）。（齊向一邊舞下）

第一場

奏山西秧歌舞曲，陳大娘穿着整齊，胸前佩戴勞動模範紅花一朵，手牽着予——該示從生產大會得到的獎（小毛驢），從……

图四：本书第二部艾分作《陈大娘送子参军》开场节选，图载本书第10页

# 《瞎子算命》

《瞎子算命》，贺敬之著，安林木刻，出版者不详，据《贺敬之文集》记载，此书是由延安新华书店出版的单行本[1]，1945年4月印，12.4cm × 8.7cm。全书共36页，附曲调1首。

封面有蓝色椭圆形“华北新华书店编辑部参考室”章。本书第1页至第35页为秧歌剧本，第36页为《瞎子算命调》（第一曲），词作者：贺敬之。

正文前收录安林所作木刻3幅，分别为：《瞎子：这一回去算命多骗几个钱》《跑到掏黍杆上去哩》《人家是婆姨怎给算成女子哩》，封面选用的正是第一图。这三幅插图，具有“延安木刻的风格特点，内容是最现实的，而形式亦朴质刚劲，代表延安木刻作品在重庆参展”[2]。《瞎子算命》改编自秧歌剧，书中含曲调两首。

文艺工作者在延安兴起的新秧歌运动中，起到了骨干和指导作用。为了更深入地了解和体验农民的感情生活，作家们认真学习当地的方言、戏曲、民歌等民间艺术，积极进行歌词和新秧歌剧的改编创作，积累了丰富的创作经验。贺敬之执笔编写的《栽树》和《瞎子算命》等秧歌剧，由鲁艺秧歌队演出，其剧本分别在《解放日报》、延安新华书店发表和出版。[3]

剧中人物：瞎子，子儿（拖瞎子的小娃），嫂嫂，妹妹。

剧情介绍：瞎子要娃子儿给他领路去找人算命，子儿告诉瞎子，现在是新政府了，要破除封建迷信，不愿给瞎子带路。他们途经一条河，子儿故意让瞎子掉到了河里，瞎子很生气。后来他们路经瓜地时，子儿不愿意帮瞎子偷瓜，就装作看瓜的人来吓唬瞎子，把瞎子吓跑了。这时，走来嫂妹两人，故意请瞎子算命，想通过说服教育把瞎子的思想转变过来。嫂嫂谎称自己18岁，瞎子算她每日茶饭不思“哭鼻子流眼泪想婆家”。妹妹谎称自己38岁，瞎子算她“哭鼻子流眼泪想抱娃娃”。嫂妹俩人都说瞎子骗钱算得不准，要瞎子转变思想，劝瞎子去说书，瞎子接受了两人的建议，决心今后以说书为生，不再宣传封建迷信了。

《瞎子算命》通过秧歌剧的表演形式，讽刺了旧社会的封建迷信，唱词诙谐幽默，让人开怀大笑的同时，引人深思，起到了破除迷信的作用。[4]

撰文：付小红

注释：

1. 贺敬之：《贺敬之文集散文·书信·答问·年表卷》（六），作家出版社2005年版，第497页。
2. 参见韦韬，陈小曼编：《茅盾杂文集》，生活·读书·新知三联书店1996年版，第797页。
3. 参见王巨才主编：《延安文艺档案·延安戏剧》《延安戏剧家》第1册，太白文艺出版社2015年版，第223页。
4. 参见丁七玲：《贺敬之》，中国文史出版社2015年版，第141页。

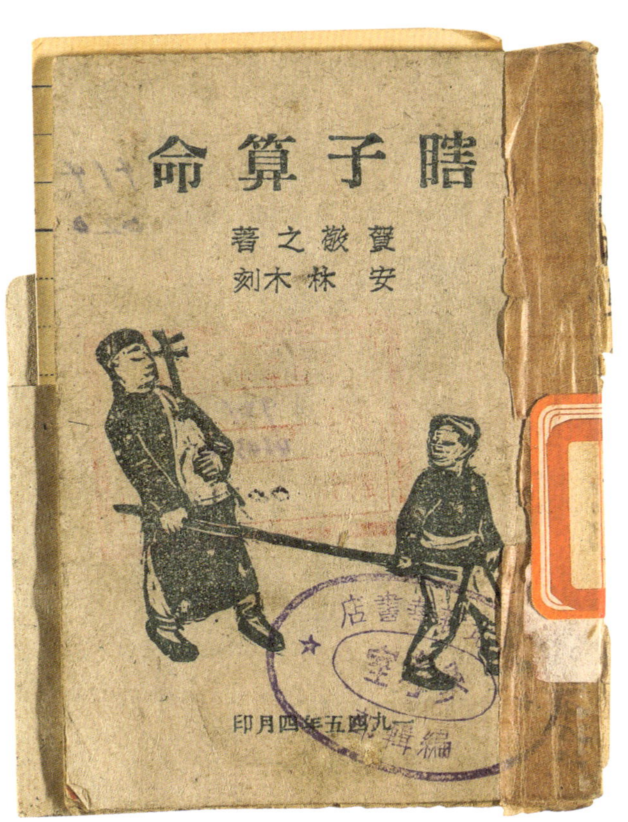


图一：《瞎子算命》，贺敬之著，安林木刻，1945年4月出版。

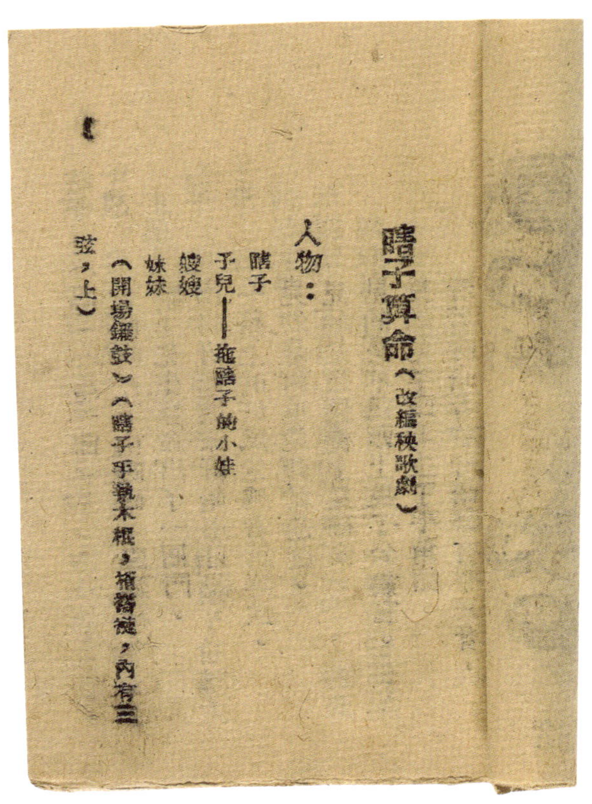

瞎子算命（改編秧歌劇）

人物：

瞎子

子兒——拖瞎子的小娃

嫂嫂

妹妹

（開場鑼鼓）（瞎子手執木棍，[illegible]，內有三弦，上）

图二：《瞎子算命》秧歌剧剧中人物介绍，图载本书首页。

# 《信不得》

《信不得》，刘相如编剧，大波等作曲，东北书店出版发行，东北书店印刷厂印，发行量10000册，1945年5月初版，18.0cm×13.0cm。全书共65页，其中曲谱部分25页，收录曲谱40首。三幕十场剧。

书中附有作者的《排演说明》，告知演出者一贯道进行欺骗时手法略有差异，要根据不同时机、不同对象和当地情况，可做个别字句的修改，以保证演出效果和真实性。

一贯道原是中国民间的一种宗教，创立于清朝光绪年间，后来不仅利用封建迷信敛聚钱财供自己挥霍，还以“包治百病”为幌子装神弄鬼，沦为危害社会的邪教。

刘相如，山西洪洞人，现代剧作家。1937年参加八路军一一五师某部宣传队。1938年加入中国共产党。1940年调入师部战士剧社，开始文艺创作活动，作品有短篇小说《李老大胡子》、剧本《死也不说》等。抗战胜利后，先后担任辽东省丹东广播电台编辑室主任、辽东省白山艺术学校戏剧文学系负责人，不久后，主办《大连日报》文艺副刊《艺林》。1947年任白山文工团团长。在抗日根据地和解放区，他先后创作了歌剧《信不得》《一封信》和话剧《独眼龙》《钢铁人》等。中华人民共和国成立后，历任东北鲁迅艺术学院戏剧部副教授，哈尔滨话剧团团长，黑龙江话剧团团长，哈尔滨文化局党组副书记、副局长等职，还被选为中国戏剧家协会理事、中国文联委员。主要作品有话剧《在新事物面前》（与杜印等人合写）、《新婚之夜》（与兰澄合写）、《友谊》《在激流中》《松花江上》等。[1]

作曲家于大波，山东海阳人，1947年入辽宁省文工团任指挥兼作曲，曾任辽阳市文联常委、音协辽宁分会常务理事。作有民乐曲《胜利鼓》，著有《二人转曲调介绍》。[2]

剧中人物：徐长友（男，36岁，忠诚农民），徐妻（二十八九岁，思想较为落后），徐母（近60岁，常患心口痛，思想落后守旧），兰子（长友女，四五岁），张胡春（40余岁，守旧迷信入骨），王志成（逃亡地主），小篓子（王志成的小表嫂，32岁，风流）等。

剧情介绍：主要讲述徐妻去找药铺老板张胡春求治疖子的药，却被地主王志成和小篓子等人蛊惑入道免灾。入道的徐妻又拉拢了徐母一起入道，封建的徐母看到徐妻病好后深信不疑。但随后兰子感染上了天花，长友的苞米地瞎了苗，分来的耕牛也病了，反动的一贯道放言是因为“冲着神了”，众说纷纭，徐长友也开始迷信。补苗会在小篓子和地主的装神弄鬼下停止，当众人开始察觉不对劲时，兰子已经病危，最终也没有得到救治，临死前还被灌以香灰面续命，一家人悲痛欲绝。村民将蛊惑众人的地主和小篓子抓住，当众揭穿恶行，张胡春也得到了惩罚。故事揭露了邪教道门组织一贯道的黑暗和封建社会的愚昧。

中华人民共和国成立前，反动会道门盛行。

民教馆的群众业余剧团，为配合反对封建迷信的宣传教育，赶排了这部歌剧，演出了20余场，用于揭露反动会道门利用各种卑鄙手段骗奸妇女、进行反动活动的阴谋，呼吁广大人民群众要时刻清醒，不要轻信封建迷信和邪教组织，使人民群众擦亮了眼睛、弄清了是非，受到了新的教育。[3]

撰文：赵天然

注释：

1. 参见马良春，李福田主编：《中国文学大辞典》第四卷，天津人民出版社1991年版，第2213页。

2. 参见中国音乐家协会编：《中国音乐名家名录》，广西人民出版社1989年版，第8页。

3. 参见王同声，张学希主编：《鸭绿江流域历史资料汇编》（上编），丹东市委印刷厂，2007年，第479页。

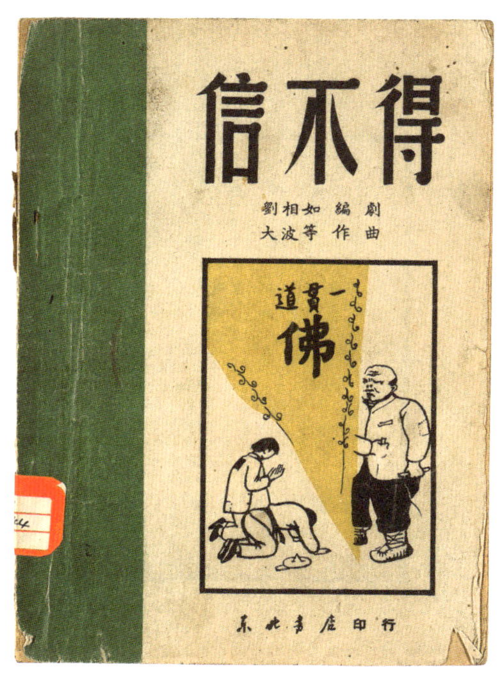


图一：《信不得》，刘相如编剧，大波等作曲，1945年5月初版。

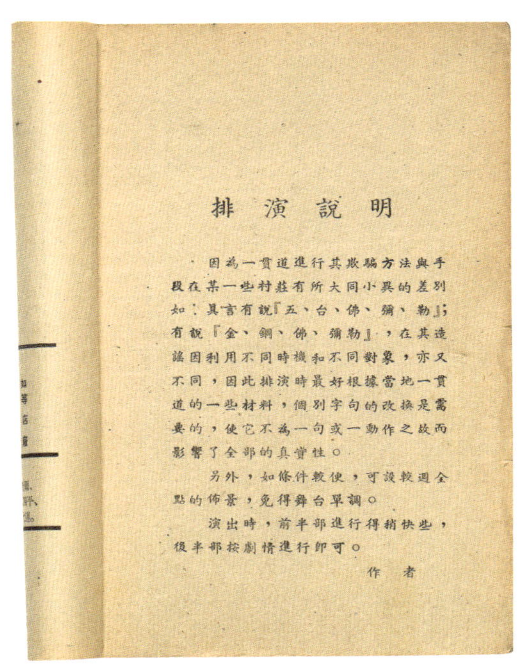

排演說明

因為一貫道進行其欺騙方法與手段在某一些村莊有所大同小異的差別如：其言有說『五、台、佛、彌、勒』；有說『金、鋼、佛、彌勒』，在其造謠因利用不同時機和不同對象，亦又不同，因此排演時最好根據當地一貫道的一些材料，個別字句的改換是需要的，使它不為一句或一動作之故而影響了全部的真實性。

另外，如條件較便，可設較週全點的佈景，免得舞台單調。

演出時，前半部進行得稍快些，後半部按劇情進行卽可。

作者

图二：本剧《排演说明》，内容主要是作者对剧本排演的建议。图载本书序言页。

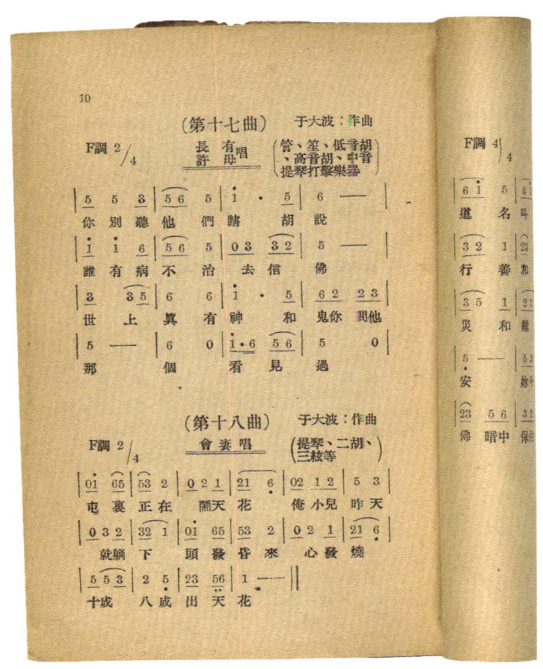


图三：本剧插曲《第十七曲》与《第十八曲》，两首均由于大波作曲，图载本书第10页。

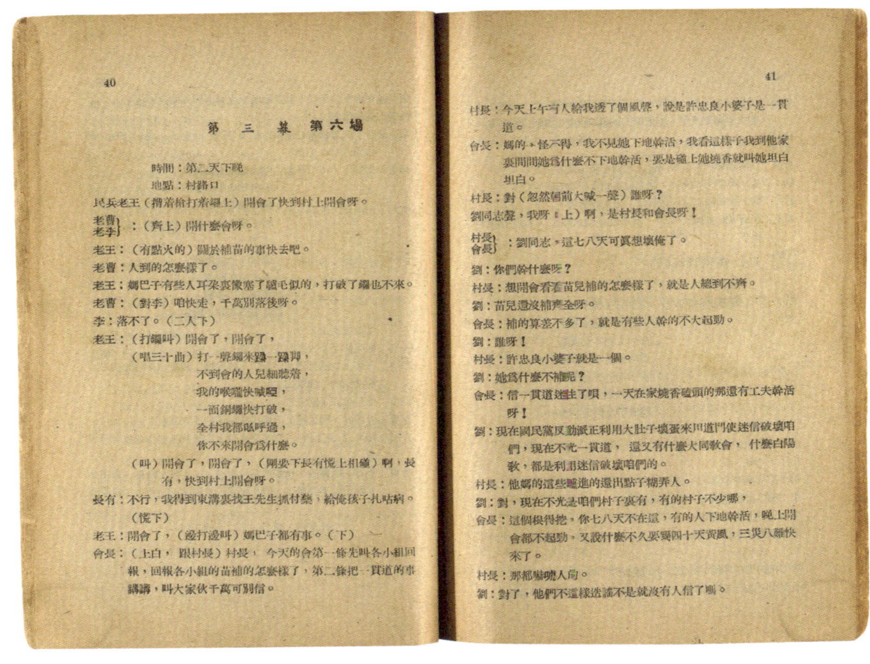

40

第三幕　第六場

時間：第二天下晚

地點：村路口

民兵老王（揹着槍打着鑼上）開會了快到村上開會呀。

老曹 老李：（齊上）開什麼會呀。

老王：（有點火的）關於補苗的事快去吧。

老曹：人到的怎麼樣了。

老王：媽巴子有些人耳朵裏像塞了雞毛似的，打破了鑼也不來。

老曹：（對李）咱快走，千萬別落後呀。

李：落不了。（二人下）

老王：（打鑼叫）開會了，開會了，

（唱三十曲）打一聲鑼來跺一跺脚，
不到會的人兒細聽着，
我的喉嚨快喊啞，
一面銅鑼快打破，
全村我都吆呼過，
你不來開會爲什麼。

（叫）開會了，開會了，（剛要下長有慌上相碰）啊，長有，快到村上開會呀。

長有：不行，我得到東溝裏找王先生抓付藥，給俺孩子扎咕病。（慌下）

老王：開會了，（邊打邊叫）媽巴子都有事。（下）

會長：（上白，跟村長）村長，今天的會第一條先叫各小組回報，回報各小組的苗補的怎麼樣了，第二條把一貫道的事講講，叫大家伙千萬可別信。

41

村長：今天上午有人給我透了個風聲，說是許忠良小婆子是一貫道。

會長：媽的，怪不得，我不見她下地幹活，我看這樣子我到他家裏問問她爲什麼不下地幹活，要是碰上她燒香就叫她坦白坦白。

村長：對（忽然朝前大喊一聲）誰呀？

劉同志聲，我呀（上）啊，是村長和會長呀！

村長 會長：劉同志，這七八天可眞想壞俺了。

劉：你們幹什麼呀？

村長：想開會看看苗兒補的怎麼樣了，就是人總到不齊。

劉：苗兒還沒補齊全呀。

會長：補的算差不多了，就是有些人幹的不大起勁。

劉：誰呀！

村長：許忠良小婆子就是一個。

劉：她爲什麼不補呢？

會長：信一貫道迷住了唄，一天在家燒香磕頭的那還有工夫幹活呀！

劉：現在國民黨反動派正利用大肚子壞蛋來用道門使迷信破壞咱們，現在不光一貫道，還又有什麼大同教會，什麼白陽教，都是利用迷信破壞咱們的。

村長：他媽的這些攏進的還出點子糊弄人。

劉：對，現在不光是咱們村子裏有，有的村子不少哪，

會長：這個根得挖，你七八天不在這，有的人下地幹活，晚上開會都不起勁，又說什麼不久要颳四十天黃風，三災八難快來了。

村長：那都嚇唬人同。

劉：對了，他們不這樣造謠不是就沒有人信了嗎。

图四：《信不得》第三幕第六场节选，图载本书第40—41页。

# 《神神怕打》

《神神怕打》，维琴、刘峰、关键、川敬、萧汀编，边区新华书店印，1945年9月出版，铅印，全剧两场。12.0cm×9.0cm。全书共35页。书末印有“1945年9月10日于西北文艺工作团”字样。

《神神怕打》是一部讲述反对封建、破除迷信的秧歌剧。尽管当时剧团的水平有限，剧目的创作和演出显得粗糙，但剧目内容来自群众，来自生活，充满了革命激情，不仅活跃了群众的文化生活，而且对当时的各项工作，特别是对发展生产起到了推动作用，同时也为边区的戏剧活动培养了人才，立下了功劳。[1]

剧中人物：母亲（锁柱之母），风莲（锁柱之姐），锁柱（青年农民），栓柱（锁柱之弟），胡老二（巫神）。

剧情介绍：1945年，陕甘宁边区某农村，农妇风莲的婆婆请巫神胡老二为儿子看病，病没见好反而加重，胡老二还要二十万的布施钱，婆婆被逼无奈只得让风莲回娘家去借。（第一场）。风莲的两个弟弟，锁柱和栓柱听说后想出一计——谎称锁柱病了，请胡老二来看。把胡老二骗到家后，锁柱和栓柱用木棍追打，边打边说“今天痛痛把你打，看你有神没有神”。胡老二被打得求饶说道：“当巫神看病全是假，只为不生产骗钱花。”（第二场）。

西北文艺工作团的前身是1940年9月成立于延安的陕北公学文艺工作队。后与关中七月剧团合并，名为陕北公学文艺工作团。1941年9月，正式更名为西北文艺工作团，简称“西工团”。1948年与绥德分区文工团合编，称为西工团一团、二团。11月14日两团合并为西北文艺工作团，后逐步发展为今天的陕西省歌舞剧院。

西北文艺工作团是一个包含文学、戏剧、音乐、美术各门类的艺术团体，以戏剧创作和表演为主。1947年随军转战，坚持演出。在行军沿途写标语，画壁画。把反映群众生活和革命战斗的内容画成连环画，写成街头诗，配上唱词，上山下乡，赴各县及农村巡回演出。后因战事频繁，行动不便，便采取村口地头展览讲解的形式，每到一处，就把画钉在墙上，为群众讲解画的内容。其内容或结合战争形势，或结合当地发生的事件，揭露侵略者的暴虐罪行，宣传我党的各项政策，宣传战斗英雄事迹。[2]在延安时期，编排上演的《保卫边区》《一朵红花》《神神怕打》等剧目，因为内容真实具体且富有故事性，所以深受边区军民的欢迎，为边区文艺工作作出了重要的贡献。

撰文：赵春红

注释：

1. 参见乔楠编著：《甘肃革命文化史料选萃》，甘肃文化出版社2000年版，第242页。

2. 参见王巨才主编：《延安文艺档案·延安美术》（第50册），太白文艺出版社2015年版，第304页。

图一：《神神怕打》，维琴、刘峰、关键、川敬、萧汀编，
1945 年 9 月出版。

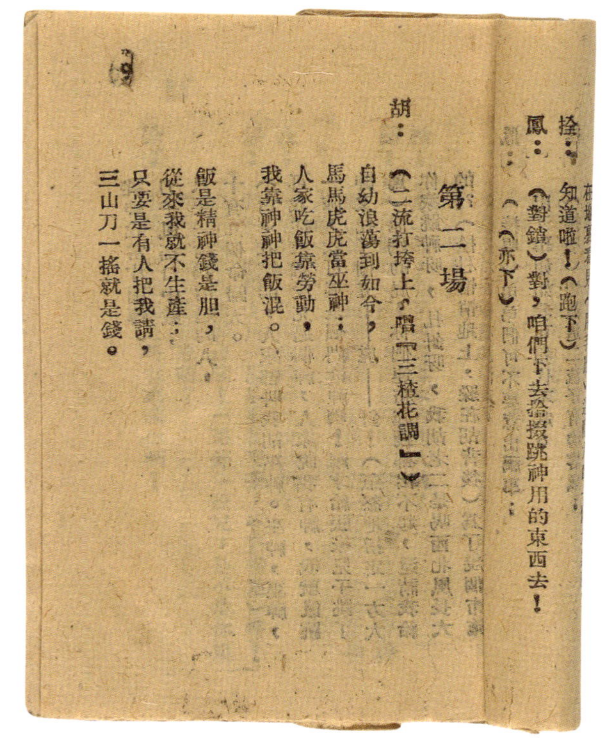

9

拴：知道啦！（跑下）

鳳：（對鎮）對，咱們下去搶掇跳神用的東西去！

（亦下）

第二場

胡：（二流打挎上，唱「三楂花調」）

自幼浪蕩到如今，

馬馬虎虎當巫神；

人家吃飯靠勞動，

我靠神神把飯混。

飯是精神錢是胆，

從來我就不生產；

只要是有人把我請，

三山刀一搖就是錢。

图二：《神神怕打》第二场开场节选。图载本书第 9 页。

# 《吃亏上当》

《吃亏上当》（中路秧歌剧），冯松编，晋绥边区吕梁文化教育出版社出版，新华书店晋西北分店发行，1945 年 10 月出版，铅印，三眼线订，竖排右开，12.2cm×9.2cm。全书共 58 页。

本剧是根据山西中路秧歌的调子改编而成，在各地公演时也可套用当地的调子，向大众宣传了反对封建迷信、倡导科学文化的道理。

剧中主要人物：刘三虎，刘母，金爱子（刘三虎的老婆），张村长，任医生，马神婆，等等。

剧情介绍：庄稼汉刘三虎由于不讲卫生，身上长了疥疮。刘母不懂文化并且信奉封建迷信，执意要请神婆来治，差点耽误了病情。幸亏刘三虎的妻子及时请来了村里的医生，很快就治好了刘三虎的疥疮。刘母看到自己的儿子转危为安，终于意识到自己不该执迷不悟，从此开始在村里宣传要反对封建迷信，倡导科学与文化。

作者冯松，原名冯法中，笔名风松。在抗日战争时期创作了大量的宣传画，同时作为晋绥边区七月剧社的主要演员，参与出演《千古恨》《血泪仇》等数十个剧目，成为八路军中深受喜爱的演员之一。他和他所在的七月剧社，为团结群众、鼓舞部队士气、打击日寇，特别是在普及晋剧、弘扬晋剧传统艺术方面作出了很大的贡献。[1]在《抗战日报》及《晋绥日报》发表有《同志们！我们走在大路上》《人民的卫士》等诗歌作品以及《狗的猖獗》等散文及报告文学。[2]同时，为了深入研究晋绥地区的民间戏剧艺术，促进边区的文化建设，冯松还于 1942 年开始担任民间戏剧研究会的常务秘书，主要针对中路梆子的音乐曲牌以及唱腔进行系统的发掘和整理。经过一年多的艰苦工作，编辑整理出版了《山西梆子音乐概述》一书，尽管当时条件所限，出版量很少，但依然为地方戏剧艺术理论的研究打下了良好的基础。[3]

撰文：戴畋

注释：

1. 参见王金平：《兴县文史资料：第 8 辑》，政协兴县文史资料委员会编印 2004 年版，第 154 页。
2. 参见异天，戈德：《中华人物辞海：当代文化卷》（上），中国国际广播出版社 1997 年版，第 200 页。
3. 参见中国戏曲志编辑委员会：《中国戏曲志·山西卷》，文化艺术出版社 1990 年版，第 531 页。

吃虧上當

（中路秧歌劇）

馮松編

晉綏邊區呂梁文化教育出版社出版

新華書店晉西北分店發行

图一：《吃亏上当》，冯松编，1945 年 10 月出版。

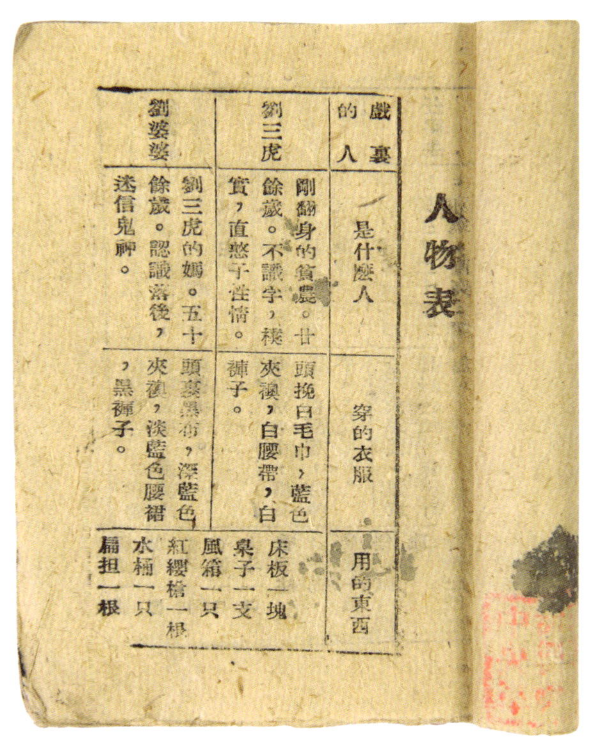

人物表

| 戲裏的人 | 是什麼人 | 穿的衣服 |
|---|---|---|
| 劉三虎 | 剛翻身的貧農。廿餘歲。不識字，樸實，直憨子性情。 | 頭挽白毛巾，藍色夾襖，白腰帶，白褲子。 |
| 劉婆婆 | 劉三虎的媽。五十餘歲。認識落後，迷信鬼神。 | 頭裹黑布，深藍色夾襖，淡藍色腰裙，黑褲子。 |
| 用的東西 | 床板一塊 桌子一支 風箱一只 紅纓槍一根 水桶一只 扁担一根 | |

图二：《吃亏上当》人物表，介绍了本剧的出场人物名称、特征以及扮相。图载本书第一部分 1 页。

# 《同志，到家啦！》

《同志，到家啦！》，唐茑著，1945年12月出版，冀鲁豫书店出版发行，定价10元，20.0cm×14.5cm。全书共21页。

剧中主要人物：孟芝（妇救会员），桂香嫂（妇救会小组长），金香（姐妹团小组长），王同志（八路军伤兵），聚善（担架队员），等等。

剧情介绍：1945年4月八路军进攻南乐城。在南乐城东南某村有一个八路军伤员休息处，村里的妇救会和姐妹团为了照顾好伤兵，拿来了珍藏多年舍不得用的香皂给伤员洗衣服，到十几里地之外给伤员买梨。乡亲们也积极为伤员们捐钱捐物。村里的担架队员不顾危险积极从火线上抢抬伤员。伤员王同志受伤从前线下来后，大家抢着抬伤员，送米汤，为他擦拭伤口。在即将被送往医院时，乡亲们又给他带烧饼、鸡蛋。王同志深受感动也备受鼓舞，恨不得马上回到前线。

本剧表现出了八路军和老百姓之间浓浓的鱼水之情。剧中穿插着多首民间小调，如“掐蒜苔”“孟姜女”“割韭菜”“花鼓调”“调军调”“妈妈娘好糊涂”“反斗鹌鹑调”等，还有一段快板书，表现形式丰富多样。其中“调军调”原为民间小调“送郎调”，曲调欢快明朗。[1]《反斗鹌鹑调》为当时边区流行的秧歌调（见本书最后一页）。

据《冀鲁豫日报史》记载：1941年，鲁西日报和卫河日报合并，成立了冀鲁豫日报。该报的编辑委员会成员“除正副社长之外，还有白映秋、鄂子光、刘子毅、王立山、柳涛、马冰山、唐茑”。1946年春，“唐茑、李坤、令吾随军去东北，马冰山，朱惠源调出”[2]。从这段文字可以看出，从1941年至1946年期间，唐茑一直在冀鲁豫日报社工作。冀鲁豫书店也一度与报社合并。在日本投降之后，冀鲁豫书店和报社分开，并在原冀鲁豫书店的基础上，成立了冀鲁豫印刷局。[3]

撰文：王立峰

注释：

1. 参见薄森海：《淮剧音乐及其唱腔流派》，上海音乐出版社1987年版，第397页。
2.《冀鲁豫日报史》编委会：《冀鲁豫日报史》，贵州人民出版社1993年版，第138—139页。
3. 参见《冀鲁豫日报史》编委会：《冀鲁豫日报史》，贵州人民出版社1993年版，第139页。

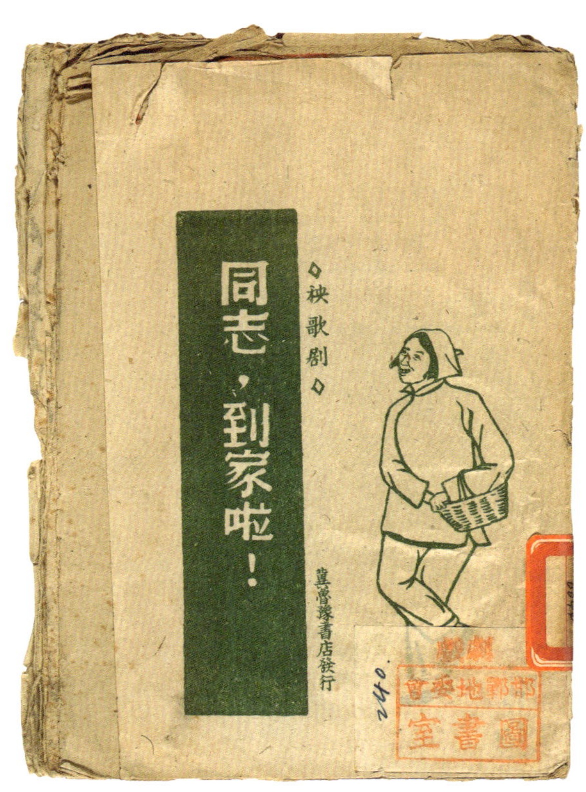


图一：《同志，到家啦！》，唐蔦著，1945 年 12 月出版。

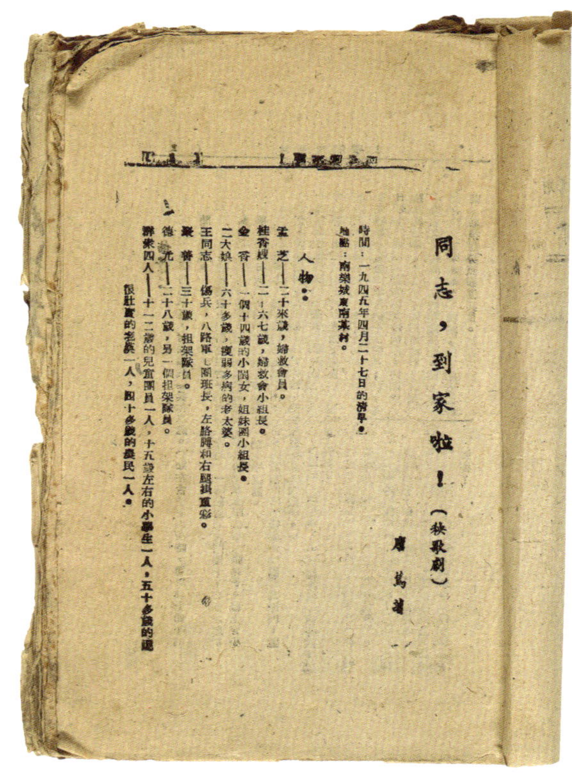

同志，到家啦！（秧歌劇）

唐蔦著

時間：一九四五年四月二十七日的清早。

地點：南樂城東南某村。

人物：

玉芝——二十來歲，婦救會員。

桂香嫂——二十六七歲，婦救會小組長。

金香——一個十四歲的小閨女，姐妹團小組長。

二大娘——六十多歲，瘦弱多病的老太婆。

王同志——傷兵，八路軍七團班長，左胳膊和右腿掛重彩。

張善——三十歲，担架隊員。

德九——二十八歲，另一個担架隊員。

群衆四人——十一二歲的兒童團員一人，十五歲左右的小學生一人，五十多歲的還很壯實的老漢一人，四十多歲的農民一人。

图二：《同志，到家啦！》剧中时间、地点、人物介绍。图载本书第 1 页。

# 《好媳妇》

《好媳妇》，邵挺军著，苏光木刻，吕梁文化教育出版社出版，1946年2月出版，纸捻草订，12.7cm×10.0cm。全书共34页。封面为绿色木刻插画。

邵挺军，1919年生于上海市嘉定县纪王镇，1938年参加革命，曾任山西新军政治部宣训科干事，晋绥大众报社兼吕梁文化教育出版社编辑，晋南日报社副总编辑、总编辑，1950年后，历任晋西日报社副总编辑，新华社川西分社、四川分社的副社长、社长，新华总社工业财经部主任、国内总编室副主任，国家计委财贸局副局长。[1]

苏光，漫画家。山西洪洞人。1918年生，曾在延安鲁艺学习，创作过宣传画、木刻画、年画、中国花鸟画。其画风严谨、典雅、清新，生活气息浓厚。代表作有《鸟儿与草人》《验收纪录》《收获》《喂牛》等。历任中国美协理事、山西分会主席等职。[2]

剧中人物：婆婆，儿子，媳妇。

剧情介绍：老婆婆的独生儿子是个勤劳的人，去年娶了媳妇。媳妇心灵手巧，家务都做得有模有样。自从媳妇参加了区里办的纺织班后，婆婆自己在家深感家务繁重，十分疲惫。她埋怨纺织班会把媳妇“调引”坏，便怂恿儿子好好“管教管教”。教育儿子“打倒的婆姨揉倒的面，媳妇子不打不成才。手拿擀杖将她打，要她从实招出来”。媳妇扛着纺车回来了，向婆婆汇报她在纺织班考了第一名，区里奖励她纺车一辆、奖旗一面，还用分红得到的一丈五尺布，为婆婆缝了一件新衣服。婆婆穿上媳妇为她做的新衣衫，十分高兴，转变了对媳妇的看法，亲自下厨为媳妇熬米汤。儿子回来，遵照妈妈的教诲盘问妻子。妻子故意与他开玩笑，他信以为真，举起棒子要打，婆婆赶忙夺了儿子的棍棒，并向儿子、媳妇检讨了自己的封建旧思想，表示从此把媳妇当作亲生女儿看待。媳妇则表示不计前嫌，与婆婆、丈夫合作闹纺织。从此，全家团结一心搞生产。[3]

这部秧歌剧运用了“紧停调”“五更调”“岗调”“探花调”等多种郿鄠曲牌，使歌者更加上口，也使听者更加易懂，表现人物形象更加生动。书中第15页、第20页和第23页各配有木刻插画，分别描绘了“媳妇为婆婆穿新衣扣扣子”“儿子要棒打媳妇，婆婆前来夺棒检讨”和“丈夫赔罪，媳妇不计前嫌和婆婆做纺织闹生产”的画面。

撰文：赵天然

注释：

1. 参见雷树田主编：《当代中华诗词家大辞典》，陕西人民出版社1994年版，第20页。
2. 参见刘波主编：《中国当代文化艺术名人大辞典》，国际文化出版公司1993年版，第822页。
3. 参见董健主编：《中国现代戏剧总目提要》，南京大学出版社2003年版，第1485页。

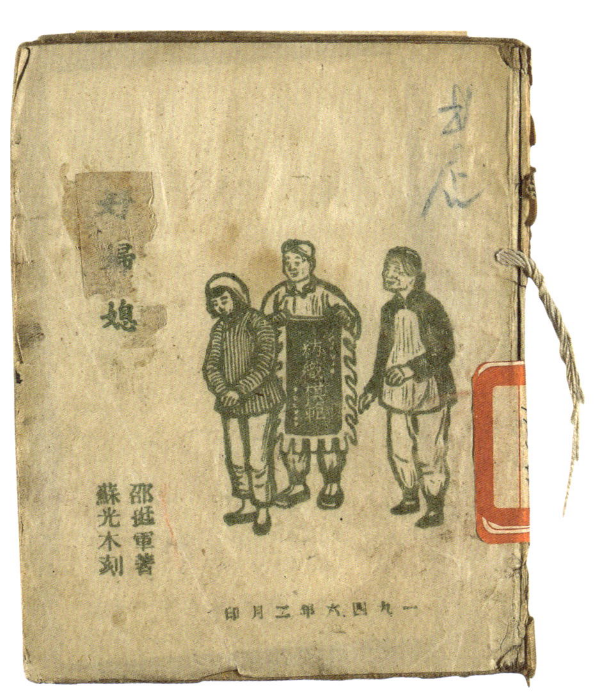


图一：《好媳妇》，邵挺军著，苏光木刻，1946年2月出版。

图二：《好媳妇》剧本插图，描绘了媳妇给婆婆缝了一件新衣服，婆婆正在试穿。图载本书第15页。

# 《财主请客》

《财主请客》，束为著，少言插图，石印，右开，1946年5月印，8.9cm×12.0cm。每对页2页码，全书共34页。

剧中人物：张才（吝啬地主），张才老婆，王老猫（老年农民，封建思想），王老虎（王老猫的儿子，近三十岁，脑筋开通），二毛子（张才家长工）。

剧情介绍：地主张才请佃户王老猫吃饭签协议，想把租金"明减暗涨"。王老猫的儿子王老虎在父亲要签协议时及时赶到并制止，地主张才反倒落下偷鸡不成蚀把米的结果。

作品生动真实地再现了减租减息运动中农村复杂的阶级斗争。

束为，原名束学礼，笔名束为，山东东平县人。1937年就参加山西抗日少年先锋队，后赴延安鲁迅艺术文学院学习，1943年以后相继担任晋绥边区临县土改工作团组长、太原市委文教部副部长、山西省文联副主席等职务。在他50余年的文学生涯中，先后创作出《土地和他的主人》《老安咀退租》《红契》《放牛娃李三孩》等多部短篇，还与邵挺军合写了中篇《苦海求生》，并编写了秧歌剧《财主请客》等多部作品。他坚持毛泽东同志《在延安文艺座谈会上的讲话》精神，作品始终走民族化、大众化的道路。在创作作品时始终坚持深入生活，反映现实，同人民群众保持着血肉联系，始终把农民作为描写主体和服务对象，创作出的小说、散文和报告文学作品都带有着强烈的时代精神和浓厚的生活气息，其艺术风格受到人民大众的喜爱。1992年被山西省委、省政府授予"人民作家"称号。[1]

撰文：王立伟

注释：

1. 参见杨品：《从战士到作家——李束为的生平与创作》，《新文学史料》1996年第3期。

图一：《财主请客》，束为著，少言插图，1946年5月印。

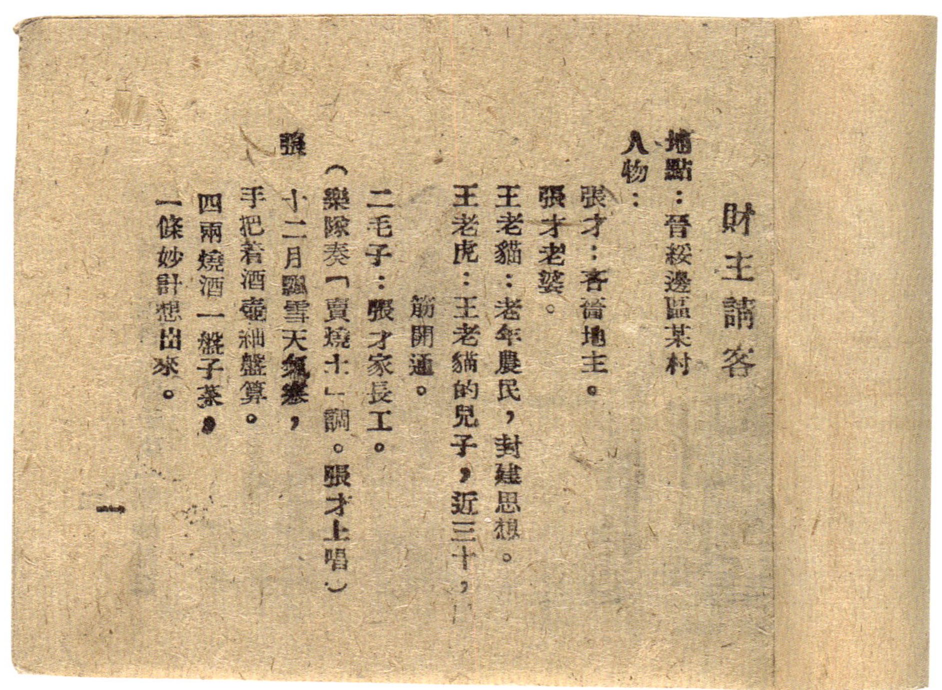

財主請客

地點：晉綏邊區某村
人物：
張才：吝嗇地主。
張才老婆。
王老貓：老年農民，封建思想。
王老虎：王老貓的兒子，近三十，
筋開通。
二毛子：張才家長工。
（樂隊奏「賣燒土」調。張才上唱）
張唱 十二月飄雪天氣寒，
手把着酒壺細盤算。
四兩燒酒一盤子菜，
一條妙計想出來。

一

图二：《财主请客》剧情人物、地点介绍。图载本书首页。

# 《王德明拥政爱民》

《王德明拥政爱民》，原名《王德明赶猪》，创作于1945年，联政宣传部出版，原书封面所印“战术部政治处宣传队集体创作”有误，编剧应为陆石[1]，石印毛边书，1946年5月出版，16.2cm×11.9cm。全书共57页。

本书纸质粗糙，边缘裁切未齐。封面右上方毛笔黑墨手写“完小留念”，左下方竖写“独立团团部赠”，中间钤“延长完全小学”朱文椭圆章。延长完全小学是陕甘宁边区延长县唯一一所完全小学。为缓解干部紧缺、素质不高的状况，边区政府将干部教育放在优先发展的位置，小学的高年级教育承担着培养干部的重任。据统计，陕甘宁边区“完小毕业学生百分之四十以上参加了边区工作，成为边区干部的重要来源之一”[2]。独立团隶属延安军分区兼延安卫戍司令部，本书应为独立团团部对完小毕业干部的奖励。

剧中主要人物：八路军某连连长、政治指导员、班长，八路军战士王德明、李国栋。

剧情梗概：1945年冬，在陕甘宁边区延安某乡，战士李国栋和王德明为连队过新年出去买猪，归队途中发现一头无人看管的猪。他们没有及时送还失主，而是擅自将其赶回了连队。王德明还抗拒当地乡长，拒交买猪税。他们的行为影响了军政军民关系，受到了上级和同志们的批评，但王德明不服气。指导员不断启发，让他从亲身经历中体会老百姓养猪的艰难、丢猪的痛苦，最后他终于想通了，愉快地向乡长补交了税款，并冒雪把猪送还了失主，受到了群众的赞许。

《王德明拥政爱民》揭示了“军爱民来民拥军，军民本是一条心，百姓是军队的根本，军队是百姓的亲人”的深刻主题（见本书第52页）。

陆石（1920年—1998年），原名康道平。1939年赴延安，先后入泽东青年干部学校、中央民族学院、鲁迅艺术学院学习，后调枣园文工团、中央警备团宣传队任专职编导。在解放区除发表诗歌、小说外，还创作有多种体裁的戏剧作品，其中秧歌剧《动员起来》曾获陕甘宁边区1944年春节文艺奖金特等奖[3]，京剧《赶猪》受到毛泽东的称赞。中华人民共和国成立后曾任中央警卫师宣传科科长、中国文联秘书长、书法家协会副主席。与文达合著的小说《双铃马蹄表》被改编为电影《国庆十点钟》，影响广泛。

撰文：隆文

注释：

1. 参见金紫光，雷加，苏一平主编：《延安文艺丛书·秧歌剧卷》，湖南人民出版社1985年版，第569页。
2. 参见中央教育科学研究所编：《陕甘宁边区政府指示——关于恢复老区国民教育工作》，《老解放区教育资料（三）：解放战争时期》，教育科学出版社1991年版，第556页。
3. 参见贾冀川：《解放区戏剧研究》，人民出版社2013年版，第41页。

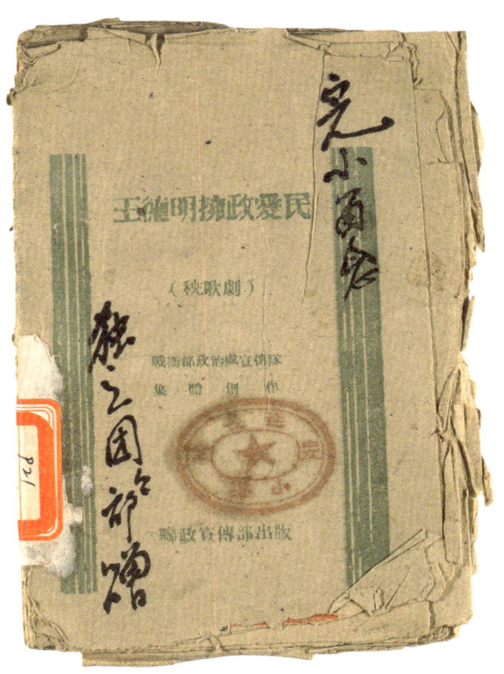

王德明擁政愛民

（秧歌劇）

聯防政治部宣傳隊

集體創作

聯政宣傳部出版

图一：《王德明拥政爱民》，陆石编剧，1946 年 5 月出版。

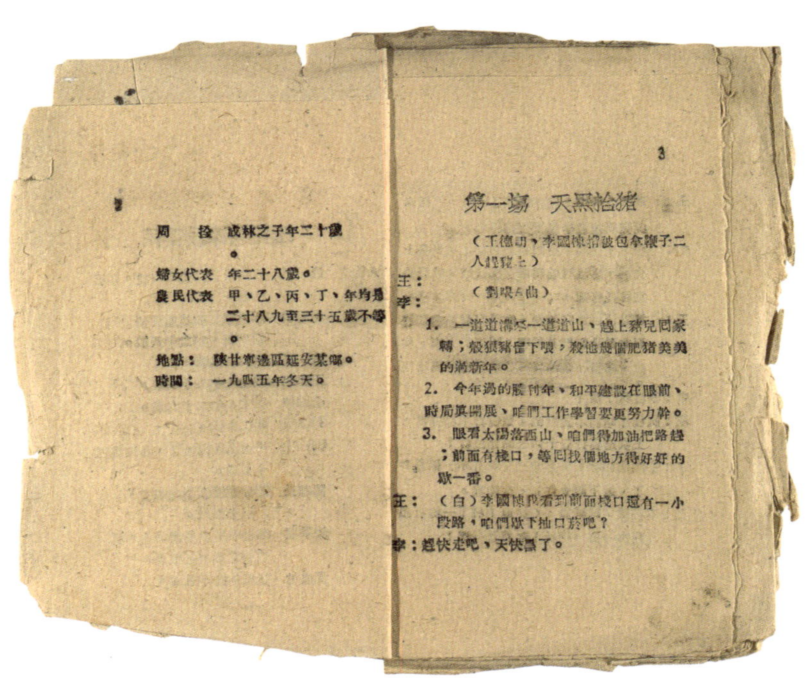

2

周　役　成林之子年二十歲。

婦女代表　年二十八歲。

農民代表　甲、乙、丙、丁、年均是二十八九至三十五歲不等。

地點：　陝甘寧邊區延安某鄉。

時間：　一九四五年冬天。

3

第一場　天黑拾猪

（王德明，李國棟揹被包拿鞭子二人趕豬上）

王：
李：　（對唱A曲）

1. 一道道滿來一道道山、趕上豬兒回家轉；殺頭豬留下喫，殺他幾個肥豬美美的渦新年。
2. 今年過的勝利年、和平建設在眼前、時局眞開展、咱們工作學習要更努力幹。
3. 眼看太陽落西山、咱們得加油把路趕；前面有棧口，等回找個地方得好好的歇一番。

王：　（白）李國棟我看到前面棧口還有一小段路，咱們歇下抽口菸吧？

李：趕快走吧、天快黑了。

图二：《王德明拥政爱民》背景与部分人物介绍及第一场《天黑拾猪》开场。图载本书第 2 页—3 页。

# 《刘德夫》

《刘德夫》（部队秧歌剧），纪叶编剧，王博作曲，属《改造》（第二部），镇远二大队编印，油印，纸捻四眼草订，1947年1月出版，18.8cm×13.1cm。全书共29页，封底2页残缺。全剧7个场景，有9首附曲和1首主题歌。

所谓“部队秧歌剧”，是在演出前需要先到部队去了解情况，搜集创作素材，编写剧本，然后配上歌曲音乐到部队演出。又因为演的都是部队里的事情，所以叫部队秧歌剧。[1]

剧中主要人物：刘德夫（原国民党兵，被俘后参加了八路军），曹宽洪（八路军新兵），张芝发（八路军老兵）。

剧情介绍：刘德夫在二十几岁时被国民党抓了壮丁，在军队中染上了抽大烟的坏毛病。被八路军俘虏后在共产党的教育下，他的思想发生了转变，抢着干活，刻苦训练，后来在战斗中打死了敌军的一个中尉排长。他也在大家的帮助下，成功戒掉烟瘾，迎来了新生。

据本书《后记》，《刘德夫》剧情是一个完全的素材，可以创作成一个独立的秧歌剧。但是作者认为它与《改造》连起来更合适一些，可以看到一个俘虏的转变过程，故又名为《改造》（第二部）。

纪叶，原名李英，山西平原人。15岁时就参加了八路军。1940年，他先后进入“鲁艺”文学院的部队艺术干部训练班和部队艺术学校文学队学习。其作品有《智取华山》《母女教师》《金玉姬》《延河战火》等电影剧本。其中《智取华山》荣获了捷克第八届卡罗维·发利电影节争取自由斗争奖。[2]

撰文：王立峰

注释：

1. 参见贺绿汀全集编委会：《贺绿汀全集》（第5卷文论二），上海音乐出版社1997年版，第17页。
2. 参见朱玛：《电影电视辞典》，四川科学技术出版社1988年版，第506页。

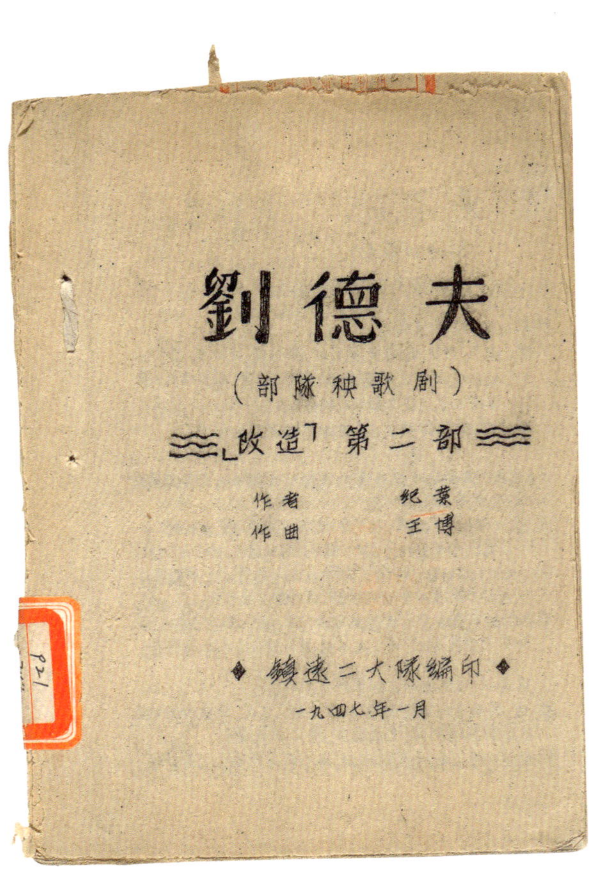

劉德夫

（部隊秧歌劇）

「改造」第二部

作者　紀葉
作曲　王博

鐵道二大隊編印
一九四七年一月

图一：《刘德夫》，纪叶编剧，王博作曲，1947年1月出版。

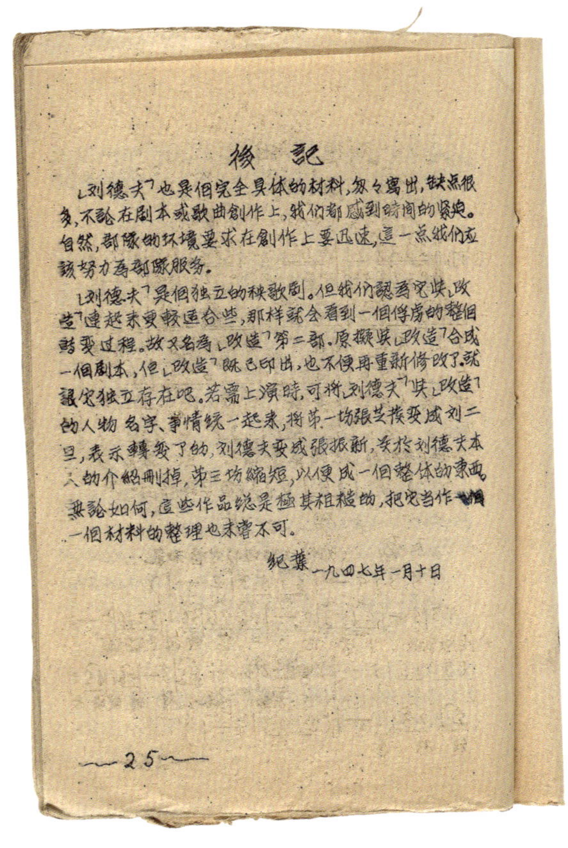

後記

「刘德夫」也是個完全具体的材料，匆匆寫出，缺点很多，不論在剧本或歌曲創作上，我們都感到時間的緊迫。自然，部隊的环境要求在創作上要迅速，這一点我們应該努力為部隊服务。

「刘德夫」是個独立的秧歌剧。但我們認為它與「改造」連起来更較适合些，那样就会看到一個俘虏的整個转变过程。故又名為「改造」第二部。原擬與「改造」合成一個剧本，但「改造」既已印出，也不便再重新修改了。就讓它独立存在吧。若需上演時，可將「刘德夫」與「改造」的人物名字、事情統一起来，將第一场張芸揆变成刘二旦，表示轉变了的，刘德夫变成張振新，关於刘德夫本人的介紹删掉，第三场縮短，以便成一個整体的東西。無論如何，這些作品總是極其粗糙的，把它当作一個材料的整理也未嘗不可。

紀葉　一九四七年一月十日

—25—

图二：《刘德夫》作者纪叶写于1947年1月10日的《后记》。图载本书第25页。

# 《挖穷根》

《挖穷根》，关守耀、胡玉亭合著，华北新华书店发行，1947 年 4 月出版，17.6cm × 12.5cm。全书共 79 页。

本书故事是作者根据生活中搜集的素材提炼创作而成的。根据本书前言，本书唱词是沁源秧歌，根据沁源的人情、风俗、习惯、语言创作而来。“作为一种综合性的整体艺术，沁源秧歌兼有文学（词句）、音乐（曲调）和表演（表情动作）三种形态。主要以劳动群众的集体创作为主，通过口头流传下来。它反映了各个时代的社会风习、人民思想、感情、愿望和审美情趣，并具有深厚的革命传统。”[1]

本书是配合当时的减租减息和土地改革政策的翻身剧目，书中人物生动、情节感人，人民群众深受鼓舞，坚定了将革命斗争进行到底的决心。前言中记录了创作这个秧歌剧的主要目的是：“要暴露地主在群众运动中的阴谋破坏，描写群众在运动过程中逐步解决思想上的各种障碍，以达到彻底的觉悟，下决心破除情面，参加斗争。批评干部包办代替的旧作风，提倡走群众路线的新作风。”

剧中主要人物：卫银旺，杨银光，卫满富，杨有光。

剧情介绍：地主杨银光去佃农卫满富家中，趁着卫满富的儿子卫银旺送公粮不在家之时，设圈套骗走了他家的田地。进行土地改革运动的时候，杨银光又和其弟弟杨有光使计想要收买贫苦的佃农，后来被卫银旺揭穿。村里农会主席程进贤工作积极，但是缺乏工作经验，导致斗争受挫。最终卫银旺等人在共产党的领导下，通过发动广大的人民群众，斗倒了地主，挖掉了穷根。

本剧由绿茵剧团演出。绿茵剧团因服装道具简陋，表演的又多是难民的生活，故也称为“难民剧团”。1945 年 2 月出版的《工农兵》第 1 卷第 4 期志华同志发表的《看戏十九天》中写道：“沁源的‘难民剧团’，是半脱离生产，是在对敌斗争中长大的，他们的调儿编得好，把式唱得好，都是老百姓的话，故事好、情由好，都是老百姓的事。看了入情入理，听得入耳中听，教我们怎样杀敌人，怎样闹生产，怎样办教育。这应该是今天敌后农村戏剧努力的方向。”[2]

撰文：赵琳

注释：

1. 参见沈琨：《沈琨文集》第八卷文史卷二，作家出版社 2013 年版，第 129 页。

2. 参见山西文学艺术工作者联合会编：《山西文艺史料 第一辑 晋东南抗日根据地部分》，山西人民出版社 1959 年版，第 234 页。

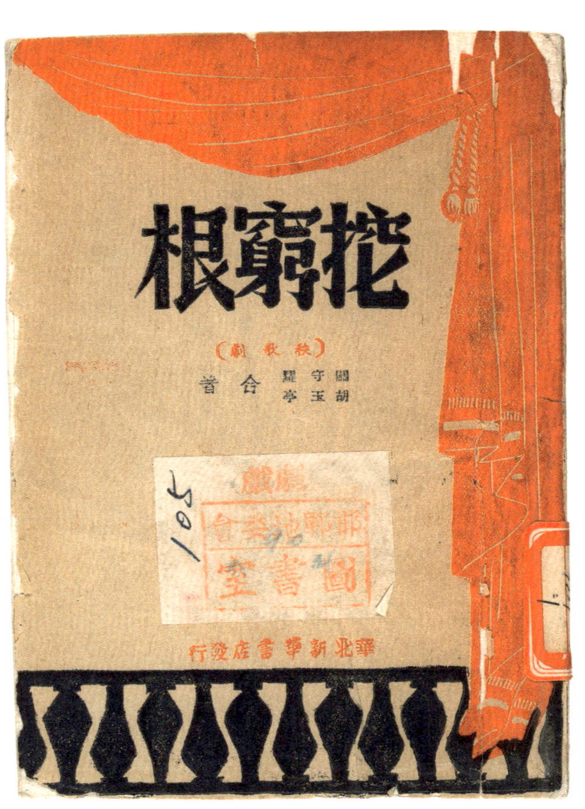


图一：《挖穷根》，关守耀、胡玉亭合著，1947年4月出版。

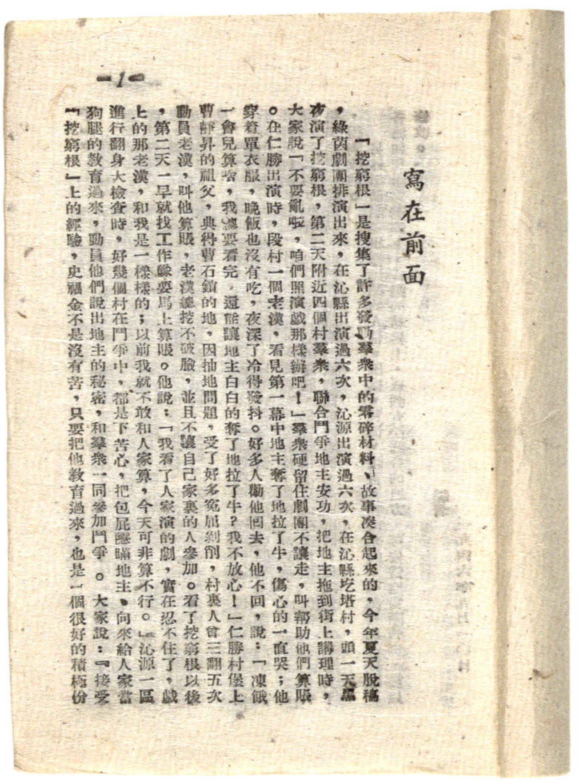

—1—

寫在前面

「挖窮根」是搜集了許多發動羣衆中的零碎材料、故事湊合起來的，今年夏天脫稿，綠茵劇團排演出來，在沁縣出演過六次，沁源出演過六次，在沁縣圪塔村，頭一天黑夜演了挖窮根，第二天附近四個村羣衆，聯合鬥爭地主安功，把地主拖到街上講理時，大家說「不要亂啦，咱們照演戲那樣辦吧！」羣衆硬留住劇團不讓走，叫幫助他們算賬。在仁勝出演時，段村一個老漢，看見第一幕中地主奪了地拉了牛，傷心的一直哭；他穿着單衣服，晚飯也沒有吃，夜深了冷得發抖。好多人勸他回去，他不回，說：「凍餓一會兒算啥，我還要看完，還能讓地主白白的奪了地拉了牛？我不放心！」仁勝村僕上曹靜昇的祖父，典得曹石鎖的地，因抽地問題，受了好多寃屈剝削，村裏人曾三翻五次動員老漢，叫他算賬，老漢總挖不破臉，並且不讓自己家裏的人參加。看了挖窮根以後，第二天一早就找工作隊要馬上算賬。他說：「我看了人家演的劇，實在忍不住了，戲上的那老漢，和我是一樣樣的；以前我就不敢和人家算，今天可非算不行。」沁源一區進行翻身大檢查時，好幾個村在鬥爭中，都是下苦心，把包屁隱瞞地主，向來給人家當狗腿的教育過來，動員他們說出地主的秘密，和羣衆一同參加鬥爭。大家說：『接受「挖窮根」上的經驗，史福金不是沒有苦，只要把他教育過來，也是一個很好的積極份

图二：《挖穷根》序言《写在前面》，记叙了编者的创作过程、创作目的及创作时间。图载本书序言页。

# 《保卫翻身》

《保卫翻身》，作者杨丽秀，胶东新华书店出版，1947年7月初版，发行量3000册，18.3cm×12.7cm。全书共22页。

本书讲述的故事发生在解放区1947年土地改革期间。推行土地改革不仅让农民在经济上得到保障，更是保卫解放区、根据地的战斗取得胜利的重要因素。"为了保卫翻身果实，以'保田参军'为口号，到处掀起参军热潮，踊跃加入解放军。"[1]

作者杨丽秀是农民出身，没有上过学，在同志们和村干部的鼓励下将匠礼村1946年冬季参军动员中的真实故事编写成秧歌剧。剧中的人物对白、工作等都采用了当地民间的语言风格与习惯，作者成功地还原了事件并将其戏剧化。

剧中主要人物：民兵英雄杨冠鼎，村武会主任芦裕国，村长，小板妈，小狗妈，程小练。

剧情介绍：国民党发动内战，调兵进攻解放区，县里召开会动员青年人积极参军，保卫解放区。民兵英雄杨冠鼎积极响应上级号召，决心拥护共产党，坚决斗争到底。杨冠鼎的妻子、小狗妈等几名群众，出于种种顾虑，不愿家人去参军。村长、村武会主任和一些积极分子一边慰问新兵家属，一边给有顾虑的新兵家属做思想工作。在动员中激起了对国民党的痛恨，提高了斗争意识。回忆过去被剥削的痛苦，再想到翻身后的幸福生活，群众们从各方各面组织起来，坚决拥护共产党的领导，积极支援前线。最终在"保卫翻身"的号召下，大批的青年人踊跃参军，家属们积极准备去送行。

《保卫翻身》是一个农民翻身后的教材，思想上政治上更进一步地发动人民群众，"保卫了翻身胜利果实，充分调动了农民的革命积极性，使获得土地的农民积极参军支前、开展游击战争，有力地支援了解放战争"[2]。

撰文：赵琳

注释：

1. 参见刘正山：《大国地权：中国五千年土地制度变革史》，华中科技大学出版社2014年版，第305页。
2. 参见赵维东：《山东革命老区知识问答800题》，山东人民出版社2014年版，第345页。

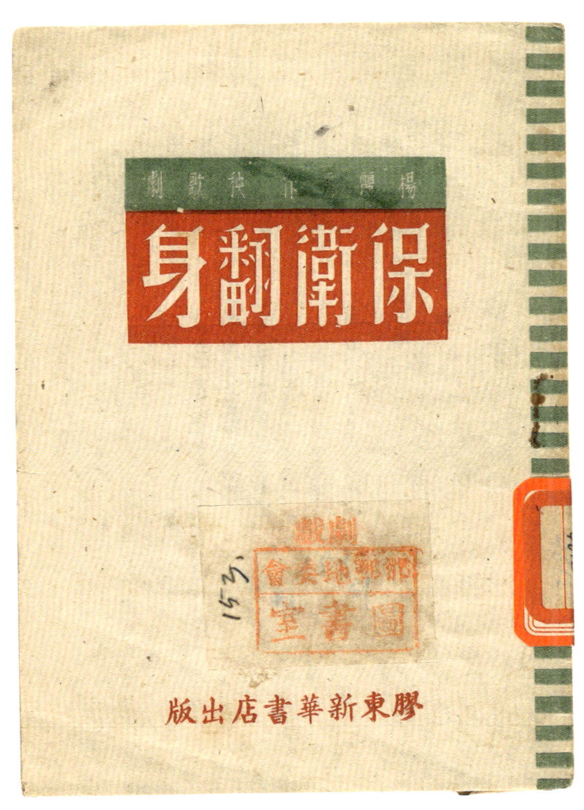


图一：《保卫翻身》，作者杨丽秀，1947年7月初版。

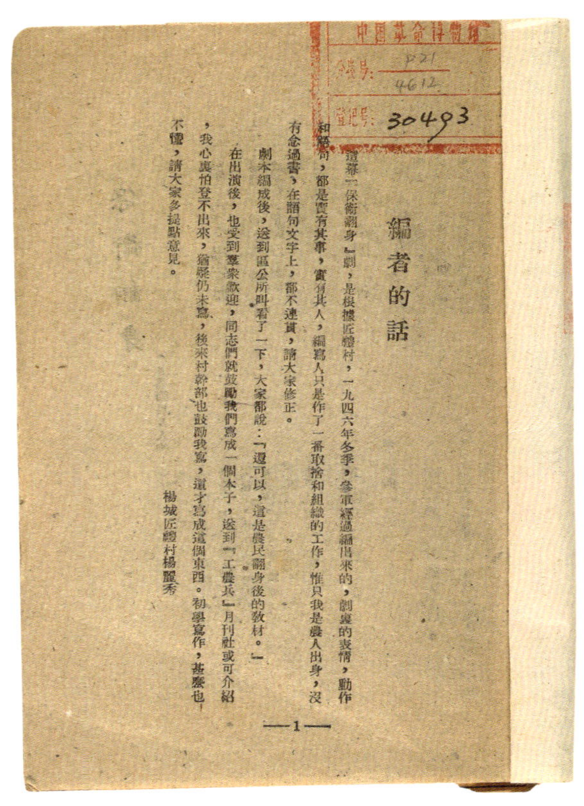

編者的話

這幕「保衛翻身」劇，是根據匠禮村，一九四六年冬季，參軍經過編出來的，劇裏的表情，動作和語句，都是實有其事，實有其人，編寫人只是作了一番取捨和組織的工作，惟只我是農人出身，沒有念過書，在語句文字上，都不連貫，請大家修正。

劇本編成後，送到區公所叫看了一下，大家都說：「還可以，這是農民翻身後的教材。」

在出演後，也受到羣衆歡迎，同志們就鼓勵我們寫成一個本子，送到「工農兵」月刊社或可介紹，我心裏怕登不出來，猶疑仍未寫，後來村幹部也鼓勵我寫，這才寫成這個東西。初學寫作，甚麼也不懂，請大家多提點意見。

楊城匠禮村楊麗秀

—1—

图二：《保卫翻身》序言，右上角印有红色长方形中国革命博物馆藏书章一枚。图载本书第1页。

# 《两种作风》

《两种作风》，“大众文库”秧歌剧，扉页注明了本书是由晋冀鲁豫军区文工团集体创作，执笔者为江涛、史超，吴毅作曲；版权页著者为江涛、史超、吴毅，山东新华书店总店出版兼发行，发行量3000册，民国三十六年（1947）8月出版，19.4cm×13cm。全书共50页。版权页上注明“本书系根据华北新华书店1946年12月原版本翻印”。封面左上有“大众文库。秧歌剧”字样，右下有男女人物前后扭秧歌图案。左下有红色长方形“邯郸地委会图书室戏剧”藏书标签一枚。本书第1至40页是秧歌剧剧本，剧本前印有场景、时间设定，以及详细标明了剧中人物职务与性格的人物表，第41至50页是秧歌剧的29首插曲。全剧通用D调，部分插曲附有注释。

《两种作风》秧歌剧本，国博藏有两个版本。一个是由华北新华书店1946年12月出版发行的，秧歌剧《两种作风》和独幕话剧《军民一家》两个剧本的合辑。另一版本是秧歌剧《两种作风》的单行本。

剧中人物：通讯员，指导员，张连长，排副，陈三保，周玉海，老白，炊事班长。

剧情介绍：1946年，在一个连队里，连长和政治指导员两种不同的工作作风，有着两种不同的效果。连长脾气暴躁，命令多，工作方法生硬，引起战士不满情绪，工作收不到好的效果；指导员善于做思想指导工作，既严格又耐心细致地说服，这种正确的工作作风，战士们易于接受。在指导员的影响下，连长端正态度，改进了工作方法与作风，终于获得了战士们的尊重与好评，领导更加有力。

剧情故事跌宕、人物性格对比鲜明，加之整部剧用歌曲表达人物的内心活动，用独唱抒发人物的感情变化，以人物的对唱、合唱的形式演绎剧中人物的情绪波动与感情交流，这种载歌载舞的形式，烘托了故事的戏剧化，给观众以大开大合的直观感受，更易于普通观众的理解与接受。剧中表现的工作方法生硬与耐心细致的说服教育这两种工作作风，在部队中是实际存在的。此剧演出后，在改进部队工作作风、改善官兵关系上，起到很好的作用。

撰文：付小红

注释：

1. 参见中共云南省委党史研究室编：《大地风云——晋鲁豫党史资料选编之十一（回忆资料）》，云南民族出版社2003年版，第154页。

图一：《两种作风》，江涛、史超、吴毅著，民国三十六年（1947）8月出版。

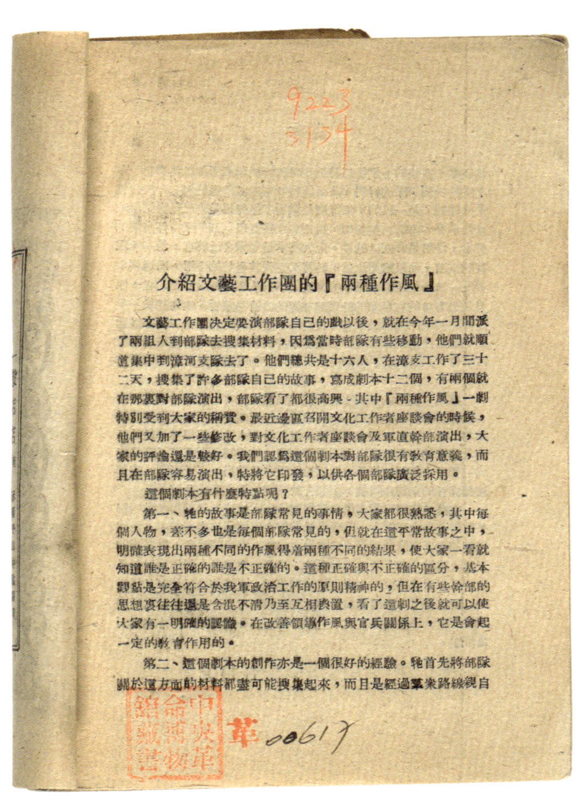

介紹文藝工作團的『兩種作風』

文藝工作團決定要演部隊自已的戲以後，就在今年一月間派了兩組人到部隊去搜集材料，因爲當時部隊有些移動，他們就順道集中到漳河支隊去了。他們總共是十六人，在漳支工作了三十二天，搜集了許多部隊自已的故事，寫成劇本十二個，有兩個就在那裏對部隊演出，部隊看了都很高興。其中『兩種作風』一劇特别受到大家的稱贊。最近邊區召開文化工作者座談會的時候，他們又加了一些修改，對文化工作者座談會及軍直幹部演出，大家的評論還是較好。我們認爲這個劇本對部隊很有教育意義，而且在部隊容易演出，特將它印發，以供各個部隊廣泛採用。

這個劇本有什麼特點呢？

第一、牠的故事是部隊常見的事情，大家都很熟悉，其中每個人物，差不多也是每個部隊常見的，但就在這平常故事之中，明確表現出兩種不同的作風得着兩種不同的結果，使大家一看就知道誰是正確的誰是不正確的。這種正確與不正確的區分，基本觀點是完全符合於我軍政治工作的原則精神的，但在有些幹部的思想裏往往還是含混不清乃至互相換置，看了這劇之後就可以使大家有一明確的認識。在改善領導作風與官兵關係上，它是會起一定的教育作用的。

第二、這個劇本的創作亦是一個很好的經驗。牠首先將部隊關於這方面的材料都盡可能搜集起來，而且是經過羣衆路線親自



图二：任白戈为《两种作风》撰写的《介绍文艺工作团的〈两种作风〉》序言。

# 《新旧年景》

《新旧年景》，班波等著，渤海新华书店编辑，渤海新华书店印行，1947年10月出版，18.4cm×13.0cm。全书共17页，收录有《新旧年景》（班波作）、《一条心》（王泽民、李士珍作）、《老两口支援前线》（左平作）三部秧歌剧。

从1938年起，活跃在临淄县的八路军三支队十团和共产党领导之下的其他群众团体，编印发行了不少书刊，其中就有1947年10月编辑出版的《新旧年景》秧歌剧本[1]。1948年10月，中国人民解放军取得郑州战役的胜利。1949年1月1日，郑州市举办解放后第一个新年祝捷劳军文娱活动时也演出了《新旧年景》秧歌剧。[2]

《一条心》剧中的人物：刘青山，小生，刘大娘，刘永福，丰会主任，刀子，勾死鬼。

剧情介绍：该剧描述了渤海区惠民县的村民在大会上和地主以及地主夫人、地主狗腿子激烈对峙的过程。地主长久以来的欺压使农民们苦不堪言，直到共产党来了，农民们才有了话语权，大会上曾经受过地主欺压的农民愤怒得几次想打地主，要和地主把以前的旧账好好算算。

《新旧年景》剧中人物：王乡长，李副官，张地主，赵老三，赵三妻，苦妮子，小穷儿。

剧情介绍：该剧以秧歌剧的形式讲述了解放军到来前后农民生活状态的强烈反差。旧年景人民生活苦难，农民受地主的剥削，一辈子过着受穷受苦直不起腰的凄苦生活。解放军来到村里，带领劳苦大众反击压迫，军民同心打击国民党并最终取得胜利，生活状况好转。

《老两口支援前线》剧中人物：老头，老婆。

剧情介绍：去年秋天国民党军队攻城，家住寿光城一对老夫妻的孩子被抓走了。为了报仇，老两口参加了运输队，运送粮食、子弹支援前线。乡亲们常来慰问运输队的同志，妇教会也为他们挑水泡疗伤，帮他们擦洗伤口。一路上有民站白天可供休息，到了晚上他们就出发赶路。物资补给送到站，战士们打了漂亮的歼敌战。老两口回家也鼓励乡亲们支援前线迎接胜利。

《老两口支援前线》创作于1941年1月[3]，作者左平，原名倪佐平，山东乳山人，“历任胶东国防剧团导演，戏剧演员，胶东文工团团长，三十一军文工团团长，总政文化部助理。参加革命后，一直从事戏剧编导和戏剧团体的领导工作”[4]。

撰文：黑梦岩

注释：

1. 吴宝章：《抗战后期的渤海区新华书店》，《春秋》2003年第2期。
2. 陈月英：《河南戏剧活动报刊资料辑录 1907—1949》，中国戏剧出版社2006年版，第557页。
3. 王汉文：《开国将士风云录》第1卷，中国工人出版社2005年版，第291页。
4. 王汉文：《开国将士风云录》第1卷，中国工人出版社2005年版，第291页。

图一：《新旧年景》，班波等著，渤海新华书店编辑，1947年10月出版。

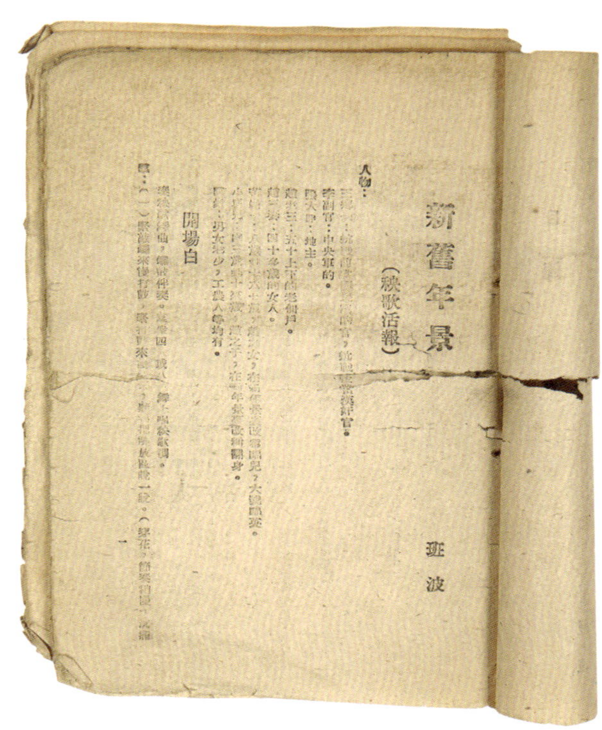

新舊年景

（秧歌活報）

班波

人物：

[illegible]

李副官：中央軍的。

段大爺：地主。

趙老三：五十上下的老佃戶。

趙三嫂：四十多歲的女人。

[illegible]

男女老少，工農人等均有。

開場白

[illegible]

图二：班波作秧歌活报《新旧年景》剧本节选。图载本书第1页。

# 《崔鹏飞送子参军》

《崔鹏飞送子参军》，于建中、聂新喜、倪景奇集体创作，1947年11月出版，发行量1000册，17.2cm×12.2cm。本书封面使用红、绿双色套印技术。右侧竖排手写体红色美术字“崔鹏飞送子参军映（秧）歌剧”，左侧为绿色底色，自上至下依次是漫画一幅、本书责任者、出版者。画面表现屋外树荫下，两个人交谈的场面。封三为版权页。封底印有人物挥锄耕地图案。封面中部贴有原收藏单位红色长方形“戏剧邯郸地委会图书室”藏书标签一枚，标签的左侧有蓝色手写编号“237”。封面右下部有红色椭圆形“中共冀南三地□图书馆”印章一枚。全书18页，分为两个部分。第一部分是剧本，从第1页至第11页。第二部分是剧中九首简谱的曲谱，从第11页至第18页。

1947年，为了配合人民解放军大反攻，各个解放区根据地的党组织号召文艺工作者深入基层、深入农村，创作老百姓喜闻乐见的优秀作品。在这次深入基层的创作中，在鸡泽县体验生活的王香远、孙沈波、聂新喜、鲁速等人创作排演的《崔鹏飞送子参军》取得了较大的成功。演出时由王香远饰崔鹏飞，孙沈波饰母亲，聂新喜饰儿子。整个戏剧语言朴实，故事性强，演出配乐效果好，广受农民欢迎。冀南书店为了推广这部秧歌剧，特地出版了单行本。[1]

剧中主要人物：崔鹏飞（44岁，老实忠厚，农民成分，任本村代耕团团长，简称鹏），书贵娘（崔鹏飞之妻，顽固落后，简称娘），书贵（进步青年，鹏飞之子，简称贵），书芬（书贵妹，16岁，聪明、活泼，简称芬），书贵妻（20岁，进步妇女，简称妻）。

剧情介绍：故事发生在1947年四五月间，地点是鸡泽县黄沟村。崔鹏飞家在共产党的领导下，翻身过上了好日子。崔鹏飞任村里的代耕团团长，每天从早到晚忙生产。儿子书贵是进步青年，在村里当民兵，站岗放哨。女儿书芬和书贵妻子也积极纺军布做军鞋，争当模范。村长和主任向大家宣传军队准备大反攻扩军，动员村里的青年报名参军打老蒋。妹妹问嫂子愿意哥哥去参军吗？书贵妻子说情愿，书贵也愿意去参军。但书贵娘舍不得儿子，不同意。崔鹏飞和家里人共同回忆起从前的苦日子，劝说书贵娘边区人民才翻身，翻身后去参军理所当然。在村里的欢送会上，崔鹏飞为儿子报名参军，书贵也表决心，努力杀敌保家园，让妹妹和妻子回家去开导母亲，等胜利了再回家孝母也不晚。接着村里又有三名青年主动报名参军，村民给新战士戴上大红花，书贵娘也赶来共同欢送。

撰文：赵迎红

注释：

1. 刘艺亭，宋复光编：《冀南文学作品选》，河北教育出版社1989年版，第718页。

图一：《崔鹏飞送子参军》，于建中、聂新喜、倪景奇集体创作，1947年11月出版。

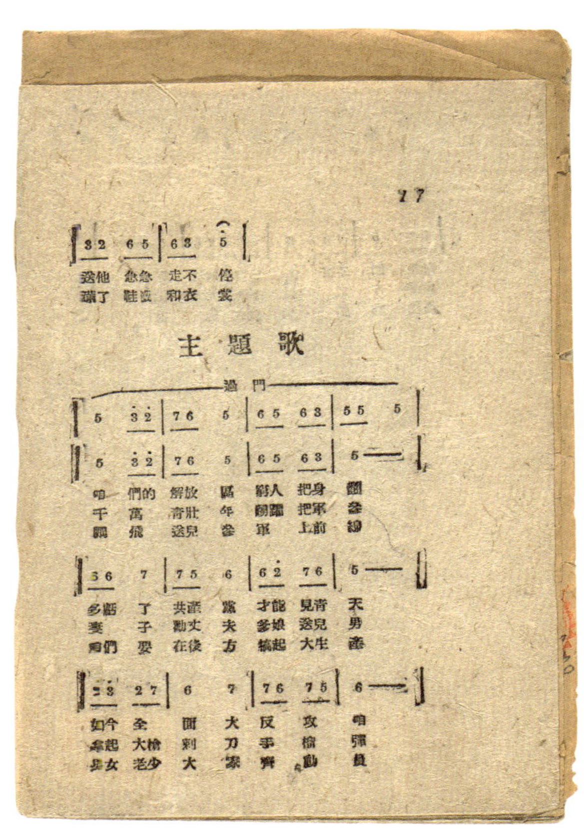


图二：《崔鹏飞送子参军》主题歌。图载本书第17页。

# 《伤工团结》

《伤工团结》，周均作，山东新华书店总店出版，1948 年 9 月出版，发行量 4000 册，15.2cm × 11.7cm。全书共 32 页，第 1 页至第 27 页是该剧的主要内容以及人物间的对话，第 27 页至第 31 页是剧中的插曲曲谱，最后一页是作者对演出的一个说明。

本书封面绿底白字，标题及作者出版社底色为紫红色。有花边点缀，标题下方绘有两位医护人员正在护理一名伤员的图案，其中靠近伤员的医护人员手里捧着一本书。

剧中人物：老李（伤病员，积极分子，二十四五岁），小陈（伤病员，有些功臣思想，20 岁），老马（伤病员，老实，22 岁），小王（看护员，14 岁），高室长等。

剧情介绍：故事主要讲述了三个伤员——老李、小陈、老马，看护员小王和小王的领导高室长在后方医院中发生的故事。伤员小陈不断为难小王，言辞犀利，多次把小王说哭。老马经常从中劝解小陈，安慰小王，老李是伤员中年龄最大的，时常安慰小王给他出主意讲道理。期间小陈要求小王给自己买尿盆，还找高室长的麻烦。老李劝小王要理解伤员，小王听进了老李的话，去集市想自己花钱给小陈买个尿盆，刚开始大娘不卖，后来听说是给伤员的，硬要送给小王，最终小王自己掏钱在大娘家便宜买了一个盆，高兴地给了小陈。最终伤工和解，他们围坐在一起，听小王讲述了自己经历，有说有笑，出院前，一起高兴地吃了一顿饺子，准备出院后继续上前线杀敌。

战争时的医护工作十分繁重，“重伤残的伤员是按部队编制编成中队、分队和班的。一个班有 10 多名休养员，只配备一名看护员，负责重残人员的护理工作，如整理床铺，打扫卫生，给不能动的伤员喂水喂饭，端屎端尿和搓澡，还要负责拆洗被服等工作”[1]。

山东地区开展了“爱护伤员活动，为减轻伤员的痛苦，他们琢磨出对不同地形和不同伤员的抬放方法，并编成号子和顺口溜，在转运时互相呼喊，相互提醒。同时，还创造了床式、棚式、靠背式、升降式、推抬两用式等多种担架，以适应各种伤员的需要。同时，他们还时常用自己带的零用钱给伤员买糖和水果吃。据不完全统计，民工们用自己的钱给伤员买东西吃的有 1000 余人次。广大伤员转运后方后，更是得到医务人员的精心治疗和解放区人民母亲般的爱护和照料”[2]。

撰文：张晓菲

注释：

1. 参见常连霆主编：《山东党史资料文库》（第 30 卷），山东人民出版社 2015 年版，第 36 页。
2. 参见臧济红主编：《山东重要历史事件：解放战争时期》，山东人民出版社 2004 年版，第 379 页。

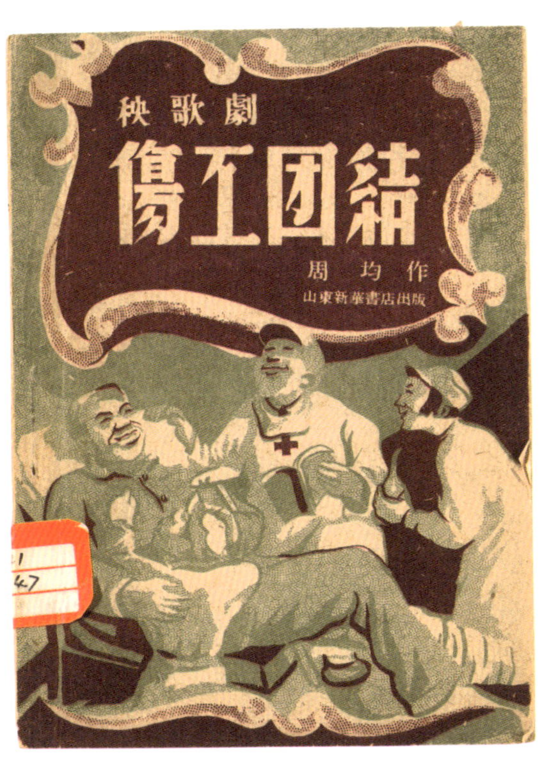


图一：《伤工团结》，周均作，1948 年 9 月出版。

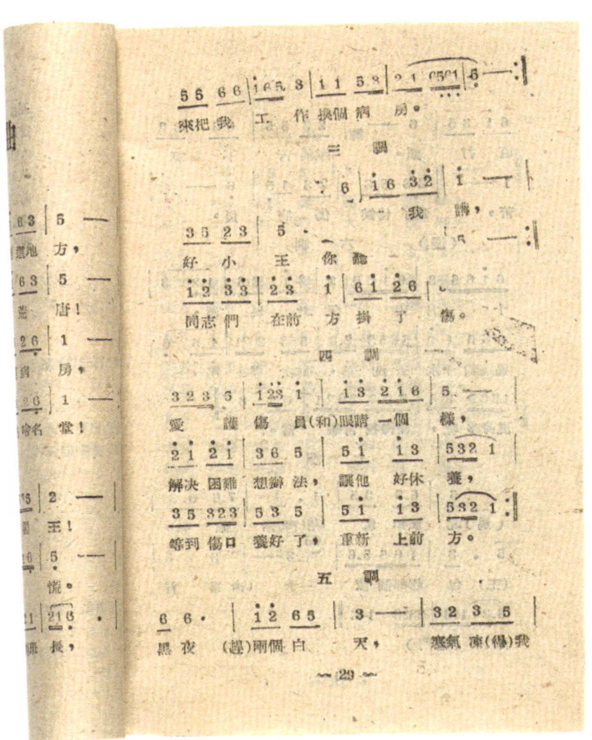


图二：《伤工团结》歌剧部分配曲。图载本书第 29 页。

# 《红土岗》

《红土岗》，创作于1947年，西北文艺工作团第一团创作，苏一平编剧，关键、岳松配曲，1949年1月6日出版，野政宣传部印，20.1cm×14.4cm。蜡板油印，仿线装，每对页2页码，全书共34页。本书为三眼草订，纸质单薄。封面为不同字体的墨色油印，简明朴素，钤有“西北文艺工作团·XIBEIWENYIGONGZUOTUAN”红旗形朱文印章。

野政宣传部全称为西北野战军政治部宣传部。1947年7月，前身为西北野战兵团的西北野战军成立，彭德怀任司令员兼政治委员。部队为挫败国民党胡宗南部对陕北的重点围攻、扭转西北战局做出了重要贡献。1949年2月改称第一野战军，成为解放战争时期中国人民解放军的主力部队，四大野战军之一。[1]

剧中主要人物有：西北人民解放军某部曹连长，连长通讯员李顺宝，精干勤劳、热爱边区的冯村长，慈祥老人冯老妈，等等。

剧情梗概：1947年夏秋之交，在陕甘宁边区关中分区，解放军曹连长受重伤要去医院休养，路过红土岗村时，在冯村长家中歇息。不巧当晚胡宗南驻守雕翎关一个连的兵力突袭红土岗，冯村长急忙找曹连长商量对策。为掩护老百姓转移，曹连长一面派人通知主力部队，一面让人抬着自己上阵地，从容指挥作战，和民兵一道顽强地狙击敌人。主力部队某营及时赶到增援，击退来犯之敌，曹连长却不幸光荣牺牲。教导员号召大家，一定要为曹连长报仇！让红旗插上雕翎关城楼！

《红土岗》是一曲拥军爱民的赞歌，正如主题歌中所唱：“解放军是人民的保护人，解放军是人民的好子弟，解放军是人民的万里长城。”（参见本书第32页）

西北文艺工作团简称西工团，1941年9月成立，隶属中共中央西北局宣传部。毛泽东为其题写团名。苏一平任团长兼指导员。1948年初改称西北文艺工作团第一团。该团曾踏遍陕甘宁边区各地，创作并巡演《向劳动英雄学习》《一朵红花》《马渠游击小组》等许多脍炙人口的剧作，为传播革命新文艺作出了贡献。中共中央西北局书记习仲勋称赞：“西工团是延安文坛一劲旅。”1949年，其与西北文艺工作团第二团合并，后改建为陕西省歌舞剧院。

撰文：隆文

注释：

1. 参见刘忠刚，杨涛：《中国人民野战军历史沿革（上）》，《党史纵横》2014年8月，第49页。
2. 参见艾克恩：《延安文艺史》，河北教育出版社2009年版，第182页。

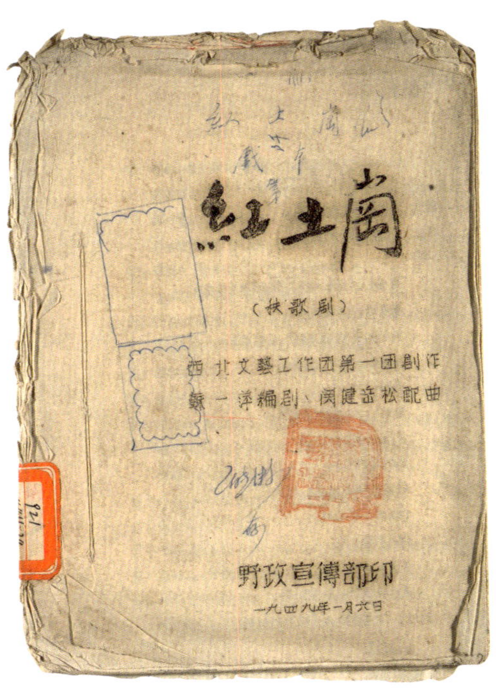


图一：《红土岗》，西北文艺工作团第一团创作，苏一平编剧，关键、岳松配曲，1949年1月6日出版。

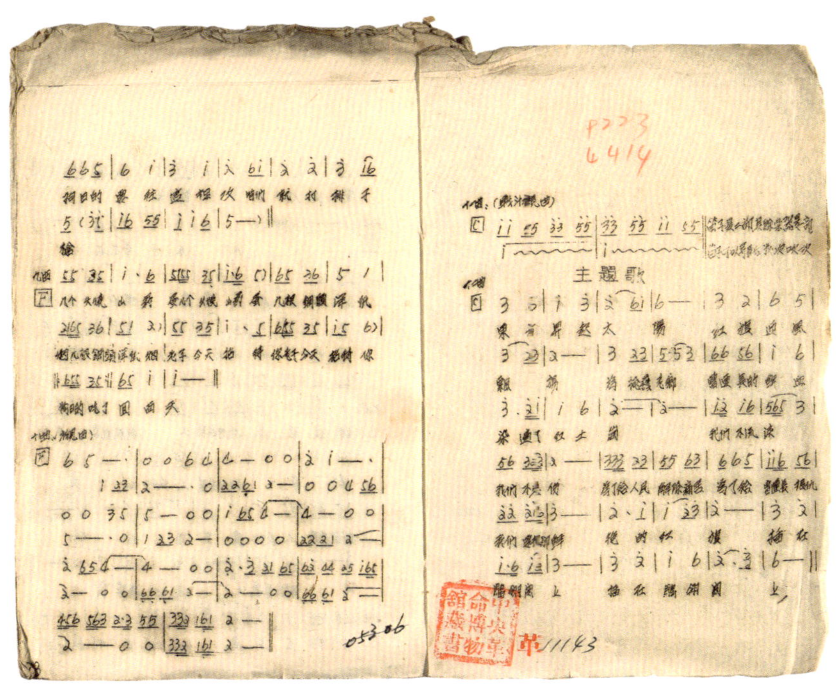


图二：《红土岗》部分配曲及主题歌，图载本书第33—34页。

# 《光荣夫妻》

《光荣夫妻》，左林著，属“大众文艺小丛书”，东北书店编辑、印行，发行量5000册，定价40元，石印，左开，1949年5月出版。每对页2页码，12.7cm × 9.4cm。全书共18页。

剧中主要人物：王保生（二十四五岁，东北解放军排长），桂花（二十二三岁，王妻，新民主主义青年团团员），王老汉（四十六七岁，王之父），村长，妇女会长。

剧情介绍：在天津附近解放区某村，当地村民正准备迎接东北解放军进关。三年前参军到关外的王保生随部队进关攻打天津，途经家乡与妻子桂花重逢后，和妻子一起宣传抗战和各种进步思想。

左林，当代作家。出生于1924年，原名左义华，笔名韦林、兰虹、左群。祖籍湖南浏阳县。他在1935年10月就参加了抗日救亡宣传活动，发表了《什么人是汉奸》《要求收复失地抗战》《敌人的“指示”》等文章并受到社会重视。1938年加入中国共产党。1939年在桂林任《少年阵线》编委。1941年到苏北抗日根据地，在新四军及苏北任文工团戏剧股长、游击队的连指导员，参加反“清乡”等战斗。后任新安旅行团团长、盐阜区儿童总团长、少年先锋总队长、华中青联常委、华中少年出版社社长等职。1948年任随营学校营团干部指导员。此后历任《中国青年》副总编，《中国少年报》总编，团中央少年部部长，人民体育出版社社长、总编，《新体育》总编，《体育报》总编等职务。他的作品题材广泛、内容丰富、形式多样，深受广大群众喜爱。主要作品有《四万五千里旅行记》《在幸福的国家里》《董存瑞的故事》，秧歌剧《光荣夫妻》等。[1]

撰文：王立伟

注释：

1. 参见马良春，李福田：《中国文学大辞典》（第三卷），天津人民出版社1991年版，第1414页。

图一：《光荣夫妻》左林著，大众文艺小丛书，东北书店编辑、印行，1949 年 5 月出版。

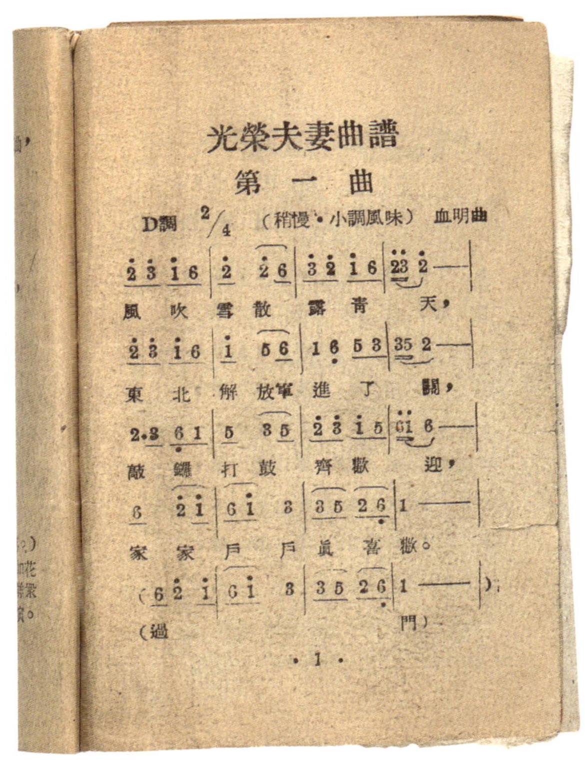


图二：《光荣夫妻曲谱》（第一曲），由血明作曲。图载本书歌曲部分第 1 页。

# 《组织起来》

《组织起来》（延大秧歌剧本），延大秧歌队集体创作，延安华北书店印行，铅印，出版时间不详，18.4cm × 12.1cm。全书共34页。末尾曲《组织起来》由陈紫作曲。

剧中人物：李大哥（劳动英雄），张老汉（中农），起旺儿（张的儿子），等等。

剧情介绍：延安农民组织成立变工队，进行生产互助，开垦荒地。中农张老汉家里只有三口人一头牛，耕种三十垧熟地，还要再开三垧荒地。他的儿子张起旺怕种不过来，想要参加变工队，但张老汉觉得自己农活做得好，又怕累坏了耕牛，不愿进行生产互助。为此一家人产生了矛盾。在开荒的过程中，张老汉发现参加了变工队的人家，不但家里的活计变得很轻松，开荒的效率也比自家高很多。在妻儿的劝说下，张老汉终于加入了变工队，大家伙一起帮助他开垦荒地。

变工队是中国农村旧有的一种建立在个体经济基础之上的劳动互助组织。变工就是换工的意思。参加变工队的农民，各以自己的劳动力和畜力，轮流地、集体地为本队各家耕种，结算时，一工抵一工，多出了人工或畜工的，由少出工的补给工钱。[1]

延大即延安大学，是中共中央在1941年8月，将陕北公学、泽东青年干部学校、中国女子大学合并后成立的。校址为原中国女子大学旧址。[2]

末尾曲《组织起来》的作曲陈紫是广东惠阳人，1937年在北平师范大学学习，期间加入了“民族解放先锋队”。1939年转入延安鲁艺学习作曲。后任中国歌剧舞剧院副院长。作品有大合唱《铁树开花》、歌剧音乐《白毛女》《刘胡兰》、舞剧音乐《和平鸽》等。

撰文：王立峰

注释：

1.《农业合作化名词解释》，通俗读物出版社1956年版，第15页。

2. 参见宋荐戈，张腾霄：《简明中国革命根据地教育史》，中国文史出版社2016年版，第226页。

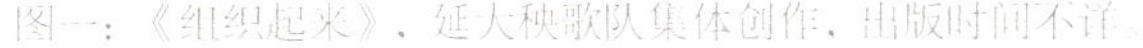

图一：《组织起来》，延大秧歌队集体创作，出版时间不详。

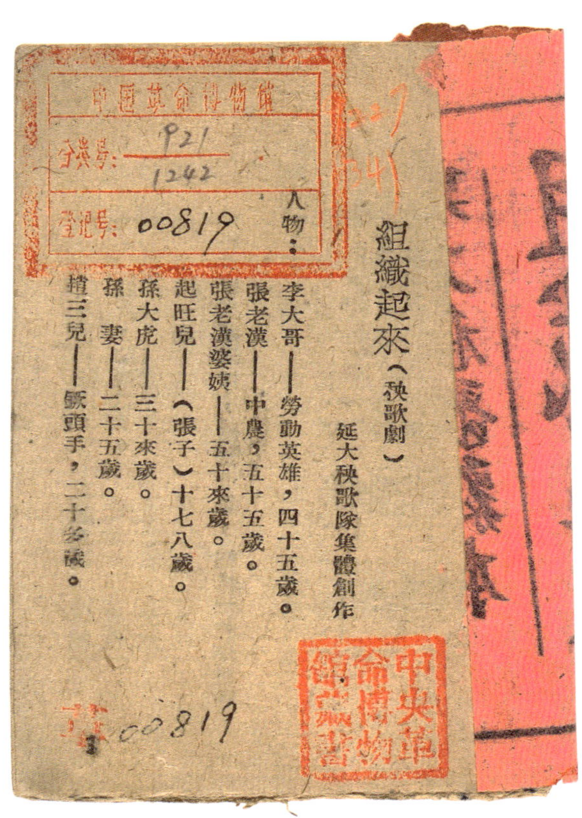

組織起來（秧歌劇）

延大秧歌隊集體創作

人物：

李大哥——勞動英雄，四十五歲。

張老漢——中農，五十五歲。

張老漢婆姨——五十來歲。

起旺兒——（張子）十七八歲。

孫大虎——三十來歲。

孫　妻——二十五歲。

趙三兒——鏝頭手，二十多歲。

图二：《组织起来》人物介绍，图载本书首页。

# 《组织起来》

《组织起来》，山东省文协编，山东新华书店出版，《戏剧杂耍丛刊》第14辑，出版时间不详，定价4元，20.1cm×14.1cm。全书共22页，书后附有《春耕曲》《这些孩子》和《叫声钱老五》三首小调。

本书是一本秧歌剧集，里面收集了秧歌舞《组织起来》（作者艾分）、小调剧《一条裤子》（方前改作）和快板戏《打谱》（作者李聪聋）三篇剧本。

《组织起来》以歌唱和秧歌舞的形式表现出了根据地军民老小一齐进行大生产“生活改善好翻身，组织起来刨穷根”（本书第2页）的热闹景象。剧中所唱的小调有《山西秧歌调》《春耕曲》等。

艾分是贾霁的化名[1]。贾霁，1916年出生在镇江，1938年到延安，先后在“鲁艺”和“抗大”学习，并开始话剧写作。1942年秋，贾霁转入山东文协。1950年他被调到文化部电影局艺术处当编剧，成为当时最具权威的影评人之一。[2]

《一条裤子》剧中人物：钱老五（二流子）、小妮子（钱老五女儿，14岁）、儿童团、变工组等。

剧情介绍：村里的二流子钱老五好吃懒做，嗜赌成性。他晚上去赌钱，白天回到家向14岁的女儿小妮子要吃要喝。女儿劝他说：“想要肚子饱，就得要勤劳，加紧干活才能吃饱。”钱老五恼羞成怒，追打女儿不成，回去睡觉了。儿童团员们簇拥着小妮子回到家，看到钱老五光着屁股睡觉，就把他唯一的一条裤子偷走了，让他不能去赌钱。钱老五围了一块桌布出来追打众人。邻居二大娘看见后过去劝他，路过的变工队员们也一起劝他，都表示要帮助他生产。钱老五受了感动，于是穿好裤子和大家一起下地干活。本剧是独幕秧歌剧，原作者为米立，原作载于1945年《儿童生活》第31期。[3]

《打谱》剧中人物：农民孙老头一家五口。

剧情介绍：孙老汉一家勤俭节约，家里和地里的活也样样精通，因为干活没有计划，只忙不出活，日子过得却不怎么样。听说村里组织了变工队，全家人坐在一起打谱，制定了耕种计划，决定参加变工队，互助生产。（“打谱”是山东方言，即打算、盘算。）

撰文：王立峰

注释：

1. 阿英：《阿英全集》（第12卷），安徽教育出版社2003年版，第379页。

2. 参见丁亚平：《电影史学的构建与现代化——李少白与影视所的中国电影史研究》，中国电影出版社2012年版，第206页。

3. 参见董健：《中国现代戏剧总目提要（修订版）》，中国戏剧出版社2012年版，第1418页。

图一：《组织起来》，山东省文协编，出版时间不详。

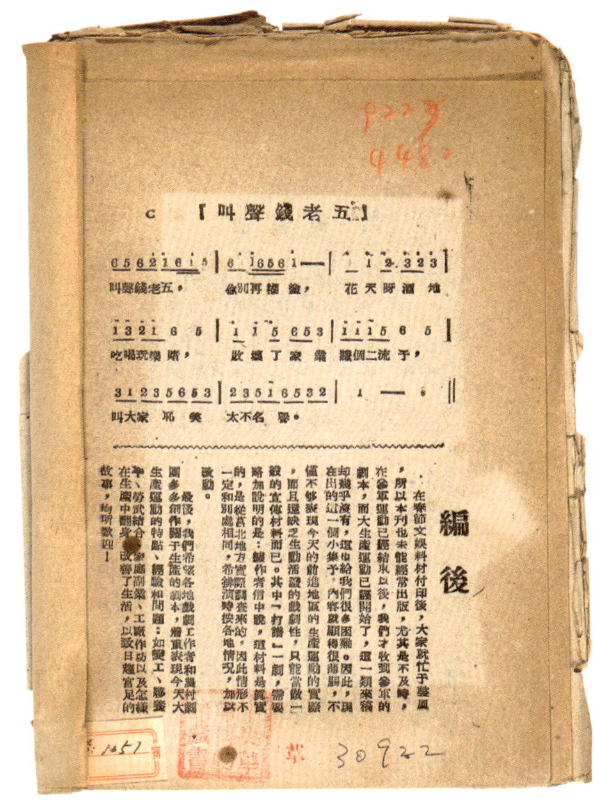

C 【叫聲錢老五】

6 5 6 2 1 6 1 5 | 6 1 6 5 6 1 — | 1 1 2· 3 2 3 |
叫聲錢老五，你別再糊塗，花天呀酒地

1 3 2 1 6 5 | 1 1 5 6 5 3 | 1 1 1 5 6 5 |
吃喝玩樂賭，敗壞了家業，變個二流子，

3 1 2 3 5 6 5 3 | 2 3 5 1 6 5 3 2 | 1 — ‖
叫大家恥笑太不名譽。

**編後**

在春節文娛料材付印後，大家就忙于發展，所以本刊也未能經常出版，尤其是不及時，在參軍運動已經結束以後，我們才收到參軍的劇本，而大生產運動已經開始了，這一類來稿卻幾乎沒有，這也給我們很多困難。因此，現在出的這一個小集子，內容就顯得很薄弱，不僅不够表現今天的前進地區的生產運動的實際，而且還缺乏生動活潑的戲劇性，只能當做一般的宣傳材料而已。其中「打擂」一劇，需要略加說明的是：編作者信中說，這材料是真實的，是從甚北地方實際調查來的，因此情形不一定和別處相同，希望排演時按各地情況，加以改動。

最後，我們希望各地戲劇工作者和農村劇團多多創作關于生產的劇本，着重表現今天大生產運動的特點、經驗和問題：如變工、勞動爭、勞武結合、家庭副業、工廠作坊以及怎樣在生產中翻身、改善了生活，以致日趨富足的故事，均所歡迎！

图二：《组织起来》剧本《一条裤子》中的小调《叫声钱老五》，图载本书末页。

# 《打斑蝨》

《打斑蝨》，苏一平编，边区新华书店出版，铅印，出版时间不详，14.7cm × 9.5cm。全书共35页。书后记中标注：剧中唱词可配的曲调和创作时间。

边区新华书店即陕甘宁边区新华书店。1942年在延安成立，其主要负责全边区图书报刊的发行任务，同时还负责为党政机关领导、研究团体搜集国民党统治区出版物的任务[1]。1947年2月，西北局宣传部决定把边区群众报社和陕甘宁边区新华书店一起并入西北新闻社，并随之转战陕北。在条件十分困难的情况下，西北新闻社仍坚持出版发行油印、铅印的《边区群众报》。1949年5月，陕甘宁边区新华书店大部分职工进驻西安，成立西北新华书店，原边区新华书店改为延安分店[2]。

《打斑蝨》是苏一平在1946年创作的一部反映生产自救运动的秧歌剧，并在同年的《解放日报》上连载。本剧不仅颂扬了边区大生产运动，而且对促进新歌剧的成型和发展也起到了功不可没的作用。

剧中人物：王七宝（农民），王妻（王七宝之妻），史三娃（农民），杨村长。

剧情介绍：1945年天气大旱，边区某地，眼看村民们的收成没有了希望，在当地政府的号召下，村民们种起了洋芋以求度过寒冬。但是在洋芋地里却生出了斑蝨虫。村民王七宝一家急得不得了，王妻听史三娃他娘说了除虫的土法：用血裤子（女人行经期间穿的裤子）可以赶走斑蝨虫，王七宝一试果然有效，虫子都被打跑了，但下午他再去地里却发现仍然是满地的虫子，原来王七宝家的地和史三娃家的地紧挨着，早上他把虫子赶到了史三娃家的地里，中午史三娃又把虫子赶回了他家地里。王七宝和史三娃因为此事扭打起来。这时村长介绍只有用科学的方法除掉虫子（用手捉虫子，放在装满水的罐子里，最后挖坑把虫子埋死），才是根除虫灾的唯一办法。于是，王七宝和史三娃和解，全村男女老幼共同捉虫。[3]

撰文：赵春红

注释：

1. 参见谢林主编，陕西省图书馆编：《陕西寻梦民国老照片》，陕西人民美术出版社2009年版，第129页。
2. 参见陕西省地方志编纂委员会编：《陕西省志出版志》，三秦出版社1998年版，第250页。
3. 参见董健主编：《中国现代戏剧总目提要（修订版）》，中国戏剧出版社2012年版，第1439页。

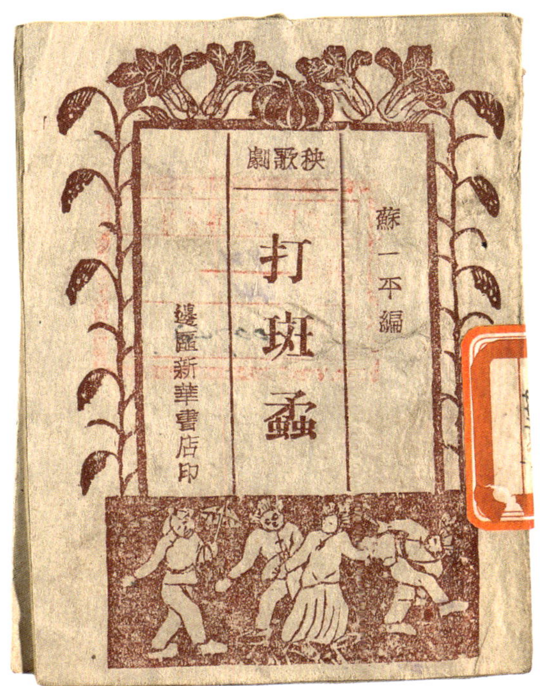


图一：《打斑蝨》，苏一平编，出版时间不详。

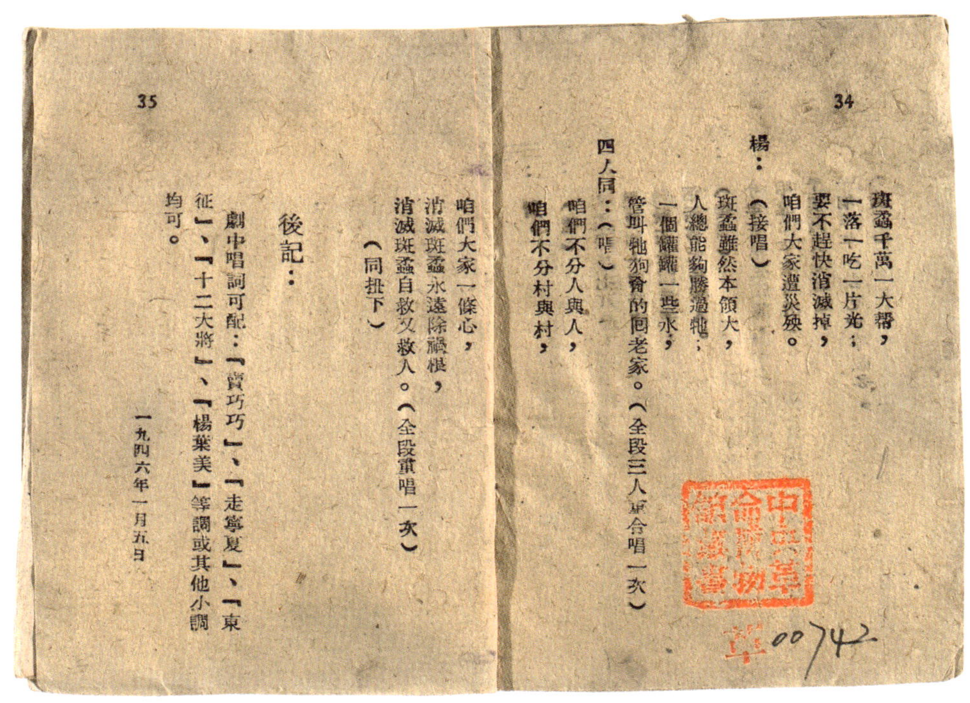

34

斑蝨千萬一大幫，
一落一吃一片光；
要不趕快消滅掉，
咱們大家遭災殃。

楊：（接唱）
斑蝨雖然本領大，
人總能夠勝過牠；
一個罐罐一些水，
管叫牠狗脅的回老家。（全段三人重合唱一次）

四人同：（唱）
咱們不分人與人，
咱們不分村與村，
咱們大家一條心，
消滅斑蝨永遠除禍根，
消滅斑蝨自救又救人。（全段重唱一次）
（同扭下）

35

後記：

劇中唱詞可配：『賣巧巧』、『走寧夏』、『東征』、『十二大將』、『楊葉美』等調或其他小調均可。

一九四六年一月五日

图二：《打斑蝨》剧本末尾及后记，图载本书第34—35页。

# 《一把镢头》

《一把镢头》，钟纪明编，边区新华书店印，出版时间不详，12.1cm×8.9cm。全书共24页。第1页为剧中人物介绍和前景提要，第2页至第24页为剧本，其中第24页另附《后记》一篇。

本剧由边区文协创作于1946年元旦，1946年4月被收入由华中军区政治部宣教部编、江淮出版社出版的《陕北秧歌剧选》。

据本书编后记，本剧原名《回娘家》，因与其他剧目重名，故改名《一把镢头》。本剧并非单纯地表现民选中乡政府给老百姓赔了被他们遗失了的一把镢头，同时还在主题上强调青年劳工夫妇日常所过的饱暖、愉快、热情的新生活。

钟纪明，原名冷善远，笔名艾绥，湖北宜昌人。早年在原籍读书，1921年在宜昌怡和轮船公司当职员。抗日战争爆发后，他参加了中国共产党领导的业余抗战剧团，并于1938年加入中国共产党。1940年4月到延安，曾任边区《群众报》编辑、边区文化协会秘书等职。解放战争中历任游击队指导员、中共区委副书记、西北野战军政治部宣传队创作组组长、教育科科长等职。中华人民共和国成立后，钟纪明历任西北人民艺术学院教务长、西北艺术专科学校副校长，1956年负责筹建西安电影制片厂，1958年任厂长。其亲自创作了建厂初摄制的故事片《雪海银山》《延安游击队》的剧本。著有大型秦腔剧本《官逼民反》、秧歌剧《一盏灯》、小说《赵德贵和他的枪》、话剧《延河畔上》、专论《向民间文艺学习》等作品。[1]

剧中主要人物：夫陈荣发（年轻农民），妻（劳动妇女），妻弟（20岁上下，农民）。

剧情介绍：农民陈发荣在集市上卖掉了妻子纺的三斤白线，买回一丈五尺青市布，准备给妻子做回娘家吃妻弟喜酒时穿的新衣服。刚巧碰到了妻弟拿了一把李乡长赔给他家的镢头。陈荣发将镢头带回家跟妻子开玩笑说镢头是用卖纱线的钱买的，因为自家的镢头是去年被政府弄丢的，如今却要自己花钱买，陈妻很恼怒，大骂丈夫“混账”。陈荣发见妻子真的生气了，才和她说明真相，妻弟也前来证明，消除了误会，夫妻二人深切感受到边区政府的民主。

剧本台词语言可由各地演出者充实修改，使之更加生动，唱调也可依地方情形另配（参见本书编后记）。剧中多次用到“捞子调”“花音岗调”“紧幅调”和“西京调”，运用了多种郿鄠唱腔，旋律形式多样。

撰文：赵天然

注释：

1. 参见西安市地方志编纂委员会编：《西安市志·社会 人物》（第七卷），西安出版社2006年版，第538页。

图一：《一把镢头》，钟纪明编，边区新华书店印，出版时间不详。

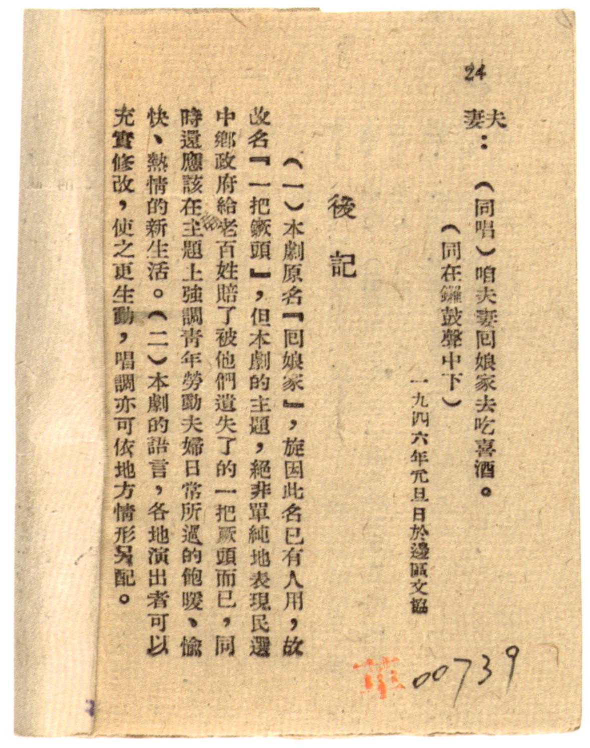

24

夫妻：（同唱）咱夫妻回娘家去吃喜酒。

（同在鑼鼓聲中下）

## 後記

（一）本劇原名『回娘家』，旋因此名已有人用，故改名『一把钁頭』，但本劇的主題，絕非單純地表現民選中鄉政府給老百姓賠了被他們遺失了的一把钁頭而已，同時還應該在主題上強調青年勞動夫婦日常所過的飽暖、愉快、熱情的新生活。（二）本劇的語言，各地演出者可以充實修改，使之更生動，唱調亦可依地方情形另配。

一九四六年元旦日於邊區文協



图二：本书《后记》，介绍了本剧剧名来由与排演时剧本语言可做适当修改的建议。图载本书第24页。

# 《回娘家》

《回娘家》，萧汀、方杰编，边区新华书店印，出版时间不详，12.0cm × 9.0cm。全书共 37 页。

本剧原载于 1946 年 1 月 24 日延安《解放日报》，于 1946 年春节在延安表演后，深受欢迎。在本书开头，除了交代了故事背景之外，还明确写到了此歌剧是运用"岗调"来演唱的。"在延安秧歌剧中，'岗调'这个曲牌被引用得最多，几乎每个运用了郿鄠音乐的剧目中都运用了'岗调'，而且在音乐形态上、唱词结构上几乎一样。此剧目中的'岗调'其速度都为中速，并具有一定的叙述性。首先用于第一曲，是剧中'父亲'的一段唱：'我老汉今年五十一，老婆子生了三闺女。大女、二女早嫁人，三女这月才成亲。今儿个是她的回门日，我早便到镇上去，买酒买肉待女婿，好叫老婆子心欢喜。'接着，'母亲'的第二曲也用'岗调'：'我在家中心着急，等候三女来回门。忽听门外有人叫，想是我女儿到了家。'这两个唱段都具有叙述性。"[1]

剧中人物：父（51 岁，很吝啬），母（与父年纪相仿，一个很慈爱的母亲），三妞（18 岁，一个新出嫁的姑娘）。

剧情介绍：一家农户有三个女儿，由于父亲的贪婪，把大女儿嫁给了独眼龙，二女儿嫁给了二流子，两个女儿的婚姻生活都不幸福。母亲为了三女儿的幸福，响应政府号召，为三女儿找了一位虽不富裕但踏实勤劳的年轻人，可是其父仍然贪婪地向亲家索要重金作为彩礼，结果害得年轻人卖了家里的粮食与牛来娶亲，三女儿婚后也非常不幸福，回家向母亲诉苦，与母亲一道对父亲展开了说理斗争，最后父亲醒悟，归还了亲家重金彩礼，让女儿和女婿买粮安家，安心生产。

作者萧汀，原名郭新民，河南开封人。1938 年 5 月在河南参加开封孩子剧团。1940 年加入延安陕北公学院文工队。1942 年毕业于延安鲁迅文学院戏剧系。1944 年至 1945 年，在中央党校三部文艺政策研究室学习。1945 年加入中国共产党。1946 年任松江省军区文工团副团长、编剧、导演。1949 年任东北文工团、团级戏剧教员及导演。1951 年任东北人民艺术剧院话剧团副团长、导演。1954 年至 1956 年在中央高级党校、中央戏剧学院导演进修班学习。1956 至 1985 年，任辽宁人民艺术剧院副院长、导演。在 50 多年的艺术生涯中，他始终从事戏剧创作、表演和导演，演出并导演剧目 100 余部。

撰文：张晓菲

注释：

1. 王冬：《抗日战争时期延安秧歌剧研究》，南京艺术学院，博士论文，2010 年。

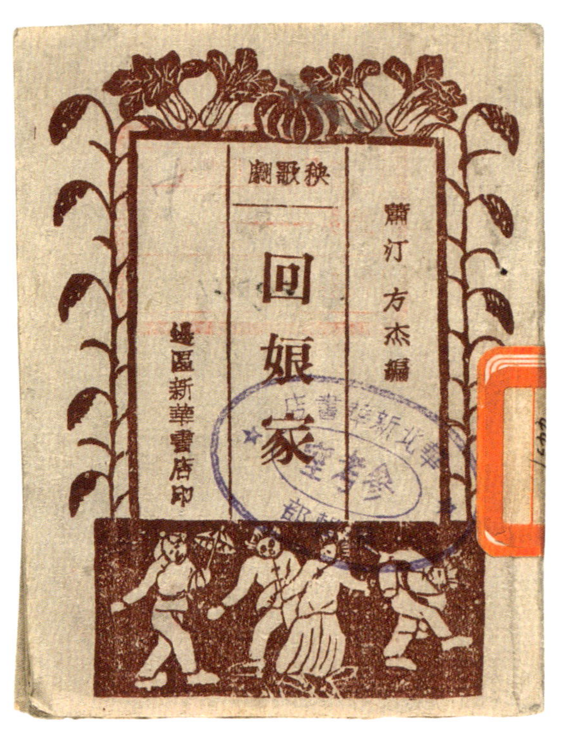


图一：《回娘家》，蕭汀、方杰编，出版时间不详。

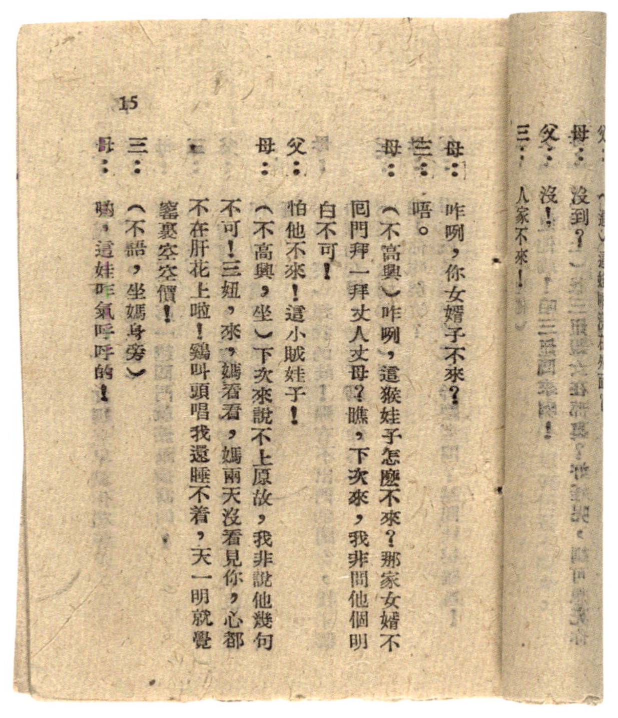

母：沒到？

父：沒！

三：人家不來！

15

母：咋咧，你女婿子不來？

三：唔。

母：（不高興）咋咧，這猴娃子怎麼不來？那家女婿不回門拜一拜丈人丈母？瞧，下次來，我非問他個明白不可！

父：怕他不來！這小賊娃子！

母：（不高興，坐）下次來說不上原故，我非說他幾句不可！三妞，來，媽看看，媽兩天沒看見你，心都不在肝花上啦！鷄叫頭唱我還睡不着，天一明就覺窰裹空空價！

三：（不語，坐媽身旁）

母：喲，這娃咋氣呼呼的！

图二：《回娘家》剧本节选。图载本书第 15 页。

# 《神神打架》

《神神打架》，米成义、黄俊耀编，边区新华书店印，铅印，出版时间不详，12.0cm × 9.0cm。全书共 34 页。书籍封面中部有蓝色椭圆形“华北新华书店编辑部参考室”章一枚。

剧中人物：嫂（农妇），老二（农民），酸枣（一个巫神），胡桃（另一个巫神），荣儿（男孩子），王医生（老中医）。

剧情介绍：在边区某地，两个巫神为了在一个病人家骗钱，一个装作“关圣帝君”，说他能治好病人；另一个称自己是“齐天大圣”，也能治好病人。于是两个巫神因为各自的利害关系发生了冲突，各不相让，便打了起来，并扬言要以神术压倒对方。最后“齐天大圣”把“关圣帝君”打得现了原形。“关圣帝君”便哭着说，“边区政府不准打人，你打人是犯法的……”

《神神打架》是黄俊耀创作的第十三个剧本，其内容讽刺了当时农村中的封建迷信活动，剧本故事简明生动，妙趣横生，演出后收到很好的效果，对边区的民主建设起到了积极的教育作用。新华出版社还专门出版了这个剧本。

黄俊耀是陕西土生土长的戏曲作家，一级编剧。1932 年参加革命工作。1938 年赴延安并加入中国共产党。历任陕甘宁边区民众剧团演员、导演科长、戏剧处处长，西北军政委员会戏曲改进处副处长，西北文化部艺术处副处长，陕西省戏曲研究院院长，中国戏剧家协会常务理事，中国戏曲现代戏研究会主席等。抗日战争时期黄俊耀被分配到民众剧团当演员，随后转入专业创作工作，他虽没有上过正规的艺术大学，但民众剧团却给他灌输了极其丰富生动的知识，从那时到现在，黄俊耀写下了数十部戏曲作品。如《三妯娌》《十二把镰刀》《梁秋燕》等，这些戏的创作和演出深受边区群众欢迎，连演不衰。[1]

黄俊耀运用西北人民群众所熟悉和喜爱的秦腔、郿鄠等戏曲形式，创作出了为大众喜闻乐见的戏曲现代戏，直接服务于中华民族和中国人民的解放斗争。因为他比较熟悉人民群众的生活面貌、思想感情、希望与要求以及风俗习惯和语言状况，爱群众之所爱，恨群众之所恨，从思想立场到艺术观点都和群众站在一起，满腔热情地为广大人民而创作，所以他的作品，不仅有故事，有情节，有人物，有矛盾，结构周密严谨，语言流畅通俗，而且也都具有强烈的地方色彩与浓厚的生活气息，大都散发着浓郁的泥土芳香，滋润着人们的心田。[2]

撰文：赵春红

注释：

1. 参见任文主编：《延安时期的社团活动》，陕西师范大学出版总社有限公司 2014 年版，第 111 页。
2. 参见王巨才主编：《延安文艺档案·延安戏剧》（第 1 册），太白文艺出版社 2015 年版，第 308 页。

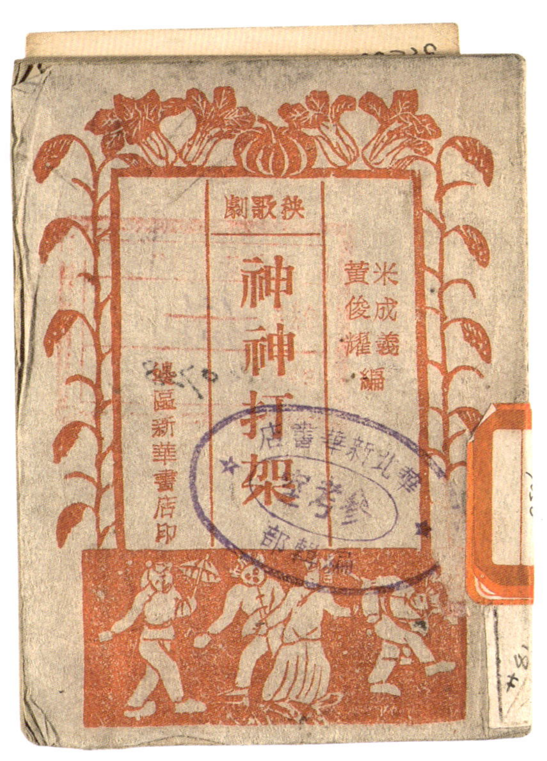


图一：《神神打架》，米成义、黄俊耀编，出版时间不详。

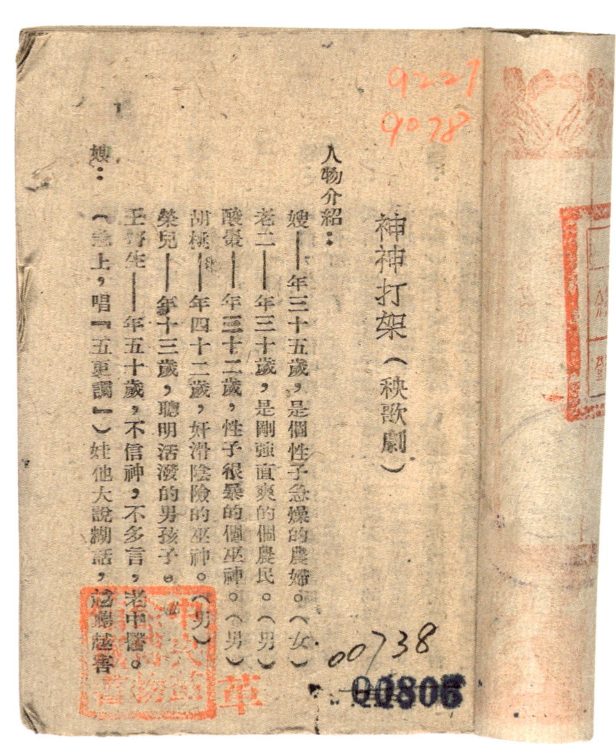

神神打架（秧歌劇）

人物介紹：

嫂——年三十五歲，是個性子急燥的農婦。（女）

老二——年三十歲，是剛強直爽的個農民。（男）

醆囊——年三十二歲，性子很暴的個巫神。（男）

胡桃——年四十二歲，奸滑陰險的巫神。（男）

榮兒——年十三歲，聰明活潑的男孩子。

王存生——年五十歲，不信神，不多言，老中醫。

嫂：（急上，唱『五更調』）娃他大說糊話，

图二：《神神打架》人物介绍。图载本书首页。

# 《冯光琪》

《冯光琪》（保安秧歌剧本），郭介人著，延安华北书店印行，出版时间不详，13.2cm×9.8cm。全书共42页。首页至第2页是剧中10个人物的简介，简介包含了人物的年龄、职务、性格等内容。第2页至第41页为文字剧本，全剧共分五场，每场剧的开始都注明剧情的发生时间、人物和场景等。在第37页至第39页印有歌剧的主题歌，谱曲作者是梁寒光。第41页至第42页是附注，共4条，注明配乐、唱腔、人物的省略等事项。

本书封面在蓝印版框内，印有竖行书名等文字，文字分三行，自右往左，分别为“保安秧歌剧本”“冯光琪”和“延安华北书店印行”。中下部有红色椭圆形“山西省兴县人民政府民政科”印章一枚。

郭介人，河南孟县人。1940年参加八路军并加入中国共产党。历任宣传干事，师政治部文化科、宣传科科长，军宣传部副部长。1951年参加中国人民志愿军入朝作战，任志愿军政治部文艺科科长。1955年6月在朝鲜战场牺牲。[1]

梁寒光（1917年—1989年），广东省开平人。曾用名梁玉衡，1940年5月冼星海赴苏联前赠送笔名“寒光”。在延安鲁艺学习时，得到冼星海指点，创作了第一首歌曲《血的誓语》（路涯词）和一首四部合唱。中华人民共和国成立后，历任上海实验歌剧院第一副院长、广州音乐学院院长、深圳音乐家协会主席等职。一生创作了200多首歌和10余部大、中型歌剧，其代表作有《蓝花花》《赤叶河》等。[2]

剧中人物：村主任冯光琪，二流子冯光昌，阴险狡诈的史玉祥，家庭妇女绣花娘，自卫军班长冯正中，自卫军长娃，自卫军马牛，忠厚和蔼的区长，自卫军积极分子马旺，抗属徐娘娘。

剧情介绍：二流子冯光昌在徐娘娘家的猪桶里放了一包毒药。徐娘娘发现猪死了，急忙找村主任冯光琪反映情况。这时，破坏分子史玉祥给冯光昌一个手榴弹，让他趁冯光琪等人开会时搞破坏。冯光昌准备投手榴弹时被乡长婆姨发现，慌张之下丢下手榴弹就跑了。冯光琪一路跟踪，偷听到史玉祥告诉冯光昌今天夜里要发动暴动。冯光琪断定史玉祥家里有潜伏的特务，和自卫军的同志们准备抓捕破坏分子。史玉祥和冯光昌刚出家门准备行动，就被埋伏在其家门附近的自卫军和冯光琪擒获，并从他们身上搜出手枪和手榴弹。在证据面前，胆小懦弱的冯光昌交代了犯罪经过，接受了众人的批评教育，希望其改邪归正重新做人。冯光琪和自卫军及时抓住了破坏分子。区政府授予冯光琪“锄奸英雄”称号。

本剧是以锄奸英雄冯光琪的真实故事为蓝本而编写的。1943年11月和1944年12月，边区政府两次召开劳动英雄大会，表彰了一批劳动英雄和模范工作者，其中受表彰的锄奸模范就有冯光琪。1944年2月23日，延安八大秧歌队的节目在杨家岭汇演，《冯光琪》秧歌剧由保安处秧歌队演出。[3]全剧“采用陕北民间小戏郿鄠的调子”[4]。

这部秧新歌剧吸收了许多话剧手法，故事比较完整，分场多，结构严密，在旧秧歌剧基础上有了很大的提高和发展。[5] 该剧主题鲜明，教育意义突出，各地政府部门都把新秧歌剧直接纳入了宣传教育工作的范围。该剧在某处演出时，曾促使一个失足者幡然醒悟而立即坦白。[6]

撰文：付小红

注释：

1. 谭铮：《中国人民志愿军人物录》，中共党史出版社 1992 年版，第 545 页。

2. 王巨才主编：《延安文艺档案·延安音乐 延安音乐史》（第 14 册），太白文艺出版社 2015 年版，第 357—359 页。

3.《中国歌剧史》编委会主编：《中国歌剧史 1920—2000》上册，文化艺术出版社 2012 年版，第 186 页。

4. 安荣银：《“表现新的群众的时代”的新秧歌——“解放了的而且开始集体化了”的新的农民的艺术（下）》，《海南师范学院学报（社会科学版）》2005 年第 4 期。

5.《延安文艺丛书》编委会编：《民间文艺卷》，湖南文艺出版社 1988 年版，第 478 页。

6. 甘肃省社会科学院历史研究室：《陕甘宁革命根据地史料选辑》（第五辑），甘肃人民出版社 1986 年版，第 243 页。

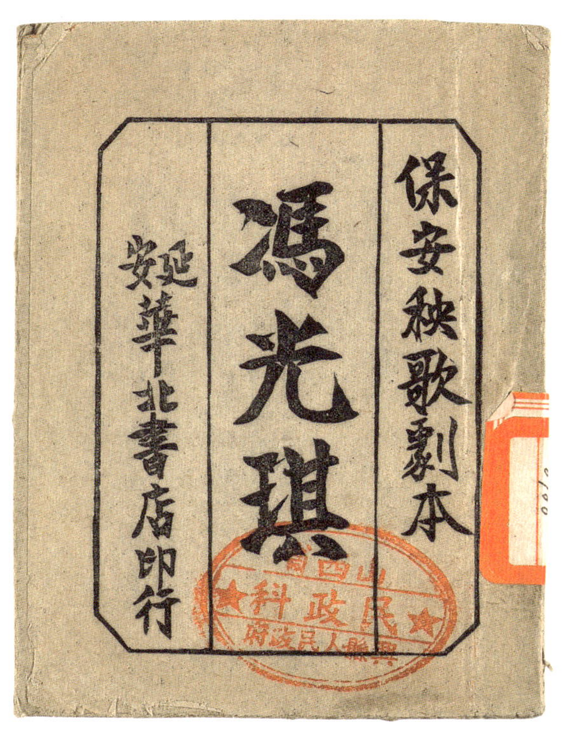

保安秧歌劇本

馮光琪

延安華北書店印行

图一：《冯光琪》，郭介人著，出版时间不详。

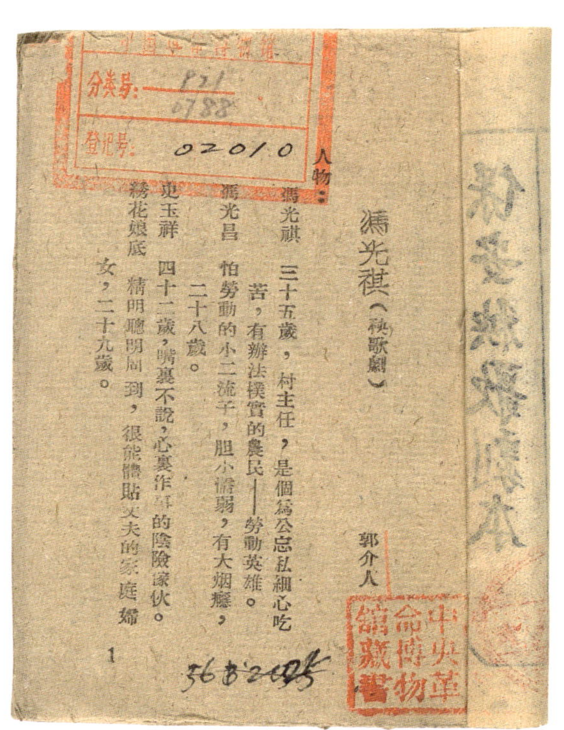

馮光祺（秧歌劇）

郭介人

人物：

馮光祺　三十五歲，村主任，是個爲公忘私細心吃苦，有辦法樸實的農民——勞動英雄。

馮光昌　怕勞動的小二流子，胆小懦弱，有大烟癮，二十八歲。

史玉祥　四十二歲，嘴裏不說，心裏作[illegible]的陰險家伙。

梅花娘底　精明聰明周到，很能體貼丈夫的家庭婦女，二十九歲。

1

图二：《冯光琪》剧中人物介绍。图载本书首页。

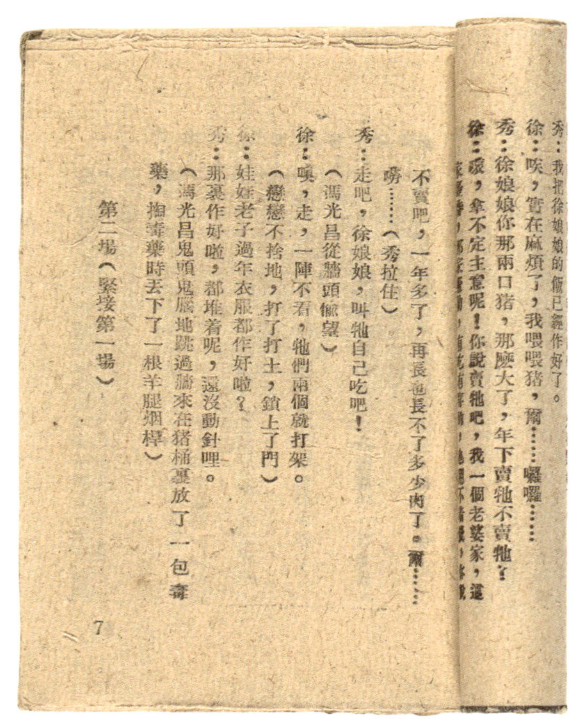
秀：我把徐娘娘的飯已經作好了。
徐：唉，實在麻煩了，我喂喂猪，爾……囉囉……
秀：徐娘娘你那兩口猪，那麽大了，年下賣牠不賣牠？
徐：嚷，拿不定主意呢！你說賣牠吧，我一個老婆家，還
不賣吧，一年多了，再長也長不了多少肉了。爾……
嘮……（秀拉住）
秀：走吧，徐娘娘，叫牠自己吃吧！
（馮光昌從牆頭偷望）
徐：噢，走，一陣不看，牠們兩個就打架。
（戀戀不捨地，打了打土，鎖上了門）
徐：娃娃老子過年衣服都作好啦？
秀：那裏作好啦，都堆着呢，還沒動針哩。
（馮光昌鬼頭鬼腦地跳過牆來在猪桶裏放了一包毒藥，掏毒藥時丟下了一根羊腿烟桿）
第二場（緊接第一場）
7

图三：《冯光琪》剧本节选。图载本书第 7 页。

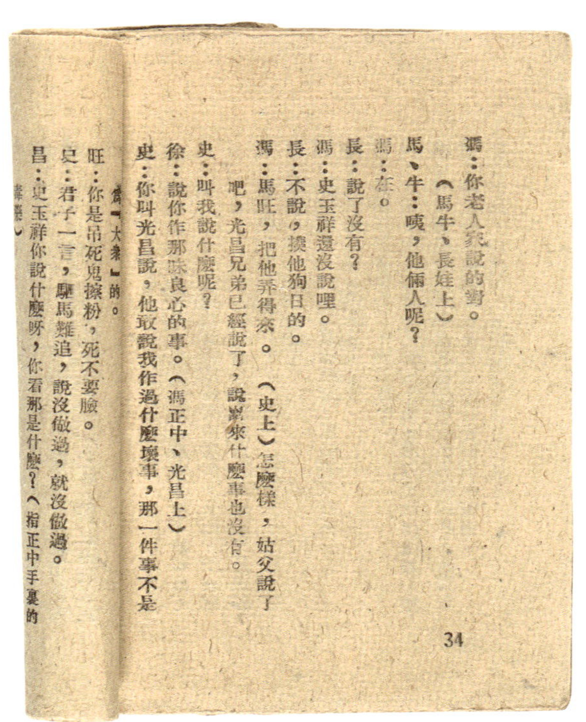
馮：你老人家說的對。
（馬牛、長娃上）
馬、牛：咦，他倆人呢？
馮：在。
長：說了沒有？
馮：史玉祥還沒說哩。
長：不說，操他狗日的。
馮：馬旺，把他弄得來。（史上）怎麽樣，姑父說了吧，光昌兄弟已經說了，說罷來什麽事也沒有。
史：叫我說什麽呢？
徐：說你作那昧良心的事。（馮正中、光昌上）
史：你叫光昌說，他敢說我作過什麽壞事，那一件事不是
當「大衆」的。
旺：你是吊死鬼擦粉，死不要臉。
史：君子一言，駟馬難追，說沒做過，就沒做過。
昌：史玉祥你說什麽呀，你看那是什麽？（指正中手裏的毒藥）
34

图四：《冯光琪》剧本节选。图载本书第 34 页。

# 《女状元》

《女状元》（文协秧歌剧本），延安华北书店印行，出版时间不详，13.0cm×9.5cm。全书共24页，第1页至第17页为剧本，第17页至第19页为唱词歌词四段，第20页至第24页为《女状元》曲谱一首。本书开本较小，便于携带。

剧中人物：刘大妈，刘四，刘四嫂，桂兰。

剧情介绍：故事发生在1943年10月。刘四嫂是陕甘宁边区某村纺线织布生产小组的组长，不仅自己非常勤劳，地种得好，粮食打得多，而且经常帮助别人生产劳作。其丈夫刘四，思想封建自私，很看不惯妻子帮助别人的做法，他认为要织布就在家里织，整天跑出去就像疯婆子，因此想要好好管她。但刘大妈却支持儿媳妇的做法，为此和刘四发生了争执。这时，邻居桂兰带着县妇教主任来找刘四嫂报喜，原来因为刘四嫂今年生产有功，被评上了劳动英雄，还能去延安见到毛主席。看着鲜红的大红花，刘四的顽固脑袋终于开了窍，同意妻子去帮助别人生产。

书中人物间的对话给读者强烈的代入感，使观众容易对剧中人物的心情产生共鸣。“不但因为其在内容上结合现实，表现出新社会里新人物的特点，新的劳动生活，家庭关系与新的情感，也因为它在形式上做到了新鲜活泼、短小精悍，能用简单的场面，短小的故事反映解放区人民的新生活”[1]。

本剧原作者周戈是在抗日战争时期，延安文艺座谈会讲话后掀起的群众创作高潮中开始写作的，还写过很多歌词。周戈，原名周游，湖南长沙人。[2]柯蓝、郭新民、沈霜对本剧本进行了改编。

撰文：张晓菲

注释：

1. 王荣花：《中共革命与太行山区社会文化的变迁（1937—1949）》，河北大学，博士论文，2011年。
2. 参见张泽贤：《中国现代文学戏剧版本闻见录续集（1908—1949）》，上海远东出版社2010年版，第330页。

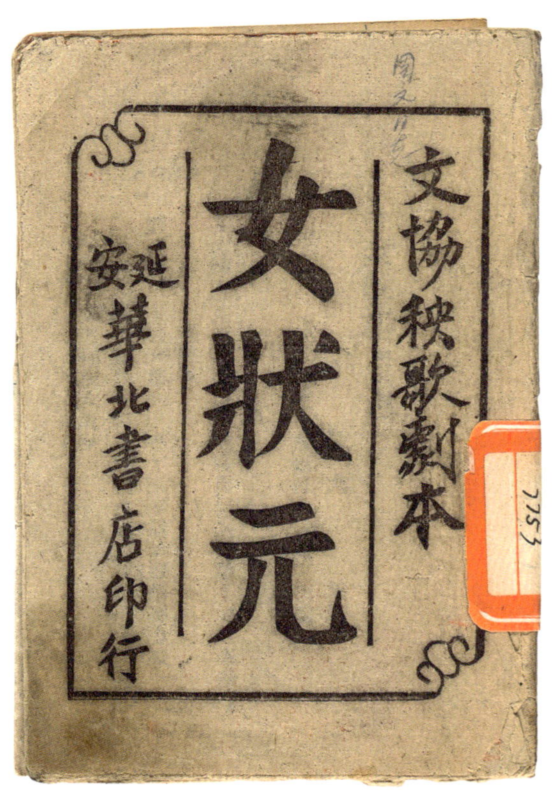


图一：《女状元》，周戈原作，柯蓝、郭新民、沈霜改编，出版时间不详。

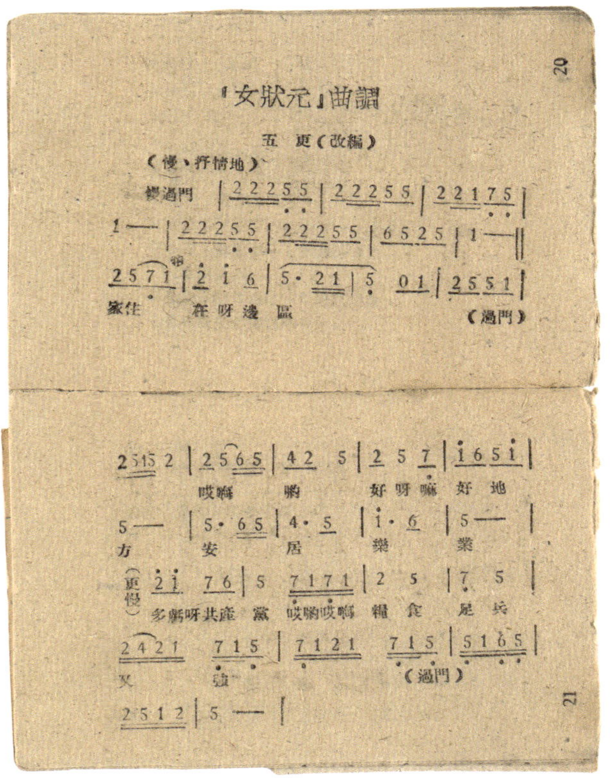


图二：《女状元》曲调，图载本书20—21页。

# 《减租》

《减租》（保安秧歌剧本），袁静著，延安华北书店印行，出版时间不详，13.6cm×9.7cm。全书共37页。封面有红色椭圆形“山西省兴县人民政府民政科”章一枚。本书开本较小，便于随身携带、易于传播。

袁静，现代著名女作家。原名袁行规、袁行庄。先后肄业于北平中法大学、冯庸大学、国立北平艺术专科学校。1935年加入中国共产党。1937年抗战爆发后，参加了抗敌救亡宣传运动，在江苏、安徽、武汉、陕西等地从事戏剧、音乐、舞蹈工作。1938年在董必武的领导下，任中国青年救亡协会理事、武汉青年救亡协会宣传团团长。1939年任二战区民革室副总干事，编导抗日戏剧，兼全国剧协二战区分会理事。1940年春赴延安陕北工学学习。1944年参加保安处秧歌队，并在边保剧团当演员，为配合当时的减租减息运动，编写了秧歌剧本《减租》，反映减租减息运动。1945年创作秦腔剧本《刘巧儿告状》。[1]

剧中主要人物：二道毛子（白家村地主，仗势欺人，对抗减租），白贵（佃户），白妻（精明能干，本村纺织小组成员），黄主任（住在白家沟邻村，该村村主任），牛娃（白家村农民，原二道毛子的佃户）。

剧情介绍：陕甘宁边区白家村，正值农历年关，佃户白贵要去给地主二道毛子挑水去，临走吩咐妻子给二道毛子做20个白面馍馍做年礼，为的是来年还能租到地。白妻因为租子负担重，不情愿去送。牛娃叫白贵去开减租会，说政府下了法令，村里由黄主任领导减租。此时白妻正在忙着给二道毛子蒸馍馍，听说要斗二道毛子，她心里欢喜又不安，既希望斗倒地主能减租，又担心斗不成地主也租不到地了。白贵担水回来告诫妻子不要听信牛娃的话。

二道毛子听说村里又要闹减租，慌忙跑到白贵家，连哄带吓安排了假证据，强迫白贵谎称今年已经减租，多交的租子已退还。黄主任和牛娃来到白贵家，白贵按照二道毛子的吩咐说谎，却被妻子戳穿。黄主任了解实情后，鼓励白贵站出来找二道毛子算账。众人齐心戳穿了二道毛子的鬼把戏，二道毛子的伪证被牛娃识破，白贵也将事实和盘托出。黄主任警告二道毛子要遵守法令，如数退租。二道毛子心里害怕，表示愿意退粮减租。大家感谢共产党让穷人翻身，黄主任号召大家减租胜利了，明年佃户要好好务农，做到丰衣足食，又劝说二道毛子，减租后佃户生产积极性提高了，他的租子也会增加，大家齐心团结抗战。

撰文：魏丹

注释：

1. 王巨才主编：《延安文艺档案·延安戏剧 延安戏剧家》（第3册），太白文艺出版社2015年版，第1063页。

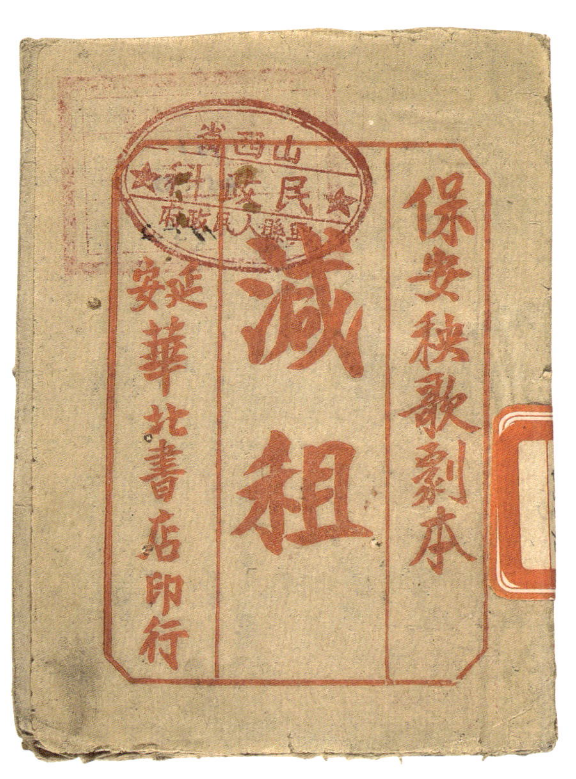


图一：《减租》，袁静著，出版时间不详。

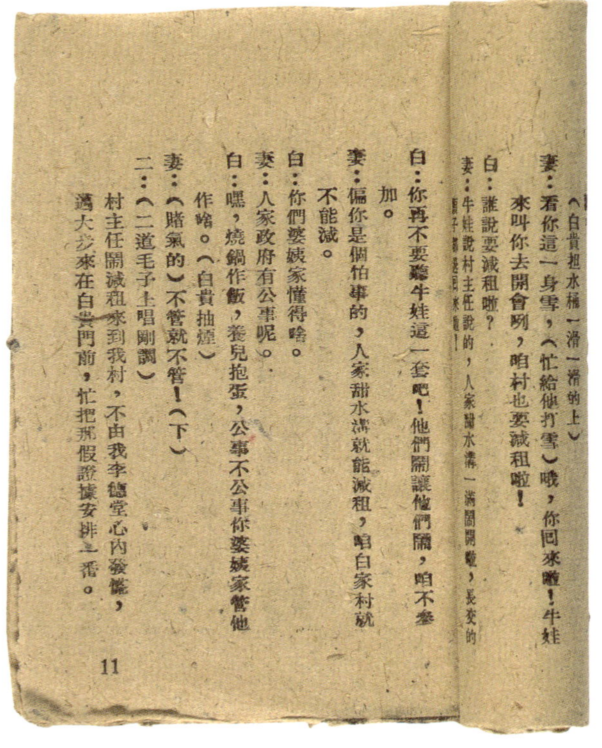

（白貴担水桶一滑一滑的上）

妻：看你這一身雪，（忙給他打雪）哦，你回來啦！牛娃來叫你去開會咧，咱村也要減租啦！

白：誰說要減租啦？

妻：牛娃說村主任說的，人家甜水溝一滿鬧開啦，長安的[illegible]子都要回來啦！

白：你再不要聽牛娃這一套吧！他們鬧讓他們鬧，咱不參加。

妻：偏你是個怕事的，人家甜水溝就能減租，咱白家村就不能減。

白：你們婆姨家懂得啥。

妻：人家政府有公事呢。

白：嘿，燒鍋作飯，養兒抱蛋，公事不公事你婆姨家管他作啥。（白貴抽煙）

妻：（賭氣的）不管就不管！（下）

二：（二道毛子上唱剛調）

村主任鬧減租來到我村，不由我李德堂心內發慌，邁大步來在白貴門前，忙把那假證據安排一番。

11

图二：《减租》第二场选段，描述了白贵劝说妻子不要听信牛娃的话、不要参与减租事宜。图载本书第11页。

# 《纺织好》

《纺织好》，平顺农民剧团余戈、钟林、乔贵、天佑合编，太行行署教育处文联编审，太行群众书店出版，出版时间不详，18.6cm × 12.3cm。全书共21页，书后附有《纺织小调》曲谱，曲谱横版。

平顺农民剧团成立于1943年7月1日。剧团深受群众喜爱，经常在平顺的各个村镇巡演。巡演期间，剧团只要村镇管饭不要演出费用，经常是白天演出，晚上帮助群众干农活，还要帮助沿途的村镇写标语、画漫画。编演的剧目以短小精悍为特点，以农村为主题，深入山村乡镇，贴近群众的生活。[1]

《纺织好》讲述了一个发生在抗日战争时期的故事。抗战时期日本侵略军对根据地实行“三光”政策，意图破坏根据地的经济生产、人员往来，消磨抗日军民的意志与精神。为了打破敌人的封锁，中共北方局和八路军总部提出了“武装保卫生产，生产为了战争”的口号。根据地各级政府积极开展生产自救运动，开设互助合作社，提出分工合作、按劳得酬的方式促进生产。根据地的人民群众也克服困难开展了一系列生产自救运动，其中妇女纺织就是很重要的一项活动。通过纺织生产，女性开始走出家庭，走向社会。女性通过掌握生产力，提高经济收入，改变旧的家庭地位和婚姻关系，迎来了妇女解放的新篇章。

剧中人物：丈夫贵财，妻子俊英，妇救秘书申双凤，纺织教师石秀英和马鸣则，村民老婆和五女。

剧情介绍：本剧讲述了一个困难家庭通过妻子参加纺织生产使家庭生活转变，并且因为妻子辛勤的劳动带来了收入，妻子的家庭地位提高了受到了丈夫的尊重，从而婚姻生活得到改善的故事。

这部秧歌剧故事精彩诙谐，语言贴近生活，人物色彩鲜明，俊英的泼辣、贵财的执拗、申双凤的精干、石秀英和马鸣则的耐心、老婆和五女的热情，都反映在故事情节中。如剧中，妻子俊英需要五升米从合作社买一辆纺车，丈夫贵财不肯出米，妇救会秘书申双凤就从合作社赊了纺车。俊英纺织四斤棉花的线交给马鸣则织了二斤布，俊英还给马鸣则十四两棉花的工费。这种生产方式极大地促进了农村妇女纺纱的积极性。故事中，俊英的家庭地位也因为经济关系得到了提高，实现了妇女解放。通过参与合作社的纺织生产，俊英按劳得到了600块钱的利润，成为家里的经济支柱。贵财从此转变了态度，积极支持俊英纺织生产，甚至为了不耽误纺织为合作社运输工作后都不需要妻子做饭，对妻子说话都变得轻声细语，与之前两人吵架形成了鲜明的对比。

实践证明女性要获得尊重与自由就要参与到社会化大生产中。朱德总司令在讲话中指出：“妇女要得到真正的解放，必须在经济上能够独立，才能够获得真正的自由平等。因此鼓励广大妇女到生产运动中来就是加强广大妇女的经济地位，就是提高她们的社会地位，也就是把妇女从重重的压迫和剥削之下解放出来。”[2]因此在根据地广泛的动员妇女参与到建设中来就是为妇女解放奠定了经济基础。通过经济独立，根据地的女性掌握了更大的话语权，实现了男女平等，进一步促进了女性参与根据地的民主政治决策。

撰文：高铁琼

注释：

1. 荒煤编：《农村新文艺运动的开展》，上海杂志公司1949年版，第82页。
2. 陕西省妇女联合会编：《陕甘宁边区妇女运动文献资料选编1937—1949》，1982年，第151页。

图一：《纺织好》，平顺农民剧团余戈、钟林、乔贵、天佑合编，出版时间不详。

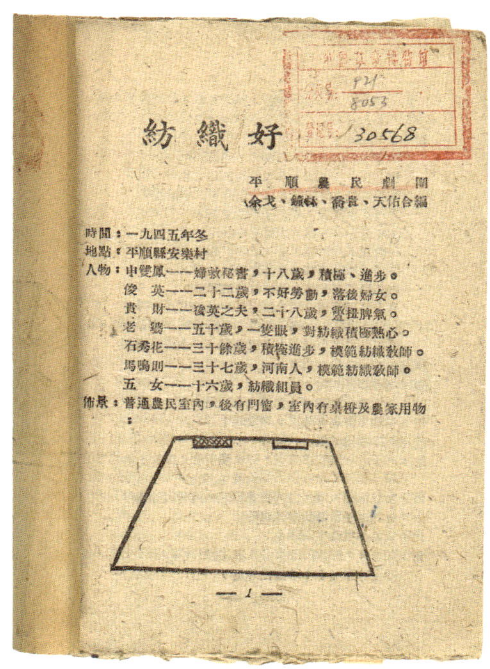

紡織好

平順農民劇團
余戈、鍾林、喬貴、天佑合編

時間：一九四五年冬
地點：平順縣安樂村
人物：申雙鳳——婦救秘書，十八歲，積極、進步。
　　俊　英——二十二歲，不好勞動，落後婦女。
　　貴　財——俊英之夫，二十八歲，彆扭脾氣。
　　老　婆——五十歲，一隻眼，對紡織積極熱心。
　　石秀花——三十餘歲，積極進步，模範紡織教師。
　　馬鳴則——三十七歲，河南人，模範紡織教師。
　　五　女——十六歲，紡織組員。
佈景：普通農民室內，後有門窗，室內有桌櫈及農家用物：

—1—

图二：《纺织好》剧本背景介绍，包括时间、地点、人物和布景介绍。图载本书第1页。

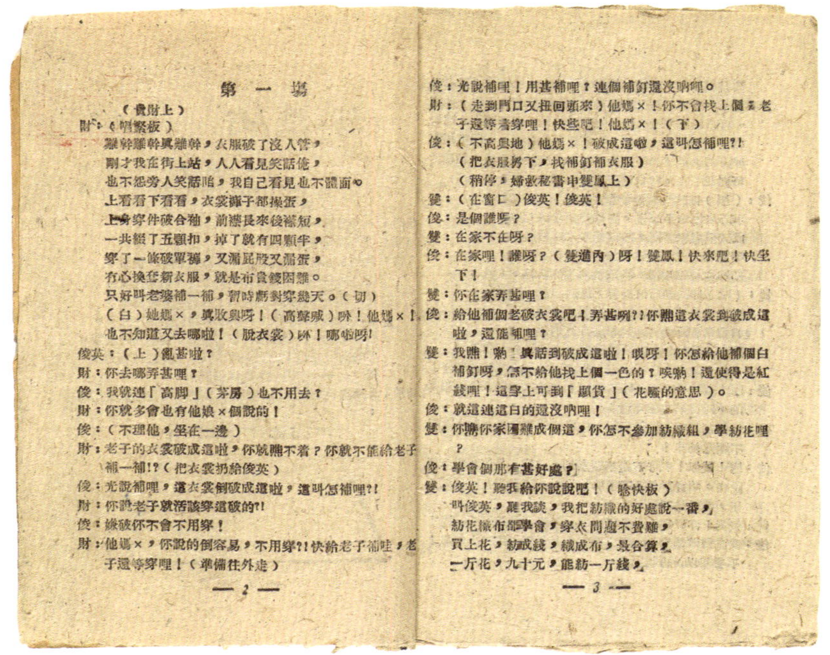

第一場

（貴財上）

財：（唱緊板）

離幹離幹眞離幹，衣服破了沒人管，

剛才我在街上站，人人看見笑話俺，

也不怨旁人笑話咱，我自己看見也不體面。

上看看下看看，衣裳褲子都操蛋，

上身穿件破合袖，前襟長來後襟短，

一共綴了五顆扣，掉了就有四顆半，

穿了一條破單褲，又漏屁股又漏蛋，

有心換套新衣服，就是布貴錢困難。

只好叫老婆補一補，暫時湊對穿幾天。（切）

（白）她媽×，眞敗興呀！（高聲喊）咻！他媽×！

也不知道又去哪啦！（脫衣裳）咻！哪啦呀！

俊英：（上）亂甚啦？

財：你去哪弄甚哩？

俊：我就連「高脚」（茅房）也不用去？

財：你就多會也有他娘×個說的！

俊：（不理他，坐在一邊）

財：老子的衣裳破成這啦，你就瞧不着？你就不能給老子補一補!?（把衣裳扔給俊英）

俊：光說補哩，這衣裳倒破成這啦，這叫怎補哩?!

財：你說老子就活該穿這破的?!

俊：嫌破你不會不用穿！

財：他媽×，你說的倒容易，不用穿?!快給老子補哇，老子還等穿哩！（準備往外走）

— 2 —

俊：光說補哩！用甚補哩？連個補釘還沒吶哩。

財：（走到門口又扭回頭來）他媽×！你不會找上個×老子還等着穿哩！快些吧！他媽×！（下）

俊：（不高興地）他媽×！破成這啦，這叫怎補哩?!

（把衣服扔下，找補釘補衣服）

（稍停，婦救秘書申雙鳳上）

雙：（在窗口）俊英！俊英！

俊：是個誰呀？

雙：在家不在呀？

俊：在家哩！誰呀？（雙進內）呀！雙鳳！快來吧！快坐下！

雙：你在家弄甚哩？

俊：給他補個老破衣裳吧！弄甚咧?!你瞧這衣裳倒破成這啦，還能補哩？

雙：我瞧！喲！眞話到破成這啦！哎呀！你怎給他補個白補釘呀，怎不給他找上個一色的？唉喲！還使得是紅綫哩！這穿上可到「顯貨」（花職的意思）。

俊：就這連這白的還沒吶哩！

雙：你聽你家困難成個這，你怎不參加紡織組，學紡花哩？

俊：學會個那有甚好處？

雙：俊英！聽我給你說說吧！（數快板）

叫俊英，聽我談，我把紡織的好處說一番，

紡花織布都學會，穿衣問題不費難，

買上花，紡成綫，織成布，最合算，

一斤花，九十元，能紡一斤綫，

— 3 —

图三：《纺织好》第一场剧情节选，图载本书第2—3页。

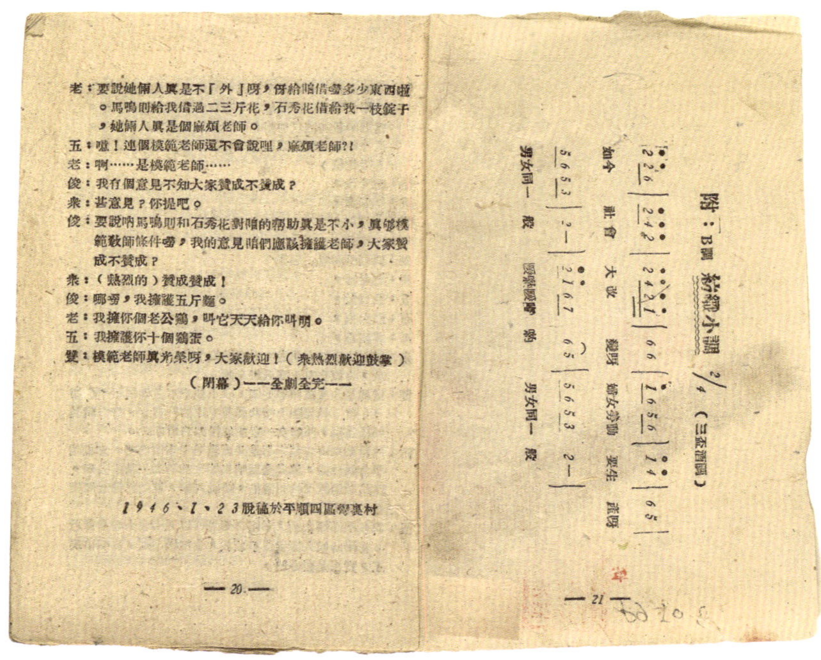

老：要說她倆人眞是不「外」呀，倒給咱借嘞多少東西啦。馬鳴則給我借過二三斤花，石秀花借給我一枝錠子，她倆人眞是個麻煩老師。

五：噫！連個模範老師還不會說哩，麻煩老師?!

老：啊……是模範老師……

俊：我有個意見不知大家贊成不贊成？

衆：甚意見？你提吧。

俊：要說吶馬鳴則和石秀花對咱的幫助眞是不小，眞够模範教師條件嘞，我的意見咱們應該擁護老師，大家贊成不贊成？

衆：（熱烈的）贊成贊成！

俊：哪嘞，我擁護五斤麵。

老：我擁你個老公鷄，叫它天天給你叫明。

五：我擁護你十個鷄蛋。

雙：模範老師眞光榮呀，大家歡迎！（衆熱烈歡迎鼓掌）

（閉幕）——全劇全完——

1946、1、23脫稿於平順四區嶺裏村

— 20 —

附：B調 紡織小調 2/4（三盃酒調）



图四：《纺织好》剧本末段与本剧配曲《纺织小调》。图载本书第20—21页。

# 《上天堂》

《上天堂》，张一然著，冀鲁豫书店发行，出版时间不详，铅印，发行量3000册，定价10元。封面除了“上天堂”这个剧名以外，还配有单色插画。19.5cm×11.6cm。全书共17页，其中前14页为秧歌剧剧本，后3页为秧歌剧所用曲调（配歌词），共3首。

剧中人物：根生，素贞（根生妻），根生妈，素贞妈，秋儿（素贞弟弟）。

该秧歌剧是延安文艺整风运动之后创作出的一批比较优秀的剧作之一[1]。剧本描写了在国民党统治区生活的一位老大娘，到共产党领导的边区去探望亲家。她住在亲家家中，看到边区的人民吃得饱穿得暖，家家户户丰衣足食，深感犹如上天堂一般幸福。通过此种情景，生动地反映了陕甘宁边区人民在共产党的领导下生活富足、安居乐业、欣欣向荣的景象。

《上天堂》在表演中“采用了京剧《探亲家》的‘银钮丝’唱腔，并兼采评剧二六板式，及京剧‘十三咳’等唱腔”[2]，令人耳目一新；同时，在表演上也吸收了新秧歌剧及话剧的一些形式，注重舞台设计以及增添了更多的人物对白。在1943年冬季首演中受到了观众的喜爱和广泛好评，成为延安平剧研究院的常演剧目之一。[3]

著者张一然，1908年出生于河北省任丘县蔡村的一个农民家庭。自幼学习京剧“谭派”唱腔，曾参加家乡蔡村剧团的演出，在当地颇有名气。[4]他1939年参加革命，加入贺龙领导下的一二〇师战斗平剧社，仍然从事戏剧专业，是抗日根据地中很有造诣的老生演员。张一然有很多拿手戏，比如《珠帘寨》《捉放曹》《四郎探母》等等，同时又擅于创作，除了《上天堂》之外，他还创作出了一系列脍炙人口的新剧目，比如《嵩山星火》《丹梁桥》《难民曲》等等，塑造了许多深受大众喜爱的舞台艺术形象，起到了鼓舞军民抗日热情的作用，为我们民族的戏曲事业作出了很大的贡献。[5]

撰文：戴畋

注释：

1. 刘建勋：《陕甘宁边区的新秧歌运动和新秧歌剧作》，《人文杂志》1984年第4期。
2. 简朴主编，中国京剧院编：《旧剧革命的划时期的开端——延安平剧研究院演出剧本集》，中国戏剧出版社2005年版，第270页。
3. 参见刘建勋：《陕甘宁边区的新秧歌运动和新秧歌剧作》，《人文杂志》1984年第4期。
4. 高慧琳：《群星闪耀延河边：延安文艺座谈会参加者》，人民文学出版社2012年版，191页。
5. 北京市艺术研究所，上海艺术研究所：《中国京剧史》（中卷·下），中国戏剧出版社2005年版，第1184页。

图一：《上天堂》，张一然著，出版时间不详。

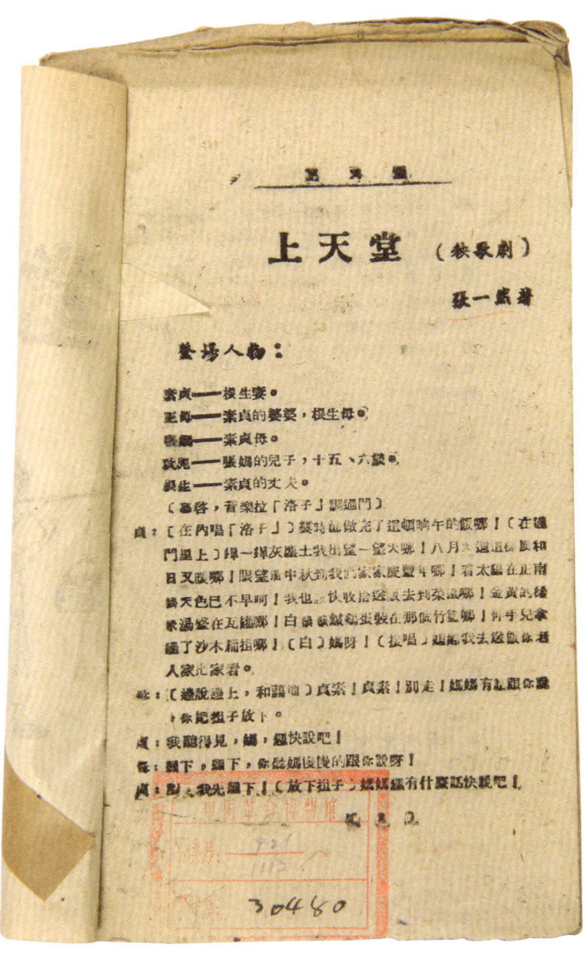

上天堂（秧歌劇）

張一然著

登場人物：

素貞——根生妻。
王媽——素貞的婆婆，根生母。
張媽——素貞母。
狗兒——張媽的兒子，十五、六歲。
根生——素貞的丈夫。
〔幕啓，音樂拉「洛子」調過門〕

貞：〔在內唱「洛子」〕裝時節做完了這頓晌午的飯哪！〔在邊門里上〕[illegible]一[illegible]灰塵土我出望一望天哪！八月[illegible]長和日又暖哪！眼望着中秋到我們家家慶豐年哪！看太陽在正南[illegible]天色已不早啊！我也該快收拾送飯去到菜園哪！金黃的[illegible]米湯盛在瓦罐哪！白[illegible]裝在那個竹籃哪！[illegible]了沙木扁担哪！〔白〕媽呀！〔接唱〕這晌我去送飯你老人家在家看。

王：〔邊說邊上，和藹地〕貞素！貞素！別走！媽媽有話跟你講，你把担子放下。

貞：我聽得見，媽，您快說吧！

王：擱下，擱下，你聽媽慢慢的跟你說呀！

貞：對，我先擱下。〔放下担子〕媽媽您有什麼話快說吧！

图二：《上天堂》正文开头，介绍了主要出场人物。图载本书第1页。

# 《钟万才起家》

《钟万才起家》，宜良军分区政治部艺工团印，仿线装，三眼草订，蜡板油印，封面为红色单色油印，并配宣传画，内页为蓝色油印，出版时间不详，18.8cm × 14.1cm。全书共 19 页。

在抗日根据地的文艺创作中，除了斗争、家庭、生产等内容以外，改造“二流子”也是当时秧歌剧经常涉及的主题。所谓“二流子”是指那些无固定职业，只靠盗窃、赌博、贩卖鸦片等不良行为谋生的人。这些人破坏了社会风气，给根据地的财政带来了沉重负担，甚至有可能沦为汉奸、特务、土匪等等。[1] 然而从积极的方面看，数量众多的“二流子”又是潜在的劳动力，他们可能成为大生产运动的人力资源。同时，“二流子”中的大多数属于农村的穷苦农民，长期受到地主和资本家的剥削，他们的革命性也可以通过动员得以释放。因此，根据地人民政府对改造“二流子”十分重视，积极利用戏剧来引导教育他们，帮助其重新树立起劳动光荣的观念。[2]

剧中人物：钟万才，钟万才之妻，村长

剧情介绍：农民钟万才，整天无所事事还抽洋烟，在村委会动员生产的会议上被定义为“二流子”，通过其妻与村长的劝说，终于洗心革面，勤劳务农。

《钟万才起家》的作者晏甬，河南光山县人，抗战初期参加开封未明剧社、河南巡回话剧第三队、上海抗敌演剧第十队，后任抗日军政大学政治部剧团团长、延安部队艺术学校教务主任、鲁迅艺术文学院戏剧系主任、教授。曾参演话剧《钦差大臣》《太平天国》等，导演了《魔窟》《钟表匠和女医生》等剧，并执笔秧歌剧《钟万才起家》《田二洪》等。他长期以来，从事戏剧创作、教育和研究工作，为深入探索中国歌剧的发展做出了贡献。[3]

撰文：戴畋

注释：

1. 牛建立：《华北抗日根据地的“二流子”改造》，《中共党史研究》2010 年第 2 期。
2. 崔一楠，李群山：《“植入”革命：华北根据地的秧歌改造》，《党史研究与教学》2014 年第 4 期。
3. 王义华，杨卫华：《晋察冀革命文化艺术人物志》，山西人民出版社 2003 年版，第 415 页。

图一：《钟万才起家》，出版时间不详。

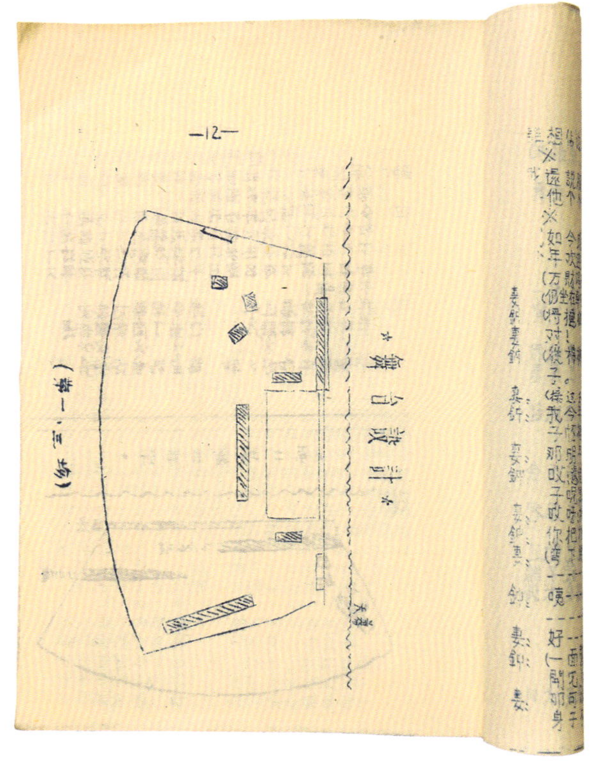


图二：《钟万才起家》第一、三场舞台设计图。图载本书第12页。

# 《母女行》

《母女行》（新秧歌），坚辛著，晋西大众剧社创作，油印，左开，出版时间不详，18.2cm×13.4cm。全书共29页，每对页2页码，其中第1页至第17页为剧本；歌曲部分另起页码，为第1页至第11页，收录的歌曲有《耕唱驱牛声》《劳动英雄宋侯女》《心欢喜》《种棉花》等，部分歌曲后有附注或说明；第12页为《附言》。

据1943年5月21日新华社晋西北分社报道，“晋西北根据地文艺工作者自1942年9月文联组织下乡后，即改变工作作风，深入群众，参加实际斗争。在写作上对于根据地反‘蚕食’斗争以及公粮、换约、农贷、春耕等建设工作，均有直接反映。在剧本创作上半年来产生了林杉的《买卖》、陶剑心的《母女行》等反映现实斗争生活的作品”[1]。林杉和陶剑心在1942年7月分别任大众剧社社长和副社长的职务。[2]本书正是由晋西北大众剧社创作，由此推断歌剧的作者坚辛是大众剧社的副社长陶剑心。

剧中主要人物：下中农家的母女俩。

剧情介绍：故事的时间设定在1943年二三月间，地点是兴县。一对母女在回家路上讨论学习纺线织布，母亲认为自己年纪大学不好，然而经过女儿细致耐心的劝导后，母亲听取了女儿的意见，最后母女俩准备一起学习织布纺线。

本书宣传的主旨是推动妇女纺织。山西妇女纺织运动的形成和发展，就如同整个解放区妇女纺织运动、大生产运动的形成发展一样，不仅是革命战争的客观必需，也是党的正确方针同错误思想斗争的胜利成果，是历史发展的必然产物。也正是因为这样，它从抗日战争开始，一直持续到解放战争，而且随着时间的推移，其发展规模越来越广大，几乎席卷了山西各解放区的整个农村妇女群众，从而取得了巨大成绩。有效地帮助一千多万军民解决了衣着困难，为巩固和扩大解放区，为夺取抗日战争和解放战争的胜利作出了重大贡献。[3]抗战时期的山西妇女纺织运动，同时也为广大妇女提供了展示自己的大舞台，在迅速造就一支纺织大军的同时，也成就了千百万农村妇女的人生信念，在最广大的意义上解放了妇女，使她们认识到自己的人生价值，加深了她们参与社会的程度，在家庭经济生活中更是发挥了举足轻重的作用。[4]

撰文：王立伟

注释：

1. 徐慧琴：《山西革命根据地作家类型生成研究》，山西人民出版社2012年版，第217页。
2. 参见郭学勤：《林杉评传》，海洋出版社2011年版，第72页。
3. 参见张国祥：《论山西妇女纺织运动》，《经济问题》1982年第9期。
4. 参见刘晓丽：《山西抗日根据地的妇女纺织运动》，《晋阳学刊》2005年。

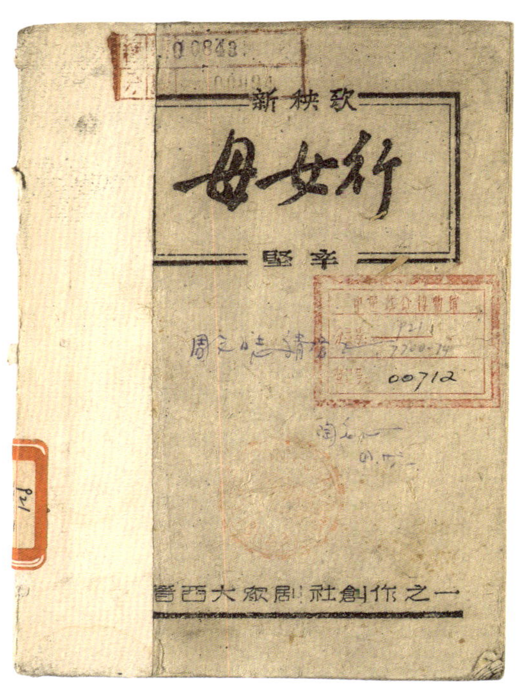


图一：《母女行》（新秧歌），坚辛著，晋西大众剧社创作，出版时间不详。

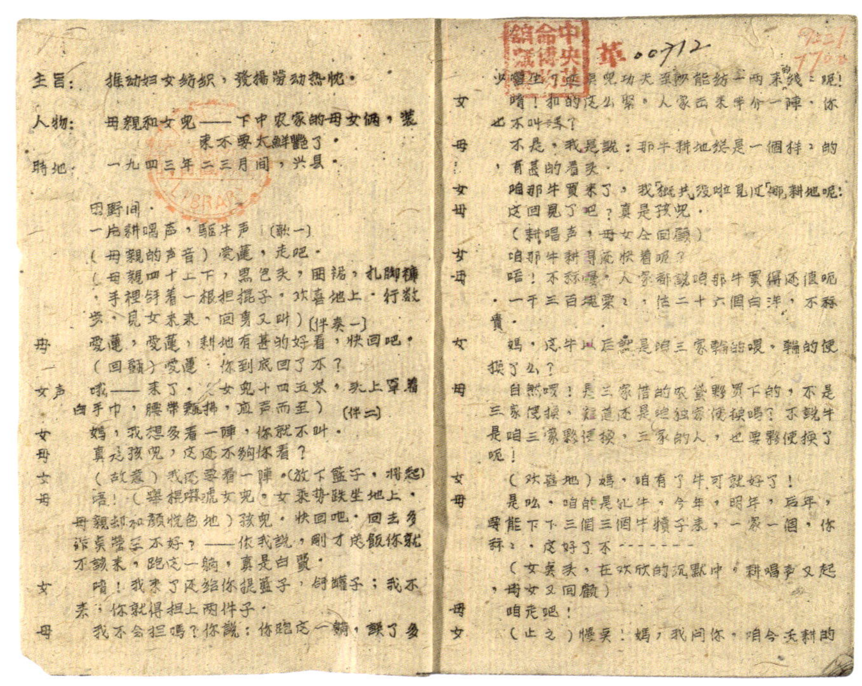

主旨：　推动妇女紡织，發揚劳动熱忱。

人物：　母親和女兒——下中农家的母女倆，裝束不要太鮮艷了。

時地：　一九四三年二三月间，兴县。

田野间。

一片耕唱声，驱牛声（歌一）

（母親的声音）愛蓮，走吧。

（母親四十上下，黑包头，围裙，扎脚褲，手裡拿着一根担棍子，欢喜地上。行数步，見女未来，回身又叫）〔伴奏一〕

母　愛蓮，愛蓮，耕地有甚的好看，快回吧。

（回顧）愛蓮，你到底回了不？

女声　哦——来了。（女兒十四五岁，头上罩着白手巾，腰带飄拂，应声而至）〔伴二〕

女　媽，我想多看一陣，你就不叫。

母　真是孩兒，这还不夠你看？

女　（故意）我还要看一陣。（放下籃子，拾起

母　唔！（舉棍嚇唬女兒，女乘势跌坐地上，母親却和顏悅色地）孩兒，快回吧，回去多紡点線不好？——依我說，剛才送飯你就不該来，跑这一躺，真是白費。

女　嗐！我来了还給你提籃子，拿罐子；我不来，你就得担上兩件子。

母　我不会担嗎？你說：你跑这一躺，誤了多

少[illegible]兒功夫，还夠能紡一兩來的線ㄋ呢！

女　嗐！扣的这么緊，人家出来学个一陣，你也不叫媽了？

母　不是，我是說：那牛耕地総是一個样ㄋ的，有甚的看头。

女　咱那牛買来了，我「総共」沒啦見过「牠」耕地呢！

母　这回見了吧？真是孩兒。

（耕唱声，母女全回顧）

女　咱那牛耕得咋样着呢？

母　唔！不錯嘍，人家都說咱那牛買得还值呢，一千三百塊票ㄋ，佔二十六個白洋，不算貴。

女　媽，这牛以后就是咱三家輪的喂，輪的使換了么？

母　自然嘍！是三家借的农貸夥買下的，不是三家使換，難道还是咱独家使换嗎？不說牛是咱三家夥使換，三家的人，也要夥使換了呢！

女　（欢喜地）媽，咱有了牛可就好了！

母　是哈，咱的是乳牛，今年，明年，后年，要能下下三個三個牛犢子来，一家一個，你算ㄋ，这好了不——————

（女点头，在欢欣的沉默中，耕唱声又起，母女又回顧）

母　咱走吧！

女　（止之）慢点！媽，我问你，咱今天耕的

图二：《母女行》（新秧歌），故事的主旨、人物及时间地点与剧本节选。图载本书第1—2页。

# 《张永富上冬学》

《张永富上冬学》，杜锦玉、王绳武、贺鸿钧、高鹏执笔，绥德分区文工团创作，铅印，19.1cm×13.5cm。全书共16页。封面左侧饰有黑白相间的4个竖排“米”字形装饰图案。在封面以及封底都印有红色“咸阳分区文艺工作团”章，印章图案由麦穗、五角星、书、钢笔组成。封面另有一枚红色椭圆形“咸阳分区文艺工作团图书1950”章。

1944年，毛主席在陕甘宁边区文教大会中作《文化工作中的统一战线》报告。听取报告后，绥德分区文工团开始进行题材广泛、贴近群众生活的剧本创作，其中就有《张永富上冬学》《抬龙王》《毛主席到重庆》《罪》《动员起来》《中国魂》《好男儿》《抗属刘凤莲》。这些作品内容包罗万象，包含了反对迷信、提倡民众识字扫盲、反映土改运动、宣传抗日英雄等多个方面。[1]这些剧本虽然情节简单，但它们坚持了文艺为工农兵服务的方向，为繁荣陕甘宁边区的文艺事业作出了一定的贡献。[2]

剧中主要人物：张永富，永富妻，张修明，修明妻，张俊义，乡长，胡大叔。

剧情介绍：农民张永富，年轻力壮但是目不识丁，常年在运输队里跑腿。他常常因为不识字而闹笑话，连妻子都看不起他。在同乡张修明的介绍下，张永富参加了村里组织的冬学，学习识字写字，回家后还教妻子认字，二人从此和和美美过上幸福生活。

绥德分区文工团，前身为绥德民众剧社（团），是中国共产党领导的文艺团体。该团于1940年8月创建于陕西省米脂县城，演出剧种主要包括秧歌剧及歌舞剧，内容多为现代题材，主要宗旨是宣传党的政策，为工农兵服务，动员群众参加抗日、拥军支前。[3]

撰文：戴畋

注释：

1. 参见马宽厚：《山西文学史稿》，中国文学出版社2002年版，第231页。
2. 张明胜，郭林：《延安文艺与先进文化建设研究》，陕西人民出版社2003年版，第348页。
3. 鱼讯：《陕西省戏剧志·榆林地区卷》，三秦出版社1998年版，第168页。

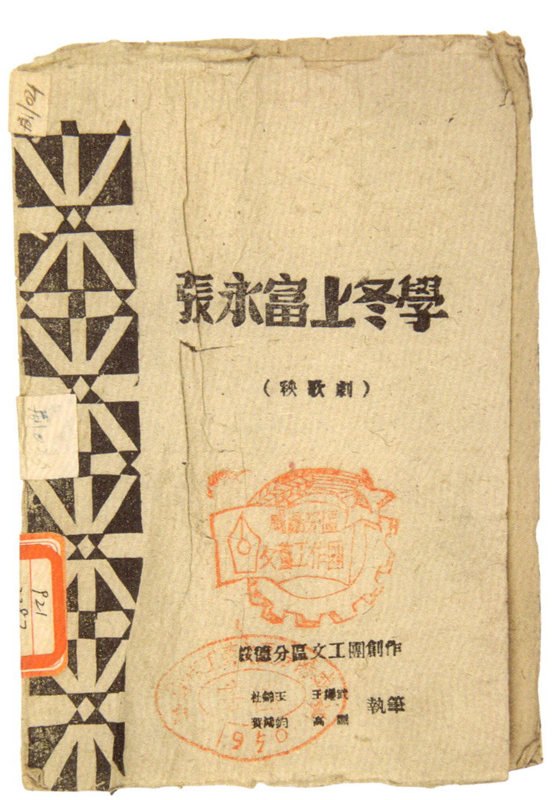


图一：《张永富上冬学》，杜锦玉、王绳武、贺鸿钧、高鹏执笔，出版时间不详

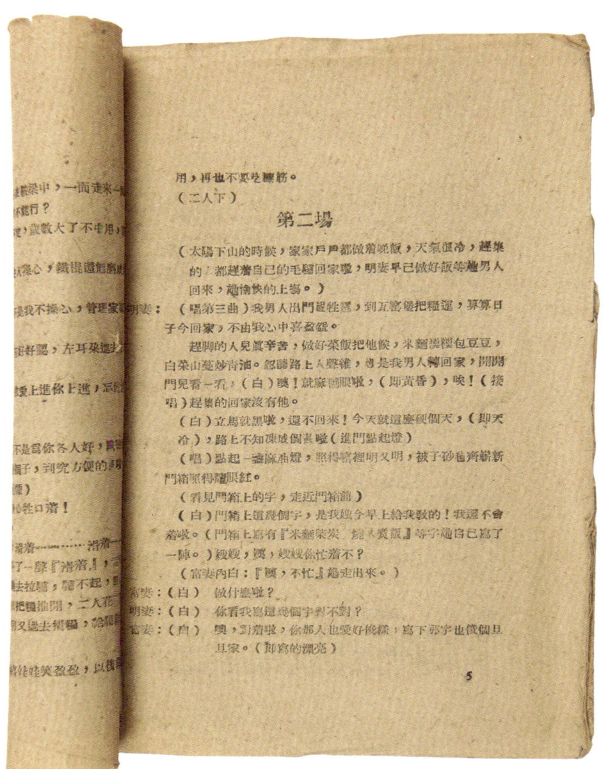

用，再也不要吃饅筋。

（二人下）

第二場

（太陽下山的時候，家家戶戶都做着晚飯，天氣很冷，趕集的人都趕着自已的毛驢回家嘍，明妻早已做好飯等她男人回來，她愉快的上場。）

明妻：（唱第三曲）我男人出門趕牲靈，到瓦窯堡把糧運，算算日子今回家，不由我心中喜盈盈。

趕腳的人兒真辛苦，做好菜飯把他候，米麵饃饃包豆豆，白菜山藥炒青油。忽聽路上人聲嚷，当是我男人轉回家，開開門兒看一看，（白）噢！就麻糊眼啦，（即黃昏），唉！（接唱）趕集的回家沒有他。

（白）立馬就黑啦，還不回來！今天就這麼硬個天，（即天冷），路上不知凍成個甚嘍（進門點起燈）

（唱）點起一盞麻油燈，照得窯裡明又明，被子砂毡齊嶄新，門箱照得耀眼紅。

（看見門箱上的字，走近門箱前）

（白）門箱上這幾個字，是我嫂今早上給我教的！我還不會着哩。（門箱上寫有『米麵柴炭 燒火煮飯』等字她自已寫了一陣。）嫂嫂，噢，嫂嫂你忙着不？

（富妻內白：『噢，不忙』她走出來。）

富妻：（白） 做什麼啦？

明妻：（白） 你看我寫這幾個字對不對？

富妻：（白） 噢，對着啦，你那人也變好後樣，寫下那字也像個旦旦家。（即寫的漂亮）

5

图二：《张永富上冬学》第二场初始部分，图载本书第5页。

# 《偷洋芋》

《偷洋芋》，绥德分区文工团创作，杜锦玉、李正明、王林、高瑞如执笔，出版时间不详，14.5cm × 9.2cm。全书共 30 页。封面左侧饰有黑白相间的 4 个竖排“米”字形装饰图案。封面封底都印有红色“咸阳分区文艺工作团”章，印章图案由麦穗、五角星、书、钢笔组成。封面另有红色椭圆形“咸阳分区文艺工作团图书 1950”章一枚。

本剧借一对夫妻家庭矛盾的小故事，讲述了边区生产生活困苦，农民抗灾保生产，需要精打细算才能活口度日的故事。

剧中人物：二赖，二赖妻子，李福才，李福才妻子，张福妻子。

剧情介绍：二赖妻子在张福妻子家养了一只小猪，每天把自家当口粮的黑豆拿到张福家喂猪。邻居李福才与妻子是一对勤俭节约的夫妻，劝导二赖妻子不要养猪，消耗口粮，还是要计划着过日子才能不挨饿。二赖妻子不听劝告，丈夫二赖发现妻子养猪后，强烈反对，并把猪要回，与张福妻子反目。丈夫二赖因为与妻子置气，把自家粮食存放在李福才家，妻子挨了饿，到处借粮无果，就去偷了李福才家的洋芋。被发现后，二赖夫妻两人吵架要离婚，后经过调解，夫妻俩和好，妻子表示不再拿口粮去养猪了。

国民党顽固派实行经济封锁，根据地所需物资大到军用钢铁、机械，医用设备、药品，小到棉花等日用品均被列为禁运品。[1] 同时，陕北地区自古以来土地贫瘠、天干少雨，农业生产落后，农作物产量低。因此根据地经济生活急剧恶化，人民群众的基本生活得不到保障。

本剧正是在这样的情况下诞生的，养猪本是一件普通的事情，但是在极端的经济条件下，群众杜绝了一切额外的粮食消耗以维持基本的生存。党中央在边区开展了大生产运动，号召部队与人民群众自力更生、自给自足，依靠自身力量发展生产，把群众组织动员起来，变成一支劳动大军。第一届陕甘宁边区参议会通过《工作人员参加生产劳动案》，规定“陕甘宁边区所属各机关工作人员，应该全体动员，参加劳动生产”。著名的“三五九旅”在这一时期被誉为边区生产的标兵团体，毛泽东同志题词为“发展经济的前锋”。通过大生产运动，边区人民从自给自足到丰衣足食，发展了经济、改善了生产，打破了敌人的封锁，为战争的胜利奠定了基础。

撰文：高铁琼

注释：

1. 黄正林：《陕甘宁边区经济社会史 1937—1945》，人民出版社 2006 年版，第 230 页。

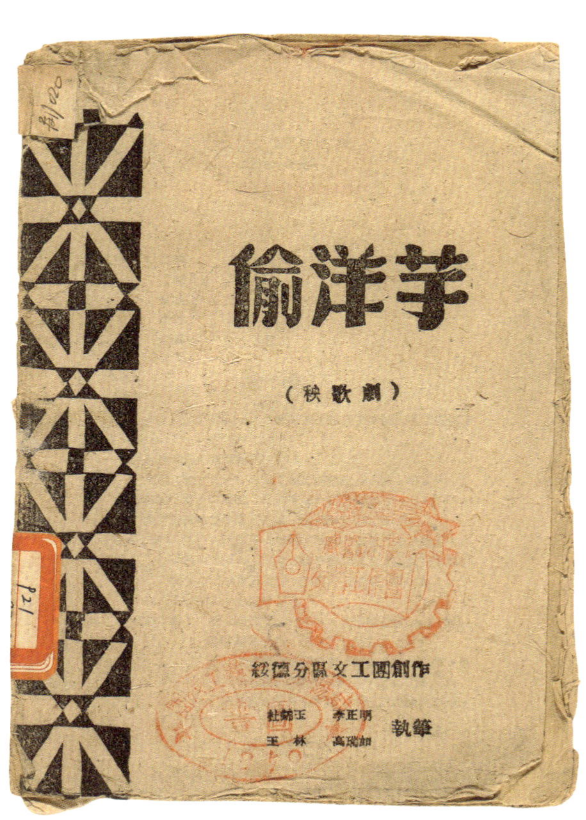


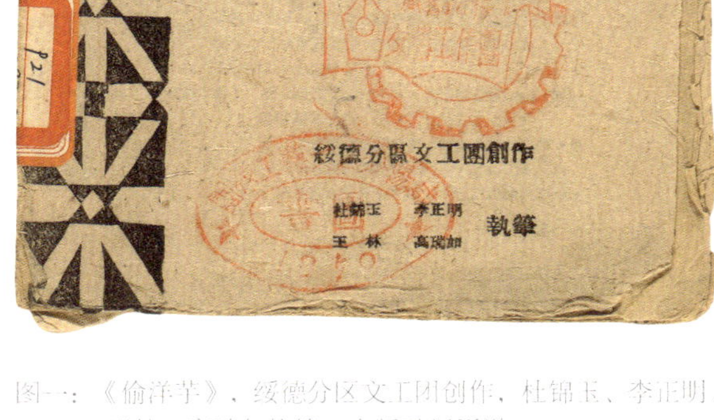


图一：《偷洋芋》，绥德分区文工团创作，杜锦玉、李正明、王林、高瑞如执笔，出版时间不详。

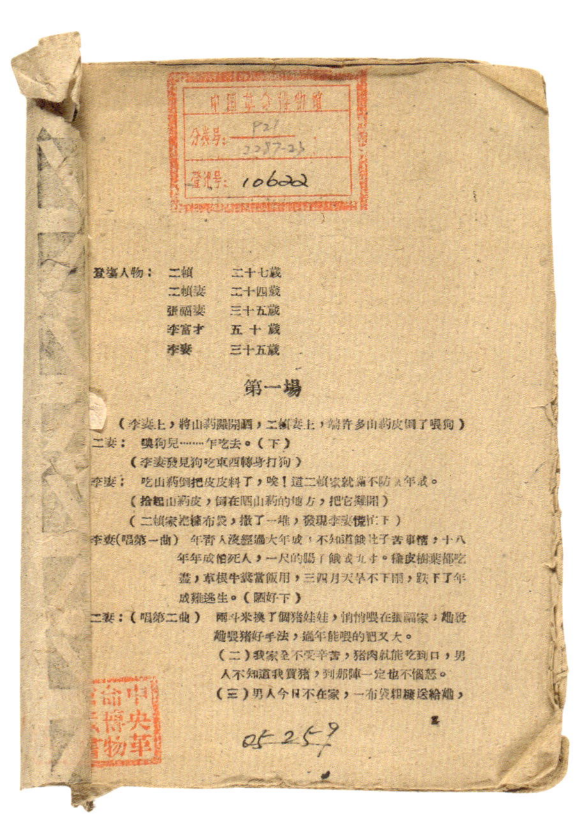

登場人物：二頓　二十七歲
二頓妻　二十四歲
張福妻　三十五歲
李富才　五十歲
李妻　三十五歲

第一場

（李妻上，將山藥攤開晒，二頓妻上，端許多山藥皮倒了喂狗）

二妻：噢狗兒……午吃去。（下）

（李妻發見狗吃東西轉身打狗）

李妻：吃山藥倒把皮皮料了，唉！這二頓家就滿不防[illegible]年成。

（拾起山藥皮，倒在晒山藥的地方，把它攤開）

（二頓家拿褳布袋，撒了一堆，發現李妻慌忙下）

李妻（唱第一曲）年青人沒經過大年成，不知道餓肚子苦事情，十八年年成餓死人，一尺的腸子餓成九寸。榆皮樹葉都吃盡，草根牛糞當飯用，三四月天旱不下雨，跌下了年成難逃生。（晒好下）

二妻：（唱第二曲）兩斗米換了個猪娃娃，悄悄喂在張福家，她說她喂猪好手法，過年能喂的肥又大。

（二）我家全不受辛苦，猪肉就能吃到口，男人不知道我買猪，到那陣一定也不惱怒。

（三）男人今日不在家，一布袋糧褳送給她，

1

图二：《偷洋芋》人物介绍及第一场开场。图载本书第1页。

# 《闹不成》

《闹不成》（广场秧歌剧），关守耀编，太岳新华书店印行，竖版，出版时间不详，12.5cm × 9.2cm。全书共 42 页。

关守耀，1918 年出生。1938 年加入中国共产党，任太岳地委、长治地委宣传部干事等职。中华人民共和国成立后，任《山西农民报》编辑，山西人民出版社文艺编辑室主任，山西人民电视台、山西电视台文艺部主任。1979 年任山西人民出版社副总编。著有剧本《走向新高潮》《挖穷根》《光荣义务》等。[1]

剧中主要人物：王根九（47 岁），康氏（45 岁，根九妻子），李喜牛（24 岁），互助青年甲、乙、丙。

剧情介绍：1945 年春，沁源村的王根九一清早喊妻子康氏一起种玉蜀黍，并让她去街上寻一个打忙工的，康氏却说人人都参加了互助组，找不到打忙工的。互助组的李喜牛劝王根九参加互助组，根九不肯。根九和康氏两人种地十分辛苦，情急之下王根九动气打起了康氏，这一场景被互助队员们看见，他们又劝根九参加互助组，并说互助组不吃亏，大家轮流把地种，不仅能多打粮食还能省工，根九听后终于答应。

剧中出现的互助组，又称帮工组、插犋（插犋：两家或几家农户合用牲口、农具，共同耕种）组、搿犋（搿犋：旧时农户间的畜力互助）组，是流行在山东各地的农民换工互助劳动形式，原来是农户间自古已有的习俗。抗日战争、解放战争期间，解放区人民政府因势利导，使这一形式得到了普遍发展。中华人民共和国成立后，在农业社会主义改造中，又由临时互助组发展为常年互助组，进而发展为农业生产合作社。[2] 互助组在一定程度上解决了生产中劳力、畜力和农具不足的困难，提高了农业生产力，并在一定程度上促进了农村社会主义因素的发展。[3]

撰文：赵天然

注释：

1. 参见李贵和主编：《沁源县志》，海潮出版社 1996 年版，第 512 页。
2. 参见车吉心，梁自絜，任孚先主编：《齐鲁文化大辞典》，山东教育出版社 1989 年版，第 809 页。
3. 参见顾龙生主编：《毛泽东经济思想大辞典》，辽宁人民出版社 1993 年版，第 241 页。

图一：《闹不成》（广场秧歌剧），关守耀编，出版时间不详。

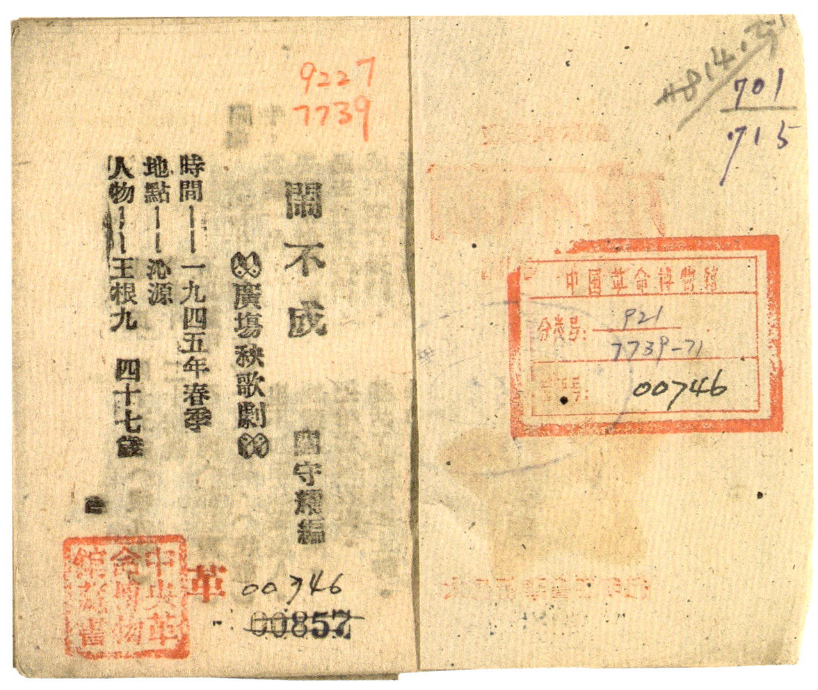


图二：《闹不成》（广场秧歌剧）封二与首页，封二有中国革命博物馆藏书章一枚。

# 《铁像图》

《铁像图》（通俗读物 秧歌），太行文化教育出版社出版，出版时间不详，14.5cm × 9.25cm。全书共 30 页。

太行文化教育出版社在 1938 年 10 月于长治正式成立，1939 年底，中共中央北方局决定太行文化教育出版社与华北《新华日报》合并。该社出版发行有图书、刊物、年画及各类宣传品，举办过太行文化教育培训班，团结了很多文化战线上的爱国人士。它大力宣传中共中央的抗日民族统一战线政策与毛泽东同志论持久作战的战略思想等一系列党的理论，为抗日文化教育事业作出了贡献。[1]

1940 年 3 月，汪精卫带领投靠日本的国民党党员在日本的扶持下于南京成立了“国民政府”，日本侵略军希冀以汪伪政权来实现对占领区人民的奴役与压迫，从而达到“以战养战”“以华制华”的目的。在日军的扶植下，汪伪汉奸队伍协同日军对人民群众开展了残酷的镇压，所到之处造成了深重的灾难和不可磨灭的痛苦。

《铁像图》是一部揭示汪伪政权罪恶嘴脸和日本侵略真相的秧歌剧。全剧分为三个场次，人物众多，是一部群像戏。

剧中主要人物：西尾，汪精卫，陈璧君，王克敏，梁鸿志，陈公博，温宗尧，王揖唐等。

剧情介绍：第一场为南北丑会。汪伪政权筹备成立，几个汉奸争权夺利、献媚西尾，妄图得到最大利益的场景。第二场为淆乱黑白。汪伪政府成立典礼，各路角色粉墨登场，看似表面互相吹捧，其实内心各有算计。以汪精卫为首的大小汉奸为钱、权暗自争抢，西尾等日本侵略者的目的是捧汪上台反共诱降。第三场反汪铸像。民众设立阵亡将士纪念碑及汪逆夫妻跪像，代表们纷纷上台控诉汉奸助纣为虐的暴行，民众团结一致、抗战到底、严惩汉奸。

本剧唱词颇多，内容丰富。唱词向人民群众揭露了汪精卫等汉奸投降卖国的行径，日本侵略者粉饰和平的诡计，及汪伪政府的傀儡真相。例如西尾的唱词“持久战使帝国民穷财尽，到处里来发展纷纷暴动”说明了毛泽东同志持久作战的正确性及日本侵略者终将穷途末路的未来。汪精卫的唱词“还用那满地红白日青天，要卖国也要冒充革命，孙总理也假装尊敬一番”表明为了和以蒋介石为首的重庆国民政府对峙，汪伪政府也采用了中华民国国民政府的旗帜等标志物，妄图混淆视听，欺骗民众。民众的唱词“汉奸下场都如此，人人痛骂千万年，汪贼铁像已立好，大家抗战除汉奸”点明了“铁像图”的由来，唱出了人民痛恨汉奸、疾恶如仇的情绪。

撰文：高轶琼

注释：

1. 刘江，鲁兮主编：《回忆太行文化教育出版社》，《太行新闻史料汇编》，太行新闻史学会，1994 年，第 332、335 页。

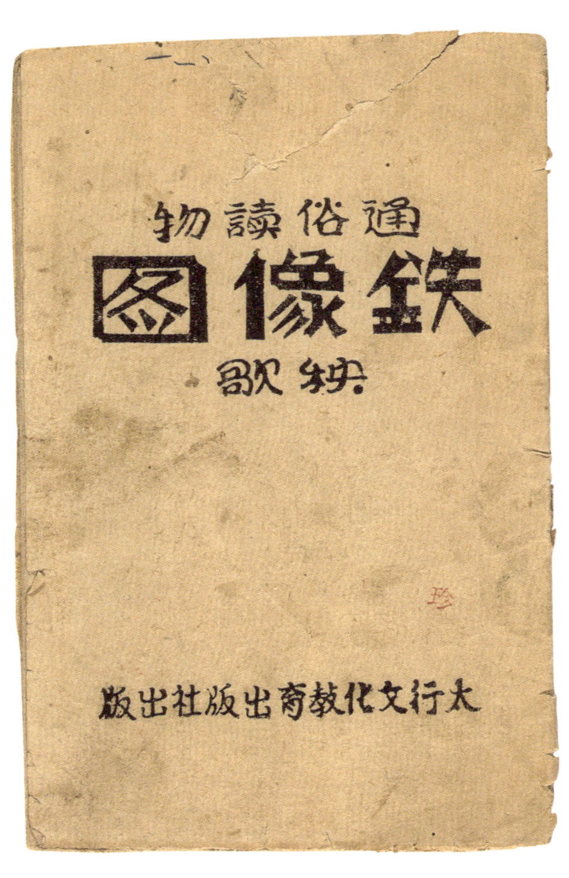

图一：《铁像图》，出版时间不详。

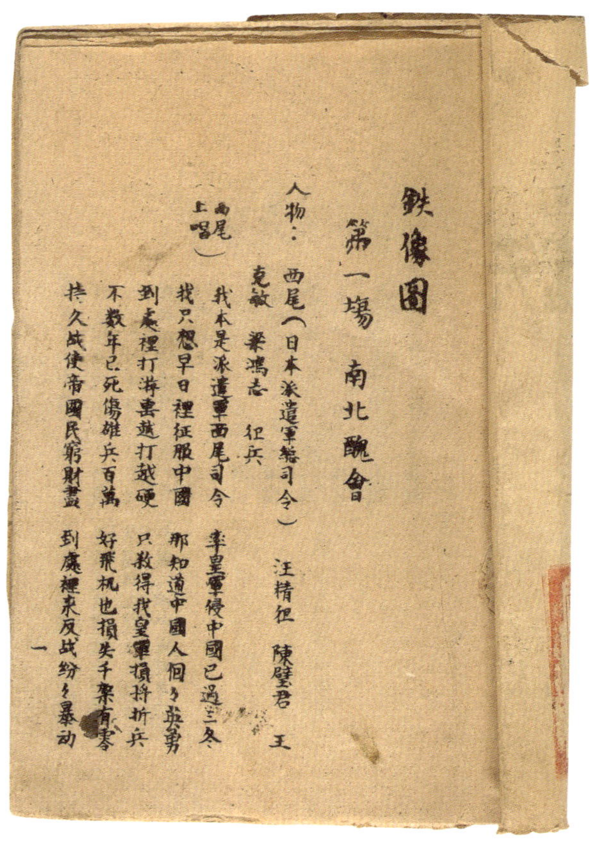

鉄像圖

第一場　南北醜會

人物：西尾（日本派遣軍總司令）　汪精衛　陳璧君　王克敏　梁鴻志　伍兵

（西尾上唱）

我本是派遣軍西尾司令　奉皇軍侵中國已過三冬
我只想早日裡征服中國　那知道中國人個々英勇
到處裡打游擊越打越硬　只殺得我皇軍損將折兵
不數年已死傷雄兵百萬　好飛机也損失千架有零
持久战使帝國民窮財盡　到處裡來反战纷々暴动

一

图二：《铁像图》第一场南北丑会开场唱段，图载本书第1页。

4

本书中收录的歌剧，有别于西洋歌剧，主要是指新歌剧，它是综合戏剧、诗歌、音乐、舞蹈、美术于一体的音乐戏剧形式，是中国人民革命斗争的产物。

秧歌剧运动后期，陆续出现的《周子山》《妯娌争光》等一批作品，体现了秧歌剧向新歌剧的过渡。秧歌剧的创作实践，为我国歌剧艺术的发展积累了新的经验。相比于秧歌剧，歌剧作品篇幅较大，场次更多，故事情节更加丰富完整，塑造的人物性格鲜明、形象生动，往往揭示了比较重大的主题，表现了革命群众气势磅礴的斗争生活。音乐上也突破了秧歌剧较单纯的调式，加强了音乐的戏剧性。

20世纪30年代中期，新歌剧初露端倪，延安出现了《农村曲》《军民进行曲》两部歌剧作品。解放战争时期，歌剧工作者创作了一大批以革命战争为题材的作品，如表现民兵在战斗中成长的《无敌民兵》，反映地方人民与解放军鱼水情深的《孙大伯的儿子》，等等。1945年歌剧《白毛女》的问世，表明中国歌剧找到了自己独特的发展道路，形成了自身鲜明的文学艺术特征，标志着中国歌剧艺术已经发展到一个新的阶段。它不仅继承了中国戏曲音乐的传统，也借鉴了西洋歌剧的经验。

# 《烧炭英雄张德胜》

《烧炭英雄张德胜》，荒草编剧，贺绿汀作曲，铅印，联政宣传部出版，1945年2月出版，17.5cm×12.5cm。全书共45页，其中前32页为歌剧剧本，后13页为本剧所用曲子，共5首。

剧中主要人物：连长，政治指导员，张德胜，王得南，马正之，等等。

剧情介绍：1944年春天，贺龙第一铁厂附近的山沟里，连队把烧6万斤木炭的任务交给了张德胜及全班6个人，要求他们50天内完成。连长，指导员对张德胜很信任，因为他做事爱思考也认真，并且刻苦耐劳，学习烧炭很积极，便任命他为班长，带领战士们去烧炭。张德胜班刚进深山，两个战士便被野鸡蛋和野果吸引了，不认真砍树。张德胜很着急，多次开会同班里的战士们商讨对策，并且在半夜起床为大家磨斧头，做好准备工作，战士们都很感动。在他的言传身教下，大家开始齐心协力埋头苦干。终于，在6天里共烧了8.2万斤木炭，超额完成2.2万斤，受到了连长和指导员的表扬和部队领导的嘉奖，被授予全国劳动模范称号。

在1939年开启的大生产运动中，边区政府动员群众掀起了劳动竞赛，并多次评选和表彰劳动英模，给予他们“劳动英雄”“模范工作者”等称号，树立了一大批先进劳动典型，他们成为当时人们口口相传的英雄人物。这些英雄人物，不同于战斗英雄，他们一般具有可模仿性和革命基本品质相似性，能为世人提供一种学习的标准和榜样。[1]他们不是旧式的、狭隘的个人英雄，而是能够带领全村全乡的群众共同进步的集体英雄。[2]

延安时期劳动英雄、劳动模范的不断涌现，激发了一大批关注现实尤其是参加过工农业生产劳动的作家的创作情思，涌现出一大批以劳动人民、军人、工人、难民等群体为主人公形象的优秀作品。[3]如战士张德胜，他带领全班战士不畏艰苦超额完成烧炭任务的真人真事，就被改编成歌剧，在边区传唱。而这种对真人真事的创作，他们本身就是新社会中的典型，带有教育的意义。[4]

撰文：戴畋

注释：

1. 宋颖慧：《论延安文学中劳动英模影响的创构》，《海南师范大学学报》（社会科学版）2015年第12期。
2.《解放日报》社论：《建立新的劳动观念》，《解放日报》1943年4月8日。
3. 李洁非，杨劼：《解读延安——文学、知识分子和文化》，当代中国出版社2010年版，第76页。
4. 参见周扬：《谈文艺问题》，《周扬文集》（第一卷），人民文学出版社1984年版，第502页。

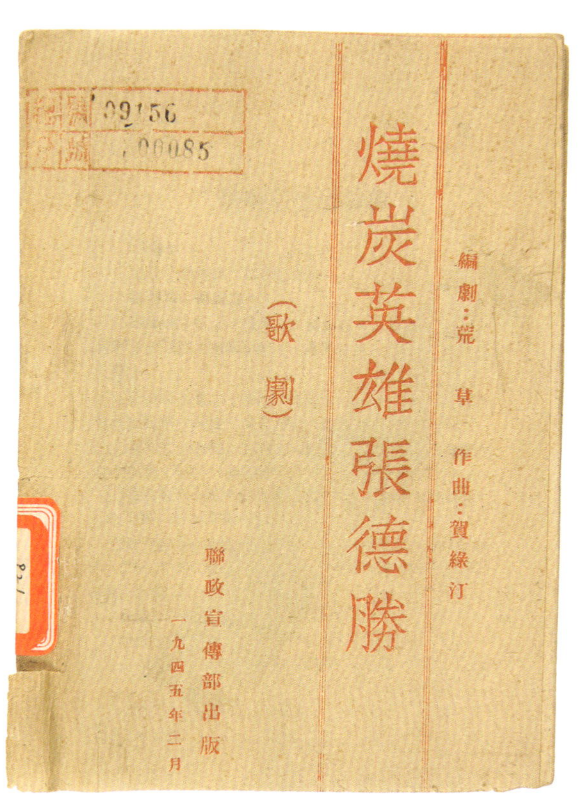


图一：《烧炭英雄张德胜》，荒草编剧，贺绿汀作曲，1945年2月出版。

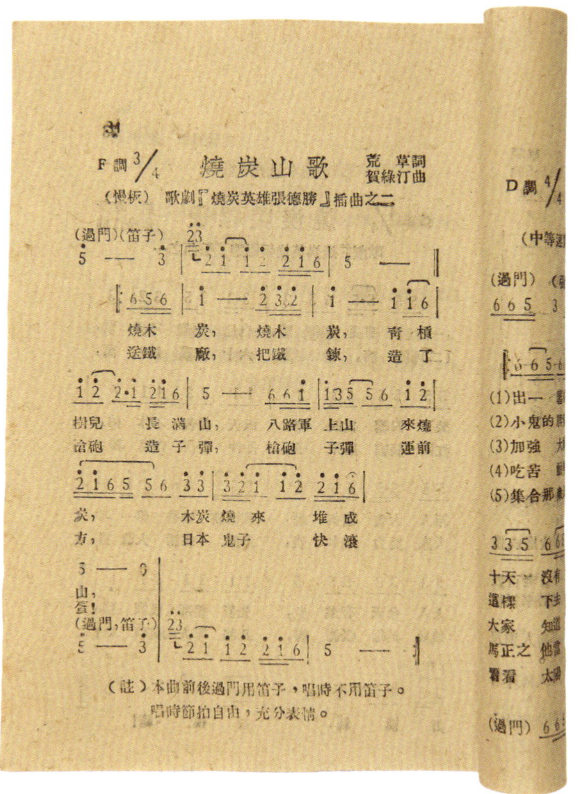


图二：《烧炭英雄张德胜》插曲之二——《烧炭山歌》曲谱，荒草作词，贺绿汀作曲。图载本书第34页。

# 《妯娌争光》

《妯娌争光》，力鸣词，李鹰航曲，铅印，横开本，联政宣传部1946年1月出版，13.3cm×18.9cm。五幕剧存封面、演员表及正文54页，缺正文末页及封底。

1943年12月，延安青年艺术剧院与部队艺术学校合并，组成陕甘宁晋绥五省联防军政治部宣传队（简称“联政宣传队”）。谢力鸣、李鹰航作为联防军文艺骨干加入宣传队。联政宣传队成立后，启动了大型系列秧歌剧《三边风光》的创作，包含四部相互关联的歌剧，展现陕北靖边、安边、定边一带的军民生活。《妯娌争光》是第三部，于1944年创作完成，后经周恩来同志提议独立成剧。[1]

剧中人物：老两口，老大，老二和四个儿媳。

剧情介绍：开场合唱展现了一家人热情高涨地从事农业生产的场景，然后引入游击队要扩张、动员参军的主题。年轻一辈积极争取参军名额，尤其是四个媳妇，纷纷数说自己丈夫最适合去当兵，唱词生动活泼，趣味横生。最终由老人拍板，留老大和老四在家生产支援前线，老二参加自卫军，老三加入了游击队，整部剧以全家人做衣做鞋欢送老三的场景结束。

这部《妯娌争光》，风格简朴明快，表现了三边人民支援抗战的革命热情。音乐方面，这部剧以陕北传统的戏曲、小调、民歌为基础，体现劳动群众的特色，同时积极借鉴西方歌剧的经验如序曲的写法、幕前及闭幕时添加合唱曲等以加强主题；乐器的使用上，既使用民族乐器，也兼用小提琴、风琴等常见西式乐器。《妯娌争光》乃至整个《三边风光》系列在歌剧艺术方面作出的有益尝试，被认为对中国新歌剧的形成及其代表作品《白毛女》的诞生具有直接的催生作用。[2]

这部剧最初在三边地区上演时正值春节期间，在军民中间引起了轰动。随后到延安演出，也受到中央领导和各界人士的高度赞扬。随着革命文艺工作的开展，《妯娌争光》的演出轨迹从延安发展到东北，乃至全国，经常按照演出地的不同做出修改，一直受到观众欢迎。[3]

撰文：宋现

注释：

1. 冯明洋：《三边风光：歌剧辉煌的先声》，《音乐文化论稿——音乐学的文化学视野》，武汉大学出版社2014年版，第158页；吕品、张雪艳《延安音乐史》，太白文艺出版社2015年版，第344、523页。

2. 冯明洋：《三边风光：歌剧辉煌的先声》，《音乐文化论稿——音乐学的文化学视野》，武汉大学出版社2014年版，第160—162页。

3. 冯明洋：《三边风光：歌剧辉煌的先声》，《音乐文化论稿——音乐学的文化学视野》，武汉大学出版社2014年版，第159页。

图一：歌剧《妯娌争光》、力鸣词、李鹰航曲、联政宣传部1946年1月出版。

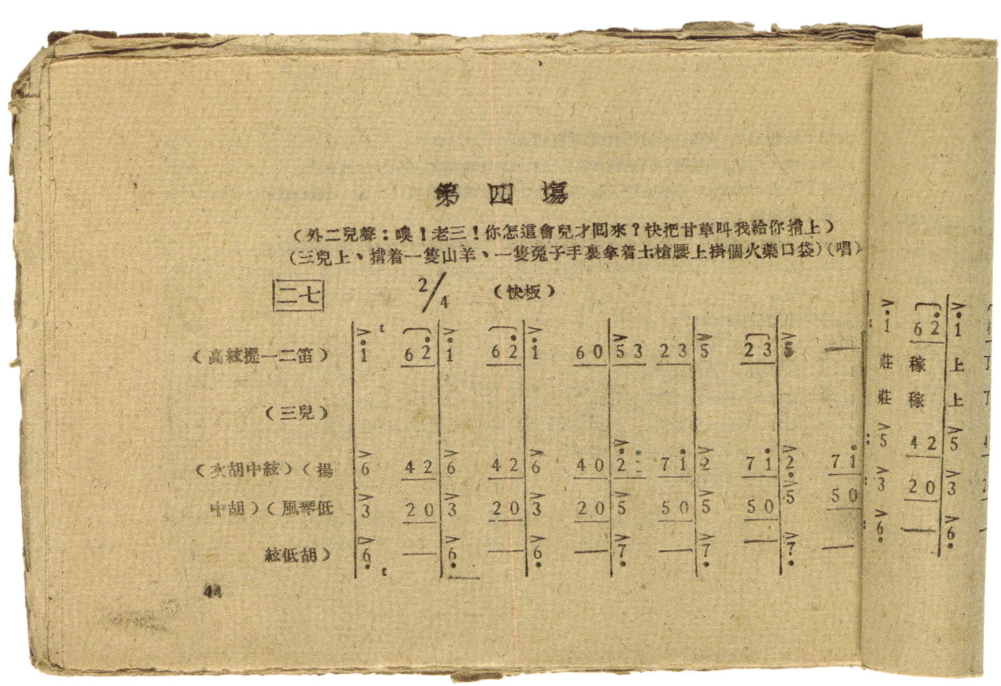


图二：《妯娌争光》第四场开头。剧本对演员唱白、服饰动作均有提示，音乐伴奏混用中西管弦乐器。图载本书第44页。

# 《十二把镰刀》

《十二把镰刀》，马建（健）翎编，元垚制谱，鲁中新华书店出版发行，发行量1500册，民国三十五年（1946）七月出版，17.8cm×12.6cm。全书共31页。封面有半圆形印章两枚。印文均为“中共晋冀鲁豫冀南一地委图书室”。左下图章附有钢笔签字，右上图章附有花式签字。

《十二把镰刀》，又名《一夜红》，现代歌剧，是1940年10月作者马健翎在毛泽东的《在延安文艺座谈会上的讲话》的鼓舞下，对旧剧种进行革新探索，利用陕北当地的旧歌剧形式与话剧相结合，而创作出的反映百姓生活的新编戏曲。1942年延安出版发行的《十二把镰刀》单行本为最初版本。[1]我馆收藏的版本是1946年由鲁中新华书店出版。这个版本在编者序言里有注释，是根据延安寄来的剧本而改编翻印的。

本书首页是编者序言，叙述了作者创作该剧的整个经过，以及剧本对于戏曲形式的运用等。第2页至第20页为文字剧本，这部分的内容与延安版本略有不同。这一版本的编者对文字内容进行了修改。如：王二出场第一段唱词里，延安版本是“抗战三年还有零，最大的困难到来临，中国人要翻身，只有艰苦奋斗，坚持抗战，一步一步往前行”[2]。鲁中版本的唱词修改为“军民抗战胜利，全国人民要和平，中国人民要翻身，□紧生产巩固和平，只有努力奋斗一步一步往前行”，但主要剧情与延安版本是一样的。

剧本的第20页之后，重新编排了11页页码，在这11页中刊印了用于歌剧演唱的14首曲谱。其中4首用于演出时的过门以及伴奏用的调子，其余10首用文字标明是剧中演唱的第几曲。延安版本的配曲采用了郿鄠戏曲调，但只有调子没有曲谱。编者对这个版本重新创作、编排了配曲。编者在书前的序言中说：“□是利用一些当地小调配戏，但剧本只有调无谱，为了急需应用，故临时作了些谱子和用些旧调凑集而成。”

马健翎（1907年—1965年），剧作家。原名马飞鹏，陕西米脂人。早年参加中国共产党，1931年因流亡外地失去组织关系。1936年夏赴延安，1938年组织陕甘宁边区民众剧团。1941年加入中国共产党。1944年被边区政府授予“人民艺术家”称号。1947年因编演秦腔剧目《血泪仇》《穷人恨》等受到嘉奖。1951年任西北戏曲研究院院长，后兼任作协理事和中国作协西安分会主席等职。其剧作运用传统艺术形式表现革命的政治内容，为旧戏曲的改革作出了显著贡献。主要作品有：《血泪仇》《十二把镰刀》《保卫和平》等。[3]

《十二把镰刀》一剧描写了妻子秀珍在丈夫王二的耐心开导下，懂得了“军民一家”“一心为公”的道理，树立了“热爱劳动，争当劳动英雄”的新观念，为军队连夜打造十二把镰刀的故事。

剧中人物：青年铁匠王二和他的妻子秀珍（延安版本中，妻子名为桂兰）。

剧情介绍：在边区的某小村镇，边区的警备团开荒缺少镰刀，铁匠王二答应警备团政委委员，连夜打出12把镰刀。王二急忙回家告诉妻子，要连夜给部队打镰刀，叫妻子帮他一起打。妻子年轻活泼，精明能干，但因为刚从外面来到解放区，思想还较落后，一时还不理解这件事的意义，不愿意干。王二耐心地劝解："你不要当成做生意，解放区的政府是咱老百姓的政府，八路军是咱老百姓的军队，人家爱护咱们，咱们就应该帮助人家。"王二在劳动中给她讲了许多爱国道理，经过体贴耐心地开导，妻子逐渐转变了思想，提高了觉悟，连夜和丈夫一起打镰刀，两人越打越熟练。"今夜晚火炉一呀一夜红，火儿煽的红，镰儿打的紧……十二把镰刀都完成"（书中第19页歌词）。

整部剧本结构严谨，情节生动，富于生活情趣，洋溢着热烈的劳动气氛，把边区人民勤劳、朴实、热情欢乐的性格表现得淋漓尽致。该歌剧经过周恩来总理的推荐，于1949年参加第二届世界青年联欢节，在布达佩斯和莫斯科演出，大受好评。并于1952年全国第一届戏曲观摩大会上获奖，是最早期优秀秧歌剧作品之一。[4]

撰文：付小红

注释：

1. 么书仪等主编：《中国文学通典·戏剧通典》，解放军文艺出版社1999年版，第816页。
2. 陈彦主编：《陕西省戏曲研究院剧作选：创作现代戏》（第一卷），陕西人民出版社2008年版，第70页。
3. 参见榆林市政协文史资料委员会编：《榆林文史》（第3辑），2003年，第116—120页。
4. 么书仪等主编：《中国文学通典·戏剧通典》，解放军文艺出版社1999年版，第816页。

图一：《十二把镰刀》，又名《一夜红》，马建（健）翎编，元鑫制谱，民国三十五年（1946）七月出版。

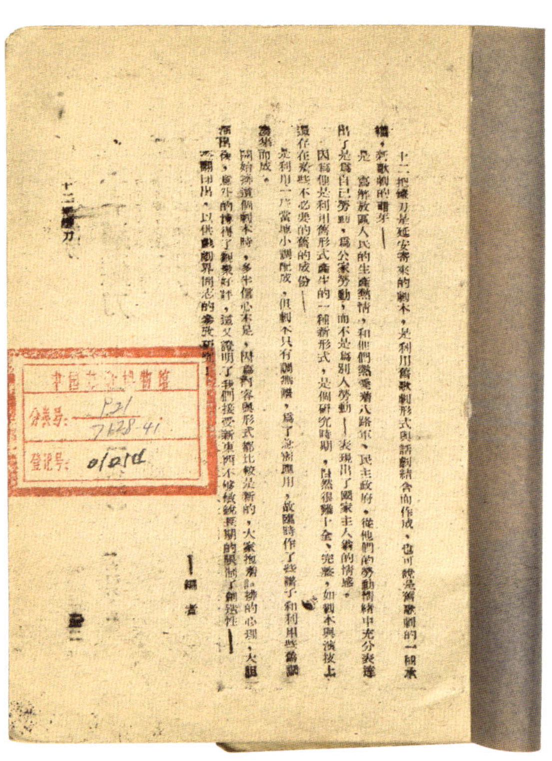

十二把鐮刀

十二把鐮刀是延安寄來的劇本，是利用舊歌劇形式與話劇結合而作成，也可說是新歌劇的一個[illegible]

[illegible]，新歌劇的萌芽——

是[illegible]解放區人民的生產熱情，和他們熱愛着八路軍、民主政府，從他們的勞動情緒中充分表達出了是爲自己勞動，爲公家勞動，而不是爲別人勞動——表現出了國家主人翁的情感。

因爲他是利用舊形式產生的一種新形式，是個研究時期，自然很難十全、完整，如劇本與演技上還存在着些不必要的舊的成份——

是利用一些當地小調配成，但劇本只有調無譜，爲了便於應用，故臨時作了些譜子和利用些舊調湊集而成。

開始排演這個劇本時，多半懷必不是，因爲內容與形式都比較是新的，大家抱着試排的心理，大膽在演出後，意外的博得了觀衆好評，這又證明了我們接受新東西不夠，[illegible]長期的限制了創造性——

[illegible]翻印出，以供戲劇界同志的參攷研究！

——編者



图二：《十二把镰刀》的编者序言，叙述了作者创作该剧的整个经过，以及剧本对于戏曲形式的运用等。图载本书首页。

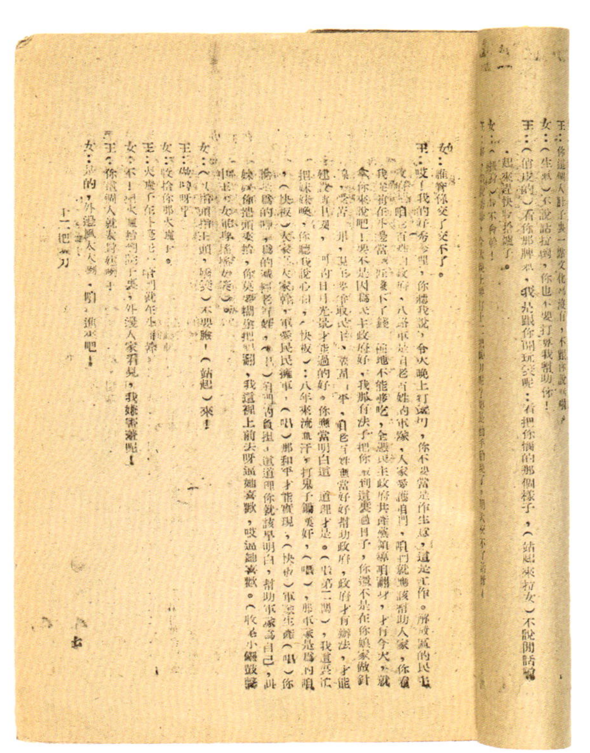

图三：《十二把镰刀》剧本节选。图载本书第 7 页。

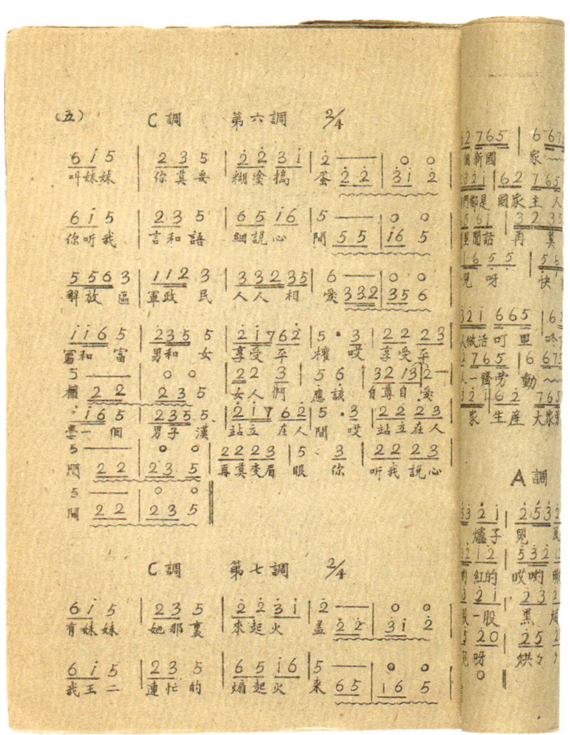


图四：《十二把镰刀》歌剧配曲。图载本书歌曲部分第 5 页。

# 《改邪归正》

《改邪归正》（农村歌剧），虞棘著，胶东文协主编，胶东新华书店出版，剧丛之三，竖版左开，石印，发行量5000册，1946年8月再版，18.0cm×12.0cm。全书共48页，三幕五场剧。

为了解决经济困难，改善人民生活，从1944年开始，山东根据地开展了全民参与的农业大生产运动，改造旧社会遗留的大批懒汉、二流子，督促他们改邪归正，参加生产，迫在眉睫。抗战胜利后，一些从延安调配到胶东解放区的干部，向国防剧团介绍了《白毛女》《兄妹开荒》等剧在延安的演出盛况，剧团人员深受启发，希望也能运用胶东秧歌做新的探索。

基于以上原因，剧作家虞棘创作了秧歌剧《改邪归正》，1946年三八节在莱阳城首演，获得好评。由于初次尝试这种新的演出形式，作者当时不知如何定名，便暂称其为农村歌剧（见封面），"唯一的理由是剧中采用了一部分民间歌曲"（参见本书附件二）。

剧中主要人物：不务正业的吴正清，勤俭老实的吴妻刘翠莲，态度和蔼的妇救会长二大妈，个性暴躁的民兵大虎，已改造好的二混。

剧情介绍：二流子吴正清，绰号"不正经"，从小娇生惯养，不思进取，父母双亡后更加无法无天，整日吃喝嫖赌，好吃懒做。后经妻子、二大妈、大虎等人的说服教育，以及二混的现身说法，终于改掉了以往的毛病，走上了积极参加劳动生产的正路。

《改邪归正》以当地家喻户晓的胶东秧歌、民间小调为基调，糅合了话剧、快板的因素，简洁明快，诙谐生动，富有浓郁的生活气息和鲜明的地方特色，深受群众喜爱。1981年入选《虞棘剧作选》。

虞棘（1916年—1984年），1938年参加八路军。1939年至1949年，一直担任胶东部队国防剧团团长、胶东文化协会常委，其间编创了40多部具有较高艺术性、思想性和民族风格的戏剧作品，代表作有秧歌剧《改邪归正》、歌剧《张德宝归队》《三世仇》、话剧《雨过天晴》《群策群力》《气壮山河》、京剧《汉奸了缘》等。中华人民共和国成立后曾任中国人民解放军总政治部文化部电影处处长、创作室主任、文艺处处长、副部长，中国剧协书记处书记等职。

本书卷首为署名毅人的代序《评〈改邪归正〉》。作者总结了该剧的"成功与胜利"，认为：它描绘了广大农村"旧的思想与社会制度是如何的在没落与破产着，新的思想与社会制度是如何的在被树立与巩固着"，它比国防剧团以往的作品更加贴近群众，更能感染人、教育人，这是坚决执行文艺为工农兵服务的方针、虚心向群众学习、长期整风取得的成果。（参见本书代序）

本书正文后有三个附件。附件一为□风撰写的报道《介绍〈改邪归正〉》，主要介绍了该剧在莱阳、楼城等地三次演出后不断修改、完善的过程，以及观众的热烈反应，赞扬作品只用了"六个主要角色，一个景，却表现了许多复杂的斗争场面”。附件二为虞棘所作《〈改邪归正〉演出后几问题的说明》，讲述了作者称该剧为农村歌剧的原因，以及针对台词、灯光、布景的简略说明。附件三为本剧五个插曲的简谱。（参见本书附件）。封底为胶东新华书店出版新书目录，包括戏剧类、歌曲类、连环画等。

撰文：隆文

注释：

1. 参见任孚先，赵耀堂，武鹰：《山东解放区文学概观》，山东人民出版社 1983 年版，第 387 页。
2. 参见张爱强，张清芳：《胶东红色文学研究》，中共党史出版社 2015 年版，第 95 页。
3. 参见贾冀川，郭海洋：《山东解放区的戏剧世界》，《重庆师范大学学报》（哲学社会科学版）2012 年第 2 期。

图一：《改邪归正》，虞棘著，1946年8月再版。

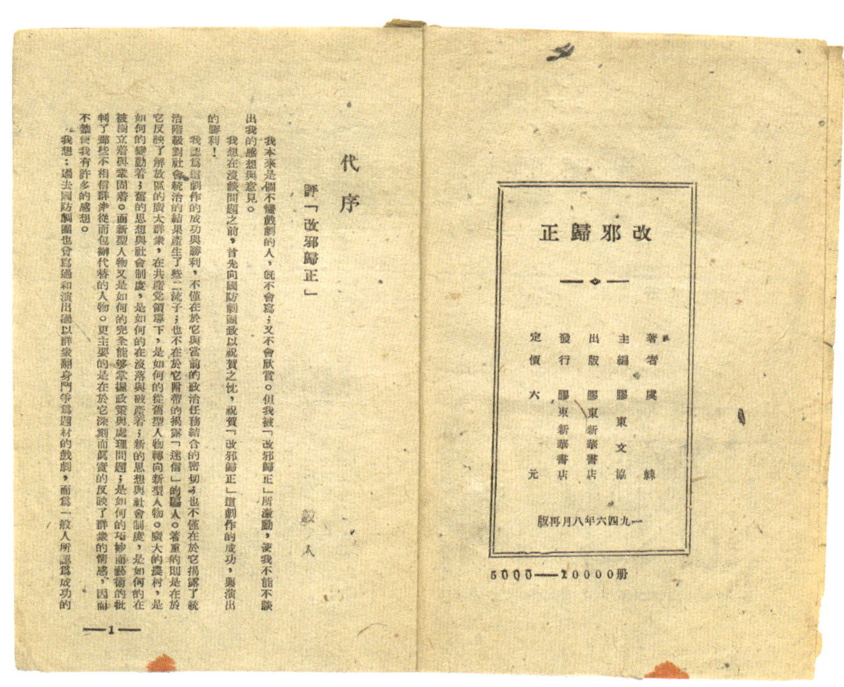

改邪歸正

—◇—

著者 虞棘
主編 膠東文協
出版 膠東新華書店
發行 膠東新華書店
定價 六元

一九四六年八月再版

5000——10000册

代序

評「改邪歸正」

毅人

我本來是個不懂戲劇的人，既不會寫，又不會欣賞。但我被「改邪歸正」所激勵，使我不能不談出我的感想與意見。

我想在沒談問題之前，首先向國防劇團致以祝賀之忱，祝賀「改邪歸正」這劇作的成功，與演出的勝利！

我認爲這劇作的成功與勝利，不僅在於它與當前的政治任務結合的密切；也不僅在於它揭露了統治階級對社會統治的結果產生了些「二流子」；也不在於它附帶的揭露「迷信」的騙人。着重的則是在於它反映了解放區的廣大群衆，在共產黨領導下，是如何的從舊型人物轉向新型人物。廣大的農村，是如何的變動着；舊的思想與社會制度，是如何的在沒落與破產着；新的思想與社會制度，是如何的在被樹立着與鞏固着。而新型人物又是如何的完全能够掌握政策與處理問題；是如何的巧妙而藝術的批判了那些不相信群衆從而包辦代替的人物。更主要的是在於它深刻而眞實的反映了群衆的情感，因而不禁使我有許多的感想。

我想：過去國防劇團也曾寫過和演出過以群衆翻身鬥爭爲題材的戲劇，而爲一般人所認爲成功的

—1—

图二：《改邪归正》版权信息和代序《评〈改邪归正〉》，图载本书扉二与首页。

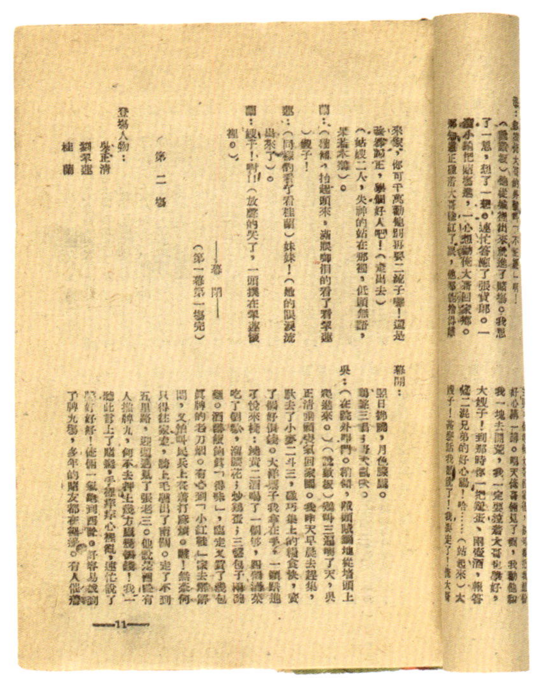

來家，你可千萬勸勸別再娶二流子嘍！還是改邪歸正，學個好人吧！（走出去）

（姑嫂二人，失神的站在那裡，低頭無語，呆若木雞）。

蘭：（淒楚，抬起頭來，滿眼淚的看了看翠蓮）嫂子！

蓮：（同樣的看了看桂蘭）妹妹！（她的眼淚流出來了）。

蘭：嫂子！嫂子！（放聲的哭了，一頭撲在翠蓮懷裡。）

——幕閉——

（第一幕第一場完）

（第二場）

登場人物：

吳正清

劉翠蓮

桂蘭

幕開：

翌日傍晚，月色朦朧。

[illegible]

吳：（在院外叫門。稍頃，踉踉蹌蹌從牆頭上爬進來。）（說數板）[illegible]

—11—

图三：《改邪归正》剧本节选。图载本书第11页。

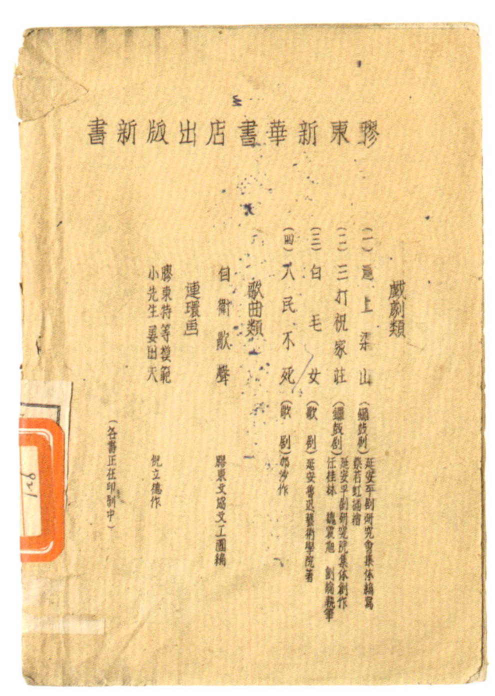

膠東新華書店出版新書

戲劇類

（一）逼上梁山（歸鼓劇）延安平劇研究會集体編寫 蔡若虹插繪

（二）三打祝家莊（歸鼓劇）延安平劇研究院集体創作 任桂林 魏晨旭 劉綸執筆

（三）白毛女（歌劇）延安魯迅藝術學院著

（四）人民不死（歌劇）鄒勞作

歌曲類

自衛歌聲 膠東文協文工團編

連環畫

膠東特等模範 小先生姜田大 倪立德作

（各書正在印刷中）

图四：胶东新华书店出版新书目录，包括戏剧类、歌曲类、连环画等。图载本书封底。

# 《白毛女》

《白毛女》，1949年1月由中原新华书店印行，在版权页内“白毛女”正题名下标注了本剧为歌剧。同时，对创作者进行了特别标注，指出《白毛女》是由延安鲁艺工作团集体创作而成，编剧为贺敬之与丁毅，作曲为马可、张鲁、瞿维和焕之，在之后发行的1950年新华书店版本、1952年和1977年人民文学出版社版本、2000年中国青年出版社版本等多种版本中，都沿用了这样的名单。另外，封面应用双色印刷技术绘制。全书尺寸为17.8cm×12.6cm。全书共210页，其中目录1页，白毛女剧本六幕，以及白毛女曲谱81首。另收录文章3篇，分别为由贺敬之撰写的《“白毛女”的创作与演出》，由马可、张鲁、瞿维撰写的《“白毛女”的音乐》以及《校后记》，主要是《白毛女》在演出后收到了一些来自专家、艺术工作者以及群众的点评和建议，针对这些建议，该剧的编剧和作曲者们进行的反馈和思考。

馆藏另一版本的《白毛女》由贺敬之、丁一、王斌编剧，马可、张鲁、瞿维作曲，原新华书店印行，1946年11月由韬奋书店出版，铅印，竖版左开。全书共171页，分为两部分，前72页为《白毛女》剧本，共六幕，后99页为曲谱，共93首。在曲谱中另有附录8页，附以《白毛女》剧本中所采用的民间音乐曲调的原谱。

剧中主要人物：喜儿，杨白劳，王大婶，王大春——王大婶之子，黄世仁，黄母，穆仁智，赵老汉，等等。

剧情介绍：白毛女的故事家喻户晓，它源于晋察冀边区一个“白毛仙姑”的民间传说。一个恶霸地主看中了佃户老农家的女儿，于是借讨债之机，逼死老农，奸污了老农的女儿。后来地主续娶新人，筹办婚事时企图谋害老农女儿。老农女儿在地主家好心下人的帮助下逃往深山，生下小孩，在山洞中生活了多年。因长年不见阳光，不吃盐，毛发和全身发白。在偷吃神庙里的供品时被村民发现，误当作“白毛仙姑”长期供奉，后来在八路军的搭救下获得了新生活。后经过群众口头创作，“白毛仙姑”的故事日益完整。[1]

在本剧的立意方面，除了将“白毛仙姑”的民间传说作为剧本的主题，更是对原故事加以适当的改变、补充和修正，使其更加适合舞台表现的特点。更重要的是，作者在创作剧本时，并没有将其写成一个“神怪”故事或者将它作为一个“破除迷信”的题材来处理，而是着重抓取了它的积极意义——表现两个不同社会的对照，表现人民的翻身[2]，即“旧社会把人变成鬼，新社会把鬼变成人”这一主题，不仅描述了“旧社会”的黑暗，而且还呈现了光明的新社会的场景。1940年到抗战胜利这段时期一直主持延安鲁艺工作的院长周扬，就曾在当时发表的一篇题为《新的人民的文艺》一文中，明确指出《白毛女》一方面是通过喜儿、杨白劳来写中国农村的“惨烈场面”——“旧社会”，另一方面，则是“揭露解放后农村男女新生活的愉快光景”——“新社会”。[3]

在音乐方面，《白毛女》主要是对地方戏曲进行改编，同时在大合唱部分加入西洋音乐。这样以中为主、以西为辅的做法，主要源于剧作家丁毅的大胆尝试。在前三幕中主要使用地方戏曲的曲调，引起观众的熟悉感，在后三幕剧情进入高潮的时候配以合唱形式的西洋音乐，表现当时的宏伟场面。[4]

这部歌剧创作于1945年1月到4月，由马可、张鲁、瞿维、李焕之等作曲，延安鲁艺文艺学院集体创作，贺敬之、丁毅执笔，首演于延安，作为向中国共产党第七次代表大会的献礼剧目取得了巨大的成功，并获1951年斯大林文学奖金二等奖[5]。当时《白毛女》演到哪里，就在哪里引起轰动，形成一股《白毛女》旋风。著名作家丁玲当时在华北农村参加土改，她曾经回忆农村演出《白毛女》的盛况："满村空巷，扶老携幼，墙头上、屋顶上、草垛上全是人。"这样轰动的艺术效果，在当时是绝无仅有的。[6]

在新解放的地区，《白毛女》成为思想上、政治上的"开路先锋"，成为革命的教科书，使长期受国民党反动派残酷剥削压迫的广大人民，看到了共产党是人民解放的希望，坚定了跟着共产党建设新中国的信心。许许多多的人，如郭兰英、张长弓等，都在看了《白毛女》以后，积极参加革命，这样的例子不胜枚举。[7]

王培元在《延安鲁艺风云录》中写道："在中外文艺的历史上，还很少见到哪一部戏剧像《白毛女》这样，起到了如此巨大的宣传教育作用，发生了如此深远的政治影响。从这个意义上说，《白毛女》确实是一部划时代的作品——歌剧，是一部比较完美地实现了艺术与政治密切结合的作品，它把艺术作品所蕴含和表现的政治鼓动力量发挥到了极致。"[8]

撰文：戴畋

注释：

1. 王巨才主编：《延安文艺档案·延安音乐》，太白文艺出版社2015年版，第236页。
2. 参见本书贺敬之撰写的《"白毛女"的创作与演出》，第4页。
3. 王蒙，袁鹰主编：《忆周扬》，内蒙古人民出版社1998年版，第174页。
4. 李健吾著，李维永编：《李健吾文集·文论卷二》，北岳文艺出版社2016年版，第334页。
5. 罗芳编：《音乐知识与中国军歌民歌》，天津社会科学院出版社2014年版，第153页。
6. 段宝林，孟悦，李杨编著：《〈白毛女〉七十年》，上海人民出版社2015年版，第6页。
7. 段宝林，孟悦，李杨编著：《〈白毛女〉七十年》，上海人民出版社2015年版，第6页。
8. 王培元编著：《延安鲁艺风云录》，广西师范大学出版社2004年版，第254页。

图一：《白毛女》，延安鲁艺工作团集体创作，1949 年 1 月出版。

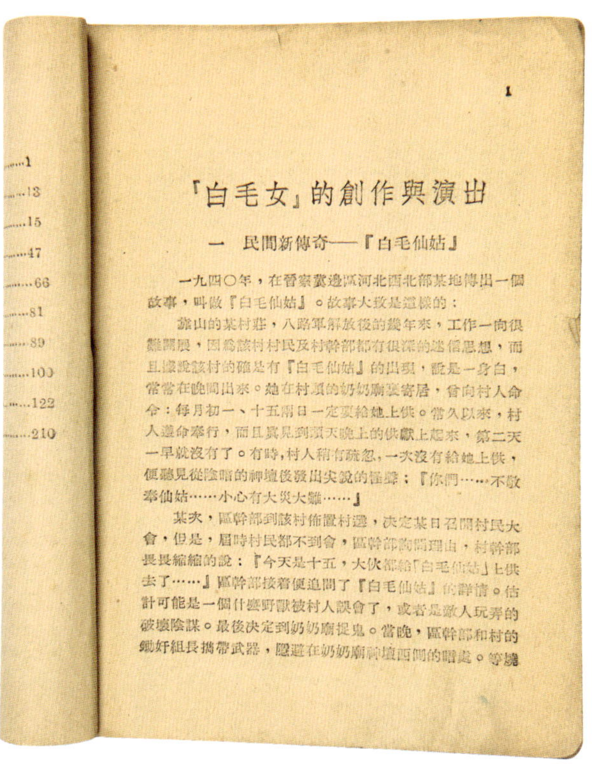

1

「白毛女」的創作與演出

一　民間新傳奇——『白毛仙姑』

一九四〇年，在晉察冀邊區河北西北部某地傳出一個故事，叫做『白毛仙姑』。故事大致是這樣的：

靠山的某村莊，八路軍解放後的幾年來，工作一向很難開展，因爲該村村民及村幹部都有很深的迷信思想，而且據說該村的確是有『白毛仙姑』的出現，說是一身白，常常在晚間出來。她在村頭的奶奶廟裏寄居，曾向村人命令：每月初一、十五兩日一定要給她上供。當久以來，村人遵命奉行，而且眞見到頭天晚上的供獻上起來，第二天一早就沒有了。有時，村人稍有疏忽，一次沒有給她上供，便聽見從陰暗的神壇後發出尖銳的怪聲：『你們……不敬奉仙姑……小心有大災大難……』

某次，區幹部到該村佈置村選，決定某日召開村民大會，但是，屆時村民都不到會，區幹部詢問理由，村幹部畏畏縮縮的說：『今天是十五，大伙都給「白毛仙姑」上供去了……』區幹部接着便追問了『白毛仙姑』的詳情。估計可能是一個什麽野獸被村人誤會了，或者是敵人玩弄的破壞陰謀。最後決定到奶奶廟捉鬼。當晚，區幹部和村的鋤奸組長攜帶武器，隱避在奶奶廟神壇西側的暗處。等幾

图二：《白毛女》作者之一贺敬之撰写的文章《“白毛女”的创作与演出》。图载本书第 1 页。

白毛女

編劇：賀敬之、丁一、王斌
作曲：馬可、張魯、瞿維

韜奮書店出版

一九四六年十一月

图三：《白毛女》，贺敬之、丁一、王斌编剧，马可、张鲁、瞿维作曲，1946 年 11 月出版。

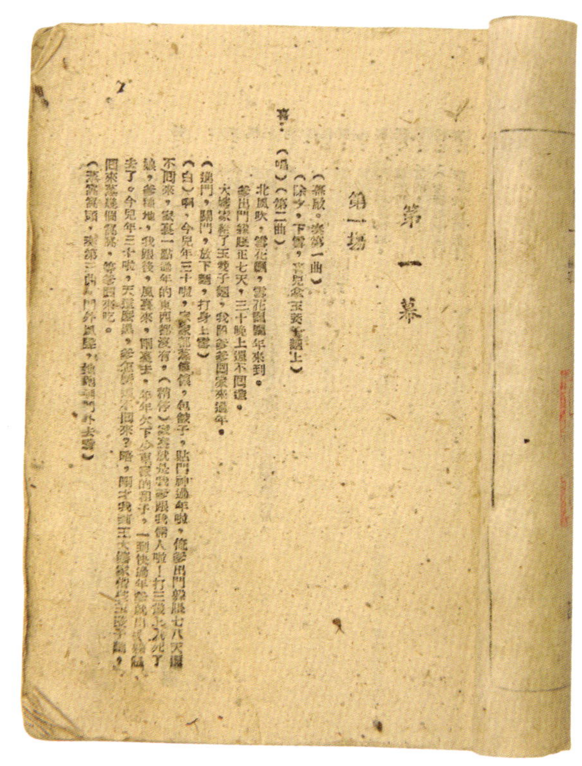

第一幕

第一場

北風吹，雪花飄，雪花飄飄年來到。
爹出門躲賬整七天，三十晚上還不回還。
大嬸給了玉茭子麵，我等爹爹回家來過年。

图四：《白毛女》第一场第一幕。图载本书第 1 页。

# 《两种作风·军民一家》

《两种作风·军民一家》，军区文艺工作团等著，华北新华书店出版发行，永兴印刷厂承印，民国三十五年（1946）十二月出版，18.0cm×11.7cm。全书共70页。封面、封底为补配。封面上有手写双行隶书“两种作风”四字，环筒页装。本书内包含两部戏剧：《两种作风》（秧歌剧）和《军民一家》（独幕歌剧）。

本书第1页至第4页是张际春所作《看了文艺团三个剧的演出后》和任白戈所作《介绍文艺工作团的〈两种作风〉》两篇序言。任白戈的序言是在观看秧歌剧《两种作风》后，特为本书撰写的。他肯定了《两种作风》演出的成功，认为这个剧本对部队具有教育意义，而且易于在部队演出，因此印发此剧，以供各个部队广泛采用。

张际春（1900年—1968年），湖南宜章人。1922年在湖南参加学生运动和农民运动。1926年加入中国共产党。长期在部队从事政治工作。中华人民共和国成立后，历任西南军政委员会委员、中央宣传部副部长、国务院文教办公室主任等职。[1]

任白戈（1906年—1986年），四川南充人。1925年加入中国共产主义青年团，1926年转入中国共产党。曾任“左联”执行委员、秘书长。“七七事变”后到延安。先后在陕北公学和中国人民抗日军政大学（以下简称“抗大”）任教，担任过抗大政治教育科科长、晋冀鲁豫军区政治部宣传部长等职。中华人民共和国成立后先后任中共重庆市委宣传部部长、中共中央西南局书记处书记、中共重庆市委第一书记兼重庆市市长等职。[2]

本书第5页至第48页是剧本《两种作风》，剧本由军区文艺工作团集体创作，江涛、史超执笔，吴毅作曲。其中第5页至第38页是文字剧本。第39页至第48页是本剧插曲，共29首。剧本上将剧中人物表从略，场景设定为广场，时间为1946年。

《两种作风》剧情介绍：一个部队里的连长，虽然工作认真，但脾气暴躁，经常批评战士。这种工作作风直接造成战士不满，影响团结。通过指导员的细致工作与正确引导，连长和战士都改变了态度，连队面貌因此大为改观。

这样的故事在部队是常见的事情，大家都很熟悉，但往往没有引起足够的重视。经过作者的艺术加工，将两种作风进行鲜明的对比。看了这部秧歌剧，可以使大家对作风问题有一个明确的认识（见任白戈《介绍文艺工作团的〈两种作风〉》）。这种从现实生活出发、以文艺的形式精炼出来的作品，尖锐地提出问题，并且解决问题，起到了良好的宣传教育作用。

本书的第49页至第66页，另有无页码4页，是剧本《军民一家》。该剧本是联政宣传队集体创作，谢力鸣编剧，李鹰航作曲。[3]在本书第50页《晋冀鲁豫军区政治部文艺工作团声明》一则中说：“这个歌剧是适合于广场演出的秧歌剧，原本由延安联政同志创作。收到后因保管不慎，丢失了几页，后依据原作，重新创作。添加了女性角色，在旋律、歌曲和音乐方面也做了改动。”第51页为戏剧设定的发生地点、时间，剧中人物、演奏乐器以及演出场景等文字。第52页至末页，为歌剧剧本，剧本包括歌曲简谱与演员的对白文字。

剧中主要人物：何老汉（男高音），媳妇（女低音），过兵娃（童音），炊事班长（男次高音），战士甲（男高音）。

剧情介绍：1943年8月某一天的傍晚，驻地八路军正在帮助百姓秋收。73岁的何老汉看到战士们练兵劳累，给战士们端洗脸水，战士们深受感动。何老汉为感谢战士们帮他收庄稼，炒了一锅肥羊肉犒劳大家，战士们遵守纪律，坚决不吃。班长耐心地给他讲革命军人要严格遵守纪律的道理，何老汉深受感动。

这部歌剧描写了八路军认真贯彻执行“三大纪律 八项注意”，解放区军民的鱼水之情，拥政爱民的活动情景。

1946年，文艺工作者深入部队体验生活时感到部队流动性大，情况复杂，道具与演出装置不完备，为适应这一情况，部队歌剧应运而生。部队歌剧与地方上的秧歌剧不同，是配乐插曲与剧本同步完成的作品。《两种作风》是由军区文工团最先创作出的部队新歌剧，这种新的表演艺术形式给人以耳目一新的感觉。在此基础上，文艺工作者不断完善创作方法，《军民一家》《吕登科》等一批优秀的部队新歌剧应运而生，在部队产生了广泛的影响。[4]

撰文：付小红

注释：

1. 参见盛平主编：《中国共产党人名大辞典》，中国国际广播出版社1991年版，第162页。

2. 参见盛平主编：《中国共产党人名大辞典》，中国国际广播出版社1991年版，第417页。

3.《延安文艺丛书》编委会编：《延安文艺丛书·文艺史料卷》（第16卷），湖南文艺出版社1987年版，第1088页。

4. 参见中共云南省委党史研究室编：《大地风云——晋鲁豫党史资料选编之十一》（回忆资料），云南民族出版社2003年版，第154—155页。

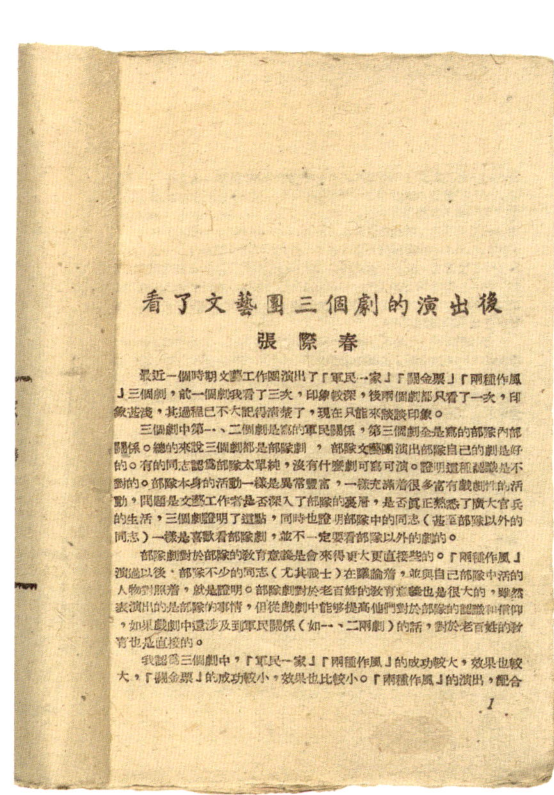

看了文藝團三個劇的演出後

張際春

最近一個時期文藝工作團演出了「軍民一家」「關金票」「兩種作風」三個劇，前一個劇我看了三次，印象較深，後兩個劇都只看了一次，印象甚淺，其過程已不大記得清楚了，現在只能來談談印象。

三個劇中第一、二個劇是寫的軍民關係，第三個劇全是寫的部隊內部關係。總的來說三個劇都是部隊劇，部隊文藝團演出部隊自己的劇是好的。有的同志認爲部隊太單純，沒有什麼劇可寫可演。證明這種認識是不對的。部隊本身的活動一樣是異常豐富，一樣充滿着很多富有戲劇性的活動，問題是文藝工作者是否深入了部隊的裏層，是否眞正熟悉了廣大官兵的生活，三個劇證明了這點，同時也證明部隊中的同志（甚至部隊以外的同志）一樣是喜歡看部隊劇，並不一定要看部隊以外的劇的。

部隊劇對於部隊的教育意義是會來得更大更直接些的。「兩種作風」演過以後，部隊不少的同志（尤其戰士）在議論着，並與自己部隊中活的人物對照着，就是證明。部隊劇對於老百姓的教育意義也是很大的，雖然表演出的是部隊的事情，但從戲劇中能够提高他們對於部隊的認識和信仰，如果戲劇中還涉及到軍民關係（如一、二兩劇）的話，對於老百姓的教育也是直接的。

我認爲三個劇中，「軍民一家」「兩種作風」的成功較大，效果也較大，「關金票」的成功較小，效果也比較小。「兩種作風」的演出，配合

1

图一：张际春所作序言《看了文艺团三个剧的演出后》，图载本书第1页。

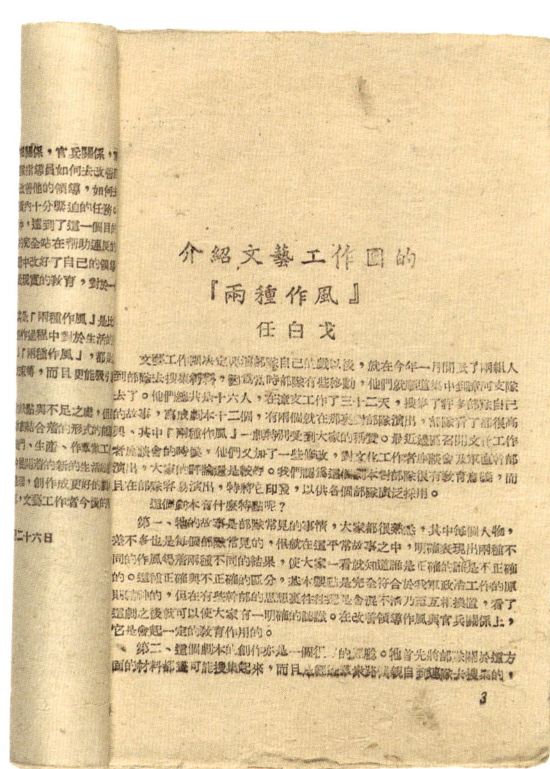

介紹文藝工作團的

『兩種作風』

任白戈

文藝工作團決定要演部隊自己的戲以後，就在今年一月間派了兩組人到部隊去搜集材料，因爲當時部隊有些移動，他們就跟隨集中到[illegible]河支隊去了。他們總共是十六人，在該支工作了三十二天，搜集了許多部隊自己的故事，寫成劇本十二個，有兩個就在那裏給部隊演出，部隊看了都很高興、其中「兩種作風」一劇特別受到大家的稱贊。最近邊區召開文化工作者座談會的時候，他們又加了一些修改，對文化工作者座談會及軍直幹部演出，大家的評論還是較好。我們認爲這個劇本對部隊很有教育意義，而且在部隊容易演出，特將它印發，以供各個部隊廣泛採用。

這個劇本有什麼特點呢？

第一、牠的故事是部隊常見的事情，大家都很熟悉，其中每個人物，差不多也是每個部隊常見的，但就在這平常故事之中，明確表現出兩種不同的作風得着兩種不同的結果，使大家一看就知道誰是正確的誰是不正確的。這種正確與不正確的區分，基本觀點是完全符合於我軍政治工作的原則精神的，但在有些幹部的思想裏往往還是會混不清乃至互相換置，看了這劇之後就可以使大家有一明確的認識。在改善領導作風與官兵關係上，它是會起一定的教育作用的。

第二、這個劇本的創作亦是一個[illegible]的經驗。牠首先將部隊關於這方面的材料都盡可能搜集起來，而且[illegible]親自到部隊去搜集的，

3

图二：任白戈所作序言《介绍文艺工作团的〈两种作风〉》，图载本书第3页。

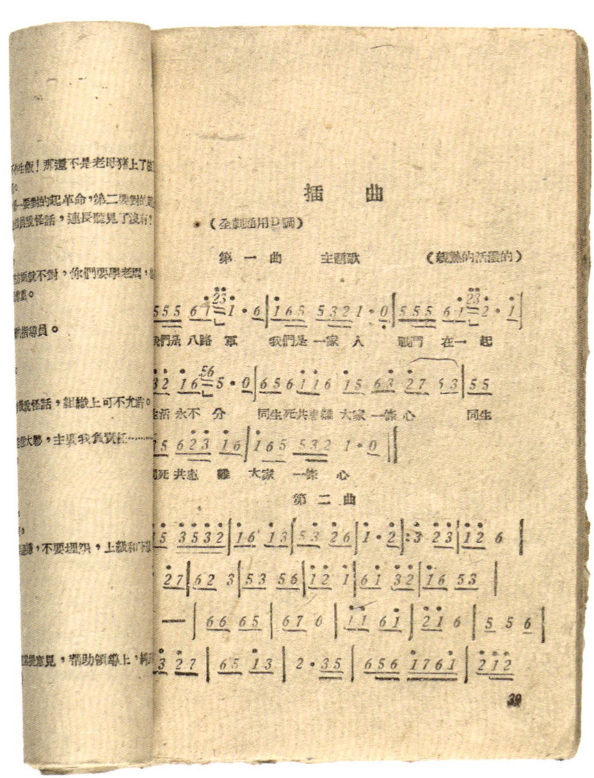

插曲

（全劇通用D調）

第一曲　主題歌　（親熱的活潑的）

我們是八路軍　我們是一家人　咱們在一起
生活永不分　同生死共患難　大家一條心　同生
同死共患難　大家一條心

第二曲

39

图三：《两种作风》插曲《第一曲主题曲》。图载本书第39页。

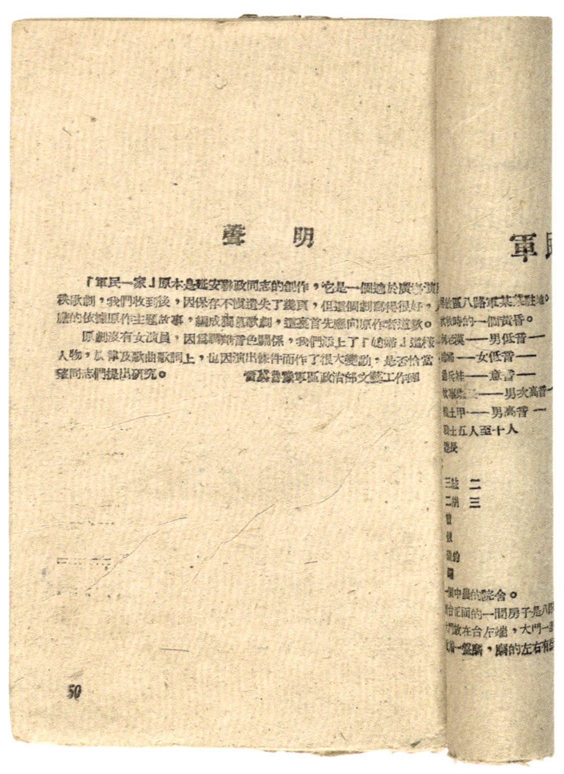

聲　明

「軍民一家」原本是延安聯政同志的創作，它是一個適於廣泛演
秧歌劇，我們收到後，因保存不慎遺失了幾頁，但這個劇寫得很好，
膽的依據原作主題故事，編成獨幕歌劇，這裏首先應向原作者道歉。
原劇沒有女演員，因為調劑音色關係，我們添上了「媳婦」這樣
人物，旋律及歌曲歌詞上，也因演出條件而作了很大變動，是否恰當
望同志們提出研究。　晉冀魯豫軍區政治部文藝工作團

50

图四：《军民一家》（独幕歌剧）中《晋冀鲁豫军区政治部文艺工作团声明》，介绍了剧本的改编来源，因保存不完整向原作者致歉。图载本书第50页。

# 《上当》

《上当》（广场歌舞剧），陈戈编剧、黄歌作曲，东北民主联军总政宣传部出版，为“部队文艺丛书”之一。七场歌剧，1947 年 12 月出版，18.4cm × 12.8cm。全书共 68 页，其中曲谱部分 16 页，收录曲谱 13 首。

1947 年，东北解放区的土改运动进入一个新的阶段，虽然土改运动发动后广大无地或少地的农民分到了一定数量的土地、房屋和其他生产生活资料，但也出现了许多问题。结果是地主虽被打击了，但仍有潜势力，在心理上仍旧统治着群众，东北局副书记陈云将这些现象概括为土改“半生不熟”。春耕开始后，新的问题出现了。土改后农民虽然得到了土地，但由于多年受穷，家底子薄，元气不足，生产中还有重重困难。在这种情况下，农民想到了斗出地主暗藏的浮财，以解决生产困难的办法。这样一来，东北解放区土改运动，也就是由煮“夹生饭”发展到“砍大树、挖财宝”阶段（又叫“起浮财、挖坏根”，简称“砍挖运动”）[1]。

在这样的时代背景下，时任东北民主联军总政治部宣传队演出队队长的陈戈[2]，协同作曲家黄歌创作了《上当》这样一部作品。

陈戈，著名电影、话剧表演艺术家，电影编导。原名陈谦贻，曾用名陈千一。四川省自贡市人。1937 年参加中国共产党领导的四川旅外剧人抗敌演剧队。次年加入中国共产党。1940 年赴延安，任中央青委青救总剧团演出部主任。1943 年调延安联军政治部艺术学校任教，后从东北军区转到“四野”政治部艺术学校担任戏剧主任。此间，曾演出《回春之曲》《抓壮丁》等话剧。解放后转入电影界。[3]

剧中主要人物：金祖德（恶霸地主，45 岁，人称金老二），金祖荫（恶霸地主，50 岁，金老二之兄），指导员（二十五六岁），赵田（战士，伤员），刘文奇（小组长，伤员），李贵祥（副组长，伤员），吴英杰、郭宝山（战士，伤员），郭详封（农会主任，28 岁），于星（自卫队长，二十二三岁），小魏（自卫队员，23 岁）等。

剧情介绍：地主金老二仇恨翻身农民，仇恨八路军。他收买了农会中不坚定分子汤三，伺机报复。在一次斗争会上看出村上休养所里的伤员赵田对农会的一些做法不满，便趁机在赵田面前造谣说农会私吞伤员的物品，打骂乡亲，乱搞女人。赵田信以为真，要阻止农会继续斗争金老大和金老二。金老二同汤三商量暗杀赵田然后再嫁祸农会，遇到赵田来到金家，装出一副穷相的金老大妻子女儿见到赵田后，造谣说农会的人欺负她们母女。农会小魏来金家查岗，被金家女儿诬蔑。赵田拉着刘文奇去金家抓欺负妇女的坏人，半路上，刘文奇被埋伏在暗处的金老二砍倒，赵田手上也挨了一刀。刘文奇被休养所众人抬走后赵田继续去金家抓农会的人，赵田赶到金家时，听到金老大老婆装出的惨叫，见到农会小魏和金老大女儿撕扯，不问青红皂白要打小魏，被休养所的老李拦下。指导员回来后，查明真相，与农会诸人当面对质，汤三也对所作所为进行了坦白，金老二被小魏抓获。赵田羞愧难当，悔恨自己上了地主的当。指导员将赵田交给农会处理，赵田获得了乡亲们的理解并被松绑。刘文奇经抢救脱离危险，人们从金家挖出财宝无数，金老大、金老二被押到县上交给政府等待人民法庭的处理。乡亲们表示老百姓要活命就要斗，砍大树挖财宝，穷人才能挖掉穷根。

撰文：孙睿

注释：

1. 参见罗平汉：《东北解放区——1947 年土改中的“砍挖运动”》，《世纪桥》2004 年第 04 期。
2. 参见于世军，乔桦，吕品：《东北小延安文化名人谱》，中国戏剧出版社 2012 年版，第 48 页。
3. 参见朱玛：《电影电视辞典》，四川科学技术出版社 1988 年版，第 563 页。

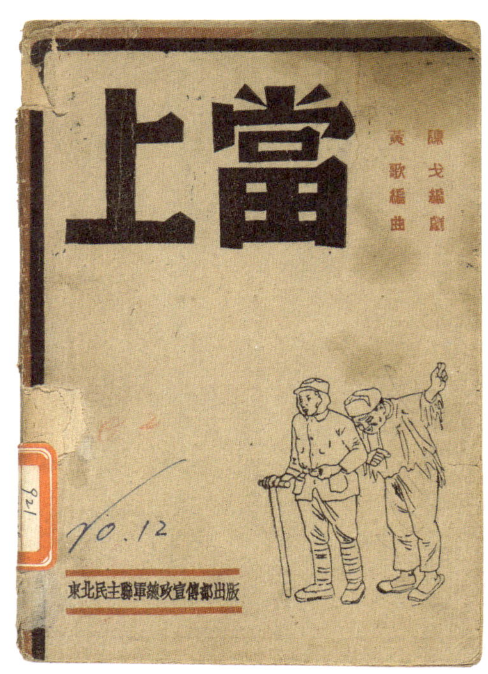


图一：《上当》（广场歌舞剧），陈戈编剧、黄歌作曲，1947年12月出版。

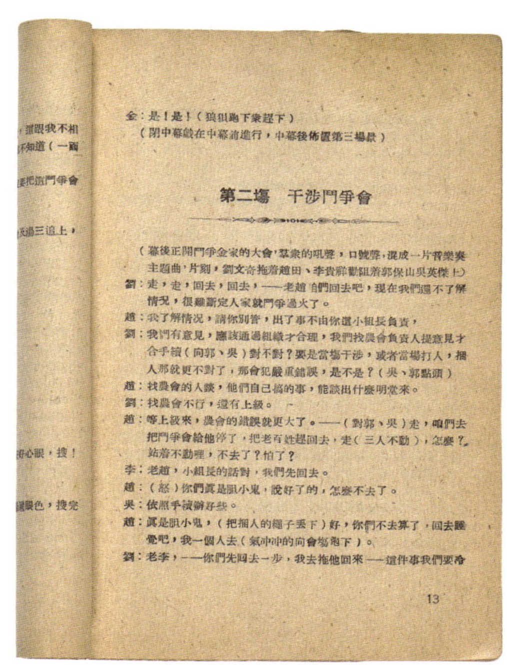

金：是！是！（狼狽跪下衆趕下）
（閉中幕戲在中幕前進行，中幕後佈置第三場景）

第二場　干涉鬥爭會

（幕後正開鬥爭金家的大會，羣衆的吼聲，口號聲，混成一片音樂奏主題曲，片刻，劉文奇拖着趙田、李貴祥勸阻着郭保山吳英傑上）
劉：走，走，回去，回去，——老趙 咱們回去吧，現在我們還不了解情況，很難斷定人家就鬥爭過火了。
趙：我了解情況，請你別管，出了事不由你這小組長負責，
劉：我們有意見，應該通過組織才合理，我們找農會負責人提意見才合手續（向郭、吳）對不對？要是當場干涉，或者當場打人，捆人那就更不對了，那會犯嚴重錯誤，是不是？（吳、郭點頭）
趙：找農會的人談，他們自己搞的事，能談出什麼明堂來。
劉：找農會不行，還有上級。
趙：等上級來，農會的錯誤就更大了。——（對郭、吳）走，咱們去把鬥爭會給他停了，把老百姓趕回去，走（三人不動），怎麼？站着不動哩，不去了？怕了？
李：老趙，小組長的話對，我們先回去。
趙：（怒）你們眞是胆小鬼，說好了的，怎麼不去了。
吳：依照手續辦好些。
趙：眞是胆小鬼，（把捆人的繩子丢下）好，你們不去算了，回去睡覺吧，我一個人去（氣冲冲的向會場跑下）。
劉：老李，——你們先回去一步，我去拖他回來——這件事我們要冷

13

图二：《上当》第二场《干涉斗争会》节选，图载本书第13页。

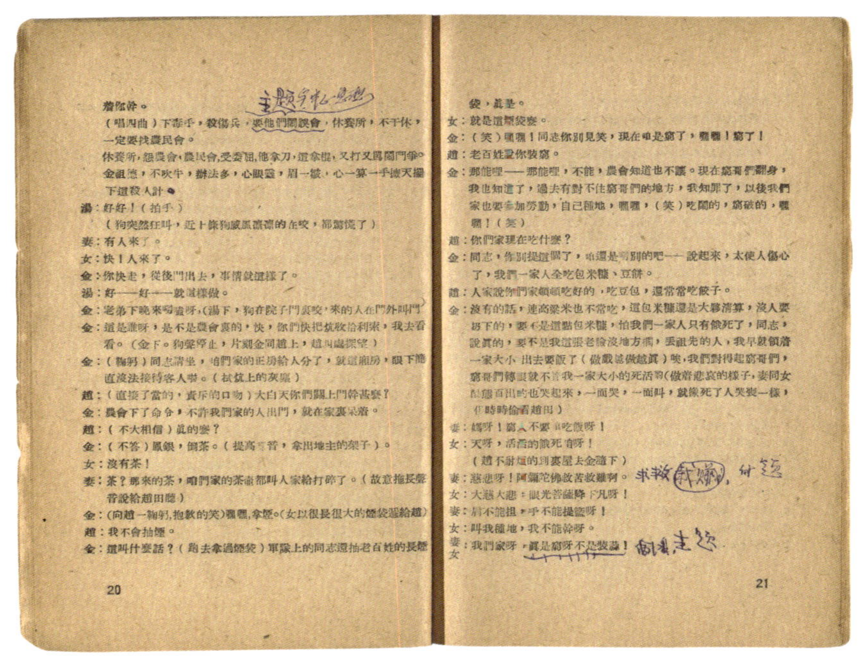

着你許。

（唱四曲）下毒手，殺傷兵，要他們鬧誤會，休養所，不干休，一定要找農民會。

休養所，怨農會，農民會，受委屈，他拿刀，這拿棍，又打又罵鬧鬥爭。

金組德，不吹牛，辦法多，心眼靈，眉一皺，心一算一手遮天擺下這殺人計。

湯：好好！（拍手）

（狗突然狂叫，近十條狗威風凛凛的在咬，都驚慌了）

妻：有人來了。

女：快！人來了。

金：你快走，從後門出去，事情就這樣了。

湯：好——好——就這樣做。

金：老弟下晚來喝壺呀，（湯下，狗在院子門裏咬，來的人在門外叫門

金：這是誰呀，是不是農會裏的，快，你們快把炕收拾利索，我去看看。（金下。狗聲停止，片刻金同趙上，趙四處探望）

金：（鞠躬）同志請坐，咱們家的正房給人分了，就這廂房，眼下簡直沒法接待客人嘞。（拭炕上的灰塵）

趙：（直接了當的，責斥的口吻）大白天你們關上門幹甚麼？

金：農會下了命令，不許我們家的人出門，就在家裏呆着。

趙：（不大相信）真的麼？

金：（不答）鳳銀，倒茶。（提高聲音，拿出地主的架子）。

女：沒有茶！

妻：茶？那來的茶，咱們家的茶壺都叫人家給打碎了。（故意拖長聲音說給趙田聽）

金：（向趙一鞠躬，抱歉的笑）嘿嘿，拿煙。（女以很長很大的煙袋遞給趙）

趙：我不會抽煙。

金：這叫什麼話？（跑去拿過煙袋）軍隊上的同志還抽老百姓的長煙

20

袋，真是。

女：就是這煙袋麼。

金：（笑）嘿嘿！同志你別見笑，現在咱是窮了，嘿嘿！窮了！

趙：老百姓說你裝窮。

金：那能哩——那能哩，不能，農會知道也不讓。現在窮哥們翻身，我也知道了，過去有對不住窮哥們的地方，我知罪了，以後我們家也要參加勞動，自己種地，嘿嘿，（笑）吃闊的，窮破的，嘿嘿！（笑）

趙：你們家現在吃什麼？

金：同志，你別提這個了，咱還是說別的吧——說起來，太使人傷心了，我們一家人全吃包米糠、豆餅。

趙：人家說你們家頓頓吃好的，吃豆包，還常常吃餃子。

金：沒有的話，連高粱米也不常吃，這包米糠還是大夥清算，沒人要扔下的，要不是這點包米糠，怕我們一家人只有餓死了，同志，說真的，要不是我這張老臉沒地方擱，丟祖先的人，我早就領着一家大小出去要飯了（做戲說做越真）唉，我們對得起窮哥們，窮哥們轉眼就不管我一家大小的死活啊（做着悲哀的樣子，妻同女扯態百出的也哭起來，一面哭，一面叫，就像死了人哭喪一樣，但時時偷看趙田）

妻：媽呀！窮人不要咱吃飯呀！

女：天呀，活活的餓死咱呀！

（趙不耐煩的到裏屋去金隨下）

妻：慈悲呀！阿彌陀佛救苦救難啊。

女：大慈大悲，觀光菩薩降下凡呀！

妻：肩不能扭，手不能提籃呀！

女：叫我種地，我不能幹呀。

妻女：我們家呀，真是窮呀不是裝蒜！

21

图三：《上当》剧本节选，页面有蓝色圆珠笔阅读笔记。图载本书第20—21页。

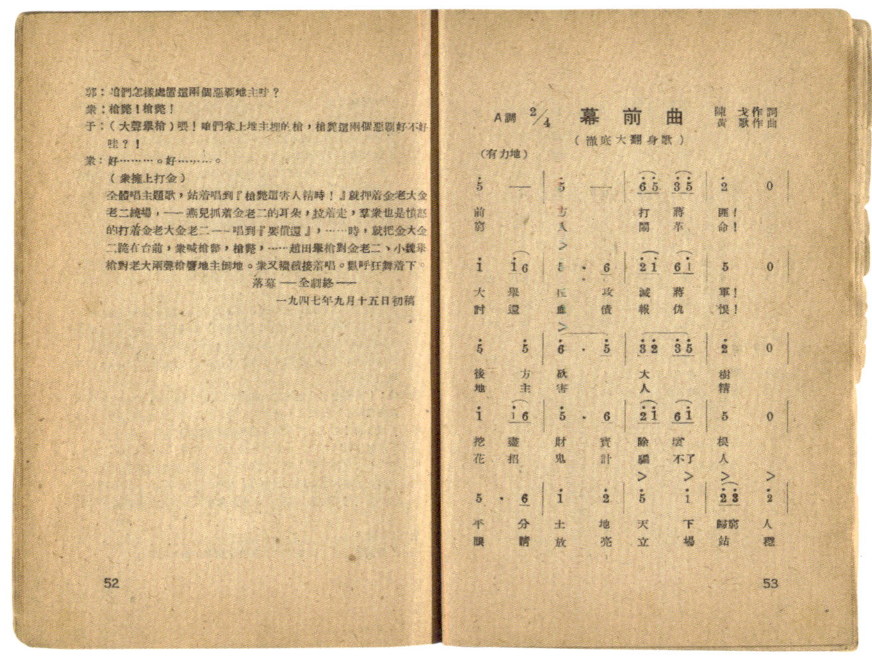

郭：咱們怎樣處置這兩個惡霸地主哇？

衆：槍斃！槍斃！

于：（大聲舉槍）喂！咱們拿上地主埋的槍，槍斃這兩個惡霸好不好哇？！

衆：好………。好………。

（衆擁上打金）

全體唱主題歌，站着唱到『槍斃還害人精時！』就押着金老大金老二繞場，——燕兒抓着金老二的耳朵，拉着走，羣衆也是憤怒的打着金老大金老二——唱到『要償還』，……時，就把金大金二跪在台前，衆喊槍斃，槍斃，……趙田舉槍對金老二、小魏舉槍對老大兩聲槍響地主倒地。衆又繼續接着唱。歡呼狂舞着下。

落幕——全劇終——

一九四七年九月十五日初稿

52

A調 2/4 **幕前曲** 陳戈作詞 黃歌作曲

（徹底大翻身歌）

（有力地）

前　方　打　蔣　匪！
窮　人　鬧　革　命！

大　舉　反　攻　滅　蔣　軍！
討　還　血　債　報　仇　恨！

後　方　妖　大　樹
地　主　害　人　精

挖　盡　財　寶　除　壞　根
花　招　鬼　計　騙　不了　人

平　分　土　地　天　下　歸窮　人
眼　睛　放　亮　立　場　站　穩

53

图四：《上当》剧本结尾与本歌剧《幕前曲》。《幕前曲》由陈戈作词，黄歌作曲。图载本书第52—53页。

# 《王克勤班》

《王克勤班》（六场歌剧），军区文艺工作团六纵文艺工作队集体创作，周宗华、张立友、史超、江涛执笔，吴毅作曲，冀南书店出版，民国三十六年（1947）出版，发行量1500册，18.3cm×12.3cm。全书共55页，全剧六场，书中收录曲谱20首，穿插在剧本中。

前言部分附有任白戈同志所写的《〈王克勤班〉这类歌剧值得提倡》。文章从三个方面阐述了《王克勤班》这一歌剧为何值得提倡。第一，这种歌剧是在为兵服务的精神贯注之下而创作的。第二，它的内容合乎当前爱国自卫战争的需要，在教育部队团结互助、提高作战能力的要求上，在开展王克勤运动的推动作用上，都直接成为政治工作一个有力的助手。第三，就形式来说，它也有创新的意义。

抗日战争胜利后，国民党自恃有美国人撑腰，在1946年6月悍然挑起了全面内战。然而，国民党中有一部分官兵对蒋介石发起内战的举动并不支持，1946年8至12月，有10多万国民党官兵或放下武器被俘或举行起义，其中大多数被补充到解放军中，分别被称为解放战士和起义战士。这一部分战士由于成分比较复杂，造成军民关系紧张和部队内部矛盾冲突。如何改造这些解放、起义战士，成为当时摆在解放军面前的一个亟待解决的重要问题。就在这个时候，解放军战士王克勤脱颖而出，他通过不断摸索，结合自己在两种军队的亲身体验，创造出一套“三大互助”的带兵方法，即“开展思想互助”“进行生活互助”“组织技术互助”。由于王克勤的这个班互助搞得好，团结和睦，很快成了全团的模范班。英雄事迹很快传播开，随着六纵队文工团同志编演的歌剧《王克勤班》的传播，轰轰烈烈地展开了“王克勤运动”。[1]

王克勤（1920年—1947年），安徽阜阳人。1939年7月被国民党军队抓壮丁。1945年10月，在邯郸战役中被解放，参加中国人民解放军。1946年9月，加入中国共产党。1947年6月30日，晋冀鲁豫野战军主力12万人强渡黄河，发起鲁西南战役。在一次战斗中，他率领全排奋勇登城，身负重伤后仍坚持指挥战斗，因流血过多，壮烈牺牲。[2]临终前，他对前来探视的同志们说：“我革命到底了，请转告毛主席，我到死也是为穷人服务的。”为纪念这位人民的好战士，刘伯承司令员以他和邓小平政委的名义，亲自书写了《悼念王克勤同志》的悼词。[3]

剧中人物：王克勤（六纵队五十二团二连一班班长），陶武英（副班长），赵清年（互助组长，老战士），白志学（新战士），杜双建（新战士，互助组长），杨学保、卢守坤（新战士），张稀乙、安子凯（战士），老崔（二连炊事员），指导员（二连指导员），等等。

剧情介绍：班长王克勤通过组织全班同志互相介绍经历，以自身的经历开展思想互助，提高同志们的觉悟，激发大家的阶级感情。又提出“在家靠父母，革命靠互助”的口号，教育鼓励大家互相学习，成立互助组，生活上相互关照，行军时互学互助。还抓紧时间组织大家练技术、教战术，并在战斗中边打边教，并根据敌人的攻防特点及时改变战术，最终成功地带领新兵歼灭了敌人，保存己方实力。他的英雄事迹，得到了组织的表彰和宣扬，党号召全军学习王克勤同志，学习王克勤班，展开“王克勤运动”。

撰文：孙睿

注释：

1. 参见王贞勤：《解放战争时期我军开展王克勤运动的来龙去脉》，《文史天地》2014 年第 11 期。

2. 参见杨凤城主编：《党的儿女·英烈卷》，北京工业大学出版社 2016 年版，第 359 页。

3. 参见李宝奇：《王克勤和“王克勤运动”》，《军事历史》1984 年第 4 期。

图一：《王克勤班》，军区文艺工作团六纵文艺工作队集体创作，周宗华、张立友、史超、江涛执笔，吴毅作曲，民国三十六年（1947）出版

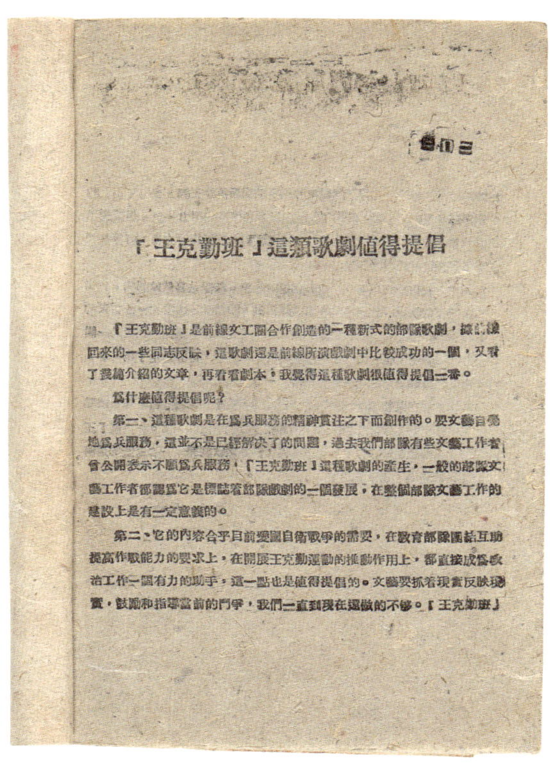

『王克勤班』這類歌劇值得提倡

『王克勤班』是前線文工團合作創造的一種新式的部隊歌劇，據從前線回來的一些同志反映，這歌劇還是前線所演戲劇中比較成功的一個，又看了幾篇介紹的文章，再看看劇本，我覺得這種歌劇很值得提倡一番。

爲什麽值得提倡呢？

第一、這種歌劇是在爲兵服務的精神貫注之下而創作的。要文藝自覺地爲兵服務，這並不是已經解决了的問題，過去我們部隊有些文藝工作者曾公開表示不願爲兵服務，『王克勤班』這種歌劇的產生，一般的部隊文藝工作者都認爲它是標誌着部隊戲劇的一個發展，在整個部隊文藝工作的建設上是有一定意義的。

第二、它的內容合乎目前愛國自衛戰爭的需要，在教育部隊團結互助提高作戰能力的要求上，在開展王克勤運動的推動作用上，都直接成爲政治工作一個有力的助手，這一點也是值得提倡的。文藝要抓着現實反映現實，鼓勵和指導當前的鬥爭，我們一直到現在還做的不够。『王克勤班』

图二：任白戈同志所写的《〈王克勤班〉这类歌剧值得提倡》。图载本书首页。

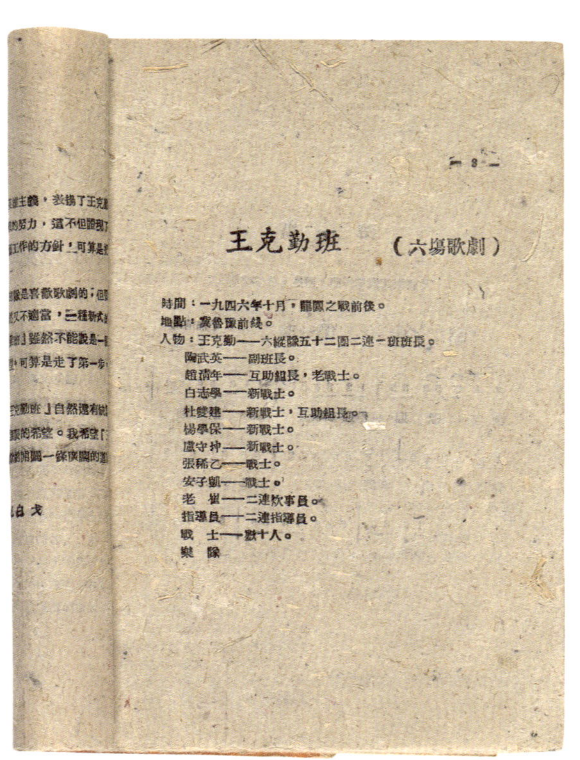

— 3 —

王克勤班　（六場歌劇）

時間：一九四六年十月，龍鳳之戰前後。
地點：冀魯豫前綫。
人物：王克勤——六縱隊五十二團二連一班班長。
陶武英——副班長。
趙清年——互助組長，老戰士。
白志學——新戰士。
杜雙建——新戰士，互助組長。
楊學保——新戰士。
盧守坤——新戰士。
張稀乙——戰士。
安子凱——戰士。
老　崔——二連炊事員。
指導員——二連指導員。
戰　士——數十人。
樂　隊

图三：《王克勤班》开场背景介绍。图载本书第3页。

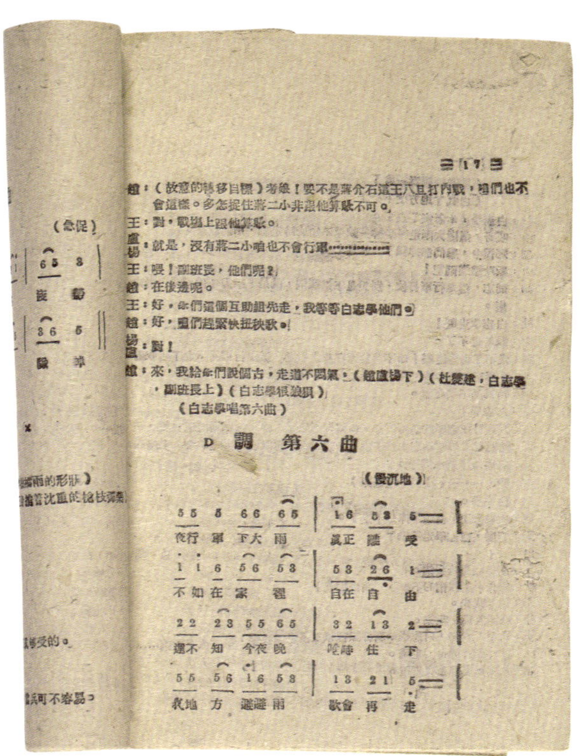

— 17 —

趙：（故意的轉移目標）考娘！要不是蔣介石這王八旦打內戰，咱們也不會這樣。多怎捉住蔣二小非跟他算賬不可。
王：對，戰場上跟他算賬。
盧楊：就是，沒有蔣二小咱也不會行軍……
王：喂！副班長，他們呢？
趙：在後邊呢。
王：好，你們這個互助組先走，我等等白志學他們。
趙：好，咱們趕緊快扭秧歌。
楊盧：對！
趙：來，我給你們說個古，走道不悶氣。（趙盧楊下）（杜雙建，白志學，副班長上）（白志學很狼狽）
（白志學唱第六曲）

D調　第六曲

（慢沉地）



图四：《王克勤班》插曲《第六曲》。图载本书第17页。

# 《赤叶河》

《赤叶河》（歌剧四部），阮章竞著，曲谱原是太行山民歌，后由高介云、张晋德改编，太行群众书店印行，竖版左开，1948 年 2 月 10 日出版，18.1cm × 12.1cm。纸质单薄，封面为棕绿双色套印，书名横排左行，著者信息处有粘贴增改的痕迹。封底有绿色圆形图案一枚，图案为双人像并写有“群众”二字。全剧共分四部，每一部又分数场。全书共 122 页，第 1 页至第 98 页为剧本，第 99 页至第 122 页为歌曲，其中包括 1 首前奏曲和 30 首歌曲。

阮章竞，1914 年生，笔名洪荒，广东中山人。童年饥寒交迫的生活使他较早地接受了中国共产党的教育和影响，积极投身革命斗争。1937 年起在八路军太行山剧团担任领导工作，创作剧本和诗歌，以后长期从事党的文艺领导工作。[1]1945 年秋，阮章竞来到太行八分区驻地陵川县，到赤叶河村发动群众。赤叶河村刚刚解放，发现山间小道横陈着大小的尸骨，广大的农民在政治上、经济上还没有翻身。他凭着一腔革命热忱，与农民兄弟同甘苦共患难，积极开展整风运动，传播思想，迅速组织起一支武装民兵，使广大农民挺起腰杆，增强了战斗信心。1947 年初，在阮章竞回到太行文联后，革命形势迅猛发展，激发了他的创作热情，强烈的历史使命感促使他进入了歌剧《赤叶河》的创作。[2]

太行山剧团全称“国民革命军第十八集团军八路军太行山剧团”，是抗日战争时期晋冀豫地区以演话剧为主的部队剧团之一，1938 年 5 月 4 日由中共北方局委员朱端组织成立于山西晋城。团长赵洛方，其他负责人先后有洪荒（阮章竞）、王炳炎、赵迪之、袁荆、金刚、余义、张震亚、靳典、夏鸿飞等。初为 30 人左右，后迅速发展到 100 余人，分成 5 个分队活动，长期坚持为太行山军民演出，为动员一切抗日力量而做宣传。1938 年 8 月举办鲁艺训练班；同年 9 月起进行了一次历时三个多月，被称为“二千五百里长征”的大流动演出，足迹踏遍了太行山的城镇和乡村，为发展农村剧运起了积极作用。抗日战争胜利后，剧团成员陆续分配到部队和地方工作[3]。

剧中主要人物：王大富，王禾子，喜燕儿，吕承书。

剧情介绍：20 世纪 30 年代初的太行山区，王大富的儿子王禾子和喜燕儿成亲后，日子过得很艰难，但仍心存希望。地主吕承书巧立名目、任意剥削，王禾子家便愈来愈落魄。吕承书调戏燕燕（即喜燕儿），王禾子疑心燕燕和吕承书有鬼。之后吕承书骗大富离开家，一再调戏燕燕，正好被王禾子看见，用石头砸了吕承书，吕承书用枪反击，王禾子只好逃跑，喜燕儿自觉受到凌辱投河自杀。王禾子为报杀妻之仇参加了八路军，父亲王大富被逼外出讨饭。抗战胜利后王禾子重返家园，王大富从饥寒交迫中被解放出来。在共产党的领导下，赤叶河人民清算了以吕承书为代表的地方恶霸的罪行，王禾子父子和赤叶河人民翻了身。[4]

这个剧既反映了地主的反动行径，又表现了太行山农民深受封建思想的束缚。剧中王禾子对燕燕的猜疑，事实上加速了她的死。

该剧在第三部和第四部之间，还加了一个独立的《闲话》部分，几个人物登场，起到了交代因果、推动剧情的作用，可谓独到的一笔。[5]《赤叶河》剧本完成后，高介云与张晋德共同为此剧谱曲，音乐采用了武乡、襄垣、左权等地的民间曲牌、秧歌小调，吸收了上党戏曲及演唱音乐的音乐素材，具有浓郁的太行风情。[6]

撰文：赵天然

注释：

1. 参见胡明扬主编：《中外名诗赏析大典》，四川辞书出版社 1993 年版，第 1190 页。
2. 参见齐荣晋：《阮章竞与歌剧〈赤叶河〉》，《新文化史料》1996 年第 4 期。
3. 参见章绍嗣主编：《中国现代社团辞典》，湖北人民出版社 1994 年版，第 145—146 页。
4. 参见秦亢宗主编：《二十世纪中华文学辞典》，中国国际广播出版社 1992 年版，第 528 页。
5. 参见阮章竞口述，方铭执笔：《阮章竞回忆录》，《新文学史料》2013 年第 4 期。
6. 参见亦文、齐荣晋编：《山西革命根据地文艺运动史稿》，山西人民出版社 1989 年版，第 289 页。

图一：《赤叶河》（歌剧），阮章竟著，高介云、张晋德改编，1948 年 2 月 10 日出版。

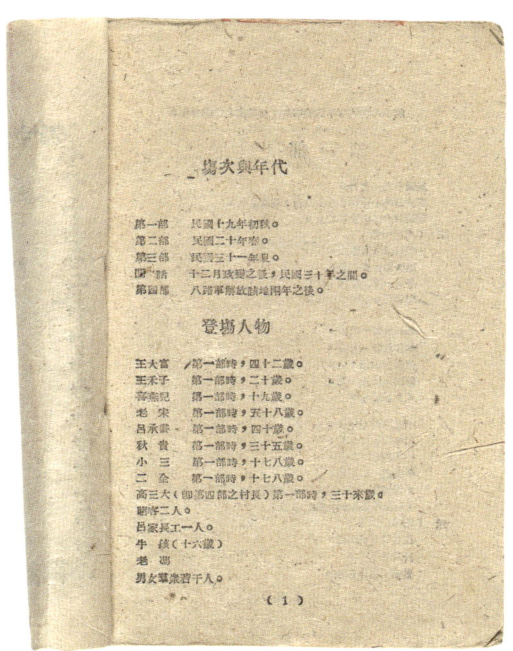

場次與年代

第一部　民國十九年初秋。
第二部　民國二十年春。
第三部　民國三十一年夏。
閑 話　十二月政變之後，民國三十年之間。
第四部　八路軍解放該地兩年之後。

登場人物

王大富　第一部時，四十二歲。
王禾子　第一部時，二十歲。
齊燕兒　第一部時，十九歲。
老 宋　第一部時，五十八歲。
呂承謙　第一部時，四十歲。
秋 貴　第一部時，三十五歲。
小 三　第一部時，十七八歲。
二 全　第一部時，十七八歲。
高三大（即第四部之村長）第一部時，三十來歲。
跟隨二人。
呂家長工一人。
牛 孩（十六歲）
老 嫗
男女羣衆若干人。

（1）

图二：《赤叶河》背景介绍，介绍了本剧场次与年代以及登场人物。图载本书第 1 页。

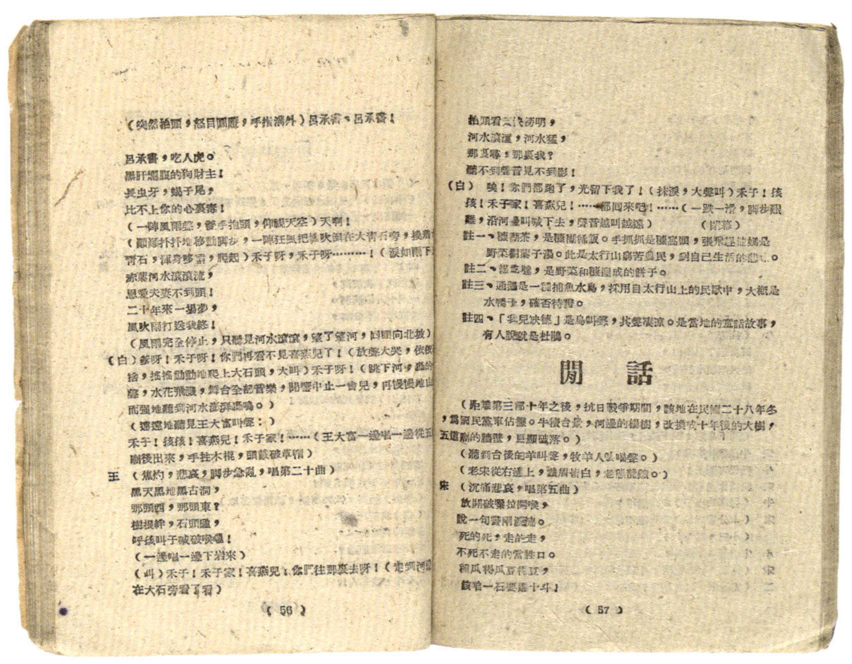

（突然抬頭，怒目圓睜，手指潟外）呂承書，呂承書！

呂承書，吃人虎。
黑肝爛腹的狗財主！
長虫牙，蝎子尾，
比不上你的心裏毒！
（一陣風雨聲，雙手抱頭，仰觀天空）天啊！
（顛顛扑扑地移動脚步，一陣狂風把她吹倒在大青石旁，換著
青石，渾身哆嗦，爬起）禾子呀，禾子呀………！（淚如雨下
赤葉河水滾滾流，
恩愛夫妻不到頭！
二十年來一場夢，
風吹雨打送我終！
（風雨完全停止，只聽見河水滾滾，望了望河，回頭向北坡）
（白）爹呀！禾子呀！你們再看不見喜燕兒了！（放聲大哭，依依
捨，搖搖動動地爬上大石頭，大叫）禾子呀！（跳下河，
聲，水花飛濺，舞台全部音樂，剛響中止一會兒，再慢慢地由
而强地聽到河水澎湃轟鳴。）
（遠遠地聽見王大富叫聲：）
禾子！孩孩！喜燕兒！禾子家！……（王大富一邊唱一邊從五
廟後出來，手拄木棍，頭戴破草帽）
王 （焦灼，悲哀，脚步急亂，唱第二十曲）
黑天黑地黑古洞，
那頭西，那頭東？
樹根絆，石頭碰，
呼孩叫子喊破喉嚨！
（一邊唱一邊下岩來）
（叫）禾子！禾子家！喜燕兒！你們往那裏去呀！（走到河邊
在大石旁看了看）

（56）

抬頭看天沒有明，
河水滾滾，河水猛，
那裏夢，那裏我？
聽不到聲音見不到影！
（白） 唉！你們都跑了，光留下我了！（抹淚，大聲叫）禾子！孩
孩！禾子家！喜燕兒！……都回來吧！……（一跌一滑，脚步艰
難，沿河邊叫喊下去，聲音越叫越遠） （閉幕）
註一、糠麵茶，是糠糊稀飯。手抓抓是糠窩頭，張飛趕他媽是
野菜樹葉子湯。此是太行山窮苦農民，對自己生活的悲嘆。
註二、糠壳壘，是野菜和糠捏成的餅子。
註三、通溜是一種捕魚水鳥，採用自太行山上的民歌中，大概是
水鴨子，確否待證。
註四、「手兒快德」是鳥叫聲，其聲凄涼。是當地的童話故事，
有人說就是杜鵑。

閒 話

（距離第三部十年之後，抗日戰爭期間，該地在民國二十八年冬
，爲國民黨軍佔領。牛犢台前，河邊的楊樹，改換成十年後的大樹，
五道廟的牆壁，巨顯破落。）
（聽到台後的羊叫聲，牧羊人吆喝聲。）
（老宋從右邊上，鬚眉皆白，老態龍鐘。）
宋 （沉痛悲哀，唱第五曲）
放開破嗓拉悶喚，
說一句實話淚滿面。
死的死，走的走，
不死不走的當牲口。
種瓜得瓜豆得豆，
收的一石要還十斗！

（57）

图三：《闲话》部分，本剧第三部分与第四部分之间剧情相隔10年，这部分介绍了这10年的变革。图载本书第56—57页。

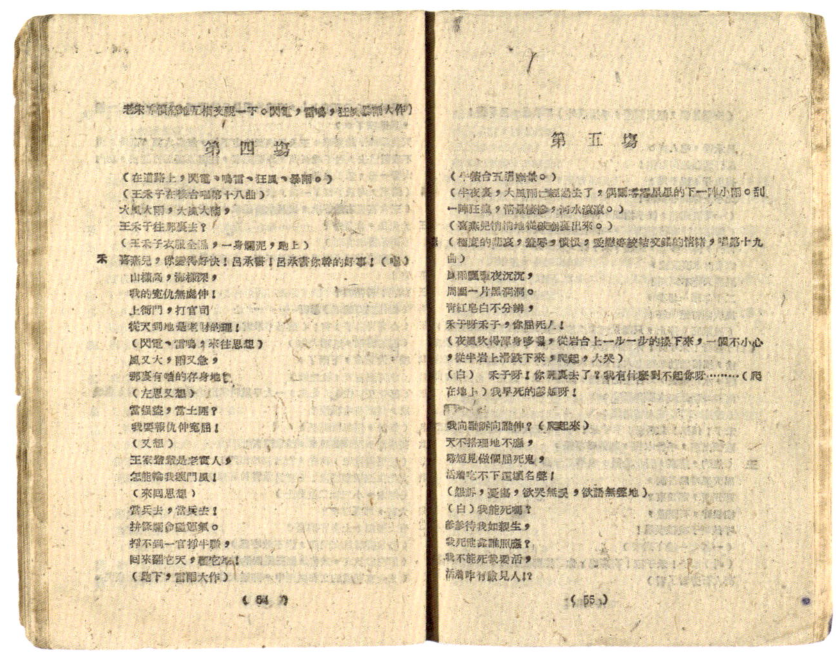

老宋不慎絆地互相交觀一下。閃電，雷鳴，狂風暴雨大作）

第四場

（在道路上，閃電、鳴雷、狂風、暴雨。）
（王禾子在後台唱第十八曲）
大風大雨，大風大雨，
王禾子往那裏去？
（王禾子衣服全濕，一身爛泥，跑上）
禾 喜燕兒，你變得好快！呂承書！呂承書你幹的好事！（唱）
山樣高，海樣深，
我的冤仇無處伸！
上衙門，打官司
從天到地是老財的理！
（閃電、雷鳴，來往思想）
風又大，雨又急，
那裏有咱的存身地？
（左思又想）
當强盜，當土匪？
我要報仇伸冤屈！
（又想）
王家輩輩是老實人，
怎能輸我這門風！
（來回思想）
當兵去，當兵去！
拚條爛命碰運氣。
挣不到一官挣半職，
回來翻它天，覆它地！
（跪下，雷雨大作）

（54）

第五場

（牛犢台五道廟旁。）
（半夜裏，大風雨已經過去了，偶爾零零星星的下一陣小雨。刮
一陣狂風，情景凄慘，河水滾滾。）
（喜燕兒悄悄地從破廟裏出來。）
（極度的悲哀，羞辱，憤恨，愛戀交織交錯的情緒，唱第十九
曲）
風雨飄飄夜沉沉，
周圍一片黑洞洞。
青紅皂白不分辨，
禾子呀禾子，你屈死人！
（夜風吹得渾身哆嗦，從岩台上一步一步的挨下來，一個不小心
，從半岩上滑跌下來，爬起，大哭）
（白） 禾子呀！你那裏去了？我有什麼對不起你呀………（爬
在地上）我早死的爹娘呀！

我向那訴向誰伸？（爬起來）
天不搭理地不應，
尋短見做個屈死鬼，
活着吃不下這壞名聲！
（怨訴，憂傷，欲哭無淚，欲語無聲地）
（白）我能死嗎？
爹爹待我如親生，
我死誰靠誰照應？
我不能死我要活，
活着咋有臉見人！？

（55）

图四：《赤叶河》第四场与第五场节选。图载本书第54—55页。

# 《为谁打天下》

《为谁打天下》，东北军政大学宣传队集体创作，东北书店出版发行，东北书店印厂印刷，定价310元，1948年11月初版。18.3×13.0cm。东北书店总店在哈尔滨，在齐齐哈尔、吉林、牡丹江、赤峰、梅河口、通化、佳木斯、安东、郑家屯、北安、白城子、热东等地均有分店。本书印有“佳.1—5000字样”，疑是在佳木斯发行，发行量5000册。全书共128页，附有曲谱40首。

本剧创作于1947年，写的是1946年8月至1947年4月间的事。作者有苏全、毛烽、雷铿、王冰、兢痕等人，张国昌作曲。东北军政大学宣传队为配合学校土改教育，由巩志伟增删了一些词句，张国昌、吴因等人改写了歌曲，之后加以排演。剧本创作历时一年，共演出了三十六场。（见本书第128页《后记》）

剧中人物：刘保田，王喜生，杜本厚，于麻子，邱营长，等等。

剧情介绍：南满某县的一个小村子刚进行了土改，村里的贫苦农民在民主政府的带领下成立了农会，集体分了大地主杜本厚的土地。不久后，八路军因为战略需要撤离县城。杜本厚和狗腿子们一心想把国民党军再迎回来，夺回田地。他设宴款待国民党军邱营长，总算留住了国民党军，还让手下于麻子做了国民党的保长。此后，乡亲们又陷入水深火热中。参加了八路军的王喜生回村侦察敌情，不慎被抓住。杜本厚对他严刑拷打，将他残忍杀害，弃尸河中。八路军某连队接到回村驱逐国民党军的命令，战士们斗志昂扬，纷纷表示要为喜生报仇。邱营长见八路军回来，趁机偷偷溜走。乡亲们抓住了正要逃跑的杜本厚和于麻子。在被于害死的老人坟前，众人痛诉恶霸地主和狗腿子们的恶行，枪毙了杜本厚和于麻子。

剧本创作者之一毛烽，河南武陟人，1938年参加八路军，历任战士、通讯员、侦察员，八路军野战政治部实验话剧团团员、总政治部编辑组组长、昆明军区副政委、文化部部长等职务。著作有小说《一支人参》，歌剧剧本《为谁打天下》《毛不登》，电影文学剧本《黑山阻击战》《英雄儿女》等。[1]

作曲者张国昌，山西忻县人，1939年到延安，在中国人民抗日军政大学总校一大队学习，是中国人民抗日军政大学文工团团员。1948年任东北人民解放军十二队纵队宣传队长。中华人民共和国成立后调东北电影制片厂任作曲。曾先后为影片《钢铁战士》《英雄司机》《怒海轻骑》等创作音乐。[2]

撰文：王立峰

注释：

1.参见王照骞：《武乡敌后文化的中心》，山西人民出版社2011年版，第180页。

2.参见王鸫宾：《东北人物大辞典》（第2卷上），辽宁古籍出版社1996年版，第964页。

图一：《为谁打天下》，东北军政大学宣传队集体创作，1948 年 11 月初版。

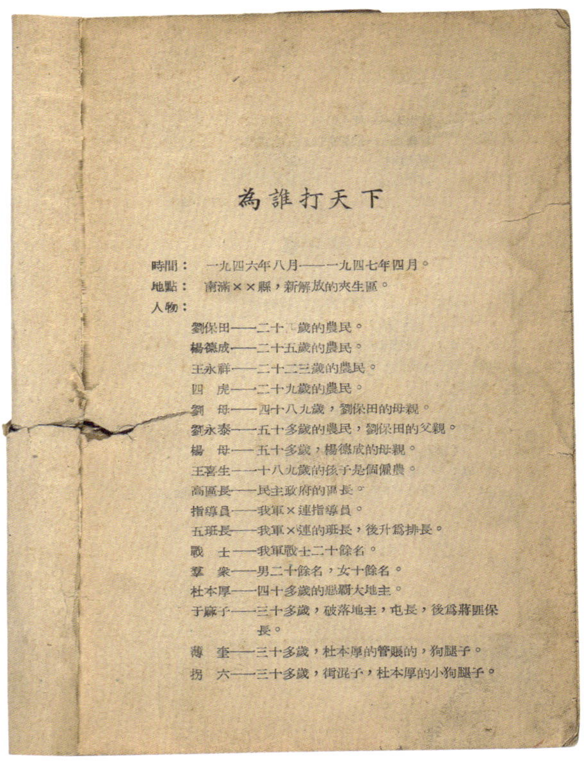

為誰打天下

時間：　一九四六年八月——一九四七年四月。
地點：　南滿××縣，新解放的夾生區。
人物：

劉保田——二十[illegible]歲的農民。
楊德成——二十五歲的農民。
王永祥——二十二三歲的農民。
四　虎——二十九歲的農民。
劉　母——四十八九歲，劉保田的母親。
劉永泰——五十多歲的農民，劉保田的父親。
楊　母——五十多歲，楊德成的母親。
王喜生——十八九歲的孩子是個僱農。
高區長——民主政府的區長。
指導員——我軍×連指導員。
五班長——我軍×連的班長，後升爲排長。
戰　士——我軍戰士二十餘名。
羣　衆——男二十餘名，女十餘名。
杜本厚——四十多歲的惡霸大地主。
于麻子——三十多歲，破落地主，屯長，後爲蔣匪保長。
薄　奎——三十多歲，杜本厚的管賬的，狗腿子。
拐　六——三十多歲，街混子，杜本厚的小狗腿子。

图二：《为谁打天下》剧中人物介绍。图载本书第 1 页。

# 《无敌民兵》

《无敌民兵》，“陕甘宁戏剧丛书”之十一，柯仲平著，陕甘宁边区文化协会戏剧工作委员会编，1949年8月西北新华书店出版，18cm×12.7cm。岳松、彦军、川静、刘烽作曲[1]。全书共176页。本剧为十五幕歌剧，剧本后附有32首曲谱，书中录有西工一团作《无敌民兵的排演》和柯仲平作《无敌民兵小引》两篇文章。封面左下写有“黄寅”二字，疑为藏书人名字。

1946年6月，蒋介石违背政协决议，悍然撕毁停战协定，向中原解放区大举进攻，全面内战爆发。150万陕甘宁边区人民动员起来准备战斗。创作于1943年的《无敌民兵》因即时配合了“动员起来保卫边区”这一政治口号而加以排演。为了劳军，西北文工一团加紧排练，时间非常紧迫，“要在十天之内赶排出来，我们就分场进行，同时排一二场、三四场、七八场”。为了使群众喜闻乐见，文工团在排演中“多半采用了陕北民歌、郿鄠及土地革命时的曲调”。该剧演出后受到了战士们的欢迎，给观众留下了深刻的印象。（见本书第3页《无敌民兵的排演》）

剧中主要人物：王登高（民兵队长），何国昌（地主大儿子），宋廉伯（地主），张大（哨站警卫），张大发（农民）。

剧情介绍：抗战时期，国共两党携手抗日，但国民党早就想要进攻解放区，经常违约滋事，对边区进行破坏。边区南原有个哨站，位置重要，是国民党的眼中钉。一天夜里，国民党小股顽匪溜进边区一个小村庄，与内线何国昌密谋要破坏民兵哨站，还要杀害民兵队长王登高。顽匪趁王登高不在，闯入王家，严刑拷打王的父亲和妻子，要他们劝说王登高投靠顽匪。王家人宁死不屈，王妻撞墙昏死过去，匪军正要杀害王父时，民兵打了进来救下两人。何国昌欺骗了放哨的张大，将哨站里的火药浇湿，营长罚他赔偿火药。何去另一地主宋廉伯家借火药，宋在国共两党之间骑墙观望，未借。何国昌勾结顽匪，强奸了宋廉伯的女儿和儿媳，还抢走诸多财物。国民党匪军组织队伍进攻边区，边区政府派八路军还击。游击队与之会合，一同打败了顽匪，捣毁了匪军的巢穴，夺回被抢的财物，救出了被抢的群众。

本剧为西北文工团长期保留剧目，演遍西北数省，其中改造戏剧音乐为歌曲旋律，颇有新意。[2]

西工一团，即西北文艺工作第一团，为综合性表演艺术团体。1940年8月，陕北公学在延安成立了陕北公学文艺工作队，同年12月，陕北公学文工队与七月剧团合并，组成西北剧团一、二团（七月剧团为二团）。1941年3月，七月剧团脱离陕北公学。同年，陕北公学并入延安大学，西北剧团一团更名为西北文艺工作团，隶属中共西北局宣传部领导。1943年5月，西北文工团与边区地方艺术干部学校（原抗战剧团）、延安杂技团合并，仍称西北文艺工作团。1948年2月，在绥德义合镇，上级宣布西北文工团为西北文艺工作第一团。1949年10月，西北文工一、二团在西安合并，称西北文艺工作团。[3]

柯仲平，现代诗人。原名柯维翰，笔名仲平、仲屏、南云等。1902 年出生于云南宝宁（今广南）。1926 年到上海，在创造社工作。1937 年到延安，参与倡导街头诗。1938 年创作了长篇叙事诗《边区自卫军》《平汉路工人破坏大队》。中华人民共和国成立后历任西北军政委员会文教委员会副主任兼西北艺术学院院长，中国作家协会副主席。[4]

撰文：王立峰

注释：

1. 鱼讯：《陕西省戏剧志·延安地区卷》，三秦出版社 1997 年版，第 72 页。
2. 鱼讯：《陕西省戏剧志·延安地区卷》，三秦出版社 1997 年版，第 73 页。
3. 参见鱼讯：《陕西省戏剧志·省直卷》，三秦出版社 2000 年版，第 521 页。
4. 参见张永健，刘汉民，何联华：《红色诗词赏析》，武汉出版社 2014 年版，第 444 页。

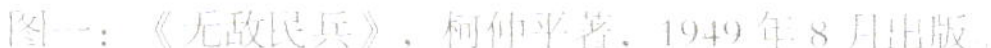
图一：《无敌民兵》，柯仲平著，1949年8月出版

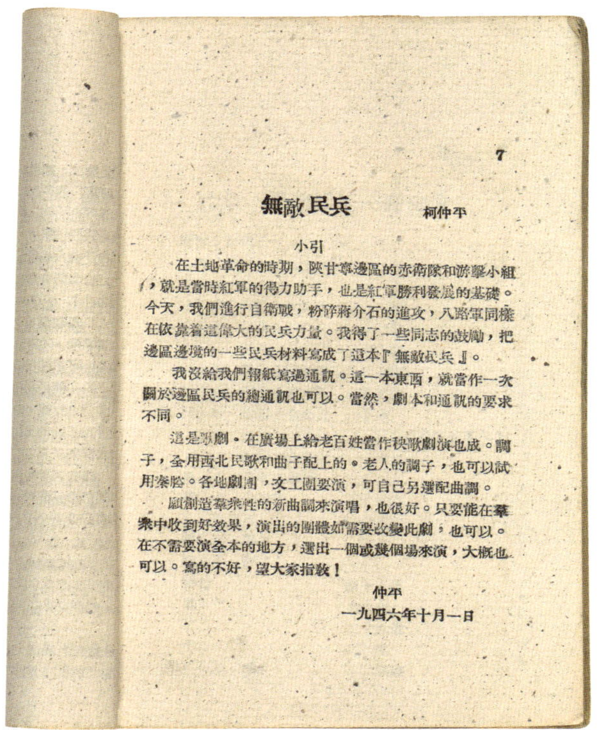

7

無敵民兵　　柯仲平

小引

在土地革命的時期，陝甘寧邊區的赤衛隊和游擊小組，就是當時紅軍的得力助手，也是紅軍勝利發展的基礎。今天，我們進行自衛戰，粉碎蔣介石的進攻，八路軍同樣在依靠着這偉大的民兵力量。我得了一些同志的鼓勵，把邊區邊境的一些民兵材料寫成了這本『無敵民兵』。

我沒給我們報紙寫過通訊。這一本東西，就當作一次關於邊區民兵的總通訊也可以。當然，劇本和通訊的要求不同。

這是歌劇。在廣場上給老百姓當作秧歌劇演也成。調子，全用西北民歌和曲子配上的。老人的調子，也可以試用秦腔。各地劇團，文工團要演，可自己另選配曲調。

願創造羣衆性的新曲調來演唱，也很好。只要能在羣衆中收到好效果，演出的團體如需要改變此劇，也可以。在不需要演全本的地方，選出一個或幾個場來演，大概也可以。寫的不好，望大家指敎！

仲平

一九四六年十月一日

图二：作者柯仲平为《无敌民兵》写的《小引》。图载本书第7页

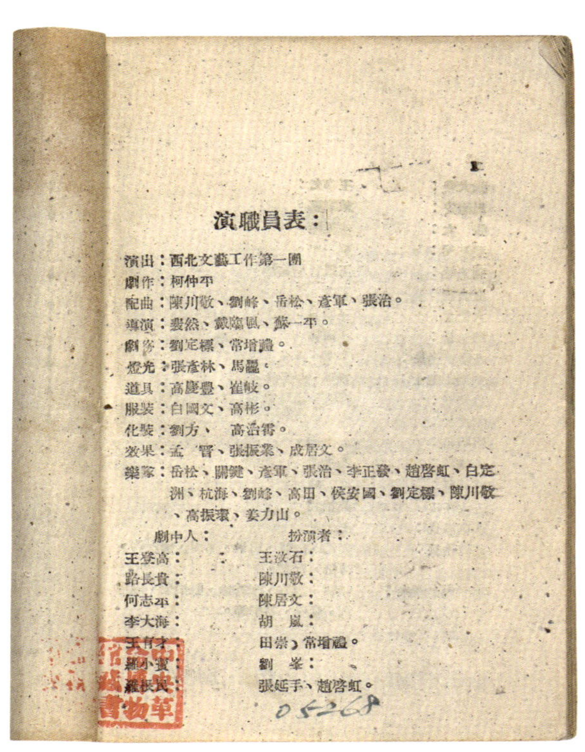

1

## 演職員表：

演出：西北文藝工作第一團
劇作：柯仲平
配曲：陳川敬、劉峰、岳松、彥軍、張治。
導演：裴然、戴臨風、蘇一平。
劇務：劉定標、常增禮。
燈光：張彥林、馬龗。
道具：高慶豐、崔岐。
服裝：白國文、高彬。
化裝：劉方、　高治霄。
效果：孟　晉、張振業、成居文。
樂隊：岳松、關鍵、彥軍、張治、李正發、趙啓虹、白定洲、杭海、劉峰、高田、侯安國、劉定標、陳川敬、高振環、姜力山。

| 劇中人： | 扮演者： |
| --- | --- |
| 王登高： | 王汶石： |
| 路長貴： | 陳川敬： |
| 何志平： | 陳居文： |
| 李大海： | 胡　嵐： |
| 王有才： | 田崇）常增禮。 |
| 羅小寶： | 劉　峯： |
| 羅振民： | 張延手、趙啓虹。 |



图三：《无敌民兵》演职员表。图载本书第1页。

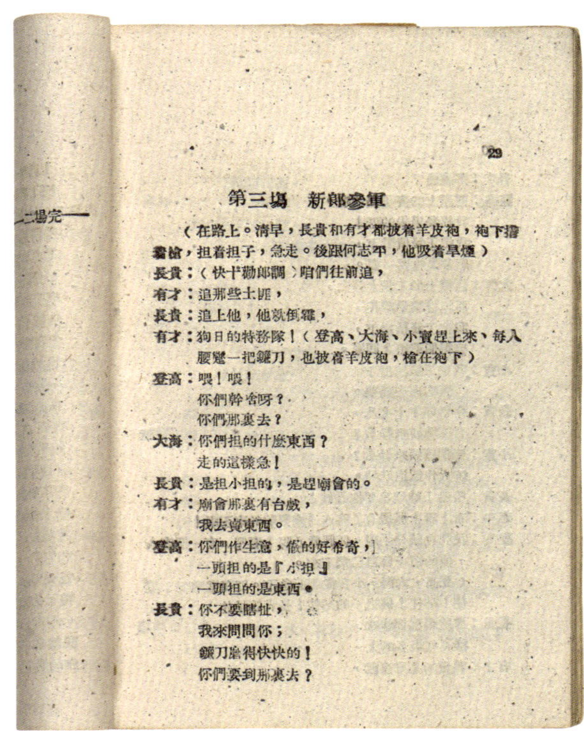

29

## 第三場　新郎參軍

（在路上。清早，長貴和有才都披着羊皮袍，袍下揩着槍，担着担子，急走。後跟何志平，他吸着旱煙）

長貴：（快干勸郎調）咱們往前追，
有才：追那些土匪，
長貴：追上他，他就倒霉，
有才：狗日的特務隊！（登高、大海、小寶趕上來、每人腰襞一把鐮刀，也披着羊皮袍，槍在袍下）
登高：喂！喂！
你們幹啥呀？
你們那裏去？
大海：你們担的什麼東西？
走的這樣急！
長貴：是担小担的，是趕廟會的。
有才：廟會那裏有台戲，
我去賣東西。
登高：你們作生意，倣的好希奇，
一頭担的是『小担』
一頭担的是東西。
長貴：你不要瞎扯，
我來問問你；
鐮刀磨得快快的！
你們要到那裏去？

图四：《无敌民兵》第三场《新郎参军》节选。图载本书第29页。

# 《李大娘送子归队》

《李大娘送子归队》剧本，国家博物馆收藏有两个版本，两版剧本的内容相同。一版封面标注为小歌剧，另一版为秧歌剧。

晋察冀军区政治部出版的《李大娘送子归队》，出版时间不详，17.5cm×12.6cm。铅印，共34页。封面最上印有黑色美术字“李大娘送子归队”七字，书名下有“（小歌剧），胡可、何迟作剧，张非、丁平、佩之作曲”字样，封面图画为房屋内拄杖的母亲在教育年轻的士兵。图画下印有“晋察冀军区政治部出版”字样。

另一版由华东渤海军区政治部宣传部选印，出版时间不详，8.2cm×12.5cm。横版，铅印，共77页。封面铅印红色书名《李大娘送子归队》，书名下铅印蓝色“秧歌剧”“第五集”和“华东渤海军区政治部宣传部选印”字样。封底贴有原收藏单位蓝印长方形藏书标签一枚，标签双行，上部印“类别”两字，后手写为“秧歌剧”，下行印“号码”两字，后手写编号为“4746”号。

1945年，抗日战争胜利后晋察冀边区的部队改编成野战军，作战区域扩大了。有些战士乡土观念比较严重，舍不得离开本乡本土去打仗，所以部队出现了因开小差而减员的现象。[1]针对这种现象，晋察冀军区抗敌剧社的何迟与胡可两作者根据一个真实的故事，合作完成了小歌剧《李大娘送子归队》。两人在创作之初决定，不受真人真事的限制，把故事放在当时已在进行的土地改革背景之下，并采用了戏曲的结构形式。

剧中主要人物：李大娘（50岁，简称娘），福元（20岁，简称福），新农会主席（老德叔，60岁，简称主），代表（女，孙玉兰，20岁，简称代）。

剧情介绍：李大娘的儿子福元参加了野战军后，因受不了累吃不了苦，又听信地主的狗腿子李魁华的挑唆，私自开小差回家了。到家后看到家里生活并不困难，才知道受了骗，但心里有鬼不敢说真话。李大娘是动员归队的模范，村里正准备开表彰李大娘、欢送归队战士的大会。李大娘通过忆苦思甜，诉说翻身后的好生活，教育福元承认错误。福元向大家表决心：不立下战功不回来见大家，最终和其他青年一起光荣归队。

全书分两部分：

第一部分是剧本的文字，文字的主体为剧中人物的台词。全剧分为六场，分别为李福元、李大娘、主席、探听、母爱、回头。每一场的开头用文字注明这一场的剧目和开场唱曲是全剧音乐的第几首等。同时剧本也在不同演员台词的前后，加注了括弧文字，提示人物上场的先后顺序，演员的动作与对白，快板、音乐、歌唱的起始、穿插等演出细节。

第二部分是剧本的曲谱，题目为“李大娘送子归队曲谱”。在剧本的题目之下注明曲谱为丁平、王佩之、张非三位作者合作，由张非整理。之后依次有乐队演奏的乐器、前奏曲的强弱、演员登场过门等详尽的文字说明。说明中标明乐队的乐器，可以由手风琴、提琴、二胡、板胡、笛子、三弦及板鼓、堂鼓、锣、钹、小锣、板、梆子组成。自此页至全书终，是以简谱形式印行的全剧十三首歌曲。华东渤海军区政治部宣传部选印的剧本，由于排版疏漏，错将第十三曲印成“曲十二”。

这出短剧，剧情并不复杂，思想意义却相当深刻。它表现了边区人民群众与共产党、八路军血肉相连的深厚感情和真挚的爱，对国民党反动派的刻骨仇恨。此剧具有轻松、活泼的风格，加以曲调流畅动听，成为当时根据地剧社演出较多的一部戏剧。[2] 许多群众在艺术欣赏中受到感奋和震动，一时间掀起父母送子妻送郎、光荣参军上前方的热潮。一些开小差的亲属也学习李大娘，痛痛快快地把自己的亲人送回部队。[3]

撰文：赵迎红

注释：

1. 参见政协天津市委员会文史资料研究委员会编：《天津文史资料选辑》（第47辑），天津人民出版社1989年版，第176页。

2. 何迟：《何迟文集》（下），百花文艺出版社1998年版，第554页。

3. 张学新，王玉树主编，中国解放区文学研究会天津分会编：《征战之路，文学之路》，文化艺术出版社1992年版，第198页。

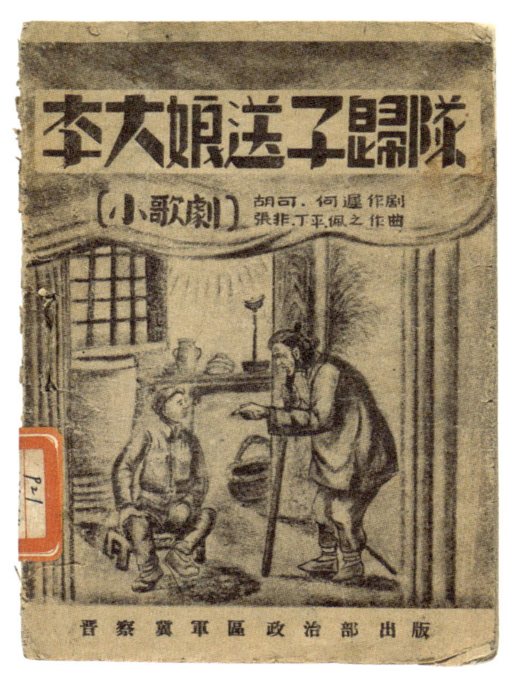


图一：《李大娘送子归队》（小歌剧），晋察冀军区政治部出版，出版时间不详。

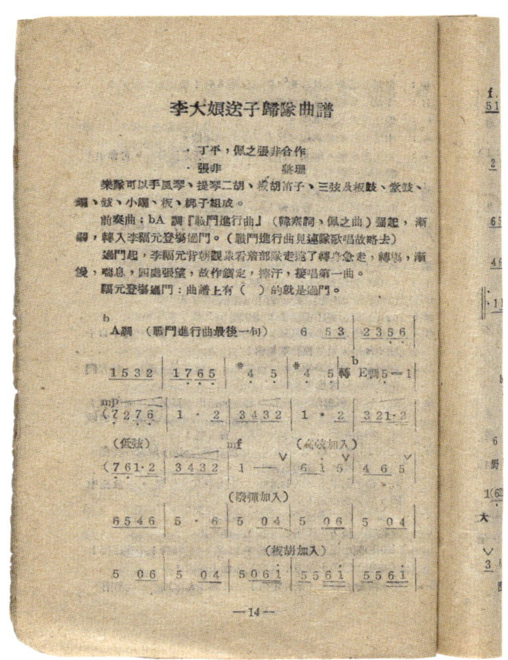

李大娘送子歸隊曲譜

·丁平，佩之張非合作
·張非 整理

樂隊可以手風琴、提琴二胡、板胡笛子、三弦及板鼓、堂鼓、鑼、鈸、小鑼、板、梆子組成。

前奏曲：bA 調「戰鬥進行曲」（韓塞詞、佩之曲）獨起，漸弱，轉入李福元登場過門。（戰鬥進行曲見連隊歌唱故略去）

過門起，李福元背朝觀衆看着部隊走遠了轉身急走，轉場，漸慢，喘息，四處張望，故作鎮定，擦汗，接唱第一曲。

福元登場過門：曲譜上有（ ）的就是過門。

bA調（戰鬥進行曲最後一句）

—14—

图二：小歌剧版《李大娘送子归队曲谱说明》，图载本书第14页。

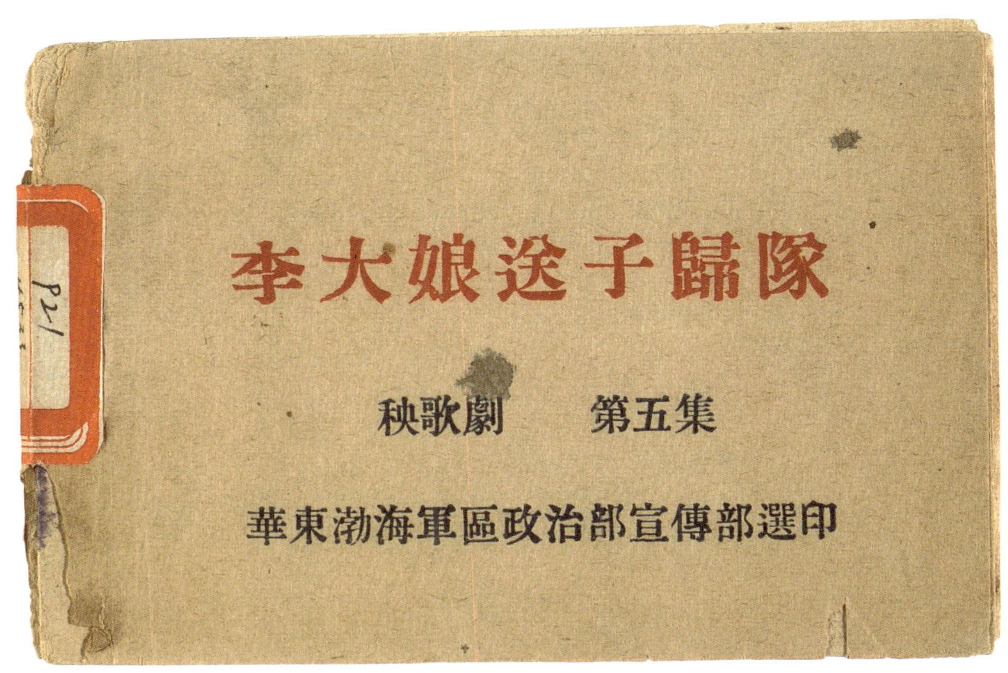


图三：《李大娘送子归队》（秧歌剧），华东渤海军区政治部宣传部选印，出版时间不详。

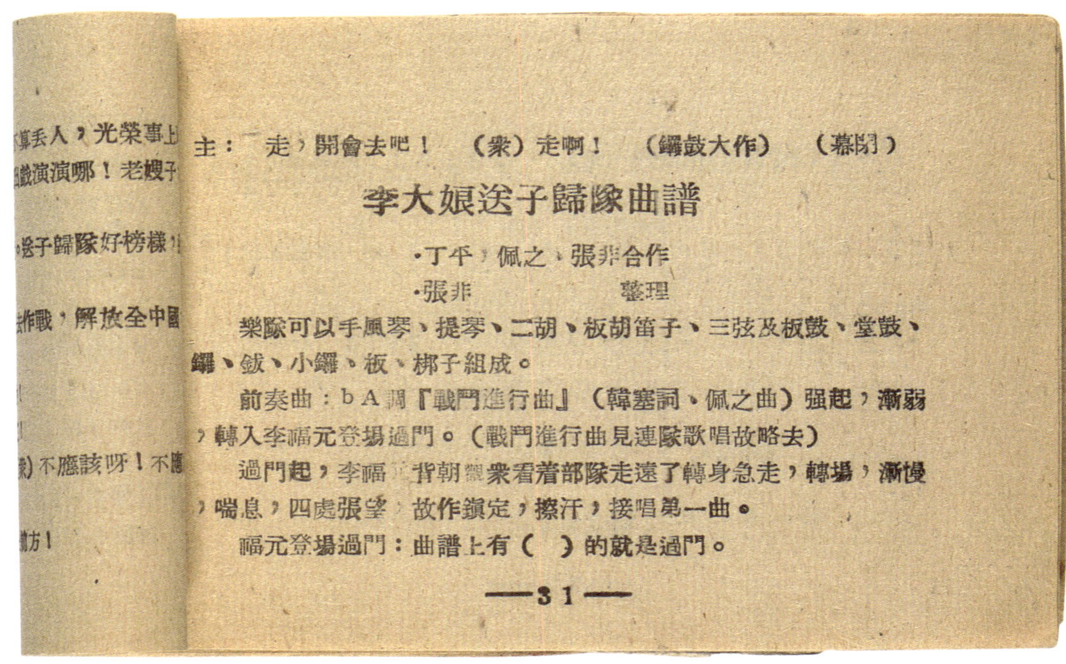

主：走，開會去吧！（衆）走啊！（鑼鼓大作）（幕閉）

李大娘送子歸隊曲譜

·丁千，佩之、張非合作
·張非　　　　　整理

樂隊可以手風琴、提琴、二胡、板胡笛子、三弦及板鼓、堂鼓、鑼、鈸、小鑼、板、梆子組成。

前奏曲：bA調『戰鬥進行曲』（韓塞詞、佩之曲）强起，漸弱，轉入李福元登場過門。（戰鬥進行曲見連隊歌唱故略去）

過門起，李福[illegible]背朝[illegible]衆看着部隊走遠了轉身急走，轉場，漸慢，喘息，四處張望，故作鎮定，擦汗，接唱第一曲。

福元登場過門：曲譜上有（　）的就是過門。

—31—

图四：秧歌剧版《李大娘送子归队曲谱说明》，图载本书第 31 页。

# 《孙大伯的儿子》

《孙大伯的儿子》，苏一平编剧，刘峰作曲，本剧作于1948年。西北新华书店印行，石印版，出版时间不详，18.0cm×12.8cm。共42页。

1948年初，解放军西北野战兵团遵照中央军委部署，在彭德怀、习仲勋等指挥下，以弱胜强，全歼胡宗南集团主力，彻底改变了西北战局。本剧作者看准时机，“迅速地抓取蒋管区人民群众掩护解放军伤员的故事，生动地揭示出：人心向背决定着战争命运的必然规律”。剧本展现了一段不是父子胜似父子的军民鱼水情，创作手法娴熟，人物形象丰满，音乐也富有独特的民族民间风格，优美动听，是苏一平的代表剧作之一。[1]

剧中主要人物：老党员孙宽善（63岁），我某部指导员陈爱民，孙妻，宽善之子孙金宝，活泼可爱的宽善之孙忠娃，宽善之女玛瑙，等等。

剧情介绍：陈爱民在战斗中负伤，被孙宽善老人救回家。敌人进行搜捕盘查时孙宽善老人将陈认作自己的儿子。面对敌人的恫吓和毒打，孙家祖孙三代以及被抓来作证的乡亲们，坚贞不屈，巧妙周旋。在孙大伯一家的悉心照料下，陈爱民很快痊愈，深情地认孙大伯为父。孙大伯送其归队，并给部队带路，杀回家乡孙家塬。

该剧为西北文艺工作团的重要演出剧目，“它以饱满的热情、曲折的情节、喜剧的色彩和群众的语言吸引了广大观众”，战士们看后振臂高呼“为孙大伯报仇！解放大西北！”人民群众也通过这出戏与解放军“沟通了感情，加深了了解，增进了友谊”，纷纷赞叹“解放军是人民的好子弟！”[2]

苏一平（1913年—1995年），陕西西安人，1939年赴延安，1940年在陕北公学文工队任指导员兼党支部书记，后到西北文艺工作团任团长兼陕甘宁边区文化协会组织部副部长，创作有《牛永贵挂彩》（作者之一）《红土岗》《红布条》等11部体裁多样、影响广泛的作品。[3]曾在《北京人》《无敌民兵》《红布条》等剧中出演主要角色。中华人民共和国成立后曾任中共中央宣传部文艺处副处长、中国艺术研究院党委书记兼副院长等职，曾参与主编16卷本《延安文艺丛书》。习仲勋称赞其为“深入群众生活、深受群众欢迎的优秀剧作家”[4]。

撰文：隆文

注释：

1. 参见丁毅，苏一平主编：《〈孙大伯的儿子〉后记》，《延安文艺丛书·歌剧卷》，湖南人民出版社1985年版，第714页。

2. 参见丁毅，苏一平主编：《〈孙大伯的儿子〉后记》，《延安文艺丛书·歌剧卷》，湖南人民出版社1985年版，第714页。

3. 参见贾冀川，顾瑜：《苏一平的戏剧世界》，《戏剧文学》，2010年第82页。

4. 参见艾克恩编选：《苏一平剧作选》，文化艺术出版社1990年版，第1页。

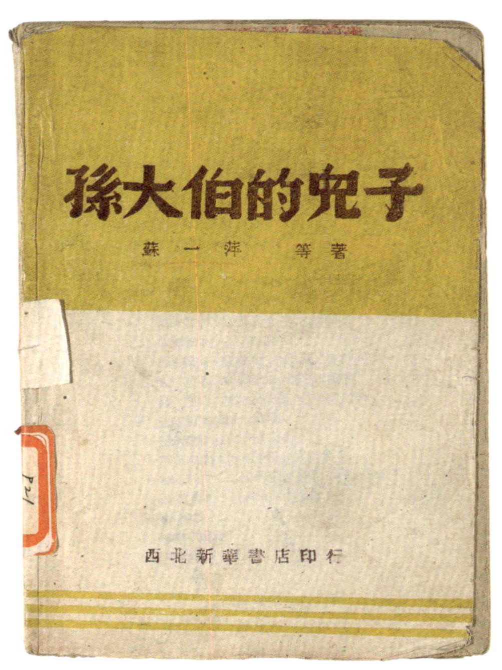


图一：《孙大伯的儿子》，苏一平编剧，刘峰作曲，西北新华书店印行，出版时间不详。

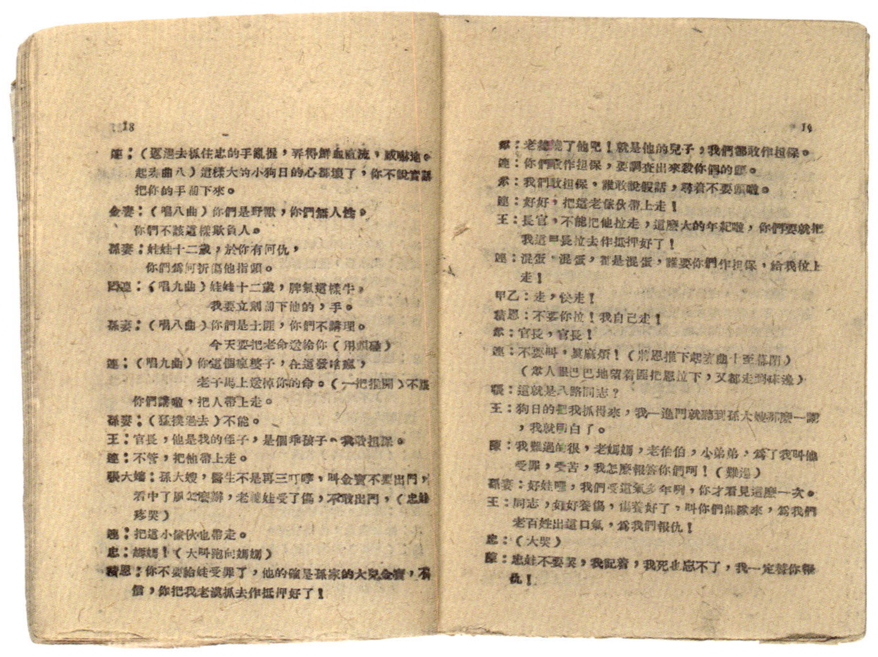

18

達：（逐過去抓住忠的手亂捏，弄得鮮血直流，敗嚇地。起來曲八）這樣大的小狗日的心都壞了，你不說實話把你的手剁下來。

金妻：（唱八曲）你們是野獸，你們無人性。你們不該這樣欺負人。

孫妻：娃娃十二歲，於你有何仇，你們爲何折傷他指頭。

四達：（唱九曲）娃娃十二歲，脾氣這樣牛，我要立刻剁下他的，手。

孫妻：（唱八曲）你們是土匪，你們不講理。今天要把老命送給你（用頭碰）

達：（唱九曲）你這個瘋婆子，在這發啥瘋，老子馬上送掉你的命。（一把推開）不跟你們講啦，把人帶上走。

孫妻：（猛撲過去）不能。

王：官長，他是我的侄子，是個乖孩子、我敢担保。

達：不管，把他帶上走。

張大嬸：孫大嫂，醫生不是再三叮嚀，叫金寶不要出門，若中了風怎麼辦，老漢娃受了傷，不敢出門，（忠娃疼哭）

達：把這小傢伙也帶走。

忠：媽媽！（大叫跑向媽媽）

積恩：你不要給娃受罪了，他的確是孫家的大兒金寶，不信，你把我老漢抓去作抵押好了！

19

鄰：老總饒了他兒！就是他的兒子，我們都敢作担保。

達：你們敢作担保，要調查出來殺你們的頭。

衆：我們敢担保，誰敢說假話，尋着不要頭啦。

達：好好，把這老傢伙帶上走！

王：長官，不能把他拉走，這麼大的年紀啦，你們要就把我這甲長拉去作抵押好了！

達：混蛋，混蛋，都是混蛋，誰要你們作担保，給我拉上走！

甲乙：走，快走！

積恩：不要你拉！我自己走！

衆：官長，官長！

達：不要叫，真麻煩！（將恩推下却玄曲十至幕閉）（衆人眼巴巴地望着匪把恩拉下，又都走到床邊）

張：這就是八路同志？

王：狗日的把我抓得來，我一進門就聽到孫大嫂那麼一說，我就明白了。

陳：我難過的很，老媽媽，老伯伯，小弟弟，爲了我叫他受罪，受苦，我怎麼報答你們呵！（難過）

孫妻：好娃哩，我們受這氣多年咧，你才看見這麼一次。

王：同志，好好養傷，傷養好了，叫你們部隊來，爲我們老百姓出這口氣，爲我們報仇！

忠：（大哭）

陳：忠娃不要哭，我記着，我死也忘不了，我一定替你報仇！

图二：《孙大伯的儿子》第二场剧本，描述了孙大伯的小孙子忠娃受重刑也坚贞不屈，拒不吐实的内容。图载本书第18—19页。

5

曲艺在我国有广泛的群众基础。在解放区群众文艺运动中，曲艺创作更是得到了较大的改造与发展。这种说唱艺术在20世纪三四十年代，进入了一个特定的历史时期，为了配合自由、民主、战斗和解放的现实需要，中国共产党运用各种说唱艺术进行革命宣传活动。由于其短小精悍、朗朗上口、形式简单、易于传播的特性，成为教育群众、打击敌人的有力武器。这些说唱作品时刻紧扣时代主题，彰显革命英雄主义、集体主义、乐观主义是这一时期艺术创作的主要基调。

在民族解放炮声响起的时候，来自祖国各地的艺术工作者、诗人、作家及当地的民间艺人等各领域的革命志士和艺术团体，都纷纷扛起说唱艺术这一锐器积极地投身到解放战争的洪流中。

# 《翻身鼓词》

《翻身鼓词》，滨海行署文教处编，山东新华书店发行，铅印，民国三十五年（1946）出版。18.0cm × 12.8cm。封面为红蓝黑三色套印，画面精美。封面钤“华北新华书店编辑部参考室”紫文椭圆印。鼓词内容共 21 页。

山东省抗日根据地滨海区下属的莒南县大店地主群体，多利用官僚地主的身份，大规模出租土地、投资工商业。以占有耕地几万亩的庄氏为代表，这些地主家族在省内外如济南、北京等地拥有大量公司、商号，历史上一直被当作封建地主的典型，成为减租减息、土地改革的重点工作对象。经过一系列革命工作，这些地主的工商业势力被大幅削弱。[1] 以大店庄氏地主为批判对象的文艺作品直至中华人民共和国成立后还在创作出版，如 1964 年山东省莒南县委办公室编有《大店庄阎王》[2]。

这部鼓词的主题是批判莒南县大店的地主庄阎王，歌颂农民翻身解放。鼓词开篇以一首《西江月》定下基调，歌颂共产党和民主政府给人民带来的幸福生活。接着引入恶霸地主庄阎王和穷苦农民生活水平的对比，并列举许玉兰、曹文千、周家儿媳、赵光兴、张晋中、魏学墩、游击队长朱玄苍等被庄阎王盘剥、欺压甚至迫害致死的血泪故事。八路军队伍解放大店后，农救会开会批斗庄阎王并把他上交政府处理。鼓词在描述村民欢庆翻身解放的场景中结束。

撰文：宋现

注释：

1. 参见陈建国：《中共山东地方史》（第 1 卷），山东人民出版社 1998 年版，第 372 页；王友明：《试析解放区土地改革运动的经济绩效——以山东解放区莒南县为个案》，徐秀丽、王先明：《中国近代乡村的危机与重建：革命、改良及其他》（第 2 辑），社会科学文献出版社 2013 年版，第 381—403 页。
2. 参见王友明：《山东莒南县土地改革研究 1941—1948》，上海社会科学院出版社 2006 年版，第 202 页。

图一：《翻身鼓词》，滨海行署文教处编，民国三十五年（1946）出版。

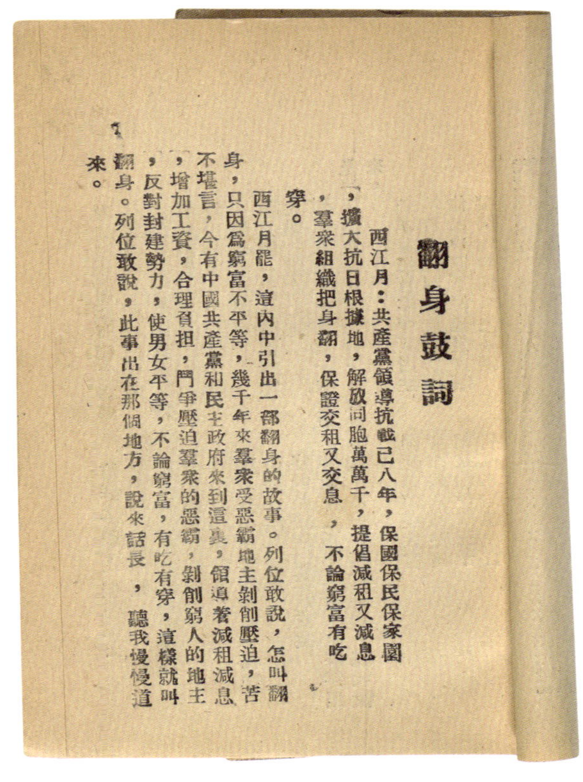

翻身鼓詞

西江月：共產黨領導抗戰已八年，保國保民保家園，擴大抗日根據地，解放同胞萬萬千，提倡減租又減息，羣衆組織把身翻，保證交租又交息，不論窮富有吃穿。

西江月罷，這內中引出一部翻身的故事。列位敢說，怎叫翻身，只因爲窮富不平等，幾千年來羣衆受惡霸地主剝削壓迫，苦不堪言，今有中國共產黨和民主政府來到這裏，領導着減租減息，增加工資，合理負担，鬥爭壓迫羣衆的惡霸，剝削窮人的地主，反對封建勢力，使男女平等，不論窮富，有吃有穿，這樣就叫翻身。列位敢說，此事出在那個地方，說來話長，聽我慢慢道來。

图二：鼓词开头部分。该鼓词以传统曲艺形式表现了新形势下的新主题。图载本书第1页。

# 《民兵缴大炮》

《民兵缴大炮》（快板·第一辑），属于“爱国自卫大众文艺小丛书”，华中北线后勤司令部编，华中新华书店出版，铅印，竖版右开，1946年出版，13.6cm×9.9cm。全书共12页，收录快板作品8首。封面有蓝色长方形“华中新华书店总营业处编辑部”章、蓝色椭圆形“华北新华书店参考室编辑部”章各一枚。

国民党发动全面内战期间，华中新华书店在动荡不安的时局下，仍陆续出版发行了一系列书籍，“爱国自卫大众文艺小丛书”便是其中之一。华中新华书店1945年冬天成立，1947年初北撤山东，与山东新华书店合并，改名华东新华书店，仅存在了一年多的时间。[1]同时，也由于丛书出版变化与文献的散佚缺失等原因，现在能查阅到的这些丛书子目及版本仅有几种，包括《民兵缴大炮》《歪嘴徐三郎》《两把刀》等。[2]

本书选取的8首快板书十分具有当时的时代特征，如歌颂新四军重挫国民党精锐部队的《涟水保卫战》；描述在党的领导下，民兵团体踊跃作战、取得胜利的《民兵缴大炮》；鼓励广大群众积极加入共产党、拥军参军、打破旧社会的不平等从而翻身做主人的《组织起》《主力上前线》《翻身保田》；描绘解放后幸福生活的《蒋军没落逃》《赶走老蒋才幸福》等等。这些快板词内容生动、故事性强、语句朴实、短小精悍而又一针见血，成为鼓舞军民士气的重要精神食粮之一。著名社会教育家李公朴也曾十分感慨：“歌咏已经成为边区人民大众的日常生活；救亡歌曲和各类曲艺形式的出现已经代替了过去人民消闲或工作中口头所唱的一切陈词滥调。”[3]

撰文：戴畋

注释：

1. 倪波，穆伟铭主编：《江苏图书编辑史》，江苏人民出版社1994年版，第303页。
2. 王荣：《1940年代延安文艺专科性丛书述略》，《中国现代文学研究丛刊》2014年第7期。
3. 金一南：《魂兮归来：金一南讲抗日战争》，北京联合出版公司2015年版，第207页。

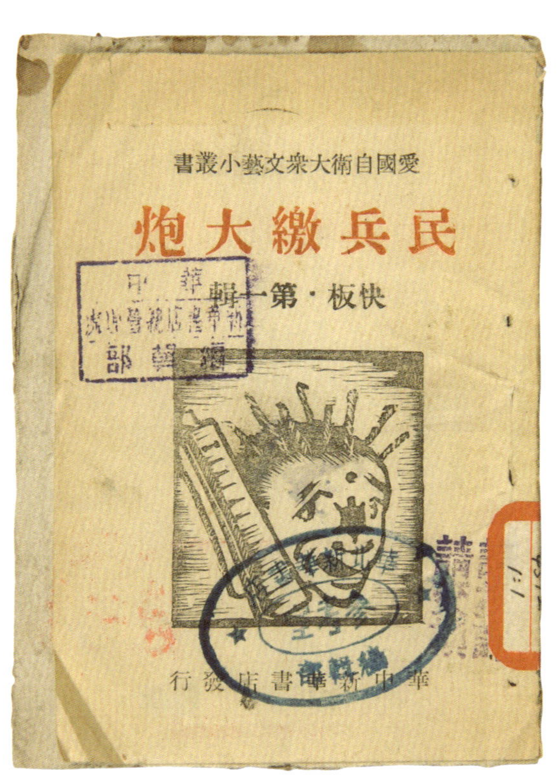


图一：《民兵缴大炮》，华中北线后勤司令部编，1946年出版。

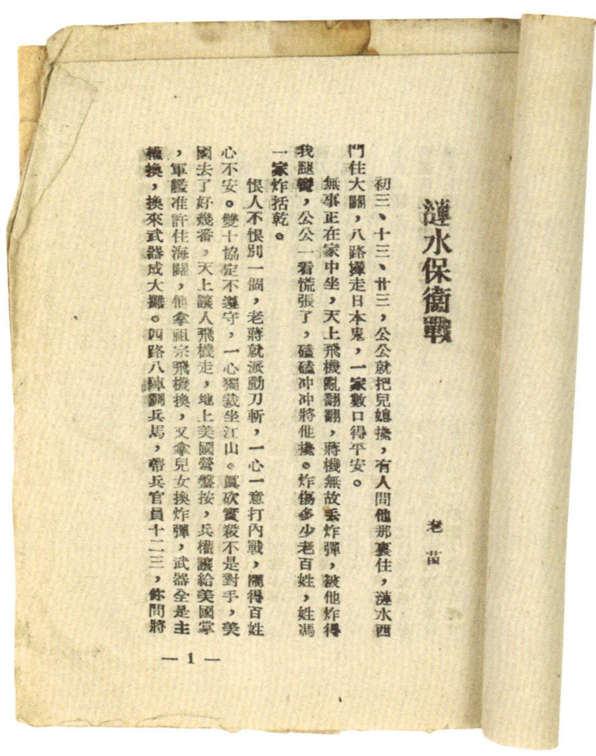

漣水保衛戰

老苗

初三、十三、廿三，公公就把兒媳換，有人問他那裏住，漣水西門住大關，八路攆走日本鬼，一家數口得平安。

無事正在家中坐，天上飛機亂翻翻，蔣機無故丟炸彈，被他炸得我腿彎，公公一看慌張了，磕磕冲冲將他攙。炸傷多少老百姓，姓馮一家炸括乾。

恨人不恨別一個，老蔣就派動刀斬，一心一意打內戰，鬧得百姓心不安。雙十協定不遵守，一心獨裁坐江山。亂砍實殺不是對手，美國去了好幾番，天上讓人飛機走，地上美國營盤按，兵權讓給美國掌，軍艦准許住海關，他拿祖宗飛機換，又拿兒女換炸彈，武器全是主權換，換來武器成大難。四路八陣翻兵馬，帶兵官員十二三，你問將

—1—

图二：《涟水保卫战》，收录于《民兵缴大炮》中，作者老苗。图载本书第1页

# 《平妖记》

《平妖记》（鼓词），陈明著，安波配曲，新华书店晋察冀分店印行，封面设计为张仃，1946年3月初版，18.2cm×12.8cm。全书共86页，其中曲谱部分24页，收录曲谱15首。书中附有作者前记，概要地介绍了本书的创作背景和创作经过，作者也在前记中对帮助他完成本书的安波同志特意表示了感谢。附录部分第59页至第62页附有安波作《关于陕北说书音乐》，介绍了相关的音乐基础知识。

1944年八九月间，在延安召开了陕甘宁边区文教大会，与会者中有很多群众文艺工作模范。民间诗人林山邂逅了韩起祥，两人发起了陕北新说书运动。此后，文协成立说书小组，由林山、陈明同志负责。《平妖记》就是陈明同志在这期间学写说书的成果。

有个偏僻的村子叫聚财山，人很少，有个巫婆装神弄鬼，区里和村里的干部封建迷信，相信鬼神。县委派人下去调查，破了案。陈明根据这个故事，学习韩起祥的说书文体，创作了《平妖记》，后来《解放日报》选登了其中的几段，新华书店还出了单行本。[1]

陈明，原名陈芝祥，1917年出生，鄱阳县双港镇小华村人。幼年在家启蒙，曾就读于东吴大学附属第二中学、上海麦伦中学。他是"一二·九"运动上海中学生抗日救国联合会的创始人和组织者。1936年夏加入中国共产党。同年秋考入上海商学院，不久即奔赴陕北抗日根据地延安，进入中国人民抗日军政大学第二期学员班学习。1937年8月为十八集团军西北战地服务团的宣传股长，1939年调陕甘宁边区留守兵团政治部烽火剧团任团长。1949年，他在中央文艺部门工作。1956年，因为妻子丁玲（中国文坛巨星）翻案，被错划为右派，1958年3月，被遣往北大荒劳动。1970年，夫妻分别被押回北京关进监狱，1975年5月无罪释放，下放到山西长治农村劳动，1979年初返回北京。同年10月，夫妻两人恢复了党籍。他离休前为中央文化部作家。[2]

剧中主要人物：杨万昌（四五十岁，老汉，农民），程项（自称巫神，心术不正，以骗人为生计），程项妻（17岁，老实人），鲁四（年轻庄稼汉，程项的同伙），鲁四老娘（老妪，眼花耳背），苏营长（区政府派来调查的人，脾气火爆），张华仁（区政府第二次派来调查的人），孙乡长，李区长。

剧情介绍：本剧讲述了神棍程项伙同鲁四装神弄鬼，坑骗聚财山乡亲，最终被区政府派来的调查员查明真相绳之以法的故事。杨万昌家小女儿偶感风寒，老实人杨万昌请来程项给女儿治病，没想程项一针下去扎死了女儿，杨老汉失去女儿自己经不住打击病倒了，又请来草沟傅贵安装神，程项得知上门的买卖被人抢走，心有不甘，勾结鲁四决定装神弄鬼报复杨老汉。接连闹鬼弄得村里人心惶惶，县委请苏营长调查，苏营长脾气火爆抓了程项鲁四就往回押，路上鞭打程项，程项装死躲过了区里的抓捕。逃过一劫的程项变本加厉地装神弄鬼，坑骗乡里人钱财。区里又派来第二位调查员张华任，一番斗智斗勇之后，终于将事实查了个水落石出，最终将程项二人绳之以法。

《平妖记》是一次大胆的尝试，也是一次史诗性的写作。[3]它以说书的形式，以通俗易懂的语言讲述了一个装神弄鬼的神棍利用无知村民封建迷信的心理祸害大众，最终党和部队破除迷信制裁神棍的故事，对大众起到了极好的教育作用。

撰文：孙睿

注释：

1. 参见陈明：《我与丁玲五十年：陈明回忆录》，中国大百科全书出版社 2010 年版，第 84 页。

2. 参见中共上饶市党委史办编：《在北京的上饶人》，2003 年，第 97 页。

3. 参见向云驹：《一段曲艺往事的启示》，《曲艺》2015 年第 7 期。

图一：《平妖记》（鼓词），陈明著，安波配曲，1946年3月初版。

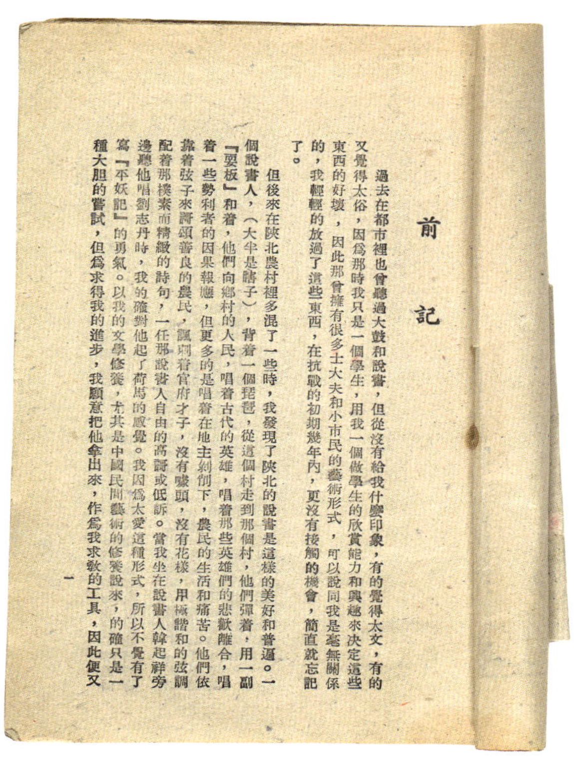

前記

過去在都市裡也曾聽過大鼓和說書，但從沒有給我什麼印象，有的覺得太文，有的又覺得太俗，因爲那時我只是一個學生，用我一個做學生的欣賞能力和興趣來決定這些東西的好壞，因此那會擁有很多士大夫和小市民的藝術形式，可以說同我是毫無關係的，我輕輕的放過了這些東西，在抗戰的初期幾年內，更沒有接觸的機會，簡直就忘記了。

但後來在陝北農村裡多混了一些時，我發現了陝北的說書是這樣的美好和普遍。一個說書人，（大半是瞎子），背着一個琵琶，從這個村走到那個村，他們彈着，用一副『耍板』和着，他們向鄉村的人民，唱着古代的英雄，唱着那些英雄們的悲歡離合，唱着一些勢利者的因果報應，但更多的是唱着在地主剝削下，農民的生活和痛苦。他們依靠着弦子來謌頌善良的農民，諷刺着官府才子，沒有噱頭，沒有花樣，用極諧和的弦調配着那樸素而精緻的詩句，一任那說書人自由的高謌或低訴。當我坐在說書人韓起祥旁邊聽他唱劉志丹時，我的確對他起了荷馬的感覺。我因爲太愛這種形式，所以不覺有了寫『平妖記』的勇氣。以我的文學修養，尤其是中國民間藝術的修養說來，的確只是一種大胆的嘗試，但爲求得我的進步，我願意把他拿出來，作爲我求教的工具，因此便又

一

图二：《平妖记》（鼓词）前言。

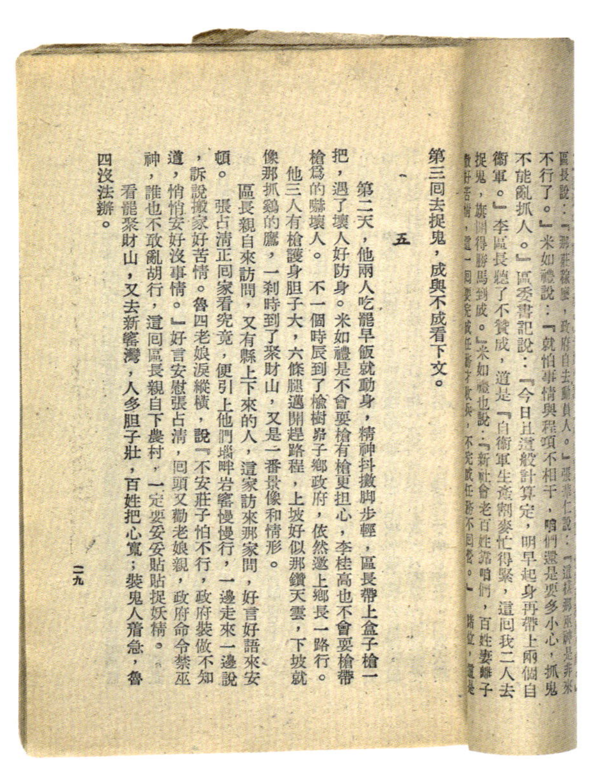

第三回去捉鬼，成與不成看下文。

五

第二天，他兩人吃罷早飯就動身，精神抖擻脚步輕，區長帶上盒子槍一把，過了壞人好防身。米如禮是不會耍槍有槍更担心，李桂高也不會耍槍帶槍爲的嚇壞人。不一個時辰到了榆樹峁子鄉政府，依然邀上鄉長一路行。他三人有槍護身胆子大，六條腿邁開趕路程，上坡好似那鑽天雲，下坡就像那抓鷄的鷹，一剎時到了聚財山，又是一番景像和情形。

區長親自來訪問，又有縣上下來的人，這家訪來那家問，好言好語來安頓。

張占清正回家看究竟，便引上他們墹畔岩窰慢慢行，一邊走來一邊說，訴說搬家好苦情。魯四老娘淚縱橫，說『不安莊子怕不行，政府裝做不知道，悄悄安好沒事情。』好言安慰張占清，回頭又勸老娘親，政府命令禁巫神，誰也不敢亂胡行，這回區長親自下農村，一定要妥妥貼貼捉妖精。

看罷聚財山，又去新窰灣，人多胆子壯，百姓把心寬；裝鬼人着急，魯四沒法辦。

二九

图三：《平妖记》（鼓词）第五场内容。

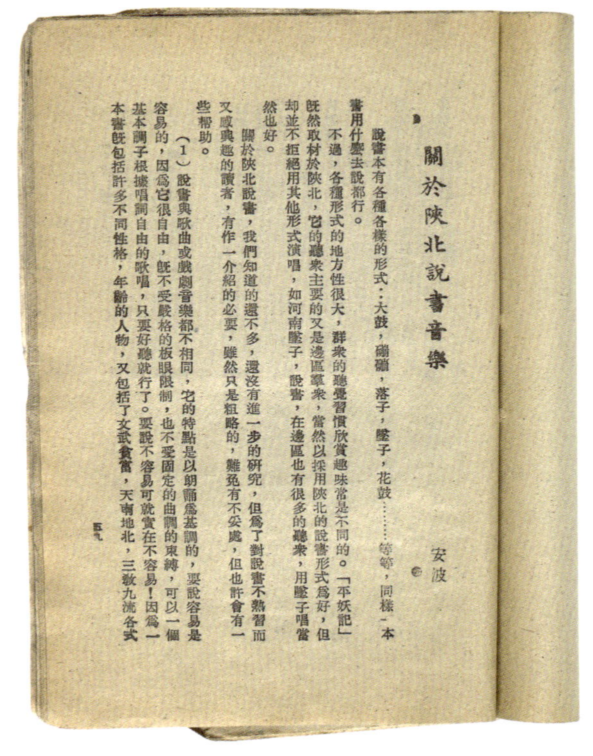

關於陝北說書音樂

安波

說書本有各種各樣的形式：大鼓，磞磞，落子，墜子，花鼓……等等，同樣一本書用什麼去說都行。

不過，各種形式的地方性很大，群衆的聽覺習慣欣賞趣味常是不同的。「平妖記」既然取材於陝北，它的聽衆主要的又是邊區羣衆，當然以採用陝北的說書形式爲好，但却並不拒絕用其他形式演唱，如河南墜子，說書，在邊區也有很多的聽衆，用墜子唱當然也好。

關於陝北說書，我們知道的還不多，還沒有進一步的研究，但爲了對說書不熟習而又感興趣的讀者，有作一介紹的必要，雖然只是粗略的，難免有不妥處，但也許會有一些幫助。

（1）說書與歌曲或戲劇音樂都不相同，它的特點是以朗誦爲基調的，要說容易是容易的，因爲它很自由，既不受嚴格的板眼限制，也不受固定的曲調的束縛，可以一個基本調子根據唱詞自由的歌唱，只要好聽就行了。要說不容易可就實在不容易！因爲一本書既包括許多不同性格，年齡的人物，又包括了文武貪富，天南地北，三教九流各式

五九

图四：安波所著《关于陕北说书音乐》。图载本书第59页。

# 《巩固和平》

《巩固和平》（时事鼓词），群众读物之十四，古立高作，晋察冀边区行政委员会编审委员会编辑，晋察冀边区教育阵地社出版，新华书店晋察冀分店发行，新察哈尔报社印刷，铅印，1946年4月出版，18.3cm×12.8cm。全书共10页。

新华书店晋察冀分店于1941年5月5日成立，业务上受新华书店总店指导，行政上受晋察冀日报社领导。书店主要经售报刊和图书。解放战争开始后，新华书店晋察冀分店返回冀晋区根据地。1947年3月，书店和新华印刷局合并，仍以新华书店晋察冀分店的名义出书。不久，冀晋、冀中新华书店也先后并入其中，改名为晋察冀新华书店。[1]

作者古立高，原名顾立高，笔名立高，河北阜平人，小说家、作曲家。抗日战争爆发后参加八路军，当过文工团演员、创作员，部队连、营宣传科长。曾从事敌伪军工作和情报工作，曾多次深入敌占区进行政治攻势和武装宣传，参加过绥包、大同、清风店、石家庄及太原等战役。1938年加入中国共产党，1942年开始文学创作。中华人民共和国成立后任《人民文学》编辑，中国作家协会会员。由于绝大多数时间随军战斗，作品多数反映部队生活，主要作品有长篇小说《屹立的群峰》等，短篇小说集《老营长》《永生的战士》等。[2]

《巩固和平》用通俗的语言分析抗战后国内的形势。首先讲述八路军解放张家口后，人民生活的变化。书中“种地的有了永佃权，减租减息日子上升”，此处有红色铅印“保障了”三个字覆盖在“有了永”上，推测是成书后作者或编审人员认为“永佃权”与实际状况不符，所作的修改。鼓词还讲述了抗战胜利后，国民党反动派唯恐天下不乱，在各界召开庆祝协商会议成功的大会上，打伤了郭沫若、施复亮、李公朴的事件等。“动武的勇士旗开得胜，奇怪的事儿叫人摸不清！”此处有红色铅印“暴徒”两个字覆盖在“勇士”上。最后通过八路军和国民党反动派的对比，鼓舞全国人民必须团结，一心跟着共产党，不屈不挠，巩固和平。

撰文：赵春红

注释：

1. 参见齐峰，李雪枫：《山西革命根据地出版史》，山西人民出版社2013年版，第52页。
2. 参见首都图书馆编：《首都图书馆藏革命历史文献书目提要》，北京图书馆出版社2013年版，第118页。

图一：《巩固和平》，古立高作，1946年4月出版。

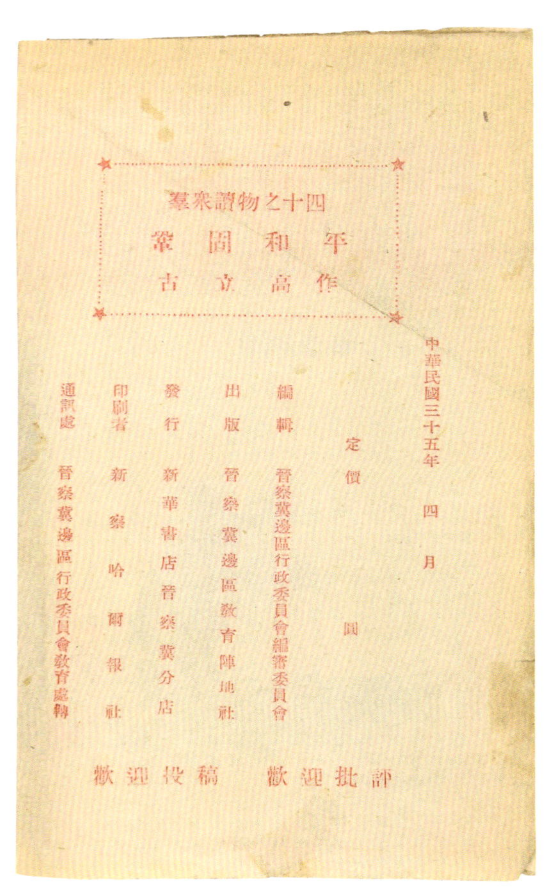

羣衆讀物之十四
鞏固和平
古立高作

中華民國三十五年四月

定價 圓

編輯 晉察冀邊區行政委員會編審委員會
出版 晉察冀邊區教育陣地社
發行 新華書店晉察冀分店
印刷者 新察哈爾報社
通訊處 晉察冀邊區行政委員會教育處轉

歡迎批評 歡迎投稿

图二：《巩固和平》版权信息。图载本书版权页。

# 《民族气节女英雄杨怀英》

《民族气节女英雄杨怀英》（鼓词），王树萍作，晋察冀边区行政委员会编辑委员会编辑，晋察冀边区教育阵地社出版，新华书店晋察冀分店发行，新华印刷工厂印刷，群众读物之十七，石印，竖版右开，1946年5月出版，18cm×12cm。共19页。

本书封面下半部分为套色木刻版画，描绘了凶残的日本人正指挥一条狼狗，疯狂地扑向被绑在树上的抗日志士的可怕瞬间。画面构图完整，用刀简练准确，运用红黑白三色的视觉反差，生动地刻画出鬼子的丧心病狂和英雄的威武不屈，给人以强烈的心灵震撼，也鲜活地诠释了本书主题。晋察冀边区的木刻版画艺术成就突出，“解放区的农民（大部分是文盲）正是从这些比文字更易懂的木刻版画中得到革命的教育和力量”[1]。

封底正中印有直径2.3cm黑色圆形新华印刷工厂徽标，文字为繁体美术字。封底左下角粘贴4.5cm×5cm“中共晋西北地委宣传部”藏书标签，类别为钢笔黑墨手写“文艺”，编号空缺，年月为钢笔黑墨手写“49、8、1”，应为本书登记入藏日期。

在素有“军区之骄子”美誉的抗敌剧社，许多作者既能写剧本，又擅编鼓词，经常根据实际斗争的需要，现编现演，迅速普及、发扬了新曲艺审美教育和舆论宣传的战斗特色。[2]抗敌剧社创作组成员王树萍，为庆祝1946年三八节，专门编创此书。它与同类题材的歌曲、妇联编写的小册子《民族英雄杨怀英》等，都曾在边区广为流传[3]。

故事梗概：杨怀英13岁被卖到涿鹿县做童养媳，吃尽了苦头。平西抗日根据地建立后，终于过上丰衣足食、自由平等的生活，于是积极参加抗日活动，还支持丈夫加入共产党。1941年其丈夫在日军扫荡时不幸遇害。杨怀英继承遗志，继续斗争，于1942年9月被捕。敌人用尽酷刑，甚至放出狼狗，逼她说出党的机密，杨怀英大义凛然，宁死不屈，在受尽折磨四个多月后，终于逃出虎口，回到根据地。民主政府帮助她申冤报仇，惩办了汉奸特务。1944年10月晋察冀行署召开群英会，授予她“民族英雄”称号，并批准其为中共党员。

杨怀英在边区先后担任涞水县六区妇联委员，涞涿县五区妇联主任、副区长。中华人民共和国成立后，她历任石家庄第一粮库股长、河北省直属机关西医门诊部政治干事、河北医学院结核病医院保管员等职，1967年9月7日因病去世。

撰文：隆文

注释：

1. 参见王颖：《解放区木刻发展的社会条件》，《美术观察》，2005年，第93页。
2. 参见王剑清，冯健男：《晋察冀文艺史》，中国文联出版社1989年版，第524页。
3. 参见保定人物志编辑委员会编：《保定人物志》，中央文献出版社2011年版，第715页。

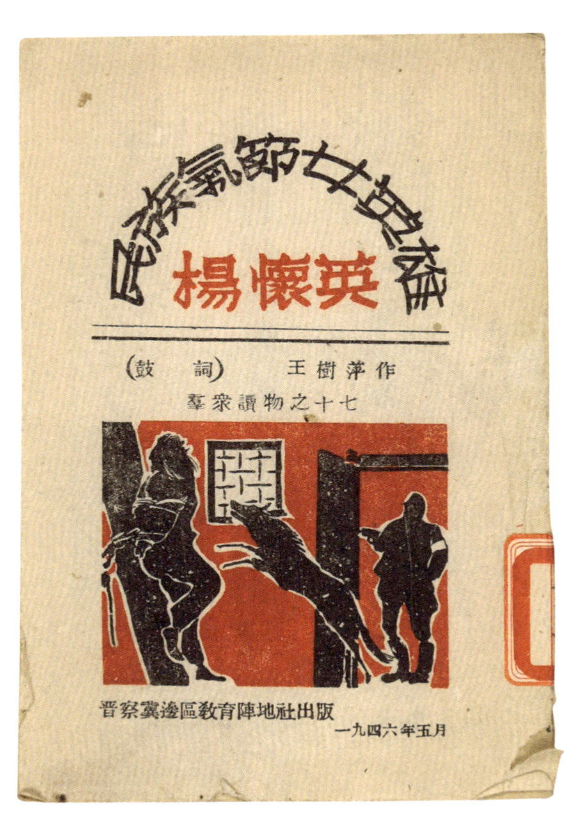


图一：《民族气节女英雄杨怀英》（鼓词），王树萍作，由晋察冀边区行政委员会编辑委员会编辑，1946年5月出版，群众读物之十七。

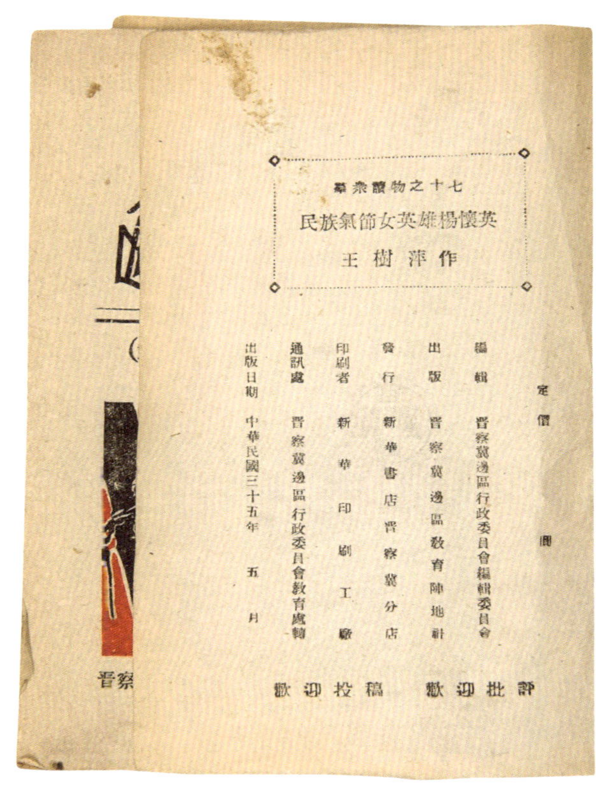
群衆讀物之十七

民族氣節女英雄楊懷英

王樹萍作

定價　圓

編輯　晉察冀邊區行政委員會編輯委員會

出版　晉察冀邊區教育陣地社

發行　新華書店晉察冀分店

印刷者　新華印刷工廠

通訊處　晉察冀邊區行政委員會教育處轉

出版日期　中華民國三十五年五月

歡迎批評　歡迎投稿

图二：《民族气节女英雄杨怀英》（鼓词）版权信息。图载本书封三。

# 《李盛兰献古钱》

《李盛兰献古钱》（鼓词），车毅作，群众读物之十八，晋察冀边区行政委员会编辑，晋察冀边区教育阵地社出版，新华书店晋察冀分店发行，新华印刷工厂印刷，石印，1946年5月出版，18.0cm×12.0cm。全书共16页。

本书封面为红绿双色套印，中间两枚绿色古钱正反面叠放图案，简洁醒目。崇宁通宝为宋徽宗崇宁年间（1102年—1106年）铸行钱币，有多种版式，铸工精美，钱文为徽宗御书瘦金体，被誉为“宋代第一泉”，徽宗赵佶因此与王莽并称“钱法二圣”[3]，足见其珍贵。封面中间靠左侧钤有“（□）（□）（□）存书”长方形朱文印章，蓝色墨水手写“文艺”类，第“030”号，似为某单位藏书。封底正中印有直径2.3cm红色圆形新华印刷工厂徽标。

1939年4月，晋察冀边区行政委员会教育处创办《边区教育》月刊，1943年1月改称《教育阵地》，此后以“晋察冀边区教育阵地社”的名义，编印出版大量学生课本、教学参考书，以及童话、鼓词、故事、话剧、歌集等多种体裁的通俗文艺读物，并有“新教育”“群众读物”等系列丛书问世。“群众读物”包括《时事参考》《民族气节女英雄杨怀英》等二十余册，本书为第十八册。1947年11月30日，《教育阵地》终刊。[1]

本书卷首伯人撰写的《前记》讲述了晋察冀边区阜平县高街村农民李盛兰，向民主政府捐献古钱的事迹，与鼓词大意相同。1927年2月，李盛兰家人无意中挖出古钱八百斤，官府威逼利诱，妄图借机大发横财，李盛兰拒不交出。抗战爆发后，共产党、八路军挺进敌后，建立抗日根据地，李盛兰义无反顾把古钱捐献出来，希望用它来制造武器，早日消灭日本强盗。为感谢李盛兰的壮举，晋察冀军区领导专门宴请他并合影留念，还奖励其一匹大骡子，他感到无上光荣。

车毅，原名车淑兰，1938年参加八路军，后分配到晋察冀边区抗敌剧社任演员，曾在《弄巧成拙》《白毛女》等剧中饰演角色，创作有剧本《军民之间》、鼓词《李盛兰献古钱》。1949年出席第一次中华全国文学艺术工作者代表大会[2]。中华人民共和国成立后先后任北京电影制片厂办公室主任、北京军区战友话剧团副团长，参演过《槐树庄》等10余部电影，导演过《人往高处走》《人逢佳节》等电视剧。

撰文：隆文

注释：

1. 齐峰、李雪峰：《山西革命根据地出版史》，山西人民出版社2013年版，第57页。
2. 钱丹辉主编：《解放区文艺大辞典》，安徽文艺出版社1992年版，第538页。
3. 华光谱主编：《中国古钱大集》，湖南人民出版社2008年版，第546页。

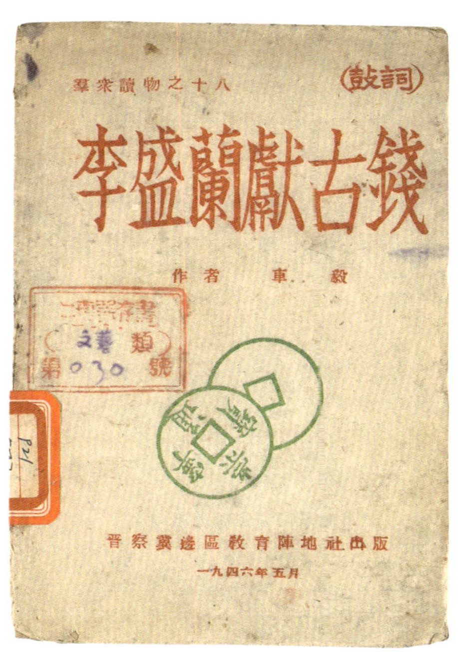


图一：《李盛兰献古钱》（鼓词）封面，车毅著，晋察冀边区行政委员会编辑，1946年5月出版

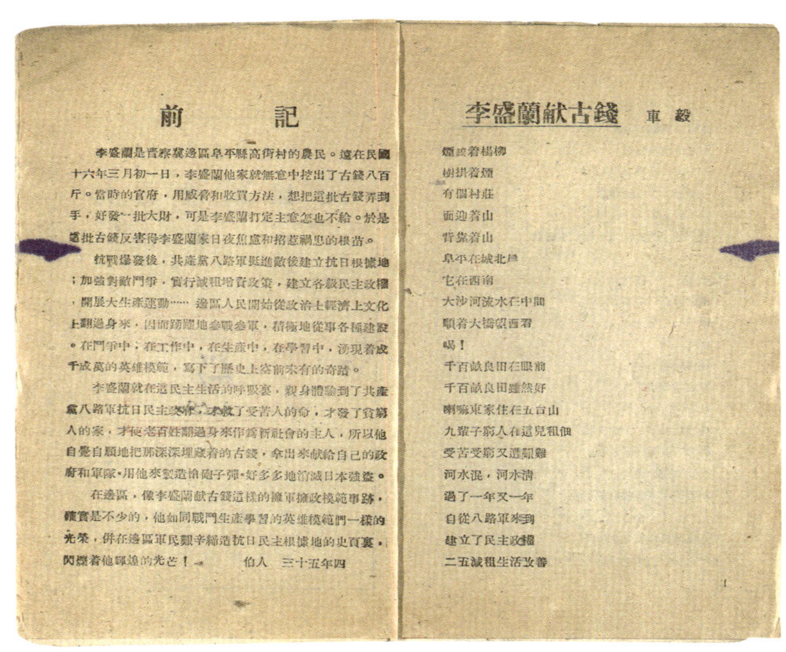

前記

李盛蘭是晉察冀邊區阜平縣高街村的農民。遠在民國十六年三月初一日，李盛蘭他家就無意中挖出了古錢八百斤。當時的官府，用威脅和收買方法，想把這批古錢弄到手，好發一批大財，可是李盛蘭打定主意怎也不給。於是這批古錢反害得李盛蘭家日夜焦慮和招惹禍患的根苗。

抗戰爆發後，共產黨八路軍挺進敵後建立抗日根據地；加強對敵鬥爭，實行減租增資政策，建立各級民主政權，開展大生產運動……邊區人民開始從政治上經濟上文化上翻過身來，因而踴躍地參戰參軍，積極地從事各種建設。在鬥爭中，在工作中，在生產中，在學習中，湧現着成千成萬的英雄模範，寫下了歷史上空前未有的奇蹟。

李盛蘭就在這民主生活的呼吸裏，親身體驗到了共產黨八路軍抗日民主政府，才救了受苦人的命，才發了貧窮人的家，才使老百姓翻過身來作為新社會的主人，所以他自覺自願地把那深深埋藏着的古錢，拿出來獻給自己的政府和軍隊，用他來製造槍砲子彈，好多多地消滅日本強盜。

在邊區，像李盛蘭獻古錢這樣的擁軍擁政模範事跡，確實是不少的，他如同戰鬥生產學習的英雄模範們一樣的光榮，併在邊區軍民艱辛締造抗日民主根據地的史頁裏，閃爍着他輝煌的光芒！

伯人 三十五年四

李盛蘭獻古錢 車毅

煙繞着楊柳
樹拱着煙
有個村莊
面迎着山
背靠着山
阜平在城北邑
屯在西南
大沙河流水在中間
順着大橋望西看
喝！
千百畝良田在眼前
千百畝良田雖然好
喇嘛東家住在五台山
九輩子窮人在這兒租佃
受苦受窮又遭饑難
河水混，河水清
過了一年又一年
自從八路軍來到
建立了民主政權
二五減租生活改善

图二：本书《前记》与鼓词《李盛兰献古钱》开场，《前记》描述了农民李盛兰向民主政府捐献古钱的拥军拥政模范事迹。图载本书扉二与首页。

# 《小调集》

《小调集》（第二辑），“爱国自卫大众文艺小丛书”之一，华中北线后勤司令部编，华中新华书店出版发行，毛边，石印，右开，1946年12月出版，14.6cm×10.5cm。每对页2页码，全书共16页，收录小调10首。

封面采用红黑色双色套印，题目下方配黑色方形木刻图片一幅，内容为一男一女扭秧歌形象。图片上下分别有“华中新华书店□□□□编辑部”紫色长方形印章和“华北新华书店□□□编辑部”蓝色印章各一枚，左侧印紫色“请批评 请交换”六字。

1945年11月1日，苏皖边区政府成立使得边区内各项事业得到了蓬勃发展，特别是文艺方面涌现出了许多优秀的剧团和作品，如苏皖实验剧团的《风波亭》、拂晓剧团的《岳飞》、苏北文工团的《淮阴之战》等。后华中北线后勤司令部的成立，更为苏皖边区文艺事业的繁荣发展注入了新的力量。[1]

本书收录有沭阳宣慰科著《出后勤》（十劝郎调）、蒋必鑫著《担架小调》（西北乡调）、洪汉卿著《参加女民兵》（姐在房中调）、唐君勉著《慰劳部队》（秧歌舞调）、秀正著《保家乡军民同心》（泗州调）等10首小调。

1946年9月4日，为了巩固与扩大人民自卫武装，保障其民员补充与物资供给，由华中军区、苏皖边区政府命令成立华中北线后勤司令部。任命第六分区专署地委书记吴觉兼司令，苏皖边区政府副主席、华中分局民运部长刘瑞龙兼政委。[2]华中北线后勤司令部的成立，除了组织后勤建设和协调指挥管理勤务工作，同时还加强支援抗战的文艺宣传工作。先后编写和出版了如《涟水保卫战》《蒋军没落逃》《民兵缴大炮》《小调集》等大量通俗易懂、脍炙人口的文艺作品。[3]不仅支援苏皖边区文艺的发展，还成为华中野战军战略反攻、夺取全国解放战争胜利的前进基地。

撰文：王立伟

注释：

1. 参见中共淮阴市委党史办公室：《淮阴党史资料》（第3辑总第8辑），1983年，第119页。
2. 参见江苏省中共党史学会：《江苏省中共党史论丛》（第一辑），中共党史出版社2006年版，第472页。
3. 参见北京图书馆：《民国时期总书目（1911—1949）文学理论·世界文学·中国文学》（上），书目文献出版社1992年版，第625页。

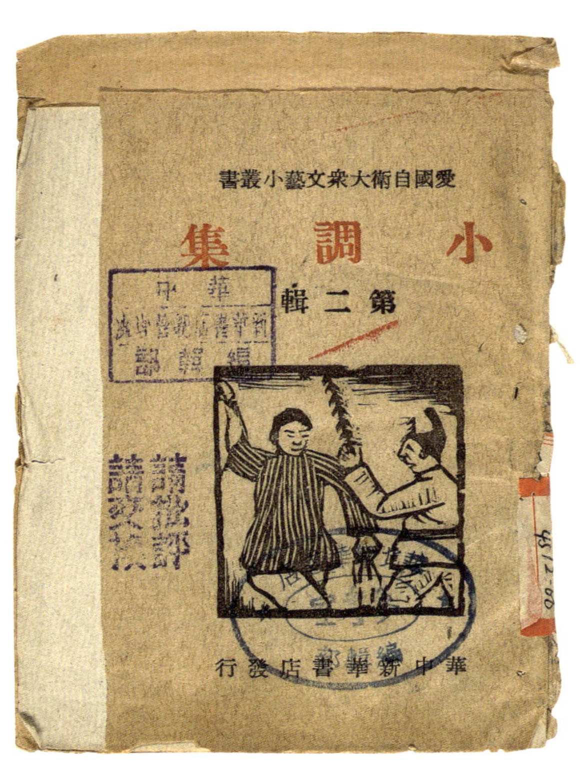


图一：《小调集》（第二辑），华中北线后勤司令部编，1946年12月出版。

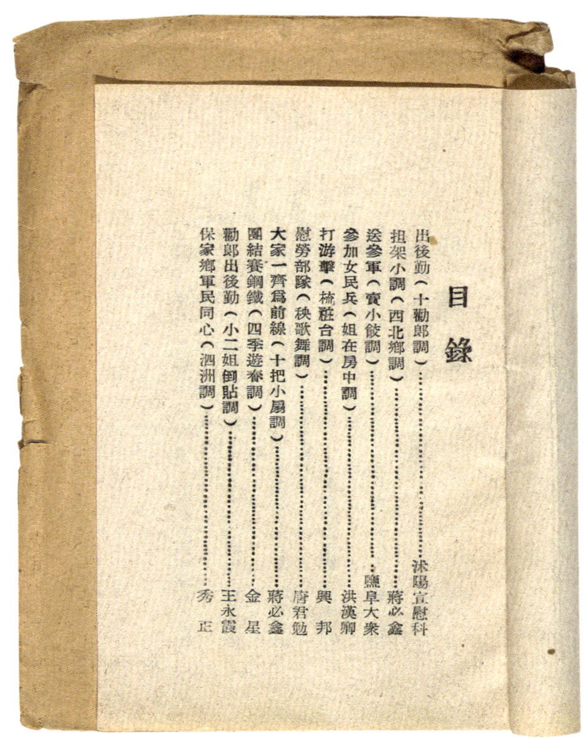

目録

出後勤（十勸郎調）……沭陽宣慰科
扭架小調（西北鄉調）……蔣必鑫
送參軍（賣小餃調）……鹽阜大衆
參加女民兵（姐在房中調）……洪漢卿
打游擊（梳粧台調）……興　邦
慰勞部隊（秧歌舞調）……唐君勉
大家一齊爲前綫（十把小扇調）……蔣必鑫
團結賽鋼鐵（四季遊春調）……金　星
勸郎出後勤（小二姐倒貼調）……王永霞
保家鄉軍民同心（泗洲調）……秀　正

图二：《小调集》（第二辑）目录页。

# 《李海信鼓词》

《李海信鼓词》，胡青著，大众读物编刊社编，冀东新华书店出版，1947 年 3 月 1 日出版，17.7cm × 11.9cm。全书共 5 页。

抗战时期，冀东地区的斗争十分艰苦，百姓被摧残得很厉害。"抗日战争胜利后，冀东区党委决定创办书店，给冀东广大干部、群众、学生建立输送文化书报的供应部门。"[1] 通过开办书店，传播革命思想，团结人民群众。

剧中人物：李海信，李海信的母亲，等等。

剧情介绍：李海信自幼家境贫寒，他的父亲为了养家糊口，只得抛下妻子和两个儿子去关外挣钱。父亲走后，一家三口勉强糊口，他们只盼着海信爹早日赚钱归来。可是盼了又盼，盼回来的是海信爹在关外去世的消息，一家人的日子苦不堪言。在母亲的教导下，李海信逐渐成长起来。他在村里积极抗日，破坏道路、拆桥困住敌人；在土地改革期间，领着农民翻了身，宁可自己吃亏，也要帮助别人，翻身后更是劝说大家积极生产；开展冬学运动时，苦口婆心劝说大家去学习。李海信靠着勤俭，日子慢慢好起来，成了村里的模范。

《李海信鼓词》中所写的李海信是抗战时期塑造出来的模范英雄，"以群众所熟悉的和最钦佩的群众英雄及其业绩来教育群众，以群众英雄的活榜样号召大家前进，这就打破了教条主义的空谈，使教育产生出力量"[2]。宣传模范英雄，在团结革命积极分子的同时又带动了落后分子，极大地鼓舞了人民群众的士气，充分调动了人民群众的革命积极性。

撰文：赵琳

注释：

1. 参见河北省新闻出版局出版史志编委会，山西省新闻出版局出版史志编委会：《中国共产党晋察冀边区出版史》，河北人民出版社 1991 年版，第 192 页。

2. 参见韦冬：《中国共产党思想道德建设史》，山东人民出版社 2015 年版，第 253 页。

图一：《李海信鼓词》，胡青著，大众读物编刊社编，1947年3月1日出版。

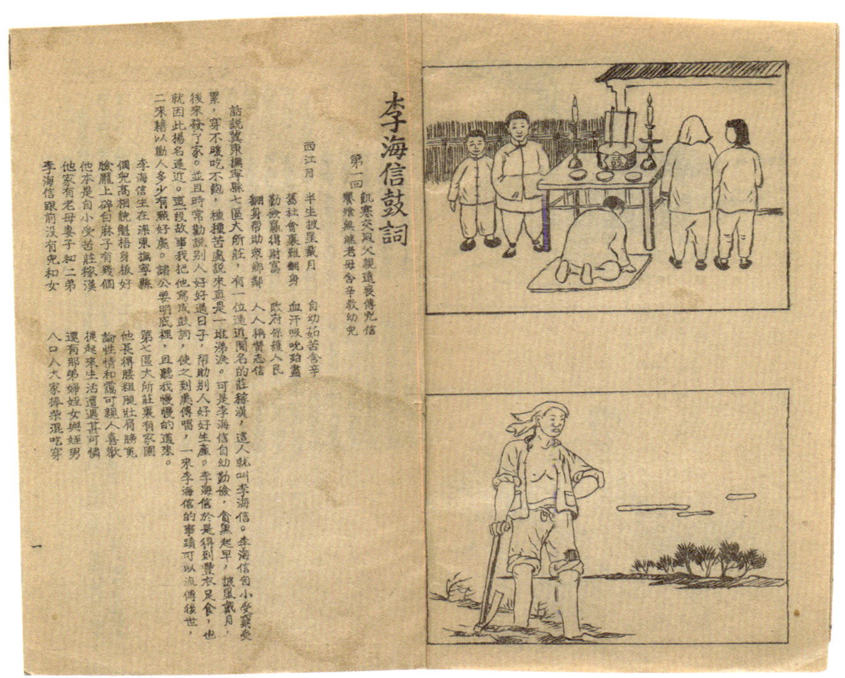

李海信鼓詞

第一回　飢寒交迫父親遠喪傳兒信
艱難無繼老母含辛教幼兒

西江月

半生披星戴月　自幼茹苦含辛
舊社會裏難翻身　血汗吸吮殆盡
勤儉贏得財富　政府保護人民
翻身帮助眾鄉鄰　人人稱贊志信

話說冀東撫寧縣七區大所莊，有一位遠近聞名的莊稼漢，這人就叫李海信。李海信自小受窮受累，穿不暖吃不飽，種種苦處說來真是一堆涕淚。可是李海信自幼勤儉，貪黑起早，披星戴月，後來發了家。並且時常勸說別人好好過日子，帮助別人好好生產。李海信於是得到豐衣足食，也就因此揚名遠近。這一段故事我把他寫成鼓詞，使之到處傳唱，一來李海信的事蹟可以流傳後世，二來藉以勸人多少有點好處。諸公要明底裡，且聽我慢慢的道來。

李海信生在灤東撫寧縣　第七區大所莊裏有家園
個兒高桐魁梧身板好　他長得腰粗腿壯肩膀寬
臉龐上碎白麻子有幾個　論性情和靄可親人喜歡
他本是自小受苦莊稼漢　提起來生活遭遇甚可憐
他家有老母妻子和二弟　還有那弟婦姪女與姪男
李海信跟前沒有兒和女　八口人大家捧柴混吃穿

一

图二：《李海信鼓词》插图与鼓词选段。图载本书插图页及正文第1页。

# 《李有才板话影词》

国家博物馆收藏有三册《李有才板话影词》。其中1947年5月版卷一、卷二各一册，大众读物编刊社编，冀东新华书店发行，石印。

卷一，17.1cm×12.1cm。共33页。首页为目录页，分别为第一场聚会、第二场打虎、第三场丈地、第四场驱逐。目录页后有改编者的话：赵树理同志写的李有才板话，是一本好书，真是如黎玉同志所说："能识字的人不可不读，不识字的人不可不听。"因为读了听了会有很多的好处。但究竟不识字而读不上的人多，所以我大胆地把它试改写为影词，叫影戏工作者给大家读一读，叫不识字的人从影台上听一听，这也许是有一点好处的。但是这本书不但内容好，而且文字写得也好，改编为影词，只是取了它的内容，在文字的艺术上，是不得不因其拙陋而请读者听者及作者原谅的。

"改编者的话"后附有插画四幅，插图都附有文字说明。插画一的说明是：牧牛老汉李有才，住在东头土窑里。插画二的说明是：老村长严恒元，住在西头砖楼房。插画三的说明是：小明说"喜富的村长撤差了"，小顺从坑上往地下一跳说"真的？再唱三天戏"。插画四的说明是：得贵把嗓子放得低低地说："老村长的意思叫选广聚。"

插画后为第一至第四场的剧本。

卷二，17.8cm×12.1cm，自34页始至68页止。首页为目录页，分别为第五场腐蚀、第六场组织、第七场斗争、第八场总结。目录页后附有插画两幅。插图同样有文字说明。插画一的说明是：老杨不耐烦，便道："你们忙得很，等一会闲了再说吧。"插画二的说明是：广聚呶呶唧唧地说"不等谁了"，说着就走了。插画后为第五场至第八场的剧本。

这些插图是《解放日报》连载时所附。插图为木刻作品，连载时共有17幅。作品署名为"赵树理著，工柳、杨君插图"。工柳，即罗工柳。杨君，又名杨筠，为罗工柳的妻子，延安鲁艺木刻工作团成员。[1]大众读物编刊社编的《李有才板话影词》卷一和卷二选择了其中的6幅，为原18幅作品中的第1、2、3、4、12、13幅。

国博所藏的第三册《李有才板话影词》是"通俗文艺丛书"之一。胡青编，东北书店印行，1948年9月初版，17.9cm×12.7cm，铅印，共95页。没附插图。版权页后同样附带了"改编者的话"。这一册刊印了全剧的八场剧本。

这三册书的编者及剧情内容完全相同，均为八场剧。

1943年10月，赵树理创作并发表了中篇小说《李有才板话》，小说成功地将真实的农村生活引入文学作品，浓厚的民间气息、质朴的文字以及有说有唱、夹叙夹议的板话形式，在解放区文艺创作阵地引起了巨大的反响。1946年6月26日至7月5日，延安《解放日报》用9天的时间，在第四版连载了《李有才板话》。

关于书名，作者赵树理是这样解释的："作诗的人，叫'诗人'；说作诗的话，叫'诗话'，李有才做出来的歌，不是‘诗’，明明叫作‘快板’，因此不能算‘诗人’，只能算‘板人’。‘板话’的意思是快板书，是一种曲艺形式。这本小书既然是说他作快板的话，所以叫作《李有才板话》。”[2]李有才是小说里的主要人物，而小说中人物之间的对话，大量使用曲艺的快板书形式，这使整部小说形成了独特的“板话”风格。

1947年，冀东新长城影社首任指导员陈大远以“胡青”为笔名，[3]将小说《李有才板话》改编为剧本，取名为《李有才板话影词》。所谓“影词”就是影戏的剧本。“影戏”是用皮或纸雕成人形，借灯光在布幕上显影而表演故事的一种戏曲形式，亦称皮影戏或纸影戏。[4]

剧中人物：李有才，小福，小福表兄，章工作员，阎恒元，广聚，家祥，陈小元，农会主席老杨，等等。

主要剧情是：小福的表兄到阎家山玩，小福向表兄介绍能编歌的李有才，并念了李有才讽刺旧村长和家祥的顺口溜。章工作员来到阎家山，就改选村长的事征求大家意见。大家列举了旧村长倚仗权势欺负百姓的事情，章工作员把旧村长绑了准备带回区里处理，让大家以扔豆粒的方式选出新村长。新村长广聚与恒远、家祥在清丈土地的事上欺上瞒下，李有才发现后又编了个快板，广聚听到后将李有才赶出村，并将说丈地不公的小元送县衙受训。章工作员上报阎家山丈地精细，干部工作作风细致，县里嘉奖阎家村为模范村。陈小元受训结束，组织成立武委会，不久被广聚等人拉拢。农会主席老杨来阎家村检查秋收工作，到村民家了解模范村实际情况，发现广聚等人贪私舞弊，做了许多欺占村民利益的事。老杨组织村民加入农救会，请区长和章工作员一起开清算会。陈小元承认错误，得到村民原谅，大家选小元为新的村长，李有才又编了新快板，庆祝农民翻身做主。

胡青改编的《李有才板话影词》，利用群众喜闻乐见的民间皮影戏作为宣传武器，使小说成为可以表演的戏剧，丰富了文学作品的艺术形式，使革命文艺贴近了民间，贴近了生活，贴近了百姓，有力地配合了解放战争和农村土地改革的胜利推进。

撰文：赵迎红

注释：

1. 参见刘洁，赵树理：《〈李有才板话〉与罗工柳木刻插图》，《文史月刊》2016年第11期。
2. 参见赵树理：《赵树理小说名篇》（上），时代文艺出版社2005年版，第93页。
3. 参见魏力群主编：《中国皮影戏全集·文论》（24），北京文物出版社2015年版，第306页。
4. 参见尹均生主编：《中国写作学大辞典》（第2卷），中国检察出版社1998年版，第1068页。

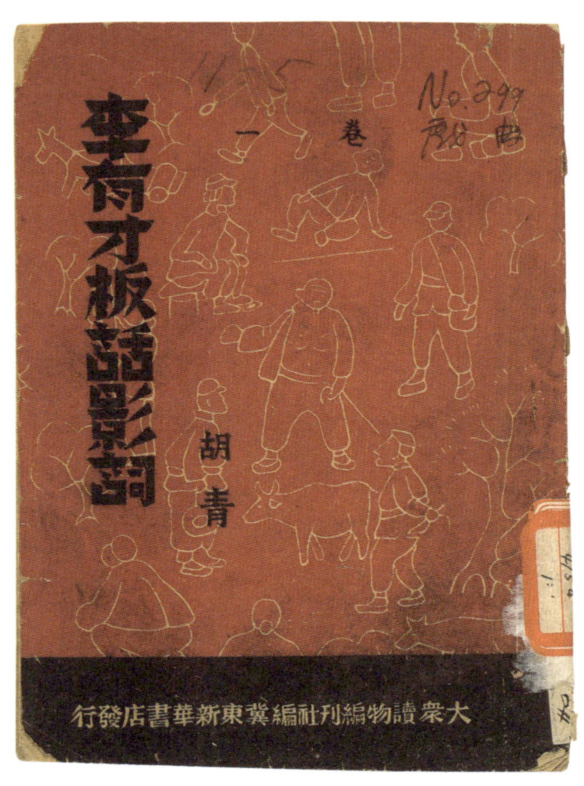


图一：《李有才板话影词》（卷一），作者胡青，1947 年 5 月出版。

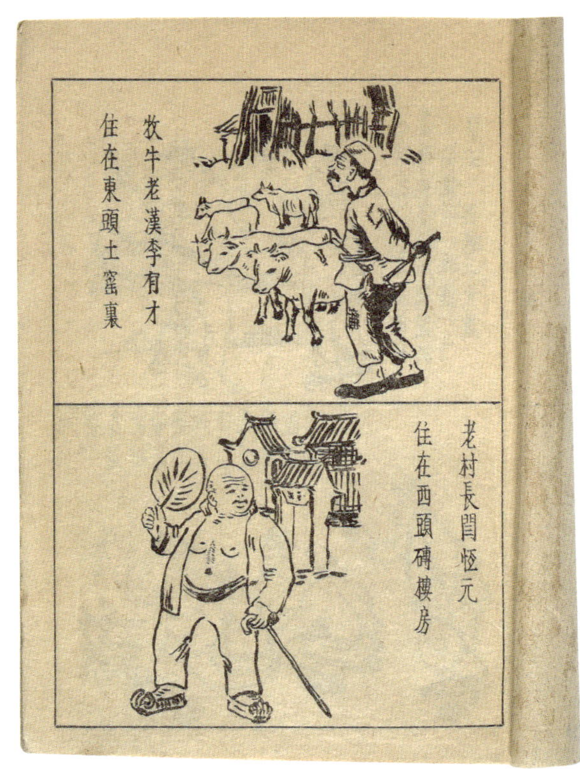


图二：《李有才板话影词》（卷一）插画一、插画二。图载本书插图部分第 1 页。

图三：《李有才板话影词》（卷二），作者胡青，大众读物编刊社编，冀东新华书店发行，1947 年 5 月出版。

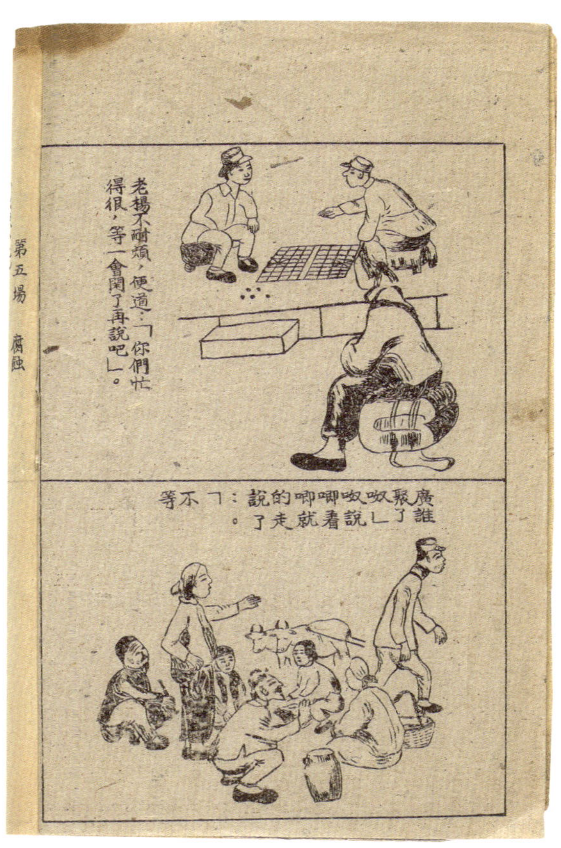


图四：《李有才板话影词》（卷二）插画一、插画二。图载本书插图部分第 1 页。

图五：《李有才板话影词》，胡青编，1948 年 9 月初版。

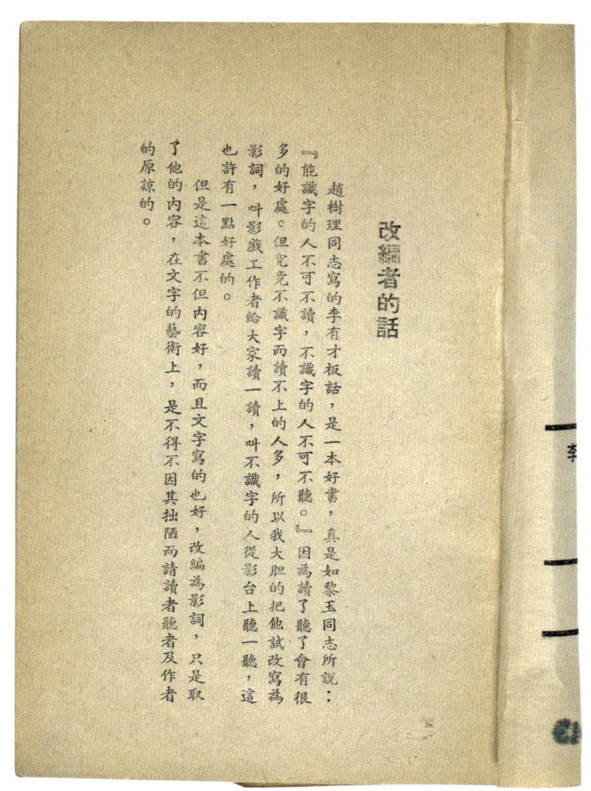

## 改編者的話

趙樹理同志寫的李有才板話，是一本好書，真是如黎玉同志所說：『能識字的人不可不讀，不識字的人不可不聽。』因為讀了聽了會有很多的好處。但究竟不識字而讀不上的人多，所以我大胆的把他試改寫為影詞，叫影戲工作者給大家讀一讀，叫不識字的人從影台上聽一聽，這也許有一點好處的。

但是這本書不但內容好，而且文字寫的也好，改編為影詞，只是取了他的內容，在文字的藝術上，是不得不因其拙陋而請讀者聽者及作者的原諒的。

图六:《李有才板话影词》中《改编者的话》。图载本书第1页。

# 《一家人》

《一家人》（备荒弹词），孔厥著，华北新华书店1947年6月出版发行，发行量2000册，17.6cm×12.2cm。全书共32页。封面红绿双色套印，题名、文艺体裁、责任者与出版者字体为红色，封面顶端有绿色线条一道，底部为绿色枫叶图。另有长方形"邯郸地委会图书室戏剧"藏书标一枚。

针对群众在荒年采取侥幸、等待的态度，遇到灾年就依赖政府救济的思想，文艺工作者以弹词的形式用各种实例宣传"防灾备荒"意识，起到了动员边区人民防灾备荒积极生产的作用，歌颂了人民在新政权领导下，克服困难，积极备荒，战胜灾荒的精神。

在中华人民共和国成立前，《一家人》备荒弹词共发行三个版本。第一个版本于1947年6月由华北新华书店出版，有词无谱，卷首注有"大鼓坠子都可以演唱"。第二个版本于1947年10月由佳木斯东北书店出版，全书共34页，国家图书馆和辽宁图书馆均藏有此版本。第三个版本于1949年8月由山东新华书店出版，全书共47页。佳木斯版本和山东版本，封面、封里上注有"鼓词或大鼓坠子都可以演唱"，书末都附有4段曲谱（孔厥作词，张鲁配曲）。[1]据此记载，国家博物馆收藏的《一家人》，应为最早版本。

《一家人》最早发表在"1945年7月18日《解放日报》，并由安波、马可配曲，在演出中受到群众的欢迎"。[2]《解放日报》上发表的《一家人》，故事内容与我馆收藏的华北新华书店版本内容一致，但华北版本的弹词略有改动。如：《解放日报》刊登弹词中的"马铁蛋收工回家，叫声大"[3]，华北版本改成"叫声爹"等，改动这些具有特色的地方方言，是为了使文字更通俗易懂，更好在边区根据地推广宣传备荒政策。

孔厥（1916年—1966年），现代作家。江苏省吴县（今苏州吴中区）人，原名孔志万，字云鹏，笔名郑挚、沈毅等。1938年赴延安，进入鲁艺文学系学习，毕业后留在鲁艺文学研究室工作。1943年发表成名作《一个女人翻身的故事》。1947年到河北冀中文艺协会创作组，1949年与袁静共同创作章回体长篇小说《新儿女英雄续传》。新中国成立后，曾任文化部电影局剧本创作编剧、北京通俗读物出版社编辑等职，"文化大革命"中含冤而死。主要作品：弹词《一家人》、短篇小说集《受苦人》、歌剧《兰花花》及长篇唱词《刘志丹》等。[4]

这部备荒弹词共分为上中下三段，描写了马老汉一家以及众村民，积极参加防灾备荒的故事。其质朴的生活气息，丰富生动的故事情节，得到了陕甘宁边区上至毛主席、朱总司令，下至普通干部及当地农民的欢迎。上段：弹唱人手拿三弦以弹弹唱唱的形式，讲述马老汉因为区长通知开备荒会，与儿子铁蛋夫妻因要不要备荒而产生矛盾。中段：乡长在村长家动员众村民防灾备荒。马老汉讲述在荒年，用卖两个女儿的钱来买粮食救活了铁蛋，由此告诉众村民，旧社会谁管你防灾备荒，只有新政府才能带领人民备荒。众村民都认为马老汉说得对，铁蛋也通过父亲的讲述转变了思想。村长告诉众人要有计划补种粮食，村民都积极响应。下段：铁蛋夫妻因为备荒争论不休，小兰看铁蛋生气了，赶紧告诉他自己支持备荒。这时，村长通知铁蛋，明天要抢种粮食，早点叫小兰做饭，变工队在山上吃，铁蛋夫妻积极准备备荒物品。第二天，张小兰支持备荒上山送饭，“哈呀！看张小兰‘圪扭圪扭’的，一大担饭送来了，咱们休息一下，吃饭去吧！”（本书最后一页）。

撰文：付小红

注释：

1. 参见李豫，李雪梅等著：《中国鼓词总目》，山西古籍出版社 2006 年版，第 716—717 页。
2. 中国曲艺志全国编辑委员会：《中国曲艺志·陕西卷》，中国 ISBN 中心出版社 2009 年版，第 705 页。
3. 贾芝主编：《中国解放区文学书系·说唱文学编》，重庆出版社 1992 年版，第 722 页。
4. 参见朱自强，高占祥等主编：《中国文化大百科全书·文学卷》，长春出版社 1994 年版，第 467 页。

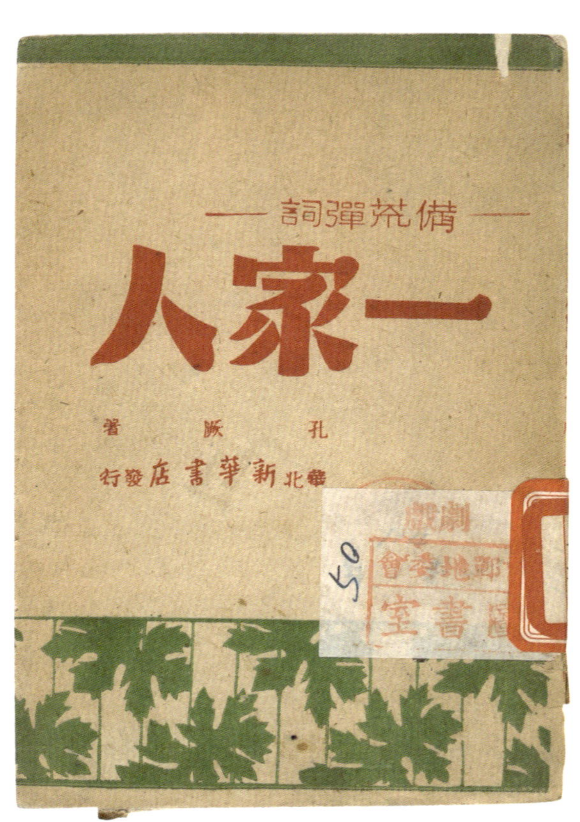


图一：《一家人》（备荒弹词），孔厥著，1947年6月出版。

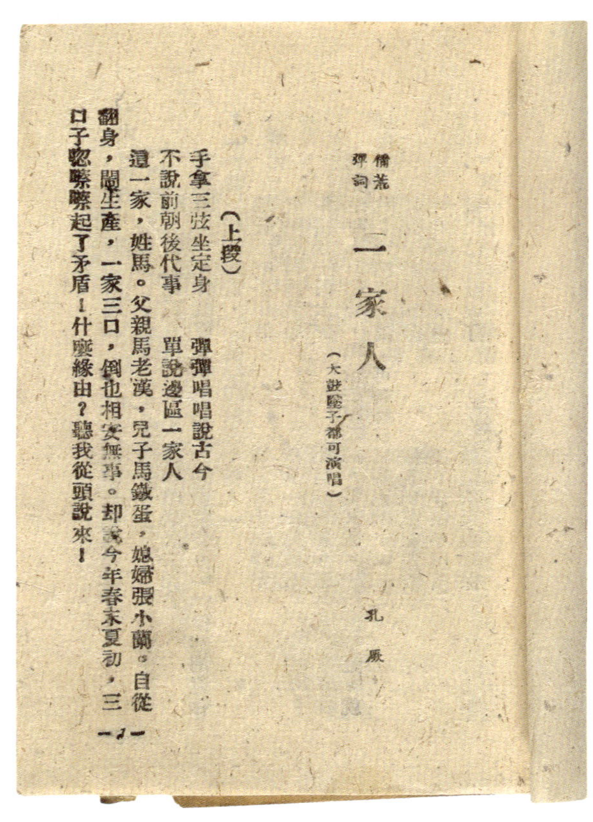
備荒彈詞

一家人

（大鼓墜子都可演唱）

孔厥

（上段）

手拿三弦坐定身　彈彈唱唱說古今
不說前朝後代事　單說邊區一家人

這一家，姓馬。父親馬老漢，兒子馬鐵蛋，媳婦張小蘭。自從翻身，鬧生產，一家三口，倒也相安無事。却說今年春末夏初，三口子慼嚓嚓起了矛盾！什麼緣由？聽我從頭說來！

—1—

图二：《一家人》（备荒弹词）上段弹词内容及演唱曲种注释。图或本书首页。

# 《白毛女鼓词》

《白毛女鼓词》，“大众文库丛书”鼓词，老民著，山东新华书店印行，1947年8月出版，竖版右开，17.8cm×12.9cm。发行量3000册。全书共74页，含目录1页，正文部分为章回体，共8章回，封面有红蓝双色套印插图。

作者老民，原名宋伯第，字镜蓉，中共党员、山东人民出版社编辑、曲艺作家。曾在《文化翻身》和《群众文化》两个通俗杂志做编辑，后在山东人民出版社任文教编辑。为了更加广泛地向群众进行宣传，他创造性地编写了许多鼓词段子和成册的唱词。他的改编，文辞生动，形式多样，为群众喜闻乐见，包括《蒋介石放水淹山东》(鼓词)、《晴天鼓词》《小二黑结婚》《武松》以及《白毛女》。在抗日战争时期、解放战争时期以及中华人民共和国成立以后，老民都有不同形式的著作问世，据不完全统计，约有三十万字左右。[1]

作为“大众文库”系列丛书之一，《白毛女鼓词》第6回至第8回中，着重描写了白毛女的痛苦经历以及获救后的重获新生，深刻反映了“旧社会将人变成鬼，新社会将鬼变成人”这一主题，颇受广大群众的喜爱。这也与毛泽东提出的“新民主主义文化”的精髓——即“文学大众化、文艺大众化、文化大众化”相得益彰。[2]

创办《大众文库》是周文领导的陕甘宁边区大众读物社具体开展延安的大众化文化工作之一。周文是30年代就享有盛誉的大众化作家，他于1933年3月和5月，曾先后将鲁迅翻译的苏联作家法捷耶夫的长篇小说《毁灭》和曹靖华翻译的苏联作家绥拉菲莫维支的长篇小说《铁流》改编成二三万字的通俗本小说，受到工农读者的欢迎。1940年，他开始主办《边区大众报》，并编辑出版《大众习作》《大众画库》《大众文库》《革命节日丛书》等，具有鲜明的大众化特色，并多次受到毛泽东的赞赏。[3]

撰文：戴畋

注释：

1. 参见赵子文、郭鲁瞻、赵涵生：《宋镜蓉生平简介》，选自《临沭文史资料》（第二辑），临沭县政协文史资料委员会，1987年，第62页。

2. 参见朱鸿召著：《天上星星延安的人》，红旗出版社2016年版，第239页。

3. 参见彭飞：《延安知识分子的思想改造》，《党史纵览》2004年第4期。

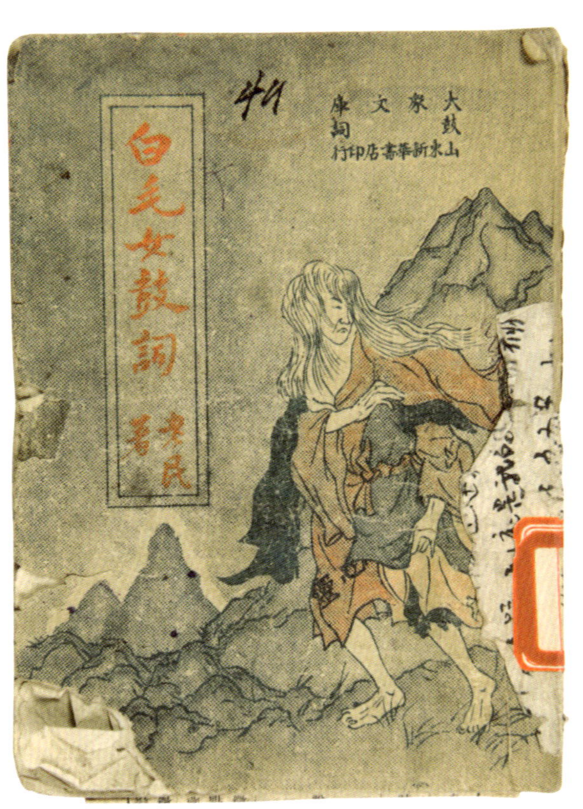


图一：《白毛女鼓词》，老民著，1947 年 8 月出版。

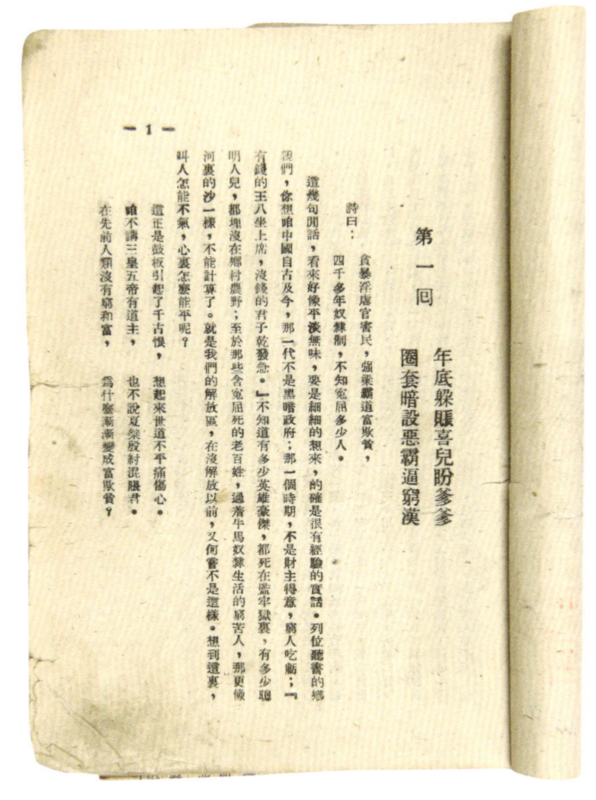

第一回　年底躲賬喜兒盼爹爹　圈套暗設惡霸逼窮漢

詩曰：

貪暴淫虐官害民，强梁霸道富欺貧，
四千多年奴隸制，不知冤屈多少人。

這幾句閒話，看來好像平淡無味，要是細細的想來，的確是很有經驗的實話。列位聽書的鄉親們，你想咱中國自古及今，那一代不是黑暗政府；那一個時期，不是財主得意，窮人吃虧；「有錢的王八坐上席，沒錢的君子乾發急。」不知道有多少英雄豪傑，都死在監牢獄裏，有多少聰明人兒，都埋沒在鄉村農野；至於那些含冤屈死的老百姓，過着牛馬奴隸生活的窮苦人，那更像河裏的沙一樣，不能計算了。就是我們的解放區，在沒解放以前，又何嘗不是這樣。想到這裏，叫人怎能不氣，心裏怎麼能平呢？

這正是鼓板引起了千古恨，　想起來世道不平痛傷心。
咱不講三皇五帝有道主，　也不說夏桀殷紂混賬君。
在先前人類沒有窮和富，　為什麼漸漸變成富欺貧？

— 1 —

图二：《白毛女鼓词》第一回：年底躲账喜儿盼爹爹，圈套暗设恶霸逼穷汉。图载本书第 1 页。

# 《歌谣快板集》

《歌谣快板集》，太行群众书店编，太行群众书店出版发行，发行量1500册，1947年8月20日初版，17.4cm×12.2cm。全书共80页，共计收录歌谣快板100首。封面有红色长方形“太行工商局图书”印章一枚。

太行群众书店原为太行新华日报社出版发行科，1945年开始以太行群众书店的名义出版发行图书，并在涉县、长治、左权设有门市部。1947年太行群众书店从太行新华日报社脱离，隶属于太行区党委宣传部。1948年太行群众书店更名为太行新华书店[1]。

本书收录内容丰富，有歌谣、快板、诗歌、童谣儿歌等，共分为两个部分。第一部分为根据地作品，共计75首。知名作品有：《等着我吧》（流笳）、《赠给哥哥》（苗得雨）、《天上一颗星》（朱子奇）等。作品主题多样，涉及军事战争、经济生产、社会生活、文化教育各个方面，反映了根据地文艺创作的丰富多彩。从创作时间来看，时间跨度较大，有抗日战争时期的作品，也有解放战争时期的作品。第二部分为蒋管区民谣，共计25首。这部分作品主要反映了蒋介石政府统治地区的政治黑暗、军队无能以及人民生活艰难困苦。特别是收录的河南、四川、山东流传的民谣作品，例如《三民歌》：“民生苦，民生苦，民权好比破泥船，遇着洋大人大兵舰，咕噜咕噜随浪翻”，更是讽刺了蒋介石政府表面高唱“三民主义”，背地里却反其道而行之的作为。

《赠给哥哥》，作者苗得雨，诗人、作家，自1944年任儿童团长就开始诗歌创作，被称为解放区的“孩子诗人”。1949年起历任《鲁中南报》《农村大众报》编辑、记者，山东省联编创员、华东文联编创员、创作员、山东省文联副主席、作协山东分会副主席。[2]

《等着我吧》，作者流笳，原名刘佳，诗人、演员、导演、剧作家。1937年在临汾八路军办事处参加学兵队，1938年任晋察冀军区政治部宣传部干事，后又调往华北军区政治部抗敌剧社，历任社长、指导员、导演[3]。《等着我吧》这首作品描绘了一位战士在战斗间隙给自己的心上人写信的场景，在信中战士倾诉了对日本侵略者和蒋介石反动派的痛恨，以及报仇雪恨、坚定决心打胜仗，建立美好幸福家园的期望。

撰文：高轶琼

注释：

1. 齐峰，李雪枫：《山西革命根据地出版史》，山西人民出版社2013年版，第180页。
2. 曲文军，李洪彦：《沂蒙革命诗词选注》，山东人民出版社2015年版，第439页。
3. 王剑清，冯健男：《晋察冀文艺史》，中国文联出版公司1989年版，第115页。

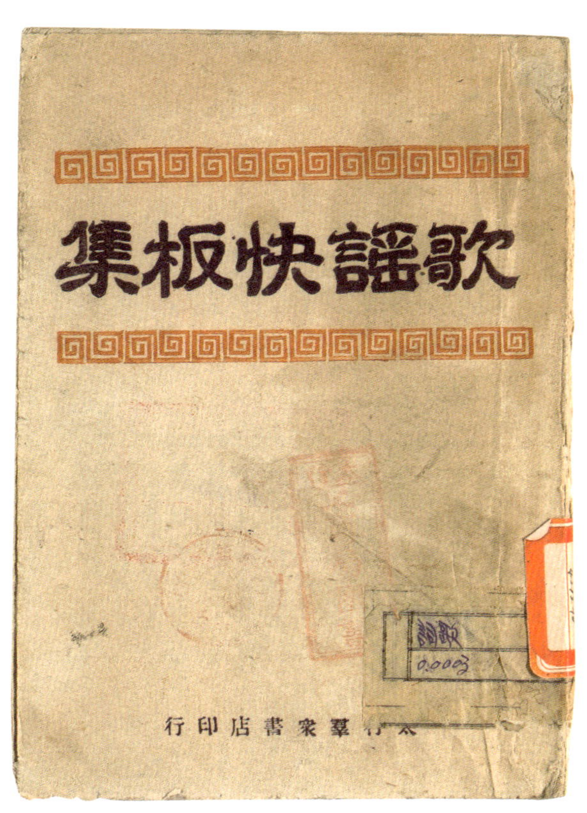


图一：《歌谣快板集》，太行群众书店编，1947年8月20日初版

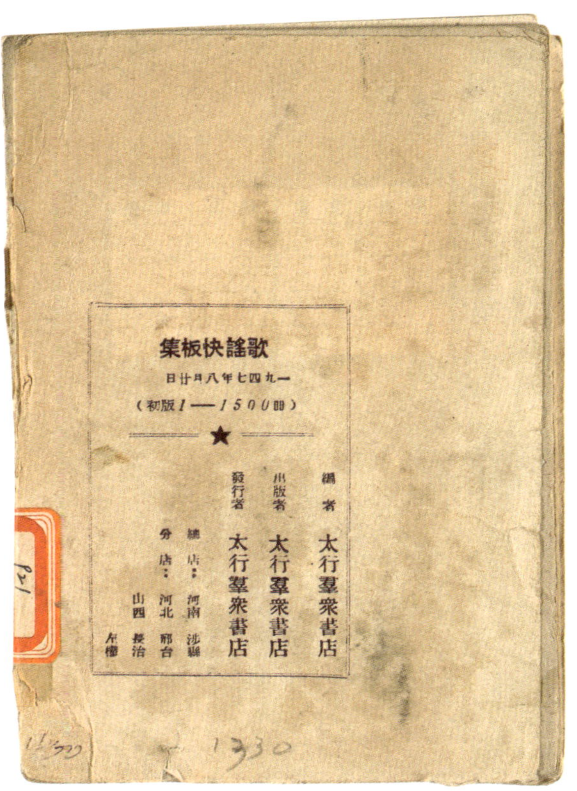

歌謠快板集

一九四七年八月廿日

（初版1——1500冊）

★

編者 太行羣衆書店

出版者 太行羣衆書店

發行者 太行羣衆書店

總店：河南涉縣

分店：河北邢台 山西長治 左權

图二：《歌谣快板集》版权信息，图载本书封底。

# 《莱芜大捷鼓词》

《莱芜大捷鼓词》，李燕荪著，属“战时小丛书”，华东野战军政治部于民国三十六年（1947）九月出版，山东新华书店印行，竖排右开，15.2cm×10.5cm。全书共17页。标题绿字黄底，位于封面左侧。封面图案是层峦叠嶂的高山脚下，部队军人背着行李在山下行军。另有“邯郸地委会图书室”藏书标一枚，本书开本较小，便于随身携带。

莱芜战役发生在1947年初，“解放区广大军民在党中央和毛泽东同志的正确领导和指挥下，经过了半年多的英勇战斗，歼灭了国民党军队的大量有生力量，军事形势向着有利于人民的方向发展。但是国民党反动派却被其占领一些解放区城市和地方的表面现象冲昏了头脑，继续拼凑兵力，维持其摇摇欲坠的‘全面进攻’。”中国人民解放军华东野战军主力在鲁南战役歼敌5万余人之后，集结在临沂地区休整。而蒋介石自恃兵力雄厚，又制定了一个“鲁南会战计划”，调集重兵，组成南北两个突击集团实施夹击，企图以主力在临沂地区与中国人民解放军进行决战。“2月，华东野战军陈毅司令员、粟裕副司令员、林副政治委员果断地决定：以一部分兵力摆开阵势佯装主力在南线与敌八个整编师纠缠，主力挥师北上，在鲁中莱芜一带举行了一次大规模的出色的运动歼灭战。”[1]

陈毅同志在战役结束后写了一首诗，名为《莱芜大捷》。“淄博莱芜战血红，我军又猎泰山东。百千万众擒群虎，七十二崮志伟功。鲁中霁雪明飞帜，渤海洪波唱大风。堪笑敌酋成面缚，叩头罪请置元凶。”他以无产阶级革命家的宏伟气魄，豪放的语言，形象、生动地反映了这次战役。[2]

鼓词内容讲述了人民解放军在陈毅将军的带领下，通过人民解放军的奋力拼搏，以及人民群众的配合与奉献，将蒋介石带领的军队剿灭得一干二净，活捉了敌军四五万名，在收复了莱芜后，又乘胜追击，相继收复多座城池。鼓词内容短小精湛，合辙押韵，将故事的来龙去脉用简明的语言进行了表达，易于被大众所接受。

撰文：张晓菲

注释：

1. 江南铁军征战纪实编委会编：《劲旅雄风 江南铁军征战纪实》，中国中福会出版社2015年版，第195页。
2. 参见总政治部宣传部编：《革命先辈战斗诗词选辑》，解放军出版社2013年版，第194页。

萊蕪大捷鼓詞
華東野戰軍政治部出版
山東新華書店印行


图一：《莱芜大捷鼓词》，李燕荪著，民国三十六年（1947）九月出版。

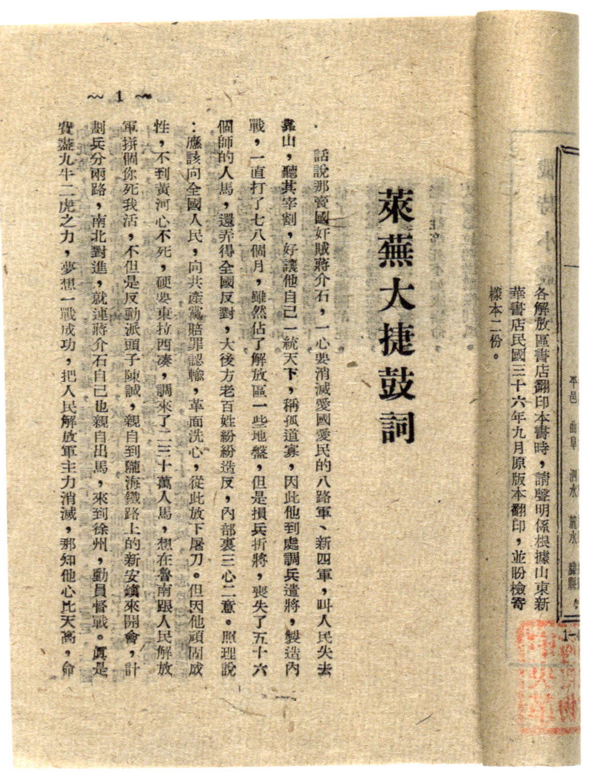

各解放區書店翻印本書時，請聲明係根據山東新華書店民國三十六年九月原版本翻印，並盼檢寄樣本二份。

# 萊蕪大捷鼓詞

話說那賣國奸賊蔣介石，一心要消滅愛國愛民的八路軍、新四軍，叫人民失去靠山，聽其宰割，好讓他自己一統天下，稱孤道寡，因此他到處調兵遣將，製造內戰，一直打了七八個月，雖然佔了解放區一些地盤，但是損兵折將，喪失了五十六個師的人馬，還弄得全國反對，大後方老百姓紛紛造反，內部裏三心二意。照理說：應該向全國人民，向共產黨賠罪認輸，革面洗心，從此放下屠刀。但因他頑固成性，不到黃河心不死，硬要東拉西湊，調來了二三十萬人馬，想在魯南跟人民解放軍拚個你死我活，不但是反動派頭子陳誠，親自到隴海鐵路上的新安鎮來開會，計劃兵分兩路，南北對進，就連蔣介石自己也親自出馬，來到徐州，動員督戰。真是費盡九牛二虎之力，夢想一戰成功，把人民解放軍主力消滅，那知他心比天高，命

~1~

图二：《莱芜大捷鼓词》鼓词开场背景介绍，图载本书首页。

# 《刘永和鼓词》

《刘永和鼓词》，襄垣县民教馆编印，油印，左开本，直排右行，1947年9月出版，17.8cm×12.7cm。全书共19页。封面图为村民交流场景，油墨勾线简洁，填色种类繁多，浓淡变化丰富，疑似印制后填涂。封面有“行署（署）教育处”黑色水笔题记。

襄垣县民众教育馆（简称“民教馆”）于1945年成立，在艰苦的物质条件下坚持进行宣传工作，开设了生产、时事、翻身三个展览馆。该单位1949年更名为文化馆，几经扩建改组，至今仍服务于群众文化事业。[1]1940年，太行兵工总工会发起劳模生产运动，并于1943年开展“增产节约竞赛”，相关宣传延续至1945年。[2]这场竞赛就是这篇鼓词后半部分内容对应的现实背景。

鼓词讲述了农民刘永和从好吃懒做的贫农变成增产节约模范的故事。故事发生在太行区襄垣县（今属山西省长治市），农民刘永和贪图吃喝享乐，不听家人邻里劝告，家中长年没有余粮。1942年大饥荒中，刘家五口人外出乞讨，遭邻村地主趁机盘剥，家人离散。待年景好转，刘永和找回家人，幼孙已经饿死。后来八路军解放襄垣，肃清地主恶霸，刘永和分到粮食和田地。随后襄垣县遭遇冰灾、旱灾、水灾三连天灾的打击，又有蒋介石军队和日本侵略者的威胁，但灾区人民翻身不忘共产党，积极动员力量支持八路军。刘永和受到这种氛围的鼓舞，下定决心带领全家人节约增产，一年之间节省了大量米面银钱等物资，被村民评选为增产节约英雄。

撰文：宋现

注释：

1. 参见冯世昌、张林源：《襄垣县群众文化史略》，《政协襄垣县文史资料》（第4辑），1994年12月；山西省地方志编纂委员会《山西通志·文化艺术志》，中华书局1996年版，第423页。

2. 参见袁至礼：《李鑫德同志对太行兵工总工会的回忆》，《长治文史资料》（第6辑），1989年12月。

图一：《刘永和鼓词》，襄垣县民教馆编印，1947 年 9 月出版。该书封面色彩疑似后期填涂。

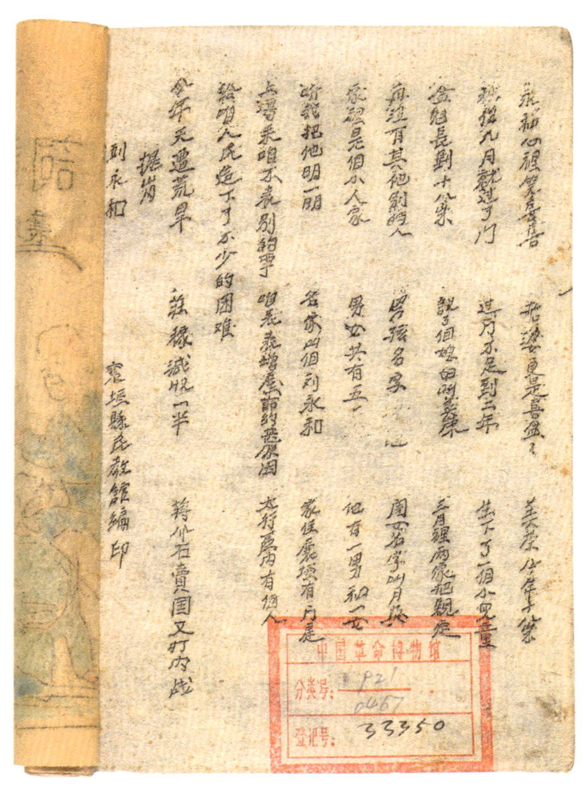


图二：鼓词内容开头部分。本书文字排版方向为较少见的直排右行。图载本书首页。

# 《杨家清百步穿杨》

《杨家清百步穿杨》（鼓词），潘井编，山东新华书店总店出版，1947 年 10 月初版，12.5cm × 8.5cm。全书共 10 页。封面有一枚红色长方形“邯郸地委会图书室戏剧”藏书标签，标签上手写编号“284”。

山东新华书店成立于 1945 年日本投降后，蒋介石虽然想发起内战，但还没来得及向山东发起进攻的短暂平静期，当时的山东新华书店总店，编、印、发一体，既搞出版，又搞印刷和发行。[1]

潘井，1945 年参军，1947 年入党，“从早期的十六旅文工团团员到解放军总政治部文化部文艺处处长，长期从事部队文艺工作”[2]。

此书讲的是杨家清在营长考核队伍的射击能力时百发百中，150 步以外可以准确地射击指定的杨树叶，其枪法之准确令队友们惊叹不已。

《杨家清百步穿杨》的写作目的是为了宣扬共产党内的能人将士。编成鼓词的形式，便于在文化程度不高的农民之间相互传唱，朗朗上口的词句和赋予韵律的曲调，很快就让越来越多的人知道了这位“神枪手”杨家清。

撰文：黑梦岩

注释：

1. 常连霆，山东省中共党史学会：《山东党史资料文库》（第 30 卷），中共山东省委党史研究室，2015 年，第 641 页。

2. 徐朝夫：《梦中的船》，作家出版社 1995 年版，第 235 页。

图一：《杨家清百步穿杨》（鼓词），潘井编，
1947年10月初版。

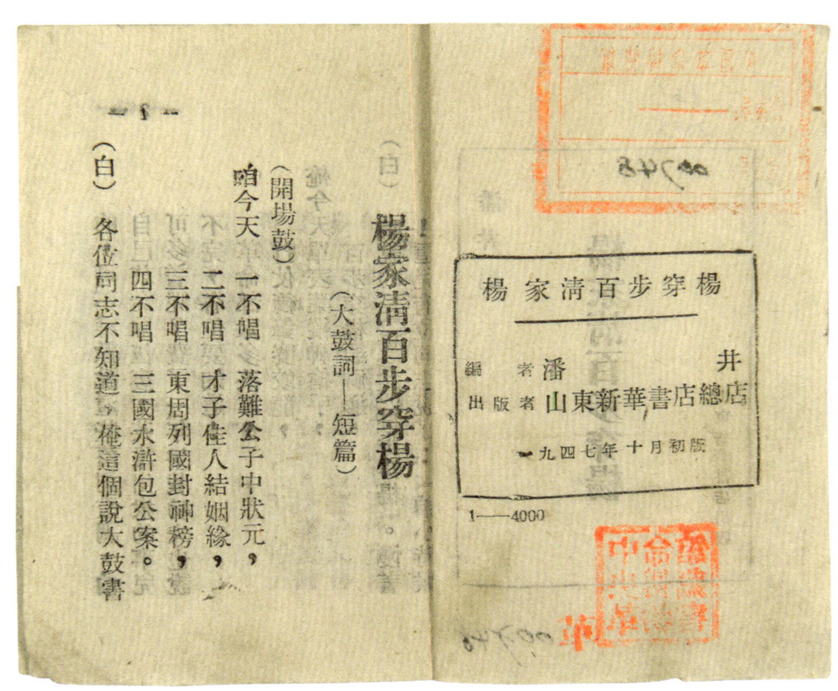
楊家清百步穿楊

編　者　潘　井
出版者　山東新華書店總店

一九四七年十月初版

1——4000

—1—

楊家清百步穿楊

（大鼓詞——短篇）

（開場鼓）

咱今天　一不唱　落難公子中狀元，
　　　　二不唱　才子佳人結姻緣，
　　　　三不唱　東周列國封神榜，
　　　　四不唱　三國水滸包公案。

（白）各位同志不知道，俺這個說大鼓書

图二：《杨家清百步穿杨》版权信息和开场部分。图载本书扉二与第1页。

# 《小二黑结婚鼓词》

《小二黑结婚鼓词》，宋镜蓉编，渤海新华书店印行，1947 年 10 月出版，竖版右开，17.5cm×12.6cm。全书共 48 页。全书共五回，每一回前有小诗一首。第一回之前有卷头小段。

现在已知宋镜蓉编写的《小二黑结婚鼓词》最早版本是由 1946 年山东新华书店出版的。国博图书馆收藏的《小二黑结婚鼓词》是 1947 年的版本。这两个版本出版时都没有注明"原作者赵树理，宋镜蓉改编"，而是"宋镜蓉编"。到了 1949 年东北书店和山东书店出版的《小二黑结婚鼓词》就注明"宋镜蓉改编"了。内容也从五回本加到了六回本。

《小二黑结婚》原是小说，由赵树理于 1943 年 5 月完成，是根据一件真实的事情改编的，同年 9 月由华北新华书店出版。当时华北新华书店出版的文艺作品一般印刷2000册就达到销量的饱和点。而《小二黑结婚》第一版就印刷了 20000 册，并且不久就再版了。其深受欢迎的原因，就是主题深刻、生活气息浓厚。仅在国内就先后被《新文化》《胶东大众报》、人民文学出版社等 15 次转载或再版，并在全国各地陆续改编成歌剧、话剧、评剧、豫剧、山东快书、弹词、电影等多种艺术形式。[1]

《小二黑结婚》故事发生在山西吕梁山根据地，刘家峧前庄村民二孔明迷信占卜算卦。他的小儿子二黑，从小聪明伶俐，二孔明传授的占卜技巧他一学便会，被二孔明视为自己的骄傲，逢人便炫耀。二孔明依据自己的占卜，认为逃荒的老李 8 岁的女儿与小二黑命理相合，便收作童养媳。刘家峧后庄生活不检点的三仙姑，同样装神弄鬼。三仙姑的女儿小芹，年轻漂亮。小二黑被选为村里青年抗日先锋队队长，小芹是村里妇女识字班的模范，二人相识久了，互相爱慕。面对封建家长的反对阻拦与村里金旺、兴旺两恶霸兄弟的威胁阻碍，他们没有屈服，最终在区长的帮助下自由恋爱、结为夫妻的故事。

宋镜蓉，中共党员、山东人民出版社编辑、曲艺作家。原名宋伯第，笔名老农，字镜蓉。解放前曾做过近二十年的中小学教师，是临沂、郯城一带教育界的知名人士。据不完全统计，宋镜蓉编写的鼓词段子，有《蒋介石放水淹山东》（鼓词）《妇女当家》（唱词）等二十多篇；成册的鼓词，有《晴天鼓词》《小二黑结婚》《白毛女》和《武松》。宋镜蓉一生不贪恋钱财，曾将《小二黑结婚》（鼓词）稿费五百元全部捐献给临沭县人民政府。[2]

撰文：魏丹

注释：

1. 刘庆：《〈小二黑结婚〉的文本形式变迁》，天津师范大学硕士论文，2008 年。

2. 赵子文、郭鲁瞻、赵涵生：《宋镜蓉生平简介（1897—1971）》；临沭县政协文史委员会：《临沭文史资料》（第二辑），临沭县政协文史委员会出版，1987 年，第 54—64 页。

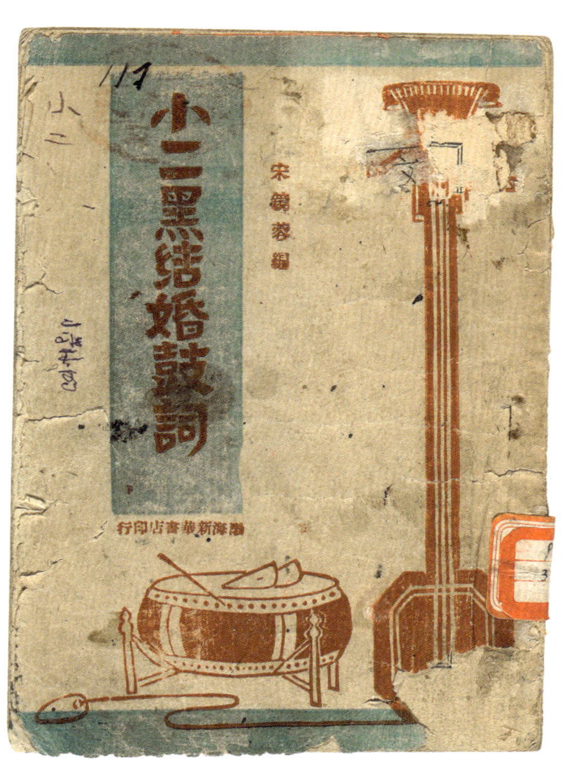


图一：《小二黑结婚鼓词》，宋镜蓉编，1947 年 10 月出版。

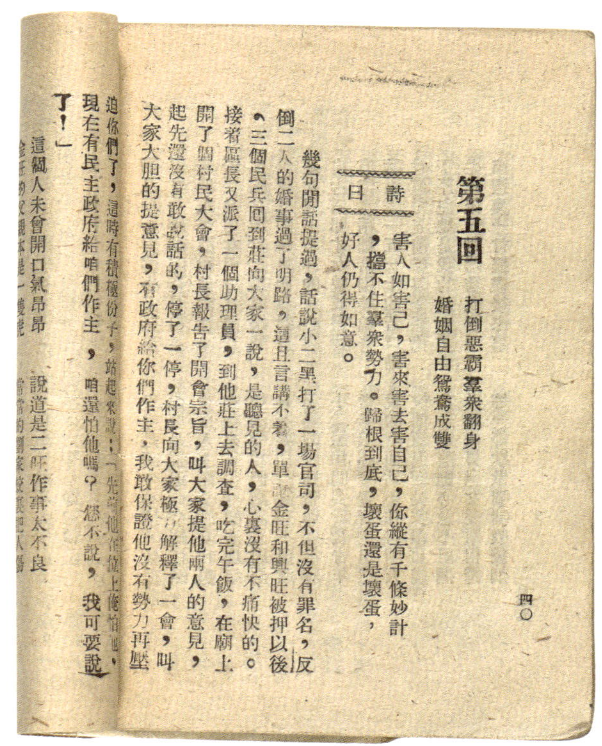

第五回　打倒惡霸羣衆翻身
婚姻自由鴛鴦成雙

詩曰

害人如害己，害來害去害自己，你縱有千條妙計，擋不住羣衆勢力。歸根到底，壞蛋還是壞蛋，好人仍得如意。

幾句閒話提過，話說小二黑打了一場官司，不但沒有罪名，反倒二人的婚事過了明路，這且言講不着，單說金旺和興旺被押以後，三個民兵回到莊向大家一說，是聽見的人，心裏沒有不痛快的。接着區長又派了一個助理員，到他莊上去調查，吃完午飯，在廟上開了個村民大會，村長報告了開會宗旨，叫大家提他兩人的意見，起先還沒有敢說話的，停了一停，村長向大家極力解釋了一會，叫大家大胆的提意見，有政府給你們作主，我敢保證他沒有勢力再壓迫你們了，這時有積極份子，站起來說：「先前他在位上他怕……現在有民主政府給咱們作主，咱還怕他嗎？ 憑不說，我可要說了！」

這個人未曾開口氣昂昂　說道是二旺作事太不良

四〇

图二：《小二黑结婚鼓词》第五回剧本首页，段前小诗预告了“善有善报，恶有恶报”的结局。图载本书第 40 页。

# 《戏剧与小调》（第一集）

《戏剧与小调》（第一集），华中新华书店出版，发行量4000册，1948年3月5日出版，12.6cm×9.2cm。全书共76页。封面印有红色长方形“华中新华书店赠阅”章。本书书名封面印的是《戏剧与小调》，扉页印的是《戏剧和小调》。

书中收录了《平分土地迎反攻》《管理封建》《捉住五鬼大翻身》等12首小调，《双簧快板》《小化子翻身》两篇杂耍，《南京八怪》《冲破美人关》两个剧本，共计16篇文艺作品。另外还收录了《漫谈农村剧团》和《我们要些什么剧本和小调》两篇文章。

书中小调所表现的内容主要有：土地政策、打倒恶霸地主、干部问题、妇女解放、生产备荒等。如《捉住五鬼大翻身》表现出的就是老百姓对恶霸地主的痛恨，里面的五鬼说的是还乡团、大地主、富农、恶霸、狗腿子等五种反动势力。只有捉尽了五鬼才能“大家都抬头，永远不受累”（见该书第2页）。《生产备荒》给大家在灾年的时候出主意，谋生产，指出灾年时可以做豆腐、纺纱织布、用花生榨油、做粉条粉皮赚钱。“你也做来我也做，全家大小一齐忙，穿的包能比人强”（见该书第8页）。

剧本《南京八怪》是一出滑稽戏，里面把蒋介石、宋美龄、魏特迈、孔祥熙、宋子文、陈诚、陈立夫、冈村宁次等八人丑化为乌龟精、狐狸精、蚌精等八种精怪。剧本《冲破美人关》为曹耀南、姜家训合编，反映出农村土改新方针。

《三查劝干部》中提到的三查运动是解放战争时期中共中央、中国人民解放军推广和开展的群众性的阶级教育运动，该运动是在诉苦运动的基础上进行的，又称诉苦三查运动。其基本内容是：诉阶级压迫之苦，诉旧社会之苦，查阶级、查工作、查斗志。

《冲破美人关》的作者之一曹耀南是阜宁人，淮剧编剧。他于1941年起，先后在抗日民主根据地阜宁吴滩区干部学校、射阳合德完全小学等任教师。曾参加吴滩区业余剧团演出，并编写诗歌、小调、表演唱和剧本等，配合盐阜抗日民主根据地中心工作开展宣传活动。1955年任江苏省淮剧团编剧，艺术委员会主任。他整理、改编、创作的《蔡金莲告状》《金水桥》等剧本都颇获好评，编有《淮剧韵辙》一书。[1]

撰文：王立峰

注释：

1. 参见中国戏曲志编辑委员会：《中国戏曲志·江苏卷》，中国ISBN中心出版社2000年版，第956页。

图一：《戏剧与小调》（第一集），1948年3月5日出版。

小調

平分土地迎反攻

（五更鼓兒調）

一更鼓兒忙，貧僱農力量強，成立貧農團算舊賬，不能顧人情，（的兒喂）窮根要挖光。

二更鼓兒京，貧僱農一條心，鬥爭封建要認眞，不問大和小，（的兒喂）一網來打盡。

三更鼓兒敲，封建打垮了，我倈還要組織好，加强來管理，（的兒喂）不讓他隨便跑。

四更鼓兒稍，我倈要知道，平分土地要我倈大家攪，劃墩子端鷄窠，（的兒喂）篰子細心找。

五更金鷄叫，全國反攻了，大家快把土地平分好，人人都翻身，（的兒喂）豐衣足食日子好。

管理封建

（民兵採親調）

（一）封建地主已打垮，翻身農民坐天下，印把

— 1 —

图二：小调《平分土地迎反攻》和《管理封建》。图载本书第1页。

# 《戏剧与小调》（第二集）

《戏剧与小调》（第二集），华中新华书店出版，发行量6000册，1948年4月出版。12.6cm×9.2cm。全书共56页。封面印有蓝色长方形“华中新华书店赠阅”章和蓝色圆形“华北新华书店资料科图书”章各一枚。

本书收录有《生产节约》《莫上谣言当》《反抓丁》《李庭灿诉苦》等13首小调，花船杂耍《搬家一场空》、独角戏《花子带亲》和戏剧《模范家庭》。书中还收录了两篇戏剧研究的文章，分别是陈啸的《演员的基本要求》和编者的《谈戏剧的原则性和趣味性》。

13首小调有莲花落、十劝郎调、上海调、虞美人调、杨柳青调等。从内容来看，《生产节约》《劝中农》反映了生产问题，《我上当了》《夏氏哭夫喊冤》《谨防地主逃跑》等是反逃亡的，《替王宝明报仇》《反扫荡》《翻身莫忘报血仇》等则是反顽斗争。

其中，《模范家庭》是二幕剧，作者羊步岭。

主要人物有：陈桂文（新农会会员），朱陈氏（陈的老婆），陈国春（陈的儿子），施桂俊（镇长），杨一新（新农会长）等。

《模范家庭》剧情介绍：1948年盐城大岗镇村民陈桂文参加了农会，被定为二等贫民，又因他的儿子陈国春参加了新四军，所以农会给他多分了一张床和一张书桌。镇长和农会会长带了礼品到陈家慰问，遇到陈国春回来探亲，他们希望陈国春能多打胜仗，为国家和地方多立功劳，还夸他家是模范家庭。二人走后，陈桂文觉得儿子不对劲，盘问之下得知陈国春是开小差从部队偷溜回家的。在家人的劝说下，陈国春认识到了自己的错误，下决心重回部队，不打垮蒋介石决不回家。

在《谈戏剧的原则性和趣味性》一文中，编者提出“写剧本有两个关键，第一是‘政治原则性’问题，第二是‘表现形式’问题”。要求剧本创作要做到故事力求真实，对剧情和台词要有精确的把握。戏剧的形式一定要生动，要使观众越看越想看。（参见本书第55页）

反顽斗争中的“顽”指的是国民党顽固派。1931年1月，国民党五届五中全会通过了所谓“限制异党活动办法”，确定了“溶共、防共、限共、反共”的方针，从政治反共一直到军事反共。在党的领导下，各根据地的军民同国民党顽固派进行了坚决的斗争。

撰文：王立峰

图一：《戏剧与小调》（第二集），1948 年 4 月出版。

小調

生產節約

（蓮花落）　居羣貴

一、民主政府爲人民，號召生產大家行，支援前線有保證，節約工作也要緊。

二、翻身哥哥聽我言，今年過的翻身年，得了田地不能荒，勤耕勤做才有豐年。

三、農人種田是本業，吃飯就要靠種田；三耕六耙九鋤田，五穀豐收笑綿綿。

四、不問老小要勞動，勞動興家大英雄；生產節約本錢足，加緊準備大反攻。

五、有吃有穿笑呵呵，穿吃二字不講究，吃飯只求肚子飽，穿衣只要暖和和。

六、諸親六眷上了門，隨茶便飯待客人；不講排場不擺闊，只表歡迎一片心。

— 1 —

图二：小调《生产节约》，居群贵著。图载本书第 1 页。

# 《怨仇报》

《怨仇报》（小词书）剧本，扉页题目为《冤仇报》，盐阜文娱社编，华中新华书店盐阜分店出版，盐阜印刷厂印，民国三十七年（1948）四月出版，12.3cm×9.2cm。全书共53页，封面为红黑双色套印，红色边框、红色底色中分布着若干大小不等的圆圈图案，中部一个大圆内绘有窗台、花瓶、花卉图案，封面文字均为黑色。封面有蓝色圆形“华北新华书店资料科图书”章、蓝色长方形“华中新华书店赠阅”章各一枚。

本书作者为无忌，原名杨正吾，时为《盐阜文娱》编辑、剧作家。1943年在苏北盐阜区参加抗日民主根据地的文艺工作，在著名剧作家阿英的指导下开始创作剧本，先后担任文工队队长、盐阜地委文工团团长。中华人民共和国成立后，曾任中共苏州地委文工团团长、江苏省地方戏剧院院长等职。

剧中主要人物：丈夫张大成26岁，妻子刘氏21岁，儿子李大来子（小龙），地主顾期平。

剧情介绍：阜宁城外二十里的顾家庄有一户大地主，地主名为顾期平。顾期平为人贪婪刻薄、欺男霸女、为祸乡里，村民们在他的欺压下艰难度日。一日，顾期平看上了张大成的妻子刘氏，便诬陷张大成为强盗，刘氏不堪受辱，上吊自尽，张大成丢了儿子小龙，亡命天涯。李大爷、李大娘一家救了小龙，起名李大来子抚养长大。李大来子知道自己的身世后，立志报仇。八年后，张大成回乡，被顾期平和马八捉去当壮丁，张大成成功逃脱但摔断了腿，旧恨未结，又添新仇。不久八路军来到阜宁城，建立了民主根据地。王大牛带领大家要求减租减息，顾期平虚与委蛇表面答应，背地里却做了反动派的特工。村民们慑于顾期平的势力，暗中把减下来的租子又送回了顾家。民国三十年，村公所组织了农救会，郭三文子任村会长，王大牛任武装委员。此时张大成出现，参加了农救会，父子相认。民国三十二年，日本鬼子和伪军扫荡阜宁城。顾期平做了汉奸，泄露农救会开会的消息给鬼子。王大牛为掩护大家撤退牺牲了。新四军打败了鬼子，张大成当上了查租队的小组长。张大成带领大家搞减租减息运动。顾期平卖田地，勾结了背叛村民的胡小友暗中潜伏。民国三十五年，土地改革新农会准备成立。顾期平连夜要逃，被民兵李大来子抓获，缴获了他勾结反动派的证据。新农会成立，人民法庭审判顾期平，顾期平罪有应得，终获枪毙。村民们过上了好日子，欢天喜地感谢毛主席共产党。

撰文：高铁琼

图一：《怨仇报》（小词书），盐阜文娱社编，民国三十七年（1948）四月出版。

图二：《怨仇报》（小词书）版权信息。图载本书封底。

# 《红军长征》

《红军长征》（新编鼓词），冀南新华书店出版并发行，竖版右开，发行量2000册，1948年9月出版，17.8cm×11.9cm。全书共21页，收录《红军长征》与《郭企之殉难》两首鼓词。

《红军长征》主要通过大鼓词的方式，叙述了从“中华民国十四年冬，国共合作起了大革命”开始，到北伐、南昌起义、井冈山根据地，再到“民国二十三年秋风起，北上抗日要实行”，“铜锣湾开始长征两万五千里，一路上艰难困苦对你明”这整个红军长征的伟大壮举，充分说明了“咱要翻身翻到底，消灭蒋匪享太平，这就是红军长征一个段，老红军艰苦奋斗十年功”。利用广大群众喜闻乐见的形式宣传红军长征的英勇事迹。[1]

《郭企之殉难》大鼓词是根据抗日战争时期抗日民主政府县长郭企之的英雄事迹改编而成。郭企之，1930年加入中国共产党，抗日战争爆发后，任河北省曲周县抗日民主政府县长。1938年12月，日军侵占了曲周城，并对抗日根据地进行疯狂“扫荡”。郭企之率领县大队和政府工作人员，与敌人展开游击战，配合八路军的行动，却被汉奸告发，最终被日军逮捕。郭企之面对日本侵略者的严刑拷打与巧言诱惑，坚贞不屈，拒绝投降，表现出了共产党人的凛然正气，最后被日军活埋，壮烈牺牲。[2]

这两首大鼓词，语言朴实直白，情节紧张充实，传播范围很广，通过冀南文工团演员们的精彩表演，在河北唐山、威县、南营等地具有很高的知名度和传唱度，经常场场满座，有时连楼梯走道都站满听众，颇受群众的称赞。[3]

在抗日战争和解放战争时期，为了鼓舞广大群众，全国各地出版了一系列以红军长征为主题的作品，涉及了红军长征的方方面面，包括介绍红军长征的报道、长征回忆录、各类庆祝红军胜利的宣言、捷报、告全国人民书等等，宣传了红军长征的事迹、鼓舞了军民的士气。

撰文：戴畋

注释：

1. 黄霞：《国家图书馆善本特藏中红军长征题材文献述略》，《文津学志》2007年第1期。

2. 何兰生：《中国抗日将领英烈谱》（上），团结出版社2014年版，第266页。

3. 河北省文化厅文化志编辑办公室编：《晋冀鲁豫革命文化史料》（冀南地区史料之二），河北省文化厅文化志编辑办公室，1990年，第203页。

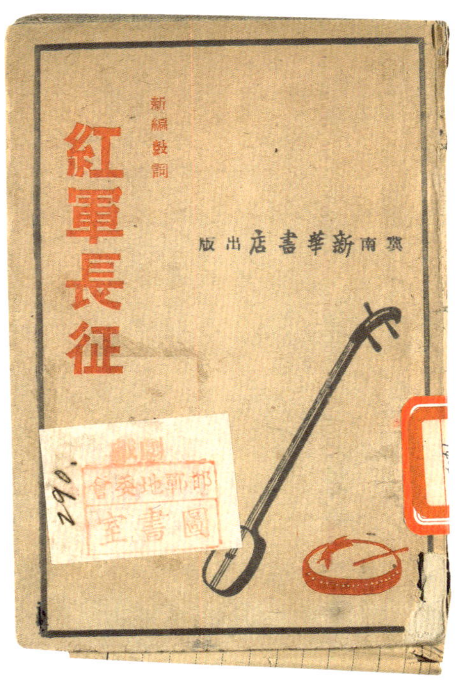


图一：《红军长征》（新编鼓词），1948 年 9 月出版。

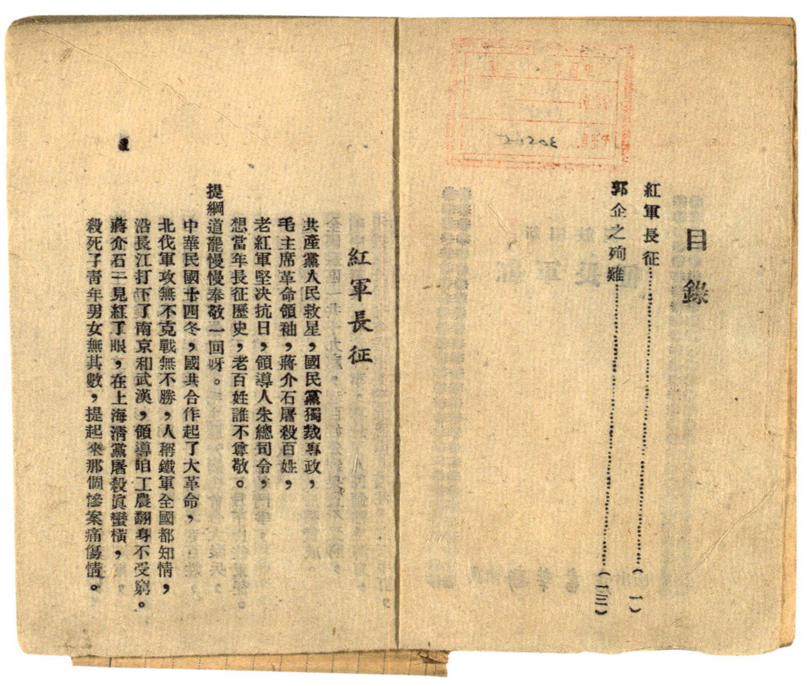

目錄



紅軍長征

共產黨人民救星，國民黨獨裁專政，
毛主席革命領袖，蔣介石屠殺百姓，
老紅軍堅決抗日，領導人朱總司令，
想當年長征歷史，老百姓誰不尊敬。

提綱道罷慢慢奉敬一回呀。

中華民國十四冬，國共合作起了大革命，
北伐軍攻無不克戰無不勝，人稱鐵軍全國都知情，
沿長江打下了南京和武漢，領導咱工農翻身不受窮。
蔣介石一見紅了眼，在上海清黨屠殺真蠻橫，
殺死了青年男女無其數，提起來那個慘案痛傷情。

图二：《红军长征》目录及所收鼓词《红军长征》。图载本书目录页与第 1 页。

# 《老潘大鼓集》

《老潘大鼓集》（鼓词），潘长发遗著，淮海文协编，“淮海文艺小丛书”之八，淮海印刷厂印刷，新华书店六分店出版发行，发行量2000册，竖版右开，1948年10月初版，12.6cm×8.8cm。开本较小，便于携带。全书共10页，收录鼓词5首。封面为红蓝双色套印，上下边框由若干内含红色五角星的蓝色方框排列而成，印有简笔画蓝色鼓架和红色大鼓和鼓锤图案，图案下方钤红色图书形印章一枚，印文为“新华书店第六分店赠阅”。封面上方手书黑色“12.19收到”字样。

本书收录有《人民作了主，穷富一般大》（赞词）、《封建不合理，农民要翻身》《妇女要解放，生产支前线》《八路大反攻，百姓乐无边》《组织大生产，建设新中华》共5篇鼓词。

其中《人民作了主，穷富一般大》（赞词）这篇鼓词，用词精炼，言语朴实，描写了当时社会下层穷人和有钱人的地位不对等，自从共产党领导后，男女平等穷富一家，全国人民开始团结一致。

本书附有阿大写的代序《怀念老潘同志》一文，介绍了潘长发同志一生的坎坷境遇和突出贡献。潘长发，苏北大鼓艺人，泗阳县爱园乡松张村人，出身贫寒。1940年淮海区泗沭县建立了抗日民主政权（今泗阳县六塘河北及沭阳西南部分地区），各地组织发动农民，潘长发积极响应。为了教育农民，诉说农民的疾苦以及社会的不平等，他身背大鼓走村串户赶街头唱自编的大鼓词，如《地主与农民》《反扫荡》《妇女解放》《苏德战争》等。他编的鼓词通俗易懂，明白如话，很受群众欢迎。1944年，潘长发主动召集全县大鼓、琴书艺人二十多名，在张家圩协助泗沭县政府开办了艺人训练班。此后，潘长发一面带领艺人以曲艺为武器为抗战作出宣传鼓动工作，一面组织开办训练班。不幸的是在1945年底积劳成疾，不治而终。为了纪念这位伟大的民间艺人，特收集发表在《淮海文集》上的一些鼓词，著成此书，供后人学习参考[1]。

“淮海文艺小丛书”由华中新华书店六分店编辑，1948年8月出版。收有《颜干回家》（小戏）、《胜利大反攻》（鼓词）（高士进、向明著，淮海文协编辑，1948年5月淮海印刷厂印）、《鼓词小调集》（第一集）等[2]。其中《鼓词小调集》（第一集）与（第二集）国家博物馆有收藏。

撰文：赵天然

注释：

1. 参见中国曲艺志全国编辑委员会：《中国曲艺志·江苏卷》，中国ISBN中心出版社1996年版，第772页。
2. 参见钱丹辉主编：《中国解放区文艺大辞典》，安徽文艺出版社1992年版，第524页。

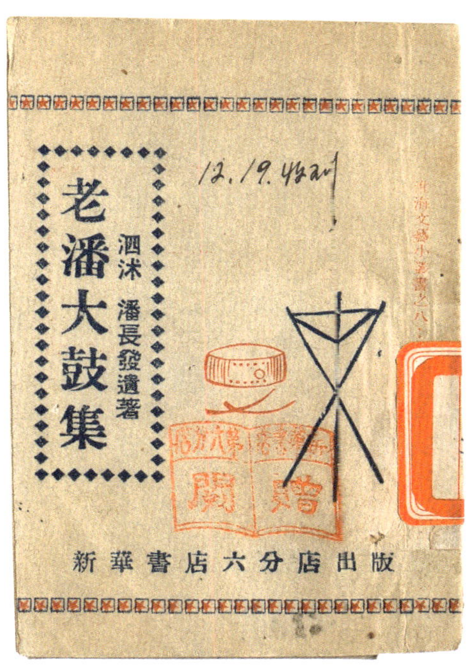

老潘大鼓集

泗沭 潘長發遺著

新華書店六分店出版

图一：《老潘大鼓集》（鼓词），泗沭潘长发遗著，淮海文协编，1948 年 10 月初版。

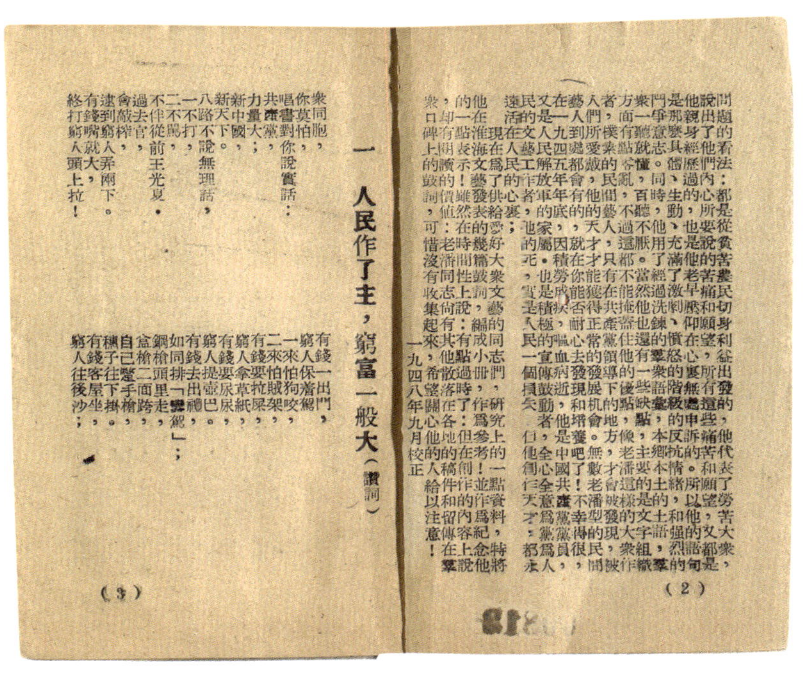

（2）

一 人民作了主，窮富一般大（讚詞）

衆同胞，
你莫怕，
唱書對你說實話：
共產黨，
力量大；
新中國，
新天下。
八路不說無理話，
一不打，
二不罵，
不作從前王光夏。
過去官，
會敲榨，
逮到窮人弄兩下。
有錢嘴大，
終打窮人頭上拉！

有錢一出門，
窮人保着鏢，
一來怕狗咬，
二來怕賊架，
有錢要拉屎，
窮人拿草紙，
有錢要尿尿，
窮人提壺巴。
有錢去出禮，
如同排「鑾駕」；
鋼槍頭里走，
盒槍二面跨，
自己鱉手槍，
穗子往下掛。
有錢客屋坐，
窮人往後沙；

（3）

图二：阿大著代序《怀念老潘同志》部分内容，校正时间为 1948 年 9 月，以及赞词《人民作了主，穷富一般大》开场。图载本书第 2—3 页。

# 《弹唱董存瑞》（第一集）

《弹唱董存瑞》（鼓词选集）（第一集），冀中群众剧社大鼓队集体创作并编印，华北新华书店冀中总分店出版发行，竖排右开，铅印，1948年11月出版，17.6cm×12.5cm。每单页分上下两部分，全书共65页。

本书封面上贴有红色长方形“邯郸地委会图书室”藏书标签，书的底页贴有登记卡“资1113号，《弹唱董存瑞》由邯郸地委宣传部拨交中央革命博物馆”。由此可见，此书曾经被河北省邯郸地委会收藏。

晋察冀边区的华北新华书店总分店在1947年至1949年期间出版了“鼓词选集”四集，本书是其中第一集。书中收录有《弹唱董存瑞》（冀中群众剧社大鼓队集体创作，思奇执笔）、《刘志成舍生取义》（冀中群众剧社大鼓队集体创作，刘轩执笔）、《最后一分钟》（思奇改编）鼓词3篇。

思奇即王思奇，河北文安县人。曾任记者，《冀中导报》副刊编辑，冀中群众剧社大鼓书组长。抗战初期，他向民间艺人学习弹唱和写作鼓书的要领及技巧，编写宣传抗日的鼓词、竹板书段子交给民间艺人演唱。解放战争时期，发表的大鼓书作品有：《张三成上吊》《最后一分钟》《弹唱董存瑞》等。他写的鼓词生动感人，比喻贴切，语言朴素而有诗意，情节简练且富有浓厚的生活气息，每次演唱，都能达到感人至深的效果。

《弹唱董存瑞》是王思奇编写的一段著名鼓词，共334句。其情节生动朴实，语言通俗易懂，深入人心，堪称佳作。《弹唱董存瑞》后改名为《董存瑞舍身炸碉堡》，主要讲述了中国人民解放军冀热辽部队战士董存瑞在解放隆化城的战斗中，为革命为人民不顾个人生死，大义凛然，舍身炸碉堡的英雄事迹。天津解放后，新解放区需要干部去开辟，王思奇带领大鼓队表演了这个故事，收到了意想不到的效果。干部们看后或激动得摩拳擦掌，或感动得热泪直流。有的人当场报了名，有的人连家都没有回，直接开赴新区去工作。1945年12月21日《冀中导报》以《听了弹唱董存瑞，学员思想大转变》为题，报道了这一情况。

《刘志成舍生取义》，主要讲述了18岁的小战士刘志成，参军两年立功两次的故事。在解放徐水城的战斗中，刘志成见指导员已经负伤，敌人的子弹还往他的身边打，眼看就要牺牲。刘志成奋不顾身，跳出战壕，趴在指导员的身上为其挡了三颗子弹，光荣负伤。战斗胜利后，部队嘉奖舍身救人的刘志成，消息传到刘志成的家乡，几个青年听后深受感动，当场报名参军。

《最后一分钟》（王思奇根据王林同名小说改编），主要讲述了1947年八路军要解放冀中西部的定县，首先要解决定县城外的朱谷岗楼。八路军围住岗楼后苦口婆心地劝敌人投降，岗楼长官展子厚让八路军派代表到岗楼里谈判，实则是拖延时间，等天亮后城里的敌军来支援。文工队的音乐队长19岁的王力民主动请缨，进岗楼后，直接向展子厚讲述八路军的好政策，展子厚东拉西扯拖延时间。眼看天就要亮了，王力民向展子厚表明再给其最后一分钟考虑，并利用最后一分钟改变策略，做通了众多士兵的工作，成功劝得岗楼内的敌人投降。一枪未放取得了胜利，红日东升明了天。

撰文：赵春红

图一：《弹唱董存瑞》（鼓词选集）（第一集），冀中群众剧社编印，1948 年 11 月出版。

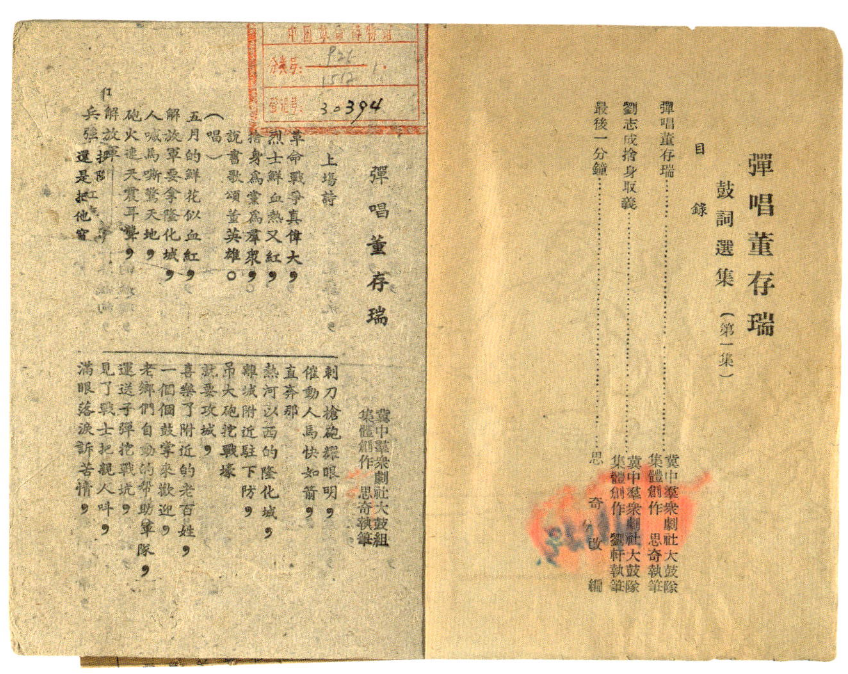

彈唱董存瑞

鼓詞選集（第一集）

目錄

彈唱董存瑞……冀中羣衆劇社大鼓隊集體創作 思奇執筆

劉志成捨身取義……冀中羣衆劇社大鼓隊集體創作 劉軒執筆

最後一分鐘……思奇 改編

彈唱董存瑞

冀中羣衆劇社大鼓組集體創作 思奇執筆

上場詩

革命戰爭真偉大，
烈士鮮血熱又紅，
捨身為黨為羣衆，
說書歌頌董英雄。

（唱）
五月的鮮花似血紅，
解放軍要拿隆化城，
人喊馬嘶驚天地，
砲火連天震耳聾，
解放軍[illegible]
兵强[illegible]還是[illegible]他窗

刺刀槍砲耀眼明，
催動人馬快如箭，
直奔那熱河以西的隆化城，
離城附近駐下防，
吊大砲挖戰壕，
就要攻城，
喜樂了附近的老百姓，
一個個鼓掌來歡迎，
老鄉們自動的幫助軍隊，
運送子彈挖戰坑，
見了戰士把親人叫，
滿眼落淚訴苦情，

图二：《弹唱董存瑞》（鼓词选集）（第一集）目录及鼓词开场内容，图载本书扉二页及第 1 页。

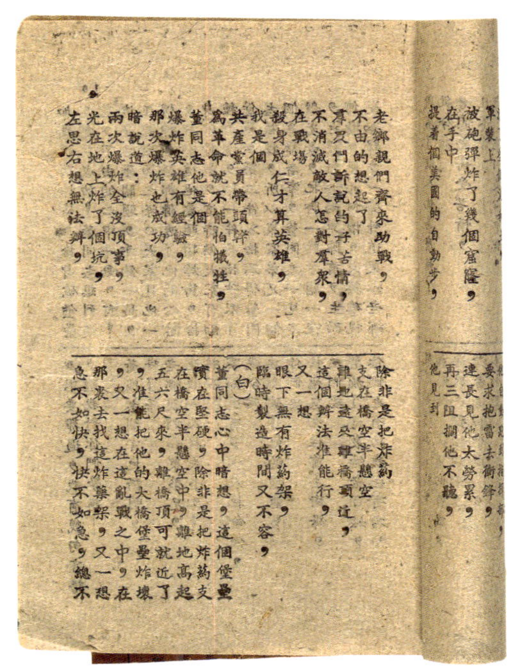

老鄉親們齊來助戰，
不由的想起了
[illegible]只們許說的[illegible]古情，
不消滅敵人怎對羣衆，
在戰場
殺身成仁才算英雄，
我是個
共產黨員帶頭幹，
爲革命就不能怕犧牲，
董同志他是個
爆炸英雄有經驗，
那次爆炸也成功，
暗說道：
兩次爆炸全沒頂事，
光在地上炸了個坑，
左思右想無法辦，

除非是把炸藥
支在橋空半懸空，
離地遠只離橋頭近，
這個辦法准能行，
又一想
眼下無有炸藥架，
臨時製造時間又不容，
（白）
董同志心中暗想，這個堡壘實在堅硬，除非是把炸藥支在橋空半懸空中，離地高起五六尺來，離橋頂可就近了，准能把他的大橋堡壘炸壞，又一想在這亂戰之中，在那裏去找這炸藥架，又一想急不如快，快不如急，總不

图三：《弹唱董存瑞》鼓词节选，图载本书第9页。

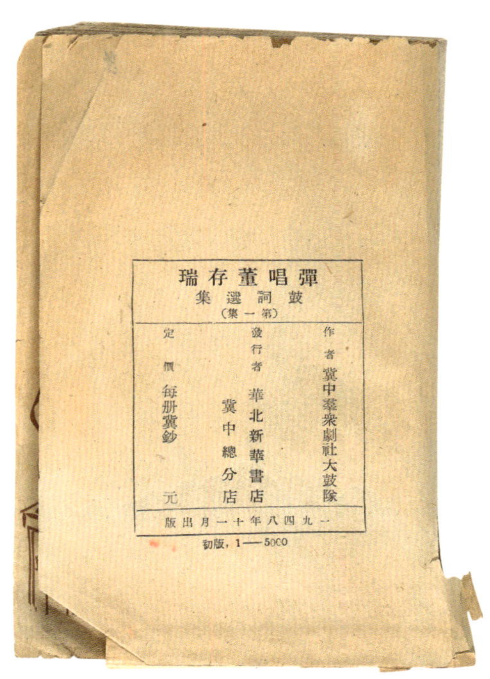

彈唱董存瑞
鼓詞選集
（第一集）

作者 冀中羣衆劇社大鼓隊
發行者 華北新華書店 冀中總分店
定價 每册冀鈔 元

一九四八年十一月出版

初版，1——5000

图四：《弹唱董存瑞》（鼓词选集）（第一集）版权页。

# 《石寸金鼓词》

《石寸金鼓词》（鼓词），申效良、少侄编著，太行新华书店印行，1949 年 1 月出版。封面为红色铅印字，并印有浅灰紫色大鼓等乐器图案，竖版右开，纸质单薄，18.0cm × 12.2cm。全书共 45 页。

本书收录有《劳动英雄石寸金》（申效良作）、《铜锣刘生嘴》（少侄作）、《互助利益大》（申世秀、王天福作）、《敬山神》（靳保德作）、《大战曲沟》（安阳六完小教员集体编）、《保麦斗争》（作者不详）、《站起来》（少侄作）共 7 篇鼓词。

书中第一篇鼓词《劳动英雄石寸金》，讲述的是一个生活在山西城黎城县樊家窑村的普通农民石寸金的故事。石寸金是村里种田的好榜样，他组织农民朋友对抗干旱和虫灾，面对各种困难问题都有办法解决，在群众中起到带头作用。在副业的生产上，他也积极领导帮助群众，使人民发家致富，成了人民心目中的英雄。[1]

《保麦斗争》生动形象地描述了太行博爱八区民兵枪战队如何层层战胜蒋匪，创造了保麦战斗零比三十的战绩。

本书收录的第三首鼓词《互助利益大》作者王天福，是一名花鼓艺人，万荣县人。一生务农，粗识文字。幼年时随民间艺人学打花鼓，如痴如醉。长大后除继承传统的技法外，自创曲调，常身背花鼓随手敲打。1929 年遭旱灾，他带领全家老小及亲友外出打花鼓卖艺求生。南到灵宝、陕州，西跨潼关、华阴，北达晋中、太原，度过灾荒。同时，使万泉花鼓闻名遐迩。[2]

撰文：赵天然

注释：

1. 参见郭秀翔：《抗战中的山西著名劳动模范》，山西春秋电子音像出版社 2007 年版，第 14 页。
2. 参见王万旭主编：《后土汾脽万荣人》，中国社会出版社 2008 年版，第 33 页。

图一：《石寸金鼓词》(鼓词)、申效良、少倥编著、1949年1月出版。

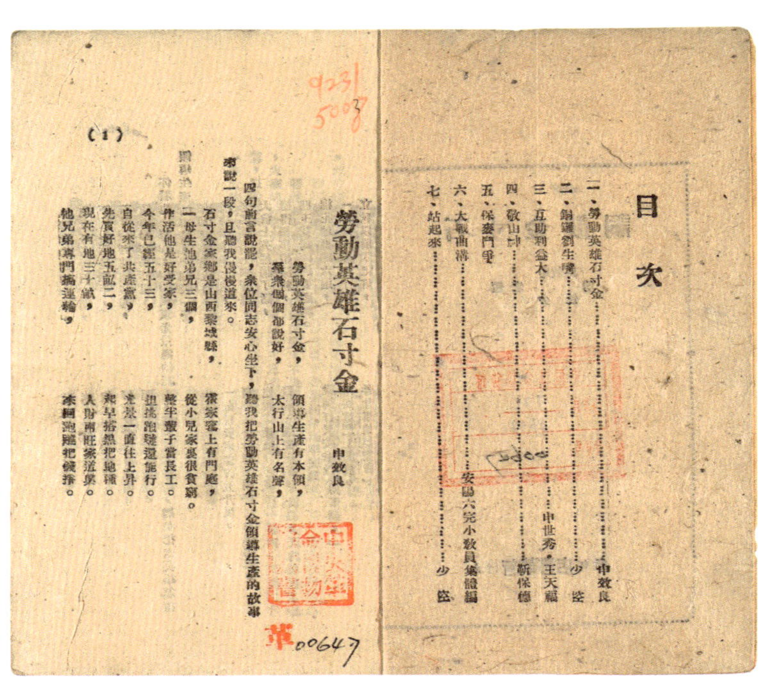

目次



（1）

勞動英雄石寸金

申效良

勞動英雄石寸金，領導生產有本領，
羣衆個個都說好，太行山上有名聲，
四句前言說罷，衆位同志安心坐下，聽我把勞動英雄石寸金領導生產的故事來說一段，且聽我慢慢道來。
石寸金家鄉是山西黎城縣，張家窰上有門庭，
一母生他弟兄三個，從小兒家裏很貧窮。
作活他是好受家，整半輩子當長工。
今年已經五十三，担挑跑腿還能行。
自從來了共產黨，光景一直往上昇。
先買好地五畝二，和早搭夥把地種。
現在有地三十畝，人財兩旺家道興。
他兄弟專門搞運輸，來回跑腿把錢掙。

图二：扉二页为《石寸金鼓词》目次，共七篇。首页为鼓词《劳动英雄石寸金》开场，申效良著。

# 《卜掌村演义》

《卜掌村演义》（新编说书），李季著，华北新华书店出版发行，出版时间不详，17.8cm×12.5cm。环筒页装，全书共31页。封面有风景绘图一幅，绘图下方为美术体书名，封面有蓝色圆形“华北新华书店资料科图书”章一枚。

抗日战争时期，各边区和根据地经济文化水平相对落后，封建迷信盛行，严重危及群众的身心健康。针对这种现象，边区群众在共产党的领导下，先后开展了提倡科学、反对迷信运动。1944年秋天，李季根据《解放日报》“延安边区文教群英大会”报道中，崔岳瑞破除迷信的模范事迹，创作了唱本形式的章回小说《卜掌村演义》，并发表在1946年10月7日的《解放日报》上。[1]

本书讲述了定边县卜掌村一个普通老百姓崔岳瑞，不信鬼神，反对迷信，决心学医破除迷信的故事。他坚持行医，专与阴阳、巫神作对。崔岳瑞通过行医宣传教育群众相信科学，破除迷信，影响广泛。邻村齐家掌程方的女儿患了伤寒，崔岳瑞给出处方，然而，程方不去药房买药，却到药王庙求得“神药”服用。几天后女儿死去，程方悔恨“神药”害了女儿。大沟门村有个阴阳叫石岱山，患腹泻病，家中世代为阴阳却束手无策，另请高手也无效果。危急之时，不得不请崔岳瑞来治，只一剂中药便见效。从此，石岱山一家逐渐转变，不再装神弄鬼。崔岳瑞治病救人的同时，无情地揭穿阴阳巫神的诡计骗术，破除迷信的工作取得了很大的进展。

《卜掌村演义》全书共六回，每章不到两千字，内容感人，有说有唱，通俗易懂。作者赞扬了崔岳瑞在农村通过行医宣传科学知识，破除封建迷信，倡导爱国卫生的事迹。他立志破除卜掌村村民的封建迷信思想，坚持跟阴阳巫神斗争的行为，受到了共产党和人民政府的赞赏与支持。

李季（1922年—1980年），原名李振鹏，笔名里计、于一帆等，河南唐河人。中国现代诗人。1938年到延安抗日军政大学学习。同年，加入中国共产党。1942年调陕北任小学教师、县报编辑等。1949年后历任中南文联编辑出版社部长、中国作家协会副主席、全国第五届政协委员。因长期在玉门油田生活，创作了许多歌唱油田建设者的新歌，被誉为“石油诗人”。[2]主要代表作有诗集《王贵与李香香》《致以石油工人的敬礼》；短篇小说集《戈壁侣伴》；评书《卜掌村演义》等。还写有散文、独幕剧、儿童诗等作品。

撰文：付小红

注释：

1. 参见《榆林人物志》编委会：《榆林人物志》，陕西人民出版社2007年版，第864页。
2. 参见周永利主编：《当代甘肃文化名人档案》，兰州大学出版社2013年版，第11—12页。

图一：《卜掌村演义》（新编说书），李季著，出版时间不详。

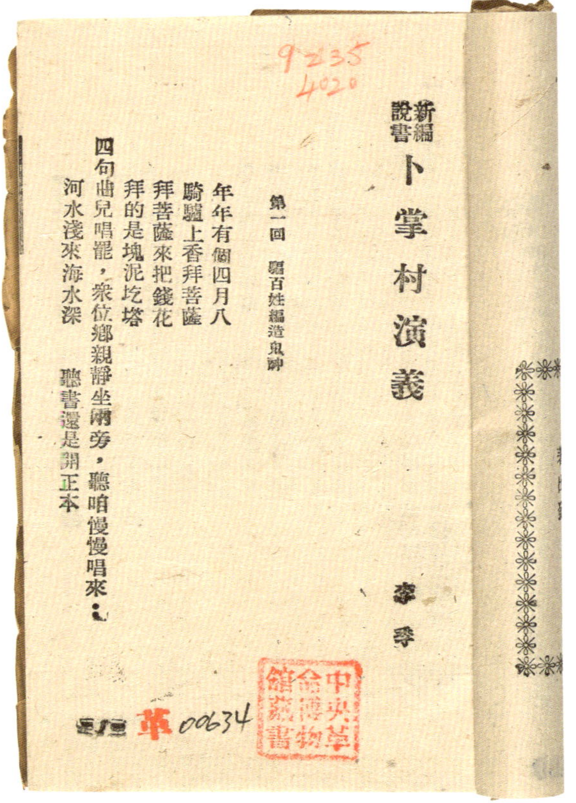
新編說書
卜掌村演義
李季
第一回 騙百姓編造鬼神
年年有個四月八
騎驢上香拜菩薩
拜菩薩來把錢花
拜的是塊泥圪墖
四句曲兒唱罷，衆位鄉親靜坐兩旁，聽咱慢慢唱來：
河水淺來海水深 聽書還是開正本



图二：《卜掌村演义》第一回“骗百姓编造鬼神”开场部分。图载本书首页。

# 《陕甘宁边区施政纲领唱词（附中共十大方针歌）》

《陕甘宁边区施政纲领唱词（附中共十大方针歌）》，吕梁文化教育出版社编，铅印，出版时间不详，12.8cm × 9.7cm。这是一部宣传革命政策的小册子，书中包含两种唱词，前7页为《陕甘宁边区施政纲领唱词》，作者张友；后4页为《中共中央抗战四周年宣言：内政外交十大方针歌》，作者邵挺军。封面钤“晋绥图书馆”齿轮形朱文印。

《陕甘宁施政纲领》又名《五一施政纲领》。1941年5月1日中共陕甘宁边区中央局提出该纲领，经中共中央政治局批准，11月开始实施。纲领文件共21条，是指导边区建设新民主主义宪政的宪法性文件[1]。同年7月7日，中共中央发表《为抗战四周年宣言》，在国际方面总结了一年来世界法西斯与反法西斯形势，在国内方面总结了正面战场、敌后战场的抗日斗争现状和国共关系等问题。[2]

《陕甘宁边区施政纲领唱词》题下注“可用中路秧歌或山西梆子歌唱”，由两名表演者合作对唱，内容即宣传该文件的政策。改编的唱词中，对边区和纲领的重要意义做总括说明，并将21条逐条阐释，以“3/3/4”节奏把纲领内容改编为韵文形式，方便对公众宣传。《中共中央抗战四周年宣言：内政外交十大方针歌》则是以“秧歌卖烧土调”，单人说唱，将1941年中关于国际、国内形势与任务的十条方针编成唱词，逐条解说。从两篇唱词的主题内容看，该书出版时间应在1941年7月以后，但书中没有相关标注，不能确知。

撰文：宋现

注释：

1. 参见罗大乐，贡绍海：《陕甘宁边区施政纲领》，《中国法律文化萃编》，山东人民出版社2014年版，第126—127页。

2. 参见曹雁行：《抗战期间中国共产党的七次“七七”宣言》，《抗日战争研究》1992年第3期。

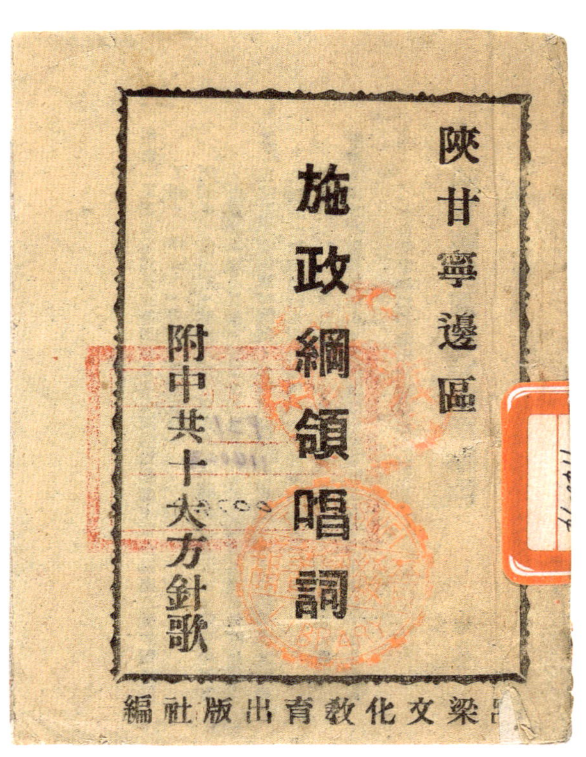
陝甘寧邊區
施政綱領唱詞
附中共十大方針歌
呂梁文化教育出版社編

图一：《陕甘宁边区施政纲领唱词（附中共十大方针歌）》，吕梁文化教育出版社编，出版时间不详。

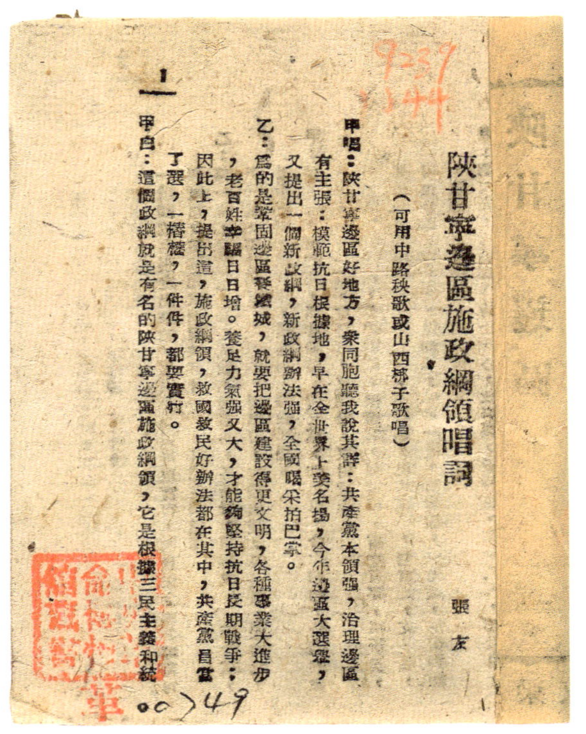
陝甘寧邊區施政綱領唱詞
（可用中路秧歌或山西梆子歌唱）

張友

甲唱：陝甘寧邊區好地方，衆同胞聽我說其詳：共產黨本領強，治理邊區有主張：模範抗日根據地，早在全世界上美名揚，今年邊區大選舉，又提出一個新政綱，新政綱辦法强，全國喝采拍巴掌。
乙：為的是鞏固邊區發鐵城，就要把邊區建設得更文明，各種事業大進步，老百姓幸福日日增。養足力氣強又大，才能夠堅持抗日長期戰爭；因此上，提出這，施政綱領，救國救民好辦法都在其中，共產黨員當了選，一樁樁，一件件，都要實行。
甲白：這個政綱就是有名的陝甘寧邊區施政綱領，它是根據三民主義和統

1

图二：《陕甘宁边区施政纲领唱词》，作者张友。图载本书第一部分首页。

# 《鼓词小调集》（第一集）

《鼓词小调集》（第一集），“淮海文艺小丛书”之九，华中新华书店六分店出版，淮海印刷厂印刷，出版时间不详，12.6cm × 8.8cm。全书共 49 页，封面印有蓝色椭圆形“淮海报社华中六分区资料室”印、蓝色圆形“新大众报社资料室图书”蓝色印和红色图书形“新华书店第六分店赠阅”印各一枚。

本书收录有马曙作《慰问部队》、寒星作《送夫出后勤》、赵国成与徐兴勋合作《义和乡小车队》、沈陶作《拐粉渡灾荒》、王士菁作《打倒蒋介石》等 20 篇文艺作品。

《义和乡小车队》是快板书，《芦圩乡后勤队》《韩春光全家生产》《刘冲乡救灾模范》等是鼓词，《民兵任务歌》《要做妇女英雄》《严金花人人夸》等是小调，《两泡粪》《石养士》《叶大个子转变》等则是故事。作品内容包括了支前、生产、救灾等问题。这些作品都是从《淮海大众》及《淮海报副刊》上挑选出来编辑成册的，目的是提高群众的支前与生产热情，促进工作效率。这些作品的作者，有文化水平较高的，也有稍识文字的工农同志，还有的是集体研究大家合写。这些作品有的是当前工作的号召，有的是实际工作的反映，甚至就是描写作者本人的。（参见书中编者的“几句说明”）

《淮海大众》是中共淮海地委主办的通俗报纸，1945 年 8 月在苏北沭阳县创刊。该报以农村基层干部和工农群众为读者，1946 年 10 月与地委机关《淮海报》合并，1947 年 11 月复刊，1948 年 4 月再次并入《淮海报》。[1]《淮海报》的前身是《人民报》，1940 年 3 月创办，是中共苏皖区委机关报。1941 年 11 月，《人民报》改名为《淮海报》，为中共淮海区委机关报。[2]

本书没有确切出版年。在《戏剧 · 曲艺苏北部分下》一书中也收有梨膏糖调《打倒蒋介石》，并附说明“原载一九四八年——一九四九年《鼓词小调集》第一集”，推测本书是在 1948 年至 1949 年之间出版的。[3]

撰文：王立峰

注释：

1. 参见丁星，郭加复：《新四军辞典》，上海辞书出版社 1997 年版，第 556 页。
2. 参见叶绪昌：《江苏革命史词典》，南京大学出版社 1993 年版，第 838 页。
3. 江苏省文联资料室：《戏剧 · 曲艺苏北部分》（下），1983 年，第 488 页。

图一：《鼓词小调集》（第一集），出版时间不详。

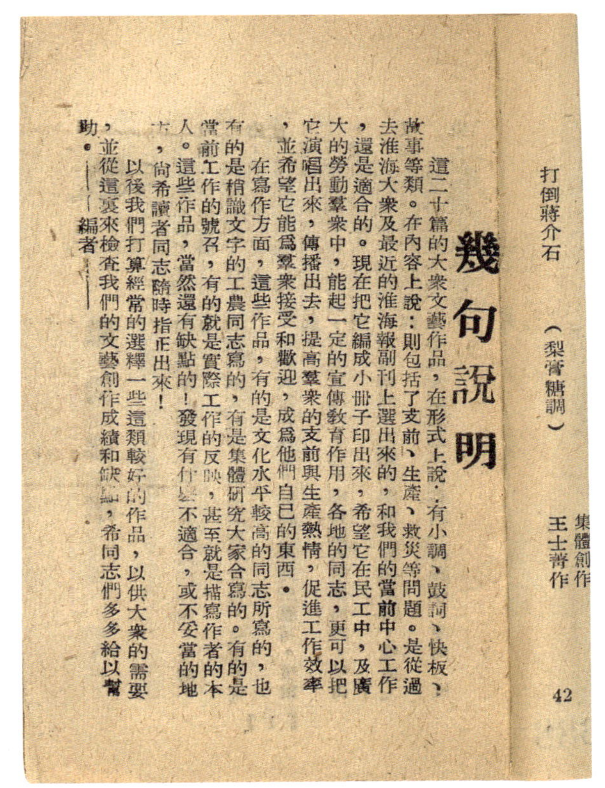

打倒蔣介石
（梨膏糖調）
集體創作
王士菁作
42

幾句說明

這二十篇的大衆文藝作品，在形式上說：有小調、鼓詞、快板、故事等類。在內容上說：則包括了支前、生產、救災等問題。是從過去淮海大衆及最近的淮海報副刊上選出來的，和我們的當前中心工作，還是適合的。現在把它編成小冊子印出來，希望它在民工中，及廣大的勞動羣衆中，能起一定的宣傳教育作用，各地的同志，更可以把它演唱出來，傳播出去，提高羣衆的支前與生產熱情，促進工作效率，並希望它能爲羣衆接受和歡迎，成爲他們自已的東西。

在寫作方面，這些作品，有的是文化水平較高的同志所寫的，也有的是稍識文字的工農同志寫的，有是集體研究大家合寫的。有的是當前工作的號召，有的就是實際工作的反映，甚至就是描寫作者的本人。這些作品，當然還有缺點的！發現有什麼不適合，或不妥當的地方，尚希讀者同志隨時指正出來！

以後我們打算經常的選釋一些這類較好的作品，以供大衆的需要，並從這裏來檢查我們的文藝創作成績和缺點，希同志們多多給以幫助。

——編者——

图二 《鼓词小调集》（第一集）编者所作《几句说明》。图载本书首页。

# 《鼓词小调集》（第二集）

《鼓词小调集》（第二集），淮海文协编辑，“淮海文艺小丛书”之十，淮海印刷厂印刷，出版时间不详，华中新华书店六分店印行，发行量4000册，12.5cm×8.9cm。全书共47页，封面印有红色图书形“新华书店第六分店赠阅”章一枚。

本书收录有董绪才作《胜利糖》、徐高龙作《庆祝大胜利》、善举作《庄大嫂》、姜玉环与王池富作《小黑牛》等21篇文艺作品。这些作品内容丰富，形式多样，如：《庆祝大胜利》《千群都把后勤忙》《光荣归来》等是快板，《胜利糖》《支前莫放松》《陈兴旺一心出前线》等是小调，《庄大嫂》是诗歌，《女乡长劝夫出后勤》《小黑牛》是故事，《立功回家真光荣》《通过支前搅生产》等是鼓词，《运米上前方》是花车杂耍。从内容上看，有庆祝解放、后勤工作、支前工作、拥军立功等方面。这些作品的作者有民间艺人、工农同志，还有集体创作的。

华中新华书店六分店是1947年7月在沭阳县周集成立的。1949年3月，该店随淮阴地委进驻淮阴城。1951年改名为新华书店淮阴中心支店，第二年更名为新华书店淮阴支店。1956年底改为新华书店清江支店。1958年该店与淮阴县新华书店合并，改名为淮阴专区新华书店、淮阴市（地辖市）新华书店（一套班底，两块牌子）。1963年改名为新华书店淮阴中心支店。1975年改为淮阴地区新华书店。1983年撤销淮阴地区，建立淮阴市，该店改名为淮阴市新华书店。[1]

快板《光荣归来》作者温林，江苏沭阳县人，自幼投师淮海小艺人学戏，自1943年在沭阳艺人抗日救国会第二组当演员。1947年任淮海大众剧团负责人，期间创编的淮海小戏《三大翻身小放牛》《张德宝归队》，改编的《白毛女》等剧本受到专署表彰。中华人民共和国成立后任苏北文联常委、戏改协会副主任。[2]

撰文：王立峰

注释：

1. 参见淮阴市文化局、淮阴市文联：《淮阴文化艺术志》，淮阴文化局，1997年，第451页。
2. 参见《江苏戏曲志》编辑委员会、《江苏戏曲志·淮海戏志》编辑委员会：《江苏戏曲志·淮海戏志》，江苏文艺出版社1999年版，第304页。

图一：《鼓词小调集》（第二集），淮海文协编辑，出版时间不详。

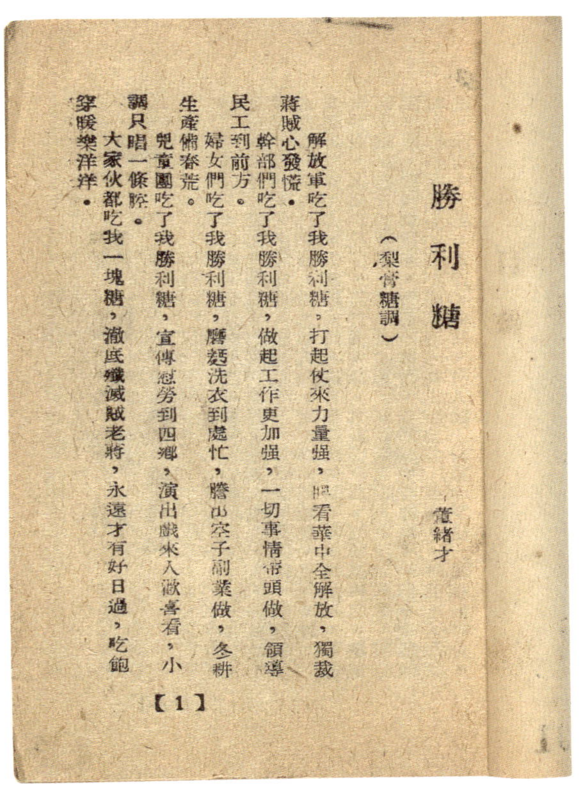

勝利糖

（梨膏糖調）

董緒才

解放軍吃了我勝利糖，打起仗來力量强，眼看華中全解放，獨裁蔣賊心發慌。

幹部們吃了我勝利糖，做起工作更加强，一切事情帶頭做，領導民工到前方。

婦女們吃了我勝利糖，磨麪洗衣到處忙，騰出空子副業做，冬耕生產備春荒。

兒童團吃了我勝利糖，宣傳慰勞到四鄉，演出戲來人歡喜看，小調只唱一條腔。

大家伙都吃我一塊糖，徹底殲滅賊老蔣，永遠才有好日過，吃飽穿暖樂洋洋。

【1】

图二：董绪才作梨膏糖调《胜利糖》，图载本书第1页。

# 参考书目


周扬：《表现新的群众的时代》，《新演剧丛书之三·秧歌论文选集》，中苏友好协会出版，1946 年。

李焕之：《怎样学习作曲》，音乐出版社，1959 年。

丽水师专现代文学组编：《老一辈无产阶级革命家诗词选》，丽水师范专科学校现代文学组，1979 年。

上海文艺出版社编：《沈亚威歌曲选》，上海文艺出版社，1980 年。

新华书店总店编辑：《书店工作史料》，新华书店总店，1982 年。

阿英：《敌后日记》，江苏人民出版社，1982 年。

陕西省妇女联合会编，陕甘宁边区妇女运动文献资料选编：《陕甘宁边区妇女运动文献资料选编 1937—1949》，1982 年。

中共建阳地委党史办公室，建阳地区文化局，共青团建阳地委编：《闽北革命历史歌曲》，1983 年。

刘增杰，赵明：《抗日战争时期延安及各抗日民主根据地文学运动资料》，山西人民出版社，1983 年。

钱小柏，雷群明：《韬奋与出版》，学林出版社，1983 年。

马春阳：《戏剧·曲艺》，1983 年。

周扬：《周扬文集》，人民文学出版社，1984 年。

北京图书馆善本组：《北京图书馆馆藏革命历史文献简目》，书目文献出版社，1984 年。

山东省出版总社临沂办事处：《临沂风物志》，山东人民出版社，1985 年。

《聂耳全集》编辑委员会编：《聂耳全集》，文化艺术出版社，1985 年。

甘肃省社会科学院历史研究室：《陕甘宁革命根据地史料选辑》，甘肃人民出版社，1986 年。

薄森海：《淮剧音乐及其唱腔流派》，上海音乐出版社，1987 年。

临沭县政协文史委员会：《临沭文史资料》，1987 年。

焦文彬，王洪锦，童增琪编著：《中国戏曲志》，中国戏曲志编辑委员会编印，1987 年。

《延安文艺丛书》编委会编：《延安文艺丛书·文艺史料卷》，湖南文艺出版社，1987 年。

梁化群：《苏区“红色戏剧”史话》，文化艺术出版社，1987 年。

《延安文艺丛书》编委会编：《延安文艺丛书·民间文艺卷》，湖南文艺出版社，1988 年。

晋察冀文艺研究会冀中分会：《战火中的冀中文艺兵》，1988 年。

政协天津市委员会文史资料研究委员会编：《天津文史资料选辑》，天津人民出版社，1989年。
中国音乐家协会：《中国音乐名家名录》，广西人民出版社，1989年。
王剑清，冯健男：《晋察冀文艺史》，中国文联出版公司，1989年。
中国人民政治协商会议山西省长治市政协文史处：《长治文史资料》第6辑，1989年。
叶石等：《晋绥边区七月剧社回忆录》，1989年。
车吉心，梁自絜，任孚先主编：《齐鲁文化大辞典》，山东教育出版社，1989年。
亦文，齐荣晋编：《山西革命根据地文艺运动史稿》，山西人民出版社，1989年。
中国音乐家协会编：《中国音乐名家名录》，广西人民出版社，1989年。
中国现代文学辞典编委会：《中国现代文学辞典》，上海辞书出版社，1990年。
中国戏曲志编辑委员会：《中国戏曲志》，文化艺术出版社，1990年。
上海辞书出版社编：《中国现代文学词典》，上海辞书出版社，1990年。
张家口市总工会工运史研究室：《张家口工人运动史1902—1949》，1990年。
艾克恩编：《苏一平剧作选》，文化艺术出版社，1990年。
河北省文化厅文化志编辑办公室编：《晋冀鲁豫革命文化史料》，1990年。
中国音乐家协会山东分会编：《山东省文艺志资料》，1990年。
马良春，李福田总主编：《中国文学大辞典》，天津人民出版社，1991年。
么书仪等：《中国文学通典·戏剧通典》，解放军文艺出版社，1991年。
王宗华：《中国现代史词典》，河南人民出版社，1991年。
盛平主编：《中国共产党人名大辞典》，中国国际广播出版社，1991年。
辽宁省文化厅《文化志》编辑部：《辽宁省文化志资料汇编》，1991年。
钱丹辉主编：《中国解放区文艺大辞典》，安徽文艺出版社，1992年。
谭铮：《中国人民志愿军人物录》，中共党史出版社，1992年。
北京图书馆：《民国时期总书目（1911—1949）文学理论·世界文学·中国文学》，书目文献出版社，1992年。
易人编著：《江苏文史资料 优美的旋律飘香的歌 江苏历代音乐家》，1992年。
刘波主编：《中国当代文化艺术名人大辞典》，国际文化出版公司，1993年。
《冀鲁豫日报史》编委会：《冀鲁豫日报史》，贵州人民出版社，1993年。
顾龙生主编：《毛泽东经济思想大辞典》，辽宁人民出版社，1993年。
马洪武等：《中国近现代史名人辞典》，档案出版社，1993年。
胡明扬主编《中外名诗赏析大典》，四川辞书出版社，1993年。
范泉主编：《中国现代文学社团流派辞典》，上海书店出版社，1993年。

叶绪昌：《江苏革命史词典》，南京大学出版社，1993年。
中国戏曲志编辑委员会：《中国戏曲志·河北卷》，中国ISBN中心出版社，1993年。
曹钦温：《河北革命将领传》，海潮出版社，1993年。
倪波，穆伟铭主编：《江苏图书编辑史》，江苏人民出版社，1994年。
谷向阳，王庆新主编：《中国当代文艺名人辞典》，学苑出版社，1994年。
章绍嗣主编：《中国现代社团辞典》，湖北人民出版社，1994年。
雷树田主编：《当代中华诗词家大辞典》，陕西人民出版社，1994年。
中国艺术研究院音乐研究所资料室编：《中国音乐书谱志·先秦—1949年音乐书谱全目》，人民音乐出版社，1994年。
刘江，鲁兮主编：《回忆太行文化教育出版社》，《太行新闻史料汇编》，太行新闻史学会，1994年。
章绍嗣：《中国现代社团辞典》，湖北人民出版社，1994年。
晋察冀文艺研究会冀中分会：《火线剧社在冀中》，中国华侨出版社，1994年。
冯世昌，张林源：《襄垣县群众文化史略》，《政协襄垣县文史资料》第4辑，1994年。
郭仁怀：《血与火凝成的诗歌——赏析》，黄山书社，1994年。
袁亮主编、中国出版科学研究所编：《毛泽东邓小平出版实践出版思想探论》，江苏教育出版社，1995年。
万仁元，方庆秋，王奇生编：《中国抗日战争大辞典》，湖北教育出版社，1995年。
徐朝夫：《梦中的船》，作家出版社，1995年。
李伟：《摇篮情 军旅爱——延安、东北中南部队艺术学校纪念文集》，长征出版社，1995年。
左权县委党史研究室，左权县民政局，左权县教育委员会编：《左权抗日英烈传》，北岳文艺出版社，1995年。
王鸫宾等：《东北人物大辞典》，辽宁古籍出版社，1996年。
中国曲艺志全国编辑委员会：《中国曲艺志·江苏卷》，中国ISBN中心出版社，1996年。
山西省地方志编纂委员会：《山西通志·文化艺术志》，中华书局，1996年。
韦韬，陈小曼编：《茅盾杂文集》，生活·读书·新知三联书店，1996年。
赵庆骥：《哈尔滨书业志》，哈尔滨出版社，1996年。
淮阴市文化局，淮阴市文联：《淮阴文化艺术志》，1997年。
丁星，郭加复：《新四军辞典》，上海辞书出版社，1997年。
异天，戈德：《中华人物辞海》（当代文化卷），中国国际广播出版社，1997年。
陕甘宁晋绥联防军抗日战争史编审委员会：《贺龙与战斗剧社》，军事科学出版社，1997年。

李继昌，雷永吉主编：《中国当代音乐界名人大辞典》（第 1 卷），四川大学出版社，1997 年。
鱼讯主编：《陕西省戏剧志・延安地区卷》，三秦出版社，1997 年。
徐士家：《中国近现代音乐史纲》，南海出版公司，1997 年。
贺绿汀全集编委会：《贺绿汀全集》（第 5 卷），上海音乐出版社，1997 年。
江西省文化厅革命文化史料征集工作委员会等编：《闽浙赣苏区革命文化史料汇编》，江西人民出版社，1997 年。
王蒙，袁鹰主编：《忆周扬》，内蒙古人民出版社，1998 年。
陈建国：《中共山东地方史》，山东人民出版社，1998 年。
何迟：《何迟文集下》，百花文艺出版社，1998 年。
鱼讯主编：《陕西省戏剧志・榆林地区卷》，三秦出版社，1998 年。
王保安：《音乐创作实用技法手册》，中国青年出版社，1998 年。
陕西省地方志编纂委员会编：《陕西省志・出版志》，三秦出版社，1998 年。
黄胜泉：《中国音乐家辞典》，人民出版社，1998 年。
么书仪等主编：《中国文学通典：戏剧通典》，解放军文艺出版社，1999 年。
《江苏戏曲志》编辑委员会，《江苏戏曲志・淮海戏志》编辑委员会：《江苏戏曲志・淮海戏志》，江苏文艺出版社，1999 年。
徐少锦，温克群：《伦理百科词典》，中国广播电视出版社，1999 年。
乔楠编著：《甘肃革命文化史料选萃》，甘肃文化出版社，2000 年。
鱼讯主编：《陕西省戏剧志・省直卷》，三秦出版社，2000 年。
中国戏曲编辑委员会编：《中国戏曲志・上海卷》，中国 ISBN 中心出版社，2000 年。
张学新：《想起那火红的年代：论解放区文艺及其他》，天津社会科学院出版社，2000 年。
中国人民解放军艺术学院，军旅音乐研究所编：《晓河：在我的大学里 音乐论文集》，2001 年。
马宽厚：《山西文学史稿》，中国文学出版社，2002 年。
郭文林：《旋律的诗：中国当代儿童音乐家传略》，四川文艺出版社，2002 年。
张岚，王锡荣：《周文纪念集》，上海文艺出版社，2002 年。
张明胜，郭林：《延安文艺与先进文化建设研究》，陕西人民出版社，2003 年。
悠学子情：《南阳一中校友回忆录》，2003 年。
中共上饶市党委史办编：《在北京的上饶人》，2003 年。
董健：《中国现代戏剧总目提要》，南京大学出版社，2003 年。
榆林市政协文史资料委员会编：《榆林文史》（第 3 辑），2003 年。
中共云南省委党史研究室编：《大地风云：晋鲁豫党史资料选编之十一（回忆资料）》，云南民族出版社，2003 年。

王印泉，蒙沙编著：《凝固的音符：李淦纪念文集》，解放军文艺出版社，2003 年。

董健主编：《中国现代戏剧总目提要》，南京大学出版社，2003 年。

阿英：《阿英全集》，安徽教育出版社，2003 年。

路闻捷，石宏图，贾克勤：《中国戏剧家大辞典》，中国戏剧出版社，2003 年。

王义华，杨卫华主编：《晋察冀革命文化艺术人物志》，山西人民出版社，2003 年。

王金平：《兴县文史资料》，政协兴县文史资料委员会编印，2004 年。

王培元编著：《延安鲁艺风云录》，广西师范大学出版社，2004 年。

莱州市政协文教和文史委办公室编：《莱州文史资料》，2004 年。

臧济红主编：《山东重要历史事件：解放战争时期》，山东人民出版社，2004 年。

贺敬之：《贺敬之文集》，作家出版社，2004。

国防大学编：《中国人民解放军国防大学史》，国防大学出版社，2004 年。

本书编委会编：《齐一丁纪念文集》，北京电子工业出版社，2004 年。

李双江主编：《中国人民解放军音乐史》，解放军文艺出版社，2004 年。

北京市艺术研究所，上海艺术研究所：《中国京剧史》，中国戏剧出版社，2005 年

李文如：《二十世纪中国音乐期刊篇目汇编》，文化艺术出版社，2005 年。

莱州市政协文教和文史委办公室编：《永远记住》，人民日报出版社，2005 年。

王瑞璞：《抗日战争歌曲集成 晋察冀·晋冀鲁豫》，中国文联出版公司，2005 年。

王汉文：《开国将士风云录》，中国工人出版社，2005 年。

贺敬之：《贺敬之文集 散文·书信·答问·年表卷》，作家出版社，2005 年。

中国人民政治协商会议文安县委员会学习文史委员会编：《文安文史资料》，2005 年。

简朴主编，中国京剧院编：《旧剧革命的划时期的开端——延安平剧研究院演出剧本集》，中国戏剧出版社，2005 年。

陈玉堂编著：《中国近现代人物名号大辞典》，浙江古籍出版社，2005 年。

孙进柱，王大林主编：《保定抗战文化》，方志出版社，2005 年。

俄军主编：《甘肃省博物馆学术论文集》，三秦出版社，2006 年。

江苏省中共党史学会：《江苏省中共党史论丛》（第一辑），中共党史出版社，2006 年。

张启俊：《回忆演唱〈淮海战役组歌〉》，中共江苏省委党史工作办公室，江苏省新四军和华中抗日根据地研究会编：《老兵话当年》（第十辑），2006 年。

西安市地方志编纂委员会编：《西安市志》（第七卷），西安出版社，2006 年。

王友明：《山东莒南县土地改革研究 1941—1948》，上海社会科学院出版社，2006 年。

西安市地方志编纂委员会编：《西安市志》（第七卷 社会 人物），西安出版社，2006 年。
《中华舞蹈志》编辑委员会编：《中华舞蹈志·云南卷》，学林出版社，2007 年。
骆文：《骆文文集·戏剧》（第四卷），长江文艺出诉社，2007 年。
王波，李迎：《晋绥风云人物名人英烈卷》，中央文献出版社，2007 年。
郭秀翔：《抗战中的山西著名劳动模范》，山西春秋电子音像出版社，2007 年。
王琰：《〈黄河大合唱〉的历史意义和时代精神》，河北师范大学，硕士毕业论文，2008 年。
陈晓煌：《梁秋燕外传：中国戏曲现代戏的先驱者黄俊耀》，陕西人民出版社，2008 年。
王万旭主编：《后土汾脽万荣人》，中国社会出版社，2008 年。
曹鹤龙，李雪映：《生活·读书·新知三联书店图书总目 1932—2007》，三联书店，2008 年。
陈彦主编：《陕西省戏曲研究院理论文集：戏剧研究文选》（2），陕西人民出版社，2008 年。
陈彦主编：《陕西省戏曲研究院剧作选：创作现代戏》（1），陕西人民出版社，2008 年。
宋雯妮，宋绍青：《开国中将萧向荣》，当代中国出版社，2009 年。
《边区劳模诗人——孙万福》，励小捷主编：《甘肃 60 年图志》，研究出版社，2009 年。
中共晋江市委党史研究室：《晋江华侨抗日救国史话》，福建人民出版社，2009 年。
高洪波主编：《中国作家协会会员辞典》，作家出版社，2009 年。
中国戏曲志编辑委员会：《中国戏曲志》（江苏卷），中国 ISBN 中心出版社，2000 年。
许传文：《刘伯承元帅》，四川人民出版社，2009 年。
姚冰阳：《淮海战役·文物故事》（第五卷），江苏人民出版社，2009 年。
谢林主编，陕西省图书馆编：《陕西寻梦·民国老照片》，陕西人民美术出版社，2009 年。
音乐周报社：《见证音乐：音乐周报精品文选 1979—2009》，同心出版社，2009 年。
李洁非，杨劼：《解读延安——文学、知识分子和文化》，当代中国出版社，2010 年
张泽贤：《中国现代文学戏剧版本闻见录续集（1908—1949）》，上海远东出版社，2010 年
李长华：《抹不掉的记忆》，陕西人民出版社，2010 年。
周菱，张颖：《简明音乐教学词典》，江苏文艺出版社，2010 年。
陈明：《我与丁玲五十年：陈明回忆录》，中国大百科全书出版社，2010 年。
刘威：《老战士回忆录》，沈阳出版社，2011 年。
晨风主编：《百年中国歌词博览》，安徽文艺出版社，2011 年。
郭学勤：《林杉评传》，海洋出版社，2011 年。
郝红东：《左权县抗战回忆录》，中国文史出版社，2011 年。
王照骞：《武乡敌后文化的中心》，山西人民出版社，2011 年。
李捷主编：《毛泽东著作辞典》，浙江人民出版社，2011 年。

刘敏主编：《中国人民解放军舞蹈史》，解放军文艺出版社，2011 年。
曹海鹰主编：《太康历史文化》，中州古籍出版社，2012 年。
董健：《中国现代戏剧总目提要》（修订版），中国戏剧出版社，2012 年。
丁亚平：《电影史学的构建与现代化：李少白与影视所的中国电影史研究》，中国电影出版社，2012 年。
吕自申主编：《道情戏》，河南人民出版社，2012 年。
高慧琳：《群星闪耀延河边：延安文艺座谈会参加者》，人民文学出版社，2012 年
吕品，张雪艳：《延安文艺档案·延安音乐史》，太白文艺出版社，2012 年。
《中国歌剧史》编委会主编：《中国歌剧史》（1920—2000 上册），文化艺术出版社，2012 年。
陶贤都，李浩鸣：《中国科技新闻史》，湖南大学出版社，2012 年。
于世军，乔桦，吕品：《东北小延安 文化名人谱》，中国戏剧出版社，2012 年。
董健主编：《中国现代戏剧总目提要》（修订版），中国戏剧出版社，2012 年。
徐慧琴：《山西革命根据地作家类型生成研究》，山西人民出版社，2012 年。
皇甫建伟，张基祥：《抗战文化》，山西人民出版社，2012 年。
齐峰，李雪枫：《山西革命根据地出版史》，山西人民出版社，2013 年。
《人民日报社论全集》编写组：《人民日报社论全集·全面建设社会主义时期 1956 年 09 月—1966 年 05 月》（3），人民日报出版社，2013 年。
徐秀丽，王先明：《中国近代乡村的危机与重建：革命、改良及其他》（第 2 辑），社会科学文献出版社，2013 年。
首都图书馆编：《首都图书馆藏革命历史文献书目提要》，北京图书馆出版社，2013 年。
罗芳编：《音乐知识与中国军歌民歌》，天津社会科学院出版社，2014 年。
王亚平：《永远结不成的果实》，文化出版社，2014 年。
明兰等：《书籍设计》，北京交通大学出版社，2014 年。
任文主编：《延安时期的社团活动》，陕西师范大学总社有限公司，2014 年。
王幅明：《天堂书屋随笔》，大象出版社，2014 年。
张丽萍：《内蒙古民国报刊史研究》，内蒙古大学出版社，2014 年。
任文主编：《永远的鲁艺》，陕西师范大学出版总社有限公司，2014 年。
冯明洋：《音乐文化论稿——音乐学的文化学视野》，武汉大学出版社，2014 年。
《延安时期文献档案汇编》编委会：《红色档案——延安时期文献档案汇编：陕甘宁边区政府文件选编》，2014 年。
何兰生：《中国抗日将领英烈谱》，团结出版社，2014 年。

杜忠明：《毛泽东〈沁园春雪〉的传奇故事》，辽宁人民出版社，2014 年。
罗大乐，贡绍海：《中国法律文化萃编》，山东人民出版社，2014 年。
张永健，刘汉民，何联华：《红色诗词赏析》，武汉出版社，2014 年。
周良沛：《抗战诗钞》，花城出版社，2015 年。
白玮：《中国革命根据地音乐创作美学研究》，西南师范大学出版社，2015 年。
刘庭华：《中国抗日战争热点难点透视》，江西人民出版社，2015 年。
傅国涌：《无语江山有人物》，广东人民出版社，2015 年。
徐辉：《抗战大后方教育研究》，重庆出版社，2015 年。
曲文军，李洪彦：《沂蒙革命诗词选注》，山东人民出版社，2015 年。
常连霆主编：《山东党史资料文库》（第 19 卷），山东人民出版社，2015 年。
王巨才：《延安文艺档案》，太白文艺出版社，2015 年。
秦斌峰编著：《河西走廊》（甘肃 2），中国旅游出版社，2015 年。
崔杨：《必知的中国音乐事典》，内蒙古人民出版社，2015 年。
丁七玲：《贺敬之》，中国文史出版社，2015 年。
段宝林，孟悦，李杨编著：《〈白毛女〉七十年》，上海人民出版社，2015 年。
本书编委会编：《劲旅雄风：江南铁军征战纪实》，中国中福会出版社，2015 年。
金一南：《魂兮归来：金一南讲抗日战争》，北京联合出版公司，2015 年。
李桂清：《平西抗日烽火 平西抗战纪事》，北京联合出版公司，2015 年。
常连霆主编：《山东党史资料文库》（第 30 卷），山东人民出版社，2015 年。
杨浪：《老歌的发现》，山西人民出版社，2015 年。
中共北京市委党史研究室，北京青年报社编：《北平抗战实录丛书：永远的丰碑 北平抗战英雄谱》，北京燕山出版社，2015 年。
常连霆：《山东党史资料文库》（第 30 卷），中共山东省委党史研究室，山东省中共党史学会编，2015 年。
李健吾著，李维永编：《李健吾文集》，北岳文艺出版社，2016 年。
王晓东：《毛泽东诗词解读》，陕西人民出版社，2016 年。
朱鸿召：《天上星星延安的人》，红旗出版社，2016 年。
宋荐戈，张腾宵：《简明中国革命根据地教育史》，中国文史出版社，2016 年。
杨凤城主编：《党的儿女》（英烈卷），北京工业大学出版社，2016 年。
王凯颖主编：《音乐欣赏》，山东人民出版社，2016 年。

会议论文
纪念著名革命音乐家安波诞辰七十周年活动委员会：《安波纪念文集》，春风文艺出版社，1987 年。
冯维:《周文与文艺大众化》，周文同志诞辰100周年纪念座谈会暨学术研讨会论文集，2007年。
潘磊：《周文在延安的大众化实践与鲁迅的“文艺大众化”思想》，周文同志诞辰100 周年纪念座谈会暨学术研讨会论文集，2007 年。
上海鲁迅纪念馆：《周文研究论文集》，上海社会科学院出版社，2013 年。

# 后 记

本课题起始于2017年9月，当时的我对图书出版知之甚微，在各位同仁的鼓励与支持下，承担起了项目组组长的工作。项目之初，我心怀忐忑、兼有一点兴奋，承担了本次出版任务。项目进程中，也曾有过彷徨、焦急。如今，图书出版在即，我的心中期待与紧张并存，期待的是大家共同努力近一年即将收获成果，紧张的是由于学识经验所限，本书一定还有很多不足之处。

项目至今，我最想表达的就是对诸位同仁的谢意。这部《解放区唱本》的出版，首先得益于我馆花实、陈家新、毕游三位老师的悉心指导。花实与陈家新两位前辈作为返聘专家，将个人学识毫无保留地与我们分享，知无不言，多次牺牲休息时间帮助我们审阅书稿。毕游老师在自身课题已然很繁重的情况下，仍旧从图书出版、提要体例等诸多方面为项目组建言献策，并对书稿提出了许多细致的修改意见。没有他们热情无私的帮助，本书是不可能如此顺利付梓的。

国家博物馆陈成军副馆长从立项开始就对本课题予以密切关注与关心，多次出席项目组会议了解、督促进度，提出指导意见，并就出版事宜与出版社沟通。图书资料部孙丽梅、张志华、朱亚平、吴春璟四位主任也将本课题作为常务工作之一，在统筹协调方面为项目组提供支持。

最感谢的就是本书所有提要、论文的作者。以往对我馆藏解放区出版物尚未有过如此系统的研究展示，大家都是边摸索、边修正，不断完善。写好的书稿往往因为体例的修正需要进行多次修改，各位同事没有抵触、没有怨言，而是一如既往地支持配合，没有他们，就没有今天本书的呈现。

由于时间、精力、经验等诸多因素的制约，本书还有许多不足之处。抗日战争时期和解放战争时期出版物作为我馆特色馆藏之一，不仅有其独特的文学价值和版本价值，更蕴含有深厚的历史文化与特殊意义。本次出版的《解放区唱本》仅是歌曲集、秧歌剧、歌剧、地方戏剧与曲艺中精选的有特色或稀见的，还有很多未能收录其中。馆藏中还包含话剧、诗集、民谣、剧本集等门类，也有一部分非解放区出版的进步刊物，本次都未能囊括其中，希望今后有机会对它们再能进行深入的研究，并将其展示给读者。

魏 丹

图书在版编目（CIP）数据

解放区唱本 / 王春法主编. -- 北京 : 北京时代华文书局, 2018.12
（中国国家博物馆馆藏文献研究系列丛书）
ISBN 978-7-5699-2702-3

Ⅰ. ①解… Ⅱ. ①王… Ⅲ. ①文艺—作品综合集—中国—现代 Ⅳ. ①I217.1

中国版本图书馆CIP数据核字(2018)第239880号

中国国家博物馆馆藏文献研究系列丛书
解放区唱本

主　　编：王春法
出 版 人：王训海
责任编辑：徐敏峰　周海燕
出版发行：北京时代华文书局（http://www.bjsdsj.com.cn）
地　　址：北京市东城区安定门外大街138号皇城国际A座8层
邮　　编：100011
发 行 部：010－64267120　010－64267397
印　　制：北京雅昌艺术印刷有限公司
开　　本：635×965　1/16　印张：26.25　印数：2000册
版　　次：2019年6月第1版　2019年6月第1次印刷
书　　号：ISBN 978-7-5699-2702-3
定　　价：590.00元